In einer Zeit, die gekennzeichnet ist durch Verdrängung und Schönfärberei, in der die alten Kader wieder in führende Positionen drängen, und andererseits Demokratie und Freiheit als Selbstverständlichkeit angesehen werden, führen die Erinnerungen von Siegfried Jahnke in die Realität der DDR zurück.
Als Schüler erlebte und erkannte er das wahre Gesicht des Kommunismus und geriet so in die Hände der Schergen des Stalinistischen Systems.
Mit bewundernswerter Akribie beschreibt der Autor – Jahrzehnte nach seiner Verhaftung – die qualvolle Zeit seiner Haft und die systematische Zermürbungstaktik der Stasi, deren Ziel war, den Menschen zu „Brechen".
Nach seiner Verurteilung ging es ab in das Zuchthaus Bützow-Dreibergen. Dort begann eine neue Form der „Umerziehung": Schikanen, Hunger und Kälte, unhaltbare hygienische Zustände – und ein Wachpersonal, dass bemüht war die „Politischen" besonders zu erniedrigen.
Das Zuchthaus Bützow-Dreibergen, das Kleinste unter den drei großen B (Bautzen, Brandenburg, Bützow) war in den 50er und 60er Jahren das primitivste und überfüllteste in der DDR.
Auch wenn der Autor bemüht war, diese Zeit sachlich und mit einem Schuss Humor zu schildern, bleiben Geist und Seele in dem Erlebten gefangen. Viele Leidensgenossen aus dieser Zeit sind daran zerbrochen.
Es ist an der Zeit, der DDR-Nostalgie entgegen zu treten und der jungen Generation vor Augen zu führen, was eine Parteidiktatur bedeutet. Sie interessiert sich nicht für den Menschen, das Individuum, sondern ist nur am Erhalt seiner uneingeschränkten Macht interessiert.

Professor Dr. Gerhard Meinl.
Bad Doberan, im Oktober 2009

Rönnerholz, den 28. Januar 2006

Erinnerung.

Es vergeht kein Tag, an dem ich nicht an die 52 Monate zurückdenke, in denen Stalins deutsche Vasallen versuchten mich auf ihren Kurs zu trimmen.
Aber jedes Jahr, wenn die milchig-weißen Blüten des falschen Jasmins die milde Sommerluft mit ihrem herb-süßem Duft erfüllen und die ersten Süßkirschen und Erdbeeren in den Garten locken, um den Nachtisch frisch vom Baum oder von der Staude einzunehmen, ist die Erinnerung besonders stark!

Es begann am Montag, dem 30. Juni 1952.
Ich erwachte gegen 6 Uhr, stand auf, zog mich an, verspeiste in Mutters Speisekammer ein Stück vom restlichen Sonntagskuchen und ging in den Stall, um nach dem Vieh zu sehen. Eine Sau hatte in der Nacht einen Wurf von zehn Ferkeln zur Welt gebracht und säugte sie jetzt. Ich sah den Ferkeln eine Weile zu, wie sie sich um den besten Platz an der Mutter balgten. Dann ging ich zu den Pferden, fütterte und tränkte sie. Meine Eltern begannen mit dem Melken der Kühe und ich putzte die Pferde. Aber schon beim Melken der ersten Kühe kam die erste böse Überraschung dieses Tages:. Die Kühe gaben wesentlich weniger Milch als üblich und als mein Vater die Kühe genauer in Augenschein nahm, stellte er fest, das einige Kühe an Maul- und Klauenseuche erkrankt waren. Da diese Krankheit meldepflichtig ist, benachrichtigten wir sofort den Bürgermeister und den Kreisveterinär. Inzwischen hatte ich die Pferde geputzt.
Mittlerweile war es halb acht und somit Zeit zum Frühstück. Während des Essens besprach ich mit meinen Eltern und Geschwistern die anstehenden Arbeiten.
Ich wollte gerade die Küche verlassen, da klingelte das Telefon. Es war ein Ferngespräch und Lisa, eine ehemalige Klassenkameradin, die in Grevesmühlen beim Fernamt in der Vermittlung arbeitete, verband mich – nachdem ich kurz mit ihr geschäkert hatte – mit meinem Freund Norbert, der mich zum Freitag zu seiner Abiturfeier nach Grevesmühlen ins Schützenhaus – oder wie es damals hieß, ins Gesellschaftshaus – einlud. Aber kurz nachdem Lisa die Verbindung geschaltet hatte, knackte es in der Leitung – wurde das Gespräch abgehört? Aber darüber nachzudenken hatte ich später Zeit genug!
Ich spannte zwei Pferde vor die Mähmaschine und fuhr in die Wiese zum Gras mähen. Gegen elf Uhr musste ich die Arbeit abbrechen,

weil die Messerantriebsstange der Maschine zerbrach. Also zum Hof zurück, das Teil ausbauen und zur Schmiede, um die Stange reparieren zu lassen.
Da die Reparatur nicht sofort erledigt werden konnte, ging ich nach dem Mittagessen mit einem Pferd zum Kartoffeln anhäufeln.
Gegen vier Uhr sah ich zwei Männer durch die Kartoffeln auf mich zukommen. Sie hielten sich dicht an dem Haferschlag, der an den Kartoffelacker angrenzte. Ich dachte, es könnten Leute von der Kartoffelanerkennung oder Sachverständige wegen der erkrankten Kühe sein. Sie waren mürrisch und ich fand sie – besonders den größeren – auf den ersten Blick unsympatisch. Sie näherten sich auf etwa drei Meter und der Kleinere – offenbar der Wortführer – heute weiß ich, dass es der Polizeirat Schubert war, der Chef der Stasi im Kreis Grevesmühlen, sprach mich an: „Sind Sie Jahnke?"
„Ja!"
„Siegfried?"
„Ja!"
„Das passt ja herrlich, wir sind von der Staatssicherheit; Sie müssen mal mitkommen!" Er kam auf zwei Schritte heran und zeigte mir eine Marke. Der Andere blieb in fünf Meter Entfernung stehen, die rechte Hand unter der Jacke auf dem Rücken.
Es lief mir heiß und kalt den Rücken herunter, dennoch fragte ich mit fester Stimme: „Darf ich fragen, was Sie von mir wollen?"
„Das werden Sie noch früh genug erfahren, wir haben was mit Ihnen zu besprechen!"
„Das können wir auch hier!", antwortete ich.
„Reden Sie nicht so viel, kommen Sie mit!"
„Wieso, wenn Sie etwas mit mir zu besprechen haben, können wir das auch hier.", beharrte ich.
„Das geht nicht! Quatschen Sie nicht so viel und kommen Sie mit!", fuhr Schubert mich barsch an.
„Wenn Sie mich verhaften wollen, zeigen Sie mir bitte einen Haftbefehl, sonst komme ich nicht mit! Sie sehen doch, ich bin hier bei der Arbeit!"
„Werden Sie nicht frech! Wenn Sie nicht wollen, werden wir Gewalt anwenden!" Dabei steckte auch er die rechte Hand unter das Jackett auf den Rücken.
Ich sah, dass es ernst war. Ich nahm die Leine von der Schulter, legte sie über den Pflug, sah mich noch einmal um zu meinem Vater, meinem Bruder und meiner Schwester, die auf dem Schlag nebenan Rüben hackten und schickte mich an zu gehen.
„Gehen Sie vor uns, legen Sie die Hände auf den Rücken und machen

Sie keine Dummheiten, wir machen sofort von der Schusswaffe Gebrauch!“, herrschte Schubert mich an.
Ich ging.
Nach zwanzig Metern fragte Schubert: „Haben Sie jemand in der Nähe, der das Pferd übernehmen kann?“
„Ja, mein Vater hackt dort auf dem Schlag nebenan Rüben!“
„Dann rufen Sie ihn!“
Ich rief meinen Vater.
Er kam.
„Sie gehen hin und sagen ihm, Sie haben was mit uns zu besprechen – aber weiter nichts – verstanden?“
„Ja!“, antwortete ich.
„Nein, warten Sie, ich sag's ihm selbst!“
Er ging meinem Vater entgegen, während der Andere bei mir blieb und mich nicht aus den Augen ließ. Dabei musterte er mich von oben bis unten – ganz seltsam, mit tiefliegenden, kalten Augen, die unbeweglich in einem gelblich-fahlen Gesicht mit tiefer Stirn, fliehendem Kinn und einer viel zu großen Nase saßen.
Ich konnte mich nicht erinnern, dass mich je ein Mensch so angestarrt hatte. In mir stieg ein Gefühl auf, das ich mir nicht erklären konnte – war es Ekel – oder Angst?
Lange Zeit blieb mir nicht für die Betrachtung meines Wächters. Schubert kam zurück und forderte mich zum Gehen auf.
Ich ging nicht gleich – ich sah, wie Lonie, die Stute, den Kopf hob und sich ins Geschirr legte – vielleicht sah ich sie zum letzten Mal.
Ich rief kurz: „Tschüss Papa!“, dann wandte ich mich um und ging.
Ich hörte, wie mein Vater nach meiner Schwester rief – dann begannen meine Gedanken zu arbeiten.
Was war los? Hatten sie Budzin geholt und der hatte ausgepackt?
Hatte ich in den letzten Tagen zu offen geredet?
Oder hatte Venski nicht dicht gehalten?
Schubert hinter mir ließ mir keine Zeit zu langen Überlegungen.
„Mit wem haben Sie zusammen gearbeitet?“, fragte er.
„Das sehen Sie doch, mit meinem Vater!“, antwortete ich.
„Das interessiert mich nicht! Wer sind die Anderen?“
„Da kann ich Ihnen nicht helfen, ich weiß nicht, wovon Sie reden!“, antwortete ich ruhig, aber meine Gedanken drehten sich im Kreis: „Was wussten sie?“
„Das werden Sie schon noch merken!“, fauchte Schubert hinter mir.
Inzwischen hatten wir den Feldrain erreicht. Ich sprang über den Graben, ohne dabei die Hände vom Rücken zu nehmen und fragte „Wohin?“

Sie befahlen mir auf die Straße nach Dassow zu gehen.
In Gedanken sang ich das Lied: „So nimm denn meine Hände."
Was sollte ich mir Gedanken machen? Es war etwas schief gegangen, – was – das würde sich schon noch zeigen! Jetzt konnte ich nur beten und hoffen, dass ich die Kraft haben würde, das, was vor mir lag, durchzustehen.
Wir erreichten die Straße nach Dassow. Nach fünfzig Metern wuchs zu beiden Seiten der Straße hoher Roggen.
Schubert hinter mir sagte: „Wir sagen ihnen nochmals – machen Sie keine Dummheiten!"
Ich blieb stehen und fragte: „Wollen Sie mein Taschenmesser haben?"
„Das werden Sie schon noch erfahren, was wir von Ihnen wollen – gehen Sie weiter!", fauchte Schubert.
Ich ging, – ich ging aufrecht und schaute noch einmal über das leicht gewellte Land, das ich so liebte.
Hier war ich aufgewachsen, hier hatte ich seit meiner Kindheit hart gearbeitet. Hier kannte ich die Menschen – und die Menschen kannten mich. Zu mir hatten sie Vertrauen. Ich kannte ihre Sorgen, die der Alteingesessenen und noch besser die der Zugezogenen.
Ich sah alles noch einmal – dort unten der Bach, in dem ich als kleiner Junge Stichlinge geangelt hatte. Dort drüben die alte mit Gestrüpp überwucherte Burgruine, wo wir nach verborgenen Schätzen geforscht hatten und die Dörfer mit ihren Menschen – jungen und alten – die nichts wollten, als leben – frei leben, in einem freien Staat! – Würde ich dieses Land noch einmal wiedersehen?
An der Einfahrt zum Dorf sah ich einen roten EMW stehen,
Der Wagen führte ein Schweriner Kennzeichen. Der Fahrer saß im Straßengraben und schien den herrlichen Sonnenschein zu genießen. Als wir näher kamen, räkelte sich der Mann, stand auf, ging zum Wagen und öffnete die Türen.
„Sie steigen hinten rechts ein", sagte Schubert hinter mir. „Haben Sie das verstanden?"
„Jawohl"
„Sagen Sie nicht immer jawohl!", herrschte er mich an.
„Was heißt hier immer? Es war bis jetzt das erste Mal!", entgegnete ich ruhig und wunderte mich im gleichen Moment über meine freche Antwort.
„Ihre Frechheiten werden wir Ihnen schon noch austreiben!", zischte Schubert und stellte sich neben die Tür,
„Los, steigen Sie ein!"
Ich stieg ein, die Tür wurde zugeschlagen und der Gorilla setzte

sich neben mich. Schubert setzte sich neben den Fahrer, der inzwischen den Wagen angelassen hatte. Der Fahrer sah sich kurz nach mir um. In dem Blick, den ich auffing, lag ein Funke Mitleid.
Der Wagen setzte sich in Bewegung. Schubert drehte sich zu mir um und sagte: „Nun Jahnke, packen Sie aus! Mit wem haben Sie zusammengearbeitet?“
„Mit wem soll ich zusammengearbeitet haben?“, fragte ich zurück.
„Stellen Sie sich nicht so dumm an, Sie wissen genau, was wir von Ihnen wollen!“
„Ich habe Ihnen doch schon gesagt, dass ich hier mit meinem Vater zusammengearbeitet habe.“
„Das interessiert uns nicht!“
„Dann weiß ich nicht, was Sie wollen.“, antwortete ich.
„Machen Sie Ihre Taschen leer!“, befahl Schubert und um einige Nuancen schärfer: „Aber Alles!“
Ich legte mein Taschentuch raus, zog meinen Pass, den wir seit der Einrichtung des Sperrgebietes an der Grenze stets bei uns zu tragen hatten, aus der Jackentasche, knöpfte das Taschenmesser los, das ich mit einem Band am Hosenträger befestigt hatte, um es nicht zu verlieren, und legte es zu dem Taschentuch. Dann kehrte ich das Taschenfutter nach draußen, so, dass der Häcksel, der beim Pferde füttern in die Taschen gelangt war, herausfiel und auf das Sitzpolster rieselte
„Den Dreck können Sie drinnen lassen!“, fauchte Schubert
„Sie haben gesagt: Alles!“, antwortete ich ruhig.
„Warten Sie, wir werden Sie schon kriegen!“
Der Wagen hielt. Sie schlossen mir die Hände mit Handschellen auf dem Rücken zusammen. Dann ging es weiter. Ich sah, dass die Tachonadel zwischen sechzig und achtzig Stundenkilometer anzeigte. Vor Dassow bogen sie nach Grevesmühlen ab. Schubert drehte sich zu mir um und fragte erneut: „Sagen Sie endlich, mit wem Sie zusammengearbeitet haben!“
„Mit meinem Vater.“, antwortete ich wieder. „Na, warten sie, wir werden Sie schon noch zum Reden bringen!“
Schnell durchfuhren wir die vier Dörfer, die an der Straße nach Grevesmühlen liegen. Als wir durch Goosdorf fuhren, dachte ich an den Bauernsohn, der vor drei Jahren verschwand und von dem seither jede Spur fehlte, Was stand mir jetzt bevor? An eine kurze Besprechung glaubte ich nicht.
In Grevesmühlen bogen sie nach den ersten Häusern in eine kleine Straße ein und gelangten ruck-zuck durch die Gärten an den Vielbeker See. Sie bogen in den Gerberhof ein – eine kleine Straße hinter

dem ehemaligen Finanzamt, in dem seit dem Krieg die Sowjetische Kommandantur residierte.
Sie hielten vor dem Haus Nummer eins. Im Haus gegenüber wurden Fahrräder repariert, vor der Tür klönten einige Leute. Der Wagen parkte neben der Gartenpforte. Schubert stieg aus, öffnete meine Tür und raunte: „Gehen Sie in das Haus – aber schnell!"
Ich stieg aus dem Wagen, so schnell, wie ich es mit gefesselten Händen konnte und ging in das Haus.
Ich wurde in ein Zimmer gestoßen, in dem ein Mann im blauen FDJ-Hemd mir die Handschellen abnahm. Ich musste mich entkleiden, mich breitbeinig hinstellen und mich mit vorgestreckten Armen gegen die Wand abstützen, so das der Mann mich von allen Seiten in Augenschein nehmen konnte.
Nachdem er mich eingehend gemustert hatte, durchsuchte der Mann meine Kleidung Stück für Stück und Naht für Naht. Danach durfte ich mich wieder anziehen.
Aber für meine Stiefel bekam ich ein Paar klobige Holzschuhe und an meiner Hose fehlten die Hosenträger.
Der FDJler trat vor die Tür und vergewisserte sich, dass keine weitere Person auf dem Flur war, dann ging er an die Kellertreppe und rief: „Bist Du allein da unten?"
„Ja, wieso?", fragte jemand von unten zurück.
„Ich schicke Dir jemand runter!" und zu mir gewandt: „Los, gehen Sie in den Keller!"
Ich polterte mit den ungewohnten Holzschuhen die Treppe hinunter.
Der Mann im Keller war ebenfalls mit einem Blauhemd bekleidet und hatte eine Pistole umgeschnallt, Er sperrte eine Tür auf und forderte mich auf in den Raum zu gehen. Ich ging hinein – krachend fiel die Tür ins Schloss.
Der Raum war etwa drei Meter lang und zwei Meter breit. Der Tür gegenüber befand sich ein Fenster. Aber bevor ich die Zelle näher in Augenschein nahm, musste ich versuchen meine Hose am Rutschen zu hindern. Das Problem löste ich dadurch, dass ich die Hose vorn schräg zuknöpfte, indem ich das mittlere Knopfloch auf einen Knopf knöpfte, an dem sonst der Hosenträger angeknöpft wurde.
Vor dem Fenster war ein Gitter aus fingerdicken Eisenstäben fest im Mauerwerk der Fensterumrandung verankert.
Über die Fensterumrandung war noch ein Holzkasten gestülpt, so dass sich nur durch ein paar Schlitze einige Strahlen Tageslicht in den Raum stehlen konnten. An der rechten Wand stand eine Holzpritsche – das einzige Stück Möbel in diesem dämmerigen Raum.

Ich ging einmal bis zum Fenster und zurück zur Tür. Wände und Decke waren wohl einmal weiß getüncht gewesen. Jetzt waren sie grau, oder schien es mir nur so in diesem dämmerigen Zwielicht? An einigen Stellen hatte der Kalk kleine Bläschen aufgeworfen und begann abzublättern.
Ich konnte nichts Besonderes an den Wänden finden. Ich setzte mich auf die Pritsche. Was wollten sie von mir? Meine Gedanken begannen wieder zu arbeiten. Aber das Grübeln führte zu nichts – so legte ich mich auf die Pritsche und schlief sofort ein.
Durch krachendes Poltern gegen die Tür wurde ich wieder wach.
„Was glauben Sie eigentlich, wo Sie hier sind!?“, brüllte draußen jemand.
„Stehen Sie auf!“
Ich setzte mich auf. Es dauerte eine Weile, bis ich mich besann, wo ich mich befand.
„Ganz!“, tobte es draußen.
Ich stand auf und reckte mich. Die Pritsche war hart und ungewohnt.
„Stellen Sie sich in die Ecke!“, befahl der Mann vor der Tür.
Ich stellte mich in die Ecke.
„Nehmen Sie die Hände auf den Rücken!“
Ich nahm auch die Hände auf den Rücken.
Ich hörte durch die Tür, dass der Mann sich entfernte, ich trat einen Schritt zurück und versuchte, durch die Schlitze in der Fensterblende etwas sehen zu können. Aber da war nichts zu machen! Draußen vor dem Fenster hatte irgendwo ein Hund seinen Zwinger, denn ich hörte ihn herumtoben und bellen.
Ich hörte die Kirchenuhr sechs schlagen, ein Kraftwagen fuhr vor. Anscheinend wurde ein weiterer Häftling gebracht, denn die Betriebsamkeit verstärkte sich für eine Weile und danach kam jemand die Treppe heruntergepoltert. Eine Zelle wurde geöffnet und krachend geschlossen. Wer mochte der Neue sein? – Vielleicht Ewald? Die Uhr schlug halb sieben – sie schlug sieben – sie schlug halb acht – dann wurde die Tür mit viel Krach geöffnet.
„Kommen Sie raus!“, kommandierte der Mann im Blauhemd.
Ich verließ die Zelle.
„Gehen Sie nach oben, aber schnell!“
Ich polterte die Treppe hinauf. Im Erdgeschoss stand einer im Blauhemd, der mich an eine Treppe führte, die zum Dachgeschoss hinaufführte. Ich polterte auch diese Treppe rauf. Oben mündete die Treppe auf einen schmalen Flur, der rechts neben der Treppe von einem Geländer begrenzt war.

Oben neben dem Geländer stand ein Mann in einer geöffneten Tür. Kameraden, mit denen ich später über meine ersten Tage in diesem Lebensabschnitt sprach, sagten: „Das war Swolinski, einer der führenden Vernehmungsoffiziere der Stasi Schwerin!"
Er sah mich an und fragte: „Müssen Sie so einen Lärm machen, wenn Sie die Treppe raufkommen?"
„Das liegt an den ungewohnten Schuhen!", antwortete ich.
„Sie werden Zeit genug haben, um sich an diese Schuhe zu gewöhnen!"
Er trat an die Treppe heran und rief: „Ist das der Mann, der zu mir soll?"
„Ja, an dem kannst Du Dir die Zähne ausbeißen heute Nacht!", antwortete der FDJler von unten.
„Oder ich schlag ihm seine aus der Fresse!", rief der Mann nach unten und zu mir: „Gehen Sie da rein!" und deutete zur offenen Tür. Swolinski war etwas größer als ich, Er war sauber gekleidet, seine braunen Schuhe waren auf Hochglanz poliert – es waren „Samba-Puschen" mit Kreppsohle, die es nur im Westen gab! Sein Haar war glatt, mit etwas Pomade fest an den Kopf gekämmt. Seine blauen Augen waren klar, aber er wirkte verkniffen. Zu einer braunen Hose trug er ein graues Jackett, der Kragen des blassblauen Hemdes war über den Jackettkragen gelegt. Ich ging an ihm vorbei in den Raum. Die Tür ging nach innen auf und schlug gegen die Wand, die die Giebelseite des Hauses in zwei Zimmer teilte. Die Fläche hinter der Tür war gekachelt. Die Tür schlug, wenn sie geöffnet wurde, an einem Waschbecken vorbei. Der Raum war etwa fünf Meter lang und drei Meter breit. In die Dachschräge war ein großes Fenster in der Art eines Erkers eingebaut. Das Fenster befand sich in der Mitte des Zimmers. In beiden Ecken unter der Dachschräge stand ein Schreibtisch. Hinter dem Schreibtisch in der linken Ecke saß ein Mann – etwa dreißig Jahre alt.
„Das ist doch der Mann, der beim Frühlingsfest in Dassow den ganzen Abend mit Hut und Mantel auf dem Saal herumlungerte!", erinnerte ich mich. „Der Mann heißt Waller, sieh Dich vor dem vor! Der ist bei der K5" erklärte mir einer der Dassower Jungen, den ich fragte, ob er diesen schrägen Vogel kenne. . Waller sah mich interessiert an.
Ich musterte ihn kurz.
Waller brüllte sofort los: „Was glotzen Sie mich so an! Kennen Sie mich etwa?"
„Ja!", antwortete ich.
„Woher?"

„Sie waren am 21. März in Dassow auf dem Frühlingsfest. Sie haben den ganzen Abend Hut und Mantel nicht abgelegt. Im Gasthaus Luisenhof habe ich Sie auch einmal gesehen!"
„Jetzt hör sich doch einmal diesen Blödsinn an! Ich – den ganzen Abend auf dem Bums mit Hut und Mantel – sag mal, Junge – Du spinnst wohl!", brüllte der Mann hinter dem Schreibtisch.
„Und wenn Sie noch lauter brüllen, es stimmt doch! Sie standen zuerst unten an der Treppe, die zum Saal raufführt und standen dann den ganzen Abend an der Theke – jedenfalls so lange, bis ich gegangen bin!", sagte ich ruhig.
Draußen vor dem Fenster stand eine Linde. Die Strahlen der untergehenden Sonne brachen sich im See, der etwa einhundert Meter entfernt zwischen dem Krankenhaus und der Molkerei am rechten Ufer und den leichten Hügeln mit den Schrebergärten auf dem linken Ufer vor sich hin träumte.
„Wie heißen Sie?", fragte Smolinski, der die Tür geschlossen hatte und sich hinter den zweiten Schreibtisch gesetzt hatte,
Ich nannte meinen Namen.
Im Garten des Nachbarhauses goss ein alter Mann seine frisch gepflanzten Blumen.
„Wann sind sie geboren?"
Ich nannte mein Geburtsdatum.
Die Zwischenräume im Laubwerk der Linde vor dem Fenster wirkten durch die sich im See brechenden Sonnenstrahlen wie vergoldet.
„Wo sind Sie geboren?"
Ich nannte den Namen des kleinen verträumten Ortes in den südmecklenburgischen Wäldern.
„Wo wohnen Sie?"
„In Tankenhagen."
„Wie schreibt man das?"
Ich buchstabierte den Ortsnamen.
Das Gold im Laubwerk des Baumes wurde langsam rot.
„Seit wann betreiben Sie Spionage gegen die DDR und SU?!"
Das war es! Ich hatte das Gefühl, als schwanke der Boden unter meinen Füßen, wie die Wellen in der Ostsee. Der alte Mann im Garten nebenan räumte sein Werkzeug zusammen und verschwand aus dem Blickfeld, das ich durch das Fenster hatte.
„Ich habe keine Spionage betrieben!", hörte ich mich sagen.
Der Baum vor dem Fenster war grün – so grün – im Raum war es still – sehr still.
„Seit wann?!!" Scharf wie ein Peitschenknall zerschnitt die Frage die Stille und blieb dann im Raum hängen.

Ich sah geradeaus auf den Baum vor dem Fenster. Der Baum war grün und zum Greifen nahe. Waller stand auf. Mit einem Ruck zog er den dichten Vorhang vor das Fenster. Jetzt war es dämmerig im Raum. Waller ging zurück zum Schreibtisch und schaltete eine Tischlampe ein. Er drehte die Lampe so, dass ich im Schein des harten Lichtes stand.
„Jahnke, Sie sind uns noch eine Antwort auf meine Frage schuldig!“
Waller stand jetzt dicht neben mir, aber so, dass der Schein der Lampe mich voll ins Gesicht traf. Mein Mund war wie ausgedörrt, das Blut schien in den Adern am Hals keinen Platz zu haben.
„Was ist, Jahnke, Sie reden wohl nicht mit jedem? Was?“, drängte Waller.
„Doch.“, würgte ich hervor.
„Na, dann antworten Sie gefälligst auf meine Frage!“ Waller trat einen Schritt zurück, drehte den Wasserhahn ein wenig auf, so, dass das Wasser eben aus der Leitung tropfte. Mir wurde der Hals noch trockener. Die Zunge schien nicht mehr in den Mund zu passen.
„Haben Sie Durst, Jahnke, brauchen Sie Wasser?“
„Ja!“.
„Sie kriegen nicht eher was zu saufen, bevor Sie nicht unsere Fragen beantwortet haben!“
„Ich habe keine Spionage betrieben!“
„Ach nee. Sie wissen wohl gar nicht, was Spionage ist, was?“
„Doch.“
„Ist das Ihr ganzer Wortschatz, Jahnke? Reden Sie gefälligst in ganzen Sätzen! Haben Sie das verstanden?“, brüllte Smolinski hinter seinem Schreibtisch.
„Ja!“, brachte ich mühsam hervor.
„Das heißt nicht Ja, bei uns heißt es: „Jawohl!“, brüllte Waller.
Ich kam wieder zu mir. Ich wurde trotzig.
„Was denn jetzt, der Mann, der mich hierher brachte hat sich über das „Jawohl“ aufgeregt!“
„So, hat er das? Beantworten Sie endlich unsere Fragen – Konkret!“
„Welche Frage soll ich beantworten?“
„Ob Sie wissen, was Spionage ist!“
„Ja, ich weiß es.“
„So, dann erklären Sie es uns!“, zischte Waller neben mir.
„Spionage ist, wenn jemand Geheimnisse seines Landes an ein anderes Land verrät“, antwortete ich.
„So, das ist ja schon etwas!“ Swolinski räkelte sich hinter seinem Schreibtisch. Er nahm ein Lineal in die linke Hand und blätterte damit in einem Aktenordner.

„Wissen Sie, wer Spionage betrieben hat?"
„Ja, es gab in Frankreich einmal eine Dreyfuß-Affäre – und im ersten Weltkrieg gab es eine Mata-Hari!", sagte ich.
„Im Märchen erzählen bist Du wohl groß, was? Ich habe Dir eine konkrete Frage gestellt und ich erwarte, dass Du konkret antwortest!"
„Ich habe die Frage so beantwortet, wie ich sie verstanden habe, und im Übrigen immer noch Sie, ich kann mich nicht erinnern mit Ihnen Schweine gehütet zu haben."
Ich wunderte über mich selbst, woher ich den Mut nahm, Swolinski derart zu reizen.
„Jetzt ist es genug! Dieser kleine Strolch will mir vorschreiben, wie ich mich zu benehmen habe! Na warte!", tobte Swolinski, der im Halbdunkel saß. Ich konnte ihn nicht genau sehen, weil ich im grellen Schein der Lampe stand, aber ich konnte erkennen, dass seine Backenmuskeln zuckten. Ich ärgerte mich fast, dass ich den Zorn Swolinskis unnötig herausgefordert hatte.
„Es ist besser", dachte ich, „wenn ich ruhig bleibe, sie können mir nichts nachweisen, außer den Sachen, von denen Budzin etwas weiß!".
Aber Swolinski ließ mir keine Zeit zu langen Überlegungen.
„Jahnke, wollen Sie nicht vernünftig sein und uns sagen, was Sie wissen?"
„Was wollen Sie von mir wissen?", fragte ich zurück.
„Was wissen Sie über die Spionagetätigkeit anderer Leute gegen die DDR und SU?" Wie um seiner Frage Nachdruck verleihen zu wollen, schlug Swolinski den Aktenordner zu, warf das Lineal auf den Schreibtisch und schlug mit der Faust auf den Ordner – und dann: „Wir können auch anders! – Wenn Sie es so wollen!"
„Ich weiß wirklich nicht, wer so etwas tut!", sagte ich.
„Wissen Sie denn, wer so etwas getan hat?" Swolinski ließ sich nicht beirren. Waller nahm ein Aktenbündel von seinem Schreibtisch, hielt ihn mir hin und sagte: „Jahnke, uns machen Sie nichts vor! Wir wissen alles! Hier steht alles drin! Aber wir wollen wissen, ob Sie ehrlich sind, – na, kommen Sie – erzählen Sie schon!"
„Wenn Sie Alles wissen, ist es ja ganz einfach, Sie lesen mir vor, was Sie von mir wissen und ich sage Ihnen dann, ob es stimmt!"
Waller verlor die Fassung. Es knallte zweimal. Zuerst die Akten auf dem Schreibtisch und dann krachte mein Kopf gegen die gekachelte Wand.
„Das könnte Ihnen so passen, dass Sie uns hier Vorschriften machen!"

Waller rieb sich die rechte Hand, mit der er mir einen Schlag ans Kinn versetzt hatte.
Die Tür öffnete sich und Schubert kam herein.
„Na, wie macht er sich? Ist er immer noch so stur und erzählt das Märchen von seinem Vater?“, fragte er.
„Märchen erzählt er uns von Dreyfuß und Mata-Hari!“, antwortete Swolinski.
Schubert baute sich vor mir auf. Er sah mich von unten herauf an: „Hör zu, Jungchen, es wird Dir alles nichts nützen! Wenn Du uns nichts erzählst – Andere sind nicht so dumm wie Du! Aber wir haben Zeit! Wenn Du heute nicht sprichst, redest Du morgen – oder in sechs Wochen! Wir können Dich so lange schmoren lassen, bis Du von selbst angekrochen kommst und uns was erzählen willst, – aber dann brauchen wir Dich nicht mehr!“ und zu Swolinski gewandt: „Meiner singt! Er erzählt einen ganzen Roman! Wenn er hier nicht will? – Na, dann lässt er es! Wenn er seine Jahre ohne Vergünstigungen abbrummen will? Es wird ihm noch sauer aufstoßen, dass er uns das Leben schwer macht!“ Damit verließ er das Zimmer.
„Da haben Sie es, Jahnke, die anderen hauen Sie in die Pfanne, und Sie wollen hier den großen Helden spielen und die anderen schonen! Immer noch die Idee von Blut und Boden, was? Immer hart wie Kruppstahl und zäh wie Leder – oder wie hieß es bei Euch? Sie waren doch in der HJ oder nicht?“ Swolinski hatte sich in Ekstase geredet bei den letzten Worten.
„Nein, ich war nur im Deutschen Jungvolk!“, antwortete ich ruhig.
„Als ob es dabei einen Unterschied gäbe!“, brüllte Swolinski.
„Wie hieß dieser alberne Spruch bei den Pimpfen?“
„Pimpfe sind hart. Schweigsam und treu, Pimpfe sind Kameraden, des Pimpfen Höchstes ist die Ehre!“ Ich stand gerade wie ein Baum. Ich hatte die Hände auf dem Rücken und sah Swolinski gerade in die Augen, während ich den Spruch hersagte.
„Da haben wir es! Schweigsam und treu! Kameraden! Wer sind Sie? Was meinst Du wohl, wer meine Kameraden sind, und wo sie geblieben sind? – Verreckt sind sie irgendwo in Buchenwald und Sachsenhausen!“ Swolinski tobte.
Ich dachte: „Und wo sind meine Kameraden? Verreckt in Neubrandenburg oder in der Äußeren Mongolei – oder wie Tornow und Sankowski – in sechs Monaten hatten Sie sie in Greifswald fertig gemacht! Ich wusste, dass es hier keine Gnade und kein Erbarmen gab. Mir fiel der Refrain eines Liedes ein: „Sterb' ich in Feindesland – was ist dabei? Wenn nur mein Vaterland – wenn Deutschland frei!“

Swolinski wuchtete sich hinter seinem Schreibtisch hoch. Er kam auf mich zu. Ich wusste, dass es ernst war. „Sie werden Dich fertig machen!“, dachte ich und ich nahm mir vor, freiwillig nichts preiszugeben – und so ging ich in die Verteidigung als Swolinski auf mich zu kam.
„Jetzt sind wir dran! Bürschchen, auch wenn Ihr hofft, dass der Ami kommt und Euch rausholt. Euch haben wir erstmal! Und Euch bringen wir dort hin, wo Ihr uns nicht mehr schädigen könnt! Kein Hahn wird nach Ihnen krähen, wenn Sie irgendwo verreckt sind! In unserem großen Arbeiter- und Bauernland! Wir werden dafür kämpfen – und Sie werden für uns arbeiten dürfen – wenn Sie für den Rest Ihres Lebens vegetieren wollen!
Sie tun mir leid, Jahnke, Mensch reden Sie endlich, dann können wir auch für Sie ein gutes Wort einlegen beim Staatsanwalt. Aber wenn Sie nicht wollen – wir können Sie auch so vor Gericht bringen – wegen Begünstigung anderer. Also, was ist? Wollen Sie reden?“
Waller mischte sich ein: „So kommen wir an den nicht ran, so wird der immer verstockter!“ und zu mir gewandt: „Waren Sie mit bei den Weltfestspielen, Jahnke?“
„Nein!“, antwortete ich.
„Und warum nicht?“, fasste Waller nach.
„Ich hatte genug mit der Einbringung der Ernte zu tun!“
„So, – konnten Sie das nicht Ihrem Vater überlassen?“
„Wenn Sie von der Landwirtschaft etwas Ahnung hätten, wüssten Sie auch, dass man mitten in der Ernte nicht einfach drei oder vier Tage dazwischen rauslaufen kann, um in Berlin über die Straßen zu hopsen!“
Das war zuviel. Waller schluckte, er steckte beide Hände in die Hosentaschen. Er musste sich offenbar zusammennehmen, um mich nicht erneut zu schlagen. Swolinski, der sich mit verschränkten Armen auf seinen Schreibtisch gesetzt hatte, war mit einem Satz bei mir. Er baute sich vor mir auf und brüllte: „Sie hätten mitfahren sollen! Dann hätten Sie sehen können, wie die Jugend hinter unserer Regierung steht! Die Ernte, dass ich nicht lache! Die ganze Zeit war Sonnenschein – vorher und nachher!“
Ich blieb ruhig, blickte Swolinski in die zu Schlitzen verengten Augen und sagte: „Es hätte auch ebensogut regnen können, und was hätte unsere Regierung wohl gesagt, wenn wir die Ernte schlecht eingebracht und verdorbenes Getreide abgeliefert hätten? Von der Ernte muss unser Volk das ganze Jahr leben! Ich glaube, es ist wichtiger die Ernte einzubringen, als sich ein paar schöne Tage in Berlin zu machen!“

„So, meinen Sie, waren Sie 1950 beim Pfingstreffen der FDJ?"
„Nein, ich bin kein Mitglied der FDJ.", sagte ich.
„So, wo sind sie dann Mitglied?", fragte Swolinski giftig.
„Ich war Mitglied in der Vereinigung der gegenseitigen Bauernhilfe!"
„Was heißt: Sie waren?!", fasste Swolinski nach.
„Ich bin ausgetreten!"
„So, sie haben es wohl nicht nötig anderen zu helfen, was!", brüllte Waller dazwischen.
„Ich glaube, dass ich anderen helfen kann, ohne in einem Verein zu sein", entgegnete ich.
„So, Verein nennen Sie die gegenseitige Bauernhilfe! Von unseren Einrichtungen ist Ihnen wohl nichts heilig, nur die Kirche, was? Immer noch ora et labora! Lass die Anderen kämpfen, – Hauptsache, die Ernte kommt rein und die Kasse stimmt – was?" Swolinski stand wie ein Stier, der den Kopf zum Angriff senkt, vor mir.
„Es gibt ein altes Sprichwort, dass einer, der dafür sorgt, dass dort wo früher ein Halm wuchs jetzt zehn Halme wachsen, mehr geleistet hat für sein Volk, als ein Feldherr, der eine große Schlacht gewinnt! Danach habe versucht zu leben!", sagte ich.
„So, das hat wohl Bismarck gesagt, Dein Kanzler aus Blut und Eisen?"
Swolinski stand jetzt kaum einen Meter vor mir. Ich sah ihm fest in die Augen und antwortete mir ruhiger Stimme: „Nein, Friedrich der Große hat das gesagt!"
„So, Ihr großer Preußenkönig hat das also gesagt – ist immer noch Ihr großes Vorbild, was? Dieser Strolch, der sein Leben lang ganz Europa von einem Krieg in den anderen gejagt hat..."
„Das war zuerst, danach hat er Preußen in Frieden aufgebaut!", unterbrach ich Swolinski.
„Sag mal, was glaubst Du eigentlich, wo Du hier bist, Du Schlaumeier! Wir sind hier nicht auf einem Diskutierabend! Wir werden Dir zeigen, wie es lang geht bei uns!" Waller sprang auf mich los und holte mit der linken Faust zum Schlag aus. Ich duckte mich geistesgegenwärtig und Waller traf mit der Faust voll in den Spiegel über dem Waschbecken. Der Spiegel zersprang klirrend in Stücke. Waller brüllte vor Schmerz auf und warf sich dann mit beiden Fäusten auf mich. Von dem Anprall wurde ich gegen die Tür geworfen. Das Holz der Tür splitterte, die obere Hälfte der Türfüllung fiel polternd gegen das Treppengeländer. Schubert kam aus dem Zimmer nebenan und steckte seinen Kopf durch das Loch in der Tür. „Was ist los hier, will er frech werden?", erkundigte er sich.

„Nein, das Schwein versucht uns hier reaktionäre Vorträge zu halten!"
Schubert riss die Tür auf und griff mir mit beiden Fäusten in die Jacke. Er stemmte beide Füße schräg gegen den Fußboden und es gelang ihm, mich gegen die Wand zu drücken. Er keuchte und brüllte: „Dir werden wir es noch zeigen! Schlitten werden wir mit Dir fahren – mitten im Sommer! Das versprech' ich Dir!"
Er ließ von mir ab, besah sich die Tür von beiden Seiten, ging dann ans Treppengeländer und rief nach unten: „Hallo, ist dort jemand im Keller?"
„Ja, was gibt es?", fragte jemand von unten zurück.
„Ich schick Dir jemand runter, sperr ihn irgendwo ein – lass ihn aber nicht schlafen – den Hund!" und zu mir: „Los, scher' Dich in den Keller!"
Ich polterte mit den ungewohnten Holzschuhen die ersten Stufen der Treppe hinunter.
Schubert tobte von oben: „Etwas leiser, wenn ich bitten darf!"
Ich hielt inne, setzte mich auf eine Stufe und zog die schweren Holzschuhe aus und ging dann auf Socken in den Keller.
Der Posten im Keller stand schon an der geöffneten Tür.
„Stell Dich in die Ecke!", sagte er zu mir und schloss die Tür.
Ich zog die Schuhe an und sah mich in der Zelle um. Über der Tür brannte jetzt eine starke Glühbirne, die mit einer Glaskappe und einem Drahtgitter gesichert war. Dann stellte ich mich in die Ecke neben dem Fenster. Es gab auch bei Licht nichts zu sehen in der Zelle.
Die Kirchturmuhr schlug zehn Uhr.
Jetzt, wo ich zur Ruhe kam, wurde mir weich in den Knien. Mir wurde abwechselnd heiß und kalt und ich begann am ganzen Leib zu zittern. Wie sollte es weitergehen? Was wussten Sie wirklich? Spionage! Das war eine üble Sache!
Aber lange Zeit zum Überlegen blieb mir nicht. Die Turmuhr schlug halb elf, da wurde die Tür geöffnet: „Komm raus!", sagte der Posten.
Ich ging bis an die Treppe. Der Posten vergewisserte sich, dass niemand auf der Treppe war und sagte dann: „Geh rauf."
Oben an der Treppe stand Swolinski. Die Tür hatten sie geflickt und die Splitter des Spiegels waren weggefegt. Waller saß hinter seinem Schreibtisch, seine linke Hand war verbunden. Ich stellte mich neben das Waschbecken. Swolinski folgte mir in das Zimmer. Schubert trat als Letzter ein. Er baute sich wieder vor mir auf.
„Na, Jahnke, was wissen Sie über die Volkspolizei in Ihrem Dorf?", fragte er.
„Bei uns im Dorf gibt es keine Polizei.", antwortete ich.

„So, wo ist dann die nächste Polizeistation bei Euch?“, fragte er weiter,
„In Dassow.“
„So, und wo dort?“
„Die Wache war schon immer neben dem Rathaus und seit vorigen Sommer ist eine Einheit Grenzpolizei in das Haus neben der Stepenitz-Brücke eingezogen.“
„So, und wo noch?“ Schubert’s Augen blitzten.
„Neuerdings ist auch das Bahnhofshotel mit Polizei belegt.“, sagte ich.
Es schienen ganz alberne Fragen zu sein, aber trotzdem wurde mir die Zunge wieder trocken, denn Schubert schien zu triumphieren.
„Wann waren Sie das letzte Mal in Berlin, Jahnke?“ Schneidend scharf war die Stimme Schubert’s bei dieser Frage.
„Gestern.“, antwortete ich.
„Macht weiter mit ihm!“ Schubert machte eine Bewegung mit der rechten Hand, so, als werfe er mich zwei hungrigen Wölfen zum Fraß vor und verließ den Raum. Die Tür fiel hinter ihm ins Schloss – es war sehr still im Zimmer. Ich hörte, wie Schubert ins Zimmer nebenan ging, unten im Hof zerrte der Hund an seiner Kette.
„Nun, Jahnke wollen sie immer noch behaupten, dass Sie keine Spionage betrieben haben?“, fragte Swolinski, der wieder mit verschränkten Armen auf seinem Schreibtisch saß.
„Ich weiß nicht, wovon Sie reden.“, sagte ich.
„So, wo waren Sie denn in Berlin?“, mischte sich Waller ein.
„Bei meinem Bruder.“
„Was macht der dort?“
„Er geht dort zur Schule!“
„Was ist das für eine Schule?“
„Eine Oberschule.“
„So, die hiesige genügt Euch wohl nicht mehr, was?“
„Hier konnte er sich mit den Lehrern nicht vertragen.“
„So, und wo ist diese Schule, auf der Ihr Bruder mit den Lehrern besser zurecht kommt?“
„In Berlin-Tempelhof.“
„Na, siehst Du, wir kommen der Sache langsam näher! Das ist doch im Westen – oder!?“
„Ja!“, sagte ich. Ich fühlte, dass der Kreis, den sie um mich zogen, enger wurde.
„So, und mit wem haben Sie sich bei Ihrem Bruder getroffen?“, forschte Swolinski, der zum Waschbecken gegangen war und mit dem Wasserhahn spielte.

„Wieso? Mit niemandem: Ich habe meinen Bruder besucht und sein Freund war dort, mit dem er das Zimmer bewohnt." Ich versuchte meine Erregung zu verbergen. Ich spürte, worauf sie hinauswollten.
„Wer ist dieser Freund?"
Swolinski stand jetzt schräg vor mir, die Arme vor der Brust verschränkt, er wippte auf den Füßen, indem er abwechselnd auf den Absätzen und den Zehen stand.
„Er heißt Heisler.", antwortete ich.
„So, und woher kommt dieser Heisler?"
„Er war auch auf der Oberschule hier in Grevesmühlen."
„Konnte er sich auch nicht mit den Lehrern vertragen?"
„Das weiß ich nicht."
„Was wissen Sie überhaupt? Ich will Ihnen mal was sagen, Jahnke, dieser Heisler ist ein Agent und das wissen Sie ganz genau – und Sie sind nur nach Berlin gefahren, um sich mit Heisler zu treffen!", tobte Waller hinter seinem Schreibtisch.
„Das ist nicht wahr!", antwortete ich. Ich versuchte mich nicht aus der Fassung bringen zu lassen.
„Wollen Sie damit sagen, dass wir lügen?", brüllte Swolinski, er kam einen Schritt näher und zischte: „Kerl, wir können Sie zerdrücken wie eine Wanze! Worüber haben Sie mit Heisler gesprochen? Welche Aufträge hat er Ihnen erteilt?"
„Ich habe mit meinem Bruder darüber gesprochen, wie es bei uns aussieht!"
„Was heißt, wie es bei Euch aussieht?"
„Nun, wie das Getreide steht und wie es dem Vieh geht!"
„So, ist das so interessant, dass man sich darüber in Berlin unterhalten kann?" Spott lag in der Stimme Wallers.
„Für Sie vielleicht nicht, aber für uns schon – wir leben schließlich davon!"
„Wussten Sie, dass Heisler Spionage betreibt?" Swolinski hatte sich hinter seinen Schreibtisch gesetzt, die Lampe eingeschaltet und schien die Frage nur so nebenbei gestellt zu haben. Er blätterte in einem Bündel Akten.
„Nein!", antwortete ich.
„Wer hat denn Spionage betrieben?"
„Wriege vielleicht."
„Wer ist Wriege?" Wallers Frage kam scharf – wie ein Schlag, als wenn ein Tiger seine Pranke in seine Beute schlägt.
„Wriege wohnte in Tankenhagen, er wurde vor drei Jahren von den Russen verhaftet und soll jetzt in Bautzen sein."
„Solche alten Kamellen können Sie für sich behalten! Kommen wir

zur Sache, Jahnke, was denken Sie eigentlich, wo Sie hier sind – was!" Swolinski packte die Kaffeetasse, die am Schreibtischrand stand und warf sie haarscharf an meinem Kopf vorbei gegen die Wand. Die Scherben trafen meinen Kopf, ein Splitter fiel mir in den Hemdkragen, aber ich blieb stehen, ich nahm nicht einmal den Splitter aus dem Kragen.
„Was wissen Sie über diesen Heisler? Na, reden Sie endlich, Jahnke!" Swolinski brüllte, Waller machte es sich auf seinem Stuhl bequem, indem er sich zurücklehnte, ein Knie gegen die Schreibtischplatte drückte und auf den hinteren Stuhlbeinen zu schaukeln begann.
Ich zögerte mit der Antwort. Sicher hatte Budzin alles berichtet – und auch Heisler hatte gesagt: „Wenn sie Dich haben, sag alles, sie kriegen es doch raus!"
„Na, Jahnke, ist Ihnen die Sprache weggeblieben? Sie brauchen nicht, wir bringen Sie in den Keller und lassen Sie schmoren. Wir haben Beweise genug gegen Sie." Waller tat gelangweilt, aber Swolinski fuhr dazwischen: „Das würde ihm so passen! Er sitzt im Keller und die Anderen hauen ab. Was wissen Sie von Heisler?"
„Ich weiß nur, dass er Flugblätter verteilt haben soll."
„Was heißt: Haben soll?!"
„Budzin hat mir das erzählt."
„Wer ist Budzin?"
„Er ging mit Heisler und meinem Bruder in eine Klasse, soviel ich weiß, betrieb seine Mutter früher das Hotel „Zur Börse"."
„So, der Budzin hat Ihnen das erzählt. Seit wann ist der Heisler denn schon bei Ihrem Bruder?" Swolinski hatte jetzt ein leeres Blatt Papier vor sich liegen und spielte mit einem Kugelschreiber.
„Voriges Jahr im Sommer ist er dort aufgetaucht.", erinnerte ich mich.
„Wie oft waren Sie bei ihm seitdem?"
„Vier oder fünf Mal. Zuletzt am einundzwanzigsten Dezember und am fünfundzwanzigsten Februar."
„Siehst Du, es geht ja schon ganz gut mit uns – und zu wann ist der nächste Treff vereinbart?", fragte Waller.
„Wir haben gar nichts vereinbart.", antwortete ich.
Waller beendete seine Schaukelei, kam hinter seinem Schreibtisch hervor und baute sich vor mir auf.
„Hör mal, Jahnke, Du bist jetzt einundzwanzig Jahre alt – wie lange willst Du bei uns bleiben? So, wie die Dinge jetzt liegen, langt es für fünfundzwanzig Jahre! Mensch, willst Du Dein Leben wegwerfen, nur, damit einige Spinner, die Du durch Dein Schweigen deckst, in aller Ruhe ihre Koffer packen können, und im Westen

ihr Schmarotzerdasein weiterführen können? Mensch, pack doch endlich aus!"
„Spar Dir die Mühe!", mischte sich Swolinski ein, „Du siehst doch, wie er sich bisher verhalten hat. Um acht wusste er von gar nichts – nur Mata-Hari und Dreyfuß! Jetzt haben wir uns vier Stunden! Vier wertvolle Stunden mit ihm abgerissen. Wir haben es im Guten und im Bösen mit ihm versucht, – und was ist dabei herausgekommen? Er weiß nichts – rein gar nichts! Die Anderen sind längst weg! Lass ihn schmoren! Machen wir Schluss mit ihm, ich bring' ihn in den Keller!"
Er warf den Kugelschreiber auf den Tisch, wuchtete sich von seinem Stuhl hoch und ging zur Tür. Er trat an das Treppengeländer und rief runter: „Hallo, ich schick Dir einen Mann runter, sperr ihn ein, lass ihn aber nicht schlafen!" und zu mir: „Los, scheren Sie sich in den Keller!"
Ich ging die Treppe hinunter. Der Posten empfing mich am Fuß der Treppe und brachte mich in die Zelle.
Ich stand wieder in der Ecke neben dem Fenster. Ich empfand die Kühle hier unten wohltuend gegenüber der Schwüle unter dem Dach und auch mein eigener Schatten, der von der Lampe über der Tür gegen die Wand geworfen wurde, war eine Erholung für meine Augen, die die ganze Zeit über dem grellen Licht der Schreibtischlampe ausgesetzt waren. Die Kirchenuhr schlug halb. Im Haus war nichts zu hören, nur der Posten schlich durch den Keller, um die Zelleninsassen durch den Spion zu beobachten.
Ich überlegte. Was wussten sie von mir? Anscheinend nur das, was Budzin ihnen berichten konnte. Aber was wusste Budzin wirklich? Wusste er nur von meinen Beziehungen zu Heisler, oder wusste er auch von den in der Gartenlaube vergrabenen Pistolen?
Lange konnte ich meinen Gedanken nicht nachhängen. Plötzlich ist wieder Bewegung im Bau. Oben brüllt Swolinski.
Die Tür zu meiner Zelle wird aufgerissen.
„Los, raus und nach oben!", zischte der Posten. „Er ist wohl nicht erbaut über eine derart bewegte Nachtschicht.", dachte ich.
Ich polterte die Treppe rauf. Oben empfing mich Swolinski mit hasserfülltem Blick. Ich betrat das Zimmer. Hinter dem Schreibtisch saß Waller. Er hatte einen Pass in der Hand, in dem er blätterte.
„Das ist doch Dein Pass – oder?" Waller hielt mir den Pass mit dem aufgeschlagenem Passbild hin.
„Ja!", antwortete ich arglos.
Er schlägt die letzte Seite mit dem Stempel für die Aufenthaltsgenehmigung im Grenzgebiet auf und fragt scharf: „Und was ist das?!"

„Das ist die Erlaubnis für den Aufenthalt im Fünfkilometer-Sperrgebiet an der Grenze!“, antwortete ich.
„So, und wie kommst Du dazu?“, fuhr Swolinski mich an.
„Ich wohne dort!“
Swolinski ließ mich kaum ausreden und brüllte: „Und das sagst Du erst jetzt?“
„Sie haben mich nicht danach gefragt!“
„So, Du wohnst also im Grenzgebiet und warst trotzdem gestern beim Agenten Heisler in West-Berlin! Was hast Du dort über die Sicherungsmaßnahmen unserer Grenztruppen berichtet?“ Wie zur Betonung der Wichtigkeit seiner Frage klopfte Waller bei jedem Wort mit dem stumpfen Ende seines Bleistiftes auf den Tisch.
Ich zuckte mit den Schultern, „Nichts Besonderes, was so los war.“
„So, und was war das?“
„Überall sind Schilder aufgestellt und auf den Straßen patrouillieren russische Doppelposten.“
Swolinski ging sofort hoch: „Das heißt nicht russische Posten, das heißt Posten der Roten Armee – ist das klar?!“
„Ja!“, antwortete ich.
„Dann merk' Dir das! Was hast Du noch berichtet?“
„Nichts, Heisler wusste schon alles.“
„Was wusste Heisler alles?“
„Nun, dass wir an der Grenze arbeiten mussten und das verschiedene Leute aus dem Grenzgebiet evakuiert wurden.“
Swolinski stand wieder am Wasserhahn und ließ das Wasser tropfen. Ich hatte jetzt wirklich Durst und es ärgerte mich jetzt, dass ich während der Arbeit vor Schlutup nicht abgehauen war. Waller drehte die Lampe so, dass ich wieder scharf angestrahlt wurde. Er kramte aus seinem Schreibtisch einen Block Papier hervor, suchte aus der Bleistiftschale einen Kugelschreiber heraus und sagte zu mir: „So, Jahnke, jetzt erzähl mal alles schön der Reihe nach!“
Alles begann von vorne: Name, Vorname, geboren – wann und wo, Wohnort, ledig. Swolinski stand neben mir und stellte die Fragen. Er tobte nicht mehr. Er war ruhig – gefährlich ruhig. Waller saß hinter dem Schreibtisch und schrieb Fragen und Antworten mit.
Ich ließ die Fragen über mich ergehen und überlegte die Antworten, die ich gab, ganz genau. Der erste Besuch in Berlin nach dem Einzug Heislers bei Wolfgang. Was war bis dahin an Polizei in Dassow stationiert? Dann der Besuch im Februar. Das Bahnhofshotel war bis dahin mit Polizei belegt worden.
„Wie haben Sie bemerkt, dass dieses Hotel mit Grenztruppen belegt war?“, fragte Swolinski.

„Ich habe früher, wenn ich in Dassow war, im Restaurant des Hotels eine Brause oder einen Kümmel getrunken. Eines Tages war das Hotel geschlossen und mit Polizei belegt!“, antwortete ich, dass ich nebenbei die Wirtin schwarz mit Butter beliefert hatte, verschwieg ich.
„Soso, Sie haben dort gelegentlich eine Brause oder einen Kümmel getrunken! Ging der Weg von Tankenhagen nach Dassow nicht anders herum und Sie sind diesen Weg nur gefahren, weil Sie sehen wollten, was es in der Stadt Neues gab?“, bedrängte mich Swolinski.
„Man kann anders herum fahren, aber dann hat man eineinhalb Kilometer unbefestigten Landweg, gegenüber fünfhundert Meter auf diesem Weg!“
„Du lügst doch schon wieder!“, bellte Waller hinter seinem Schreibtisch.
„Wenn Sie es nicht glauben, fahren Sie doch hin und überzeugen sich!“ Ich wollte diese Antwort schreien, aber was hätte es genützt? Sie wären über mich hergefallen und hätten mich zusammengeschlagen. So beherrschte ich mich und blieb ruhig.
„Das werden wir prüfen – verlass Dich darauf! Was haben Sie noch berichtet, bei Ihrem vorletzten Treff mit Heisler in West-Berlin?“
So ging es weiter – Frage für Frage – Antwort für Antwort.
„Woher wussten Sie, dass es sich um Grenzpolizei handelte?“, fragte Swolinski.
„Ich habe es vermutet, denn für die öffentlichen Angelegenheiten war nach wie vor die Polizeistation neben dem Rathaus zuständig.“
„Dass man die Grenzpolizei an der Uniform von der normalen Volkspolizei unterscheiden kann, wissen Sie nicht, was?“, fragte Swolinski.
„Nein, alle tragen blaue Uniformen“, antwortete ich.
„Ach nee, das ist Ihnen noch nicht aufgefallen, dass die Kreispolizei blaue Hemden trägt, während die Grenzpolizei mit Khakihemden bekleidet ist?“
„Nein!“
„So, aber jetzt wissen Sie es – oder?“
„Ja, Sie haben es mir ja eben erklärt!“
„Welche Einheiten der Roten Armee patrouillierten bei Ihnen im Dorf?“
„Das weiß ich nicht – für mich sind Rotarmisten Rotarmisten!“
„So, wie waren sie ausgerüstet und bekleidet?“, fragte Waller.
„Wie die Russen eben bekleidet sind, mit Stiefelhose, Stiefeln aus Leder oder Segeltuch und sogenanntem Russenhemd.“
„Das heißt nicht Russenhemd – das ist eine Feldbluse – merk’ Dir

das! Und was weiter?“
„Nun ja, dazu tragen sie ein Käppi und die Feldbluse wird mit einem Koppel zusammengehalten –vorne glatt gestrichen, die Falten auf den Rücken zusammengeschoben. Bewaffnet sind sie mit Karabinern und Maschinenpistolen.“
„Und die Offiziere, wie sind die bekleidet?“
„Genau so, nur der Stoff ist feiner, zum Teil tragen sie statt einer Feldbluse ein Jackett und Schirmmützen statt Käppi.“
Swolinski räkelte sich hinter seinem Schreibtisch, sah auf die Uhr und sagte: „Das reicht für heute! Gib ihm das Protokoll zum Unterschreiben und Schluss für heute!“ und verließ das Zimmer.
Waller schob mir einen Stuhl an den Schreibtisch, gab mir fünf eng beschriebene Blätter Papier und sagte: „Setz Dich da hin, lies es durch und unterschreib' – jedes einzelne Blatt – jede Seite mit: selbst gelesen und unterschrieben und Deiner Unterschrift!“
Ein Mann in FDJ-Uniform betrat das Zimmer.
„Pass auf ihn auf, wenn er das Protokoll unterschrieben hat, bring' ihn in den Keller – aber lass ihn nicht schlafen!“ Damit ging auch Waller aus dem Raum.
Ich unterschrieb. Wohl war mir nicht dabei – aber was konnte ich tun? Dann brachte mich der FDJler in die Zelle im Keller.
„Stell Dich in die Ecke!“, sagte er, dann knallte er die Tür zu und verschloss sie. Ich stand in der Ecke. Die Uhr schlug drei.
Ich überlegte. Ich konnte nicht bestreiten, dass ich in Heislers Gegenwart mit Wolfgang über die Verstärkung der Polizei gesprochen hatte. Auch wusste ich, dass Heisler damit geprahlt hatte, für den Französischen Geheimdienst gearbeitet zu haben. Heisler hatte aber vorgestern auch gesagt: „Nehmt Euch vor Budzin in Acht, das Schwein verrät alles!“
Jetzt mit einem Mal – aber als ich im Dezember Bedenken äußerte, dass mir der Budzin nicht der geeignete Mann zu sein scheine, hatte derselbe Heisler gesagt: „Du kannst Dich auf Päule verlassen!“
Jetzt war es zu spät! Jetzt saß ich in der Falle – und wer weiß, wer noch alles.
Die Füße begannen zu schmerzen. Ich versuchte dem abzuhelfen, indem ich mich zeitweilig auf die Fußkanten stellte.
Die Kirchenuhr schlug halb vier, ich wurde müde. Ich konnte nur schwer der Versuchung widerstehen, mich mit dem Kopf gegen die Wand zu lehnen. Der Posten auf dem Gang brüllte vor einer anderen Zelle: „Bleiben Sie ja stehen, sonst passiert was!“
Ich riss mich zusammen. Und dachte: „Nur nicht mit den Banditen anlegen! Durchhalten!

Nur zugeben, was sie durch Budzin wissen konnten und ihnen keine unnötigen Reibungsflächen bieten. Ich beschloss stehen zu bleiben bis ich umfiel. Vielleicht würde es mir gelingen meine Beziehungen zum NWDR am Heidelberger Platz zu verbergen.
Die Kirchenuhr schlug vier.
Der Posten kam, öffnete die Tür, warf eine Decke auf die Pritsche und sagte: „Leg Dich hin und schlaf!"
Ich ließ mich auf die Pritsche fallen, zog die Holzschuhe aus, rollte mich in die Decke und schlief sofort ein.
Durch ein Poltern an der Tür wurde ich wieder wach.
Es dauerte eine Weile, bis ich wusste, wo ich mich befand.
Wie lange ich geschlafen hatte, wusste ich nicht. Durch die Schlitze in der Fensterblende drang helles Licht in die Zelle. Nach dem Tageslicht, das durch die Schlitze im Fensterkasten drang, konnte es sechs Uhr sein. Ich setzte mich auf, zog die schweren Schuhe an, stand auf, streckte meine Glieder – und sackte sofort zusammen. Mir wurde schwarz vor den Augen – ich musste mich auf die Pritsche setzen, um nicht zu fallen.
„Verflucht, was war das?", dachte ich.
Dann fiel mir ein, dass ich bis in den frühen Morgen gestanden hatte – und auch in der vorherigen Nacht wenig geschlafen hatte. Dann das Liegen auf der harten Pritsche – das war wohl zuviel gewesen.
Ich versuchte es noch einmal – dieses Mal passierte nichts.
Ich maß mit ein paar Schritten den Raum aus, machte einige Kniebeugen, beugte Kopf und Rumpf nach allen Seiten – allmählich wich die bleierne Schwere aus den Gliedern und auch das Gehirn formte wieder Gedanken.
Der Posten brachte eine Schüssel mit Wasser, Handtuch, Seife und einen leeren Eimer.
Ich zog Jacke und Hemd aus und wusch mich. Es tat wohl, das kühle Wasser über den steifen Nacken rieseln zu lassen. Ich trocknete mich ab und zog mich an. Das Waschwasser schüttete ich in den Eimer. Dann machte ich mir etwas Bewegung, indem ich in der Zelle fünf kleine Schritte von der Tür bis zum Fenster hin und fünf kleine Schritte vom Fenster zur Tür ging.
Der Posten holte die Waschutensilien. Den Eimer mit dem Wasser ließ er stehen: „Wenn Du mal musst!", sagte er spöttisch.
Dann brachte er das Frühstück: Einen faustgroßen Kanten Brot, der an einer Seite mit Margarine bestrichen war und eine 1-Liter-Schüssel, halb gefüllt mit Kaffee. In dem Kaffee befand sich die Zuckerration. Das merkte ich aber erst, als ich den Kaffee zur Hälfte getrunken hatte, dadurch, dass das Getränk immer süßer wurde.

Ich schüttelte den Rest Kaffee so lange, bis der Zucker im Rest des Kaffees völlig aufgelöst war.
Das Brot war von einer minderwertigen Qualität. Es war schwarz, klitschig und mit Haferspelzen durchsetzt. Aber ich würgte das Brot in mich hinein, denn ich sagte mir, dass ich mich bei Kräften halten müsse.
Der Posten holte den Kaffeebecher und sagte: „Sie stellen sich dann wieder in die Ecke!"
Wieder stehen. Wie lange sollte das so gehen? Was hatten sie mit mir vor? Würden sie mich bei sich behalten, oder würden sie mich an die Russen ausliefern? Hier in Grevesmühlen würde ich auf keinen Fall lange bleiben.
Die Uhr schlug sieben. Die Lampe brannte immer noch, obwohl es draußen heller Tag war.
Mir fiel ein Interview ein, das ich im NWDR gehört hatte. Ein Mann, der nach einer kurzen Haft in den Westen geflohen war, hatte über seine Erlebnisse berichtet. Er sagte, das in Mecklenburg die Stasizentrale in Schwerin unweit des Schlosses untergebracht sei.
„Geben Sie nur zu, was die von Ihnen wissen können, versuchen Sie keine Bekannten zu belasten!", hatte der Mann gesagt.
„Nun ja, ich werde versuchen, mich an diesen Rat zu halten!", dachte ich.
Die Uhr schlug halb, sie schlug acht.
Immer die gleichen Gedanken: Was wird – was wird?
Aber Andere vor mir waren diesen Weg gegangen: Ich dachte an Arno Esch, der 1949 von den Russen verhaftet und erschossen wurde, weil er eine liberale Jugendgruppe an der Rostocker Universität gegründet hatte. Ich dachte an Andreas Hofer, den Helden von Tirol. An den Buchhändler Palm, der zu Napoleons Zeiten das Buch: „Deutschland in seiner tiefsten Erniedrigung" geschrieben hatte, an die Schillschen Offiziere und an viele Andere, die ihr Leben für die Freiheit eingesetzt hatten. Auch der Dithmarscher Pidder Lünk hatte seine Bauern unter dem Spruch: „Lever dot as Slav" gegen die Ritter geführt.
Sicher war ich kein Volksheld, aber es war ein Trost, an dem man sich aufrichten konnte!
Der Posten auf dem Gang brüllte wieder: „Wer hat etwas von Hinsetzen gesagt? Stehen Sie auf! Stellen Sie sich in die Ecke!"
Die Uhr schlug neun – zehn – elf.
Ich hörte, wie der Posten vor der Tür spionierte. Offenbar waren sie zu zweit, denn ich hörte wie einer sagte: „Das Schwein lässt sich nicht erwischen!"

Oben im Haus war geschäftiges Treiben. Autos fuhren vor und ab, auf der Treppe wurde gelaufen.
Kurz nach halb zwölf wurde ich aus meiner Zelle geholt und nach oben gebracht.
Im Erdgeschoss stand eine Tür auf. In der Tür stand ein Mann mit einer Motorradkappe auf dem Kopf – es war Mischeck, der Chef der VEAB-Kasse im Nachbarort Harkensee.
(VEAB = Vereinigung der Erfassungs- und Aufkaufbetriebe)
Plötzlich wusste ich, warum Oswald Brandt, ein junger Mann aus Harkensee, der ein Pferd von uns gekauft hatte, wie eine Klette an mir gehangen hatte, obwohl ich ihm gegenüber nie irgendwelche Sympathien gezeigt hatte. Er hatte mich im Auftrag Mischecks bespitzelt!
Oben im Zimmer wartete Swolinski auf mich. Für Waller war ein junger Mann in einem blauen FDJ-Hemd dabei.
„Na, Jahnke, ist Ihnen inzwischen noch etwas eingefallen?“, begann Swolinski das Verhör.
„Nein, nichts!“, antwortete ich.
Ich sah zwischen den Schreibtischen hindurch aus dem Fenster. Es war ein schöner Tag draußen.
Der alte Mann werkelte wieder in seinem Garten.
„Ist der immer so eintönig?“, mischte sich der FDJler in das Gespräch ein.
„Ein ganz verstockter Hund ist das! Träumt immer noch vom alten Fritz! Blut und Ehre und solchen Sachen! Was, Jahnke, stimmt doch? Aber jetzt sind wir die Herren! Und Dich werden wir hinbringen, wo Du hingehörst! Verlass Dich drauf!“
Ich sah an ihm vorbei aus dem Fenster. Swolinski folgte meinem Blick, war mit einem Satz beim Fenster und zog den Vorhang zu.
„So, jetzt sind wir wieder unter uns! Na, Jahnke, wie war das? Wann waren Sie das letzte Mal in West-Berlin?“
„Sonntag.“, antwortete ich.
„Da hörst Du's! Wohnt im Fünf-Kilometer-Sperrbezirk und fährt nach West-Berlin, um einem Agenten, der bei seinem Bruder wohnt, Bericht zu erstatten! Aber zu den Weltfestspielen konnte er nicht fahren, da hatte er keine Zeit! Guck ihn dir an, dieses Kulakensöhnchen. Noch ist er stur und kernig! Es wäre am einfachsten, wenn wir es mit ihm machen würden, wie Hitler es mit unseren Leuten gemacht hat: An die Wand stellen und fertig! Aber wir sind besser! Wir wollen versuchen ihn umzuerziehen. Wir wollen ihm die Hand reichen, damit er uns hilft unseren Staat aufzubauen – in Frieden und demokratisch! Jahnke, ich frage Sie jetzt zum letzten Mal,

wollen Sie nicht ein umfassendes Geständnis ablegen über Ihre Agententätigkeit gegen die DDR und SU?“ Swolinski stand breitbeinig mit verschränkten Armen vor mir und sah mich fragend an.
„Ich habe Ihnen gestern Abend alles gesagt!“, antwortete ich ruhig und sah Swolinski dabei fest in die Augen.
„Was? Du wagst es, heute genau so zu lügen wie gestern? – In den Keller!“ und zu dem FDJler sagte er: „Bring ihn runter!“
Swolinski ging hinter seinen Schreibtisch und ließ sich auf den Stuhl fallen.
Der FDJler nahm eine Pistole aus der Schreibtischschublade, steckte sie in einen Schulterhalfter, schnallte sie um, zog umständlich eine Jacke darüber und brachte mich in den Keller.
Die Tür im Erdgeschoss war geschlossen, niemand war zu sehen.
Wieder stand ich in meiner Ecke.
Aber nicht lange, da kam der Posten und brachte das Mittagessen. In der Schüssel schwammen einige Kartoffelstücke und Fleischfasern in einer Soße. Gulasch stellte ich fest, sehr stark gesalzen und mit reichlich Pfeffer gewürzt. Dabei dachte ich: „Ob sie das Essen so stark gewürzt haben, damit ich durstig werde?“ Aber lange Zeit zu solchen Überlegungen blieb mir nicht. Kaum hatte ich die Schüssel geleert, da holte der Posten die Schüssel und sagte: „Stell Dich wieder in die Ecke, Mittagsstunde gibt's hier nicht!“
So stand ich wieder in der Ecke. Die Kirchenuhr schlug die halben und die vollen Stunden.
Die Zeit versickerte langsam und unerbittlich.
Der Hund vor dem Fenster klirrte mit seiner Kette. Manchmal kam ein Mann und redete ihn freundlich an, dann winselte der Hund vor Freude. Gegen sechs Uhr begann es durch die Fensterschlitze zu dämmern, – die Sonne stand auf der anderen Seite des Hauses.
Mit der Zeit begann es in meinen Händen zu kribbeln. Ich nahm die Arme hoch und faltete die Hände hinter dem Kopf – das Kribbeln ließ nach.
Um sechs brachte der Posten das Abendessen. Wieder ein Kanten Brot und einen Becher Kaffee. Dieses Mal war der Kaffee ungesüßt. Ich ließ mir beim Essen Zeit, um etwas länger sitzen zu können.
Dann stand ich wieder. Punkt acht Uhr schickte der Posten mich nach oben. Wieder wartete Swolinski an der Treppe. Der FDJler saß hinter dem Schreibtisch und blätterte in einigen Papieren.
“ Sie sind doch ein erbärmlicher Lügner, Jahnke, aber wir kommen Ihnen noch auf die Schliche!“, begann Swolinski.
Der FDJler sah von seinen Papieren auf: „Hat Ihnen das Abendessen geschmeckt, Jahnke?“

„Ja!“, antwortete ich knapp.
„So, meinen Sie, dass Sie es überhaupt noch wert sind, dass wie Sie noch mästen?“
„Du hast schon Recht, wir hätten weniger Arbeit, wenn wir ihn einfach krepieren ließen, wie einen räudigen Hund!“, griff Swolinski den Faden auf.
Die Tür wurde aufgerissen und Schubert trat ein.
„Was ist, hat er schon ausgepackt?“, fragte er Swolinski.
„Ach was, er lügt wie gedruckt.“
Schubert baute sich vor mir auf, wippte auf den Zehenspitzen und krähte: „Wer ist DE I N Vertrauensmann in Karlow?!“
„Ich kenne niemanden in Karlow.“, antwortete ich.
„Wer ist D E I N Vertrauensmann in Hohenschönberg?“
„Ich habe keinen Vertrauensmann in Hohenschönberg?!“ Wohl war mir bei dieser Frage nicht.
Wie kamen sie ausgerechnet auf Hohenschönberg?
Schubert stellte sich auf die Zehenspitzen, nahm die Faust und trommelte mir damit vor die Stirn: „Auch Deinen Dickschädel werden wir klein kriegen! Verlass Dich drauf, auch Du wirst reden!“
Damit verließ Schubert den Raum.
Swolinski machte es sich an seinem Schreibtisch bequem. Er knöpfte die Jacke auf und lehnte sich auf dem Stuhl zurück.
„Na, Jahnke, wie fühlen Sie sich?“
„Wie soll ich mich fühlen?“, fragte ich zurück.
„Nicht wohl - wie ich mir denke. Bei der Hausdurchsuchung bei Ihnen haben wir diese Karte gefunden, auf der mit Bleistift im Kreisgebiet Grevesmühlen mehrere Bezirke eingezeichnet sind. Was haben diese Bezirke zu bedeuten?“
Er zeigte mir die Karte - es war eine Generalstabskarte vom Kaisermanöver 1911. Swolinski hatte bei dieser Frage seine bequeme Haltung aufgegeben und hockte jetzt hinter dem Schreibtisch wie ein Tiger vor dem Sprung.
Ich war erleichtert. Wenn sie weiter nichts gegen mich hatten, als diese Karte, konnten sie mir nicht viel anhaben. Aber gleichzeitig schnürte mir ein anderer Gedanke die Kehle zu! Die Schriftstücke in der Ofenröhre! Was würde, wenn sie die gefunden hatten? Aber es gelang mir meine Erregung zu verbergen und sagte: „Diese Karte gehörte einem gewissen Bretzing. Er war nach dem Krieg zuerst Bürgermeister in Tankenhagen. Anschließend hat er als Erfasser für landwirtschaftliche Erzeugnisse für die VEAB gearbeitet. Er war viel unterwegs und hat wohl diese Bezirke in die Karte eingezeichnet!“

„So, das ist ja wieder ein schönes Märchen, was Sie uns da aufbinden wollen!“ Swolinski war bissig. Aber bevor er eine Frage stellen konnte sagte ich: „Es dürfte Ihnen nicht schwer fallen, meine Aussage zu prüfen, ob Bretzing bis zu seiner Pensionierung für die VEAB tätig war!“
„Das müssen Sie uns überlassen, was wir tun! Aber wie kommt die Karte in ihren Besitz?“
„Bretzing zog 1947 zu seiner Tochter nach Frankfurt am Main und überließ mir diese Karte.“
„Das wird sich ja herausstellen, ob Sie die Wahrheit sagen – in diesem Fall! Aber Jahnke, Sie haben uns doch längst nicht alles gesagt über Ihre Beobachtungen der VP und der Roten Armee.
Das ist doch mehr als dürftig! Das sind doch Kindereien! Was haben Sie über die Bewaffnung und Ausrüstung der Grenztruppen und der Sicherungseinheiten der Roten Armee bei Ihrem Besuch in West-Berlin dem Agenten Heisler berichtet?“
Swolinski nahm sich sehr wichtig bei dieser Frage, denn er sprach langsam und deutlich und klopfte zur Untermalung mit einem Bleistift auf die Tischplatte.
„Darüber weiß ich nichts und ich habe darüber nichts berichtet!“
„Wenn Sie gesehen haben, dass ein Hotel von Grenztruppen der DDR besetzt worden ist, werden Sie doch auch gesehen haben, ob sie bewaffnet waren oder nicht?“ Swolinski wurde laut.
„Sie trugen Pistolen.“, sagte ich und zuckte mit den Schultern, „Schließlich musste ich auf mein Fuhrwerk und meine Pferde achten.“
„So, Pistolen trugen sie – na das ist ja schon etwas! Und die Rote Armee?“ Swolinski schrieb Fragen und Antworten mit.
„Die Posten der Roten Armee trugen Karabiner und Maschinenpistolen, sogenannte Balalaikas.“, antwortete ich.
„Wo waren die Soldaten der Roten Armee untergebracht?“
„Das weiß ich nicht, sie wurden zur Ablösung mit Lastwagen gebracht und abgeholt!“
„So, was waren das für Lastwagen?“
„Es waren russische Autos, die mit der Fahrerkabine, die aussieht wie eine Zigarrenkiste!“
„Haben Sie sich die Nummern der Fahrzeuge gemerkt?“
„Nein, wozu?“, fragte ich erstaunt.
„Spielen Sie hier nicht den Naiven! Sie wissen genau, dass man anhand der Fahrzeugkennzeichen feststellen kann, zu welcher Einheit sie gehören. Also haben Sie sich die Nummern gemerkt?“
„Nein!“, antwortete ich kurz aber bestimmt.

„Wie war die Farbe der Kragenspiegel der Sowjetsoldaten?"
„Darauf habe ich nicht geachtet!"
„Wie war die Farbe der Mützenumrandung der Offiziere?"
Ich überlegte, dann sagte ich: „Rot und grün."
„Machen Sie konkrete Angaben! Und reden Sie in ganzen Sätzen!", mischte sich der FDJler in das Verhör ein und, wie um seine Anwesenheit zu demonstrieren, schaltete er seine Tischlampe ein und drehte die Lampe wieder so, dass ich voll angestrahlt wurde.
„Die Mützenumrandungen der Offiziere der Roten Armee waren rot und grün."
„Sie erkannten also, dass die Sowjetsoldaten zu den Sicherheitstruppen der Roten Armee gehören?" Der FDJler stellte diese Frage wie nebenbei.
„Wieso, woher soll ich wissen, dass die patrouillierenden Wachen der Roten Armee zu den Sicherheitstruppen gehören?", fragte ich zurück.
„Sie haben doch eben gesagt, dass die Offiziere Mützen mit roten und grünen Umrandungen tragen – oder nicht?" Swolinski sah von seinem Tisch auf.
„Ja!".
„Na, sehen Sie, die Sicherheitstruppen der Roten Armee tragen rote und grüne Mützenbänder!"
„Deshalb können Sie aber nicht ins Protokoll schreiben, dass ich die Soldaten der Roten Armee als Einheiten der Sicherheitstruppen erkannt habe – bis vor zehn Minuten waren für mich Russen Russen!"
„Weshalb regen Sie sich so auf?"
„Wenn Sie das so ins Protokoll aufnehmen, unterschreibe ich das nicht!"
„So, Sie unterschreiben das Protokoll nicht? Darauf können wir verzichten! Das, was Sie gestern Abend unterschrieben haben, reicht für uns, um Sie unschädlich zu machen!"
„So, dann brauche ich ja keine Aussagen mehr zu machen!", sagte ich.
„Ach nee – und wie war das mit den Briefen, die Sie im Dezember von Heisler mitgenommen und verteilt haben?" Swolinski schien zu frohlocken.
„Ich habe die Briefe nicht verteilt, ich habe sie bei Budzin abgegeben!"
„Was war in den Briefen?"
„Ich weiß nur, dass in dem Brief an Budzin das Reisegeld für eine Fahrt nach Berlin steckte."
„Woher wussten Sie das?"

„Weil ich Heisler die 25 Ostmark, die er in den Brief steckte, gegeben habe. Er hatte kein Ostgeld."
„Das heißt Mark der DDR!", brüllte der FDJler.
„Was bekamen Sie dafür, dass Sie die Briefe beförderten?", fuhr der FDJler dazwischen.
„Nichts!"
„So, das wollen Sie uns hier erzählen! Was war in den Briefen an Stiehr und Koberg?"
Swolinski spielte wie gelangweilt mit seinem Kugelschreiber.
„Das weiß ich nicht.", antwortete ich. Mir schmerzten die Füße vom langen Stehen, in den Händen kribbelte es wieder und die Handflächen wurden feucht, aber ich versuchte die Beschwerden zu verbergen. Das Verhör ging weiter. Es war ein hartes Ringen. Ich wiederholte meine Aussagen vom Tag zuvor fast wortwörtlich und ließ nicht zu, dass sie mir Details unterschoben, die mir nicht gefielen.
Ich war überzeugt, dass sie nicht mehr von mir wussten, als das, was Budzin ausplaudern konnte.
Aber da waren noch die zehn Blatt Papier in der Ofenröhre! Wenn sie die bei der Hausdurchsuchung gefunden hatten, würde ich meine Beziehungen zum NWDR verheimlichen können?
Bis lange nach Mitternacht war ich mit Swolinski und dem FDJler allein. Dann kam Schubert.
„Wie weit seid Ihr mit ihm?", fragte er Swolinski.
„Nichts, er hat die Lügen von gestern Abend Wort für Wort wiederholt!"
„So, zeig her, was Du da hast!" Er nahm die fünf Blatt Papier, die Swolinski vollgekritzelt hatte und begann zu lesen. Dann sagte er: „Unterschreib das hier! Aber mit vollem Namen, nicht nur mit S. Jahnke, wie gestern!" In seinen Augen glühte Hass, als er mich ansah und dann den Raum verließ.
Ich unterschrieb jede Seite, nachdem ich sie gelesen hatte.
„Bring ihn in den Keller!", sagte Swolinski zum FDJler.
„Darf ich auf die Toilette?", fragte ich.
„Hast Du keinen Eimer in der Zelle?", fragte der FDJler spöttisch zurück.
„Damit die Sache die ganze Nacht vor sich hin stinkt?"
„Daran wirst Du Dich gewöhnen müssen!", sagte der FDJler.
„Sei nicht so grob zu ihm. Lass ihn zum Abgewöhnen noch mal ordentlich kacken!"
Swolinski grinste, als er dem FDJler diese Anweisung gab.
Der junge Mann bewaffnete sich wieder wie am Vormittag. Dann

brachte er mich in den Keller, wo er mich in einen Waschraum gehen ließ, blieb aber in der Tür stehen, während ich das Klo benutzte. Danach brachte er mich in die Zelle.
Gleich nachdem der FDJler gegangen war, kam der Posten, warf die Decke auf die Pritsche und sagte: „Leg Dich schlafen!"
Das ließ ich mir nicht zwei Mal sagen. Ich zog die Schuhe aus, rollte mich mit Kleidern in die Decke und schlief sofort ein.
Ich erwachte dadurch, dass mich jemand hart an der Schulter rüttelte.
„Es ist nicht zu glauben, dass so ein Strolch einen derart gesunden Schaf hat!", hörte ich jemand sagen. Ich wurde munter und sah, dass Schubert neben der Pritsche stand. Er hatte ein Blatt Papier in der Hand, das er mir hinhielt.
„Lesen Sie das durch und unterschreiben Sie das!", sagte er.
Es war ein Verzeichnis der Dinge, die sie mir bei der Einlieferung in diese Villa am Vielbeker See abgenommen hatten: Das Taschenmesser, das Taschentuch, den Hosenträger, die Stiefel und den Pass.
„Kann ich das Taschentuch nicht behalten?", fragte ich. Schubert sah mich von der Seite an: „Dann streich es aus der Liste."
Ich steckte das Taschentuch ein, korrigierte und unterschrieb die Liste. Schubert verließ die Zelle. Ich rollte mich in die Decke und schlief weiter.
Wieder wurde ich geweckt. Diesmal war es der Posten, der mich aus dem Schlaf riss: „Los geh nach oben!"
Ich schlüpfte in die Schuhe und polterte die Treppe rauf.
Im Erdgeschoss stand ein Mann. – Ein Riese, an die zwei Meter groß, mit breiten Schultern und einem Bauch. Das Gesicht war aschgrau, die Augen stumpf. Er hielt meine Stiefel in der linken Hand, in der Rechten hielt er einen Browning-Revolver.
„Sind das Ihre Stiefel?", fragte der Mann mit heiserer Stimme.
„Ja!", antwortete ich.
„Dann ziehen Sie sie an!"
Ich tauschte die schweren Holzschuhe gegen meine Stiefel.
„Sie gehen jetzt mit hinter dem Kopf verschränkten Händen raus. Draußen steht ein Wagen, dort steigen Sie ein. Haben Sie das verstanden?" Der Riese sprach schleppend und eindringlich.
„Ja!", sagte ich.
„Dann laufen Sie! Los! Los!"
Ich verließ das Haus. Vor dem Haus stand ein Posten im Blauhemd, mit einer Pistole in der Hand.
Bis zum Gartentor standen zwei weitere Posten. Vor der Pforte wartete ein grüner Lieferwagen – die hintere Tür war offen.

Der Posten neben der Gartenpforte befahl: „Los, da rein!"
Ich stieg in den Wagen. Kaum war ich in dem Fahrzeug, da bekam ich einen Stoß. Ich flog in die hintere linke Ecke des Wagens. Ich wusste nicht, wie mir geschah. Irgendetwas schlug mir in die Kniekehlen. Ich sackte zusammen und saß in der Ecke des Wagens. Eine Tür wurde mir krachend vor der Nase zugeschlagen. Ich war in einer engen Zelle eingepfercht, in der ich mich kaum rühren konnte. Ich hörte, dass sie noch zwei weitere Häftlinge einluden. Der Wagen fuhr an. Ich wurde hin und her geworfen. Ich konnte nur gebückt sitzen, denn das Dach des Fahrzeugs war gewölbt. Wenn ich den Kopf gerade halten wollte, stieß ich gegen das Dach.
Der Fahrer fuhr wie eine gesengte Sau. Bei jedem Schlagloch, in jeder Kurve flog ich gegen die Tür oder die Wand. Als wir aus der Stadt heraus waren, wurde es besser – oder hatte ich mich an die Schaukelei gewöhnt?
„Wo geht es hin?", fragte ich mich.
Es ging einen Berg hinunter, eine scharfe Linkskurve, nach einer kurzen Strecke eine scharfe Rechtskurve und einen Berg hinauf. Plötzlich wusste ich, wo ich war: In Mühleneichsen! Es ging nach Schwerin!

Schwerin! Ich hatte im NWDR ein Interview mit einem in den Westen geflohenen DDR-Sicherheitsbeamten gehört. Demnach sollte in Schwerin an einem See unweit des Schlosses einer der schlimmsten Folterkeller der DDR eingerichtet sein.
Wer waren die beiden anderen Insassen des Wagens? Ich war beim Einsteigen in den Wagen zu sehr mit mir selbst beschäftigt, als dass ich jemand erkennen konnte. Nach Mühleneichsen wurde die Straße besser. Es war heiß in dem Fahrzeug. Ich schwitzte. Der Schweiß rann mir aus allen Poren.
In den Straßen Schwerins wurde es fast unerträglich. Der Fahrer bremste hart vor Kreuzungen, fuhr ruckartig an und ging in die Kurven, dass ich von einer Seite auf die andere geworfen wurde.
Dann hielt der Wagen. Ein Tor quietschte in den Angeln – der Wagen fuhr an und hielt nach einigen Metern wieder. Die Tür wurde von außen geöffnet. Ich sah, dass ein uniformierter Polizist die Fahrt hinten im Wagen mitgemacht hatte – allerdings auf einem bequemen Sitz. Die Tür zu meinem Verschlag wurde aufgerissen.
„Los, raus!", brüllte der Polizist, der mich rausließ.
Ich taumelte aus dem Wagen. Mir schmerzten alle Glieder, aber mir wurde keine Zeit gelassen mich lange umzusehen.
Ich befand mich in einem schmalen Hof, der an drei Seiten von einer

hohen Mauer umgeben war. An der vierten Seite war der Hof von einem zweistöckigen Haus begrenzt.
Im Erdgeschoss war eine Tür geöffnet. Neben der Tür stand ein Polizist. Er winkte mich zu sich. Ich ging zu ihm.
Der Polizist am Wagen schrie: „Mann, beeilen Sie sich!“
Ich lief. Der Posten an der Tür deutete ins Haus und brummte: „Da hinauf, aber schnell!“
Ich hastete zwei Treppen hinauf. Oben nahm mich ein Polizist in Empfang, führte mich einen Gang entlang, der in einen anderen mündete. Am Ende des Ganges war ein vergittertes Fenster. Das Glas war wohl einmal mit einer hellen Farbe mattiert gewesen. Jetzt war die Farbe stellenweise abgeblättert und man konnte über Hof und Mauer hinweg auf einen See sehen, der unter einer weichen Nebeldecke schlummerte. Neben dem Fenster war auf jeder Seite des Ganges eine Tür. Der Polizist öffnete die rechte und forderte mich auf in den Raum zu gehen. Es war eine Zelle – drei Meter lang, zwei Meter breit und ca. zweieinhalb Meter hoch. In die linke Wand hatte man in der Mitte in zwei Meter Höhe ein Fenster eingebaut – einen Meter breit, ca. fünfzig Zentimeter hoch, vergittert mit zwei einzölligen Rohren, die das Ausbrechen und einem schrägen Holzkasten davor, der das Hinausschauen verhindern sollte. Von oben konnte etwas Tageslicht in den Raum gelangen. Unter dem Fenster war ein Heizkörper an der Wand befestigt – ca. ein Meter hoch, einen Meter lang, zwanzig Zentimeter breit.
Lange Zeit zur Begutachtung meiner Behausung blieb mir nicht. Der Polizist holte mich und brachte mich in ein Zimmer.
Hinter einem Schreibtisch saß August Blöcker, der Riese, der mich in Grevesmühlen aus dem Keller geholt hatte.
Mit seiner heiseren Stimme fragte er mich nach Namen, Geburtsdatum, Wohnort und Beruf. Danach stand er auf, ging zu einem Schrank, holte eine Garnitur Unterwäsche heraus und warf sie mir über den Tisch hinweg zu. Dann gab er mir Hinweise, wie ich mich zu verhalten habe: „Wenn die Tür geöffnet wird, haben Sie sich an der Tür der gegenüberliegenden Wand aufzustellen, Gesicht zur Wand, Hände auf dem Rücken. Wenn Sie aufgerufen werden, drehen Sie sich um, die Hände bleiben auf dem Rücken. Wenn Sie herausgerufen werden, treten Sie aus der Zelle heraus und nehmen Aufstellung neben der Tür – Gesicht zur Wand, Hände auf dem Rücken. Wenn Sie irgendwo hingeführt werden, nehmen Sie forschen Schritt auf, mit den Händen auf dem Rücken. Haben Sie das verstanden?“
„Jawohl!“

„Das heißt hier nicht Jawohl! Wiederholen Sie das bitte!"
„Das heißt hier nicht Jawohl!"
Der Riese sah aus, als wolle er über den Tisch auf mich losspringen. Dann krächzte er: „Jungchen, Du weißt wohl nicht wo Du bist?"
„Doch, ich bin in Schwerin, irgendwo an einem See!", sagte ich treuherzig.
„So, in Schwerin bist Du, meinst Du, irgendwo am See, denkst Du – wohl zur Sommerfrische, was? Dann will ich Dir sagen, wo Du Dich befindest: Wir sind hier beim Ministerium für Staatssicherheit!"
Blöcker sprach zuerst zynisch. Beim letzten Satz nahm er fast Haltung an hinter seinem Schreibtisch und etwas ruhiger fuhr er fort:
„So, wiederholen Sie jetzt, was ich Ihnen vorhin gesagt habe!"
Ich wiederholte die Hausordnung.
„So, das ging ja ausgezeichnet!", lobte Blöcker und fügte hinzu: „Und nun beherzigen Sie das bitte!"
Er läutete, ein Posten kam, Blöcker wies ihn an: „Bring ihn in die neunundzwanzig!"
„Kommen Sie mit!", sagte der Posten.
Ich verließ den Raum und wartete draußen auf den Polizisten.
„He, Jahnke! Was habe ich Ihnen eben gesagt, wie Sie sich zu verhalten haben, wenn Sie herausgerufen werden?", krächzte Blöcker hinter mir her.
Ich überlegte kurz, dann sagte ich: „Neben der Tür Aufstellung nehmen, Gesicht zur Wand!"
„Und warum tun Sie das denn nicht? Scheren Sie sich raus und lassen Sie sich nicht noch einmal erwischen!"
Ich klemmte die Unterwäsche unter den rechten Arm und nahm die Hände auf den Rücken. Der Posten brachte mich in die Zelle neunundzwanzig. Es war die letzte Zelle auf der rechten Seite des Ganges. Das Fenster am Ende des Ganges war jetzt geöffnet. Der Nebel hatte sich gelichtet und in der Oberfläche des Sees spiegelte sich die aufgehende Sonne.
Ich wartete neben der Tür, bis der Posten die Tür geöffnet hatte – Gesicht zur Wand, Hände auf dem Rücken.
„Nehmen Sie den Kübel und kommen Sie mit!", sagte der Posten.
Der Kübel stand in der Ecke rechts neben der Tür. Das Gefäß war aus Grauguss. Der obere Durchmesser etwa dreißig Zentimeter, zum Boden hin verjüngte sich das Gefäß um etwa fünf Zentimeter. Der obere Rand war doppelt. Der Deckel hatte an der unteren Außenkante einen Rand, der in den doppelten Rand des Kübels passte und so das Gefäß luftdicht verschloss, weil im Zwischenraum des oberen Randes meistens etwas Wasser stand.

Ich legte die Unterwäsche auf das Bett, packte den Kübel am oberen Rand und trug ihn vor mir her, dem Posten nach, in einen fensterlosen, quadratischen Raum, der wie eine Waschküche aussah, – zweieinhalb mal zweieinhalb Meter und genau so hoch. Oben in der Decke ein vergitterter Lüftungsschacht. Die Wände bis zu einer Höhe von eineinhalb Metern mit grauer Ölfarbe gestrichen, darüber und auch die Decke weiß getüncht. An der Wand rechts neben der Tür waren zwei Waschbecken angebracht. Über jedem Waschbecken befand sich ein Spiegel.

Neben dem Spiegel ein Brett mit einer Reihe Nägel, an denen Handtücher hingen. Über jedem Handtuch eine Nummer.

Gegenüber der Tür, einen Meter von der Wand ab, stand einsam ein Toilettenbecken ohne Deckel. Links vom Eingang ragte aus der Wand ein großes Becken, dessen Bedeutung ich mir nicht erklären konnte, aber der Posten klärte mich gleich auf: „Nehmen Sie den Deckel vom Kübel und entleeren Sie ihn in das große Becken!“ Ich tat wie mir befohlen wurde.

„Dann spülen Sie den Kübel aus, lassen etwas Wasser in den Kübel laufen und tun in das Wasser etwas aus dem Eimer, der dort neben dem Becken steht!“

Ich ließ Wasser in den Kübel und schüttete zwei gehäufte Esslöffel Chlorkalk in das Wasser. Dann brachte der Posten mich zurück in die Zelle. Ich stellte den Kübel an seinen Platz in der rechten Ecke neben der Tür und besichtigte meine neue Behausung.

An der rechten Wand stand ein zweistöckiges Bett aus stabilen Aluminiumteilen. Als Unterboden hatte man in Abständen von zehn Zentimetern etwa fünf Zentimeter breite Metallbänder Kreuzweise verwoben. Darauf lagen Matratzen – am Kopfende ein Kopfkeil, am Fußende eine Decke. Über der Tür eine nackte Glühbirne – auch hier durch eine Glasschale und einem Drahtgitter gesichert. Die Tür war innen mit Blech beschlagen, in der Mitte befand sich eine Klappe. Oberhalb der Klappe ein trichterförmiges Loch, die schmalste Öffnung an der Außenseite der Tür mit einer Glasscheibe verschlossen, von außen mit einer beweglichen, tropfenförmigen Blechplatte verdeckt: Der Spion!

Die Klappe in der Tür wurde geöffnet und der Posten reichte mir ein Kehrblech und einen Handfeger: „Fegen Sie die Zelle aus!“

Ich fegte die Zelle gründlich aus – unter dem Bett, den Kübel stellte ich zur Seite und nach dem Fegen zurück. Ich kostete die Abwechslung aus und dehnte die Beschäftigung so lange es ging.

Wieder ging die Klappe auf: „Geben Sie das Reinigungsgerät raus!“, verlangte der Posten.

Ich gab das Kehrblech mit dem zusammengefegten Staub durch die Klappe.
„Den Dreck schütten Sie gefälligst in den Kübel!"
Ich nahm das Kehrblech zurück, öffnete den Kübel und erschrak: Eine Wolke Chlorgas entwich dem Kübel, biss mir in die Augen und ätzte in den Atemwegen. Ich schüttete den Schmutz hinein und verschloss sofort den Kübel. Dann gab ich Kehrblech und Handfeger durch die Klappe hinaus.
Die Klappe wurde zugeschlagen und ich war wieder mit meinen Gedanken allein. Ich untersuchte die Matratze. Sie war aus einem Stück: blauer Stoff, ca. einsachtzig lang, achtzig Zentimeter breit, zehn Zentimeter dick. In Abständen von fünfundzwanzig Zentimetern mit einem Faden, der auf jeder Seite von einem Plastikknopf gehalten wurde, durchgenäht, damit die Polsterwatte, mit der die Matratze gefüllt war, nicht verrutschen konnte.
Ich setzte mich auf das Bett. Es saß sich gut auf dem Bett. Am liebsten hätte ich mich auf das Bett gelegt, um meine geschundenen Glieder auszustrecken, aber ich wagte es nicht, weil ich überzeugt war, dass der Posten mich sofort auf die Beine helfen würde, wie am ersten Tag in Grevesmühlen.
Draußen auf dem Gang vernahm ich ein Geräusch. Es hörte sich an, als wenn ein Servierwagen von Zelle zu Zelle gerollt würde, dazwischen klapperte eine Kelle gegen einen Kessel.
Wenige Minuten später wurde die Klappe in der Tür geöffnet. Ich sah das Gesicht des Polizisten durch die Klappe. Er winkte mich heran. Ich ging zur Tür. Durch die Klappe konnte ich einen niedrigen Wagen erkennen, auf dem ein Kessel mit Kaffee und ein Tablett mit Broten standen.
Der Posten reichte mir einen mit Schmalz bestrichenen Kanten Brot und eine Schüssel, die zur Hälfte mit Kaffee gefüllt war.
Die Klappe schnappte zu – ich war allein und konnte frühstücken.
Ich stellte die Kaffeeschüssel auf die Knie und verspeiste den Brotkanten – immer darauf bedacht, dass kein Krümel verloren ging. Der Kaffee war, wie in Grevesmühlen, gesüßt.
Nach einer halben Stunde holte der Posten die leere Schüssel.
Ich begann in der Zelle die drei Meter hin und her zu gehen.
Anscheinend ließ man mich hier in Ruhe – wenigstens verlangte niemand von mir, in der Ecke zu stehen. Nach einer Weile setzte ich mich aufs Bett. Aber das hielt ich nicht lange aus, denn ich war müde und fürchtete einzuschlafen. Es war kühl – ich fror fast. So zog ich die Unterwäsche an. Aber auch damit ließ sich die Zeit nicht lange vertreiben.

Wieder begann ich zu grübeln: Was wussten sie? Meine Nerven waren zum Zerreißen gespannt.
Mit der Zeit begannen die Chlordämpfe im Kübel den Deckel anzuheben, um aus dem Kübel zu entweichen. Ich beobachtete, dass sich der Deckel ganz langsam hob, um dann nach erfolgter Eruption scheppernd zurückzufallen. Dadurch wurde die Luft in der Zelle langsam unerträglich. Es brannte in den Augen und die Atemwege wurden rau. Ich beschloss, in Zukunft bedeutend sparsamer mit dem Chlorkalk umzugehen.
Unendlich langsam verging die Zeit. Die Sonne, die sich am Morgen ihren Weg in die Zelle an der Blende vorbei gesucht hatte, beschien zuerst einen schmalen Streifen an der Decke. Dann war die Sonne höher geklettert, der helle Streifen war breiter geworden und zugleich in die Ecke neben dem Kübel gewandert. Jetzt war es fast Mittag und die Sonne beschien das Stück Wand neben der Tür fast unten am Fußboden.

In der Nachbarschaft musste eine Schlosserei sein, denn ich konnte von draußen das Dröhnen der Hämmer und das Zischen eines Schweißbrenners hören. Der Arbeitslärm verstummte. Nach einer Weile brachte der Posten das Mittagessen. Es bestand aus einem Liter Graupensuppe, vermischt mit einigen Fleischfasern, Kartoffel- und Gemüsestückchen. Ich hatte zu tun, den Liter Suppe in mich hineinzuwürgen. Aber ich schaffte es. Danach musste ich mich zusammennehmen, um nicht einzuschlafen. Also nahm ich meine Wanderung durch die Zelle wieder auf – vier Schritte von der Tür zur Wand – vier Schritte von der Wand zur Tür. Ich dachte an meine Familie. Aber bei dem Gedanken konnte ich mich nicht lange aufhalten. Ich wartete auf das nächste Verhör. Wann würden sie mir die Papiere aus der Ofenröhre vorhalten und mir sagen, was ich in ihren Augen doch für ein erbärmlicher Lump sei.
In meiner Freizeit – meistens nach Feierabend schrieb ich kleine Geschichten – nette Sachen, wie sie in einem Dorf jeden Tag passieren.

Aber eines Tages im Sommer 1951 hatte mein Vater ein besonderes Erlebnis. Er besuchte seinen Bruder im Kreis Hagenow. Wegen der miserablen Bahnverbindung fuhr er die 95 Kilometer mit dem Fahrrad. Zwischen Rehna und Wittenburg hatte er eine Panne. Ein Lastwagen hielt an und nahm ihn auf der Ladefläche mit. Ein rasant fahrender PKW versuchte vergeblich den Lastwagen auf der Straße zu überholen. Die damalige Reichsstraße und heutige Bundesstraße 104 bestand damals noch aus einer etwa drei Meter

breiten mit Kopfsteinen gepflasterten, oder asphaltierten Fahrbahn für Kraftfahrzeuge und einem sogenannten „Sommerweg" – einem unbefestigten Weg für Pferdefuhrwerke.
Der PKW blieb zurück, der Beifahrer stieg aus und sammelte am Straßenrand einige Steine auf. Dann setzte das verfolgende Fahrzeug die Fahrt fort, setzte erneut zum Überholen an, das Manöver gelang dieses Mal – und in dem Moment, in dem der PKW neben dem Fahrerhaus des LKW war, warf der Beifahrer einen faustgroßen Stein in die Fahrerkabine des LKW. Die Scheibe neben dem Fahrer zerbarst und der Fahrer hielt an, um die Glasscherben zu entfernen.
Der PKW hielt, setzte zurück, der Beifahrer – ein russischer Offizier – stieg aus, zerrte den Fahrer des LKW aus seiner Kabine und schlug mit einem Stein in der Faust auf den Mann ein, und warf ihn in den Straßengraben. Der Fahrer des PKW stieg ebenfalls aus und gab mit einer Maschinenpistole im Anschlag dem Offizier Deckung, um zu verhindern, dass mein Vater und der Beifahrer des LKW dem Fahrer Beistand leisten konnten. Die Russen ließen den verprügelten, aus mehreren Wunden blutenden Mann im Graben liegen, stiegen in ihr Auto und brausten davon.
Dieses Erlebnis meines Vaters verarbeitete ich zu einem kleinem Hörspiel und bot es bei meinem nächsten Besuch in West-Berlin dem NWDR am Heidelberger Platz an. Aber die Frau Dr. Leimert, die für solche Sachen zuständig war, gab mir mein Manuskript beim nächsten Besuch zurück. Sechs Jahre nach dem Krieg erschien ihr ein solcher Vorfall als Hörspiel ungeeignet.
Sie verwies mich an Dr. Venski, den Redakteur der Sendung: „Berliner Fenster." Herr Dr. Venski nahm sich für mich eine halbe Stunde Zeit. Er las das Manuskript, legte es beiseite, erhob sich hinter seinem Schreibtisch und ging zum Fenster. Dabei bemerkte ich, dass er beinamputiert war.
Schweigend sah er einige Minuten aus dem Fenster, dann sagte er: „Soso – die Dramaturgen können mit Ihrer Sache nichts anfangen – ich schon! Aber wenn Sie für mich etwas haben, dann muss es kurz und sachlich sein! Haben Sie mit jemand darüber gesprochen, dass Sie zu uns wollen?"
„Nein!", antwortete ich.
„Dann lassen Sie es dabei. Wenn Sie etwas für uns haben, kommen sie vorbei. Uns interessiert, wie die Menschen leben, welche Sorgen sie haben – aber wie gesagt – nicht reißerisch, sondern kurz und sachlich!" Danach unterhielten wir uns über die Auswirkung der Demontage der Bahnstrecke Dassow – Schönberg.

„Das Bisschen, was auf diesen acht Kilometern Bahnschienen befördert wird, das können die Frauen in der Scheide wegtragen!", hatte der zuständige russische Offizier zu den Bürgermeistern der umliegenden Dörfer gesagt. Was es für die Bauern bedeutete, die Zuckerrüben acht Kilometer weiter mit ackerbereiften, pferdebespannten Wagen auf schlechten Schotterstraßen zu transportieren, hatte er kommentiert: „Ist doch feste Straße von Dassow nach Schönberg – oder?"
Das Manuskript für das Hörspiel hatte ich in der Ofenröhre gesondert aufbewahrt. Zu meiner Mutter hatte ich gesagt: „Wenn irgendetwas passiert, lass die zehn Blatt Papier aus der Ofenröhre verschwinden!"

Die Sonne verschwand ganz aus der Zelle. Ihr Schein wanderte aus der Ecke neben dem Kübel, etwas oberhalb der Fußleiste wieder langsam höher. Der Schein erreichte die Tür, kletterte an ihr hoch, als er jedoch die Klappe in der Tür erreicht hatte, verschwand er gänzlich. Die Arbeitsgeräusche in der Schlosserei nebenan verstummten. Es war Feierabend.
Der Posten führte mich mit dem Kübel zur Spülzelle. Ich leerte den Kübel, ließ etwas frisches Wasser in den Kübel laufen – Chlorkalk nahm ich nicht, denn auf dem Boden des Kübels befand sich noch ein Rest. Der Posten grinste, als er sah, dass ich auf den Kalk verzichtete.
Zurück in die Zelle. Auf dem See waren einige Paddelboote zu sehen. Das Wasser war still, nur die Boote rissen mit ihrem Kielwellen die glatte Oberfläche auf.
Der Posten wurde abgelöst. Ich merkte es daran, dass die Klappe geöffnet wurde und zwei Gesichter in die Zelle schauten.
Zum Abendbrot bekam ich einen Kanten Brot mit Margarine und ungesüßten Kaffee.
Das Licht wurde angeschaltet. Dann wurde es langweilig für mich. Von Kind auf daran gewöhnt, abends rechtzeitig schlafen zu gehen, war es für mich eine schwere Belastung, mich die letzten Stunden bis zum Schlafengehen wach zu halten.
Ich setzte mich auf das Bett. Aber die Augen drohten mir zuzufallen. Also stand ich auf und wanderte die vier Schritte von der Tür zur Wand und zurück – über eine Stunde lang – dann setzte ich mich wieder auf das Bett. Ich lehnte mich gegen die Wand – die Wand war angenehm kühl und erfrischte mich etwas. Aber trotzdem sank der Kopf auf die Brust.
Plötzlich polterte etwas gegen die Tür – ich fuhr hoch – schlug mit

dem Kopf gegen die Matratze des oberen Bettes – die Klappe wurde aufgerissen: „Schlafen Sie nicht!“, ermahnte mich der Polizist.
Ich stand auf und wanderte wieder auf und ab.
Ich blieb unter dem Fenster stehen und sah zum Nachthimmel auf. Es war noch nicht vollkommen dunkel, aber ich konnte schon ein paar Sterne sehen.
Ich wanderte weiter, blieb wieder stehen, sah zu den Sternen auf – jetzt stand der Mond in der linken Fensterecke – und ich lief weiter in der Zelle hin und her.
Endlich öffnete der Posten leise die Klappe und flüsterte: „Schlafen gehen“.
Ich zog Hose, Jacke und Stiefel aus, rollte mich in die Decke. Durch das obere Bett war ich gegen den Schein der Lampe geschützt und schlief sofort ein.
Ich erwachte dadurch, dass ich am Arm gerüttelt wurde.
Ein Polizist stand neben dem Bett. Ich setzte mich im Bett auf.
„Los, stehen Sie auf und kommen Sie mit!“, sagte der Polizist.
Ich schälte mich aus der Decke und fuhr mit der Hand durch die Haare.
„Machen Sie schon!“, mahnte der Polizist.
Mühsam zog ich mich an, Hose, Jacke und Stiefel.
Dann torkelte ich aus der Zelle, stellte mich neben die Tür, bis der Posten die Zelle verschlossen hatte. Der Nachtwind strich vom See her durch das geöffnete Fenster. Dadurch war es auf dem Gang angenehm kühl. Lange konnte ich nicht geschlafen haben, denn der Mond war noch nicht viel weiter durch das Fenster gewandert. Lange Zeit zum Nachdenken ließ der Posten mir nicht.
„Kommen Sie, gehen Sie gerade aus!“
Ich ging mit forschem Schritt den Gang entlang.
Am Ende des Ganges war ein Vorhang, der von der Decke bis auf den Fußboden reichte.
Der Posten teilte den Vorhang. Ein Gitter aus daumendicken Eisenstäben kam zum Vorschein, das ebenfalls von der Decke bis zum Fußboden reichte. Im Gitter zeichnete sich eine Tür ab. Der Posten klopfte mit dem Schlüssel an das Gitter.
Das Licht auf der anderen Seite des Gitters war gedämpft. Eine Tür knarrte am anderen Ende des Ganges – dann nichts!
Plötzlich erschien ein Mann am Gitter. Lässig steckte er einen Schlüssel ins Schloss – es war Swolinski! Mit der rechten Hand öffnete er die Tür langsam. Die linke Hand hielt er in die Hüfte gestützt. Frisch sah er aus und ausgeruht – wie nach dem Sonntag-Mittagsschlaf vor dem Spaziergang – graue Hose mit scharfer

Bügelfalte, grau-schwarz-weiß gesperbertes Jackett, ein weißes Hemd, dazu eine braune Krawatte mit feinen weißen Streifen.
„Die Sachen sind aus dem Westen, oder aus dem besten HO-Laden!", dachte ich, obwohl der Anblick dieses Mannes wie eine kalte Dusche auf mich wirkte.
„Na, Jahnke, wie geht es Ihnen heute?", erkundigte sich Swolinski mit unverhohlenem Spott in der Stimme und zum Posten gewandt: „Danke, Sie können gehen!"
„Kommen Sie, Jahnke!"
Ich ging durch die Gittertür, stellte mich an die gegenüberliegende Wand und wartete bis er das Gitter verschlossen hatte.
„Gehen Sie nach rechts, den Gang entlang.", forderte Swolinski mich auf. Auf dem Fußboden des Ganges lag ein Läufer, der die Geräusche der Schritte verschluckte.
Ein greller Lichtstrahl, der aus einer Tür herausquoll, zerriss die Dämmerung am Ende des Ganges.
„Gehen Sie dort hinein!", sagte Swolinski.
Ich betrat das Zimmer. Ein Fenster gegenüber der Tür war weit geöffnet. Man sah durch das Gitter auf den nächtlichen See. Der Mond und die Sterne, sowie die Lichter der an den See grenzenden Straßen und Häuser spiegelten sich in ihm.
Swolinski schloss die Tür. Ich stellte mich links neben die Tür. Swolinski ging an mir vorbei und setzte sich hinter den Schreibtisch, der neben dem Fenster schräg im Raum stand. Er saß mit dem Rücken in der rechten Ecke des Raumes, mir diagonal gegenüber. Ich sah an ihm vorbei auf den See. Sachte bewegte sich das Wasser und verzerrte die Spiegelbilder der Lichter.
Irgendwo bellte ein Hund. In einiger Entfernung sangen junge Leute ein Lied – und ganz in der Ferne hörte man den wehmütig klagenden Gesang einer Einheit der Roten Armee.
„Na, Jahnke, dann woll'n wir mal!", begann Swolinski.
Ich wandte meinen Blick Swolinski zu. Der blätterte in einer Akte. Ich sah wieder aus dem Fenster. Der Wind trug Fetzen eines auf einem Schifferklavier gespielten Schlagers in das Zimmer: „Des abends auf der Heide."
Ich dachte an das letzte Kinderfest. Mit der kleinen Duske hatte ich getanzt – sie hatte mir tief in die Augen geschaut und sich an mich geschmiegt. Swolinski bemerkte, dass ich an ihm vorbei aus dem Fenster schaute. Er stand auf, schloss das Fenster und zog den Vorhang zu.
„So, jetzt sind wir unter uns!" und nach einer Weile: „Nun erzählen Sie mal Jahnke, mit wem sind Sie zur Schule gegangen?"

Ich zählte meine ehemaligen Schulkameraden auf. Swolinski schrieb alle Namen mit. Dann fragte er nach dem Verbleib der angegebenen Schüler.
„Mit wem hielten Sie Kontakt?"
Ich zuckte mit den Achseln.
„Ich habe mal den Einen oder Anderen getroffen, wenn ich in Grevesmühlen was zu tun hatte, oder wenn ich einen von ihnen auf einem Schulfest begegnete."
„Wann war das zuletzt?"
„Im Februar", antwortete ich.
„Wie heißt Ihre Freundin?"
„Ich habe keine Freundin."
„Was? Das gibt's doch nicht! Ein Mann wie Sie und keine Freundin?"
Ich blieb die Antwort schuldig. Sollte ich Hildegard oder die kleine Hanna, mit denen ich die Nächte in Hohenschönberg durchgetanzt hatte, hier mit hineinziehen?
„He, Jahnke, ich red mit Ihnen! Mit wem haben sie getanzt, wenn Sie ausgegangen sind?"
„Och", begann ich zögernd, „mit den Mädchen die ich kannte, die aus Tankenhagen und aus Dassow, wie es gerade kam."
„So, und wie heißen diese Mädchen?"
Ich nannte Mädchen, von denen ich wusste, dass sie den Mädchen bestimmt nichts nachweisen konnten. Die Tochter des Dassower Gärtners, die ich kannte, weil sie mich bediente, wenn ich im Laden ihres Vaters Pflanzen oder Blumen für meine Mutter gekauft hatte. Die Bäckerstochter unten an der Molkerei – bei ihr im Laden hatte ich Brot gekauft. Die lange Inge, die mit ihrem Vater die Milch in Dassow in den Straßen vom Wagen aus verkaufte und die Mädchen aus Tankenhagen: Vita, Hilde, Grete und Erna; Martha und Erna, die in Berlin waren und die ich dort bei meinen Besuchen getroffen hatte.
„So, jetzt haben Sie mir fast hundert Namen genannt, wer von diesen Leuten haben Sie bei Ihrer Agententätigkeit unterstützt?", fragte Swolinski, als er die Namen in seinen Aufzeichnungen nachgezählt hatte.
„Niemand!", antwortete ich.
Swolinski wurde wütend: „Jetzt mühe ich mich schon wieder zwei Stunden mit Ihnen. Namen für Namen ziehe ich Ihnen aus der Nase – und dann sagen Sie, keiner von den Leuten hat Sie unterstützt! Das ist doch wieder gelogen! Was denken Sie sich eigentlich, mit wem Sie es hier zu tun haben?"
„Weder ich, noch eine von den Personen, die ich Ihnen genannt

habe, hat sich in der von Ihnen bezeichneten Art und Weise betätigt!“, sagte ich ruhig und sah ihm dabei in die Augen. Swolinski wuchtete sich hinter seinem Schreibtisch hoch und kam wie ein Stier mit gesenkten Hörnern auf mich zu.
„Ach nee, geht alles wieder von vorne los, was? Am Montag: Ich habe keine Spionage betrieben! Sie wussten nicht einmal, was das ist: Spionage! Dann stellte sich heraus, dass Sie alle Beobachtungen, die Sie von den Sicherheitsorganen der Volkspolizei und der Roten Armee und an der Grenze gemacht haben, brühwarm in West-Berlin erzählt haben! Und heute geht es wieder los: Ich habe keine Spionage betrieben!“
„Das habe ich auch nicht!“, sagte ich, „was ich in West-Berlin erzählt habe, hatte militärisch überhaupt keine Bedeutung. Man hätte es höchstens als Presseinformation verwerten können!“
„So, und für welche Hetzzeitung haben Sie diese Informationen gesammelt?“, ging Swolinski sofort auf meine Ausflüchte ein, „auch wenn Ihr einer Hetzorganisation in West-Berlin Informationen geliefert habt, ist das genau so verwerflich und gemein, als wenn Ihr uns an die Geheimdienste der Amerikaner und Engländer verratet!“
„Ich habe für keine West-Berliner Zeitung gearbeitet!“, beharrte ich.
„So, Sie haben es doch eben noch eingestanden!“
Swolinski setzte sich hinter den Schreibtisch und begann zu schreiben.
„Ich habe gesagt, man hätte meine Äußerungen in West-Berlin höchstens als Presseinformationen verwenden können!“
„Es kommt hier nicht darauf an, wie Sie es sehen! Es kommt darauf an, wie wir es sehen! Wir sind für die Sicherheit unserer Bürger verantwortlich und müssen sie schützen vor solchen kriminellen Elementen wie Sie und Heisler und Euren sauberen amerikanischen Genossen!“
Jemand klopfte an die Tür. Swolinski erhob sich und ging zur Tür. Er öffnete und ließ einen Mann in Zivil eintreten.
„Wer ist das?“, fragte der Mann. Er ging bis zum Fenster, spielte wie gelangweilt mit der Kordel des Vorhangs und blätterte in Swolinskis Akten.
„Jahnke heißt er. Einer von den Grevesmühlenern. Hat an der Grenze bei den Sicherungsanlagen mitgebaut und ist dann nach West-Berlin gefahren, um dort alles genau zu berichten! Jetzt ist er es natürlich nicht gewesen – höchstens Presseinformationen – sagt er!“
Der Mann musterte mich eingehend. Mich interessierte dieser

Mann ebenfalls. Er war etwa einssiebzig groß. Dunkle etwas gewellte Haare umsäumten ein schmales Gesicht. Unter einer hohen Stirn musterten zwei lebhafte graue Augen kühl ihr Gegenüber. Eine Nase, die etwas von einem Geierschnabel hatte, saß über einem kleinen Mund, der zu einem Strich zusammengekniffen war. Dieser harte Mund wollte nicht zu dem runden Kinn passen, das das Gesicht nach unten abschloss. Hände und Gesicht hatten eine gesunde braune Farbe. Die sportliche Gestalt steckte in einem hellgrauen Anzug. Zu einem blütenweißen Hemd trug er eine rotweiß gestreifte Krawatte. Die Füße steckten natürlich in Sambapuschen.
„So, zu den Grevesmühlenern gehört er – und unschuldig ist er?"
Dabei sah er mich an, ein Lächeln umspielte dabei seinen Mund, die zusammengekniffenen Lippen öffneten sich dabei um einen Spalt und ließen zwei Reihen weißer Zähne sichtbar werden. Er ging zur Tür, ließ mich dabei nicht aus den Augen und sagte, kurz bevor er zum Türgriff langte: „Na, das werden wir ja dann sehen!"
Das war meine erste Begegnung mit dem Hauptmann der Staatssicherheit: Heinz Günter. Damit verließ er den Raum und ich war wieder mit Swolinski alleine.
„Jahnke, wenn Sie jemals lebend von uns weg kommen, sind Sie ein gebrochener Mann! Sie ruinieren sich Ihr ganzes Leben, wenn Sie so weiter lügen! Wir brauchen uns nicht weiter mit Ihnen abzumühen, wir überstellen Sie dem Gericht und Sie kriegen als Gegner unserer Arbeiter - und Bauernmacht fünfundzwanzig Jahre Arbeitslager! Kein Hahn wird nach Ihnen krähen. Wenn Sie rauskommen, kennt Sie kein Mensch mehr ..."
Swolinski wurde durch das Telefon unterbrochen.
„Ich kann hier nicht weg – so'n sturer Bauer, lügt und lässt sich jedes Wort einzeln aus der Nase ziehen! Ja, komm mal rüber und sieh ihn Dir an – was, Du kannst nicht? Lass doch Heinz 'ne Weile mit ihm allein!"
Swolinski beendete das Telefongespräch und wandte sich mir zu: „Da können Sie es sehen, der Stiehr nebenan hat alles gestanden! Da könnten Sie sich ein Beispiel nehmen."
Die Tür wurde aufgerissen und ein Mann kam ins Zimmer gestürmt. Er warf Swolinski ein Blatt Papier auf den Tisch: „Da, lies!"
Dann wandte er sich mir zu. Er war etwas größer als ich. Die kurzgeschnittenen Haare hingen ihm wirr in die Stirn. Die blauen Augen standen etwas weit auseinander. Zwischen den Augen begann eine breite Nase, die wie ein Erker aus dem Gesicht ragte. Zwischen Nase und Oberlippe saß eine Warze, die von einem Haarkranz umgeben war.

Der Mund war breit und in der oberen Zahnreihe fehlte der linke Eckzahn. Er war nur mit Hemd und Hose bekleidet. Die Hemdsärmel waren bis zu den Ellenbogen aufgekrempelt, die Hosen an den Knien ausgebeult, die beiden oberen Hemdknöpfe waren nicht geschlossen.
„So, und Du willst nicht reden?“, fragte er mich. „Dreh Dich um!“
Ich drehte mich mit dem Gesicht zur Wand.
„Was meinst Du, wie schön Du reden kannst, wenn Du ein Stück Eisen im Kreuz spürst! Aber dann wird es zu spät sein! – Na, vielleicht erschieß ich Dich!“
„Denn tun Sie es doch endlich!“, sagte ich ruhig. Ich wunderte mich selbst über den Ton meiner Stimme, als ich diese Antwort gab.
„Da hast Du es!“, sagte Swolinski. „Dem ist es egal! Der lässt sich glatt weg erschießen. Er glaubt, dann braucht er uns nichts mehr zu erzählen!“ und zu mir: „Aber so leicht kommst Du uns nicht davon, mein Junge! Erst wirst Du uns alles erzählen!“
„Was soll ich denn noch erzählen, ich habe doch alles gesagt!“ Ich schrie fast. Es war mir gleich! Sollten sie ein Ende machen.
„Hier sieh es Dir an!“ Swolinski hielt seinem Kumpan die Liste mit den von mir genannten Namen hin. „An hundert Namen, aber keiner von seinen Bekannten hat ihm bei seiner Diversantentätigkeit geholfen!“
„Zeig' mal her!“ Er nahm die Liste und begann zu lesen.
„Was, er sagt, sie haben nichts mit seiner Agententätigkeit zu tun?“ Er schlug mir mit der Akte ins Genick.
„Da solltest Du mal Stiehr hören! Von wegen Heisler und kein Westagent!“, seine Stimme schwoll an, als er zu mir sagte: „Dreh Dich um! Stell Dich mit den Absätzen auf die Fußleiste! Aber nicht an die Wand anlehnen!“ Er suchte weiter in der Liste.
„Die beiden Mädchen in Berlin, mit denen hat er doch geschlafen!“
„Das ist nicht wahr!“, unterbrach ich ihn.
„Was fällt Dir ein!? Mich zu unterbrechen! Du redest nur, wenn Du gefragt wirst!“
„Du wirst es nicht glauben, aber er hat nichts mit den Mädchen gehabt, das weiß ich von denen aus seinem Dorf!“, warf Swolinski ein.
„Was, wie alt ist er denn?“
„Einundzwanzig“.
„Hättest man lieber den Mädchen nachstellen sollen, dann hättest Du keine Zeit gehabt zum Spionieren!“, höhnte der Lange. „Willst Du wohl stehen, ohne Dich anzulehnen!“
„Schade um den Kerl!“, sagte Swolinski, „Schau ihn Dir an, ein Mann wie eine Deutsche Eiche! Kennt nur Arbeit – und das kann er!

Nur uns, die es gut meinen mit allen, die arbeiten können und wollen, uns belügt und verrät er! Es ist ein Jammer, dass so ein Kerl im Knast verkommen muss! – Mensch, Jahnke, merkst Du denn nicht, wem die Zukunft gehört?"
„Hoffentlich nicht Euch!", dachte ich. Aber ich hütete mich, es auszusprechen.
„Du bist doch einer von denen, mit denen man auf Anhieb Pferde stehlen geht – und dann ein Verräter! Verstehst Du das?" Der Lange wandte sich mit der letzten Frage an Swolinski.
„Was hat Dich so gegen uns aufgebracht?", fragte er mich,
Ich zögerte, dann sah ich dem Langen in die Augen und sagte: „Es gefällt mir nicht, wie Ihr mit uns Bauern umgeht! Wenn wir Getreide abliefern, zieht Ihr uns Prozente für Feuchtigkeit ab, aber wenn wir von der VEAB Dünger kaufen, der den ganzen Winter draußen im Regen gelegen hat, müssen wir das Wasser mitbezahlen!"
„Was, das gibt es doch nicht bei uns!", fauchte Swolinski.
„Dann fahren Sie nach Dassow, auf's ehemalige Luftwaffenzeugamt. Dort können Sie sich davon überzeugen!", antwortete ich.
Allmählich rutschten die Füße in den Stiefeln nach vorne. Die Zehen wurden in die Stiefelspitzen gepresst, das Blut begann zu pochen, in den Waden verkrampften sich die Muskeln – ich begann zu schwanken – ich musste mich an der Wand abstützen – der Lange brüllte sofort los: „Was ist los? Du kannst wohl nicht mehr stehen, was?"
Ich stieß mich von der Wand ab, knickte aber in den Knien ein und fiel nach vorne über. Der Lange, der genau vor mir stand, sprang im letzten Moment zur Seite.
„Wohl anlehnungsbedürftig, was?", höhnte er.
Ich fiel lang ins Zimmer.
Ich sah, wie der Lange mit dem rechten Fuß zum Tritt ausholte und krümmte mich zusammen, um mich zu schützen.
Swolinski fuhr dazwischen: „Lass das! Damit erreichst Du nichts bei dem!", sagte er scharf und fuhr fort: „Der wird immer verstockter, wenn Du den so behandelst – ich kenn' diese Sorte! Die haben immer noch die Idee von der Deutschen Ehre im Kopf! Lass ihn schmoren, der kommt von ganz alleine!"
„Und die anderen, die er deckt, entkommen in den Westen und machen sich einen guten Tag und hetzen gegen uns!", maulte der Lange.
Ich war aufgestanden und stand wieder mit dem Rücken zur Wand, die Schmerzen in den Waden ließen nach und in die Zehen kam wieder Leben.
„Ist ja auch egal, seine fünfundzwanzig Jahre kriegt er so und so!"

Damit verließ der Lange das Zimmer.
Swolinski schwieg eine Weile. Er blätterte in seinen Papieren und fragte dann: „Was haben Sie eigentlich geschrieben, da sind so kleine Geschichten bei der Haussuchung gefunden worden?"
„Ich habe meine Erlebnisse aufgeschrieben – abends, wenn mir was einfiel!", antwortete ich und zuckte mit den Schultern.
„So, wenn Ihnen was einfiel, haben Sie sich über Ihre Nachbarn lustig gemacht! Und uns haben Sie verraten! Was sind Sie doch für ein Strolch, Jahnke!"
Swolinski blätterte wieder in seinen Akten. Er ging alle Namen mehrmals mit mir durch, ob er nicht irgendwo einen Haken anschlagen konnte. Es war für mich eintönig und ermüdend, aber ich nahm mich zusammen, um mich nicht in Widersprüche verwickeln zu lassen.
Über den Fenstervorhängen fand das erste Tageslicht den Weg ins Zimmer, da verlor Swolinski die Fassung: „Was bilden Sie sich eigentlich ein, Sie erbärmlicher Lügner? Wen Sie hier vor sich haben, was? Ich gebe mir hier alle erdenkliche Mühe, um aus Ihnen ein vernünftiges Geständnis herauszuholen, damit ich für Sie ein gutes Wort beim Staatsanwalt einlegen kann – und was tun Sie? Nicht einen Mittäter geben Sie preis! Aber mir reicht es jetzt! Sie kriegen Ihre fünfundzwanzig Jahre – und fertig!" Dann läutete er nach dem Posten und brachte mich ans Gitter. Der Posten holte mich vom Gitter ab und brachte mich in die Zelle.
„Leg Dich noch 'ne Stunde schlafen.", sagte der Posten, als ich an ihm vorbei in die Zelle ging.
Ich kriegte eben die Stiefel ausgezogen, dann rollte ich mich in Decke und schlief ein. Der Posten rüttelte mich wach: „Los, steh auf – Du bist nicht zur Erholung bei uns! Oder soll ich Dich unter Wasser setzen?"
Ich setzte mich im Bett auf. So müde und zerschlagen war ich noch nie gewesen. Hals und Rachen waren wie ausgedörrt. Der Kopf brummte, als wäre ein Bienenschwarm darin unter gebracht und in den Beinen hatte ich einen gewaltigen Muskelkater. Die Stiefel anzuziehen machte unendliche Mühe. Als ich mich aufrichten wollte, um die Decke zusammenzulegen, musste ich mich am Bett festhalten, um nicht umzukippen. Dann rollte alles wie ein Film ab, den ich schon mal gesehen hatte: Die Zelle ausfegen, mit dem Kübel zur Spülzelle und Morgentoilette. Auf dem Rückweg zur Zelle der Blick auf den See. Dann das Warten auf das Frühstück.
„Fünfundzwanzig Jahre!", hatte Swolinski gesagt.
Fünfundzwanzig Jahre!

Kann man das durchhalten? Grausam fraß sich diese Frage im Gehirn fest! Es blieb nur die Hoffnung, dass das Regime eher zusammenbrach. Aber in der Sowjetunion bestand dieses Regime immerhin schon fünfunddreißig Jahre. War dieses System für die deutschen Menschen überhaupt tragbar?
Der deutsche Verkehrsminister Seebohm hatte einmal gesagt, dass er sich vor jedem Symbol verneige, unter dem deutsche Menschen gefallen seien. Er hatte durch diese Äußerung erheblichen Ärger. Aber der alte Konrad Adenauer hatte sich hinter ihn gestellt und ihm den Rücken gestärkt. Für die Freiheit litten und starben auch jetzt noch Menschen - und ich wurde mir darüber klar, dass ich dazugehörte.
Ich begann in der Zelle hin und her zu wandern und summte dabei das Lied: „Freiheit, die ich meine“, plötzlich war da etwas, woran ich mich aufrichten konnte - es war etwas da, woran ich glaubte!
Auch Fritz Reuter hatte sieben Jahre Festung überlebt und hinterher Bücher geschrieben, an denen sich viele Menschen auch heute noch erfreuen.
Der Posten brachte Brot und Kaffee. In der Schlosserei nebenan zischte der Schweißbrenner und hell klangen die Hammerschläge auf dem Amboss.
In der Ferne rasselte eine Panzereinheit zum Exerzieren und eine Infanterie Abteilung grölte das Lied vom „Tschelowek“!
Der Posten holte die leere Kaffeeschüssel - dann war ich mit meinen Gedanken wieder alleine.
In der Schlosserei hatte gerade der Arbeitslärm für die Frühstückspause ausgesetzt, da kam der Posten und holte mich zum Verhör. Dieses Mal blieb ich innerhalb des Gitters. An die Zimmertür war eine 10 gemalt. Der Posten klopfte an die Tür und steckte den Kopf in den Raum, um nachzusehen, ob er mich hineinschicken durfte.
„Gehen Sie rein!“, sagte er zu mir.
Ich betrat das Zimmer. Es war ein geräumiges Eckzimmer; etwa fünf mal sechs Meter, ein Fenster an der schmalen Wand, zwei Fenster an der breiten Wand. Ein Schrank stand in der Ecke neben der Tür. In der Ecke schräg zur Tür ein Schreibtisch, dahinter ein Stuhl mit Armlehnen. Ein Tisch mit drei Stühlen stand in der anderen Ecke, mitten im freien Raum ein einsamer Stuhl.
Hinter dem Schreibtisch saß Max, der FDJler.
„Ach, da kommt ja unser Dichter!“, empfing er mich, danach blätterte er weiter in einem Stoß Papier und tat so, als sei er sehr beschäftigt. Ich stand mit dem Rücken zur Wand und sah aus dem Fenster. Viel war nicht zu sehen, ein Stück von der Mauer mit einem

Wachturm auf der Ecke. In dem Wachturm lümmelte sich ein mit einem Karabiner bewaffneter Polizist „Was gibt es denn da zu sehen, Jahnke? Da brauchen Sie gar nicht so geil über die Mauer zu äugen, raus kommen Sie hier nicht!"
Ich sah Max eine Weile zu, wie er angelegentlich in den Papieren blätterte, dann blickte ich wieder verstohlen aus dem Fenster. Aber das Bild änderte sich nicht viel. Der Posten auf dem Turm schaute mal in den Hof, mal auf den See und dann in Richtung Stadt. Hinter der Mauer waren einige Bäume zu sehen – sonst nichts.
Nach einer Weile schob Max die Papiere zur Seite und sah mich an.
„Na, wie gefällt es Ihnen bei uns?", begann er.
„Wie soll es mir bei Ihnen gefallen?"
„Ich will Ihnen mal was sagen, Jahnke, es geht Ihnen viel zu gut bei uns! Ihre Genossen, die Nazis, würden ganz anders mit Ihnen umspringen!"
„Ich bin kein Nazi und die Nazis sind und waren nicht meine Genossen!", entgegnete ich.
„So, Sie sind Demokrat, was? Christdemokrat – was?"
„Ich gehöre keiner Partei an."
„So, bei der Hausdurchsuchung fand man ein Passbild, auf dem ein Mann mit einem Mitgliedsabzeichen der SED zu sehen ist, wer ist dieser Mann?"
„Darf ich das Bild sehen?"
„Bitte, hier ist es!" Damit hielt er mir ein Bild von Hugo Gräf hin.
„Der Mann heißt Hugo Gräf!"
„So, und wo wohnt dieser Gräf?"
„In Berlin."
„Was macht er dort?"
„Das weiß ich nicht, ich weiß nur, dass er in einem Büro in der Lothringer Straße arbeitet und die TBC-Heilstätten besucht."
„In der Lothringer Straße, ist dort nicht das Zentralkomitee der SED untergebracht?"
„Das ist möglich.", antwortete ich und dachte:
„Hoffentlich kriegt Hugo keinen Ärger!"
„Waren Sie im Gebäude des ZK der SED?", fragte Max.
„Ja, ich habe dort bei einem Aufenthalt in Berlin 1949 fast täglich zu Mittag gegessen."
„Zu welchen Personen hatten Sie dort Kontakt?"
„Zu niemanden, ich holte mir meine Essenmarke und ging Essen!"
„So, das war 1949, wann haben Sie Gräf das letzte Mal gesehen?"
„1949, er besuchte uns regelmäßig, wenn er die Heilstätten in Mecklenburg besuchte. Ich weiß nicht, ob er ein anderes Aufgabengebiet

bekommen hat, seine Besuche blieben aus."
„So, hat wohl gemerkt, was Ihr für ein reaktionäres Gesindel seid!"
„Bei der Hausdurchsuchung fand man bei Ihnen im Schreibtisch zwei Marschkompasse der ehemaligen Deutschen Wehrmacht, was wollten Sie damit?"
„Das ist doch Kinderspielzeug, einer war sowieso kaputt!"
„So, Spielzeug nennen Sie das! Was für Spielzeug haben Sie noch versteckt?"
„Ich weiß nicht, wovon Sie reden."
„Das wissen Sie ganz genau, Jahnke!" Er machte eine Pause und brüllte dann unvermittelt: „Wo haben Sie Ihre Waffen versteckt?"
Mir war nicht wohl bei dieser Frage, aber ich blieb ruhig und antwortete: „Ich habe keine Waffen versteckt!"
„Und das soll ich Ihnen glauben?" Max schlug einen Aktenordner auf und plärrte los: „Ihre erste Antwort: Ich habe keine Spionage betrieben! – Dann gaben Sie zu, alles, was Sie über die Volkspolizei und die Rote Armee wussten, brühwarm einem Agenten in West-Berlin berichtet zu haben! – und jetzt: Waffen – nie gehört!" Er machte wieder eine Pause und tobte los: „Das können Sie sich merken, Jahnke, bei uns gibt's nur runde Summ': fünf, zehn, fünfzehn, zwanzig und fünfundzwanzig Jahre! Da könn'se sich aussuchen, wie lange Sie bei uns bleiben woll'n!" Damit griff er zum Telefon, wählte eine Nummer und sagte in die Muschel: „Holen Sie den Mann aus Zimmer zehn!"

Eine baumlange Polizistin holte mich und brachte mich in meine Zelle. Ich war beunruhigt. Was wussten sie? Wieso kamen sie plötzlich auf Waffen? – Oder klopften sie nur auf den Busch? Rastlos wanderte ich in der Zelle hin und her. Swolinski redete gestern von fünfundzwanzig Jahren, Max faselte heute von fünf bis fünfundzwanzig Jahren – was konnten sie mir überhaupt nachweisen?
Die Polizistin brachte den Liter Graupensuppe zu Mittag.
Nach dem Essen wieder die nutzlose Wanderung durch die Zelle. Aber was sollte ich tun? Setzte ich mich auf das Bett – würde ich sofort einschlafen – so müde war ich.

Am Nachmittag, die Sonne hatte eben den Türrahmen erreicht, brachte mich die Polizistin wieder zu Max ins Zimmer zehn.
Wieder die gleichen Fragen: Mit wem ich in der Schule auf einer Bank saß, wo sind die Leute geblieben?
„Barty – der ist neunundvierzig in den Westen gegangen."
„Interessiert uns nicht! Wer waren Ihre Lehrer?"

Alle Fragen wurden drei bis vier Mal wiederholt. Ich war auf der Hut, um mich nicht zu verhaspeln. Hatte ich etwas gesagt, so ließ ich mich nicht umstimmen – und wenn Max eine halbe Stunde um ein Wort mit mir feilschte.
Es dämmerte schon, als Max mich in die Zelle zurückbringen ließ. Den Abendkaffee und den Kanten Brot hatte der Posten auf die Heizung gelegt. Der Kaffee war schon kalt.
Nach den Essen Kübel entleeren. Danach schleppte ich mich durch zwei endlos lange Stunden.
Hinsetzen konnte ich mich nicht, sofort fiel der Kopf nach vorne oder ich sank nach hinten gegen die Wand. Also hielt ich mich mit Gewalt auf den Beinen – vier Schritte hin und her! Es will und will nicht zehn Uhr werden!
Jemand klopft gegen die Wand: „He Du, was ist mit Dir? Bleib ruhig, setz Dich hin, Du machst mich ganz nervös!"
Ich reagierte nicht. Was wusste ich, wer in der Zelle nebenan saß? Vielleicht war es ein Spitzel?
Der Mann ließ nicht locker: „He Kumpel, was ist los mit Dir? Warum bist Du so unruhig?"
Ich trat dicht an die Wand heran, legte die Hände wie einen Trichter gegen die Wand und sprach leise, aber deutlich in die hohlen Hände: „Lass mich in Ruhe, ich bin zum Umfallen müde. Wenn ich mich hinsetze, schlaf' ich sofort ein!"
„Ok, dann lauf weiter!", kam es durch die Wand zurück.
Der Nachtwind trug den wehmütigen Gesang der Russen über den See. Dazwischen mischten sich die Fetzen eines auf einem Schifferklavier gespielten deutschen Volksliedes der Schrei eines Uhus, das Weinen eines Kindes, das nicht ins Bett wollte und das Bellen eines Hundes. Die Zeit wollte und wollte nicht vergehen – es war grausam! Ich konnte keinen Gedanken fassen, mich konnte nichts reizen – ich wollte nur schlafen!
Endlich öffnete der Posten die Klappe und erlöste mich: „Schlafen gehen!"
Ich ließ mich auf das Bett fallen – ich hatte Mühe, die Stiefel von den Füßen zu kriegen – unter die Decke – und schon war ich eingeschlafen. Ich wurde wach durch heftiges Schütteln an der Schulter.
„Hast Du schon einen Menschen so fest schlafen gesehen?", fragte ein Mann einen anderen, der in der Tür stand. Es war der Posten, der mich geweckt hatte. In der Tür stand der Lange, der mich letzte Nacht zusammen mit Swolinski verhört hatte: „Das ist ein ganz großer Strolch, mit so einem darf man kein Erbarmen haben! Los, Jahnke, kommen Sie schon in die Klamotten!"

Ich zog die Stiefel an. Die Iwans sangen noch – ich konnte noch nicht lange geschlafen haben.
Der Lange nahm mich mit durchs Gitter.
Swolinski wartete schon.
„Na, Jahnke, viel haben Sie dem Kollegen ja nicht erzählt heute!"
„Nicht viel nennst Du das? Ich würde sagen, gar nichts!", mischte sich der Lange ein.
„Lass ihn, er wird schon noch auspacken!", entgegnete Swolinski.
„Das ich nicht lache! In den Keller mit dem Strolch!"
„Jahnke, wollen Sie nicht helfen, denjenigen das Handwerk zu legen, die Sie verführt haben?"
„Wen meinen Sie damit?"
„Stellen Sie sich nicht so dumm! Die Imperialisten meine ich, die Engländer und die Amerikaner, die die Sowjetmacht, die für sie den Hitlerfaschismus besiegt hat, jetzt um ihren Sieg bringen wollen!"
„Das ich nicht lache.", dachte ich, „wo die Russen wohl geblieben wären, wenn die Amis sie nicht mit Waffen und Material versorgt hätten." Aber ich behielt es für mich, um meine Vernehmer nicht zu reizen. Ich dachte an meine Freunde Heinz und Norbert, die jetzt ihr Abitur feierten – oder ob sie das Weite gesucht hatten?
„Was ist, reden Sie nicht mehr mit uns?", polterte der Lange.
„Was soll ich zu Ihrem Gebrüll sagen?"
„Jetzt hör' sich einer solch eine Frechheit an! Wenn Du so weiter machst, werden wir mit Dir Schlitten fahren, mitten im Sommer!" Damit kam Swolinski hinter seinem Schreibtisch hervor und stellte sich neben dem Langen vor mir auf.
„Mensch, Jahnke, wollen sie nicht endlich Vernunft annehmen und mit uns zusammenarbeiten? So versauen Sie sich Ihr ganzes Leben, indem Sie andere schützen, die es gar nicht wert sind! Wollen Sie nicht endlich auspacken und uns sagen, wer mit Ihnen zusammengearbeitet hat?"
„Ich habe Ihnen alles gesagt!", beharrte ich.
„Was haben Sie gesagt? Nichts haben Sie gesagt! – Mensch, packen Sie endlich aus!" Swolinskis Stimme überschlug sich fast: „Vier ganze, kostbare Tage balgen wir uns mit Ihnen rum und Sie wagen es, uns ins Gesicht zu sagen, dass Sie alles gesagt haben!"
„Lass ihn, wir stellen ihn einfach an die Wand und fertig!", warf der Lange ein.
„Nein, so schnell geb' ich nicht auf! Er ist doch ein Kerl, der zu uns gehört! Er ist nur verblendet, wir können nicht sagen: in die Kuhle mit ihm – von dieser Sorte gibt's genug!"
„Mann, überleg' doch mal. Der Kerl ist den Fraß nicht Wert, den wir

ihm noch geben! Der ändert sich nicht! Auch wenn wir ihn fünfundzwanzig Jahre oder lebenslänglich ins Lager stecken! Der ist hart, an den kommen wir so nicht ran! Die anderen haben ausgepackt! Ganze Romane haben sie uns erzählt – und er? Das Bisschen was er ausgespuckt hat, weiß er auswendig und kaut es uns immer wieder vor. Ich hab's satt mit dem Schwein! Ich geh Schlafen!" Damit verließ der Lange das Zimmer.
„Da hast Du es! Den hast Du endgültig verärgert! Jetzt seien Sie vernünftig und verderben Sie es sich auch noch mit mir!"
Swolinski machte es sich hinter dem Schreibtisch bequem, brannte sich umständlich eine Zigarette an. Er zog einige Male kräftig an der Zigarette, angelte sich einen Kugelschreiber aus der Schublade und begann damit auf den Tisch zu klopfen.
„Möchten Sie eine Zigarette?", fragte er unvermittelt und hielt mir die Packung „Turf" hin.
„Nein danke, ich rauche nicht!"
„So, so, Sie rauchen nicht, mit den Mädchen haben Sie noch nichts gehabt, jetzt fehlt nur noch, dass Sie nicht saufen!"
„Hin und wieder hab ich schon mal etwas getrunken.", antwortete ich.
„Mensch Siegfried Jahnke! Sie sind ein Kerl, wie wir ihn brauchen! Warum? Warum machen Sie es uns so schwer mit Ihnen? Merken Sie denn nicht, wie wir um Sie ringen, um Sie auf unsere Seite zu ziehen?", versuchte Swolinski es im Guten.
„Halten Sie Freie Wahlen ab, dann können wir darüber reden!" Ich wunderte mich über meine Frechheit – aber jetzt war es raus.
Swolinski sah mich ungläubig an, zog noch einmal an seiner Zigarette, drückte sie dann aus und griff zum Telefon: „Ich bring den Mann ans Gitter, hol ihn ab!" und zu mir: „Jetzt reicht's, Jahnke! Das fehlt noch, dass wir uns von Ihnen die Bedingungen diktieren lassen, nach denen wir mit einem Strolch wie Ihnen zusammenarbeiten! – Jetzt können Sie schmoren, bis Sie alt und grau sind! Und wenn Sie jeden Tag den Posten anbetteln, dass Sie mir alles beichten wollen! Von mir aus können Sie verfaulen!"
Er hatte sich bei den letzten Worten erhoben, ging zur Tür, öffnete sie und vergewisserte sich, dass der Gang frei war und sagte dann: „Los, Jahnke, gehen Sie!"
Am Gitter gelang es mir, auf Swolinskis Armbanduhr die Zeit abzulesen: es war nach Mitternacht.
Ich ging durch das Gitter, Swolinski sah mich von der Seite an – grimmig, Staunen und Enttäuschung lagen in seinem Blick.
Ich ging stur an ihm vorbei – trotzig und mit harten Schritten ging

ich vor dem Posten her bis zur Zelle und wartete dort, bis die Tür geöffnet war und trat dann ein. Der Polizist schloss die Tür, verriegelte sie, öffnete die Klappe und sagte: „Leg Dich schlafen."
„Gott sei Dank", dachte ich.
„Ob sie feiern? Oder ob sie weg sind?" Meine Gedanken wanderten noch einmal zu Heinz und Norbert, dann schlief ich ein.
Am Morgen des vierten Juli holten sie Heinz Zander aus dem Bett. Er hatte seine Ulla nach der Abiturfeier nach Hause gebracht und war eben eingeschlafen, als Schubert seine Wirtin aus dem Schlaf trommelte und ihn wachrüttelte.
Heinz griff nach den erstbesten Klamotten, die auf dem Stuhl neben dem Bett lagen: eine schwarze Skihose, die noch aus der HJ-Zeit stammte, Hemd und eine Windjacke, stieg in ein Paar Turnschuhe – weiter kam er nicht, denn Schubert schloss ihm sofort die Hände auf dem Rücken zusammen. Fast wäre er die Treppe hinuntergestürzt, wenn Max ihn nicht aufgefangen hätte.
Heinz war wie benebelt, obwohl er nur wenig getrunken hatte.
„Wo hast du diesen Heini schon mal gesehen?", dachte er, als er Max in die Arme fiel.
Schubert war mit einem starken Aufgebot angerückt. Das Haus war umstellt – sogar einen Polizeihund hatte er mitgebracht.
Sie stießen Heinz in einen roten EMW, setzen ihm eine schwarze Brille auf und brachten ihn sofort nach Schwerin. Hier nahm sich August Blöcker seiner an und verlas ihm die Hausordnung.
Dann wurde er in eine Zelle gesperrt, denn die Vernehmungsoffiziere hatten noch keine Zeit für ihn.
Für mich begann der fünfte Tag morgens um vier Uhr. Unklar nahm ich das Krachen wahr, mit dem der Riegel der Tür zurückgeschlagen wurde.
„Was ist denn jetzt schon wieder los?", dachte ich noch halb im Schlaf.
Der Posten rüttelte mich vollends wach: „Los, ziehen Sie sich an und kommen Sie!"
Ich zog Hose und Stiefel an, warf die Jacke über und verließ die Zelle. Ich wartete mit dem Gesicht zur Wand, bis der Posten die Tür verriegelt hatte.
„Gehen Sie, – Zimmer zehn!"
Ich wartete vor Zimmer zehn – Gesicht zur Wand, Hände auf dem Rücken, bis der Posten sich vergewissert hatte, dass ich eintreten durfte.
„Gehen Sie rein!"
Ich betrat das Zimmer zehn.

Neun Mann befanden sich im Raum. Während einige an den Wänden lehnten, Hände in den Hosentaschen, Zigaretten rauchend, saßen andere auf Stühlen und Tischen – den Vorsitz führte offenbar der Lange, denn er saß im Armstuhl hinter dem Schreibtisch. Neben ihm ein ca. 18-jähriger Bengel – anscheinend Abiturient, der sich im Rahmen des FDJ-Jahres für diesen Dienst gemeldet hatte. Ganz wohl schien ihm in seiner Haut nicht zu sein, denn er machte einen verschüchterten Eindruck. Sonst waren es Kerle wie die Bullen, nur einer war kleiner – ein Zwerg fast – dafür hatte er eine Fratze am Leibe, wie ich sie bisher an keinem Menschen gesehen hatte.
Der Lange war freundlich – er lächelte fast, als er fragte: „Na, Jahnke, wo haben sie Ihre Waffen versteckt?“
Ich schluckte trocken. Mir war, als wanke der Boden unter meinen Füßen.
„Jetzt ist Alles aus!“, dachte ich, sagte aber: „Ich habe keine Waffen versteckt!“
„Jahnke, Sie lügen!“ und dann nach einer kurzen Pause – so, als wolle er den Verweis erst wirken lassen: „Sagen Sie endlich die Wahrheit!“
„Das tu' ich doch seit vier Tagen!“
„Bilden Sie sich bloß nicht ein, Sie könnten erfahrenen Vernehmungsoffizieren der Staatssicherheit etwas vormachen, Jahnke!“
„Das tue ich auch nicht.“, sagte ich.
„Das tun Sie doch!“, brüllte einer von den Bullen.
„Sie wollen doch bloß welche in Schutz nehmen, die wir längst haben – und wenn wir sie nicht haben, dann holen wir sie uns! Darauf können Sie sich verlassen!“
Ich überlegte, – was konnten sie wissen?

Bei Budzin hatte ich zwei Leuchtpistolen an der Wand hängen sehen. Auf die Frage, ob das nicht gefährlich sei, die Dinger offen an der Wand hängen zu lassen, hatte Budzin gesagt: „Ach lass man, wenn es soweit ist, werden wir sie schon gegen die Iwans und die von der SED gebrauchen können!“
Wenn Wolfgang Budzin von den drei Pistolen in der Gartenlaube erzählt hatte, war alles Leugnen zwecklos!
Der Lange machte es sich hinter dem Schreibtisch bequem und drehte die starke Lampe so, dass ich voll angestrahlt wurde und sagte: „Jahnke, wollen Sie nicht endlich vernünftig sein? Sagen Sie uns, wo Ihre Waffen sind!“

„Ich habe keine Waffen!“, beharrte ich,
Jetzt mischte sich der Kleine mit der Fratze in das Gespräch ein. Er schrie nicht – er sprach leise – ja, er flüsterte fast: „Jahnke, Sie werden reden, das verspreche ich Ihnen, wenn Sie erst tausend Millimeter unter der Erde sind! Aber Jahnke, dann ist es zu s p ä ä t!“
„Das Schwein lügt wie gedruckt!“, sagte einer, „aber warte! Gehen Sie in die Ecke!“
Ich ging in die Ecke – ich nahm die Hände auf den Rücken und sah die Wand an.
„Das könnte Ihnen so passen! Die Wand ansehen, während Sie uns belügen! Drehen Sie sich um!“
Ich drehte mich um.
Der Lange versuchte es auf die süße Tour: „Jahnke, wissen Sie, dass Sie wunderbar sprechende Augen haben? Nein? Na, sehen Sie! Und jedes Mal, wenn Sie lügen, werden Ihre Ohren rot! Jahnke, wo haben Sie Ihre Waffen?“
„Ich weiß nichts von Waffen!“
„Jahnke, Ihre Ohren werden ja schon wieder rot!“
Der Zwerg mit der Fratze erhob sich, baute sich vor mir auf und sagte mit einer Stimme, die mir kalte Schauer über den Rücken jagte: „Jahnke, es ist zu s p ä ä t!“
Damit verließ er das Zimmer – ein Anderer folgte ihm.
Trotz meiner Angst dachte ich: „Na, sowas kann sich auch bei Tageslicht nicht auf der Straße sehen lassen!“
Hinter den Vorhängen wurde es hell. Aber der Lange hinter dem Schreibtisch ließ mir keine Zeit für eigene Gedanken.
Er schlug mit der Faust auf den Tisch: „Nun seht Euch den Kerl an! Ein Kerl, wie eine Eiche! Hat Fäuste zum Arbeiten! Raucht nicht – Säuft nicht! Ein Kerl, wie wir ihn brauchen beim Aufbau unserer Republik! Aber er lügt! Er belügt uns, die wir die Arbeiter und Bauern vor dem Imperialismus schützen. Junge, das wird Dir noch einmal sauer aufstoßen! Ich könnte Dir die Zähne aus dem Maul schlagen, aber ich tu' es nicht, weil ich weiß, dass es nichts nützt, er wird dadurch nur noch verstockter! Kerl, nimm doch Vernunft an und sag endlich die Wahrheit!“
„Ich kann nichts Anderes sagen. Als das, was ich bisher gesagt habe.“
„Du lügst! Du hast Waffen gehabt!“
So ging es weiter – Stundenlang.
Zwei der Bullen erhoben sich und gingen – die übrigen ließen sich Kaffee und belegte Brote bringen.
„Hast Du Hunger, Jahnke?“, fragte einer.

„Nein!“
„Hättest auch sowieso nichts bekommen, bevor Du nicht die Wahrheit sagst!“
Der Stullenteller war leer, die Kaffeekanne auch – drei Mann verließen den Raum.
Jetzt war ich mit dem Langen und dem Jüngling allein.
Die Tür öffnete sich – Hauptmann Günter trat ein. Er ging zum Fenster, zog den Vorhang auf, schaute eine Weile aus dem Fenster – die rechte Hand spielte mit der Kordel des Vorhangs.
Langsam drehte er sich um: „Wie weit seid Ihr mit ihm?“
Über das Gesicht des Langen zog ein bitterer Zug – als wenn eine Gewitterwolke an einem blauen Himmel aufzieht.
„Mit dem Kerl kommt man nicht weiter!“
„So? Dann versucht es noch ein Mal!“
Er musterte mich noch einmal kühl und verließ das Zimmer.
Der Lange atmete tief durch, sah den Jüngling an und sagte: „Der Hauptmann hat gut Reden – Versuch es noch einmal!“ und zu mir: „Jahnke, machen Sie sich das Leben nicht noch schwerer als es schon ist! Stellen Sie sich vor, wenn Sie so weitermachen, kennt Sie kein Mensch mehr, wenn Sie hier raus kommen – w e n n Sie hier überhaupt raus kommen! Alle haben Kinder, die so alt sind, wie Sie jetzt! – und Sie haben so’n Bart!“
Er machte eine Handbewegung, die darauf schließen ließ, dass der Bart, den ich haben würde, bis zum Nabel reichte.
„Und wenn Sie auch an Jahren nicht so alt sein werden – aber mit den Nerven und seelisch sind Sie so weit!“
Dann sagte er zu dem Jungen: „Unterhalt’ Du Dich mal ’n Moment mit ihm, ich geh mal raus.“
Der Junge sah mich an, mit Augen, in denen noch etwas menschliches zu erkennen war. Er sah irgendwie hilflos und erschrocken aus, als er zu mir sagte: „Mensch, Siegfried, sag es doch!“
„Ich kann doch nichts anderes sagen!“
„Siegfried, sie wissen es doch!“
„Was wissen sie?“
Der Junge setzte sich hinter den Schreibtisch, auf dem er bisher gesessen hatte und sagte: „Sie haben Dich in die Pfanne gehauen!“
Mir wurde heiß und kalt. Sie mussten etwas Positives wissen, sonst hätten sie mich nicht so lange bekniet. Sonst hatten immer höchstens eine Stunde auf einem Thema herumgeritten und es dann fallen gelassen, wenn sie nicht weiter kamen. Aber sie ließen mir nicht lange Zeit zum Überlegen. Der Lange kam zurück. Der Junge wollte aufstehen.

„Lass nur, bleib sitzen“ und zu mir: „Na, Jahnke, können Sie noch stehen?“
„Noch ja, aber meine Füße sind geschwollen!“
„So, zeigen Sie mal her!“
Ich zog das rechte Hosenbein hoch.
„So, Stiefel haben Sie an?!“ und dann plötzlich haarscharf: „Jahnke, wo sind die Waffen?“
Ich sagte nichts. Ich hörte, wie draußen die Türen gingen – meine Zellennachbarn machten Morgentoilette.
„Na wird's bald! Ich habe Sie was gefragt!“
Ich dachte: „Es nützt nichts – sie wissen es!“
Dann sagte ich mit belegter Stimme: „Ich habe drei Pistolen in der Gartenlaube vergraben!“
Meine Kehle war trocken, meine Gedanken kreisten um die Sache mit Venski: Wenn sie auch noch hinter diese Sache kamen, war ich reif zum Erschießen! Ich fühlte mich matt – wie zerschlagen – aber der Lange stand vor mir, er legte mir die Hand auf die Schulter: „Na, siehst Du! Warum sagst Du nicht gleich die Wahrheit?“
Er machte eine kurze Pause, nahm die Hand von meiner Schulter, packte die Jacke vor meiner Brust und fauchte mich an: „Vier volle Stunden haben wir mit Dir vertrödelt! Aber die Zeit wirst Du bezahlen – das schwör' ich Dir! – Was sind das für Pistolen?“
„Kaliber sieben fünfundsechzig, Mauser, Suhl und Browning.“
„Das ist doch nicht alles! Du hast doch auch 'ne Null Acht! Hör doch jetzt endlich auf zu lügen!“, brüllte er.
„Ich habe keine Null Acht!“
„Beweis' uns das, wir wissen, dass Du eine Null Acht gehabt hast!“
„Mit der Null Acht hat man uns erwischt und mein Vater hat das Ding bei der Polizei abgegeben!“
„Wann war das?“
„Vor vier Jahren.“
„Na, gut, das können wir nachprüfen! Ist das wirklich alles? – Kerl, rede doch endlich! Lass Dir die Würmer nicht alle einzeln aus der Nase ziehen!“
„Ich hatte eine Null Acht, neunzehnhundertfünfundvierzig, die habe ich Bodo Wriege gegeben. Der will sie weitergegeben haben an seinen Freund Ernst Pött.“
„Wo wohnen die beiden?“
„Wriege ist vor drei Jahren ertrunken und Pött soll jetzt im Westen sein!“
„So, das hast Du Dir ja fein ausgedacht! – Hast Du noch mehr?“
„Nein!“

„Wer hat noch Waffen?"
„Das weiß ich nicht!"
„Du lügst ja schon wieder! Du wirst Dich wundern, mit wem Du alles auf der Anklagebank zu sitzen kommst – und die werden Dich nicht schonen, wie Du sie schonst!"
Der Lange ging von mir zum Schreibtisch.
„Nimm ein kurzes Protokoll auf!", sagte er zu dem Jüngling.
Sie erarbeiteten ein Protokoll – eine knappe Seite lang, dann begann der Lange von Neuem: „Nun, Jahnke, wer hat noch Waffen versteckt?"
Aber ich blieb hart. Ich hütete mich davor, einen Namen zu nennen. Was hätte ich davon, wenn ich alle Tankenhagener Jungen, von denen ich wusste, dass sie nach dem Krieg Waffen hatten, mit in diese Sache hineinzog?
Der Lange ließ mich das Protokoll unterschreiben und eine Skizze von der Gartenlaube zeichnen, wo die Pistolen genau vergraben lagen.
Dann ließ er mich in die Zelle bringen. Die Schüssel mit dem kalten Kaffee stand auf der Heizung, daneben lag der Kanten Brot.
Ich war wie gerädert. Ich ließ mich auf das Bett fallen und begann zu essen. Der Posten riss die Klappe auf – als er sah, dass ich noch beim Essen war, schlug er die Klappe wieder zu, bevor ich aufgestanden war. Ich ließ mir Zeit beim Essen. So niederträchtig würden sie doch nicht sein und mich vom Essen weg holen.
Auf dem Gang klapperte jemand mit einem Eimer.
Kaum hatte ich den letzten Schluck Kaffee geschlürft, da ging die Tür auf. Ich stand auf und sah die Wand an.
„Holen Sie Schrubbzeug rein und wischen Sie die Zelle auf!", sagte der Posten.
Ich ging zur Tür. Neben der Tür lehnte ein Schrubber mit einen Wischtuch. Daneben stand ein Eimer mit Seifenwasser. Ich griff nach Eimer und Schrubber, holte die Sachen in die Zelle und begann meine Behausung gründlich zu reinigen.
„Sparen Sie mit dem Wasser, es läuft sonst durch die Decke in das untere Stockwerk!", ermahnte mich der Posten.
Ich wischte den Fußboden trocken. Der Posten hatte mich wohl durch den Spion beobachtet, denn er öffnete sofort die Tür, als ich mit der Arbeit fertig war.
„Bringen Sie das schmutzige Wasser in die Spülzelle, leeren Sie den Kübel und dann gehen Sie duschen.", sagte der Posten. Ich sah ihn ungläubig an – „Ja, ja, duschen habe ich gesagt!"
Ich sah mich hilflos in der Spülzelle um.

„Ne, hier nicht – im Keller – nehmen Sie Ihr Handtuch und kommen Sie! Gehen Sie voraus, die Treppen runter!"
Über den Hof kamen wir in einem Raum, in dem vier Duschkabinen eingebaut waren. Wände und Decke waren wohl einmal weiß getüncht gewesen. Jetzt waren sie mit schwarzgrauen Pilzkolonien überwuchert. Der Fußboden bestand aus rauem Beton, der unter den Brausen mit Lattenrosten ausgelegt war, auf denen in einer Ecke Bruchstückchen von Kernseife lagen. Ich entkleidete mich und ging unter eine Dusche. Es dauerte eine Weile, bis ich die Wassertemperatur richtig reguliert hatte – aber dann ging es gut. Kaum hatte ich mich eingeseift, da brüllte der Posten schon: „Los, los, beeilen Sie sich, Sie sind hier nicht zu einer Kneippkur!"
Ich spülte den Seifenschaum ab, trocknete mich ab und zog mich an. Die Füße musste ich zweimal waschen, so dreckig war der Fußboden.
Während ich unter der Dusche stand, um den letzten Staub vom heimatlichen Acker von meinem Körper zu spülen, machte mein Freund Heinz Zander – wir nennen ihn heute noch „Schlauch", die Bekanntschaft mit dem Hauptmann der Staatssicherheit Heinz Günter. Heinz Günter trug Zivil. Er war sauber und exakt gekleidet. Schlauch stand in Zimmer zehn mit dem Rücken zur Wand – wie die Hausordnung es von ihm verlangte.
Nachdem Günter die Personalien Schlauchs festgestellt und protokolliert hatte, ging er dazu über, Schlauch dazu zu bringen, einzugestehen, in der Umgebung von Grevesmühlen geeignetes Gelände für Flugplätze erkundet und vermessen zu haben.
Schlauch, dem eine solche Anschuldigung absurd vorkam, bestritt das energisch.
Da ließ Günter Max kommen.
„Ist das der Mann, den Sie in Grevesmühlen beim Gelände vermessen beobachtet haben?", fragte Günter.
„Ja, das ist er!", antwortete Max.
Plötzlich wusste Schlauch, woher er den Mann kannte! Im Frühling war er mit seiner Ulla auf dem Tannenberg, dem damaligen Sport- und Erholungsgebiet der Stadt Grevesmühlen, spazieren gegangen. Sie hatten es sich unter einen Baumgruppe bequem gemacht und Schlauch hatte seiner Ulla ein Kapitel aus der Mathematik erklärt, das sie nicht begriffen hatte. Um es ihr zu erläutern, hatte er ihr die Aufgaben im Sand skizziert. Dabei hatte er bemerkt, dass sich ein Mann auf wenige Meter an sie herangepirscht hatte. Schlauch hatte den Kerl für einen perversen Spanner gehalten. Jetzt wusste er, was den Mann interessiert hatte.

„So, das wollen Sie uns weis machen? Was? – Wie war das zu Ostern? Als Wolfgang Jahnke aus Berlin kam, haben Sie sich mit ihm bei Koberg getroffen – oder nicht?“
„Ja, das stimmt“, antwortete Schlauch.
„So, und der Jahnke sagte: Du kannst auch mal was tun, er gab Ihnen ein Paket, das Sie am Sonnabend darauf mit nach Tankenhagen nahmen? Stimmt das?“
„Ja!“
„Was war in dem Paket?“, fragte Günter hart. Und, wie um die Frage zu unterstreichen, schlug er mit der flachen Hand auf den Tisch.
„Was war in dem Paket?“, überlegte Schlauch.
„Es war ungefähr so groß.“ Schlauch skizzierte mit den Händen ungefähr einen Schuhkarton.
„Wie schwer war das Paket?“, forschte Günter weiter.
Schlauch zuckte mit den Schultern: „Vielleicht fünf bis acht Pfund – so genau weis ich das nicht mehr – ist das denn so wichtig?“
„Und wie wichtig das ist! – Was war in dem Paket?“ Wieder schlug Günter mit der flachen Hand auf die Tischplatte.
Schlauch marterte sein übermüdetes Gehirn – er sah aus dem Fenster – strahlend blauer Himmel draußen – Ulla würde warten – wie spät mochte es sein? Oder hatten sie Ulla gleich mit in den Wagen geladen?. Flugplätze vermessen – so ein Blödsinn!
Aber Günter ließ ihm keine Zeit, an seine Ulla zu denken: „Nun, Zander, kommen Sie zurück auf die Erde! Schweifen Sie nicht ab! Ich habe Sie etwas gefragt! Was war in dem Paket?“
„Ich weiß das nicht!“, erwiderte Schlauch, er holte tief Luft und seufzte.
„So, wie fühlte sich das Paket denn an? Wie Papier – etwa Flugblätter – oder klapperte es – etwa wie Pistolenmunition?“
Beim Wort Flugblätter lief es Schlauch heiß und kalt den Rücken runter, aber als er Pistolenmunition hörte, fragte er spontan: „Pistolenmunition – was wollte Jahnke denn damit?“
„So, tun Sie nicht so entrüstet,! Alle wussten, dass die Jahnkes bis an die Zähne bewaffnet waren!“
„Der Jahnke hatte doch keine Waffen!“
„Wir wissen es besser, Zander! Also – was war in dem Paket?“
„Ich war nicht dabei, als das Paket ausgepackt wurde!“
„An wen haben Sie das Paket denn übergeben?“
Schlauch überlegte; „An die Schwester – und die brachte es ihrem ältesten Bruder – dem Siegfried!“
„So, so, dem Siegfried!“
Das Telefon läutete, Günter nahm den Hörer ab, lauschte und sagte:

„Ja, den hab ich hier – natürlich weiß auch der nichts – ja, komm her und sieh Dir das Bürschchen an!“ Damit legte er den Hörer auf die Gabel, zu Max sagte er: „Geh mal nach drüben und kümmere Dich um den Koberg!“
Max verließ den Raum. Kurze Zeit später betrat ein Zwerg das Zimmer.
„Huh, ein richtiger Gnom.“, dachte Schlauch. Der Zwerg baute sich vor ihm auf und redete in einer seltsam langsam, getragenen – fast singenden Art auf Schlauch ein: „Nun Zander, was wollen Sie? Wollen Sie uns auch belügen? Aber das sag ich Ihnen, mit Ihnen werden wir noch fertig! Sie werden schon reden, wenn Sie erst eine Weile tausend Millimeter unter der Erde sind!“
Günter übernahm wieder die Leitung des Verhörs: „So, Zander, Sie wissen also nicht, was in dem Paket war?“
„Nein!“, antwortete Schlauch. Einerseits war er froh, von diesem Thema abzukommen – aber was hatten sie noch auf dem Tablett?
Die nächste Frage ließ nicht lange auf sich warten: „Sie waren doch dabei, als Koberg dem Vick, als dieser im März nach Berlin fuhr, einen Brief an Heisler mitgab?“
Schlauch schluckte – „Ja!“, würgte er hervor.
„Warum gab Koberg diesen Brief den Vick mit? Und schickte ihn nicht mit der Post?“
„Das weiß ich nicht!“
„Sie wissen wohl gar nichts – was?!“ und zum Zwerg: „Das sind Kerle! Keiner weiß etwas – bis einer singt!“
„Was soll ich wissen?“, fragte Schlauch naiv.
„Hören Sie, Zander, wir sind dabei, ein Agentennest von ungeahntem Ausmaß auszuheben! Und Sie sind dabei, sich bis über beide Ohren im Netz dieses Agentenringes zu verstricken!“
„Zander – es ist alles aus!“, zischte der Zwerg.
„Sind Ihnen keine Bedenken gekommen, Zander, als Koberg den Brief an Vick übergab?“
„Ich hätte daran denken müssen.“, sagte Schlauch.
„Haben Sie daran gedacht – oder nicht, Zander?“
Es entspann sich eine Art Ringkampf zwischen Schlauch und Günter. Günter wollte Schlauch dazu bringen einzugestehen, dass er daran gedacht habe, dass der Brief durch die Post besser bestellt worden wäre – Schlauch dagegen behauptete: Er hätte daran denken müssen! Schließlich sagte Günter: „Wissen Sie, Zander, ich gebe Ihnen bis Montag Gelegenheit, in der Dunkelzelle über dieses Thema nachzudenken!“„Damit griff er zum Telefon und rief nach dem Posten.

„Zander, es ist zu s p ä ä t!“, zischte der Zwerg zum Abschluss.
Der Posten kam.
„Bringen Sie den Mann in die Dunkelzelle – bis ich es widerrufe!“ und zu Schlauch: „Ich wünsche Ihnen ein angenehmes Wochenende – Zander!“
Schlauch landete in einem Raum, der etwa drei Meter lang und einen Meter breit war. Die Wände zwei Meter hoch – früher weiß getüncht – jetzt grau in grau.
Ein Metallbett mit aufgelegter Matratze und der übliche Kübel als Mobiliar – kein Fenster – über der Tür die übliche, durch ein Drahtgitter gesicherte Lampe.
Schlauch setzte sich auf das Bett und hing seinen Gedanken nach: „Jetzt hast Du also Dein Abitur – und hast sofort einen Studienplatz mit vollem Stipendium!“, dachte er. Der Posten brachte ihm die Graupensuppe, die er ohne großen Appetit in sich hineinlöffelte.

Ich saß auf dem Bett und wartete auf das Essen. Der Posten klapperte auf dem Gang mit Kessel und Schöpfkelle. Die Klappe wurde geöffnet und eine grauhaarige Polizistin reichte mir eine Schüssel mit dicker Graupensuppe. Ich nahm die Schüssel in Empfang, setzte mich aufs Bett und aß. Kaum hatte ich gegessen, da kam die Polizistin und holte das leere Gefäß. Nach kurzer Zeit kam sie mit einer zweiten Schüssel Graupensuppe. Ich sah sie erstaunt an und lehnte ab. Die Frau sah mich ungläubig an, dann schlug sie die Klappe zu.
Der Nachmittag verging langsam. Wie ging es jetzt weiter? Was würden meine Eltern sagen, wenn sie die Waffen holten? Das waren Fragen, die mich beschäftigten.
„Wer weiß.“, dachte ich, „Vielleicht ist der Kanister, in dem die Pistolen vergraben sind, längst durchgerostet und die Dinger unbrauchbar geworden!“ Sie lagen immerhin seit fünf Jahren in der Erde.
Der saubere Fußboden ließ die Zelle etwas freundlicher erscheinen – oder lag es daran, dass die im Scheuerwasser enthaltene Seifenlauge den dumpfen Geruch etwas verscheucht hatte?
Die Sonne verschwindet – Kübeln – Abendessen – und das Warten auf das Schlafengehen.
Die Sterne werden im Fensterschlitz sichtbar – in der linken Ecke des Fensters erscheint der Mond. Der Posten schleicht auf dem Gang umher – er poltert hier gegen eine Tür – dort brüllt er durch die Klappe: „Was ist hier los? Ich habe nichts von schlafen gesagt!“
Da, plötzlich wurde der Riegel der Tür krachend zurückgeschlagen. Das Schlüsselbund klirrte beim Aufschließen des Schlosses.

Ich nahm vor der Wand Aufstellung.
„Kommen Sie mit!“, kommandierte der Posten.
Ich verließ die Zelle und wartete neben der Tür.
„Gehen Sie zum Zimmer zehn!“
Ich ging den Gang entlang, bis zur Spülzelle, bog links ab und wartete vor Zimmer zehn.
„Gehen Sie rein.“, sagte der Posten, nachdem er sich vergewissert hatte, dass das Zimmer frei ist.
Der Lange erwartete mich.
Auf dem Tisch lagen auf einem Tuch drei Pistolen. Sie waren sauber – ohne ein Fleckchen Rost!
Die hölzerne Griffschale der Suhl, die Wolfgang für die zersprungene Plastikschale angebracht hatte, war vom Öl dunkelbraun gefärbt.
„Sind sie das?“, fragte der Lange.
„Ja!“, antwortete ich mit belegter Stimme und nickte mit dem Kopf.
„Jahnke, wer hat noch Waffen?“, fragte der Lange eindringlich.
„Ich weiß es nicht!“, antwortete ich.
„Was wolltet Ihr mit den Pistolen?“, forschte der Lange.
Was sollte ich darauf antworten?
Ich starrte auf die drei Pistolen, die bläulich schimmernd auf dem Tisch vor mir lagen. Sogar der Browning, der beim Vergraben mit einer Rostschicht überzogen war, wies keine – auch nicht die geringste Roststelle auf!
Die Hoffnung, dass der Ölkanister der Stader Mineralölwerke die fünf Jahre in der trocknen Erde nicht überstanden hatte, war zerstoben!
Der Lange wartete auf eine Antwort. – Was sollte ich auf diese Frage antworten?
Aber der Lange war auch mit dem Schweigen zufrieden an diesem Abend – Er hatte gesiegt und war großzügig! Fast freundschaftlich legte er mir den Arm auf die Schultern: „Willst Du mir nichts sagen? – Na, dann geh schlafen – aber morgen, morgen wirst Du mir alles sagen!“
Damit ließ er mich gehen.
Der Posten brachte mich zur Zelle, schloss auf und sagte: „Leg Dich schlafen!“
Ich zog mich aus und rollte mich in die Decke.
„Was soll ich ihm morgen sagen?“, überlegte ich, aber nicht lange, denn der Schlaf erbarmte sich meiner und trug mich fort. Sie ließen mich schlafen in dieser Nacht.
Sie ließen mich den ganzen Samstag in Ruhe und auch den Sonntag.

Auch am Montag und Dienstag – Nichts!
Am Mittwoch brachte mich der Posten bis ans Gitter. Am Gitter nahm mich ein Leutnant in Uniform in Empfang und geleitete mich ins Eckzimmer – schneidig sah er aus in seiner blauen Uniform – man könnte meinen – aber nein, D I E Uniform war schwarz – und die Runen am Kragenspiegel fehlten!
Das Fenster im Eckzimmer stand weit auf, der Vorhang war zurückgezogen und ich hatte einen herrlichen Ausblick auf den See.
Hinter dem Schreibtisch saß ein dicker Zivilist. – Er rauchte eine Zigarre. Dicke blaue Rauchschwaden stiegen zur Decke auf und wurden dort vom Luftzug aus dem Fenster getrieben.
„Nehmen Sie Platz!“, sagte der Dicke und machte mit der ausgestreckten Hand eine einladende Geste zum Stuhl, der vor dem Schreibtisch stand.
Ich setzte mich.
„Ich bin der Haftrichter. Ich verlese Ihnen den Haftbefehl – Jetzt!“
Er machte eine Pause, blätterte in den vor ihm liegenden Akten und legte los: „Sie sind verhaftet wegen Verdacht auf Spionage, Verdacht auf Beihilfe zur Spionage und Verdacht auf bewusste Spionage!“ Er machte wieder eine Pause, Schlug die Akte zu, schlug mit der Hand auf die Akte, nahm die Brille ab und fragte herablassend: „Haben Sie sonst noch Wünsche?“
„Schön.“, dachte ich, „nach zehn Tagen bekommt man also den Haftbefehl zu hören!“
Dann hörte ich mich sagen: „Ich möchte einen Anwalt haben!“
„So, einen Anwalt möchten Sie haben! Den werden Sie früh genug bekommen!“, antwortete der Mann hinter dem Schreibtisch patzig, „Im Übrigen – ein Spion ist ein Spion, ob das viel ist, was er verraten hat, oder wenig! Genau so wie ein Dieb ein Dieb ist, egal, ob ein Pfund Zucker geklaut hat, oder einen Zentner!“ Damit griff er zum Telefon, wählte und sagte in die Muschel: „Ich bin fertig mit ihm, Sie können ihn holen!“
Der Posten brachte mich zur erkennungsdienstlichen Behandlung. Ich wurde von allen Seiten fotografiert und von beiden Händen wurden Fingerabdrücke genommen. Fünf Minuten später war ich wieder in meiner Zelle mit meinen Gedanken allein.
Mir kamen leise Zweifel. War es richtig, sich so stur zu stellen? Vielleicht wäre es besser auszupacken – aber was war da auszupacken? Was ich von Budzin wusste, wollten sie nicht hören – Und sonst? – Sollte ich alle Jungen aufzählen, von denen ich wusste, dass sie im Mai 1945 mit Waffen gespielt hatten?
Vielleicht hätte ich vor acht Wochen mit dem Landrat reden können.

Bürgermeister Johann Duwe hatte im April in der Schule eine Versammlung abgehalten.
Mein Vater wollte an der Versammlung nicht teilnehmen und ich selbst war auch nicht von dieser Veranstaltung begeistert. Aber unsere Mutter überredete mich hinzugehen: „Nimm Rücksicht auf Deinen Bruder, wir können uns nicht von allem ausschließen!"
So ging ich zu dieser Versammlung.
Der Landrat persönlich wollte die Bauern dazu überreden, sich zu verpflichten, als erste Gemeinde im Kreis das Soll in allen Produkten zu erfüllen. Das Soll an Schweinefleisch sollte schon vor der Getreideernte erfüllt sein. Ich sagte nein und versuchte ihm zu erklären, dass wir zum Ausmästen der Schweine auf das Getreide der neuen Ernte angewiesen waren.
Er bestellte mich zu sich in die Kreisverwaltung!
Ich ließ mir sofort einen Termin geben und fuhr wenige Tage später zu ihm nach Grevesmühlen.
Ob denn einer meiner Berufskollegen nicht mein Soll in Schweinefleisch übernehmen könnte – und ich den Nachbarn dafür mit Milch aushelfen könne?
Aber wie denn? Milch war das einzige Erzeugnis, das wir reichlich hatten! Wir hatten unser Soll immer erfüllt, konnten Butter, die wir selbst herstellten, schwarz verkaufen und damit die Ausgaben für den täglichen Bedarf decken – weil wir einige Kunden hatten, die wir ständig belieferten. Außerdem konnten wir die Milch, die wir über das Soll hinaus ablieferten als sogenannte „Freie Spitzen" verkaufen. Das heißt: Für die reguläre Milch bekamen wir 18 Pfennig pro Liter, für Freie Spitzen-Milch gab es zuerst eine Mark – der Preis für diese Milch wurde aber gesenkt. Den Nachbarn ging es genau so! Musste ich dies dem Landrat auf die Nase binden? Aber dann: „Was? Sie sind einundzwanzig – haben eine eigene Siedlung von vierzig Morgen – wohnen bei den Eltern – und bewirtschaften Ihre vierzig Morgen mit den sechzig Morgen der Eltern zusammen? Dann müsste man doch beide Betriebe zusammen veranlagen – und so in eine höhere Soll-Kategorie kommen!
Aber der Herr Landrat war gnädig gestimmt – gab es denn kein Mädchen, mit dem man einen eigenen Hausstand gründen könnte?
Naja schon – Aber was würde Hildegard dazu sagen, wenn ich ihr den Vorschlag des Landrats unterbreiten würde? Sie hatte gerade ihre erste Stellung als Lehrerin angetreten – aber was ging das den Landrat an?
Letztendlich nahm der Landrat mir das Versprechen ab, dass ich ihn als ersten Trauzeugen einladen würde.

„Haben Sie sonst noch was auf dem Herzen, über das wir uns unterhalten müssten?", fragte er zum Abschluss der Unterredung irgendwie eindringlich. Hätte ich auf ihn zugehen sollen? Aber was hätte das gebracht?
Auf dem Heimweg traf ich meinen Nachbarn Herbert Reppenhagen. Herbert war zehn Jahre älter als ich und war im Krieg bei der Panzerabwehr. Irgendwo bei Charkow hatte er in einer Stunde sechs russische Panzer mit seinem 4,5 cm-Packgeschütz abgeschossen – der siebte Panzer hatte ihn erwischt – damit war für ihn der Krieg vorbei – ihm fehlte der rechte Unterschenkel.
„Na, wie war es bei der Kreisverwaltung?", fragte Herbert.
Ich schilderte ihm mein Treffen mit dem Landrat.
„Was lässt Du Dich mit dem auf eine Diskussion ein!", sagte Herbert, „Musst immer Ja-Ja sagen – ein Arschloch bleibt er doch!"
Vier Wochen später sah alles ganz anders aus! Wir wohnten seit den 27. Mai im fünf Kilometer breiten Sperrgebiet an der innerdeutschen Grenze. Jeden zweiten Tag mussten wir an der Grenze arbeiten. Auf einem zehn Meter breiten Streifen wurden alle Pflanzen beseitigt.
Eine knorrige, alte Eiche stand im Weg – drei Schlepper wurden angespannt, um sie umzureißen. Dabei wurde ein IFA-Pionier – der Star unter den damaligen DDR-Ackerschleppern – 45 PS stark – buchstäblich auseinandergerissen!
Anschließend wurde der Streifen eingeebnet und geharkt.
Die Wiesen am Dassower See ließen sich schlecht pflügen.
Ein Funktionär der SED pöbelte einen Traktoristen fürchterlich an, als dieser ihm erklären wollte, dass man feuchte Wiesen schlecht pflügen kann: „Was bildet Ihr Euch ein! So eine Sauarbeit auszuführen! Die Grenzanlagen sollen Jahrzehnte halten!"
Dabei hatte Stalin im März Adenauer ein Angebot zur Vereinigung Deutschlands gemacht.
Gesamtdeutsche Wahlen – drei Monate vorher Abzug aller Besatzungsmächte. So konnte man es auf Plakaten, die an fast jeder Telegraphenstange angebracht waren, lesen.
Aber Adenauer und John Forster Dulles waren nicht auf Stalins Angebot eingegangen. Sie wussten genau, dass in den entmilitarisierten Raum, der entstand, wenn die Westmächte ihre Truppen abzogen, sofort die bereitstehende kasernierte Volkspolizei der DDR einrücken würde und so die Wahlen nach DDR-Muster abgehalten werden konnten.
War das die Antwort? Diese Anlagen sollen Jahrzehnte halten!?
Also wurde eine zwanzig Zentimeter starke Sandschicht auf die

Wiesen aufgebracht, um den Streifen eggen zu können, damit Spuren von Republikflüchtigen sichtbar blieben.
Ende Juni startete man die Aktion „Ungeziefer".
Personen, die den SED-Leuten „politisch unzuverlässig" schienen, wurden aus dem Sperrgebiet zwangsweise ausgesiedelt. Das heißt, sie mussten innerhalb von wenigen Stunden ihre Sachen packen und verladen, um in die östlichen Gebiete der DDR umzuziehen.
Bei uns im Ort traf es die Familie Wriege. Willie Wriege saß als Politischer Häftling in Bautzen.
Seine Frau, ihre jüngsten Töchter – zwölf und vierzehn Jahre alt – und die 80-jährige Mutter Wrieges wurden in den Kreis Grimmen umgesiedelt.
Ich musste beim Verladen helfen. Ich war am Abend fix und fertig! Ich fragte mich: „Wie kann der Staat so mit seinen Bürgern umgehen?"
Sollte ich jetzt, wo ich in der Patsche saß, bei diesem System zu Kreuze kriechen?
„Nein!"

Schlauch hatte das Wochenende in der Dunkelzelle hinter sich gebracht. Freitag hatte er genug mit sich selbst zu tun, um nicht einzuschlafen und den Posten nicht gegen sich aufzubringen.
Am Sonnabend hockte er in der engen Zelle, in der nicht einmal genügend Platz war, um die vier Schritte von der Tür zur Wand zu gehen, ohne sich an der Bettstelle zu stoßen, und steigerte sich gedanklich in eine Wut hinein, in der er seine besten Freunde – mich und Ewald Koberg – verfluchte!
Wie konnten sie sich mit dem Heisler derart einlassen, dass zumindest ihre Jugend verpfuscht war?
Am Sonntag war Schlauch so wütend, dass er am Liebsten dem Posten den Fraß durch die Klappe ins Gesicht geklatscht hätte, weil der ihn spöttisch angrinste.
Montag, gegen elf, ließ Hauptmann Günter ihn ins Zimmer zehn bringen.
„Zander, wie geht es Ihnen? Wochenende gut verlebt?"
Günter grinste – dann zog er den Vorhang vor das Fenster, weil er bemerkte, dass Schlauch wehmütig auf den See sah. – „Damit wir unter uns sind!", kommentierte er.
Wenn Schlauch wütend auf seine Freunde war – dieser Mann lag ihm wie ein Mauerstein im Magen!
Wenn seine Freunde mit dem herrschenden System nicht einverstanden waren und sich nicht mit Gedanken begnügten und etwas

gegen dieses System unternahmen – es waren seine besten Freunde – und er konnte sich drehen wie er wollte, er war mit ihnen einer Meinung!
Aber dieser Mann verübelte es ihnen, dass sie eine andere Meinung hatten – und was schlimmer war – er hatte die Macht es ihnen zu vermiesen – und was noch schlimmer war – sie konnten sich nicht dagegen wehren!
Günter stellte wieder die gleichen Fragen. Das Paket, das Schlauch für Wolfgang von Grevesmühlen nach Tankenhagen transportiert hatte, ließ ihm keine Ruhe – er wollte wissen, was darin war. Der Brief den Ewald an Vick für Heisler mitgegeben hatte, erregte seine Neugier auch am Montag – aber Schlauch igelte sich ein. Er wusste nichts – sollten sie ihn doch wieder in die Dunkelzelle bringen – was sollte es nützen – er wusste nichts!
Gegen drei Uhr ließ Günter ihn in die Zelle bringen. Die dünne Kartoffelsuppe stand auf dem Bett. Sie war kalt, in der Brühe hatten sich die Kartoffelstückchen auf dem Boden abgesetzt. Einige Fleischfasern schwammen in etwa fünfzehn winzige Fettperlen auf der Brühe.
Es schmeckte schauderhaft – aber Schlauch würgte die kalte Suppe in sich hinein.
Ärgerlich warf Schlauch die leere Schüssel auf das Bett – den Löffel scheppernd hinein und stand auf. Er machte ein paar verzweifelte Schritte in dem engen Raum – aber die dreißig Zentimeter zwischen Bett und Wand waren für seine Wanderung einfach zu schmal. Resigniert setzte Schlauch sich auf's Bett.
Es nützte nichts, er musste es durchstehen! Wie lange? – Wer konnte das wissen?
„Hoffentlich ist West-Berlin noch zu erreichen, wenn ich hier raus komme!“ Das war sein einziger Gedanke, an den er sich klammerte. Er glaubte nicht wie seine Freunde Ewald und ich, dass eine Wende in der Politik die Freiheit bringen würde.
Kübeln – Abendessen – Warten auf die Nachtruhe – endlos dehnte sich die Zeit von acht bis zehn!
Der Posten schlich von Zelle zu Zelle und verkündete die Nachtruhe. Bei Schlauch schlug er krachend den Riegel zurück, schreckte ihn aus seiner Lethargie hoch und brachte ihn zu Heinz Günter ins Zimmer zehn.
Günter legte Schlauch ein Protokoll vor.
„Ich beförderte für die Brüder Jahnke ein Paket von Grevesmühlen nach Tankenhagen!“ Las Schlauch und: „ich war dabei, als Ewald Koberg einen Brief an Hans Jürgen Vick übergab, den dieser bei

Heisler in West-Berlin abgeben sollte!“ Die Sache mit der Vermessung von Flugplätzen hatten sie fallen lassen.
„Unterschreiben Sie das!“, forderte Günter.
Schlauch las das Blatt Papier zwei Mal genau durch. Es waren zwar einige Rechtschreibfehler drin – aber die entstellten nicht den Sinn des Protokolls.
„Was soll die Streiterei.“, dachte Schlauch und unterschrieb.
„Gut!“, sagte Günter, „Morgen kommen Sie in eine andere Zelle!“
Schlauch wurde in seine Zelle gebracht. Er schlief irgendwie beruhigt ein: „Morgen kommst Du wenigstens aus diesem Loch raus!“

Am Sonnabend kam Gustav Goldbach mit dem Abendzug aus Rostock nach Klütz. Er suchte, nachdem er seine Sachen bei seiner Mutter abgestellt hatte, einen Freund auf.
„Mensch, stell Dir vor, sie haben Gerhard Stiehr und noch drei oder vier andere abgeholt!“, empfing ihn sein Freund.
„Was nun?“, fragten sich die beiden.
Sie beschlossen, erst einmal nach Boltenhagen zu fahren, um festzustellen, ob Kietzer zu Hause war.
Kurt Kietzer war nicht zu Hause, Also gingen sie baden und fuhren danach nach Hause.
Eigentlich konnte ihnen nichts passieren, solange Kietzer frei war – aber wussten sie das hundertprozentig? Ganz wohl war ihnen nicht. Sie verzichteten auf das Bier und trennten sich mit gemischten Gefühlen.
Auch am nächsten Morgen war Kietzer nicht da.
So beschlossen die beiden, die Pistolen, die in der Kietzerschen Wohnung lagen, in Sicherheit zu bringen. Es gelang ihnen, in die Kietzersche Wohnung einzudringen.
Gustav holte die Waffen aus dem Keller, während sein Freund darauf achtete, dass die Luft rein war.
Dann fuhren sie mit den Pistolen zu einem Bach, wo sie die Dinger unter einer Brücke zwischen Steinen versteckten.

Gustav fuhr – gegen seine Gewohnheiten – schon am Sonntag mit dem Mittagzug nach Rostock zurück. Hier suchte er die Dame Hannelore – die Schwester Kietzers – auf und fragte nach ihrem Bruder. Da sie ihm nichts über Kurts Aufenthaltsort sagen konnte, fuhr er mit dem nächsten Zug nach Greifswald, auch hier kein K. K. – also setzte sich Gustav in den nächsten Zug nach Berlin. In West-Berlin erfuhr er bei Kietzers Vater eine Mädchenadresse, wo Kurt wahrscheinlich zu erreichen sei.

Gustav hatte Glück. Er erreichte Kurt und unterrichtete ihn von der Verhaftung Stiehrs und das seine Waffen in Sicherheit waren.
Kurt Kietzer packte darauf seine Sachen und zog zu seinem Vater in den Westen.
Gustav übernachtete in Berlin und fuhr mit dem Frühzug nach Saßnitz. Er versuchte beim Fischkombinat Jackie Brockmann zu erreichen. Aber Jackie war auf hoher See.
Gustav vertrödelte einen Tag auf Rügen, übernachtete in einem Hotel und fuhr am nächsten Tag nach Greifswald.
Hier ging er in Kurt Kietzers Wohnung, packte Kurts Sachen in drei Koffer, brachte die Koffer zum Bahnhof und schickte sie an Kurts Tante in Ost-Berlin.
Seelenruhig übernachtete er in K. Ks Wohnung und reiste am nächsten Morgen nach Rostock.
Gustav suchte wieder die Dame Hannelore auf und berichtete ihr, dass ihr Bruder in den Westen übergesiedelt war.
„Was nun?“, fragt Gustav „Willst Du mit?“
„Ich – wohin?“
„Nach West-Berlin! Sie haben Gerhard Stiehr und einige andere verhaftet. Es ist nicht ausgeschlossen, dass sie mich auch holen!“
„Ich versteh Dich nicht, Guschie, warum bist Du nicht gleich in West-Berlin geblieben?“
Gustav schwieg verlegen – dann sagte er leise: „Wegen Dir, Hannelore!“ Gustav lief dabei rot an und vermied die Dame Hannelore anzusehen.
„Ich bleibe! – Ich mache nächsten Monat mein Staatsexamen – soll ich drüben alles noch einmal durchkauen?“
Gustav sah auf die Uhr: „Zwölf ist es jetzt – kurz vor eins geht der nächste Zug nach Berlin – den kann ich noch schaffen!“
Plötzlich hatte Gustav es eilig! Er verabschiedete sich kurz von Hannelore – nicht so herzlich wie sonst – er hatte das Gefühl, dass der Weg umsonst war – Hannelore war so weit weg – so unerreichbar – obwohl sie vor ihm stand!
„Nichts wie weg!“, dachte Gustav und hastete zum Bahnhof.
Er kaufte eine Fahrkarte nach Leipzig.
Vor ihm ein hübsches Mädchen – sie wollte auch nach Leipzig – „Wenigstens ein netter Trost!“, dachte Gustav und fragte, ob er ihr den Koffer tragen darf. – Sie erlaubte es.
Sie war wirklich süß! – auf etwas Durchschnittliches biss Gustav gar nicht erst an! So konnte es geschehen, dass er die Polizisten, die am Bahnsteigzugang eine Ausweiskontrolle durchführten, zu spät bemerkte. Zurückgehen in die Schalterhalle, wäre zu verdächtig

gewesen – also ging Gustav Goldbach seinen Häschern ins Netz.
Die Süße musste ihre Koffer alleine weitertragen – dabei hätte es so ein schöner Tag werden können!
Der junge Polizist mit dem Abzeichen für gutes Wissen in Silber an der Brust verglich den Namen in Gustavs Ausweis mit den Namen in der Fahndungsliste und sagte: „Bitte kommen Sie mit zur Wache!"
Gustav wurde kreidebleich und folgte dem Mann zur Wachstube der Transportpolizei. Der junge Polizist telefonierte.
„Sie müssen warten, der zuständige Beamte kommt von einer anderen Dienststelle!", sagte er zu Gustav, und fuhr dann fort: „Sagen Sie mal, Sie mit einem Abzeichen für gutes Wissen in Gold – und stehen so zur Staatssicherheit – das muss doch ein Irrtum sein!"
„Schon möglich!", sagte Gustav einsilbig – aber er wusste, dass es kein Irrtum war! Unendlich leer war es plötzlich in Gustav Goldbach. Er hörte die Iwans wieder brüllen – wie damals in Neubrandenburg, er fühlte die Flaschen, die die Kniescheiben verschoben, wenn man auf ihnen kniete – er fühlte sich in die Tropfzelle versetzt, knietief im kalten Wasser und das Wasser trommelte Tropfen für Tropfen auf die Stirn. Das Blatt Papier, das mit der Nasenspitze an der Wand festgehalten werden musste. Herrgott nahm das denn gar kein Ende?!
Er ärgerte sich, dass er nicht in West-Berlin geblieben war – was tat er hier noch! Wozu die Kietzersche Wohnung ausräumen? Warum musste er noch hinter dieser blöden Ziege auf dem Bahnhof herrennen? Fragen über Fragen marterten sein Gehirn – jetzt war es zu spät! – die Falle hatte zugeschnappt und Gustav Goldbach war wieder hinter Gittern!
Ein EMW fuhr vor. Ein Zivilist stieg aus und kam in die Wachstube. Er sah Gustav an, blickte auf ein Foto, das er aus der Innentasche seines Jacketts zog, trat hinter den Schreibtisch neben den Polizisten, verglich Pass und Fahndungsblatt und sagte: „Das ist der Gangster, den wir suchen! Wer hat ihn gestellt?"
„Ich habe ihn an der Sperre abgefangen!", antwortete der junge Polizist stolz.
„So, ich werde Sie in meinem Bericht lobend erwähnen! – Können Sie mich bei der Überführung nach Schwerin begleiten?"
„Das wird gehen – ich werde mit meinem Dienststellenleiter sprechen."
Fünf Minuten später saß Gustav mit Handschellen im Fond des EMW. Neben ihm der junge Polizist, mit der Pistole im Anschlag und einem staunenden Ausdruck in den Augen.

Im Hof des Stasi-Gefängnisses in Schwerin hielt der EMW. Der Fahrer stieg aus und ließ Gustav aussteigen. Der Posten, der die Tür zur Treppe öffnete, sah die Männer an, die vor ihm standen. Dann brüllte er den Zivilisten an: „Los, die Treppe rauf – aber bisschen plötzlich!"
Der Zivilist blieb stehen. Der Transportpolizist sagte leise: „Verzeih Kamerad, aber das ist der Mann, um den es geht!" und deutete auf Gustav.
„Was? Der?" Er schaute Gustav an – vor allem das Abzeichen für gutes Wissen in Gold – dann hetzte er ihn die Treppe hinauf ins Zimmer zehn zu Heinz Günter.
Der saß wie gelangweilt hinter seinem Schreibtisch.
Er musterte Gustav eingehend mit seinen lebhaften, grauen Augen, spielte mit einem Kugelschreiber, den er abwechselnd mit der Spitze und dem Druckmechanismus auf die Tischplatte fallen ließ. Dann sagte er – wie nebenher – zu Gustav: „Sind Sie also wieder bei uns gelandet, Goldbach – waren die drei Jahre Sonderlager Fünfeichen für schwer erziehbare Faschisten nicht genug?" und dann plötzlich scharf: „Wollen Sie bei uns reden, oder sollen wir Sie an unsere Freunde von der NKWD übergeben?"
In Gustav brach alles zusammen. Die Angst vor der Tropfzelle und dem Flaschenknien schnürte ihm die Kehle zu – er würgte heraus: „Wir können es ja miteinander versuchen!"
„Das klingt ja schon sehr vernünftig!" Günter machte es sich hinter dem Schreibtisch bequem – er rückte den Stuhl etwas zurück, setzte ein Knie gegen die Tischplatte und begann auf dem Stuhl zu schaukeln.
„So, Goldbach, wir wissen, dass Sie an den Gesprächen teilgenommen haben, bei denen großsprecherisch über die Beseitigung der Bauern- und Arbeitermacht gesprochen wurde"– dann etwas ruhiger, fast freundschaftlich: „Goldbach, Sie mit Ihrem Verstand, mit Ihrer Herkunft und Ihrer Erfahrung müssen sich auf sowas einlassen! Wäre es nicht besser, Sie arbeiten mit uns zusammen?! Unsere Freunde von der NKWD haben solche Hoffnungen in Sie gesetzt! Und Sie enttäuschen uns so – was soll man davon halten?" Er machte eine Pause – sein Kugelschreiber nahm die ständige Misshandlung übel, der Druckmechanismus funktionierte scheinbar nicht mehr. Also gab er die Schaukelei auf und zerlegte erst mal den Kugelschreiber in seine Bestandteile.
„Wie ist das, Goldbach – Sie haben doch am Sonntag etwas aus dem Kietzerschen Keller geholt – was war das?"
Gustav schluckte trocken, dann sagte er: „Zwei Pistolen."

„Ach nee – das ist ja eine ganze Armee! Hattet Ihr nicht auch PAK-Geschütze und Granatwerfer?“
Gustav wurde heiß und kalt
„Davon weiß ich nichts!“
„So so, Sie wissen nichts – Goldbach, was meinen Sie, was wir alles gefunden haben im Kreis Grevesmühlen! Da werden Sie staunen! Also los, reden Sie schon! Sonst werde ich Sie an Oberst Kasachow übergeben – wenn Sie meinen, dass wir für Sie nicht zuständig sind!“
„Nur nicht zu Kasachow, zu dieser Bestie!“, fuhr es Gustav durch den Kopf – dann packte er aus, alles, was er wusste.
Darauf holten sie Albert Lau und Stefan Groppler – Gustav wusste von ihren Pistolen. Gustav verzieh sich das nie – Jahre lang warf er sich vor, diese beiden durch sein Versagen in den Knast gebracht zu haben!
Bis in die Nacht hinein bekniete Günter Gustav. Gustav versuchte Günter einzureden, dass die Impulse zu der DDR-feindlichen Einstellung von Kietzer gekommen waren – schließlich war Kietzer Senior hoher Beamter der Deutschen Reichsregierung in Berlin gewesen.
Schließlich gab Günter es auf – oder er hatte, was er brauchte.
Gustav wurde in eine Zelle gebracht. Der Posten brachte ihm eine Schüssel Kaffee und einen Kanten Brot. Gustav trank den Kaffee in gierigen Zügen aus, dann klopfte er und bat um weiteren Kaffee. Der Posten brachte frischen Kaffee. Gustav aß das Brot und begann, wie ein wildes Tier im Käfig, in der Zelle umherzurennen. Er hätte mit dem Kopf gegen die Wand rennen können – aber was nützte das?
Der Posten holte die leere Schüssel und flüsterte: „Legen Sie sich schlafen!“
Gustav hüllte sich in die Decke. Er begann zu weinen und beruhigte sich – dann schlief er ein.

Albert Lau fingen sie auf der Straße. Bei der Durchsuchung seines Zimmers fanden sie eine Walther PPK 7,65. In der Zelle in Schwerin zerbrach er sich den Kopf: „Woher konnten sie das wissen?“
Stefan Groppler holten sie von der Marinefunkerschule auf der Halbinsel Wustrow. Beim Verhör gab er zwar zu, eine 08 gehabt zu haben. Aber er hatte sie vergraben, weil es ihm zu gefährlich schien, das Ding offen liegen zu haben.
Ein Kommando rückte aus, um die Pistole zu suchen. Stefan hatte die Stelle genau beschrieben

An einem Zaunpfahl einer Viehweide in der Gemarkung Mühleneichsen. Aber das Suchkommando fand die 08 nicht!
Stefan bekam eine Woche Dunkelhaft bei halber Essensration – aber ihm fiel kein anders Versteck ein, wo das Kommando nochmals suchen könnte.
Pech für Stefan war auch, dass er angab, genau so eine fortschrittliche Einstellung zur DDR zu haben, wie sein Freund Kurt Kietzer – er konnte ja nicht wissen, dass sein Freund Goldbach dem Kietzer alle Schlechtigkeiten zuschob, weil der genau wusste, dass Kietzer sicher in West-Berlin war.
Jackie Brockmann nahmen sie in Empfang, als er in Saßnitz an Land ging. Er war befreundet mit Stiehr, Kietzer und Goldbach, ich kannte ihn, weil er bis zum Kriegsende in Grevesmühlen die Oberschule besuchte und mit meinem Bruder Wolfgang in eine Klasse ging.
Hans Frommann fanden sie auf der Marineschule der Seepolizei in Stralsund. Der Großvater Frommann war einmal Militärmusikkapellmeister beim Großherzog von Mecklenburg. Hänschen spielte hervorragend Klavier – alles nur nach dem Gehör – Noten kannte er nicht. Er musizierte mit Stiehr zusammen in der Schülerkapelle der Oberschule. Natürlich erregten sie mit ihrer Vorliebe für Swing und Dixielandmusik das Missfallen der FDJ-Funktionäre.

So füllte sich das Gefängnis in der Schweriner Klosterstraße zum Bersten, Dreiundzwanzig Mann der Gruppe Stiehr und Andere. Eines Tages kriegte ich zum Essen einen Löffel, auf dem die Buchstaben M O T eingeritzt waren.
„Das ist doch nicht möglich!“, dachte ich, „Das ist doch Otto Bremer!“
Ich wusste, dass „MOT“ Bremer eine Pistole hatte. Er sagte einmal: „Gestern war ich auf Wildschweinjagd!“
Ich hatte nachgefragt, wie und womit. Da hatte Otto mir erklärt, dass er eine Pistole mit verlängerten Lauf habe, mit der man auf Wildschweine schießen könne.
Die Tage schlichen dahin. Ich stand auf, wenn der Posten weckte. Ich setzte mich auf, zog Hose und Stiefel an. Dann erst stand ich langsam auf, denn ich war einmal eklig gegen die Bettstelle gefallen, als ich mit einem Satz aus dem Bett sprang.
Ein Tag reihte sich an den anderen. Nichts geschah – außer dem täglichem Einerlei: Wecken, Aufstehen und Anziehen, Zelle ausfegen, Kübeln und Morgenwäsche – dabei die antreibenden Pöbeleien des Postens auf dem Gang: „Los, los! Beeilen Sie sich! – Was begaffst Du Dich da so lange im Spiegel – was?“

Der Morgenkaffee und der Kanten Brot – dann die Zeit bis zum Mittagessen – ich lief in der Zelle auf und ab – wie ein Löwe im Käfig.
In der Schlosserei jenseits der Mauer lief die Arbeit. Ich hörte die Geräusche der verschiedenen Arbeiten – das Zischen des Schweißgerätes, den leichten Schlag des Niethammers, den dumpfen Schlag des schweren Vorschlaghammers, wenn er auf das glühende Eisen auf dem Amboss fiel und das Kreischen der Schmirgelscheiben.
Nach den Stimmen arbeiteten vier Männer in der Schlosserei.
Die schleichenden Schritte des Postens auf dem Gang – das leise Scharren der Spionklappe an der Tür, wenn der Posten die Häftlinge belauerte, ob er nicht jemand beim Schlafen erwischen könnte.
Dann das Mittagessen. Die Beiden in der Nachbarzelle rätselten schon ab zehn Uhr, was es wohl zu Mittag gäbe: Graupen oder Wassersuppe?
Sonntags gab es Salzkartoffeln – widerlich blaue wässerige Dinger, mit einer penetrant süßsauer gewürzten Soße und einem Stückchen Fleisch. Wenn es noch heiß war, ließ es sich essen – war das Essen aber abgekühlt, waren die Kartoffeln zäh und klebrig und es schmeckte abscheulich.
Dann der lange Nachmittag!
Um fünf Uhr machten die Schlosser Feierabend – dann wurde es noch langweiliger.
Am Freitag pflegte der Meister zum Lehrling zu sagen: „Heute gibt's Geld, da kannst Du etwas schneller arbeiten!"
Der Kanten Brot und der halbe Liter Kaffee zum Abendessen – das abendliche Kübeln und das tägliche Blatt Toilettenpapier – die Ablösung!
Dann die endlos lange Zeit bis zur Schlaferlaubnis.
Ich begann Rechenaufgaben zu lösen. Die Quadratzahlen bis fünfundzwanzig. Wie groß ist die Differenz zwischen zwei Quadratzahlen? Es ist die Summe der aufeinander folgenden Zahlen.
Ist zwölf mal zwölf einhundertvierundvierzig, so ist dreizehn mal dreizehn einhundertvierundvierzig plus zwölf plus dreizehn.
Aber bald wusste ich die Zahlen auswendig und ich musste mir etwas Neues einfallen lassen, um die Zeit gedanklich auszufüllen.
Eines Nachts wurde ich durch ein Gepolter im Raum über meiner Zelle wach.
Irgendetwas fiel krachend auf den Boden.
Darauf brüllte jemand: „Stehen Sie auf! – Wo waren Sie am Karfreitag?"
Die Antwort darauf war so leise, dass ich sie nicht verstand.

„Ich frage Sie nochmals, wo waren Sie Karfreitag? – Was? – Sie lügen ja schon wieder! – Ihr Sohn sagt etwas ganz anderes!“
Wieder polterte es.
„Stehen Sie auf! Oder soll ich dabei helfen?“
Es krachte wieder – dieses Mal so, als ob ein Stuhl gegen eine Wand geworfen wurde.
„Was? Sie wollen sitzen? – erst sagen Sie die Wahrheit!“
Ich hörte, wie in der Nachbarzelle jemand laut das Vaterunser betete.
Jemand klopfte an die Wand – ich klopfte kurz zurück – „Der Kumpel nebenan ist es nicht!“, sagte ein Mann in der Nachbarzelle – „Gott sei dem armen Kerl da oben gnädig!“
Irgendwo schlug eine Kirchenuhr ein Uhr.
Der Tumult ging weiter. Immer wieder wurden die gleichen Fragen gestellt – immer wieder polterte es und der Mann wurde aufgefordert aufzustehen – dann wurde es still – Schritte – etwas wurde über den Boden geschleift – eine Tür fiel ins Schloss – Stille – Die Kirchenuhr schlug zwei –Ruhe – nur der Posten schlurfte über den Gang – das Dielenbrett an der Ecke des Ganges knarrte.
Zwei Tage später holte mich der Posten aus der Zelle – wie immer – kurz vor dem Mittagessen.
Er führte mich in das Dachgeschoss.
Ich dachte an das Getöse in der vorletzten Nacht – mir wurden die Füße schwer – wie mit Blei gefüllt, als ich die steile Treppe hochstolperte. Der Posten führte mich einen dämmerigen Gang entlang in ein Zimmer mit zwei geraden und zwei schrägen Wänden. In einer der schrägen Wände befand sich in einer Ecke eine Art Erker mit einem Fenster, das mit einem Vorhang verhängt war. Vor dem Fenster stand ein Schreibtisch, darauf eine Lampe mit einem grünen Schirm, die einen grellen Lichtkegel auf die Tischplatte warf und den abgedunkelten Raum soweit ausleuchtete, dass ich erkennen konnte, dass außer dem Schreibtisch nur noch drei Stühle zum Mobiliar der Dachkammer gehörten. Ein Stuhl stand vor dem Tisch, einer links daneben. Auf dem dritten Stuhl hinter dem Schreibtisch saß ein Mann, von dem ich nur die Hände deutlich erkennen konnte.
„Nun, Jahnke, wie geht es Ihnen?“, fragte der Mann – es war Max, der FDJler.
„Was soll ich darauf antworten?“, fragte ich zurück.
Die Tür wurde geöffnet, ein Mann trat ein – Swolinski!
„Komm', lass uns mit ihm runter gehen, in ein anderes Zimmer, Zimmer zehn ist frei!“

Wir gingen hinunter ins Zimmer zehn.
Max setzte sich hinter den Schreibtisch, Swolinski stellte sich ans offene Fenster und sah auf den See hinaus, als ginge ihn die Sache überhaupt nichts an.
„Ist Ihnen inzwischen etwas Neues eingefallen, das Sie uns erzählen können?“, fragte Max.
Ich stand mit dem Rücken zur Wand und antwortete : „Nein!“
„So, dann werden wir Dich weiter schmoren lassen!“
Max schlug das Protokoll des letzten Verhörs auf und begann die gleichen Fragen zu stellen – und ich gab die gleichen Antworten.
Namen wollten sie wissen – und vor allem wer außer mir noch im Besitz von Waffen war!
Ich konnte – oder wollte keine Namen nennen. Es dauerte drei Stunden, bis er alles noch einmal durchgekaut hatte.
„Hab ich's Dir nicht gesagt?“, mischte sich Swolinski ein, der – nachdem er den See nach Besonderheiten abgesucht – wie teilnahmslos in einer Ecke gesessen hatte: „Es hat gar keinen Zweck D E M noch eine Gelegenheit zu geben, dass er über seine Lügen nachdenkt!“
„Ich geb's auf!“, sagte Max – dann rief er nach dem Posten.
Der Posten kam und brachte mich in die Zelle.
Das Essen stand kalt auf der Heizung.

Ich dachte viel an zu Hause und an meine Eltern. 1936 hatten sie den 15 ha großen Hof in Tankenhagen gekauft. Es war eine ehemalige Försterei, die das Land Mecklenburg 1933 als Siedlung an einen Rückkehrer aus den USA verkauft hatte. Aber der Amerikaheimkehrer kam mit der Bewirtschaftung des Hofes nicht zurecht und so kauften meine Eltern das Anwesen. Eigentlich hätte unser Vater zum Kauf des Hofes einen sogenannten Neubauernschein vorlegen müssen. Aber da er sich 1932 mit der NSDAP angelegt hatte, galt er als politisch unzuverlässig und der Neubauernschein wurde ihm verweigert. Nur durch die Fürsprache eines Freundes, der für die Reichsbodenschätzkommission in Berlin tätig war, durfte er ausnahmsweise ohne diesen Schein die Siedlung kaufen.

Es war ein wunderschöner Hof mit eigentlich viel zu großen Gebäuden – zur Försterei gehörten ursprünglich weitere verstreut liegende Ländereien, die das Land Mecklenburg anderweitig verkauft hatte. Ein kleiner Park schirmte das Wohnhaus gegen den etwa fünfzig Meter vom Haus verlaufenden Weg ab. In ihm wuchsen ein riesiger Lebensbaum, elf alte Eiben, einige alte Fichten, eine Blutbuche – die alle vier Jahre von den Maikäfern total kahl gefressen

wurde und danach wieder zarte, blassgrüne Blätter trieb, wenn alle anderen Bäume schon im vollem Laub standen und ein riesiger wilder Kirschbaum, in dem die Stare über die reifen Früchte herfielen und so die Süßkirschen, die gleichzeitig reiften – verschonten.
Am 28. April 1936 zogen unsere Eltern mit meinem zwei Jahre jüngeren Bruder Wolfgang und mir dort hin. Der Flieder, der zwischen den großen alten Bäumen wucherte, begann zu blühen und auf den Weiden stand das Gras so hoch, dass die zwei Kühe, die Vater übernommen hatte, ins volle Gras getrieben werden konnten.
Neben dem Tor war der Brunnen und 20 Meter neben dem Brunnen breitete eine riesige Linde ihr Blätterdach aus. Vor dem Haus beherrschte eine Eiche, die auf einem etwa vier Meter hohen, glatten Stamm eine breite Krone trug, ein kleines Rondeel.
Auf der linken Hofseite grenzte die Scheune, die auf einem Fundament aus behauenen Feldsteinen im Maß 14 x 24 Metern stand, den Hof zum Weg hin ab. Rechts stand das Stallgebäude auf einem gleichen Fundament in der gleichen Abmessung. Beide Gebäude und auch das Wohnhaus waren in Fachwerkbauweise errichtet. Scheune und Stall trugen ein gewaltiges Reetdach, während das Wohnhaus mit seinen elf Zimmern unter einem mit Ziegeln gedeckten Dach der Familie für sechzehn harte – aber glückliche – Jahre Unterschlupf bot.
Zwischen den drei Gebäuden bildete der Hofplatz – wenn man die Vorderseite des Wohnhauses als Grundlinie nahm und nach beiden Seiten auf etwa fünfzig Meter verlängerte – in Form eines schiefen Trapezes – weil Scheune und Stall nicht im rechten Winkel zu einander standen – eine Rasenfläche, die zwar manchmal von den Pferdefuhrwerken ziemlich zerfahren war, auf der wir aber zwischen Hühnern, Gänsen und Enten reichlich Platz zum Toben hatten.
Zur Straße war der Hof durch eine Mauer aus aufeinander gelegten Feldsteinen begrenzt – wobei die südliche Scheunenwand in die Mauer einbezogen war. Hinter der Scheune stieß der Weg auf die Dorfstraße. Hier konnte man – wenn man links abbog nach Dassow auf die Reichsstraße 105 und weiter nach Lübeck oder Wismar – oder wenn man sich rechts hielt über Harkensee an die Ostsee oder über den Priwall nach Travemünde gelangen.
Hinter dem Haus gedieh in einem Obst- und Gemüsegarten alles, was in einem Landhaushalt gebraucht wird – vor allem frisches Obst, von den ersten Kirschen und Erdbeeren bis zu den letzten späten Äpfeln.
Ich war zu dieser Zeit das Sorgenkind der Familie. Ich litt an einer

fürchterlichen Erkrankung meiner Kopfhaut. Alles war vereitert – ich lief mit einem turbanähnlichen Verband rum, der täglich gewechselt werden musste. Neun Monate schlief ich im Arm meiner Mutter, weil ich nicht auf dem Rücken liegen konnte. Aber als wir nach Tankenhagen zogen, war ich schon auf dem Weg der Besserung – es war Frühling – und der behandelnde Arzt riet meiner Mutter mich ohne Verband in der Sonne sitzen oder spielen zu lassen – und auch die Fliegen nicht zu verscheuchen, wenn sie die offenen Wunden anflogen und die vereiterten Stellen trocken tupften.
In den ersten vier Wochen halfen die Eltern meines Vaters. Der Acker, der sich gleich an den Hof anschloss, musste bestellt und im total verwilderten Garten einige Gemüsebeete angelegt werden. Auch die Wohnung wurde entrümpelt und eingerichtet.

Dann bot sich die einmalige Gelegenheit das große Wohnhaus zu nutzen: Von Dassow nach Rankendorf wurden acht Kilometer echt mecklenburgischer Landweg zu einer festen Schotterstraße ausgebaut. Dazu wurden sogenannte Notstandsarbeiter eingesetzt. So nahm meine Mutter zwei Jahre lang 25 von diesen Männern in Kost und Logis.
Auch mein Vater konnte seine Pferde einsetzen, indem er mit einer schweren Walze den Schotter befestigte. Außerdem legte er zahlreiche im Acker liegende Findlinge frei. Er ließ sie sprengen und zerkleinern und verkaufte für fünfhundert Reichsmark Steine als Baumaterial an die Baufirma. So konnte unser Vater von dem Geld neue Maschinen kaufen und unsere Mutter ließ nach den zwei Jahren harter Arbeit das Haus renovieren.
Aber auch die Familie vergrößerte sich. 1937 wurde unser Bruder Dieter geboren und im September 38 unsere Schwester Hanna.
In der Ernte 1937 begann unser Vater mit seiner neuen Dreschmaschine bei einigen Bauern in Lohn zu dreschen. Er bekam pro Zentner gedroschenem Getreide 4 Pfund – und wenn er auch seinen Elektromotor stellte – 6 Pfund. Den Lohn nahm er als Getreide. Mit dem Getreide mästete er Schweine – und damit ging der Ärger los! Unter den Nachbarn gab es Neider, die ihn bei der Kreisbauernschaft anschwärzten, dass er Brotgetreide an Schweine verfüttere, denn das war verboten!
Mein Vater war dem Herrn Kreisbauernführer einmal unliebsam aufgefallen: Er hatte ihn gegrüßt, indem er vor ihm den Hut zog. Der Herr Kreisbauernführer hatte meinen Vater gerügt: „Ein deutscher Mann grüßt mit: „Heil Hitler!““
Aber er stärkte meinem Vater den Rücken. Sowohl mein Vater, wie

auch seine Dreschkunden hatten ihr Getreidekontingent erfüllt und der Überschuss stand zu ihrer freien Verfügung.
Aber der Ärger mit den Nachbarn ging weiter. Vater verkaufte die schlachtreifen Schweine und kaufte dafür Milchkühe. Nach vier Jahren hatte er vierzehn Kühe und lieferte die entsprechende Milchmenge an die Meierei nach Dassow. In Tankenhagen gab es neun Bauern – jeder bewirtschaftete um die fünfzehn ha. Die Milch musste täglich nach Dassow gebracht werden – reihum von den Bauern. Unser Vater begann 1936 mit zwei Kühen. Niemand von seinen Kollegen hatte gesagt: „Hör' mal, Jahnke, Du mit deinem Bisschen Milch brauchst nur jedes zweite Mal Milch fahren!"
Aber jetzt sollte Vater zweimal Milchfahren. Wieder wurde der Kreisbauernführer bemüht!
Der ließ sich die Beschwerde der Tankenhagener Bauern – darunter einige stramme NSDAP-Mitglieder – vortragen. Nebenher verzehrte er sein Frühstücksbrot. Er stand auf, hielt den Beschwerdeführern sein Brot hin und sagte: „Hierauf kommt es an! Und wenn wir hiervon nicht genug haben, können wir einpacken! Fahrt nach Hause und nehmt Euch an Jahnke ein Beispiel!"
Im Sommer 1940 rief eines Tages der Dassower Bürgermeister an und fragte, ob Vater vier Wochen in der Ernte mit seiner Dreschmaschine nach Dassow kommen könne, um das Getreide der „Kleinen Leute" zu dreschen. Viele dieser „Kleinen Leute" hatten vor der Stadt einen Morgen Land, auf dem sie ihre Kartoffeln für den Winter und etwas Getreide für die Hühner und das Schwein, das zu Weihnachten geschlachtet werden sollte, anbauten – und dieses Getreide musste gedroschen werden.
„Bester Mann, ich kann doch meine Kunden nicht im Stich lassen!", antwortete unser Vater.
„Jahnke, ich würde mich dafür stark machen, dass Sie uk. (= „unabkömmlich") gestellt werden!", versprach der Bürgermeister.
„Wenn es so ist, wird es wohl gehen!", antwortete mein Vater.
Er setzte sich auf sein Fahrrad und fuhr zu seinen Kunden, um die Lage zu besprechen.
Zwei seiner Kunden bauten auch Raps an. So wurde der Raps gedroschen und anschließend stellte er seine Dreschmaschine in Dassow auf dem Sportplatz auf. Nach der ersten Woche stellte auf der anderen Seite des Sportplatzes Karussell-Schröder seine Schlangenbahn auf – war das eine Gaudi für die Dassower Kinder – und auch für uns! Denn einer musste Vater das Mittagessen bringen und dann gab es immer ein paar Gratiskarten für die Schlangenbahn!
Aber sonst war der Sommer 1940 sehr hart. Unser Onkel Walter

– der jüngere Bruder unseres Vaters, der uns sonst beim Einbringen der Ernte geholfen hatte, war Soldat bei der Wehrmacht – trotzdem musste die Ernte eingebracht und die Stoppeln geschält werden. Aber auch das schafften wir!
Die Polin Janina, die seit April 1940 unserer Mutter in Haus und Stall half und unsere Mutter brachten mit meiner – noch etwas schwachen – Hilfe die Ernte in die Scheune.
Und dann musste ich mit dem Schälpflug los! Einige Male kippte der Pflug um – wie ich das schwere Gerät wieder aufrichtete – ich weiß es nicht mehr. Jedenfalls kriegte ich alles schwarz!
Jetzt war alles zum Teufel! Ich machte mir schwere Vorwürfe wegen der Pistolen. Alles, wofür unsere Eltern ihr Leben lang gearbeitet hatten, hatte ich durch leichtsinniges Handeln aufs Spiel gesetzt.
Konnte ich das je wieder gut machen? Ich war drauf und dran auf das obere Bett zu klettern und mit dem Kopf auf die scharfen Rippen des Heizkörpers zu springen, um allem ein Ende zu machen. Ich begann das Vater unser zu beten – aber plötzlich stand da der Satz: „Und führe uns nicht in Versuchung!“ und ich wusste: „Das darfst Du nicht!“
Ich betete weiter, sang alle Kirchenlieder, die ich vom Religions- und Konfirmandenunterricht im Gedächtnis behalten hatte, still vor mich hin und beruhigte mich langsam. Ich stand auf, lief in der Zelle auf und ab und flocht in die Kirchenlieder Texte von Ernst-Moritz Arndt, Schenkendorff und Theodor Köner ein, wurde trotzig und dachte: „Du darfst Dich nicht unterkriegen lassen! Nach dieser Zeit kommt eine andere!“ Ich dachte an schöne – wenn auch vergangene – Stunden, begann Melodien von Lehar, Kalman, Strauß und Michael Jarry zu summen – und das Stimmungstief war überwunden!
Bis heute wende ich dieses Rezept an, wenn es mir mal dreckig geht oder vor schwierigen Unternehmungen.

Montag, der 29. Juli. Eine neue Woche – der alte Trott.
Bei der Essensausgabe fragte ich den Posten: „Meine Mutter hat übermorgen Geburtstag. Darf ich ihr eine Karte schreiben?“
Der Posten – ein Sudetendeutscher – sah mich verwirrt an, so, als könne er nicht begreifen, dass der Häftling in Zelle neunundzwanzig eine Mutter hatte! Dann sagte er: „Das kann ich nicht entscheiden, das müssen Sie Ihren Vernehmer fragen!“
„Dann melden Sie ihm bitte, dass ich diesen Wunsch geäußert habe.“
„Ist gut!“, sagte der Posten kurz und schlug die Klappe zu.

Ich löffelte meine Kartoffelsuppe.
„War es richtig, den Posten mit einer solchen Bitte zum Vernehmer zu schicken?“, überlegte ich.
Wenn wirklich einer der Vernehmer mich holen ließ, würde er wieder neue Eingeständnisse als Gegenleistung für die Erfüllung dieser Bitte verlangen. Aber es geschah nichts – weder am Montag, noch am Dienstag! Am Mittwoch war es um zehn Uhr schon so heiß, dass ich die Jacke auszog und ans Bett hängte.
Gegen Mittag schlug der Posten die Riegel an der Tür krachend zurück und öffnete die Tür. Ich stand mit einem Satz an der Wand und nahm die Hände auf den Rücken. Hinter mir sprach der Posten mit jemanden: „Sie sind die Nummer zwei. Sie schlafen im oberen Bett. Lassen Sie sich von dem Mann dort die Hausordnung erläutern – los, gehen Sie rein!“
Schritte – zögernd und schlurfend – die Tür wurde zugeschlagen. Erst als die Riegel der Tür vorgeschoben waren, drehte ich mich um.
Vor mir stand ein Mann – fast noch ein Junge! Um einen Meter achtzig groß, mit schmalen Schultern. Ein schmales Gesicht mit blauen Augen, glattem dunkelblondem Haar, das ihm in Strähnen ins Gesicht hing. In den braunen Halbschuhen – Konsumware mit harten Sohlen – fehlten die Schnürsenkel – deshalb die schlurfenden Schritte! Er trug ein hellblaues Hemd und ein einfaches graues Jackett und eine braune Hose.
„Guten Tag!“, begrüßte ich den Jungen und reichte ihm die Hand.
„Guten Tag, ich heiße Wolfgang Langhoff, kannst Du mir sagen, wo ich hier bin?“ Mit diesen Worten griff er mit der linken Hand zur Hose, um die rechte Hand zum Gruß freizubekommen.
„Du bist irgendwo in Schwerin, beim Ministerium für Staatssicherheit! Wo in Schwerin weiß ich nicht, ich kenne die Stadt nicht so gut.“, antwortete ich.
„Was? Bei der Stasi?“ Wolfgang wurde aschfahl im Gesicht und hielt sich mit der freien Hand am Bett fest.
„Na, so schlimm ist es auch nicht! Ich habe es bis jetzt vier Wochen ausgehalten – nach dem, was ich draußen gehört habe, soll Schwerin eine der schlimmsten Mühlen sein, die sie haben! Aber der Mensch überlebt es.“, versuchte ich meinen neuen Kameraden zu beruhigen – und um ihn auf andere Gedanken zu bringen fuhr ich fort: „Was hast Du denn mit Deiner Hose? Zeig mal her – kann man das nicht ändern?“
„Ich weiß nicht, sie haben mir den Gürtel abgenommen!“
Ich untersuchte Wolfgangs Hosenbund. Die Hose hatte an beiden

Seiten einen Gummizug, der mit mehreren Knopflöchern versehen war, mit deren Hilfe die Bundweite verstellt werden konnte. Ich löste den Gummizug auf einer Seite, zog ihn durch eine Gürtelschlaufe und knöpfte den Gummizug wieder fest. So saß die Hose zwar etwas schräge, aber Wolfgang hatte beide Hände frei.
„Siehst Du, so sieht die Sache doch schon anders aus – oder findest Du nicht?"
„Naja, wenigstens ein Trost, jetzt erzähl mir aber, was der Polizist vorhin mit der Hausordnung gemeint hat!"
Ich erläuterte Wolfgang, wie er sich in der Zelle und auf den Gängen zu verhalten habe.
„So, jetzt erzähl Du mir aber was draußen los ist, irgendetwas muss doch passiert sein in den letzten vier Wochen!"
„Wieso, gibt es hier keine Zeitungen?"
„Wie kommst Du denn auf die Idee?"
„Ich bin seit Sonntag im UG gewesen, dort gibt es Zeitungen zu lesen!"
„Sowas gibt's hier nicht – UG, was ist denn das?"
„Das ist das Untersuchungsgefängnis am Gericht!"
„Weshalb haben sie Dich denn verhaftet?"
„Ich bin Zeuge!"
„Wieso Zeuge? Wieso sperrt man Zeugen ein?"
„Zeuge Jehovas – oder Bibelforscher, wie die Leute uns nennen – fälschlicherweise – und Du?"
„Ich bin Spion – so sehen es jedenfalls die Herren von der Stasi – ich soll für die Franzosen gearbeitet haben!"
„Ach nee – wirklich? Das musst Du mir genauer erzählen!"
„Da gibt es nicht viel zu erzählen! – Ich habe am Zehn-Meter-Streifen an der Grenze mitgearbeitet. Meinem Bruder, der in West-Berlin zur Schule geht, habe ich davon erzählt – einer, von dem ich wusste, dass er für die Franzosen gearbeitet hat, war dabei – das genügt!"
„Mensch, an der Grenze! Konntest Du denn dort nicht abhauen?"
„Das schon, aber ich wollte meine Eltern und Geschwister nicht mit der Arbeit allein lassen!"
„Was bist Du von Beruf?"
„Bauer!"
„Weißt Du, dass der Ulbricht auf der Parteikonferenz am siebenundzwanzigsten die Gründung von Kollektivwirtschaften – sogenannten Landwirtschaftlichen Produktionsgenossenschaften – verkündet hat?"
„Nein, das ist für mich neu, aber ich habe damit gerechnet, dass es kommt! Und was sagen die Bauern?"

„Ich weiß es nicht – nur der Westsender sprach am Sonntagmorgen, bevor ich von zu Hause wegging, von einer neuen Flüchtlingswelle nach West-Berlin!“
„Du, sag mal, ist denn gegen Euch auch wieder was im Gange? Ich dachte, sie haben vor zwei Jahren alle von Euch geholt?“ und nach einer Pause fuhr ich fort: „So sieht also die Glaubensfreiheit aus!“
„Glauben dürfen wir was wir wollen – nur wir dürfen unseren Glauben nicht verbreiten!“
„Na und?“
„Wir sind in den Dörfern von Haus zu Haus gezogen und haben die Leute darauf aufmerksam gemacht, dass sie sich entscheiden müssen! Das Ende dieser Zeit steht bevor! Und überleben werden nur die, die sich zum Herrn bekennen und ihm dienen!“ Wolfgangs Augen leuchteten bei den letzten Worten – aber ich ließ ihn nicht weiter reden: „Du, das habt Ihr bei Hitler auch schon gesagt und gleich nach dem Krieg sind Deine Glaubensgefährten in Dassow mehrmals mit gepackten Koffern in die Wälder gezogen. Sie prophezeiten den Weltuntergang – alle würden untergehen – nur sie würden überleben, – nichts geschah, wir leben alle noch, bis auf die, die gestorben sind – und auch von Euch sind inzwischen einige gestorben!“
Wolfgang wollte etwas erwidern, aber die Klappe in der Tür wurde geöffnet und der Posten reichte das Mittagessen hinein.
Wir setzten uns auf das untere Bett, rührten in der Graupensuppe, um sie etwas abzukühlen.
„Etwas Fleisch haben sie ja hineingeschossen!“, stellte Wolfgang fest.
„Sei zufrieden! Heute geht es mit dem Fraß – manchmal ist es das reine Wasser!“
Schweigend löffelten wir die Suppe.
Der Posten ließ sich die leeren Schüsseln herausgeben.
„Gibt es Mittagsstunde hier?“, fragte Wolfgang.
„Die werden Dir sonst was erzählen, wenn Du hier am Tage schläfst!“
„Oh je!“, seufzte Wolfgang.
„Erzähl' lieber was! Hat Ulbricht außer der Gründung von Kolchosen noch etwas verkündet? Keine freien Wahlen?“
„Nee, aber es gibt keine Länder mehr – es gibt jetzt vierzehn Bezirke!“
„Wieso das denn?“
„Naja, Mecklenburg ist zum Beispiel in die drei Bezirke Rostock, Schwerin und Neubrandenburg aufgeteilt. Die Landesregierungen werden aufgelöst!“

„Du meinst, sie bleiben bestehen, nur für Mecklenburg gibt es jetzt deren drei – damit noch mehr Bonzen auf dem Rücken der Bevölkerung herumtanzen können!"
„Sag mal, Du redest wie ein Kommunist, der über den Kapitalismus schimpft!", sagte Wolfgang erstaunt.
Ich stand auf und begann aufgeregt in der engen Zelle umherzuwandern.
„Die sind doch viel schlimmer als die Kapitalisten!" Ich blieb vor Wolfgang stehen.
„Jahrelang predigen sie, sie wollen die Kosten der Verwaltung senken! Kannst Du mir sagen, wie das geschehen soll, wenn sie jetzt neun vollkommen neue Verwaltungsstellen – noch dazu von solchen Ausmaßen – einrichten wollen? Und jede Bezirksverwaltung bekommt natürlich einen Überwachungsapparat und einen Kerker, wie diesen hier, damit sie diejenigen, die durch ihre Arbeit die Kosten aufbringen müssen, noch besser auf die Finger sehen und terrorisieren können, und das Volk leidet Hunger! Kaum hat sich die Landwirtschaft von der Bodenreform erholt, beginnt man mit einem neuen Experiment – der Kollektivierung!"
„Ulbricht hat wörtlich gesagt: Wenn einige großbäuerliche Elemente versuchen sollten den friedlichen Aufbau unserer LPGs zu sabotieren, so werden sie Zeit und Gelegenheit bekommen um hinter Zuchthausmauern in Waldheim und anderswo über ihre Schandtaten nachzudenken!", sagte Wolfgang.
„Getreu nach dem großen Vorbild der KPdSU (B)", antwortete ich.
Krachend wurde die Tür geöffnet. Wir stellten uns vor die Wand.
„Treten Sie raus zur Freistunde!", befahl der Posten.
Wir drehten uns um und ich sah den Polizisten fragend an.
„Kommen Sie raus und gehen Sie runter auf den Hof!", sagte der Polizist.
Er führte uns an die Treppe. Wir gingen runter auf den Hof. Vor dem Tor stand der Sudetendeutsche mit einem Schäferhund. In dem Wachturm auf der Ecke der Mauer schien sich ein mit einem Karabiner bewaffneter Polizist zu langweilen. Der Posten, der uns auf den Hof gefolgt war schloss die Tür und sagte: „Halten Sie einen Abstand von drei Metern und machen Sie einen Spaziergang hier auf dem Hof. Aber gequatscht wird nicht!"
Also liefen wir in einem Kreis von ca. 15 Metern im Durchmesser hintereinander her. Wir waren an der frischen Luft – aber für Wolfgang war es kein besonderes Vergnügen mit seinen Schuhen ohne Senkel. Nach einer halben Stunde war die Freistunde vorbei und wir wurden wieder in unserer Zelle eingeschlossen.

„Weißt Du, dass uns täglich eine Freistunde an der frischen Luft zusteht?“, fragte Wolfgang.
„Du darfst nicht vergessen, wo wir hier sind – hier gelten andere Gesetze!“, entgegnete ich.
Wolfgang versuchte mich in seinem Glauben zu unterweisen. Aber ich war im Elternhaus und auch in der Schule im evangelischen Glauben erzogen worden. Für mich stand fest, dass die zehn Gebote des Glaubensbekenntnisses die Richtlinie für das Leben der Menschen untereinander sind und das konnte Wolfgang nicht widerlegen. Er versuchte mir zu erklären, das man aus irgendwelchen Zahlenspielen, die irgendwo in der Bibel stehen sollten, das Jahr 1918 vorhersagen könne, als Jahr des Untergangs der Kaiserreiche in Deutschland und Russland.
Ich hatte in der Schule am Religionsunterricht und im Konfirmandenunterricht bewusst teilgenommen. Ich hatte auch angefangen die Bibel zu lesen, aber für mich war die Bibel eher ein Geschichtsbuch, hier gab es Beispiele und Gleichnisse für das Leben der Menschen miteinander. Ich fand immer wieder Hinweise, dass es sich lohnte, an die Menschen zu denken, die neben uns auf der Welt sind – dass man dort irgendwelche Weissagungen herauslesen konnte, erschien mir schleierhaft. Außerdem hatten sich die Dassower Glaubensbrüder Wolfgangs sich vor vier Jahren auch geirrt, als sie in die Wälder zogen, um vom vorhergesagten Weltuntergang verschont zu werden.
Um auf andere Gedanken zu kommen, begannen wir uns gegenseitig Filme zu erzählen, die der andere nicht gesehen hatte – oder wir diskutierten über Bücher, die wir beide gelesen hatten – trotz der unterschiedlichen Glaubensrichtung lagen wir in dieser Beziehung auf der gleichen Welle.

Am 20. August gegen elf Uhr ließ Hauptmann Günter mich ins Zimmer zehn bringen. Er saß hinter dem Schreibtisch – ich durfte mich auf einen Hocker setzen, der etwa zwei Meter vor dem Schreibtisch stand. Nachdem er drei Stunden lang Swolinskis Protokolle der ersten Woche mehrmals durchgekaut hatte, ließ er mich wieder in die Zelle bringen. Das kalte Essen hatte Wolfgang auf die Heizung gestellt. Um vier Uhr ging es weiter. Günter hatte sich etwas anderes ausgedacht. Er sagte: „Jahnke, Sie können schreiben – Sie setzen sich hin und schreiben alles genau auf, was Sie zu Ihrer Spionagetätigkeit zu sagen haben! Hier haben Sie Papier und Bleistift!“
Er legte einen Block liniertes Papier und einen Bleistift auf den Tisch und sagte: „Setzen Sie sich hin und fangen Sie an.“

Ich setzte mich und begann zu Schreiben. Alles, was ich bisher ausgesagt hatte, schrieb ich auf.
Die einzige Neuigkeit, die ich hinzufügte, war, dass ich an der Grenze auch berittene Polizei gesehen hatte. Während ich schrieb, las Günter das „Neue Deutschland".
Ich schrieb vier Seiten und sagte: „Fertig!"
„So, dann lassen Sie mal sehen!" Er nahm die vier Seiten, lass sie kurz durch, legte sie auf den Schreibtisch und sagte: „Na, das ist ja schon etwas!" Dann sah er sah auf seine Uhr, rief nach dem Posten und ließ mich in die Zelle bringen.
Ich verzehrte den Brotkanten, den Wolfgang auf die Heizung gelegt hatte und trank den lauwarmen Kaffee, der daneben stand.
Dann, wie jeden Abend, die endlosen zwei Stunden bis zum Schlafengehen.
Kaum war ich eingeschlafen, da wurde ich wachgerüttelt – wieder ins Zimmer zehn zu Hauptmann Günter.
Er ließ mich wieder auf dem Schemel sitzen. Er setzte sich eine Armlänge vor mir rittlings auf einen Stuhl. Die Ellenbogen stützte er auf der Stuhllehne ab und begann mit einem Tischtennisball zu spielen, den er gegen die Wand hinter mir warf und wieder auffing.
„Wissen Sie, dass unsere Regierung die Einrichtung von Landwirtschaftlichen Produktionsgenossenschaften beschlossen hat, Jahnke?", begann Günter wie nebenher das Gespräch.
„Ja, mein Mithäftling hat es mir berichtet."
„So? Wer ist denn Ihr Zellengenosse?"
„Er heißt Wolfgang Langhoff – ein Zeuge Jehovas."
„So, versucht er Sie mit seiner Irrlehre zu überzeugen?"
„Ich bin ein evangelischer Christ. Meine Eltern und Großeltern sind und waren es auch – warum soll ich das ändern?"
„Nun, Jahnke, was halten Sie denn vom neuen Weg in der demokratischen Landwirtschaft?"
„Wozu dieser Umweg?", fragte ich zurück. „Erst wurden die großen Betriebe zerschlagen. Die alten, zum großen Teil noch sehr guten Gebäude wurden abgerissen, um mit dem Baumaterial kleine Bauernhäuser zu bauen. Die großen Maschinen, die die Neubauern auf ihren kleinen Flächen nicht einsetzen konnten, wurden verschrottet – und jetzt braucht man wieder große Gebäude und große Maschinen!"
„Wir haben doch inzwischen die Maschinen- und Traktoren-Stationen eingerichtet. Um diese Geräte richtig einsetzen zu können, brauchen wir große Flächen!"
„Die deutsche Landwirtschaft besteht aus kleinen, mittleren und

großen, aber übersichtlichen Betrieben. Diese Betriebe haben das deutsche Volk vor dem Krieg und während des Krieges ernährt!"
„So – und wozu musste Hitler denn die Sowjetunion überfallen und ausplündern?"
Plötzlich ließ er den Ball fallen, fasste mit beiden Händen nach der Stuhllehne und trat mir mit voller Wucht gegen das linke Schienbein! Dadurch, dass ich Schaftstiefel trug und die Hosenbeine über den Stiefeln, rutschte der Absatz seiner „Sambapuschen" ab und der Tritt glitt ins Leere. Ich war von seinem Wutausbruch derart überrascht, dass ich zunächst die Antwort schuldig blieb. – Aber was sollte ich auf diese Frage antworten?
„Jahnke, ich habe Sie etwas gefragt!"
„Auch Lenin hat wenige Jahre nach der Revolution eingesehen, dass die kleinen und mittleren Betriebe der russischen Bauern wesentlich zur Versorgung des Russischen Volkes beitrugen."
„Woher wollen Sie das wissen?"
„Geschichte war in der Schule mein Lieblingsfach. Das steht in der Geschichte der KPdSU (B).
Außerdem habe ich Scholochow gelesen – der beschreibt das ganz genau!"
„Was haben Sie von Scholochow gelesen?"
„„Neuland unterm Pflug" und die ersten Bände vom „Stillen Don" "
Schneidend scharf kam die nächste Frage: „So, deshalb haben Sie also die Pistolen versteckt, um sie im gegebenen Moment bereit zu haben!
Gegen wen wollten Sie die Waffen einsetzen?" Wie um der Frage den entsprechenden Nachdruck zu verleihen – trat er mir wieder gegen das Schienbein.
„Ich wollte die Waffen gegen niemanden gebrauchen!"
„Was wollten Sie dann damit?"
„Zunächst wollte ich, dass niemand sie findet. Mein Bruder wollte Förster werden. Vielleicht wird es ja wieder erlaubt, dass man Waffen haben darf."
„So, haben Sie gedacht! Das ich nicht lache! Wusste Heisler von den Pistolen?"
„Ja!"
„Und was sagte der zu den Waffen?"
„Er meinte, das sei Spielzeug!"
„Jahnke, ich gebe Ihnen bis morgen Zeit, sich zu überlegen, was Sie mit den Waffen wollten! Wenn Sie nicht klein beigeben, sperr ich Sie so lange bei trocken Brot in Dunkelhaft, bis Sie weich sind! Und noch eines können Sie sich merken, Jahnke! Die Höchststrafe in

Ihrem Fall wird bei acht bis zehn Jahren liegen – und ich verspreche Ihnen, ich werde dafür sorgen, dass Sie dabei sind!"
Damit ließ er mich in die Zelle bringen. Ich zog Stiefel, Hose und Jacke aus und rollte mich in die Decke. War es richtig sich mit diesem Mann auf Diskussionen einzulassen? Aber irgendwie war ich beruhigt; acht bis zehn Jahre hatte er gesagt – nicht fünfundzwanzig oder lebenslänglich!
Am nächsten Tag holten sie Wolfgang zum Verhör. Mich holten sie erst nachts. Aber es ging nicht gleich ins Zimmer zehn. Irgendetwas anderes schien den Hauptmann Günter abzulenken, denn als der Posten mich ins Zimmer schicken wollte, brachte er mich in die Spülzelle und ließ mich dort eine halbe Stunde warten. Irgendwo schlug eine Kirchenuhr ein Uhr. Dann saßen wir uns wieder gegenüber – ich auf dem Schemel – er rittlings auf dem Stuhl – wieder spielte er mit dem Ball.
„Bei der Hausdurchsuchung hat man Briefe und Fotos aus den USA gefunden. Was sind das für Leute aus dem kapitalistischen Ausland, mit denen Sie korrespondieren?", fragte Günter.
„Das sind Cousinen meiner Großmutter, die im vorigen Jahrhundert nach Amerika ausgewandert sind."
„Und wo steht das Haus vor dem die beiden alten Damen abgebildet sind?"
„In Milwaukee – die Adresse steht auf der Rückseite des Bildes!"
„Und was machen Ihre Verwandten, dass sie in solchen Häusern wohnen?"
„Die Männer arbeiten in einer Fabrik."
„Was, Sie wollen mir erzählen, dass in Amerika Fabrikarbeiter in solchen schmucken Häusern wohnen?"
Wieder trat er mir vor's Schienbein. Wir wurden unterbrochen. Nach kurzen Klopfen kam ein Mann ins Zimmer.
„Das hätte ich fast vergessen.", sagte der Mann zu Günter, trat an den Schreibtisch und legte einige Scheine Westgeld auf den Tisch. Er wollte wieder gehen, aber Günter hielt ihn auf: „Stell Dir vor, der will mir weismachen, dass in Amerika die Fabrikarbeiter in solchen Häusern wohnen!" Günter zeigte ihm das Foto.
Der Mann betrachtete das Bild kurz und sagte: „Na und? Das ist doch nur ein Holzhaus!" Damit verließ er den Raum.
„Es sind aber auch Briefe in englischer Sprache dabei – wer hat Ihnen diese Briefe übersetzt?", wollte Günter wissen.
„Das sind Briefe einer Cousine aus Süd-Dakota. Mit der habe ich mich in Englisch unterhalten, dazu brauche ich keinen Dolmetscher!", antwortete ich. Er sah auf seine Armbanduhr und hatte

es plötzlich eilig. Er ging an den Schreibtisch, telefonierte mit dem Posten, steckte die auf dem Schreibtisch liegenden Banknoten ein und brachte mich aus dem Zimmer, das er abschloss.

Es war Samstag. Trotzdem ließen sie uns zur Freistunde auf den Hof. Die Sonne schien, die Schwalben jagten Insekten, indem sie über Hof und Mauer in die Höhe schwirrten, dann zum See hin abglitten und anschließend zu ihren unter dem Dach befindlichen Nestern flogen, um ihre Jungen zu füttern. Für Wolfgang war es kein großes Vergnügen – wegen seiner Schuhe ohne Schnürband. Er fragte den Polizisten, ob er sich nicht in die Sonne stellen dürfe. Der Mann sagte: „Dann laufen Sie eben barfuß!"
„Wie, auf den spitzen Kieselsteinen?"
„Na gut, stellen Sie sich an die Hauswand!"

Sonntag – wieder eine Überraschung! Es gab Erbsensuppe – aber richtige Erbsensuppe – so eine, dass der Löffel darin stand! – und dann auch noch Nachschlag!
Vor sechs Wochen hatte ich einen zweiten Liter Graupen abgelehnt, weil ich satt war. Jetzt schaffte ich zwei Liter Erbsensuppe ohne Schwierigkeiten!
Nach dem Essen war alles still. Nach zwei Stunden klopften die Zellennachbarn an die Wand und begannen das Deutschlandlied zu singen. Ich klopfte zurück und fragte: „Seid Ihr verrückt geworden?"
„Nein, aber wir fühlen uns sauwohl – endlich mal wieder satt geworden!"
„Das stimmt, aber deshalb dürfen wir nicht übermütig werden!"
„Hast schon Recht!", kam es aus der Zelle nebenan.
„Wo kommst Du her?"
„Aus der Gegend von Dassow!"
„Da haben sie mich vor drei Jahren mal geschnappt!"
„Wieso das?"
„Ich wollte über die Grenze!"
„Wieso bist Du nicht nach Berlin gefahren?"
„Ich bin Zahnarzt, habe in Lübeck einen alten Freund, der Ersatzteile für meine Praxis hatte, die wollte ich mir holen!"
„Und warum bist Du nicht mit Interzonenpass gefahren?"
„Das hätte zu lange gedauert – mit dem Einreichen und so!"

Am Montag, gegen elf zu Hauptmann Günter ins Zimmer zehn.
„Wieso sind Sie nicht in der FDJ, Jahnke?"

„Wieso muss ich in einem Verein sein, ich habe auch so in der Freizeit mit der Dorfjugend herumgetobt. Wir haben Fußball gespielt, wenn ein Ball da war, oder haben Hochsprung geübt auf dem Sportplatz der Schule."
„So, wie hoch springen Sie denn?"
„Naja, ein Meter zwanzig habe ich geschafft."
„Aber das muss doch organisiert werden und muss in die richtige Richtung gebracht werden!"
„Aber wieso das denn? Solange ich weiß, haben wir uns abends auf den Dorfplatz neben unserer Scheune getroffen und haben getobt und auch mal ein Lied gesungen – das war auch während des Krieges so – und da spielten auch die jungen Polen und Ukrainer mit, wenn sie Lust und Zeit hatten!"
„Was!? Sie haben mit Polen und Ukrainern herumgetollt?" Zweifel lag bei dieser Frage in seiner Stimme.
„Aber wieso denn nicht, wir haben von ihnen ordentliche Arbeit verlangt, also durften sie auch mit uns Fußball spielen in ihrer Freizeit."
„Und was sagten Ihre HJ-Führer dazu?"
„Die waren weit weg in Dassow – und HJ gab's bei uns nicht. Die dafür in Frage kamen, waren bei der Wehrmacht. Bei uns gab es nur das Deutsche Jungvolk!"
So unterhielten wir uns bis das Mittagessen kalt war ohne das er mir vor's Schienbein trat. Am Nachmittag, die Schlosserei hatte gerade Feierabend gemacht, ging es weiter.
Günter, der vielleicht drei oder vier Jahre älter war als ich, erzählte mir seinen Werdegang.
Er war ein begeisterter Zugführer in der HJ gewesen. In den letzten Kriegsmonaten nahm er an einem Wehrertüchtigungslehrgang teil. Sein Vater fiel in Russland. Aber seine Mutter hatte noch rechtzeitig jemand gefunden, der sie tröstete und ihn auf den richtigen Weg brachte.
Das war nicht leicht gewesen! Er hatte den Mann gehasst. Aber letztendlich hatte er eingesehen, dass sein Stiefvater Recht hatte! Er hatte Glück gehabt!
Andere Jungen, die an solchen Wehrertüchtigungslehrgängen teilnahmen, wurden nach 1945 als sogenannte „Wehrwölfe" jahrelang in Lagern wie Fünfeichen, Ketschendorf, Sachsenhausen oder Buchenwald „interniert" – viele waren dort buchstäblich verreckt!
Er stand jetzt mit beiden Beinen fest auf dem Boden seiner Volksdemokratischen Weltordnung!
Wie zufällig sah ich auf seine Füße, die in schönen, braunen

Schuhen mit dicker Kreppsohle steckten und dachte: „Aber in West-Schuhen!“
Was konnte ich dagegen setzen? Ich war deutsch-national aufgewachsen – daran war nicht zu rütteln! Aber wie war ich zu dieser Einstellung gekommen? Zunächst brauchte ich Günter nicht zu antworten, es war inzwischen acht Uhr geworden und er ließ mich in die Zelle bringen. Ich trank den kalten Kaffee und verzehrte meinen Kanten Brot. Wolfgang hing seinen Gedanken nach – auch er hatte eine Vernehmung gehabt. So beschäftigte ich mich in Gedanken mit meiner politischen Einstellung.
Es begann 1938, mit dem Kauf eines Rundfunkempfängers. Unser Onkel Walter, der jüngere Bruder unseres Vaters, der uns in Spitzenzeiten bei der Arbeit half, war sportbegeistert und wollte den Boxkampf Max Schmeling gegen Joe Louis über den Rundfunk miterleben. Damit unser Lieblingsonkel nun nicht in eine Kneipe oder zu Nachbarn gehen musste, um die Übertragung hören zu können – und das auch noch mitten in der Nacht – kaufte unser Vater ein „Radio“.
War das ein Aufstand!
Eines Tages kam August Timm, der Elektromeister aus Dassow, mit seinem „Tempo“-Dreirad, auf dem er einem Riesenkarton, in dem das Gerät verpackt war, transportierte, auf den Hof gefahren. Es war ein „Löwe-Opta“, ca. 75 cm breit, 35 cm hoch und 35 cm tief, mahagonibraunes Bakelitgehäuse, vorne rechts die Senderskala, links der mit grau-weiß gesperbertem Stoff bespannte Lautsprecher. Drei Chromleisten verzierten das Gerät vorne. Die Oberste unterstrich die Senderskala und umschloss mit einem Kreis den Lautsprecher, die Zweite verlief parallel dazu, aber nur bis zur halben Höhe des Lautsprechers und die Dritte unterstrich nur die Senderskala und ließ links Platz für die Schaltknöpfe.
Zunächst musste das Gerät geerdet werden! Also vergrub Onkel Walter ein 20 Meter langes, zwei Zentimeter breites und 2 mm dickes Metallband 60 cm tief im Garten. Dann die Antenne! Ein spezieller Draht wurde von der Eiche vorm Haus zur Dachgaube gezogen – nein, der Empfang war unbefriedigend! Also von der Eiche bis zum Schornstein! Dazu musste die lange Feuerleiter, die an der Straßenseite der Scheune hing, geholt und aufs Dach gelegt werden. Aber vorsichtig, damit die Dachpfannen nicht beschädigt wurden. Eine Spiralfeder musste eingebaut werden, damit bei Sturm, wenn sich die Eiche bewegte, der Antennendraht nicht reißen konnte. Nebenbei stellte sich heraus, dass einige Sprossen der Feuerleiter dringend erneuert werden mussten!

So, und jetzt konnten wir Radio hören! Was für ein Umbruch in unserem Leben! Bisher hatte unsere Mutter, die in der Mittagsstunde den „Rostocker Anzeiger" las, die Familie mit dem Neuesten aus aller Welt versorgt. Jetzt wurden morgens, mittags und abends Nachrichten gehört!
Nur ein Problem war dabei, der Empfänger stand in der guten Stube! Und die durften wir nur mit sauberer Kleidung und natürlich auf keinen Fall mit schmutzigen Arbeitsschuhen betreten. Da das Leben sich aber hauptsächlich in der großen Küche abspielte, wurde mittags eine Tür aufgestellt und die Lautstärke etwas erhöht.
Ich, mit meinen acht Jahren, wuchs so in die Welt der Erwachsenen hinein. Wenn ich etwas nicht verstand, fragte ich und mir wurde alles bereitwillig erklärt. Vor allem unsere Großmutter, die uns zuerst die Grimmschen Märchen erzählt hatte, uns dann in die biblische Geschichte – worin sie sehr gut war – einwies, erklärte mir die Vorgänge, die sich jetzt ereigneten. Österreich wurde ans Deutsche Reich angeschlossen, das Sudeten- und das Memelland wurden wieder deutsch. Für sie war der Versailler Vertrag eine große Ungerechtigkeit!
Aber auch der Schulunterricht ging in die gleiche Richtung.
Unsere Lehrerin – Tamara von Pressentin, Tochter eines deutschen Kaufmanns und einer russischen Immigrantin – begann ihre Arbeit mit uns ABC-Schützen am gleichen Tag nach den Osterferien 1937 in einer neu erbauten Schule in Klein-Voigshagen.
Es war eine zweiklassige Schule – das heißt, die unteren vier Jahrgänge gingen in eine Klasse, die von „Tamara" unterrichtet wurden, während die älteren vier Jahrgänge von Herrn Hinrich Ströh in die Mangel genommen wurden. Die älteren Schüler kannten ihn schon, weil er sie bislang in der alten Schule in Rankendorf unterrichtet hatte. Die Kinder aus den Dörfern Rankendorf, Groß- und Klein-Voigshagen und Tankenhagen versammelten sich hier täglich, außer Sonntags, zum Unterricht.
Tamara begann den Unterricht mit einem kurzen Gebet. An zwei Tagen in der Woche gab sie morgens in der oberen Klasse Religionsunterricht. Dafür kam Herr Ströh mit seiner Violine zu uns und versuchte uns das Singen beizubringen. Er spielte uns die Melodien auf der Geige vor, dann sangen wir die Texte aus dem Liederbuch dazu – alle Lieder! Volkslieder wie: „Horch was kommt von Draußen rein", oder „Der Mai ist gekommen". Aber auch die Lieder von Ernst-Moritz Arndt, Theodor Körner und Max von Schenkendorf nahmen einen breiten Raum in seinem Programm ein – und was natürlich dazugehörte – das Deutschlandlied und die Lieder der

Bewegung. Aber er achtete darauf, dass wir die Lieder sangen und nicht grölten! Und er erklärte uns auch die Texte, was einer Vorbereitung auf den Geschichtsunterricht gleichkam.
Zweimal in der Woche trieb Herr Ströh mit uns Sport. Hierbei ließ er die Jungen beider Klassen Fuß-, Hand- und Schlagball spielen, oder er übte mit uns Laufen, Springen und Weitwurf.
Die Mädchen wurden während dieser Stunden von zwei dazu fähigen Frauen aus der Gemeinde in „Handarbeit" unterwiesen, das heißt, sie lernten Nähen, Stricken, Sticken und Häkeln. Mir machte die Schule Spaß. Aber nach einem halben Jahr gab es eine böse Überraschung! Herr Ströh bemerkte, als er eines Tages Tamara vertrat, weil sie an einer Fortbildung teilnahm, dass ich nicht lesen konnte! Ich wusste den ganzen Teil der Fibel, den wir bisher durchgenommen hatten, auswendig. Herr Ströh besuchte sofort meine Eltern, um sie über seine Entdeckung zu unterrichten.
Es folgten vier sehr harte Wochen! Aber mit der Hilfe von Ruth, einer Nachbarstochter, die sieben Jahre älter war als ich, lernte ich das Lesen.
Auch unsere Mutter ließ mich jetzt fast täglich einen kleinen Artikel aus der Zeitung vorlesen. Dadurch wurde ich neugierig und begann alles zu lesen, was mir lesenswert erschien. Auch unser Vater ließ sich in seiner knappen Freizeit von mir „Max und Moritz" von Wilhelm Busch und den „Struwwelpeter" vorlesen. Später kamen Gedichte von Fritz Reuter „Leuschen un Riemels" dazu.
Als Tamara bemerkte, dass ich meinen Klassenkameraden voraus war und mich zuweilen langweilte, während sie sich mit meinen Mitschülern abmühte, gab sie mir das Lesebuch des zweiten Schuljahres zu lesen – oder sie ließ mich eine Seite „Schönschrift" üben, weil sie meinte, dass meine „Klaue" kein normaler Mensch entziffern könne! Womit sie sicher Recht hatte. Aber ich durfte sie nicht mit Fragen im Unterricht stören. In der Pause und nach dem Unterricht nahm sie sich Zeit, um meine Fragen zu beantworten.
Mein Vater stachelte mich an, auch im Rechenbuch vorzuarbeiten. So kam es, dass ich nach dem Ende des Zweiten Schuljahres zu Herrn Ströh in die obere Klasse kam. Einige der älteren Schüler hänselten mich wegen meines Haarschnitts. Durch meine Krankheit mussten meine Haare immer kurz geschoren sein – ich sah schrecklich aus, denn die Narben auf dem Kopf verheilten nur sehr langsam. So beschimpften mich einige ältere Mitschüler als „Glatzkopf". Als Herr Ströh dahinter kam, verbot er es unter Androhung von Stockschlägen.

Die Spöttereien unterblieben daraufhin. Aber als einem Nachbarsjungen aus Versehen das Spottwort aus dem Mund rutschte, bekam er vor beiden Klassen einige Streiche übergezogen. Dabei hatte Willie es bestimmt nicht ernst gemeint und mich schmerzten die Hiebe genau so wie ihn.
Es war aber auch kein Wunder, dass einige der älteren Schüler auf mich wütend waren. Eines Tages ließ Herr Ströh mich in die obere Klasse holen. Etwas beklemmt ging ich nach nebenan. Denn immer, wenn jemand in die obere Klasse musste, war irgendetwas los.
Aber Herr Ströh fragte mich nur: „Siegfried, wieviel Meter hat ein Kilometer?“
„Eintausend!“, antwortete ich. Darauf konnte ich wieder gehen.
Ein Schüler aus dem siebten Schuljahr, einer von denen, die mich am meisten verspotteten, hatte es nicht gewusst. Deshalb ließ Herr Ströh mich holen. Der damals 13-Jährige hat es mir nie verziehen, dass ich ihn mit meinen sieben Jahren so blamierte.
In der oberen Klasse hatte ich Zugang zu der – wenn auch nur kleinen – Schulbibliothek. So las ich die germanischen Götter- und Heldensagen, Mümmelmann und anderes von Herrmann Löns sowie Bücher über den Preußenkönig „Friedrich den Großen“ und seinen Husarengeneral Joachim-Hans von Ziethen.

Eines Tages im Sommer 1940 kam der Fähnleinführer des Fähnlein 13 des Deutschen Jungvolks im Gebiet Nordwestmecklenburg zu uns in die Schule. Er nahm alle Jungen, die bis zum Ende des Jahres das zehnte Lebensjahr vollendet hatten, in das Deutsche Jungvolk auf. Das Fähnlein 13 hatte seinen Standort in Dassow.

Jetzt mussten wir jeden Mittwoch und Samstag Nachmittag zum Dienst auf dem Schulhof erscheinen. Da man uns aber nicht zumutete, zu jedem Jungvolkdienst die fünf Kilometer nach Dassow und zurück zu laufen, wurde ein 15-Jähriger zum „Jungschaftsführer“ der Landjungschaft ernannt. Widerwillig erlaubten meine Eltern mir die Teilnahme an diesen DJ-Nachmittagen – hatte ich doch auch zu Hause einige Pflichten, die ich nicht vernachlässigen durfte: so musste die Holzkiste in der Küche neben dem Herd stets mit Feuerholz gefüllt sein und Enten und Gänse mussten abends vollzählig in den Stall getrieben werden – und, vor allem die Schularbeiten waren ordentlich auszuführen!
Zunächst brachte unser Jungschaftsführer uns das Marschieren bei. Dann ließ er uns an einem Nachmittag in den nahen Wald marschieren und versuchte uns eine Art Sexualunterricht zu erteilen.

Die Sache kam heraus und so war erst einmal zwei Jahre Pause mit der Landjungschaft des Fähnlein 13.
Nur zum alljährlichen Sportwettkampf mussten wir in Dassow erscheinen, um an den Wettkämpfen im 60-Meter-Lauf, Weitsprung und Schlagballweitwurf teilzunehmen. Da wir aber nicht trainiert waren – Herr Ströh wurde 1940 zur Wehrmacht eingezogen – reichte es bei uns nicht einmal für das Sportabzeichen in Bronze.
Nach der Einberufung von Herrn Ströh musste Tamara beide Klassen unterrichten. Sie bewältigte das, indem sie eine Klasse von 7 bis 10, im Winter eine Stunde später, und – nach einer Pause – die andere Klasse von halb 11 bis 2 Uhr unterrichtete.
Nach Kriegsanfang nahm der tägliche Wehrmachtsbericht einen breiten Raum im Unterricht ein. Täglich wurden die Frontbewegungen auf der großen Europakarte verfolgt, was natürlich für den Erdkundeunterricht von Vorteil war.
Als im Sommer 41 der Russlandfeldzug begann, war Tamara in ihrem Element! Sie – als Tochter einer zarentreuen russischen Offizierstochter – konnte uns die Notwendigkeit des Krieges gegen das bolschewistische Russland bis ins Kleinste erklären.
So bildete ich mir mein Weltbild unter dem Motto: „Deutschland, Deutschland über Alles!"
Doch es blieb nicht aus, dass dieses Weltbild einige Dellen bekam.
Bei einer Sportveranstaltung in Dassow verteilte einer der HJ-Führer den „Stürmer" – ein übles Hetzblatt gegen die Juden. Ich begann zu Hause darin zu lesen, ich fand die Art, wie man Menschen derartig verzerrt darstellte und mit Ratten in Verbindung brachte, widerlich. Als ich meiner Mutter die Zeitschrift zeigte, steckte sie das Papier sofort ins Feuer und verbot mir, solche Sachen noch einmal ins Haus zu bringen.
Auf meine Fragen erklärten mir meine Eltern, dass schon meine Großeltern mit den Firmen Schoppe und Blumenthal in Dömitz ihre Geschäfte mit Getreide und landwirtschaftlichen Bedarfsartikeln abgewickelt hatten. Beide Geschäftsinhaber waren Juden. 1935 ließen sie Alles stehen und liegen und wanderten nach England aus.
Am 1. September 1941 begann für mich der Besuch der „Oberschule für Jungen – Staatliches Realgymnasium" – in Grevesmühlen. Das heißt, ich nahm als Erstes an einer Aufnahmeprüfung teil – ein Diktat schreiben und einige Rechenaufgaben lösen. Man nahm mich auf, ohne dass ich an der mündlichen Prüfung teilnehmen musste.
Ich bekam ein Fahrrad, mit dem ich die 5 Kilometer bis Dassow fuhr. Dort stellte ich das Rad bei Bekannten unter, ging ca. 150 Meter bis zur Haltestelle des Postomnibusses und fuhr an 4 Tagen

der Woche die 15 km nach Grevesmühlen mit dem Bus. Dienstags und Freitags fuhr der Bus nicht. An diesen Tagen fuhren wir entweder ganz mit dem Rad, oder mit der Deutschen Reichsbahn – in Dassow einsteigen, in Schönberg umsteigen in einen Zug, der auf der Strecke Köln nach Königsberg – oder auch nur von Lübeck nach Rostock – verkehrte, in Grevesmühlen aussteigen und im Trab zur Schule laufen. Die Fahrt mit der Bahn dauerte länger, wir mussten morgens früher aus dem Haus und waren nachmittags später zurück.

Am zweiten Schultag kam Herr Rödlingshöfer, der uns in Musik und Religion unterrichtete, mit einem Schüler zu mir und fragte, ob ich dem Schüler die Bücher, die er in der zweiten Klasse nicht mehr benötigte, abkaufen wolle. Ich fragte meine Eltern. Die waren einverstanden und so ging das Geschäft über die Bühne. Der Vorteil dieses Bücherkaufs stellte sich aber erst in den nächsten Jahren heraus. Denn dadurch, dass Klaus-Peter Mayer mir schon am letzten Tag des ersten Schuljahres seine alten Bücher verkaufte, konnte ich in den großen Ferien schon darin schmökern.

Auch in Grevesmühlen machte mir die Schule Spaß. Der Englischunterricht bereitete mir keine Schwierigkeiten. Vielleicht hatte ich dadurch einen Vorteil, dass ich Plattdeutsch aufgewachsen war. Wir Schüler sprachen untereinander Plattdeutsch – auch mit den meisten Mädchen.

Gleich im ersten Jahr hatten wir Geschichte. Uns unterrichtete der Herr Direktor Dr. Werth in diesem Fach. Im Laufe des Unterrichts beschrieb er die Marneschlacht vom September 1914. Der Vormarsch des Deutschen Heeres geriet ins Stocken und so scheiterte der Schlieffenplan.

Nun gab es im Rundfunk eine Sendereihe unter dem Titel: „Kamerad, weißt Du noch?“, in der Frontsoldaten des ersten Krieges über ihre Erlebnisse berichteten. Diese Sendung hörte ich, wenn meine Zeit es erlaubte. Einige Tage bevor wir die Marneschlacht im Unterricht durchnahmen, hatten einige alte Frontsoldaten über dieses Ereignis berichtet. Irgendwie wichen die Schilderungen der alten Kämpfer von den Darstellungen unseren Herrn Direktors ab. Ich meldete mich und versuchte den Herrn Dr. Werth zu berichtigen. Diese Sache brachte mir eine Eins im Zeugnis ein.

Fortan war ich als der Bursche bekannt, der beim Direktor eine eins in Geschichte bekommen hatte, aber im Sport 60 Meter in 12 Sekunden lief.

In Deutsch kam der Durchbruch erst im zweiten Jahr. Eines Tages sollten wir einen Hausaufsatz schreiben. Mein Vater bekam den

Aufsatz irgendwie zu Gesicht. „So etwas langweiliges und trockenes kannst Du doch unmöglich abliefern!“, sagte er, setzte sich hin und schrieb mir einen Aufsatz. „So, jetzt schreibst Du Das ab!“
„Das kannst Du nicht machen, der Junge hat doch einen ganz anderen Stil!“, protestierte unsere Mutter.
„Gut, dann lass ihn das mit seinen Worten schreiben!“
So schrieb ich Vaters Aufsatz mit meinen Worten neu und gab ihn ab. „Luna“ - wie wir sie nannten - unsere Deutschlehrerin Fräulein Rung, war von dem Aufsatz so begeistert, dass ich ihn vorlesen musste. Aber sie zweifelte. Ihre Skepsis konnte ich jedoch schon wenige Tage später ausräumen, als sie uns während des Unterrichts einen weiteren Aufsatz schreiben ließ.
Thema: „Hundert Jahre verschlafen!“
Für mich ein gefundenes Fressen! Ich ließ einen Mann morgens über einen Berg Zeitungen stolpern, der sich in hundert Jahren in seinem Hausflur angesammelt hatte und ließ ihn darin blättern. Ich zählte alles auf, was sich an wichtigen Ereignissen zwischen 1842 und 1942 zugetragen hatte. Auch ein Blick aus dem Fenster ließ ihn natürlich staunen, dort sah er Dinge, die er sich nicht erklären konnte. Wieder war „Luna“ begeistert – nur meine Flüchtigkeitsfehler und meine miserable Handschrift zogen bei der Bewertung die Zensur nach unten.
1942 wendete sich die Lage an den Fronten. Auch wir bekamen einige Kostproben ab. Als im Sommer 1942 Lübeck bombardiert wurde, klirrten bei uns die Fensterscheiben. Im nächsten Sommer wurde Hamburg heimgesucht. Drei Tage später verdunkelten die Rauchwolken von den Feuersbrünsten, die mit dem Westwind zu uns getrieben wurden, die Sonne.
In Flugblättern, die die alliierten Flugzeuge abwarfen, wurde von Verbrechen der deutschen SS in den besetzten Gebieten und in deutschen Konzentrationslagern berichtet.
Auch der englische Rundfunk, den wir zuweilen hörten, berichtete von diesen Gräueltaten.
Das konnten wir nicht glauben. Wir meinten, die Engländer wollten damit nur von ihren eigenen Schandtaten, die sie im Burenkrieg und anderswo begangen hatten, ablenken.
Aber dann hatte unser Vater ein Erlebnis, durch das unser Bild vom: „Oh Deutschland hoch in Ehren!“ einen gewaltigen Riss bekam.
Die jüngste Schwester unserer Mutter wohnte in Berlin. Als die alliierten Luftangriffe auf deutsche Städte immer schlimmer wurden, sagte unsere Mutter: „Wir haben Platz genug im Haus, lasst uns Anneliese zu uns holen!“

So sprach unser Vater mit dem ihm bekannten Spediteur Falkenberg aus Hamburg über den Transport der Möbel von Berlin zu uns nach Tankenhagen. Falkenberg musste eine Ladung Margarine nach Oranienburg ins KZ-Lager Sachsenhausen bringen und wollte auf der Rückfahrt den Umzug unserer Tante durchführen.
Normalerweise gelangten die LKW-Fahrer nicht in das Lager. Aber an diesem Tag war einer Gruppe von Häftlingen die Flucht gelungen und es herrschte eine Art Ausnahmezustand im Lager. So wurden der LKW-Fahrer und mein Vater in das Lager gelassen und unterhielten sich, während das Fahrzeug entladen wurde, mit einem Posten und ließen sich alles erklären. Sie sahen das Arbeitskommando, aus dem die Häftlinge geflohen waren. Sie standen angetreten in Reih und Glied. „So lange, bis das Kommando wieder vollzählig ist!“, erklärte der Posten.
Sie sahen den Galgen und den Bock, auf dem die zu Bestrafenden zum Auspeitschen festgeschnallt wurden.
Mein Vater und Schmoldt, der Fahrer, verließen erschüttert mit dem leeren LKW das Lager. In der nächsten Gaststätte wollten sie sich bei einer Kanne Kaffee erholen. Aus ihrer Unterhaltung, die der Gastwirt mithörte, entnahm der Wirt, dass sie zum Entladen im Lager gewesen waren.
„Was! Ihr wart im Lager drin?!“, fragte der Wirt ungläubig. „Das hat es noch nie gegeben! Sonst hat die SS das Fahrzeug beladen in Empfang genommen, eigene Fahrer fuhren das Fahrzeug in das Lager und brachten es leer zurück! Hoffentlich kommt Ihr heil davon!“
Mein Vater und Schmoldt tranken ihren Kaffee und verließen fluchtartig das Lokal. Sie fuhren in einen Wald, übernachteten dort und trauten sich erst am nächsten Tag wieder auf die Straße.
Nichts geschah!
Ich war dabei, als unser Vater dieses Erlebnis seinem Bruder Walter erzählte. Der war in dieser Zeit auf dem Fliegerhorst Tarnewitz – etwa 20 km von uns entfernt – beim Bodenpersonal, um sich nach einer schweren Infektionskrankheit, die er sich bei einem Gefangenentransport von Stalingrad nach Saporozsch geholt hatte, in der Genesungskompanie zu erholen. Ich wurde natürlich zur Schweigen ermahnt – aber das war inzwischen selbstverständlich!
Zu unseren Feldnachbarn gehörte die Familie Beusch. Der alte Beusch war Träger des goldenen Parteiabzeichens der NSDAP – das heißt, er gehörte zu den ersten 100000 Mitgliedern dieser Partei, sein ältester Sohn war Generalstaatsanwalt in Schwerin. Der zweite Sohn bewirtschaftete den Hof – nebenbei hoher SA-Funktionär – und eine Tochter war mit einem SS-Offizier verheiratet.

Zunächst war das Verhältnis unserer Eltern zur Familie Beusch frostig. Mein Vater ging zu dieser Nazi-Familie auf Distanz. Das änderte sich, als der Krieg begann. Karl-Ludwig Beusch ging freiwillig zur Wehrmacht und wurde in Polen eingesetzt. Aber als er zu Weihnachten auf Urlaub kam, hatte er sich verändert. Er stürzte sich in die Arbeit – für die SA hatte er absolut keine Zeit – und mit seinem Bruder verkrachte er sich! Wieso? Darüber war nichts zu erfahren.
In der Ernte 1940 kam eines Tages der alte Beusch, der, seit der Sohn bei der Wehrmacht war, wieder den Hof bewirtschaftete, und fragte, ob mein Vater mit seiner Dreschmaschine sein Getreide dreschen könne.
Mein Vater befürchtete, er könne Schwierigkeiten bekommen, wenn er den Auftrag ausschlug, – schließlich war er wegen seines Dreschunternehmens uk. gestellt das heißt, er war vom Dienst in der Wehrmacht befreit, weil er wegen seiner Arbeit „Unabkömmlich" war, – also willigte er ein.
Beim Dreschen kamen sich der alte Beusch und mein Vater näher. Es kam vor, dass die beiden nach der Arbeit zusammensaßen und bis in die Nacht diskutierten. Beusch war von der bauernfreundlichen Politik der Nazis überzeugt. Viele Landwirte waren in den schweren Zeiten der zwanziger Jahre, durch hohe Auflagen der Regierung, die auf den harten Reparationsbedingungen des Versailler Vertrages beruhten, hoch verschuldet. Die NSDAP bewahrte diese Bauern durch die sogenannten Erbhof-Gesetze, die ihnen günstige Kredite einräumten, vor dem Ruin.
Auch unser Vater, der beim Besuch landwirtschaftlicher Fachschulen mit den Ideen der Nationalsozialisten in Berührung gekommen war, konnte sich zunächst mit ihnen anfreunden. So war er 1932 in die NSDAP eingetreten. Die Parteioberen legten ihm jedoch nahe, sich andere Geschäftspartner zu suchen. Immer hatten unsere Vorfahren mit den jüdischen Firmen Blumenthal und Schoppe in Dömitz gehandelt.
„Ich lasse mir nicht vorschreiben, mit wem ich meine Geschäfte abwickle!", sagte Vater und trat aus der Partei aus.
Als er sich zwei Jahre später um einen größeren Betrieb bewarb, verweigerte man ihm den Neubauernschein, den er für die Übernahme dieses Betriebes benötigte.
Aber auch eine andere Begebenheit trug dazu bei, dass unsere Eltern sich in ein besseres Licht stellen konnten. In ihrem südmecklenburgischen Heimat – der „Griesen Gegend" – war es noch üblich, das die Wolle der Schafe selbst gesponnen und daraus Strümpfe,

Pullover und Schals gestrickt wurden. Auch die Flachsfasern wurden noch zu eigenem Leinen verwebt. Unsere Mutter hatte in ihrer Aussteuer noch einige Bahnen Leinen, aus denen sie jetzt, als die Versorgung mit Textilien angespannt war, für uns Kinder adrette Kleidungsstücke schneidern konnte. Dadurch fielen wir natürlich auf und alle fragten: „Wie kommt Ihr zu so schönen Sachen?"
So stellte unsere Mutter ihren alten Webstuhl wieder auf und begann in den Wintermonaten zu weben. Das sprach sich herum und so kamen einige Landfrauen, um ich von unserer Mutter Rat zu holen. Auch unser Vater beteiligte sich an der Heimarbeit unserer Mutter, denn er konnte sehr gut die Wolle zu feinem Strickgarn verspinnen.

Nach den Ereignissen des 20. Juli 1944 begann auch der alte Beusch zu zweifeln. Irgendwie erzählte ihm mein Vater von seinem Erlebnis im Lager Sachsenhausen und fragte: „Was soll aus Deutschland werden, wenn D a s! an die Weltöffentlichkeit kommt?"
Beusch muss über dieses Gespräch mit seinen SS-Schwiegersohn gesprochen haben, denn eines Tages war ich Zeuge eines Gesprächs zwischen meinem Vater und diesem Mann.
„Machen Sie sich keine Sorgen, Jahnke, davon wird die Welt nichts zu sehen bekommen, das wird sich alles in Rauch auflösen!", versuchte der SS-Mann meinen Vater zu beruhigen. Aber längst nicht alles löste sich in Rauch auf!

Als die Rote Armee am 27. Januar 1945 Auschwitz erreichte, drehten ihre PK-Leute Filme, die heute noch um die Welt gehen. Die gleichen Bilder bannten Britische Offiziere auf Zelluloid, als sie im April 1945 das Lager Bergen-Belsen bei Celle erreichten.
Im Februar 1945 erreichten uns die ersten Flüchtlinge. Es war eine Frau mit vier Kindern und ihrem Vater aus Neustettin in Pommern. Man hatte offensichtlich die Stadt völlig evakuiert, um den Truppenübungsplatz Groß-Born zu erweitern, denn in Tankenhagen wurden mehrere Familien aus diesem Ort untergebracht.
Auch der Schulbetrieb in Grevesmühlen setzte im Februar aus, weil im Schulgebäude ein Lazarett eingerichtet wurde. So besuchten mein Bruder Wolfgang und ich einige Wochen als Gastschüler eine Oberschule, die aus Riga evakuiert und im Kalkhorster Schloss untergebracht worden war. An dieser Schule trugen Lehrer und Schüler braune Uniformen. Aber nach sechs Wochen wurde auch hier der Unterricht abgebrochen, weil immer mehr Schüler im Reichsgebiet Verwandte fanden, bei denen sie unterkommen konnten.

In der letzten Aprilwoche lief nichts mehr, elektrischen Strom gab es nur noch stundenweise, auch das Telefon funktionierte nicht mehr.
Endlose Flüchtlingstrecks zogen durch das Dorf in Richtung Travemünde. Dazwischen immer mehr Wehrmachtsteile.
In den letzten Apriltagen setzte sich eine Nachrichteneinheit der Luftwaffe im Dorf fest. Die Fahrzeuge wurden in Gebäuden der einzelnen Bauernhöfe versteckt, damit sie von den Tieffliegern der amerikanischen Luftwaffe nicht entdeckt werden konnten. Unter unserer großen Linde wurde die Funkzentrale eingerichtet und unter den Kastanienbäumen auf dem anderen Ende der Scheune stand der Küchenwagen mit der Gulaschkanone. So sparte Mutter zu Mittag das Kochen, denn wir wurden von der Feldküche mit versorgt. Dafür saß der Stabsfeldwebel abends bei Kerzenschein mit uns zusammen in der guten Stube und diskutierte bei einer Flasche Sherry mit meinen Eltern darüber, wie es weitergehen sollte mit Deutschland. Der Mann hatte in den sechs Jahren Krieg vieles gesehen auf seinen langen Wegen kreuz und quer durch Europa. Wir alle suchten eine Antwort auf die bange Frage: „Was macht man jetzt mit uns Deutschen?“
Zu der abendlichen Diskussionsrunde gesellte sich noch Jan Herrmann, ein polnischer Lehrer, der sich als „Hilfswilliger“ zur Wehrmacht gemeldet hatte und als Dolmetscher bei der Nachrichteneinheit arbeitete.
Am 30. April erschoss sich Hitler. Wir hörten es in den Nachrichten, als wir mittags für ein paar Minuten Radio hören konnten. Natürlich war er den „Heldentod“ gestorben, wie der Deutschlandsender meldete.
Aber die Nachrichtenleute mussten natürlich dienstlich die „Feindsender“ abhören und wussten wenig später, was sich im Keller der Reichskanzlei wirklich ereignet hatte.
„Was wird jetzt?“
Der große Führer hatte Dönitz zu seinem Nachfolger bestimmt!
Wird Dönitz im Westen Schluss machen – und mit dem Rest der Wehrmacht die Russen aufhalten können?
„Das geht nur, wenn die Amerikaner uns unterstützen!“, war die Meinung des Stabsfeldwebels.
„Davon wird nichts, die Alliierten haben in Jalta einen Beschluss gefasst, wonach Deutschland 50 Jahre lang besetzt und in Zonen aufgeteilt wird!“, warf Jan Herrmann ein.
„Hoffentlich kommen wir dann nicht unter kommunistische Herrschaft!“, sorgte sich unser Vater.

Am Abend des 3. Mai verabschiedete sich der Stabsfeldwebel: „Heute Nacht rücken wir ab. Der Russe steht kurz vor Wismar! Wir versuchen zu den Amerikanern zu kommen, die stehen zwischen Hamburg und Lübeck!"
Am nächsten Morgen hatte sich eine Kompanie Lettischer SS auf dem Hof breit gemacht. Es fiel leichter Nieselregen. Die SS-Leute soffen irgendeinen Fusel, den sie in einer 20-Liter-Milchkanne mit sich führten. Wenn einer so betrunken war, dass er alle Viere von sich streckte, wurde er von seinen Kumpanen unter die Dachtraufe der Scheune gelegt, dass er total durchnässt wieder ausnüchterte und wieder weitersaufen konnte.
Gegen Mittag rief jemand: „Die Russen kommen!"
Zehn Minuten später war der Hof leer – Die SS war weg und auch auf der Straße war kein Verkehr mehr.
Gegen drei Uhr fuhr ein Panzer durch das Dorf – an der Seite ein weißer fünfzackiger Stern.
„Russen?", fragte ich Wassil, unseren Ukrainer, der neben mir stand.
„Nix Ruski! Ruski roter Stern! Amerikanski!", antwortete Wassil irgendwie erleichtert.
Nach einer Weile schlenderten wir den Weg nach Klein-Voigshagen entlang, auf dem bis vor wenigen Stunden ein endloser Treck von Flüchtlingen und Militärkolonnen westwärts gezogen war.
Der Straßengraben lag voller Waffen und anderer Ausrüstungsgegenstände, die Soldaten weggeworfen hatten.
Ich fand eine 08-Pistole, steckte sie unter meine Jacke und nahm sie mit. Zu Hause traf ich meinen Bruder Wolfgang. Er hatte sich auch „bewaffnet" mit einer 7,65 „Suhl" Pistole.
Trotz allem ging das Leben weiter. Die Kühe mussten gemolken, die Schweine gefüttert und auch das Federvieh gezählt und versorgt werden – und wie immer Holz zum Kochen in die Küche gebracht werden!
Nach der Arbeit trafen wir uns mit einigen anderen Jungen, die auch Waffen gefunden hatten. Wie funktionieren die Dinger? So gingen wir in die Feldmark um einen Platz zu suchen, wo wir ein Probeschießen veranstalten konnten. Auf einen Hügel, hinter einer Hecke meinten wir das richtige Übungsgelände gefunden zu haben. Wir standen am Rande eines Tümpels, richteten die Waffen auf den Tümpel und drückten ab. Die Pistolen funktionierten – es knallte, vom Rückstoß flog der Arm hoch und im Tümpel spritzte das Wasser auf. Aber die Patrone in der Leuchtpistole von Wilhelm Lenschow hatte nicht gezündet. Also noch ein Versuch – es

war inzwischen fast dunkel – es krachte, die Leuchtkugel schlug auf der anderen Seite des Tümpels auf, sprang hoch, drehte sich einige Male in der Luft, schlug wieder auf den Erdboden, das wiederholte sich paar Mal. Auf der gegenüberliegenden Seite des Tümpels grasten drei Kühe auf der Weide, die sich erschraken und in Panik davonstürmten – auch wir erschraken und liefen in der entgegengesetzten Richtung davon! Auf dem Hof stand ein amerikanisches Fahrzeug – ein Jeep, wie ich heute weiß.
In der guten Stube saßen drei höhere deutsche Offiziere, drei amerikanische Soldaten und meine Eltern um den runden Tisch und unterhielten sich so gut es ging – einer der deutschen Offiziere sprach etwas Englisch und versuchte zu dolmetschen. Ich wurde sofort hinzugezogen – und ich stellte zum ersten Mal in meinem Leben fest, dass man mit dem in der Schule Gelerntem etwas Ordentliches anfangen konnte, denn meine Englischkenntnisse waren mindestens so gut, wie die des deutschen Offiziers. Es wurde vereinbart, dass die Deutschen ohne Bewachung in unserem Haus übernachten sollten und am nächsten Morgen von den Amerikanern abgeholt und in ein Gefangenenlager gebracht werden sollten.
Jedenfalls waren wir erst einmal beruhigt, dass wir von den Amerikanern besetzt waren. Ich konnte mich mit den Amerikanern unterhalten. So erfuhren wir, dass die Demarkationslinie vorläufig von östlich Wismar und Schwerin, entlang der Elbe nach Dömitz verlief, was uns sehr beruhigte, denn so waren unsere Verwandten im Kreis Ludwigslust unter den Amerikanern.
Am nächsten Morgen musste die Milch, wie jeden Tag, zur Molkerei nach Dassow gebracht werden. Was war zu tun??
Der Bürgermeister kam: „Richard, wie machen wir das?“
Die Amerikaner kamen, um die Offiziere abzuholen.
„Are we allowed to bring our milk to the dairy?“, fragte ich einen der Amerikaner.
„Where is the dairy?“, fragte er zurück.
„In the town of Dassow, four kilometers from here!“
Er wechselte einige Worte mit seinen Kameraden, dann sprang er in den Jeep öffnete die Kette, die als Beifahrertür diente, machte eine einladende, unmissverständliche Handbewegung zu mir und sagte: „Come on!“
Ich stieg in den Jeep – und mit einem „Affenzahn“, wie wir heute sagen, fuhr der „Ami“ mit mir nach Dassow zur Molkerei.
Die Molkerei arbeitete – als sei nichts geschehen!
„Seht zu, dass Ihr Eure Milch herbringt!“, antwortete Ewald Körner, der Chef der Molkerei auf meine Frage. Während ich mit Körner

sprach, sah sich der „Ami“ in der Molkerei um. „The same like in Wisconsin!“, kommentierte er kurz. Dann zurück nach Tankenhagen. Die „Amis“ tranken sich an frischer Milch satt, die sie mit einer neuartigen Banknote bezahlten.
„That’s the new german money“, beruhigten sie uns, als sie den zweifelnden Ausdruck im Gesicht unserer Mutter sahen, die den ersten Schein des „Besatzungsgeldes“ begutachtete. Dann stiegen sie in ihren Jeep. Die drei deutschen Offiziere, die missmutig unseren offenen, fast herzlichen, Umgang mit den Amerikanern zugeschaut hatten, mussten sich auf der Rückbank zusammenquetschen. Der dritte „Ami“ saß, Gewehr im Anschlag, auf einer Art Notsitz hinten zwischen drei Benzinkanistern. Das war unsere erste Begegnung mit den Soldaten, die das „Großdeutsche Reich“ besiegt hatten. Wassil spannte die Pferde vor den Wagen, begann die Milch bei den einzelnen Bauern einzusammeln und unser Vater – wer denn sonst – fuhr als erster nach dem Ende des Nazistaates die Milch zur Molkerei. Als er zurückkam, brachte er ein drittes Pferd mit. Eine amerikanische Patrouille hatte einen Deutschen Offizier gefangen genommen, als dieser hoch zu Roß einen Hof verließ. Sie banden das Pferd hinten an den Milchwagen und sagten zu unserem Vater: „That’s your horse now!“
So kamen wir zu einem dritten Pferd. Aber dieses Tier taugte nur zum Reiten – zum Ziehen auch eines noch so leichten Wagens war es nicht zu bewegen. Irgendwie war mir mein Fahrrad in den Wirren der letzten Tage abhanden gekommen und so allmählich ersetzte dieses Pferd das Fahrrad, denn wenn jetzt schnell eine Besorgung gemacht werden musste, sattelte ich den „Tarras“ – und ab ging die Post. Nur eine Macke hatte dieser Gaul: Wenn man hinter dem Sattel zu sitzen kam, wurde er bockig! So flog ich einmal ganz eklig auf das Kopfsteinpflaster eines Gutshofes. Ich war unterwegs, um auf einem Hof in Neuenhagen nach Kohlrübenpflanzen zu fragen. Es herrschte ein schweres Gewitter. Als ich nach der Erledigung des Auftrags wieder aufsitzen wollte, blitzte es, unmittelbar danach krachte es, das Pferd erschrak und machte einen Satz – ich kam hinter dem Sattel zu sitzen – das Pferd keilte nach hinten aus – und ich lag auf dem Pflaster! Als ich wieder auf den Beinen war, war das Pferd weg.
Meine Eltern waren in großer Sorge, als das Pferd ohne Reiter auf den Hof kam – war doch der jüngste Bruder meines Vaters bei einem Sturz vom Pferd zu Tode gekommen. Ich hatte wohl die Hälfte des Weges zurückgelegt, da kam mein Vater mir mit dem Pferd entgegen. Alles Sträuben nützte nichts, ich musste wieder aufsitzen!

„Das passiert jedem ein Mal, dass er abgeworfen wird!“, beruhigte mein Vater mich.
Einige Tage war das Leben völlig durcheinander. Die polnischen und ukrainischen Arbeiter verweigerten die Arbeit bei ihren Bauern. Sie versammelten sich bei unseren beiden, Darka und Wassil. Das hatten sie auch vorher abends und an den Wochenenden getan, weil Wassil und Darka immer eine warme Stube hatten – was bei den anderen Bauern wohl manchmal zu wünschen übrig ließ. Wassil und Darka machten jetzt insofern eine Ausnahme, indem sie uns halfen das Vieh zu versorgen.
Aber nach und nach beruhigten sie sich und kehrten an ihre Arbeit zurück. Die Besatzungsmacht verteilte Flugblätter, in denen die Ausländer aufgefordert wurden, sich ruhig zu verhalten, bis die Heimreise in ihre Heimatländer organisiert werden könne. Aber auch Jan Herrmann trug dazu bei, dass die Polen und Ukrainer sich mit ihren Bauern arrangierten.
Es gab da allerhand Probleme zu lösen. So hatte sich Zezlaw, der Pole, der bei Wilhelm Lenschow arbeitete, in Dunja, eine Ukrainerin, die beim Nachbarn Luckmann arbeitete, verliebt. Um Zezlaw daran zu hindern, dass er nachts bei Dunja einstieg, hatte Luckmann Dunjas Fenster zugenagelt. Jetzt weigerten sich Zezlaw und Dunja weiter bei ihren Bauern zu arbeiten. Also verhandelte Herrmann mit den Bauern. Da es jedoch schwierig war die Nägel aus dem morschen Fensterrahmen zu entfernen, durfte Zezlaw durch die große Dielentür zu seiner Dunja gehen und nachts bei ihr bleiben. Dafür wurden Luckmanns Kühe weiterhin von Dunja gemolken – wofür sie jetzt einen angemessenen Lohn bekam – und auch Lenschows Rüben wurden gehackt – denn auch Zezlaw brauchte etwas Geld zum Leben und zu Essen.
Herrmann hatte sich in der Nacht, als die Luftwaffeneinheit abrückte, von dieser Truppe entfernt und war bei uns untergeschlüpft. Da unser Haus mit Flüchtlingen vollgestopft war, richtete er sich oben auf dem Räucherboden einen Schlafplatz ein.
Die Amerikaner hatten in der Schule so etwas wie eine Kommandantur eingerichtet. Durch die vielen Flüchtlinge im Haus waren die Lebensmittel knapp geworden. Was war zu tun?
Durften wir ein Stück Vieh schlachten? Sowas musste der Bürgermeister genehmigen!
„Fragt die Amerikaner!“, antwortete er unserem Vater.
Also zu den Amis und fragen – ich mit meinem Englisch.
Der amerikanische Leutnant sah uns verständnislos an: „That's your cattle – why do you want to kill it?“

„We want to kill it for eat!“, antwortete ich.
„Ok, kill it!“
Also war die Versorgung sicher gestellt.
Als Herrmann von meinen Englischkenntnissen erfuhr, bat er mich, mit ihm zu den Amerikanern zu gehen und ihnen seine Papiere zu übersetzen. Als ich den Amerikanern das Anliegen Herrmanns vorgebracht hatte, sagte der Leutnant zu Herrmann: „Ok you can go wherever you want!“ „Kann er mir das schriftlich geben?“, fragte Herrmann.
Ich übersetzte Herrmanns Wunsch. Der Amerikaner schob sein Käppi in den Nacken und wieder in die Stirn, sah mich an und dann Herrmann – dann ging er mit uns in die Schule, setzte sich an die Schreibmaschine und hämmerte einige Zeilen auf ein Blatt Papier mit US-Army-Emblem, setzte seine Unterschrift darunter und knallte einen Stempel darauf. So kam Herrmann zu einem Passierschein.
Ich führte viele interessante Gespräche mit Herrmann. Er kam aus dem Teil Polens, der nach dem Molotow-Ribbentrop-Abkommen 1939 an die Sowjetunion gefallen war. Nach dem Einmarsch der Wehrmacht in die Sowjetunion 1941 hatte er sich geweigert, an einer deutschen Schule zu unterrichten. „Die Deutschen, oder ich sollte lieber sagen, die Nazis haben in ihrem Rassenwahn einen riesen Fehler gemacht! Wenn sie nach ihrem Einmarsch in die Sowjetunion die Kolchosen aufgelöst und das Land wieder an die Bauern verteilt hätten, wären die Russen für sie durchs Feuer gegangen und hätten Stalin mit seinem Bolschewismus hinweggefegt! Jetzt ist es zu spät. Jetzt stehen die Bolschewiken mitten in Europa – und wenn das übrige Europa nicht aufpasst, stehen sie bald am Atlantik!“, sagte Herrmann.
So war er zunächst von den Deutschen ins KZ gesperrt worden. Eineinhalb Jahre hatte er in den KZ-Lagern Dachau und Mauthausen verbracht. Dann hatte er sich als Hiwi zur Wehrmacht gemeldet. Auf keinen Fall wollte er in seine Heimat zurück, solange die Rote Armee dort das Sagen hatte. Seiner Meinung nach war die rote Diktatur schlimmer als die braune!
„Und Ihre Familie?“, fragte ich.
„Meine Frau und meine Söhne kennen meine Meinung und sie haben es akzeptiert. Sie müssen sehen, wie sie durchkommen. Ich kann ihnen im Moment nicht helfen!“, antwortet Herrmann.
Für mich war sein Standpunkt unbegreiflich, denn für mich ging Heimat und Familie über alles. Er wollte nach Kanada auswandern und von dort versuchen seine Familie nachzuholen.

„Den Bolschewiken darf man nicht trauen!“, war sein Standpunkt. „Wenn ich erst in ihrem Herrschaftsgebiet bin, komm ich nicht mehr raus!“
Auch ein zweiter Soldat hatte die Luftwaffeneinheit verlassen und war zunächst bei uns untergekommen. Er hieß Tobien und stammte aus Königsberg. Dort war er am Strand Rettungsschwimmer gewesen. Ansonsten war er überzeugter Kommunist und ließ sich von niemanden sein Ideal zerreden. Herrmann konnte noch so viele Gegenbeispiele anführen, die er in Polen und später in der Sowjetunion gesehen hatte: „Nein, nein das konnte nicht sein! Dann sei örtlich etwas schief gelaufen! Sein Ideal war das Richtige – es musste nur richtig angewendet werden!“
Er wollte absolut – so schnell wie möglich – zurück nach Königsberg, um dort beim Aufbau des Kommunismus zu helfen.
Herrmann riet ihm zu den Russen zu gehen – bis Wismar waren es doch nur 35 Kilometer. Die rote Armee würde ihm sicher als Kriegsgefangenem die Möglichkeit geben, das Arbeiterparadies kennenzulernen. Aber das wollte er auch nicht. So meldete er sich zunächst bei den Engländern, die nach einer Woche die Amerikaner abgelöst hatten, um aus der Deutschen Wehrmacht ordnungsgemäß entlassen zu werden.
Eine Woche später kam ein Lettischer Tierarzt mit zwei Wägelchen auf den Hof gezockelt. Vor jedem seiner Wagen hatte er ein Pferd gespannt und ein Reservepferd trottete hinterher. In seiner Begleitung befanden sich seine Frau, seine Schwester und seine Schwiegermutter.
Sie fragten zunächst nur, ob sie einen Tag bleiben könnten, um etwas zu verschnaufen, Wäsche waschen – und was so dazu gehört. Aus dem einen Tag wurden mehrere Wochen. Für diese wirklich netten und bescheidenen Leute rückten wir noch mehr zusammen, damit sie ein Dach über dem Kopf hatten. Auch ihre Pferde hatten etwas Ruhe bitter nötig.
Wieder saßen wir abends zusammen und rätselten über die Zukunft. Die Letten vertraten die gleiche Meinung wie Herrmann: „Kein vernünftiger Mensch kann unter den Kommunisten leben!“
„Aber die Kommunisten sind doch auch Menschen und haben ihre Ideale!“, warf unsere Mutter ein. Ihre älteste Schwester war Lehrerin am Gymnasium in Malchin. In ihren jungen Jahren war sie mit den „Wandervögeln“ umhergezogen und war mit der kommunistischen Jugend in Berührung gekommen.
Herrmann und die Letten ließen sich in ihrer Meinung nicht beirren! Herrmann zog Ende Mai nach Lübeck. Er hatte eine Gruppe

Polen gefunden, die wie er nach Kanada auswandern wollten. Er kam noch einige Male, um Bohnenkaffee und Schokolade gegen Butter und Eier zu tauschen. Das Leben normalisierte sich.
Die Polen und Ukrainer mussten sich eines Tages in Dassow versammeln. Während die Polen sich frei entscheiden konnten, ob sie zunächst in ein Lager bei Lübeck gebracht werden wollten, oder gleich zu den Russen – und so vielleicht schneller in ihre Heimat kamen, verlud man die Ukrainer auf Lastwagen und übergab sie den Russen. Darka umarmte zum Abschied weinend unsere Mutter.
Wassil hatte Tränen in den Augen als er zu unserem Vater sagte: „Bauer, warum muss ich zurück? Ich gerne bleiben und arbeiten bei Dir! Stalin große Scheiße!" Mein Vater gab ihm zum Abschied die Hand und sagte: „Wassil, komm zurück, wenn Du kannst!"
Wassil umarmte ihn und drückte ihn an sich. Ich hatte den Eindruck, als wollte er sich halt suchend an ihm festklammern.
Im Herbst 1941 hatte Vater ihn in Grevesmühlen als knapp 17-Jährigen zugeteilt bekommen.
Bekleidet war er mit einer Pelzmütze, einer Russenbluse, einer mit unzähligen Flicken besetzten Hose und einer Wattesteppjacke. Die Füße steckten barfuß in klobigen Holzschuhen. Als Gepäck führte er einen kleinen Holzkoffer mit sich, in dem sich nur eine abgegriffene Geldbörse befand, deren Inhalt aus einigen Kopeken, einigen Wäscheknöpfen und einer Nadel mit einem Faden Zwirn bestand, wie unsere Mutter am nächsten Tag feststellte.
„Wie kriegst du den die 20 Kilometer nach Hause?", dachte unser Vater.
Es gelang ihm, in einem Laden ein Paar Fußlappen zu kaufen, die er ihm außerhalb der Stadt anlegen ließ, damit er seine Füße nicht wund lief.
Jetzt, dreieinhalb Jahre später, war Wassil ein ganzer Mann und war ordentlich angezogen, wie es sich für einen anständigen Mitteleuropäer gehörte. Es war unserem Vater gelungen, 1943 zu Weihnachten für ihn – ohne Bezugsschein – einen passenden Anzug, der in einem Textilgeschäft eine Schaufensterpuppe bekleidet hatte, zu kaufen. Wassil hatte sich gefreut und sich wie ein König gefühlt.
Die Arbeiten, die bisher die Polen und Ukrainer gemacht hatten, erledigten jetzt Flüchtlinge, die froh waren, dass sie Beschäftigung hatten und so von ihren Sorgen abgelenkt wurden – und Essen mussten sie auch!
Vor dem Krieg wohnten 78 Menschen in Tankenhagen. Jetzt, mit den Flüchtlingen waren es über dreihundert. Viele der Flüchtlinge kamen aus der Landwirtschaft und wollten sich betätigen.

So wurden die Kartoffeln gepflanzt, liefen auf und waren schon behäufelt. Die Rüben waren vereinzelt und gehackt. Der erste Schnitt auf Wiesen und Kleeschlägen war zu Heu gemacht und eingefahren.
Am 30. Juni war ich in Dassow, um Besorgungen zu machen. Ich verließ ein Geschäft, wollte die Straße überqueren, ließ einen LKW vorbei. Plötzlich bremste der Kraftwagen scharf und ein Mann sprang heraus. Es war Herrmann, der polnische Lehrer. Er kam auf mich zugelaufen und sagte aufgeregt zu mir: „Mach, dass Du nach Hause kommst! Und sag Deinen Eltern, Sie sollen alles Wichtige zusammenpacken und aufladen und dann ab über die Trave, auch das Vieh, Alles! Der Russe wird morgen alles bis nach Lübeck ran besetzen! Sag ihnen das! Es ist wichtig!“ Damit schlug er mir die Hand auf die Schulter, dass ich fast in die Knie ging und sprang wieder in das Führerhaus des Lastwagens.
Ich erledigte die letzten Einkäufe, stieg auf mein Pferd und ritt schleunigst nach Hause. Hier saßen meine Eltern mit dem lettischen Tierarzt zusammen und berieten. Als ich von meiner Begegnung mit Herrmann berichtete, sagte der Tierarzt: „Da hören Sie es, Jahnke! Fangen Sie an zu packen und dann ab nach Travemünde! Wir helfen ihnen das Vieh zu treiben, aber nur Ihnen!“
Vater bat sich eine halbe Stunde Bedenkzeit aus. „Aber keine Minute länger!“, sagte der Tierarzt. Unsere Mutter weinte. „Wir können doch den schönen Hof nicht stehen lassen. Alles haben wir so schön in Ordnung gebracht, in den letzten neun Jahren! Wir haben doch niemanden etwas getan und haben unsere Russen anständig behandelt. In Schleswig-Holstein werden die auch nicht gerade auf uns warten, dort ist doch auch alles mit Flüchtlingen voll!“
Wir entschieden uns zu bleiben! „Gut, Sie müssen es wissen! Aber Sie, gerade Menschen wie Sie, Jahnke, werden eines Tages nachkommen, wenn Sie dann noch können!“ Damit verabschiedeten sich die Letten. Sie nahmen den gleichen Weg, den vor acht Wochen die letzten Reste der geschlagenen und in Auflösung begriffenen Großdeutschen Wehrmacht gezogen waren – über Harkensee – Pötenitz – Travemünde.
Der Bürgermeister kam mit einem Schreiben, in dem die Bevölkerung aufgefordert wurde, sich ruhig zu verhalten.
Es war ein heißer Tag, kein Windhauch bewegte die Blätter an den Bäumen. Keine Wolke stand am Himmel, kein Verkehr auf der Dorfstraße. Kein Bauer fuhr am Nachmittag aufs Feld. Alle warteten ab. Wie würden die Russen sich aufführen? Was man gehört hatte aus den Ostgebieten, war furchterregend. Aber jetzt war doch Frieden, oder doch wenigstens Waffenruhe!

Den ganzen Nachmittag geschah nichts. Ruhe auf der Dorfstraße. Am Abend holten wir das Vieh von der Weide und behielten es während der Nacht im Stall. Abends, gegen elf Uhr endloses Pferdegetrappel und das Rollen leichter Wagen auf der Asphaltstraße von Klütz nach Dassow. „Panjewagen!“, sagte ein alter Ostpreuße.
Dazwischen der Marschtritt einer Infanterieeinheit – vermischt mit den Fetzen eines russischen Soldatenliedes – seltsam schwermütig und klagend. Morgens gegen vier Uhr verebbte der Marschtritt – dann sah und hörte man nichts mehr.
Wieder musste unser Vater als Erster mit der Milch zur Molkerei nach Dassow. Er sah die ersten Soldaten der Roten Armee, junge Burschen in schlecht sitzenden erbsengrünen Uniformen, den Karabiner oder die Maschinenpistole mit dem Lauf nach unten, quer über dem Rücken.
„Hast Du wenigstens das alte Parteibuch von der KPD vom Fritz mitgenommen?“, fragte der alte Köpke, der Vater unserer Flüchtlingsfrau Edith Moldenhauer.
„Das hat er doch verbrannt, als er zum ersten Mal aus Russland auf Urlaub war!“, antwortete sie. „Jetzt könnten wir es vielleicht gut gebrauchen!“, beharrte der Alte.
„Viel wichtiger ist erstmal, dass er heil aus diesem Schlamassel rauskommt und uns hier findet!“, entgegnete seine Tochter.
Alles blieb ruhig. Der alte Bürgermeister wurde abgesetzt und dafür Johann Duwe eingesetzt. Man sagte ihm zwar nach, dass er mit der Fibel aus der Schule gekommen sei – das heißt, er hatte nicht alle acht Klassen geschafft. Dafür hatte er aber das alte Mitgliedsbuch der KPD noch hinter dem Spiegel aufbewahrt – oder die alten Genossen erinnerten sich jetzt an ihn.
Eines Tages bekamen wir unerwarteten Besuch. Ein russischer Soldat stand in der Tür. Es war Dimitri, der während des Krieges beim Bauern Luckmann gearbeitet hatte. Er hatte sich freiwillig zur roten Armee gemeldet und war jetzt in Selmsdorf an der Grenze stationiert. Er erzählte, dass Wassil beim Abtransport vom fahrenden Lastwagen abgesprungen sei und sich dabei ein Bein gebrochen habe. Dimitri kam mindestens einmal die Woche zum Kaffee. Eines Tages verlangte er Papier und Tinte. Er wollte unseren Eltern ein „Dokument“ schreiben, in dem er uns bescheinigen wollte, dass wir während des Krieges unsere Russen gut behandelt hätten. Danach kam er nicht mehr. Aber das „Dokument“ erwies sich schon bald als sehr nützlich. Als noch ein Teil des Getreides auf dem Feld in Hocken stand, führte die Rote Armee eine Razzia großen Ausmaßes durch.

Mann neben Mann streiften die Russen Gewehr im Anschlag durch Felder und Wälder und schauten in jeden Winkel, ob irgendwo jemand verborgen war. Dabei drohte unser Obstgarten von den Soldaten geplündert zu werden. Bei einem Offizier, der auf dem Hof biwakierte, beschwerte sich unser Vater. Der Offizier verhielt sich zunächst abweisend. „Paschol!“ = „Hau ab!“, sagte er mit abwinkender Armbewegung. Vater ging ins Haus und kam nach wenigen Minuten mit Dimitris Schreiben zurück und gab es dem Offizier zum Lesen. Sofort hellte sich die Miene des Russen auf, er umarmte meinen Vater und brüllte nach einem Sergeanten, der einen Posten am Gartenzaun aufstellen ließ, um weiteres Plündern im Garten zu verhindern. Vater lud daraufhin den Offizier zum Essen ein. Der ließ einen Dolmetscher kommen und ließ Vater mitteilen, dass er die Einladung nur annehmen könne, wenn auch sein Vorgesetzter, der Kompaniechef eingeladen würde. So wurde auch der Major eingeladen. Als die Offiziere das Haus betraten bewunderten sie alles, die Wasserleitung in der Küche, die Möbel in den Zimmern, den Teppich auf dem Fußboden, die Tapeten an den Wänden und das Porzellan auf dem Tisch.
„Du Faschist?“, fragte der Major.
„Nein!“, antwortete unser Vater und zeigte auch dem Major Dimitris Schreiben.
„Du Kapitalist?“, fragte der Russe weiter.
Es kostete unseren Eltern einiges an Überredungskünsten, um dem Russen klar zu machen, dass Mutter Möbel und Geschirr als Aussteuer mit in die Ehe gebracht hatte, als sie vor Hitlers Zeit heiratete und dass es in Deutschland üblich sei, so zu leben.
Die Russen hatten zum Essen eine Flasche Wodka mitgebracht, der aus Weingläsern getrunken werden musste – die normalen kleinen Schnapsgläser waren unter ihrer Würde.
Für uns brachte dieser Besuch die Trennung von unserem Loewe-Opta-Radioempfänger mit sich, denn der Herr Major hatte sich in dieses Möbelstück unsterblich verliebt und wollte es absolut haben und wir wollten uns eigentlich nicht von diesem Gerät trennen!
Der Major legte 500,- Mark in Besatzungsgeld auf den Tisch und als Vater sich sträubte steigerte er den Betrag auf 2000,- ließ aber dann durch den Dolmetscher sagen, dies sei sein letztes Angebot, sonst würde er den Apparat so mitnehmen. Vater nahm das Geld und der Major ließ den Rundfunkempfänger auf einen Panjewagen laden. Eine Woche später kaufte Vater auf dem Schwarzmarkt einen Telefunken-Empfänger für 500,- Mark, der zwar schlichter in der Aufmachung, dafür aber moderner in seinen Funktionen war.

Im August setzte eine Verhaftungswelle ein. Bei Nacht und Nebel verschwanden einige Nazis, die sich nicht in den Westen abgesetzt hatten, eigentlich alles unwichtige kleine Leute. Auch viele HJ-Führer und die Jungen, die im März/April an Wehrertüchtigungslehrgängen teilgenommen hatten, verschwanden als sogenannte „Wehrwölfe“. Niemand wusste, wo diese Leute geblieben waren. Erst nach und nach sickerte durch: „Es gibt ein Lager bei Neubrandenburg.“

Die Ernte wurde eingebracht – eine riesige Quälerei! Es gab kein Sisal-Bindegarn und der Knoter unseres Massay-Harris-Mähbinders ließ sich nicht so einstellen, dass er die Getreidegarben mit dem Papier- und Zellstoffbindegarn, das uns geliefert wurde, verschnürte. So mussten die Getreidegarben mit der Hand gebunden werden, damit man sie zu Stiegen aufstellen und, nach einigen Tagen, wenn sie von der Sonne getrocknet waren, einfahren konnte. Die neue Verwaltung belegte die Bauern mit einem Ablieferungssoll und wollte das Getreide sofort haben! Vater geriet mit seinen Dreschkunden in Bedrängnis. Der elektrische Strom war unregelmäßig und in der Leistung schwankend, so, dass der Motor die Dreschmaschine nicht richtig auf Touren brachte und das Getreide nicht richtig ausgedroschen wurde. Einer der Dreschkunden half mit seinem Lanz-Bulldog aus. Aber mit dem konnte man nicht in der Scheune dreschen – wegen des Funkenflugs aus dem Auspuff – und der dadurch bestehenden Feuergefahr. Im September wurde die Bodenreform eingeleitet. Alle landwirtschaftlichen Betriebe über 100 Hektar wurden entschädigungslos enteignet. Dazu kamen einige führende Nazis.

Der Boden wurde an Landarbeiter und Flüchtlinge verteilt. Unser Vater wurde Vorsitzender der Kommission, die diese Aktion in Tankenhagen und Klein-Voigshagen durchzuführen hatte.

Obwohl die Kommunisten, die in der Kreisverwaltung das Sagen hatten, einige der Tankenhagener Bauern als aktive NSDAP-Mitglieder auf die Liste gesetzt hatten, wurde in Tankenhagen niemand enteignet.

„Wenn wir diese kleinen Nazis enteignen, garantiert uns niemand, dass nicht ein großer Nazi aus dem Osten auf den Hof kommt!“, argumentierte unser Vater. Einige von den Landarbeitern, die mit in der Kommission waren, unterstützten ihn.

Nur die Familie Beusch war nicht zu retten. Die beiden alten Leute, die über siebzig Jahre alt waren, zogen mit ihrer Tochter, die Frau des SS-Offiziers, zunächst in eine kleine Wohnung. Diese Wohnung konnte ihnen Frau Ewers, die Pächterin der Domäne Klein-Voigshagen zur Verfügung stellen. Frau Ewers besaß ein eigenes Haus in

Dassow, das nicht enteignet wurde. Aber auch das ließ sie stehen. Sie fand noch vor Weihnachten ein Loch in der „Grünen Grenze“, durch das sie in den Westen entweichen konnte. Auch die Familie Beusch ging in den Westen – zu ihrem Sohn Karl-Ludwig, der nach einigen Monaten in englischer Gefangenschaft in Schleswig-Holstein geblieben war.
Die Domäne Klein-Voigshagen wurde an 30 Neubauern verteilt, von denen jeder ca. 10 Hektar Land bekam. Unser Vater und die Mitglieder seiner Kommission achteten darauf, dass nur solche Leute Land bekamen, die etwas von der Landwirtschaft verstanden.
Die Domäne Groß-Voigshagen wurde Volkseigenes Gut, der Pächter Fritz Bade, dem nur das Inventar gehörte, wurde enteignet und ging in den Westen. Otto Bobzin wurde sein Gut Rankendorf los. Der Vorsitzende der Siedlungskommission war ein Kommunist reinsten Wassers. Bei ihm bekam jeder Land – auch ohne Fachkenntnisse – aber nur bis zu 5 Hektar. In Tankenhagen blieb alles beim Alten. Niemand wurde enteignet, die neun Bauern behielten ihre 15 Hektar Land und arbeiteten weiter wie bisher.
Im Oktober begann der Schulunterricht wieder. Ich fuhr nach Grevesmühlen und meldete Wolfgang und mich an. In unserer Schule am Wasserturm betrieb die Sowjetarmee ein Lazarett. So fand für uns der Unterricht in der Mädchenschule an der Kirche statt.
„Aber wo wollt ihr wohnen?“, fragte der neue Schulleiter, Herr Liebermann, nachdem die Formalitäten erledigt waren. Das war natürlich ein Problem, denn der Postbus fuhr nicht und auch die Bahn fuhr ungünstig und unregelmäßig. So ging ich auf Wohnungssuche. Aber schon im ersten Haus hatte ich Glück. Denn die Familie Wiggers, die das Hotel „Zum Großherzog“ betrieb, hatte noch eine Dachkammer frei, in der Wolfgang und ich schlafen konnten. Es gab im Restaurant des Hotels einen Mittagstisch, so dass wir auch eine warme Mahlzeit hatten. Auch unsere Hausaufgaben konnten wir in der Mittagsstunde, wenn das Restaurant geschlossen war, in den Räumen des Restaurants erledigen.
Bezahlt wurde in Naturalien – Kartoffeln, Zuckerrüben zum Sirup kochen und was so zum Leben gebraucht wurde. Ich kam wieder in meine alte Klasse, zu den alten Freunden. Es gab zwar einige neue Gesichter – Flüchtlinge, die die evakuierten Hamburger, die wieder nach Hamburg gezogen waren, ersetzten. Auch bei den Lehrern gab es neue Gesichter, aber einiges war anders!
Es gab keinen Geschichtsunterricht. Dafür Gegenwartskunde, die in den Deutschunterricht eingebunden war. Statt Englisch gab es Russisch.

Mit den Ukrainern hatte ich mich bestens verständigen können. So gut, dass sie, wenn sie unter sich waren, nicht mehr so offen miteinander redeten, weil sie Angst hatten, dass ich sie verstand.
„Ponimaisch tam schisko!“ = „Er versteht Alles!“, sagten sie.
Aber jetzt?! Das kyrillische Alphabet machte mir keine Schwierigkeiten, auch mit der Grammatik kam ich zurecht.
Nur auf jeder Seite des Lehrbuches stand mindestens einmal der Satz: „Tawarsch Lenin gawarit!“ = „Genosse Lenin hat gesagt!“ – und das widerte mich an!
Alles hatten die Russen erfunden: ein gewisser Pawlow das Fahrrad, irgendein Lewinski die Dampfmaschine und so ging es weiter.
„Was regst Du Dich auf?!“, sagte mein Banknachbar Günter Barty, „es ist ja möglich, dass sie es erfunden haben, es hat nur nicht funktioniert – oder sie haben es nicht verstanden damit Geschäfte zu machen und deshalb sind sie nicht so berühmt geworden wie Edison und Watson!“
Unsere Deutschlehrerin begann mit uns „Kein Hüsung“ zu lesen. Ein Roman in Versen, in dem der Mecklenburger Fritz Reuter die Verhältnisse auf einem Gutsbetrieb im neunzehnten Jahrhundert beschreibt. Sie versuchte mit dieser Lesung die Bodenreform zu begründen.
Ich kannte Reuter bis dahin nur als Verfasser heiterer Gedichte. Jetzt lernte ich einen anderen Fritz Reuter kennen. Unser Zimmerwirt, der alte Herr Wiggers, hatte in seinem Bücherschrank alle Werke Fritz Reuters stehen. Dazu alle Bücher, die Friedrich Gerstäcker geschrieben hatte. Wieder begann ich zu lesen. Zunächst Fritz Reuter – ich war begeistert, wie er das Leben der Menschen in der ersten Hälfte des neunzehnten Jahrhunderts beschrieb. Seine Kindheit, die in die Zeit der Napoleonischen Besatzungszeit fiel, beschrieb er in „Ut de Franzosentid“.
Napoleon wollte Europa sein Regime aufzwingen. Österreich und auch Preußen konnten der geballten Macht des Französischen Revolutionsheeres zunächst nichts entgegensetzen. Erst als es den Preußen gelang, das Volk hinter sich zu scharen, konnten sie gegen die französischen Unterdrücker antreten.
Sie sangen die Lieder von Theodor Körner, Ernst-Moritz Arndt und Schenkendorf als sie Blücher über Leipzig bis nach Waterloo folgten. Aber es dauerte noch einmal über ein halbes Jahrhundert, bis ihre Idee von einem geeinten Deutschland Wirklichkeit wurde.
War es jetzt nicht genau so? Wieder lag Deutschland am Boden und zumindest eine fremde Macht versuchte einem Teil Deutschlands seine Lebensform aufzuzwingen?

Anni Treichel, unsere Deutschlehrerin, hatte nach Reuters „Kein Hüsung“ auch Schillers „Räuber“ und „Kabale und Liebe“ auf ihrem Lehrplan. Aber auch diese beiden Stücke beleuchtete sie durch ihre ideologische Brille. Danach mussten wir die Nürnberger Prozesse in Aufsätzen kommentieren. Oft saßen wir nachmittags zusammen und diskutierten. Günter Barty, er war auf der Nordseeinsel Norderney zu Hause, sein Vater war als Ingenieur bis zum Ende des Krieges bei der Luftwaffe in Lübeck beschäftigt. Nach dem Krieg blieb die Familie in Pötenitz hängen und so kam Günter zu uns auf die Schule. Georg Mosdschin war ein Bauernsohn aus Masuren.
Was sollte aus Deutschland werden? Besetzt, aufgeteilt in vier Zonen? Viele große Städte und Industriewerke waren zerbombt. Die Menschen hungerten und es gab außer Trümmerbeseitigen zu wenig Arbeit. Viele Industriebetriebe, die noch in Takt waren, wurden demontiert und als Reparationen ins Ausland transportiert. Wie lange sollte das so gehen? Wirklich 50 Jahre, wie es in einem Abkommen, das irgendwo in Persien verhandelt und beschlossen wurde, stehen sollte? Außerdem hatte ein Amerikaner – Morgentau hieß er – einen Plan entwickelt, wonach Deutschland völlig entindustriealisiert werden sollte.
„Die Franzosen singen immer noch die Marseillaise, die Engländer sagen immer wieder: „right or wrong – my country!“ – obwohl auch sie sich an anderen Völkern versündigt haben – aber uns werden sie das „Deutschland, Deutschland über Alles“ nicht mehr singen lassen – dazu waren die Verbrechen von Auschwitz, Bergen-Belsen und anderswo zu groß!“, sagte Mosdschin. „Ihr dürft nicht vergessen, dass sie die verbesserten technischen Möglichkeiten nutzen konnten, um die Sauereien zu dokumentieren. Niemand hat so gute Filme vom Burenkrieg gedreht, dass wir sie ihnen heute unter die Nase halten könnten!“, warf Günter Barty ein.
„Auch die Nazis haben diese verbesserten Techniken genutzt, um gegen andere Völker und die Juden zu hetzen. Ich fand das einfach widerlich, die Juden mit Ratten zu vergleichen und wie sie die verhungerten russischen Kriegsgefangenen als Untermenschen darstellten. Ich kann mich noch gut erinnern, wie unser Wassil aussah, als er 1941 im Oktober kam und was für ein ganz normaler junger Mann er war, als er im Mai 45 ging! Es muss doch möglich sein, dass die Menschen über alle Grenzen hinweg friedlich miteinander leben.“, sinnierte ich.
„Du träumst, Siegfried! Erst mal haben wir eine neue Grenze, mitten durch Deutschland und Europa, wenn nicht durch die ganze Welt. Und was für Verbrechen im Namen der Kommunistischen

Weltrevolution begangen wurden – und noch begangen werden, um Menschen des neuen Typus zu bekommen, darüber schweigt man jetzt!", stellte Mosdschin fest.
„Stalin hat gesagt: „Die Hitlers kommen und gehen! Aber das deutsche Volk bleibt!" Zwanzig Millionen Menschen dieses deutschen Volkes hat er aus ihrer Heimat brutal vertrieben, nachdem die Soldaten seiner ruhmreichen Roten Armee bestialisch unter ihnen gewütet hatten! Ist das alles nicht geschehen?", fragte Günter Barty.

Obwohl ich meinen Stil im deutschen Aufsatz nicht änderte, bekam ich bei Anni Treichel – wie man so sagt – kein Bein auf die Erde. Vielleicht lag es daran, dass ich auch Reuters übrige Werke gelesen hatte und in seiner Strom-, Festungs- und Franzosentid einen ganz anderen Reuter gefunden hatte, der das Leben, trotz aller Rückschläge, sachlich und in einem positiven Licht darstellte. Auch Friedrich Gestäcker, dessen Reiseberichte und Erzählungen ich las, beschrieb eine andere Welt als die, für die man uns erziehen wollte.
So, wie Fritz Reuter das Leben auf dem Land zu seiner Zeit beschrieb, so war es doch bis jetzt geblieben. Der Domänenpächter Fritz Bade hatte seine Arbeiter wie normale Menschen behandelt, auch der Gutsbesitzer Klaus Rolfs aus Neuenhagen hatte seine Leute nicht mit der Reitpeitsche zur Arbeit getrieben. Wenn sie meinem Vater begegneten, unterhielten sie sich mit ihm auf Augenhöhe. Nie hatte er sie als hochnäsig empfunden. Mit ihren Kindern gingen wir gemeinsam zur Schule. Jetzt wurden diese Leute als Krautjunker und Tyrannen beschimpft. Innerlich sträubte ich mich dagegen.
So quälte ich mich bis zum Frühling 1947 durch die Schule. Da wurde in Klein-Voigshagen eine Siedlung frei. Ich verließ die Schule, übernahm die Siedlung und wurde Bauer.
Schon während des Krieges hatte das Ehepaar Franke aus Berlin bei uns seinen Sommerurlaub verbracht. Jetzt kamen sie wieder. Erich Franke betrieb in Berlin eine Tischlerei. Da er einmal mit dem rechten Zeigefinger zu dicht an die Bandsäge gekommen war, fehlte ihm das letzte Glied dieses Fingers. So war er untauglich für die Wehrmacht gewesen, er konnte ja mit dem halben Zeigefinger nicht schießen. Außerdem hatte er in den Kriegsjahren genug zu tun gehabt, die zerbombten Häuser mussten ja repariert werden. Aber er hatte es auch verstanden, sich an verschiedenen Stellen versteckte Holzdepots anzulegen, die er jetzt, wo alles knapp und bewirtschaftet war, verarbeitete und was noch genau so wichtig

war, er konnte damit tauschen! Franke untersuchte unser Haus von unten bis oben und fand heraus, dass wir den Dachboden noch ausbauen konnten und so wieder etwas mehr Platz im Haus bekamen. Franke lieferte das erforderliche Baumaterial und schickte einen erfahrenen Tischler, der die Arbeiten ausführte.
Den Transport übernahm Adolf Schlutte, ein urberliner Spediteur. Er trickste die fünfte Besatzungsmacht – wie er die kontrollierende Volkspolizei, die im Raum Berlin größtenteils aus Sachsen rekrutiert war, nannte – immer wieder aus.
Schlutte – ca. einssiebzig groß, breitschultrig. Er war stets mit einem ölverschmierten Overall bekleidet. Auf dem Kopf eine ebenfalls total öldurchtränkte Schirmmütze, die er gleichzeitig als Brieftasche benutzte – Geld, Papiere und Taschenkalender – alles verstaute er in der Mütze.
„Läuft er immer so rum?“, fragte unsere Mutter Herrn Franke.
„Wenn er mal in der Badewanne war und sich in Schale schmeißt, erkennt man ihn nicht wieder. Trotzdem sind ihm schon drei Frauen weggelaufen. Aber ick weeß nich, wie der Adolf det macht, er findet immer wieder eene und gar nicht mal Schlechte! Die, die er jetzt hat, lässt ihn ungewaschen nicht in die Wohnung!“, antwortete Franke lachend. Bezahlt wurde in Naturalien. Da wir reichlich Milch ablieferten, konnten wir genug Butter von der Molkerei bekommen, wenn wir das Ablieferungssoll erfüllt hatten. An den unmöglichsten Stellen versteckten Schlutte und Franke die Lebensmittel, um sie unbemerkt durch die Kontrollen nach Berlin zu bekommen. Einmal war ich dabei, wie Franke Butter in einem Reservereifen einbaute. „Da geht ein ganzer Zentner rein!“, sagte er.
Aber eines Tages wurden sie doch erwischt. Sie hatten sich bei uns und Frankes Schwester, die einige Dörfer weiter wohnte, mit Butter eingedeckt und hatten irgendwo bei Schwerin einen Stoß Bretter für Franke geladen. Unter dem Bretterstapel musste noch ein geschlachteter Ochse versteckt werden, den Schlutte bei einem Bauern gekauft hatte.
Vier Tage, nachdem Franke und Schutte bei uns abgefahren waren, bekam Vater ein Telegramm von Frankes Frau: „Erich verschollen!“ Vater suchte Otto Kühn auf, den SED-Kreissekretär in Grevesmühlen. Kühn war Berliner und irgendwie mit Franke befreundet, er betrieb in Berlin eine Elektrowerkstatt und hatte auf verschiedenen Baustellen mit Franke zusammengearbeitet. Kühn konnte wohl an den richtigen Strippen ziehen, denn nach einigen Tagen waren Franke und Schlutte wieder in Berlin, aber ohne Frankes Bretter und auch Schluttes Ochse blieb in Schwerin.

Durch Otto Kühn lernten wir einen ganz anderen Mann kennen: Hugo Gräf! Hugo war Thüringer. Aus dem ersten Krieg war er auf Krücken entlassen worden. Ihm fehlte das rechte Bein und das Linke war durch eine Schiene stabilisiert, sodass er jetzt mit einem Spazierstock, auf dem er sich stützte, gehen konnte.
Vor dreiunddreißig war er Funktionär des kommunistischen Rotfrontkämpferbundes und in Hamburg für die kommunistische Gewerkschaft tätig.
Nach Hitlers Machtergreifung war er zunächst in „Schutzhaft“ gekommen. Aber sie fanden keine Beweise, die für eine Verurteilung nötig waren. So ließen die Nazis ihn frei.
Hugo hatte jede Woche einen Abend Skat gespielt. Zu seinen Skatbrüdern gehörte auch ein Mitarbeiter der Kripo. Eines Tages sagte dieser Kripomann zu Hugo: „Mensch, Gräf, machen Sie es mir doch nicht so schwer, ich muss alles sammeln, was sie so in Umlauf bringen!“ So ließ Hugo dem Kripomann von jedem Flugblatt, das er für die Gewerkschaft oder den Rotfrontkämpferbund herausgab eine Kopie zukommen. Aber bei seiner Inhaftierung waren keine belastenden Unterlagen über Hugo zu finden. Über Prag und Wien gelangte Hugo nach London, wo er den Krieg gesund überstand.
Jetzt wohnte er in Berlin und arbeitete beim Zentralkomitee der SED in der Lothringer Straße. Aber seine Genossen in der Lothringer Straße vergaßen nicht, dass er London Moskau als Unterschlupf während des Krieges vorgezogen hatte. Sie gaben ihm keinen höheren Posten. Er betreute die TBC-Heilstätten. Immer, wenn er in Westmecklenburg zu tun hatte, besuchte er uns.
Seine Besuche waren immer ein ganz besonderes Erlebnis für uns. Er war ein welterfahrener Mann, der zwischen den Kriegen viel gereist war und von diesen Reisen interessant erzählen konnte. Besonders neugierig waren wir auf seine Erlebnisse in den USA, die er mit einem Ford Tin-Lizzy kreuz und quer bereist hatte. Als er merkte, dass ich gerne las, brachte er mir Bücher mit: Adam Scharrer, Anna Seghers, Erwin Strittmatter – und Michael Scholochow!
„Wenn er Dir schon Bücher mitbringt, musst Du die auch lesen, damit Du Dich mit ihm über deren Inhalt unterhalten kannst, wenn er Dich danach fragt!“, sagte Vater.
Scharrer und Strittmatter beschrieben das Leben auf dem Lande. Etwas anders als Reuter, aus einem anderen Blickwinkel – außerdem lebten sie einhundert Jahre später. „Das siebte Kreuz“ von Anna Seghers legte ich erst aus der Hand, als ich es bis zur letzten Seite gelesen hatte.
Das Buch „Neuland unterm Pflug“ von Scholochow machte mich

sehr nachdenklich. Scholochow beschrieb in diesem Buch die Kollektivierung der Landwirtschaft bei den Don-Kosaken. Ich unterhielt mich mit meinem Vater über dieses Thema: „Ich kann mir nicht vorstellen, dass man es mit den deutschen Bauern so macht, wie mit dem russischen Muschik, aber die Anzeichen sind schon da!“ „Du meinst, dass Herrmann und die Letten Recht hatten?“, fragte Vater. „So langsam fange ich an, mich ihren Ansichten zu nähern!“, antwortete ich.
Im März 49 nahm Hugo mich mit zur Leipziger Messe. „Versuch, ob Du eine Zentrifuge findest, damit wir unsere überschüssige Milch selbst verarbeiten und die Kälber mit der noch warmen Magermilch tränken können!“, sagte Vater zum Abschied. Dann ging die Reise los. Zwei Tage Berlin. Ich besuchte Franke und ich wollte mir die Uraufführung des neuen DEFA-Films: „Und wenn's nur Einer wär'“ im Babylon ansehen. Aber ich bekam keine Karte. Also ging ich in die Operette in der Schönhauser Allee.
„Was, Du hast keine Karte fürs Kino bekommen?“, fragte Hugo enttäuscht. Als ich am nächsten Tag in der Kantine des ZK in der Lothringer Straße zu Mittag aß, lag eine Kinokarte bei Hugo im Büro.
Dann die Fahrt nach Leipzig. Kilometerweit nur Industrieanlagen im Raum Bitterfeld und AGFA Wolfen. So etwas hatte ich noch nicht gesehen.
Die Autobahn war an vielen Stellen angefangen. Mal war die linke Spur befahrbar, mal die rechte. Es kam vor, dass uns ein Gespann Kühe entgegenkam und wir ausweichen mussten. Gebaut wurde nirgends an der Autobahn. Bei Dessau war eine Strecke fertig. Ohne Mittelstreifen und alle Brücken hatten keine Mittelpfeiler.
„Diese Strecke haben die Junkers-Werke als Startbahn für ihre Flugzeuge genutzt!“, erklärte mir Hugo.
Wir übernachteten in Halle. Das Hotel hieß „Die grüne Tanne“. Die Straßenbeleuchtung in Halle war anders als in anderen Städten – fand ich. Die Laternen in den Straßen warfen verschieden farbiges Licht in die Dunkelheit. Jede Straße wurde in einer anderen Farbe beleuchtet.
Dann besuchte ich mit Hugos Fahrer die Messe. Es gab viel Neues zu sehen. Dass es so etwas gab im zerbombten Deutschland! Auch die ostdeutsche Industrie stellte also Waren her – aber wo blieben die? Horch in Zwickau baute wieder Lastkraftwagen, sogar moderner als vor dem Krieg und auf jeden Fall eleganter als die klobigen Kisten, die die Sowjetunion der DDR großzügig zur Verfügung stellte, die 50 Liter Diesel auf 100 km verschlangen.
BMW stellte einen Personenwagen vor, der in Eisenach gebaut

wurde und auch DKW war mit einer Neuentwicklung vertreten.
Es gab sogar ein Werk, das Zentrifugen ausstellte: das Kyffhäuser-Werk. Aber an einen ganz normalen DDR-Bauern konnten sie so ein Gerät nicht liefern, nur für den Export, oder eventuell an einen Volkseigenen Betrieb.
Ich kaufte mir an einem Bücherstand den „Stillen Don“ von Scholochow. „So, den „Stillen Don“ hast Du Dir gekauft!“, sagte Hugo nur, als wir ihn am nächsten Morgen abholten.
„In zwei Kriegen haben uns russische Menschen geholfen unsere Höfe zu bewirtschaften. Jetzt möchte ich wissen, wie diese Menschen in ihrer Heimat gelebt haben – und ich finde, Scholochow beschreibt das realistisch – jedenfalls hat mir „Neuland unterm Pflug“ gefallen. In diesem Buch beschreibt er das Leben der russischen Bauern zwischen den Kriegen, wie auf dem Deckblatt zu lesen ist, beschreibt er im „Stillen Don“ das Leben der Don-Kosaken von vor dem ersten Krieg bis nach der Revolution.“
Hugo ging nicht weiter auf meine Ausführungen ein. Es gab genug zu sehen, was er mir erklären konnte. Erst als wir in Berlin waren, sagte er zu mir: „Siegfried, Du musst alleine rausfinden, was für Dich das Rechte ist!
Vor meiner Ausreise nach London fragten mich meine beiden Neffen, was sie tun sollten, wenn es zwischen Deutschland und der Sowjetunion zum Krieg kommen würde und sie als deutsche Soldaten gegen ihre russischen Brüder kämpfen müssten. Ich habe ihnen geraten überzulaufen. Sie haben es getan. Sie kamen voriges Jahr zurück. Aber seitdem reden sie nicht mehr mit mir!
„Ich verstehe Eure Sorgen! Ich helfe Euch, wo ich kann, aber Ratschläge erteile ich Euch nicht!“, sagte Hugo.
Und er half uns!
Aber auch wir halfen ihm! Als er wenig später in einen Verkehrsunfall verwickelt war und in Weimar in einem Krankenhaus wieder zusammengeflickt wurde, schickten mich meine Eltern mit einem Koffer voller Butter und Wurst zu ihm, damit seine Frau, die ihn betreute, die magere Krankenhausverpflegung aufbessern konnte.
Wenig später kaufte Vater eine Zentrifuge in West-Berlin, damit wir unsere Milch selbst frisch verarbeiten und die warme Magermilch an die Kälber verfüttern konnten. Wo? Natürlich bei Knoche in Charlottenburg! Knoche hatten wir durch Franke kennen gelernt. Er führte eine Eisenwarenhandlung. Wir kauften Nägel, Werkzeuge und Baubeschläge bei ihm. Natürlich besorgte er uns auch das Sisal-Bindegarn, das wir zum Einbringen der Getreideernte und zum Strohpressen beim Dreschen dringend brauchten.

Im Gegenzug nahm er natürlich einen Teil unserer Gänse ab.
Hugo übernahm den Transport von West-Berlin zu uns. Er ließ das Gerät von seinem Fahrer aus West-Berlin abholen und brachte es bei seiner nächsten Fahrt nach Norden zu uns.
Natürlich deckte er sich bei uns mit Lebensmitteln zu normalen Preisen ein, die in Berlin sonst nur im Westen oder in der HO zu überhöhten Preisen erhältlich waren. Im Herbst nahm er unsere Gänse mit, die wir dann von seiner Wohnung aus über die Sektorengrenze nach West-Berlin zu unseren Kunden brachten. Für ihn und seinen Fahrer fiel auch eine Gans ab.
Im März 1948 musste unser Vater sich entnazifizieren lassen. Er war zwar nur passives Mitglied im NSKK (Nationalsozialistisches Kraftfahr-Korps) gewesen, aber die Entnazifizierungskommission hatte ihn vorgeladen. Die Sache fand im Saal des Volkshauses in Dassow statt und war öffentlich. Da ich in Dassow zu tun hatte, ging ich hin und hörte mir die Verhandlung mit an. Es war fürchterlich, wie der Vorsitzende der Kommission meinen Vater anbrüllte! In einem Ton, wie Freisler, der Vorsitzende des Nazi-Volksgerichtshofes, die Verschwörer die 20. Juli 1944 angebrüllt hatte.
Was mein Vater gegen die Nazis unternommen hätte, fragte er. Nichts, aber er habe seine ukrainischen Arbeiter wie Menschen behandelt, entgegnete Vater und zeigte ihm das Schriftstück von Dimitri. „Das haben Sie doch nur getan, um sie noch besser ausbeuten zu können und um noch bessere Geschäfte machen zu können, Sie Kapitalist! Der Bauernhof war Ihnen ja nicht genug, Sie mussten auch noch mit Ihrer Dreschmaschine über die Dörfer ziehen, um noch mehr zu raffen!", brüllte der Mann.
Mir fielen Hugo Gräfs Worte ein: „Ich werde Dir keine Ratschläge erteilen! Du musst selbst herausfinden, was für Dich richtig ist!"
Gleichzeitig fiel mir Scholochow ein, der in seinem Buch: „Neuland unterm Pflug" beschrieb, wie die Kulaken bei den Donkosaken fertig gemacht wurden.

Abends sagte ich zu meinem Vater: „Ich kann mir nicht vorstellen, dass sie es mit den deutschen Bauern genau so machen können, wie mit den russischen Muschiks, aber die Anzeichen sind danach! Sie schrauben das Ablieferungssoll höher und höher, bis es nicht mehr geht. Und dann das heute im Volkshaus! Ich will nicht, dass man uns noch einmal so anschreit wie Dich heute, wenn es einmal anders kommt. Deshalb meine ich, Du trittst aus der SED aus und ich aus der VdgB!"

Günter ließ mich die Nacht durchschlafen. Auch am Dienstag wollte er nichts von mir wissen. Wolfgang hatten sie morgens aus der Zelle geholt mit den Worten: „Nummer Zwei, nehmen Sie alles mit. Sie haben heute Termin!“ Was hatte er mitzunehmen? Alles, was er hatte trug er am Leib!
Wolfgang verließ die Zelle. Ich sah ihn erst in Bützow wieder. Verurteilt zu sieben Jahren Zuchthaus.
So war ich mit meinen Gedanken allein. Wieder begann ich zu zweifeln! War es wirklich richtig zu diesem neuen System in Opposition zu gehen?
Wenn ein Mann wie dieser Hauptmann Günter die Ideale gewechselt hatte, war es richtig, am Alten festzuhalten?
Aber hielt ich denn am Alten fest?
Nein! Ich wollte etwas Anderes!
Für mich war die Demokratie nach westlichem Muster zum Ideal geworden – in der mehrere Parteien ihren Standpunkt vertraten, ohne sich vor Gerichten dafür verantworten zu müssen – in der freie Gewerkschaften die Interessen der Arbeiter vertraten und nicht dass die Arbeitsnormen von oben festgelegt wurden. Durch diese Arbeitsnormen, die auch übererfüllt werden konnten, wurden die Arbeiter zu höheren Leistungen getrieben, wenn sie mehr verdienen wollten – im Grunde ein Akkordsystem – das man als kapitalistisches Ausbeutungsinstrument anprangerte! Hatte nicht Adolf Hennecke nach tagelanger Vorbereitung an einen Tag 370% seiner Norm im sächsischen Kohlerevier geschafft? Er wurde als nachzueiferndes Beispiel hingestellt – aber dadurch wurden die Arbeitsnormen immer weiter erhöht!
Das West-Berliner Kabarett „Die Insulaner“ sang: „Fahr ich in der Nacht, rin in meinen Schacht, buddel ich nach sächsischem Anthrazit – und am Morjen komm ick hoch im Ruhrgebiet!“
Ganz Deutschland lachte darüber, aber denen, die es was anging, war nicht nach Lachen zu Mute!
Im alten System hatte eine Partei die Richtung angegeben – und beim jetzigen System war es genau so! Unter Hitler gab es Lager wie Auschwitz, Bergen-Belsen und Sachsenhausen und Buchenwald – jetzt ließ man Menschen, die eine andere politische Richtung vertraten, in den gleichen Lagern und neuen Lagern wie Fünfeichen und Ketschendorf buchstäblich verrecken!
Uns hatte man Lieder singen lassen wie : „Es zittern die morschen Knochen – Und liegt vom Kampf in Trümmern die ganze Welt zu Hauf' – das soll uns den Teufel kümmern – wir bauen sie wieder auf!“

Jetzt lag halb Europa in Trümmern – und wer mühte sich, wieder Ordnung in den Trümmerhaufen zu bringen? – Die kleinen Leute, die man vorher gegeneinander gehetzt hatte.
„Die Partei hat immer Recht!", sang die FDJ – und die Jungen Pioniere mit dem blauen Halstuch – bei den „Pimpfen" der DJ hatten wir ein gleiches in schwarz, das mit einem hellem Lederknoten zusammengehalten wurde, getragen – plärrten: „Bau auf, bau auf – Freie Deutsche Jugend, bau auf für eine bessere Zukunft, bauen wir die Heimat auf!" – aber in der nächsten Strophe: „Häng auf, häng auf, Freie Deutsche Jugend häng auf – für eine bessere Zukunft hängen wir den Adenauer auf!"
Unsere Mutter war entsetzt, als sie eines Tages, im durch eine hohe Hecke gegen die Straße abgeschirmten Garten arbeitete und hörte, wie einige „junge Pioniermädchen" dieses Lied grölten.
Es gab nur eine Jugendorganisation – und die lag voll und ganz auf der Linie der SED. Die Jugendgruppen der evangelischen Kirche – die sogenannten „Kugelkreuzler" – wurden in ihren Aktivitäten behindert und schikaniert.
Sollte das denn ewig so weiter gehen? Und überhaupt! Unsere Wirtschaft war voll auf die Stadt Lübeck ausgerichtet! Mein Vater hatte seine Kartoffeln im Herbst nach Travemünde zu seinen Kunden in den Keller geliefert. Unsere Mutter verkaufte ihre Gänse zu Weihnachten an ein Lübecker Hotel und kleidete uns anschließend bei Karstadt neu ein. Auch unsere Landmaschinenfirma hatte ihren Hauptsitz in Lübeck.
Durch die Demarkationslinie, die an der Mecklenburgischen Landesgrenze verlief, die sich immer stärker zur Grenze zwischen zwei Systemen verfestigte, wurden wir mehr und mehr von unseren bisherigen Geschäftspartnern getrennt. In den ersten Jahren gab es noch einige Kanäle, die über den Berliner Tischlermeister Franke und den Fuhrunternehmer Schlutte – zwei echte Berliner Typen, für die auch die Blockade Berlins kein besonderes Hindernis war, – liefen, über die wir gegen Naturalien wie Butter und Speck dringende Sachen – wie Baumaterial und in der Ernte Sisal-Bindegarn – beschaffen konnten.
Nach der Währungsreform im Sommer 1948 wurde es anders. Jetzt zählte im Westen nur noch hartes Westgeld! So orientierten wir uns nach und nach völlig nach West-Berlin. Wir fanden Abnehmer für unsere Gänse und Enten. Auch die Gänsefedern konnten wir gut absetzen, weil unsere Mutter sie beim Rupfen der Gänse gleich ordentlich sortierte. Beim Transport der Gänse nach Berlin war Hugo Gräf uns oft behilflich.

Er – mit Sonderausweis als hoher Parteifunktionär – wurde nicht von der Volkspolizei kontrolliert.
Aber wir fuhren auch mit der Bahn nach Berlin. Es war immer eine Angsttour wegen der Kontrollen. Die kontrollierenden Polizisten stiegen gewöhnlich in Wittenberge in den Zug ein und kämmten bis Nauen den Zug nach verdächtigen Sachen durch. Wir hatten aber immer wieder Glück, dass wir ohne Verluste Berlin erreichten.
So eine Tour nach Berlin war an einem Tag gerade zu schaffen. Wir fuhren mit dem Fahrrad nach Grevesmühlen, stiegen dort morgens um 4 Uhr in den Zug nach Bad Kleinen. Hier stiegen wir um und waren gegen 11 Uhr in Berlin am Lehrter Bahnhof. Von dort mit der S-Bahn in die Westsektoren, um die Geschäfte zu erledigen. Zurück ging es gegen 23 Uhr ab Lehrter Bahnhof und um 8 Uhr wurde am Bahnhof Grevesmühlen die Reise mit dem Fahrrad beendet.
Bei diesen Reisen nach Berlin konnten wir die Unterschiede zwischen Ost und West deutlich beobachten. Ob am Kurfürstendamm, oder anderswo, überall wurden zunächst in den Erdgeschossen die Geschäfte ausgebaut und eröffnet. Dann wurde ein Geschoss nach dem anderen ausgebaut und bezogen.
Im Ostsektor war vom Wiederaufbau nicht viel zu sehen. Nur riesige Plakatwände mit Parolen wie: „Von der Sowjetunion lernen, heißt Siegen lernen!“
„So wie wir heute arbeiten, werden wir morgen leben!“
„Im Vordergrund steht die Sorge um den Menschen!“
Im Westen waren die Läden voll – und die Menschen konnten kaufen, was sie in den Schaufenstern sahen. Bei uns im Osten hingen die Schaufenster voller Plakate mit Kommunistischen Parolen.
Schokolade, Kakao und Bohnenkaffee waren nach wie vor Mangelware – Südfrüchte gab es überhaupt nicht – und wenn es mal etwas gab, war die Qualität minderwertig. Genau so sah es mit dem Werkzeug aus – es gab nicht einmal ein vernünftiges Beil. Nur alkoholische Getränke gab es reichlich.
Eines Tages erregte ein Riesenplakat des Metropoltheaters in der Schönhauser Allee mein Interesse. Die Lehar-Operette „Die lustige Witwe“, stand auf dem Programm. Ich stellte fest, dass zwischen dem Ende der Vorstellung und der Abfahrt des Zuges genügend Zeit war, um von der Schönhauser Allee zum Lehrter Bahnhof zu fahren und mein Gepäck aus der Aufbewahrung zu holen. So wurde ich zum „Operettenfan“!
Erst am Mittwoch nach dem Abendessen ließ Günter mich holen. Wieder saß ich auf dem Schemel – er rittlings auf dem Stuhl vor mir und spielte mit dem Tischtennisball.

„Jahnke, Sie sind doch ein Kulak von der übelsten Sorte!", begann Günter die Unterhaltung und trat mir vors Schienbein.
„Ich bin kein Kulak!", antwortete ich.
„So, was ist denn in Ihren Augen ein Kulak?"
„Ein Kulak denkt nur an sich und beutet andere aus!"
Wieder ein Tritt vors Schienbein. „Und genau das haben Sie und Ihre saubere Familie bisher getan!"
„Das stimmt nicht! Wir haben unsere Arbeit selbst gemacht – und wenn wir zusätzlich Hilfe brauchten, haben wir diese Leute anständig bezahlt!"
„Sehen Sie, genau so handelt ein Kulak! Nach Feierabend und am Sonntag wird mit der Jugend Ball gespielt, um sie freundlich einzustimmen und dann ist man bei der Arbeit dabei, um sie zu kontrollieren und anzutreiben. Obendrein bezahlt man dann noch fünf Pfennige mehr die Stunde, damit man die Leute dann schnell wieder vom Hof los ist! – und um sich einen Vorteil gegenüber seinen Berufskollegen zu sichern!" – wieder ein Fußtritt.
„Sie haben nur an sich gedacht! Wie andere zurechtkamen, hat Sie überhaupt nicht interessiert!"
„Wir haben unsere Maschinen an Neubauern verliehen, damit sie ihren Acker bestellen konnten."
„Was Sie sich natürlich teuer bezahlen ließen – oder!?"
„Die Leute haben uns dafür geholfen, die Zuckerrüben zur Bahn zu fahren, oder sie haben mit unserem Mähbinder und ihren Pferden unser Getreide gemäht".
„So haben Sie Ihre Pferde geschont, um damit Sonntags an Reitturnieren teilnehmen zu können!"
„Dass es schwierig ist, die Geräte in Ordnung zu halten, – Ersatzteile müssen zum Teil aus dem Westen beschafft werden – daran denken Sie überhaupt nicht! An neue Maschinen ist doch gar nicht zu denken!"
„Sie haben mit Ihrer Lebensweise doch eine moderne Art von Frondiensten aufgebaut! Auch in der Gemeinde haben Sie sich nach vorne gedrängt! Sie organisierten das Kinderfest in den letzten Jahren. In die Differenzierungskommission für die Berechnung des Ablieferungssolls sind Sie doch auch eingedrungen, mit Ihren schlauen Ideen!"
„Wer sollte es denn sonst machen? Von den 78 Einwohnern, die vor dem Krieg in unserem Dorf lebten, sind 8 nicht aus dem Krieg zurückgekehrt, da bin ich automatisch nachgerückt!"
„So sehen Sie es, Jahnke – für mich sind Sie ein Kulak reinsten Wassers! Wissen Sie, Jahnke, uns interessiert es nicht, wieviel Gänse

Sie nach West-Berlin verschoben haben, aber das war Ihnen ja nicht genug – Sie mussten ja auch noch Verbindung zu westlichen Geheimdiensten aufnehmen, um unseren friedlichen Aufbau zu sabotieren. Was haben Sie in West-Berlin über unsere Grenzsicherung berichtet?“
Alles begann von Neuem – wieder die gleichen Fragen – Alles drei bis vier Mal!
„Was ich bei meinem Bruder erzählt habe, konnte der westdeutsche Grenzschutz doch selbst beobachten! Die haben uns doch zugeschaut, als wir 50 Meter vor der mecklenburgischen Landesgrenze bei Schlutup das Straßenpflaster der Reichsstraße 104 aufrissen, einen metertiefen Graben aushoben und mit dem Aushub einen Erdwall auf der Straße errichteten – dazu brauchten sie nicht einmal ein Fernglas – fotografiert haben sie uns auch dabei – während wir Sträucher ausrissen, Bäume fällten und Sand aufluden. Um das zu berichten brauchte ich nicht nach Berlin zu fahren, was wir an der Grenze machten, konnten wir abends schon in den Nachrichten hören!“
„So, auf welchem Sender?“, fragte Günter schneidend scharf. Er ließ den Ball fallen – vergaß sogar mich vors Schienbein zu treten – und setzte sich hinter seinen Schreibtisch.
„Wir können nur den NWDR empfangen, alle anderen Sender sind meistens gestört!“
„So, Sie geben also zu, ständig Westsender gehört zu haben?“
„Ja!“
„In erster Linie doch wohl den RIAS?“
„Nein, ich sagte doch schon, wir konnten nur den NWDR – den Nordwestdeutschen Rundfunk empfangen!“
„Das ist doch völlig gleichgültig!“
Aber für mich war das nicht gleichgültig! Ich mochte den Ton des RIAS nicht, der Sender hetzte im gleichen Ton wie die Ostsender. Uns sagte die sachlich-nüchterne Art der Berichterstattung des NWDR mehr zu, als der reißerische Ton des RIAS. Mein Vater und ich hörten neben den Nachrichten mittags den Landfunk. Hier informierten wir uns über die westdeutsche Landwirtschaft. So konnten wir Vergleiche anstellen zu unserer Wirtschaftsweise mit dem Ablieferungssoll, hörten was es im Westen an Düngemitteln gab – und das reichlich – im Vergleich zu den kümmerlichen Mengen, die wir über die VEAB – die Bäuerliche Handelsgenossenschaft – zugeteilt bekamen. Natürlich interessierten uns auch die Preise, die unseren westdeutschen Kollegen für ihre Erzeugnisse gezahlt wurden.

Aber es gab auch andere Sendungen, die uns sehr interessierten: so gab es am Vorabend, zwischen 19 und 20 Uhr, das „Echo des Tages“ und das „Berliner Fenster“ in denen die täglichen Nachrichten kommentiert und mit Hintergrundinformationen unterfüttert wurden. Wir versuchten mit unserer Arbeit so zurechtzukommen, dass wir diese Sendungen hören konnten. Uns gefielen die Berichte von Herrmann Roggmann und Karl-Heinz Wocker – und natürlich Peter v. Zahns „Berichte aus der Neuen Welt“.
Aber musste ich das dem Hauptmann Günter auf die Nase binden? Ich hütete mich davor, zu sagen, dass ich den Ton des RIAS mit dem der Ostsender in einen Topf warf! Also blieb ich dabei: Für mich waren der RIAS und die Ostsender meistens gestört!
Ich ließ mich nicht umstimmen. Nach zwei Stunden gab er auf.
Er verfasste ein kurzes Protokoll, in dem stand: „Meine feindliche Einstellung zum friedliebenden, demokratischen System in der DDR beruht auf der faschistischen Propaganda des Hitlerstaates, hervorgeholt und verstärkt durch westliche Hetzsender. Ich hörte laufend den Nordwestdeutschen Rundfunk.“
Ohne mich weiter mit ihm zu streiten unterschrieb ich das Protokoll. Während ich das Protokoll las und unterschrieb, lehnte er sich auf dem Stuhl zurück, faltete die Hände hinter dem Kopf, spreizte die Arme, setzte die Knie gegen die Schreibtischplatte und begann auf den hinteren Stuhlbeinen zu schaukeln.
„So, Jahnke, das reicht für heute!“
Er sah mich eine Weile schweigend an und rief dann den Posten, der mich in die Zelle brachte.
„Leg Dich schlafen!“, sagte der Posten. Ich zog Stiefel, Hose und Jacke aus, rollte mich in meine Decke und ließ das Gespräch im Geist noch einmal abrollen. Sie wussten alles über mich! – und alles versuchten sie jetzt zu ihrem Gunsten zu verdrehen! Sie hatten mich anscheinend wirklich auf Schritt und Tritt beobachtet. Mir fiel das Gespräch ein, das ich am Abend nach dem Kinderfest am 1. Juni mit Frieda, einer jungen Ostpreußin, die mit ihren Eltern bei uns im Haus wohnte, führte. Wir waren abends gemeinsam nach Hause gegangen. Ich erzählte ihr von den Arbeiten am Grenzstreifen und erwähnte, dass es nicht schwierig sei, einfach durch die Büsche in den Westen zu gelangen.
„Das glaubst Du, Siegfried, aber gerade Dich lassen sie doch nicht aus den Augen!“, sagte sie. Sie arbeitete auf dem volkseigenem Gut in Groß-Voigshagen, hatte 1951 an den Weltfestspielen in Berlin teilgenommen und war seit dieser Zeit FDJ-Mitglied. Hatte sie mich beschattet? Ihre Eltern – ihr Vater war über 70 und half gelegentlich

bei leichten Arbeiten. Ihre Mutter war um die 50 und half meiner Mutter im Haushalt. Es waren wirklich nette Leute.
Sicher – ich hatte die Kinderfeste in den letzten Jahren organisiert – natürlich hatte ich auch meinen Spaß dabei gehabt! Nach den üblichen Spielen – wie Sackhüpfen, Eierlaufen oder Topfschlagen tanzte ich beim Kindertanz mit den Schulmädchen, die uns beim Rübenvereinzeln und beim Kartoffelsammeln halfen. Abends tanzte ich dann zunächst mit deren Müttern, bevor ich mich den Mädchen in meinem Alter zuwandte.
Auch in der Differenzierungskommission hatte ich ein Wort mitgeredet. Mein Vater hatte sich genug über seine Berufskollegen geärgert. Einige von Ihnen träumten noch vom Endsieg Hitlers, als Eisenhower bereits den Rhein überschritten hatte und Schukow begann Berlin einzukesseln. Jetzt liebäugelten sie mit dem neuen System. Da aber Johann Duwe, der Bürgermeister, großen Wert auf die Mitwirkung unserer Familie legte, war ich eingesprungen. Nach einer einfachen Formel verteilte ich nach den Bodenpunkten die abzuliefernden Produkte auf die Flächen, die die einzelnen Bauern bewirtschafteten.
Jetzt war ich also ein Kulak! Dabei hatte ich nur versucht, daran mitzuarbeiten, dass das Leben im Dorf ohne große Spannungen verlief. Irgendwo schlug eine Uhr Mitternacht und ich schlief ein.

Gegen elf Uhr ließ mich Günter ins Zimmer Zehn bringen.
„Na, Jahnke, haben Sie gut geschlafen?“, begann Günter das Verhör.
„Ja!“, antwortete ich knapp.
„So so, haben Sie – aber Jahnke nun erzählen Sie mal, was wissen Sie über die Spionagetätigkeit des Zander, Heinz?“, brachte Günter das Gespräch in eine andere Richtung.
„Zander hat doch keine Spionage betrieben!“
„So, meinen Sie! Als Ihr Bruder zu Ostern aus Berlin kam, ist er zuerst zu Koberg gegangen. Dort stellte er sein Gepäck ab und sie gingen zusammen zu Zander. Zu dritt gingen sie zurück zu Koberg in die Parkstraße 1 – anscheinend ein übles Agentennest, Sie haben doch auch dort gewohnt, während Ihrer Schulzeit – oder etwa nicht?“, wieder ein Fußtritt, „und Ihr Bruder übergab mit den Worten: „Du kannst auch mal was tun!“ Ein Paket an Zander mit dem Auftrag es am Wochenende nach Tankenhagen zu bringen. Was war in dem Paket?“ Ich überlegte: „Was war mit diesem Paket?“
Dann fiel es mir ein: „Nägel waren in dem Paket. Wir brauchten diese Nägel dringend, um einen Zaun zu bauen. Mein Vater war sehr ungehalten, weil Wolfgang die Nägel bei Zander gelassen hatte. Aber

er war erkältet und hatte genug damit zu tun, den Koffer mit der Wäsche, die unsere Mutter für ihn in Ordnung bringen sollte, die 20 Kilometer von Grevesmühlen nach Tankenhagen zu schleppen."
„Und wieso sagte Ihr Bruder zu Zander: „Du kannst auch mal was tun?" „Wenn Sie meinen Bruder – und seinen Umgangston mit seinen Freunden kennen würden, würden Sie solche Fragen nicht stellen!"
Für diese Frechheit erntete ich wieder einen Fußtritt.
„Sie vergessen, dass Ihr Bruder in einer Wohnung mit dem Agenten Heisler lebt! Hier in Grevesmühlen führte er sich als Störenfried bei FDJ-Veranstaltungen auf. Im Schulunterricht benahm er sich rüpelhaft gegenüber fortschrittlichen Lehrern!"
Mein Bruder Wolfgang hatte seine Diskussionen mit der FDJ nie ernst genommen. Aber die FDJ-Leute nahmen ihm seine Späße übel. Eines Tages verlas der FDJ-Funktionär Wilamowski eine Erklärung des FDJ-Obersten Honecker, in der es hieß: „Im Ernstfall werden wir unsere demokratischen Errungenschaften mit der Waffe in der Hand verteidigen!"
Darauf mein Bruder: „Sag mal, Dicker, solange wolltet Ihr doch immer Stahlhelme zu Kochtöpfen und Schwerter zu Pflugscharen umarbeiten – haben wir denn schon Kochtöpfe und Pflugschare genug – und wer ist das eigentlich – dieser Honicher?"
Für den letzten Satz erntete Wolfgang schallendes Gelächter bei seinen Freunden – aber einen Verweis und eine Rüge des FDJ-Vorstandes.
Auch mit dem roten Studienrat Jäger legte Wolfgang sich an.
Eines Tages sagte der Herr Studienrat – er war während des Krieges aus Husum an unsere Schule versetzt worden und hatte nach dem Krieg sein Haus in Husum mit jemand getauscht, der lieber im Westen leben wollte: „Es ist ein Unterschied, wenn man sieht, wie der Studienrat Jäger morgens zur Arbeit hastet, oder wie die Schüler der Klasse 10 a morgens zur Schule schlendern!"
Darauf mein Bruder Wolfgang: „Wenn der Herr Studienrat zehn Minuten eher aufstehen würde, könnte er auch gemächlich zur Arbeit schlendern!"
Wieder hatte Wolfgang die Lacher auf seiner Seite – denn sehr beliebt war der Herr Studienrat Jäger, der neben Mathematik auch Gemeinschaftskunde unterrichtete, nicht.
Wenig später pries Studienrat Jäger es als sozialistischen Fortschritt an, dass Mangelwaren wie Bettwäsche und anderer Hausrat in der HO auch auf Kredit gekauft werden konnten. Wolfgang empfand es als eine Gemeinheit, dass die Flüchtlinge aus den

Ostgebieten, die diese Gegenstände dringend benötigten, sie nur in einer staatlichen Einrichtung, wie die HO-Geschäfte es waren, zu überhöhten Preisen kaufen konnten und für Kredite der staatlichen Bank – eine andere gab es nicht – auch noch Zinsen zahlen mussten.

Darauf der Herr Studienrat Jäger: „Jahnke, wenn ich bei der Staatssicherheit wäre, würde ich Sie jetzt verhaften lassen!"

Im September 1950 schrieb der Direktor der Schule unseren Eltern einen Brief, in dem sie aufgefordert wurden, auf Wolfgang mäßigend einzuwirken. Wieder berieten wir im Kreis der Familie.

Wie sollte es weitergehen? Sollte Wolfgang sich fügen und auf die Linie der FDJ einschwenken? So fuhr unser Vater mit Wolfgang nach West-Berlin, um die Lage zu sondieren. Sie gingen zu einer Oberschule in Berlin-Tempelhof und fragten, ob sie Wolfgang aufnehmen würden.

Das schon, aber wenn er allein in Berlin leben wollte, musste er das achtzehnte Lebensjahr vollendet haben, oder eine erziehungsberechtigte Person nachweisen, die ihn unter Kontrolle hatte. Sie rieten uns, Organisationen wie „Freiheitliche Juristen" und „Kampfgruppe gegen Unmenschlichkeit" zu meiden, da man vermutete, dass diese von der Stasi besonders scharf überwacht würden. Es sei besser für den Lebensunterhalt Wolfgangs alleine aufzukommen und – solange die Familie in der DDR lebte – keinen Antrag auf Anerkennung als politischer Flüchtling zu stellen, um der SED keine Ansatzpunkte für Repressalien zu bieten.

„Stellen Sie das sich nicht zu einfach vor!", warnte uns Direktor Liebermann von der Grevesmühlener Oberschule, als unser Vater ihn aufsuchte, um mit ihm über Wolfgangs Verhalten zu sprechen. Er wies uns darauf hin, dass Wolfgang ganz allein in einer großen, unbekannten – noch dazu zweigeteilten Stadt – dastehen würde. Seine Freunde Schuhr und Beckendorf, die sich auch nicht mit der FDJ anfreunden wollten, konnten bei Verwandten unterkommen. Kai Schuhr, Sohn eines Rechtsanwalts, hatte einen Onkel in München und Klaus Beckendorf, ein Bauernsohn, konnte zu seinem Vater nach Hamburg ziehen, der, nachdem er aus englischer Kriegsgefangenschaft entlassen wurde, gleich im Westen blieb.

So verließ Wolfgang die Schule und ging zunächst zu unserem Onkel Walter, der dringend Hilfe brauchte, weil er sich um seine schwerkranke Frau kümmern musste.

Heinz Zander – alle nannten ihn Schlauch! Seine Großeltern hatten vor dem ersten Krieg mit einer Schießbude angefangen, mit der sie in Westpreußen über die Dörfer gezogen waren.

Als sie im Winter 1945 ihre Heimat verlassen mussten, ließen sie zwei Häuser und ein gutgehendes Kolonialwarengeschäft in Kreutz zurück. Sie landeten mit ihrer Tochter und dem Enkel Heinz in einer engen Landarbeiterwohnung in Hohenschönberg, in der Nähe von Klütz. Der alte Richard Zander begann in der Landwirtschaft zu arbeiten, die Tochter fand Arbeit als Verkäuferin in einem Lebensmittelladen und die Oma besorgte den Haushalt. Nebenbei schneiderte sie aus dem guten Anzug vom alten Richard einen passenden Schulanzug für Heinz.
In diesem Anzug erschien Heinz im Oktober 45 in Grevesmühlen zum Schulbesuch. Als seine neuen Schulkameraden ihn mit seinen Schlauchhosen neckten, sagte Heinz: „Ihr habt ja keine Ahnung – das sind Doktor Schlauchs Gesundheitsröhren!"
Seitdem ist er unter dem Namen „Schlauch" bekannt.
Und wie lernte ich ihn kennen?
1949. Wolfgang und seine Klassenkameraden besuchten einen Tanzkursus. Zum Abschlussball lud er unsere Eltern ein. Aber unsere Mutter fühlte sich nicht wohl und dann – die 20 Kilometer nach Grevesmühlen nur zum Tanzen!
„Nein, lass Siegfried fahren!"
Große Lust hatte ich nicht. Nicht dass ich nicht tanzen mochte – aber – ich weiß nicht!
Eines Tages hatte Vater in Schwerin zu tun – und als er abends nach Hause kam, sah die Sache plötzlich anders aus!
Er hatte mir einen Anzug gekauft – dunkelblau mit feinen weißen Streifen – und dazu passend Hemd und Krawatte – alles passte!
Jetzt musste ich einfach zu diesem Ball!
Unsere Mutter buk mir eine Torte und verpackte sie so, dass sie den Transport auf dem Einspännerwagen überstehen konnte. Lonie, die Stute, wurde angespannt – und ab ging die Post!
In Grevesmühlen stellte ich Lonie in den Stall des Hotels und versorgte sie mit Heu und Wasser. Dann holte ich Lisa ab, eine von meinen ehemaligen Klassenkameradinnen, die Wolfgang überredet hatte, mit mir zu diesem Ball zu gehen. Es war ein wirklich schönes Erlebnis!
Fiete Leeds Junior spielte mit einer Fünf-Mann-Kapelle. Das Parkett war glatt. Die Mädchen trugen lange, festliche Kleider.
Wir verzehrten Mutters Torte und eine Portion Butterkuchen, den die Mutter eines von Wolfgangs Freunden gebacken hatte. Mit am Tisch saß Heinz Zander mit seiner Ulla und Norbert Makowski mit einer Klassenkameradin. Norbert kam aus Danzig. Seine Mutter arbeitete als Gemeindeschwester in Warnkenhagen. Gegen elf

Uhr brachte ich Lisa nach Hause – sie arbeitete beim Fernamt und hatte am nächsten Tag Frühschicht, da musste sie ausgeschlafen erscheinen! Aber für mich war der Abend noch nicht zu Ende! Ich ging zurück zum Ball.
Ich stand am Rand der Tanzfläche, als Fiete Leeds einen neuen Tanz begann. Er spielte: „Wochenend und Sonnenschein!"
Ich sah mich nach einem Mädchen um, mit der ich diesen Tanz riskieren konnte und blickte quer über den Saal in zwei blaue Mädchenaugen, die mich wie ein Magnet anzogen! Ich ging ohne zu zögern quer über den Saal auf das Mädchen zu und forderte sie zum Tanz auf. Dieses Paar Mädchenaugen hatte mich schon einmal in ihren Bann gezogen! Es war im August 43, am ersten Schultag nach den Sommerferien. Ich kam in die Klasse, mein Nebenmann war schon da und ich wollte ihn begrüßen. Ich hatte meine Mappe schon hoch erhoben und wollte sie mit voller Wucht auf den Tisch knallen lassen. Dabei drehte ich mich irgendwie und sah in eben diese blauen Mädchenaugen, die mich aus einem netten Gesicht, das von dunkelblonden leicht gewelltem Haar umrahmt war, interessiert ansahen. Ich stoppte den Arm mit der Tasche und legte sie artig auf den Tisch!
Sie hieß Ulrike. Bisher hatte sie eine Privatschule besucht. Seit sie in unserer Klasse war, galten bei uns andere Maßstäbe. Ulli, wie wir sie nannten, war ein Ass im Kopfrechnen. Auch in allen anderen Fächern kam keiner an sie heran. Ich war zwar nach wie vor der King in Geschichte und Englisch, aber eben – Ulli setzte neue Maßstäbe! Auch in der Musik stieß sie unsere beiden Prinzessinnen, Dorle und Maria, die bisher durch ihr Klavierspiel geglänzt hatten, vom Thron: Ulli setzte sich ans Klavier und spielte ohne Noten.
Ihr Vater war als Oberst im Krieg gefallen. Ihre Mutter bewirtschaftete in Hohenschönberg einen Bauernhof hart an der 100-Hektar-Grenze, den sie erfolgreich gegen die Bodenreform verteidigt hatte.
Jetzt tanzte ich mit ihr! Ich werde diesen Tanz nie vergessen! Sie lag leicht wie eine Feder in meinem Arm und wir flogen über das Parkett! Aber das war es nicht allein, was mich faszinierte!
Ulli unterhielt sich während des Tanzes mit mir – sie wollte genau wissen, was ich trieb – sie ging schlicht und einfach auf mich zu! Sie hatte inzwischen ihr Abitur gemacht. Zum Studium hatte man sie – als Großbauerntochter – nicht zugelassen – und so arbeitete sie jetzt auf einem Versuchsgut in der Pflanzenzüchtung.
Ich möchte sagen: Irgendwie veränderte sich auf diesem Ball mein Leben!

Auch zwei neue Freunde gewann ich. Ich hörte wie Norbert Makowski zu Schlauch sagte: „Mann, Schlauch, ich brauch in den Ferien irgendeine Arbeit, ich möchte mir ein Fahrrad kaufen oder zusammenbauen. Hast Du eine Ahnung, wie man das hinkriegt?"
„Ach, mir geht es nicht besser, wenn ich nichts finde, muss ich wieder auf den abgeernteten Feldern Ähren sammeln für das Schwein, das zu Hause gefüttert wird!"
„Hört mal zu, Ihr beiden, ich hab da eine Idee! Habt Ihr Lust mir die Ernte einbringen zu helfen?", mischte ich mich in das Gespräch ein.
„Und was müssten wir da machen?", fragte Norbert.
„Alles, was in der Ernte an Arbeit anfällt. Getreide hocken, einfahren und dreschen – und das auch in Nachtschichten – wegen der Stromsperren."
„Das hört sich gar nicht so schlecht an – oder was meinst du, Schlauch?"
„Ich muss das erst zu Hause besprechen. Aber in drei Wochen ist Ostern. Am Ostermontag ist in Hohenschönberg Tanz. Komm etwas früher zu mir. Ich stell Dich meiner Mutter und meinen Großeltern vor und dann können wir das besprechen!" So lernten wir uns kennen.
„Alles klar, ich regle die Sache mit meinen Eltern und dann kann es von mir aus losgehen!" Ich ging seit diesem Ball nicht mehr auf jeden Bums zum Tanzen, – wenn irgendwo auf einem Kornspeicher etwas los war. Sehr zur Freude meiner Mutter, die manchmal morgens, wenn sie nach so einer Veranstaltung meine Sachen in Augenschein nahm, fragte: „Warst Du letzte Nacht Dreschen mit Deinen Sachen?"
Nach diesem Abend ging ich nur noch zu „staubfreien" Tanzveranstaltungen – und mit netten Freuden.
Zu diesen Freunden gehörten Heinz Zander und Norbert Makowski. Auch Heinz hatte seine Erfahrungen mit dem Studienrat Jäger gemacht. In einer Diskussion über Demokratie äußerte sich Heinz in dem Sinne, dass es doch gut wäre, wenn man mehrere Parteien ihre Ideen vorbringen ließe und dann die beste Lösung aushandeln könne. Darauf entgegnete der Herr Studienrat: „Zander, meinen Sie, dass wir eine Menge Geld für die Ausbildung junger Leute ausgeben müssen, damit wir später gut ausgebildete Gegner haben?"
Wir trafen uns am Ostermontag in Hohenschönberg. So lernte ich die Familie Zander kennen, die mir Heinz für die großen Ferien als Erntehelfer überließ. Dazu gesellte sich Norbert Makowski.
Er hatte irgendwo einen Fahrradrahmen gefunden. Bei meinen Besuchen in West-Berlin besorgte ich ihm die fehlenden Teile – Kette,

Speichen und Bereifung – es gab einfach gar nichts bei uns im Osten! So baute er sich ein brauchbares Fahrrad zusammen.
Drei Jahre halfen sie mir die Ernte einzubringen.
Für mich waren diese sechs bis acht Wochen – trotz der harten Arbeit auch eine Art Ferien. Wir diskutierten viel über den politischen Neuanfang nach dem Zusammenbruch des Nazisystems und kamen zu der Überzeugung, dass für uns die Demokratie Konrad Adenauers die erstrebenswerte Staatsform sei und nicht das Einparteiensystem des SED-Staates.
Außerdem zogen wir zu dritt über die Dörfer. Vor der Ernte waren in einigen Dörfern Reiterfeste mit Ringreiten, Tonnenschlagen und Flachrennen und nach der Ernte besuchten wir die Erntefeste in einigen Dörfern.
Jetzt war Heinz Zander also ein Spion – so sah es jedenfalls der Hauptmann der DDR-Staatssicherheit Heinz Günter!
Sollte etwa das Paket Nägel, das Heinz für Wolfgang transportiert hatte, als DDR-feindliche Tat ausgelegt werden? Das war doch lächerlich!
„Hatte Zander Verbindung zum Agenten Heisler?", fragte Günter.
„Das weiß ich nicht!", antwortete ich.
„Sie wissen wohl gar nichts, Jahnke! Aber auch rein gar nichts! Alles muss man Ihnen aus der Nase ziehen! Das Eine sag ich Ihnen, Jahnke, auf der Anklagebank werden Sie auf einen der ersten Plätze sitzen, das verspreche ich Ihnen! Sie tun mir leid, Jahnke, von all den Bürschchen die neben Ihnen vor Gericht stehen werden, sind Sie der Einzige, der bisher wirklich gearbeitet hat – und weiß, wie man arbeitet! Wir haben versucht, Ihnen die Hand zu reichen, damit wir gemeinsam für den Frieden arbeiten können! Aber Sie werden es noch bereuen! Nur ist es dann zu spät!" Er klappte seinen Aktenordner zu und rief nach dem Posten, der mich abholte und in die Zelle einschloss. Das war meine letzte Begegnung mit dem Hauptmann der Staatssicherheit Heinz Günter.
In der Nacht wurde ich aus dem Schlaf gerissen. Der Kommissar in seiner blitzsauberen Uniform weckte mich. Er durchsuchte meine Jacke und Hose gründlichst – er tastete sämtliche Nähte ab. Danach schüttelte die Stiefel aus und tastete auch diese ab, als ob irgendetwas darin versteckt sein könnte, drehte die Decke zwei Mal um, schaute unter den Kopfkeil der Matratze, steckte die darunter liegenden zehn Blatt Klopapier ein, die sich im Laufe der zwei Monate angesammelt hatten – täglich wurde uns ein Blatt zugeteilt – und sagte: „Ziehen Sie sich an, nehmen Sie Ihre Decke und kommen Sie mit!"

Er brachte mich in eine Zelle, die genau unter der Zelle 29 lag, an der Tür stand die Nummer 9.
Kein Bett. Ein Mann in einem blauen Arbeitsanzug lag auf einer Matratze, die an der rechten Wand auf dem Fußboden lag, und schlief. In der linken Ecke gegenüber der Tür lag eine zusammengerollte Matratze.
„Gehen Sie da rein, rollen die Matratze aus und legen Sie sich schlafen!", sagte leise der Kommissar.
Der Mann hieß Egon Volmer, war ca. ein Meter siebzig groß, stämmig, 35 Jahre alt und im Elsass aufgewachsen. Breites Gesicht mit kantigem Kinn, schmaler Mund, linker unterer Eckzahn Gold, spitze kleine Nase, blaue Augen, glatte strohblonde Haare.
Mit 12 Jahren war er in eine Anstalt für schwer Erziehbare gekommen. Dort hatte er 5 Jahre gelebt, danach war er eine Zeit lang mit einem Trupp Zigeuner umhergezogen und war im Gefängnis gelandet. Darauf verpflichtete er sich 5 Jahre bei der französischen Fremdenlegion, aus der er 1941 entlassen wurde. 1941 gehörte das Elsass zum Großdeutschen Reich und das Großdeutsche Reich nahm ihm übel, dass er als Elsässer – also deutscher Staatsbürger – in einer ausländischen – noch dazu feindlichen – Armee gedient hatte – also Umerziehung! Nach einem Jahr Entlassung mit Auflagen: Ständige Meldung des Aufenthaltsortes und anderes. Versuch in Riga auf einem Schiff anzuheuern – das war ein Verstoß gegen die Auflagen – wieder Haft in einem Lager!
Wenn ich nachrechnete, hatte er die Hälfte seiner 35 Lebensjahre in Gewahrsam zugebracht.
Nach dem Krieg lernte er eine Ukrainerin kennen, mit der er einige Zeit glücklich zusammen lebte, die aber in ihre Heimat zurückgekehrt war. Die wollte er besuchen – über Lauenburg.
Da er aber an der innerdeutschen Grenze keine Papiere, die zum Grenzübertritt erforderlich waren, vorlegen konnte, versuchte er schwarz über die Grenze zu kommen. Nach dem 27. Mai – an dem die DDR begann, ihre Grenze mit einem fünf Kilometer breiten Sperrgebiet und anderen Schikanen fast unüberwindlich zu machen.

Für mich brachte dieser Umzug eine gewisse Erleichterung: Die Matratze wurde am Tage zu einer Art Sessel zusammengefaltet, auf dem man bequem sitzen konnte. Auch übten die Polizisten eine gewisse Nachsicht, denn sie schrien nicht sofort, wenn man mal eingedöst war.
Aber dieser Egon Volmer! Den ganzen lieben langen Tag nur ein Thema: Ewig Hunger – nur Fressen! Sicher, dass die Verpflegung

üppig war, konnte auch ich nicht sagen – hatte ich doch in der ersten Woche mit einem Liter Mittagessen zu tun gehabt, aber nach fünf Wochen schaffte ich mühelos zwei Liter Erbsensuppe. Aber deshalb den ganzen Tag nur vom Essen zu reden, fand ich nicht sehr unterhaltend.

Am zweiten Tag begann er, aus seinem Kopfkeil, bei dem an einer Seite die Naht aufgeplatzt war, Polsterwolle herauszuzupfen und zu verspeisen.

„Was soll das?", fragte ich.

„Bei den Nazis im Lager waren Einige, die haben solange davon gefressen, bis sie daran krepiert sind!"

Ich stand auf, ging zur Tür und polterte dagegen. Nach einer Minute riss der Posten die Klappe auf und fragte: „Was ist hier los?"

„Der Mann frisst seinen Kopfkeil auf!"

„Was?!", Klappe zu.

Nach zwei Minuten wurde krachend die Tür aufgerissen. In der Tür stand der smarte Kommissar.

„Kopfkeil raus!", befahl er kurz.

Egon gab seinen Kopfkeil raus. Ein neuer Kopfkeil flog in die Zelle. Krachend wurde die Tür zugeschlagen.

Fertig. Für diesen Tag war Ruhe.

Durch Fragen brachte ich aus Egon heraus, warum wir auf dem Fußboden schlafen mussten: Egon hatte in einer anderen Zelle versucht sich an der Bettstelle zu erhängen. Auch seine Pulsader hatte er versucht zu öffnen. Ich erzählte ihm, dass Soldaten der Wehrmacht in Lazaretten offene Wunden dadurch zur Entzündung brachten, dass auf die Wunden Kupfermünzen legten.

Zwei Tage später bemerkte ich, dass er eine Art Verband um sein linkes Handgelenk trug. Er hatte aus einem seiner Schuhe – er trug Schnürschuhe der britischen Armee – eine Messingöse heraus gepopelt, hatte die kaum verheilte Wunde seiner Pulsaderöffnung aufgekratzt und das Metallteil mit einem Hemdsaum in der Wunde befestigt. Nichts passierte, Egon bekam keine Blutvergiftung!

Aber er war auch handwerklich geschickt. Die etwa zehn Zentimeter dicken Matratzen, auf denen wir lagen oder saßen, wurden zusammengehalten indem sie in Abständen von 25 Zentimetern mit einem Faden durchnäht waren, der auf jeder Seite durch ein etwa zwei Zentimeter breiten Knopf gezogen war. Mit unendlicher Mühe gelang es ihm, so einen Faden zu durchtrennen. Aus dem Kamm, der in der Spülzelle unter dem Spiegel lag, brach er einen Zahn heraus – unter den Augen des Postens, der in der Tür stand und unsere Morgentoilette überwachte. Mit diesem Kammzahn bohrte er ein

Loch in seinen Hosenbund und befestigte einen der Knöpfe an seiner Hose.
Eines Tages wollte er mit der Kehrichtschaufel das Fenster einschlagen, um an Glasscherben heranzukommen.
„Was willst Du denn damit?“, fragte ich.
„Damit kann man sich doch lebensgefährlich verletzen – wenn man sie verschluckt oder so!“
„Bist Du total verrückt geworden? Du kannst doch keine Glasscherben schlucken!“
„Mir ist alles egal! Wenn nur etwas passiert!“
Eine Vergünstigung brachte die Gesellschaft Egons mit sich: Wir durften Sonnabends den Flur schrubben! Egon zeigte mir, wie man so etwas macht – ich hatte zwar manchmal unserer Mutter beim Säubern der Küche geholfen – aber dies hier war doch etwas ganz anderes!
Dafür bekamen wir einen Schlag mehr zu Essen. Sonnabends gab es meistens Pellkartoffeln. Wir bekamen einen halben Eimer Kartoffeln, die jetzt im September schon aus der neuen Ernte stammten. Wir aßen sie ohne sie zu pellen. Oder es gab auch mal eine doppelte Portion Erbsenpüree.
Egon wusste auch über unsere Gruppe Einiges. So erfuhr ich, dass auch Hans Brockmann, Sohn eines Fischers aus Boltenhagen dazu gehörte, weil er mit ihm in einer Zelle gesessen hatte.
Ich dachte viel an meine Familie: Waren sie mit der Ernte fertig? Hatte man sie aus dem Grenzgebiet ausgewiesen? Oder waren sie nach West-Berlin geflohen?
Eine andere Frage war: Wann würden wir endlich wissen, was mit uns wird?
„Das dauert mindestens ein viertel Jahr, bis sie Euch vor Gericht stellen – Ihr seid mindestens zehn Mann!“, sagte Volmer. „Und überhaupt, das Gericht tagt abwechselnd in Schwerin und Pasewalk!“, wollte er wissen.
Unendlich langsam verging der September. Einmal in der Woche Freistunde auf dem Hof. Freitags Duschen und Rasieren. Rasieren mussten wir uns selber, wobei die Posten höllisch aufpassten, dass die Rasierklingen nicht verschwanden.
Sonnabends Flur schrubben – sonst nichts!
Keine Verhöre, nichts zu lesen – keine Verbindung zur Familie!
Seit meiner Kindheit war ich daran gewöhnt, täglich, durch Hören der Nachrichtensendungen im Rundfunk zu wissen, was in der Welt geschah. Jetzt – nichts! Das war für mich fast unerträglich!
Hatte ich mich mit Wolfgang Langhoff über Bücher und Filme

unterhalten können – mit Egon ging das nicht. Er hatte auch keine Ahnung, wie es in Deutschland aussah! Ihn konnte ich nur nach seinen Erlebnissen bei der Fremdenlegion und bei den Zigeunern ausfragen.
„Wie kriegen die Zigeuner die Stacheln aus der Haut des Igels, bevor sie ihn verspeisen?“, wollte ich wissen.
„Ganz einfach, genau so wie man eine Gans von den Federn befreit – sie werden mit Lehm ummantelt und in die Glut gelegt bis sie gar sind. Dann wird der gebrannte Lehmmantel zerschlagen – und Stacheln oder Federn bleiben im Lehm!“, klärte Egon mich auf.
Ende September wurde es nachts kühl, die kalte Luft kam durch das offene Fenster und ich begann nachts zu frieren. Ich sagte das dem Posten und ich bekam sofort eine zweite Decke.
Wollten sie sich erkenntlich zeigen, weil ich auf Egon aufpasste, damit er keine weiteren Selbstmordversuche unternahm?
Am Morgen des 30. September holten sie Egon vor dem Frühstück aus der Zelle. Er kam nicht zurück.
Nach dem Mittagessen öffnete der Posten die Klappe.
„Ziehen Sie die Unterwäsche aus und legen Sie die auf's Bett!“, sagte er. Nach einer Weile holte er mich aus der Zelle und führte mich zur Treppe.
„Dein Kumpel wurde heute morgen entlassen – und wo Du jetzt hinkommst gibt es besseres Essen!“, raunte der Polizist mir zu – aber dann brüllte er plötzlich los: „Los, gehen Sie die Treppe runter auf den Hof – aber Beeilung!“
Ich erschrak so über den plötzlich rauen Ton, dass ich fast die Treppe herunter stürzte und hastete die Treppe runter. Vor der Tür stand das Auto, mit dem sie mich vor drei Monaten aus Grevesmühlen hierher gebracht hatten. Neben der geöffneten hinteren Tür des Fahrzeugs stand der Polizist aus dem Sudetenland, neben dem Tor in der Mauer stand ein anderer mit einem Hund.
„Los, da rein!“, sagte der Polizist neben dem Fahrzeug.
Wieder saß ich in der hinteren Ecke des Wagens. Nach mir wurden noch drei oder vier weitere Häftlinge eingeladen. Wieder war es ein heißer Tag. Wo ging es jetzt hin? Etwa nach Pasewalk zum Gericht? Ich sah durch ein Gitter in der Tür – wohl eine Art Lüftung –, dass der Polizist, der neben der Tür gestanden hatte, in der anderen Ecke des Wagens – natürlich auf einem bequemeren Sitz – mitfuhr. Wieder wurde ich während der Fahrt in der engen Zelle hin und her geworfen. Die Fahrt dauerte wohl eine Stunde. Dann hielt der Wagen. Ich hörte, dass eine schwere Tür geöffnet wurde. Der Wagen fuhr einige Meter, hielt wieder, die Tür wurde geschlossen.

Nach etwa fünf Minuten wurde die hintere Tür des Wagens geöffnet. Der Polizist, der die Fahrt im Wagen mitgemacht hatte, öffnete meine Zelle und sagte: „Raus! Stellen Sie sich an die Wand!"
Ich stellte mich an die Wand – wie gewohnt Hände auf dem Rücken, Gesicht zur Wand. Gelegenheit, die von der wüsten Fahrt schmerzenden Glieder zu entspannen, bekam ich nicht.
Ein junger Mann, den ich nicht kannte, wurde aus dem Wagen gehetzt und musste sich mit zwei Metern Abstand neben mich stellen. Verstohlen musterte ich meinen Reisegefährten.
„Wo kommst Du her?", fragte ich leise.
„Aus Parchim! Und Du?", fragte er ebenso leise zurück.
„Gequatscht wird hier nicht!", brüllte jemand dazwischen.
Pause.
Vorsichtig machte ich einige gymnastische Übungen – ich drehte Kopf und Schultern – so gut es mit „Hände auf dem Rücken" – ging.
Nach einer Weile holte ein Polizist meinen Nebenmann ab. Zu mir sagte er barsch: „Was glotzen Sie die Wand an? Drehen Sie sich um, damit man sieht, mit wem man es zu tun hat!"
Ich drehte mich um und sah mich vorsichtig um. Ich hatte den Eindruck in einer Scheunendiele zu stehen.
Das ist die Schleuse, wurde ich in den nächsten Tagen belehrt. Wenn ein Fahrzeug in den Bau hinein will, wird das äußere Tor geöffnet. Das Fahrzeug fährt hinein. Das Tor wird geschlossen. Dann erst wird das innere Tor geöffnet und das Fahrzeug kann weiterfahren.
Der Polizist kam nach etwa zehn Minuten zurück.
„Der kommt ins B-Haus!", sagte jemand.
„Sie heißen Jahnke, Siegfried?", fragte der Polizist.
„Ja!", antwortete ich.
„Los, gehen Sie!", sagte er und zeigte auf die offene Tür, die in das große Tor eingearbeitet war – eben wie ein Scheunentor.
Ich ging durch die Tür und trat aus der dämmerigen Schleuse in einen strahlend hellen Spätsommernachmittag hinaus.
Die Sonne knallte von einem wolkenlosem, klaren Himmel herab gegen ein schneeweißes Gebäude.
Ich hatte das Gefühl gegen eine weiße Wand zu laufen, obwohl ich mindestens fünfzig Meter von den weißen Wänden dieses Gebäudes entfernt war.
Im ersten Moment glaubte ich, in einer maurischen Festung zu sein. Das riesige dreistöckige Gebäude hatte die Form eines U. Drei Reihen ca. ein Quadratmeter große vergitterte Fenster unterbrachen das Mauerwerk in gleichmäßigen Abständen. In der Mitte führten drei Stufen zum Eingang – einer zwei Meter breiten Tür. Auf jeder

Seite des Eingangs – etwa zehn Meter auseinander – ein wuchtiger Turm mit Zinnen und Schießscharten, die den Gebäudekomplex um einige Meter überragten. Es sah wie eine Burg aus.
Alles war von einer drei bis vier Meter hohen Mauer umgeben, die auf den Ecken mit Wachtürmen versehen war. An der Mauerkrone nach innen gebogene Eisenstreben, an denen drei Stacheldrähte befestigt waren.
Alles schneeweiß! Als ob alles erst mit einem frischen Anstrich versehen worden war – auch unterhalb der Eisenstreben am oberen Mauerrand keine Rostspuren. Nur die grün gestrichenen Wachtürme hoben sich ab – aber auch sie hatten Farbspritzer am unteren Teil.
Jenseits der Mauer standen einige Linden, deren grünes Blätterdach sich krass von der weißen Mauer abhob.
In jedem Wachturm lümmelte ein mit einem Karabiner bewaffneter Posten. Sonst war kein Mensch zu sehen.
Der Polizist führte mich um den rechten Gebäudeteil herum. Ein meterbeiter Streifen am Gebäude war mit Blumen bepflanzt. Der etwa sieben Meter breite Raum zwischen dem Blumenbeet und der Mauer war nach Art mecklenburgischer Straßen mit Feldsteinen gepflastert.
Während ich neben dem Polizisten hertrottete, dachte ich: „Wo bist Du hier gelandet?“
Pasewalk konnte es nicht sein, denn der Ort lag weit in Vorpommern und die Fahrt von Schwerin hierher hatte höchstens eine Stunde gedauert.
Nach etwa siebzig Metern führte mich der Polizist durch eine Tür in der Mauer. Jenseits der Mauer stand ein dreistöckiges Haus, auch mit drei Reihen vergitterter Fenster, ebenfalls mit einer hohen Mauer gesichert. Zwischen Mauer und Haus ein etwa fünf Meter breiter Rasenstreifen, in dessen Mitte ein etwa einen Meter breiter gepflasterter Weg verlief. Auch hier war auf jeder Mauerecke ein Wachturm montiert und alles schneeweiß. In der Mitte der Längsseite des Hauses befand sich der Eingang. Im Innern des Hauses ein vier Meter breiter Raum. In der Mitte eine Treppe – an beiden Seiten alle zwei Meter eine Tür. Ich wurde in eine Zelle geführt, die wie ein Büro möbliert war: Ein schlichter Schreibtisch, der schräg im Raum stand, dahinter ein Stuhl. Ein Aktenregal, ein kleiner Tisch, darauf eine Thermosflasche und eine Brotdose, und zwei weitere Stühle. Hinter dem Schreibtisch saß ein junger Polizist – nicht älter als ich – und blätterte in einer Akte, als ob er etwas davon verstünde.

Nach einer Weile sah er zu mir auf, musterte mich von oben bis unten und fragte schnippisch: „So, Jahnke heißen Sie, sind einundzwanzig Jahre alt und seit dem 30. Juni in Haft. Waren Sie in der NSDAP?"
„Nein!", antwortete ich.
„In der SS oder SA?"
„Nein!"
„In welcher Verbrecherorganisation waren Sie dann?"
„In keiner!"
„Was – auch nicht in der HJ?"
„Nein, dafür war ich noch zu jung!"
Aber bei den Pimpfen waren Sie doch – oder?"
Beinahe hätte ich zurückgefragt: „Sie etwa nicht?", aber ich antwortete schlicht: „Ja!"
„Na, sehen Sie! –Und weshalb sind Sie in Haft?"
„Zusammenarbeit mit dem Westen!", antwortete ich.
Er schloss die Akte, schlug krachend mit der flachen Hand darauf, stand auf, führte mich quer über den Flur und sperrte mich in eine Zelle. Kaum hatte ich den Raum betreten, schlug er die Tür hinter mir zu, verschloss und verriegelte sie geräuschvoll.
Ich sah mich in meiner neuen Behausung um.
An der rechten Wand in eineinhalb Metern Höhe ein Hängeschrank – 1 Meter breit, 50 cm hoch, 50 cm tief. Darunter etwas versetzt stand mit dem Kopfende an der Außenwand ein Bett mit einem Strohsack und zwei Decken. An der linken Seite ein an der Wand befestigter Klapptisch. Ein Schemel vervollständigte das Mobiliar. Kübel und eine Waschschüssel standen links neben der Tür, rechts neben der Tür war ein Heizkörper an der Wand befestigt. Ich sah in den Schrank und entdeckte einen etwa zwei Zentimeter hohen Stoß zerschnittenes Zeitungspapier. Die Papierstücke waren ca. 8 x 15 cm groß.
Ohne mich weiter um irgendetwas zu kümmern, setzte ich mich an den Tisch und begann die Papierstücke zu lesen.
Ich las jedes Wort – alles!!
Irgendjemand bot junge Hunde zum Verkauf an.
Ein entlaufener graugescheckter Kater wurde verzweifelt gesucht!
Heiratsannoncen – vollständig oder gestückelt.
Aber es gelang mir auch einen interessanten Bericht der Schweriner „Volkszeitung" zusammenzusetzen: Auf einem Volkseigenen Gut bei Frankfurt a./O. war eine hochwertige Rinderherde fast vollständig verreckt, weil das Stroh, mit dem die Rinder gefüttert wurden, mit vergiftetem Bindegarn gebunden war.

Der Betriebsleiter, der das Bindegarn – natürlich aus dem feindlich gesonnenen Westen – besorgt hatte, war wegen Sabotage zum Tode verurteilt worden. Plötzlich wurde es im Bau lebendig. Jemand brüllte: „Zählung! Und Verpflegungsausgabe!"
Die Türen – auch meine – wurden aufgeschlossen. Nach einer Weile wurde der Riegel zurückgeschlagen und die Tür geöffnet.
In alter Gewohnheit sprang ich auf und nahm Aufstellung mit dem Gesicht zur Wand – Hände auf dem Rücken.
„Das gibt's hier nicht – Hände auf dem Rücken und Gesicht zur Wand! Das ist hier vorbei!"
Ich drehte mich um.
In der Tür stand ein baumlanger Polizist.
„Wenn die Tür aufgeht, stehen Sie auf, nehmen in Richtung zur Tür Haltung an und machen Meldung. Das heißt in Ihrem Fall: „Ordnung! – Zelle fünfzehn – belegt mit einem U-Häftling!", belehrte er mich. Neben dem Polizisten stand ein junger Mann in einer Art Uniform: Graublauer, verwaschener Drillich, auf den Jackenärmeln, auf dem Rücken und an den Hosenbeinen fünf Zentimeter breite gelbe Streifen.
Haarschnitt: Glatze.
Er trug ein Tablett mit Broten, die in gleichgroße Stücke geschnitten waren – ein Dreipfundbrot in drei Teile.
Ein zweiter Mann, in der gleichen Aufmachung, gab mir ein Stück Brot vom Tablett, mit dem Kommentar: „Das muss heute Abend und morgen Früh reichen!"
Tür zu – Riegel vor.
Nach kurzer Zeit reichten sie mir eine normale Scheibe Brot mit einem Klacks Marmelade auf der einen Seite und auf der anderen Seite klebte ein kleiner Würfel Margarine.
„Morgen bekommst Du auch ein Stück Wurst – aber das gibt's nur alle zehn Tage!", klärte mich der Mann auf – „Kaffee und Zucker kriegst Du auch gleich, damit Du nicht verdurstest!"
Wenig später kriegte ich meinen Kaffee und Zucker durch die Klappe in der Tür gereicht.
Nach einer Weile : „Kübeln!" Wieder wurde mit den Türen geschlagen. Ein Geklapper auf den oberen Gängen!
Die Tür wurde aufgerissen. Ein Mann mit einem Wassereimer in der Hand erschien.
„Gib die Waschschüssel her!", sagte er.
Ich stellte die Schüssel in den Türrahmen.
Ich bekam Wasser in die Waschschüssel gekippt – halb voll – drei bis vier Liter. Tür zu. Danach eine Weile Ruhe.

Ich verzehrte die Hälfte meines Brotes. Meine innere Spannung ließ nach und die Frage: „Wo bist Du hier gelandet?", beschäftigte mich wieder.
Dann das Kommando: „Fertig machen zum Einschluss!"
Plötzlich wurde meine Tür aufgerissen.
„Nehmen Sie Ihre Sachen und kommen Sie mit!", sagte der Polizist.
Ich legte den Rest Brot in meine Essschüssel und wollte die Zelle verlassen. Aber der junge Mann in Häftlingskleidung hielt mich mit den Worten: „Nimm die Decken mit!" zurück.
Ich nahm die zwei Decken unter den Arm und verließ die Zelle.
„Gehen Sie die Treppe rauf!", sagte der Polizist.
Der Gang vor den oberen Zellentüren bestand aus Metallgittern – einer Art Fußabtretern – die bei jedem Schritt klapperten – deshalb das Geklapper vorhin bei der Essensausgabe.
Vor mir ging der Mann in Häftlingskleidung: Der „Kalfaktor". Vor der Zelle dreizehn bleib er stehen.
Der Polizist schloss die Zelle auf. Der Kalfaktor entriegelte und öffnete die Tür.
In der Zelle standen zwei barfüßige Männer – in Unterhose und Hemd – einer etwa in meinem Alter – der andere hatte mindestens sechzig Jahre auf dem Buckel.
Mein erster Gedanke war: „Was sind das für Jammergestalten!"
„Hier ist noch ein Neuer! Zeigt ihm, wie man Päckchen baut und erklärt ihm alles!", sagte der Kalfaktor.
„Vorsicht! Stoß' den Schemel nicht um!", sagte der jüngere Mann und sprang nach vorne, um den Schemel, der im Türrahmen stand, beiseite zu stellen.
Jetzt bemerkte ich erst, dass die Bekleidungsstücke meiner neuen Kameraden sauber zusammengelegt auf dem Schemel lagen.
„Zieh Hose und Jacke aus!", sagte er zu mir. Ich tat, was er verlangte. Er legte meine Sachen so zusammen, dass sie exakt auf die Sachen meiner neuen Kameraden passten.
Der Kalfaktor stellte den Schemel mit der Oberbekleidung neben die Tür auf den Gang und die Schuhe unter den Schemel.
„Und wo soll der dritte Mann schlafen? Da fehlt ein Strohsack!", fragte der Jüngere.
„Er kriegt noch zwei Decken dazu – eine Nacht muss es so gehen, morgen sehen wir weiter!", antwortete der Kalfaktor.
Jetzt sah ich noch erbärmlicher aus als meine neuen Kameraden, denn am dreißigsten Juni war Sommer, da hatte ich keine Unterwäsche getragen. So stand ich jetzt nur mit dem Hemd bekleidet da.
Mir fielen die Gedanken meiner Mutter ein, als sie den Holzkoffer

unseres Ukrainers Wassil in Augenschein genommen hatte: „Gott bewahre mich davor, dass ich einen meiner Söhne so in die Welt schicken musst!“
Wassil hatte noch einen Holzkoffer mit auf die Reise genommen – ich war ohne alles gegangen!
Fünf Minuten später flogen zwei Decken in die Zelle und die Tür fiel krachend ins Schloss.
Jetzt erst konnten wir uns vorstellen.
Günter Schulz, der Jüngere, war von Beruf Tischler und gehörte zu einer Gruppe junger Leute, die im Kreis Neubrandenburg westliche Flugblätter verteilt hatte.
Albert Reinke, der Ältere, war ein Zeuge Jehovas aus Rostock.
„Könnt Ihr mir sagen, wo ich hier gelandet bin?“, wollte ich endlich wissen.
„In Bützow-Dreibergen, im B-Haus!“, antwortete Albert.
„Was, im Zuchthaus?“, fragte ich ungläubig – und nach einer Weile völlig unvermittelt: „Wer nichts riskiert, kommt nicht nach Bützow!“ Plötzlich lachten wir alle drei.
„Und was hast Du riskiert, um hier her zu kommen?“, fragte Günter.
Ich schilderte kurz meine „Untaten“. Dann wurde es Zeit das Nachtlager herzurichten. Albert machte es sich in dem einzigen Bett, das auch hier an der rechten Wand stand, bequem. Günter nahm seine zwei Decken, die am Fußende des Bettes lagen, zog einen Strohsack unter dem Bett hervor, legte ihn an die linke Wand und rollte sich darauf in seine Decken. Für mich war zwischen Bett und Strohsack soviel Platz, dass ich auf zwei Decken, die ich in der Mitte der Länge nach zusammenfaltete und aufeinanderlegte, liegen konnte.
Eine Weile unterhielten wir uns noch über unsere Familien, von denen wir seit Monaten nichts wussten. Günter hatte eine Freundin, die von ihm ein Kind erwartete. Auch er war seit drei Monaten in Haft und hatte nichts von seinen Angehörigen gehört.
Albert war verheiratet, hatte eine Tochter und zwei Enkel. Er wuchs in Hinterpommern auf. Vor dem Krieg lebte er lange in Stettin und war auf der Flucht in Rostock hängen geblieben. Mitten in der Unterhaltung schlief ich ein und schlief bis zum Wecken durch.
Der neue Tag begann wie in Schwerin – nur mit mehr Getöse – Oberbekleidung und Schuhe mussten hereingeholt werden.
Waschen – da es keine zweite Schüssel gab, wuschen wir uns in einer Schüssel. Das Wasser kippten wir in den Kübel. Die Schüssel wurde mit zerschnittenem Zeitungspapier ausgewischt, um sie einigermaßen zu säubern, weil das frische Wasser in der selben Schüssel wieder in die Zelle kam.

Kübel und Waschschüssel wurden rausgestellt. Die Kübel wurden hier von den „Reinigern" zur Spülzelle gebracht, geleert und wieder vor die Tür gestellt.
Wir hatten uns kaum angezogen, da wurde Günter Schulz geholt. „Kommen Sie, Schulz, Sie haben heute Termin!", sagte der Polizist. Jeweils um sechs Uhr wechselte die Schicht der Wachmannschaft. Eine Schicht dauerte zwölf Stunden. Die Wachmannschaft bestand aus drei Zügen, die sich ablösten, so dass jeder Zug zwölf Stunden Dienst tat und danach vierundzwanzig Stunden frei hatte. So verschob sich der Dienst, dass jeder einmal Tag- und einmal Nachtschicht hatte.
An meinem ersten Tag in Bützow kam zur Tagesschicht ein schmächtiger Hauptwachtmeister – ein Berliner. Er war sehr vorsichtig und penibel.
Bei diesem Wachzug wurden nur drei Zellen gleichzeitig zur Freistunde rausgeführt und zwar ging eine Zellengemeinschaft hinter dem Haus, die zweite auf der Giebelseite des Hauses und die Dritte drehte vor dem Haus ihre Runden. Der Berliner wollte unter allen Umständen verhindern, dass die Mitglieder der gefährlichen Spionagebande aus dem Kreis Grevesmühlen untereinander Kontakt aufnehmen konnten. So ließ er immer nur drei Zellen gleichzeitig zur Freistunde raus. Aber der Mann, der mit diesem Berliner am ersten Tag meiner Bützower Zeit Dienst hatte, war ein ganz besonderer Mann! Stets sauber gekleidet und vor allem menschlich! Opi Ahrens!
So lief ich denn an diesem Tag in der Freistunde hinter dem Haus auf dem gepflasterten Weg zehn Meter hin und zehn Meter zurück. Opi Ahrens stand so, dass er alle drei Gruppen im Auge hatte und unterhielt sich mit mir: wieso und weshalb ich an diesem Ort war. – Er konnte es nicht glauben! Auf der Giebelseite des Hauses drehten zwei Mann ihre Runden. Hier war ein Weg in Form eines Quadrates angelegt und in der Mitte ein kreisrunder Weg, dazu ein Querweg, damit man auf den Kreis in der Mitte gelangen konnte. Einer der Beiden kam mir bekannt vor, aber erst nach längerem Nachdenken kam ich darauf – das muss Goldbach sein!
Am zweiten Tag hatte Lesnow Dienst, der baumlange Polizist, der mich nach meiner Ankunft über das Verhalten in der Zelle belehrt hatte. Er ließ alle U-Häftlinge gleichzeitig zur Freistunde raus, stellte sich in die Mitte des Freistundenhofes und dirigierte brüllend: „Abstand halten! – Gequatscht wird hier nicht!"
Außerdem nahm er einen Kalfaktor mit raus, als Vorturner für gymnastische Übungen.

Erwischte er jemanden dabei, der versuchte, mit seinem Vordermann ein paar Worte zu wechseln, musste man sich an die Hauswand stellen. Aber trotz seiner Brüllerei zeigte auch er menschliche Züge. So sorgte er dafür, dass wir Unterwäsche bekamen: Hemd und Hose aus Barchent-Stoff – total verwaschen und fadenscheinig – aber es gab nichts Besseres!

Einige Tage später wurde es kalt. Albert Lau, der in kurzer Hose verhaftet wurde, erschien in langer Unterhose, die aus seiner kurzen Hose herausragte, zur Freistunde. Sofort nach der Freistunde ging Lesnow mit ihm zur Kleiderkammer und ließ ihm eine Häftlingshose verpassen und Eberhard Stawikowski, der ohne Jacke aus der Werkstatt, in der er arbeitete, heraus verhaftet wurde, bekam auf diesem Weg eine Jacke.

Am zweiten Tag wurden mir nach drei Monaten endlich die Haare geschnitten. Dazu musste ich in die Barbierzelle. In Schwerin hatten wir uns selbst unter Aufsicht rasiert – hier gab es einen Frisör, ein Häftling, der das besorgte.

Aus der Frisörzelle hatte man – über die Mauer hinweg, einen herrlichen Ausblick auf den „Weißen See“ und die dahinterliegende Stadt Bützow.

Zum dritten Wachzug gehörte der junge Oberwachtmeister, der mich in Empfang genommen hatte. Er verhielt sich zwar korrekt. aber irgendwie war er hinterhältig. Er kehrte sein übertriebenes Klassenbewusstsein sehr stark heraus. Für ihn waren wir Verbrecher. So war ich denn mit Albert allein. Zunächst unterhielten wir uns über unsere Heimat und Familien. Albert war in Hinterpommern in der Pyritzer Weizacker Gegend bei seinen Großeltern aufgewachsen. Schule – Zimmermannslehre – Deutsches Heer – Sanitäter im ersten Krieg.

Nach dem Krieg war es ihm dann gelungen, in Stettin in eine Dauerstellung auf einem Schwimmbagger zu kommen, der die Fahrrinnen zum Stettiner Hafen freihielt.

Er heiratete – aber das war eine Katastrophe! – Die Frau war lesbisch. Was das war, musste er mir erst einmal erklären, denn dass es so etwas gab, wusste ich bis dahin nicht.

Jedenfalls muss das in der damaligen Zeit ein schwerer Schlag für ihn gewesen sein.

Er ließ sich scheiden und geriet in seiner Not an die Zeugen Jehovas, bei denen er seine zweite Frau kennenlernte.

Nach einigen Tagen – wir waren abends gerade eingeschlafen – plötzlich Krawall auf dem Flur.

Der Polizist, der mich am dreißigsten in Empfang genommen hatte,

stellte brüllend mehrmals die gleichen Fragen, die er mir auch gestellt hatte: nach Zugehörigkeit in NSDAP, SS, SA und HJ. Ungefähr eine Stunde lang – dann war Ruhe.
Am nächsten Morgen bei der Freistunde drehten ein älterer und sieben junge Männer mit uns auf der Giebelseite ihre Runden. Sie wirkten total verschüchtert – in Arbeitsbekleidung – zum Teil in Gummistiefeln – wie aus dem Kuhstall geholt!
Als wir wieder in unserer Zelle waren, sagte ich zu Albert: „Was sind das denn für Kerle – die Neuen?"
„Denen steht doch die Angst ins Gesicht geschrieben – Du sahst genau so aus, als Du hier in die Zelle kamst!", antwortete Albert, der mehr Lebenserfahrung hatte als ich.
Es sollte aber noch einige Monate dauern, bis ich diese Kameraden näher kennen lernte. Nach drei Tagen waren sie verschwunden.
Hier war die Verpflegung wirklich etwas besser – es gab wie angekündigt – alle zehn Tage ein Stück Wurst und drei Brötchen.
In der Nachbarzelle saß Stefan Groppler.
Ich wusste, dass es ihn gab, und dass er die Seefahrtschule in Wustrow besuchte. Persönlich kannte ich ihn bisher nicht. Albert sagte, er hätte sich mit Günter Schulz mit Klopfzeichen durch die Wand verständigt und überredete mich, es auch mit dem Klopfen zu versuchen.
Das Morsealphabet war in die Wand eingeritzt. Das lernte ich innerhalb eines Tages auswendig – aber es anzuwenden war fast unmöglich, denn Albert fragte schon nach drei bis vier Buchstaben: „Was hat er gesagt?"
So ging das nicht! Albert begriff nicht, dass man sich auf so eine Art der Unterhaltung konzentrieren muss. So unterblieb diese Unterhaltung zunächst.
Aber auf eine andere Art der Unterhaltung legte Albert großen Wert: Er versuchte mich von seinem Glauben zu überzeugen. Ich solle in mich gehen, damit ich zu den vierundvierzigtausend gehöre, die den kommenden Weltuntergang überleben würden.
Er hatte in Schwerin mit Ewald Koberg in einer Zelle gehaust und wollte mir weiß machen, dass auch Ewald sich mit dem Gedanken trage, zu seinem Glauben zu wechseln. Ich konnte mir das nicht vorstellen, denn ich kannte Ewald seit meinem zwölften Lebensjahr und hielt ihn für einen nüchtern denkenden und sehr sachlichen jungen Mann.
In der zweiten Woche wurde es mir zuviel und ich sagte zu Albert: „Wenn es wirklich so kommt, wie Du sagst, dann wird es unserem Herrgott nicht danach gehen, ob ich zu dieser oder jener

Sekte gehöre, wenn er mich überleben lässt, sondern danach, wie ich bisher gelebt habe. Ich bin mit dem Lutherischen Glauben aufgewachsen, habe versucht mich an die zehn Gebote zu halten und werde so weiter leben!" Danach war erst einmal vier Tage absolute Sendepause.
Am fünften Tag lenkte Albert ein: „Du magst Recht haben mit Deiner Auffassung – es gibt auch bei uns Leute, mit denen ich nicht immer einer Meinung bin. Aber wir sind keine Sekte – wir sind eine Glaubensgemeinschaft!"
So schlossen wir Frieden. Aber aus Alberts Erlebnissen konnte ich vieles lernen im Umgang mit den Menschen. Er hatte im Krieg und auch bei seiner Arbeit im Stettiner Hafen mit vielen verschiedenen Typen zu tun gehabt und konnte interessante Sachen erzählen.
Ganz so abgeschlossen wie in Schwerin war das Leben hier nicht, denn im oberen Stockwerk waren meist zu langen Freiheitsstrafen verurteilte politische Häftlinge untergebracht, die Zeitungen halten durften. Diese Zeitungen wurden zu Klopapier zerschnitten. So hatten wir was zu lesen. Wir wurden langsam raffinierter und tauschten bei der Freistunde diese Lektüre untereinander aus. Es kam auch vor, dass die Kalfaktoren uns eine ganze Zeitung zusteckten.
Eines Tages stand ich nach der Freistunde auf dem Flur neben Goldbach. Ich wusste, er war früher Stammführer beim Jungvolk. 1945 im März nahm er an einem Wehrertüchtigungslehrgang teil. Dafür internierten ihn die Russen im August drei Jahre lang als „Wehrwolf" im Lager Fünfeichen bei Neubrandenburg.
Ich fragte ihn: „Bist Du nicht Guschi Goldbach?"
„Ja!"
„Bist Du schon wieder drin – oder immer noch?"
„Schon wieder!", antwortete er.
Trotz aller Isolierungsbemühungen unserer Bewacher kam ich auch mit Gerhard Stier und Ewald Koberg ins Gespräch. Sie erzählten mir, dass man ihnen bei der Stasi Kopien der Briefe vorgelegt hatte, die ich von Heisler bei Budzin abgegeben hatte.
Da Budzin nicht unter den Verhafteten war, stand für uns fest, dass er für die Stasi gearbeitet hatte.
Langsam schlich die Zeit dahin. Es wurden weniger Untersuchungshäftlinge auf unserer Etage – Waren es zu Anfang noch an die dreißig, waren es jetzt keine zwanzig mehr.
Dafür wurde das Erdgeschoss mit Leuten belegt, die unter die „Aktion Rose" fielen. Der „Freie Deutsche Gewerkschaftsbund" (FDGB) hatte 1952 großsprecherisch verkündet: „Im nächsten Jahr haben

wir einhundertfünfzig Prozent mehr FDGB-eigene Ferienplätze als in diesem Jahr!"
Woher sollten diese Ferienplätze kommen? Ganz einfach, die Hotels und Ferienpensionen in den Ostseebädern und in der Mecklenburgischen Seenplatte wurden enteignet und dem FDGB übergeben.
Alle zwei Wochen wurde die Unterwäsche gewechselt – freitags wurde geduscht – und der Zellenfußboden geschruppt. Das Schruppen und das tägliche Ausfegen der Zelle hatte ich übernommen. Dafür versuchte Albert – so gut es ging – die Waschschüssel sauber zu halten, da mit wir nach Möglichkeit saubereres Wasser hatten, um die Essensschüsseln ausspülen zu können. Zum Reinigen der Waschschüssel benutzte Albert zwei kleine Ziegelsteinbrocken, die er aneinander rieb. Diesen Ziegelstaub ließ er in die Waschschüssel fallen, goss etwas Wasser dazu und wischte dann mit Zeitungspapier die Schüssel aus. So hatten wir immer ein sauberes Gefäß für unser Wasser. Nur die Ziegelsteinbrocken nutzen ab und wurden kleiner. Eines Tages sah ich einen brauchbaren Brocken auf dem Freistundenhof liegen. Ich wartete bis zu einem Tag, an dem Lesnow Dienst hatte, weil ich annahm, er würde es nicht sehen, weil er immer uns alle auf einmal auf den Hof ließ. Ich drehte einige Runden, schielte nach Lesnow und in einem Moment, in dem ich annahm, Lesnow sieht es nicht, trat ich einen Schritt zur Seite, nahm den Stein auf und steckte ihn in die Tasche. Lesnow sah es doch! :
„He, Sie, was haben Sie da eben aufgesammelt?"
„Ein Stück Ziegelstein!", antwortete ich.
„Was wollen Sie denn damit?"
„Die Waschschüssel säubern!"
„Aber Sie reißen noch das ganze Haus ab, wenn sie so weiter machen! Stellen Sie sich an die Wand!"
Ich stellte mich an die Wand – es war saukalt an diesem Tag und ich fror entsetzlich in meiner dünnen Sommerbekleidung.
Nach der Freistunde ging die Tür auf. Lesnow stand in der Tür: „Nun zeigen Sie mal, wie das geht mit Ihrer Schüsselreinigung!"
Albert führte es ihm vor. Lesnow brummte etwas Unverständliches, drehte sich um und knallte die Tür zu – aber er ließ uns das Stück Ziegelstein.
Im Keller waren mehrere Duschkabinen eingebaut. Eine Zellenmannschaft kam immer unter eine Dusche.
Auch Näh- und Stopfzeug konnten wir – aber nur tagsüber – beim Kalfaktor anfordern – so konnten wir unsere Socken stopfen und Knöpfe, die sich im Laufe der Zeit gelockert hatten, wieder befestigen.

An meinem zweiundzwanzigsten Geburtstag hatte ich ein besonderes Erlebnis! Es war wieder Freitag und somit Duschen! Der Mann, der mit Schlauch die Zelle bewohnte – ein älterer leitender Angestellter vom Fischkombinat Saßnitz – zog Albert unter seine Dusche und so gelang es mir mit Schlauch unter eine Dusche zu kommen.
„Nun sag mir doch bloß endlich, was war in diesem blöden Paket?“, fragte Schauch.
„Nägel für den Zaun, den wir um die neue Schweinekoppel ziehen wollten!“, antwortete ich.
„Und deshalb macht dieser Stasi-Mensch so einen Aufstand?“
„Hoffentlich hat die Warterei bald ein Ende, damit wir wissen, woran wir sind!“
Aber der November verging und es ging auf Weihnachten zu. Ab Mitte Dezember wurden die Fett- und Zuckerzuteilungen gekürzt – „Für den Weihnachtsstollen!“, belehrte uns der Kalfaktor.
„Wir feiern kein Weihnachten!“, sagte Albert. Sonst kam ich gut mit ihm aus. Ich wartete, wenn er vor den Mahlzeiten betete, und wenn es bei der zehntägigen Wurstzuteilung Blutwurst gab, bekam ich seine Wurst mit – dafür gab ich ihm beim nächsten Mal meine Leberwurst.
Wieder ein Freitag – groß Reinemachen! Der Fußboden war geschrubbt und trocken gewischt. Ich stellte den Eimer mit dem Schruppzeug in den Türrahmen und zog die Klappe zum Zeichen, dass wir fertig waren.
Die „Klappe“ – Das war eine etwa 5 cm breite und 20 cm lange Blechfahne, die mit einem Scharnier an der Außenseite der Tür befestigt war. Hinter der Fahne befand sich eine Feder. Ein Haken, den man von der Innenseite her ziehen konnte, hielt die Klappe fest. Zog man innen an dem Haken, drückte die Feder die Klappe nach vorne und auf dem Gang konnte man erkennen, ob einer der Zelleninsassen was wollte.
Ein junger Wachtmeister öffnete die Tür: „Was ist los?“, fragte er.
„Wir sind fertig, das Schrubbzeug kann raus!“, antwortete ich.
„Was, und dass man die Tischbeine auch abwischen kann, daran haben Sie nicht gedacht, Sie Sau, Sie!“ Krachend fiel die Tür ins Schloss.
Ich wischte die Tischbeine mit dem Feudel ab und zog erneut die Klappe.
„Den Kerl kenn’ ich doch!“, sagte ich zu Albert.
Die Tür ging auf. Der Wachtmeister begutachtete die Beine des Tisches, der kopfüber auf dem Bett lag.

„Na, seh'n Sie, warum nicht gleich so? – Was glotzen Sie mich so an? – Kennen Sie mich etwa?" „Ja, Sie heißen Löscher und kommen aus Laupin!", antwortete ich.
„Was?!" Die Tür fiel krachend ins Schloss.
Wenig Später ging die Tür auf.
„Und wer sind Sie?", fragte Löscher.
Ich nannte meinen Namen.
„Und wie kommen Sie darauf, dass ich aus Laupin komme?"
„Meine Großeltern wohnen dort und die habe ich oft in den Ferien besucht!"
„Nein, nein, Jahnke, da irren Sie sich gewaltig!"
„Was ist das für ein Klotz?", fragte Albert.
„Ich weiß nur, dass es böse Zustände waren in dieser Familie. Er ist der Älteste von sechs oder sieben Kindern – und von einem anderen Vater, der gleich zu Anfang des Krieges gefallen ist.
Der zweite Mann hat nur gesoffen und die Frau ständig verprügelt."
Eines Tages stand ich nach der Freistunde neben Eberhard Stawikowski auf dem Flur. Er saß mit Herbert Witt, einem Journalisten aus Lübeck, zusammen in einer Zelle, schräg gegenüber von uns.
„Kannst Du den Turm auf Eurer Ecke der Mauer sehen, wenn Du aus dem Fenster schaust? Und auch ob der Turm besetzt ist?", fragte er.
„Darauf habe ich noch nicht geachtet!"
„Dann versuch' das und gib mir ein Zeichen durch die Klappe, wenn sie Essen austeilen! Wenn Du nickst oder den Kopf schüttelst – das ist genug."
Ich konnte den Turm sehen, wenn ich ganz dicht in der linken Ecke ans Fenster ging. Aber ich konnte auch sehen, dass der Turm nicht immer besetzt war.
„Sieh Dich vor, dass wir nicht noch vor dem Fest Ärger kriegen!", warnte Albert mich.
Aber wir beide bekamen keinen Ärger.
Den Ärger bekamen Eberhard und Herbert, als sie wenige Tage vor Weihnachten einen Gitterstab aus dem Fenstergitter brachen, aus dem Fenster kletterten und sich an einem Seil, das sie – aus ihren zu Streifen zerrissenen – Decken geknotet hatten, herunterließen.
Ein Mann in der Zelle unter ihnen zog sofort die Klappe, als er die beiden sah, wie sie sich abseilten, und als Opi Ahrens, der gerade Dienst hatte und das Rasieren überwachte, nicht schnell genug kam, polterte er mit dem Holzschuh gegen die Tür.
So endete der Fluchtversuch, ehe er richtig begonnen hatte, für die

beiden mit einundzwanzig Tagen verschärften Arrest im Keller des B-Hauses.
Am Heiligabend herrschte eine trostlose Stimmung. Der Stollen, den jeder kriegte, war eine Art Weißbrot mit Puderzucker bestreut – dafür fielen die Brötchen aus.
Am Abend sang der Gefangenenchor auf dem Flur einige Arien – aber keine Weihnachtslieder.
Albert, der zwar behauptete, dass unser Weihnachtsfest ihn nichts anginge, begann zu weinen.
Mir war auch nicht besser zu Mute.
Ich dachte an meine Familie – an den geschmückten Tannenbaum, um den herum wir immer Weihnachtslieder gesungen hatten – wo waren sie jetzt?
Im letzten Jahr hatte ich unserer Schwester aus Berlin ein Fahrrad geholt – für siebenhundert Ostmark aus dem HO-Geschäft am Alexanderplatz. Ich hätte zwar im Westen – trotz des hohen Umtauschkurses – eins zu sechs – ein Rad für weniger Geld kaufen können, aber wir wollten nicht riskieren unsere Beziehungen zum Westen offen zur Schau zu stellen. Bis zum Ende des Krieges konnte man in jedem Mecklenburgischen Marktflecken ein Fahrrad kaufen – aber jetzt, sechseinhalb Jahre nach dem Krieg – konnte man nicht mal in Schwerin – weder Teile noch ein komplettes Rad regulär in einem Geschäft bekommen.
Dazu hatte ich ihr aus dem Westen eine Skihose und eine Lumberjack-Jacke aus blauen Cord gekauft, damit sie auf dem Weg zur Schule warm genug angezogen war. Das Fahrrad stellte ich bei unserem Nachbarn ab. Am ersten Weihnachtstag hatte ich Hanna unter irgendeinem Vorwand zu den Nachbarsleuten geschickt. Überglücklich kam sie mit dem Rad zurück.
Die Sache mit dem Rad hatte zwei Gründe: In der Schule in Klein-Voigshagen wurden nur noch die unteren vier Jahrgänge unterrichtet. Hier hatte Tamara – trotz ihrer zaristischen Herkunft immer noch das Sagen. Vom fünften Schuljahr an mussten alle Kinder nach Rankendorf – das waren vier Kilometer. Also bekam Hanna ein Fahrrad, damit sie diese vier Kilometer bequemer und schneller bewältigen konnte.
Der zweite Grund war schwerwiegender: Der Krieg hatte mit seinen Folgen allerlei Leute in unser kleines Dorf geschwemmt, die es so krass bisher nicht gegeben hatte. Vor allem eine Familie aus dem Ostpreußischen Ermland. Sie bewirtschafteten zu Hause eine kleine Landwirtschaft, deren Ertrag der Hausherr größtenteils versoff.

Sie hatten drei Kinder, die im Alter zu mir passten. Als aber Hitler an die Macht kam und ein kinderfreundliches Familienprogramm auf legte, legten sie sich noch mal richtig ins Zeug und brachten es auf zehn Kinder. Mit dem reichlichen Kindergeld, dass die Nazis zahlten, konnte der alte Josef weiterhin seinen Neigungen nach gehen. Jetzt hatte er natürlich eine ziemliche Last zu tragen, um seine Familie satt zu kriegen. Hinzu kam, dass die Mutter dieser Horde sich überhaupt keine Mühe gab – oder nicht in der Lage war – die Bekleidung auszubessern und in Ordnung zu halten. Aber sie verließen sich auf die Barmherzigkeit anderer. So suchten die alten Bauersfrauen immer wieder ihre „Plünnenkisten" durch, ob noch etwas Verwertbares zu finden war. Diese Gören hatten zu Hause keine Pflichten und vertrödelten auf dem Schulweg viel kostbare Zeit. Hanna und ihre gleichaltrige Freundin wollten aber schnell nach Hause und so begannen ihre unliebsamen Weggefährten sie zu terrorisieren. Jetzt konnte Hanna zwar ihren Quälgeistern aus dem Weg gehen – aber die Stimmung wurde nicht besser, denn jetzt kam der Neid hinzu.

„Ob es heute Gänsebraten zu Mittag gibt?", fragte Albert am ersten Feiertag.

„Fang' Du nicht auch so an wie dieser Vollmer in Schwerin – sei mit dem Stollen zufrieden!"

Abends rief der Kalfaktor: „Wer noch Brot haben will, Klappe ziehen!"

Ich zog die Klappe und wenig später kriegten wir sechs Rationen Brot durch die Klappe gereicht.

„Soviel Brot, wo willst Du damit hin?", fragte Albert.

„Das wird schon alle!", antwortete ich.

Als er am 29. abends plötzlich aus der Zelle geholt wurde, um nach Rostock zum Termin gebracht zu werden, war das Brot gegessen.

Er zog – wie befohlen – die Anstaltsunterwäsche aus und warf sie dem Polizisten vor die Füße. Wir hatten kaum Zeit uns zu verabschieden – wir gaben uns stumm die Hand – er umarmte mich, drückte mich kurz an sich und ging.

Albert bekam vier Jahre – nur weil er sich an einem Tiefpunkt in seinem Leben an seinem neuen Glauben aufgerichtet und seit dem zu seinem Glauben gestanden hatte.

Nach Neujahr wurde es richtig kalt und die Freistunde war eigentlich kein Vergnügen. Lesnow, im langen Mante, erlaubte uns im Laufschritt um das Haus zu laufen.

Opi Ahrens sagte: „Wem es zu kalt wird, kann reingehen!", aber die meisten hielten die halbe Stunde durch.

Gleich am ersten Tag nach Alberts Auszug, begann ich mich mit Albert Lau, meinem Nachbarn in Zelle zwölf, durch die Wand zu unterhalten. Zuerst langsam und etwas holperig – aber nach kurzer Zeit es ging immer besser. Albert hatte mir einen Nagel gezeigt, der lose im Türrahmen steckte. Einmal kurz klopfen bedeutete einen Punkt – und einmal kurz kratzen bedeutete einen Strich nach dem Morsealphabet. Es war anstrengend, denn man musste in zwei Richtungen aufmerksam sein – einmal, dass man die Klopfzeichen richtig aufnahm – und zum anderen, dass man die Geräusche auf dem Flur mitbekam. Aber da auch das leiseste Anschleichen auf dem Gang durch die Gitterstäbe verraten wurde, blieben wir unentdeckt.
Nur einmal ging es beinahe schief. Es war einem Hauptwachtmeister, den ich noch nie gesehen hatte, gelungen, leise an die Tür zu kommen. Plötzlich riss er geräuschvoll die Tür auf. Ich steckte die Hand, in der ich den Nagel hielt, in die Tasche und machte Meldung.
„So machen Sie Meldung – mit eine Hand in 'ne Tasch'! Stellen Sie sich das mal vor!"
Ich zog die Hand – ohne Nagel – aus der Tasche, nahm Haltung an – aber schon fiel die Tür krachend ins Schloss.
Eines Abends öffnete ein junger Hauptwachtmeister die Tür, musterte mich kurz und fragte: „Sie sind doch noch so jung, was können Sie denn schon groß verbrochen haben?"
„So allerhand: Illegale Gruppenbildung – Waffenbesitz und Zusammenarbeit mit dem Westen!"
„Was?" Er sah mich ungläubig an und schloss die Tür.
Freitag. Eigentlich war wieder Duschen fällig, aber es gab kein Wasser. Nach längerem Hin und Her fand man die Ursache: die Wasserleitung im Keller war eingefroren.
„Alle mal herhören!", rief der Kalfaktor durch das Haus, „Spart mit dem Wasser, wir müssen alles im Milchkannen von drüben herschleppen!"
„Dann habt ihr ja endlich mal was zu tun!", brüllte einer im oberen Stockwerk durch die Tür.
Die Schlosser, die die Sache mit einer Lötlampe, mit der man sonst den Glühkopf des Lanz-Bulldogs vorheizte, beheben wollten, stellten sich bei der Sache so dumm an, dass die Wasserleitung platzte. Jetzt stand auch noch der Keller unter Wasser.
Der Einzige, der einen Riesenvorteil aus dieser Sache zog, war Eberhard Stawikowski. Er durfte seinen restlichen Arrest in seiner alten Zelle, in der inzwischen das Fenstergitter repariert war, verbüßen. Herbert Witt war schon einige Tage vorher zum Gerichtstermin nach Schwerin gebracht worden.

So schnell ließ sich die Wasserleitung nicht reparieren. Ein Trupp des Hofkommandos rückte an, um die Zuleitung draußen freizugraben, denn das Rohr, das geplatzt war, musste außerhalb des Hauses verschraubt werden. Das Rohr war im Fundament des Hauses einbetoniert und musste freigemeißelt werden.
Fast einen ganzen Tag dröhnten die Hammerschläge durch das ganze Haus. – An eine Unterhaltung mit Albert war nicht zu denken. Endlich, nach drei Tagen, ging wieder Alles seinen normalen Gang. Zum Duschen wurden wir – unter dreifacher Bewachung – ins Hauptgebäude geführt.
„Rumgequatscht wird hier nicht! Sonst lass ich das Duschen abbrechen!“, brüllte Lesnow, und schlug die Tür von außen zu. Sofort setzte eine wilde Unterhaltung ein: „Wieviele Waffen haben sie denn überhaupt gefunden?“
„Was, nur sechs Pistolen? Und wer hatte das zerlegte PAK-Geschütz?“, fragte Goldbach.
„Mach nicht solche üblen Witze, Guschi – das langt auch so!“, sagte Hans Brockmann in seiner trockenen, nüchternen Art.
So ging es eine Weile hin und her. Der Heizer rief: „Fertig werden!“, stellte die Dusche auf kalt – und fertig.
Nach dem Abtrocknen stand ich kurz neben dem Heizer, einem untersetzten, etwa 60-jährigen Mann, mit starker Brille.
„Sag mal, ist es hier überall so kalt? Oder spart ihr etwa Kohle? Bei uns wird die Heizung kaum warm!“, fragte ich ihn.
„Wir können nichts daran ändern, die Heizanlage ist für Steinkohle ausgelegt – und wir befeuern sie mit Rohbraunkohle – da ist nicht mehr drin!“, antwortete der Heizer.
„Wo bist Du zu Hause, nach Deiner Aussprache müsstest Du aus der „Griesen Gegend“ kommen!“, fragte ich.
„Da liegst Du genau richtig, ich komme aus Dömitz – und Du?“
„Ich bin in Polz geboren – jetzt aus dem Kreis Grevesmühlen!“
„Was! Zu der Bande gehörst Du? Na, dann werden wir uns ja noch öfter sehen!“
Damit zogen wir ab – mit unseren nassen, strubbeligen Haaren, in unseren dünnen Sommerkleidern, das vom Abtrocknen feuchte Handtuch, das aus dem Rückenteil eines abgetragenen Häftlingshemdes geschneidert war – um den Nacken gelegt, über den kalten Hof, über den ein scharfer Wind wehte, in unsere kalten Zellen im B-Haus.
Der Januar versickerte – fast! Plötzlich, am Abend des 27. kam Leben in die Unsicherheit um die Frage: „Was wird?“ unter den letzten Stasi-U-Häftlingen des B-Hauses.

Gegen sieben Uhr wurde geräuschvoll die Zellentür geöffnet.
Im Türrahmen erschien ein junger Hauptwachtmeister, den ich nicht kannte. Ich machte Meldung.
„So, Jahnke heißen Sie?", stellte der Polizist fest, trat einige Schritte in die Zelle hinein und blätterte in einem Stoß Papier, den er in der linken Hand hielt.
„Ich stelle Ihnen hiermit Ihre Anklageschrift zu!
Bestätigen Sie den Erhalt dieses Dokumentes durch Ihre Unterschrift – hier unten auf dem Formular!"
Er legte einige zusammengeheftete – mit Schreibmaschine beschriftete – Blätter im Format Din A4 auf den Tisch, deutete auf die Stelle, wo ich unterschreiben sollte und gab mir einen Kopierstift, damit ich schreiben konnte.
Ich unterschrieb.
Der Polizist nahm den Stift wieder an sich, riss das unterschriebenen Blatt ab, trat einen Schritt zurück und sagte: „Am 30. Ist Ihr Termin – Sie haben also drei Tage Zeit, um sich darauf vorzubereiten!" Damit verließ er die Zelle und knallte die Tür zu.
Der Schriftsatz bestand aus 15 Seiten eng beschriebene Blätter dünnen Durchschlagpapiers.
Ich begann zu lesen. Auf den ersten Seiten wurden die Angeklagten kurz porträtiert.
Ich zählte dreizehn Namen.
Zwei meiner Mitangeklagten waren meine besten Freunde, der Hauptangeklagte und drei weitere waren ehemalige Mitschüler. Vier weitere kannte ich dem Namen nach – die restlichen zwei kannte ich nicht. Ich war Nummer drei auf dieser Liste.
Der Vernehmungsoffizier in Schwerin hatte also sein Wort gehalten, als er mir versprach, mich für mein verstocktes Verhalten auf einen der vorderen Plätze zu setzen.
Die nächsten Sätze haben sich für immer in mein Gedächtnis eingegraben!
Ich las: Bei fast allen Angeklagten handelt es sich um ehemalige Schüler der Oberschule Grevesmühlen.
Seit Jahren wurden an dieser Schule reaktionäre Strömungen bemerkt.
Das war es Also!
Die ewigen Querelen mit der FDJ – Sie wollten jede Opposition im Keim ersticken!
Und ich saß mittendrin!
Auf dem Flur brüllte der Kalfaktor: „Fertig machen zum Einschluss!"

Ich zog Jacke und Hose aus, baute mein Päckchen auf dem Schemel, stellte den Schemel in den Türrahmen und die Stiefel darunter.
Der Einschluss begann, der Schließer öffnete die Tür und der Hausarbeiter stellte den Schemel mit den Sachen auf den Gang neben die Tür.
„Die Anklageschrift raus!“, polterte der Polizist.
„Ich habe am 30. Termin und die Anklageschrift steht mir drei Tage zu, damit ich mich auf den Termin vorbereiten kann!“, widersprach ich.
„Dann melden Sie sich morgen früh und lassen Sie sich die Papiere wiedergeben!“
Krachend fiel die Tür ins Schloss und ich war mit meinen Gedanken allein. Aber nicht lange. Kaum war die Nachbarzelle verschlossen, da begann Albert zu klopfen.
„Die Anklageschrift ist ein Witzblatt!“, morste Albert durch die Wand.
„Das schon – aber wir werden einige Jahre an diesem Witz zu kauen haben!“, antwortete ich.
„Wieso bist Du so pessimistisch?“
„Naja, der Vernehmer in Schwerin redete von acht bis zehn Jahren – und das ist doch eine schön lange Zeit – oder?“
„Aber wir werden höchstens die Hälfte absitzen!“
„Wer weiß das schon, – aber Gott sei Dank hat die Warterei jetzt ein Ende!“
So ging es noch eine Weile hin und her, dann wurde ich müde und ich schlug Albert vor, die Unterhaltung am nächsten Tag fortzusetzen.
Ich rollte mich in meine Decken – aber ich konnte nicht einschlafen. Meine Gedanken beschäftigten sich mit den reaktionären Strömungen, die in der Anklageschrift hervorgehoben wurden – Das war der Hauptgrund! Alles andere waren Verzierungen!
Aber wie zum Teufel war ich auf diese Schule gekommen?
Meine Gedanken wanderten zurück in den Sommer des Jahres 1941 – nein, noch weiter zurück – 1937 zu meinem ersten Schultag!
Zu den fünfzehn Kindern, die mit mir ihren ersten Schultag erlebten, gehörte ein Mädchen: blaue Augen, Stupsnase, blonde Korkenzieherzöpfe – mit einem hellen Lachen, das irgendetwas in mir zum Klingen brachte. Sie hieß Lieschen und war die Tochter eines Domänenpächters aus dem Nachbardorf.
Wenn ein 6-jähriger Junge sich verlieben kann, dann passierte es mir an meinem ersten Schultag!
Eines Tages – die Lehrer hatten eine Besprechung – gab es für uns eine besonders lange Pause. Wir tobten auf dem Schulhof. Plötzlich

riss ein wesentlich älterer Schüler Lieschen so brutal an den Zöpfen, dass sie aufschrie. Ohne lange zu überlegen, ging ich auf den Rüpel los und bezog dabei eine gehörige Tracht Prügel.
Als der Junge endlich von mir abließ, zog Lieschen mich zur Wasserpumpe, wusch mir das Blut aus dem Gesicht und versuchte meine blutende Nase zu beruhigen.
Mit dem Beginn des fünften Schuljahres sollte ich auf eine weiterführende Schule wechseln.
Herr Ströh versuchte meine Eltern dafür zu begeistern, mich auf die Kadettenanstalt nach Plön zu schicken. Meinem Vater schien es recht zu sein – aber unsere Mutter äußerte Bedenken – und ich erst!
Lieschen sollte auf die Oberschule nach Grevesmühlen. Für mich war es unmöglich, dass Lieschen allein nach Grevesmühlen ging. So versuchte ich meine Mutter zu unterstützen. In Plön lebte ich in einem Internat. Die Schule in Grevesmühlen konnte ich täglich mit Fahrrad und Bus erreichen.
Ich hatte Glück – Herr Ströh wurde zur Wehrmacht einberufen und so gelang es meiner Mutter, unseren Vater zu überzeugen, dass es vorteilhafter sei, wenn ich täglich nach Hause kam.
So kam ich auf die Oberschule nach Grevesmühlen – natürlich mit Lieschen in eine Klasse – aber im zweiten Jahr blieb sie sitzen und wechselte auf eine andere Schule.
Ich besuchte die Oberschule in Grevesmühlen bis 1947 – und jetzt stand mein Name an dritter Stelle auf einer Liste von dreizehn reaktionären Störenfrieden.
Am nächsten Tag hatte Opi Ahrens Dienst.
Kurz vor Mittag öffnete er die Tür, sah mich an und sagte: „Na, Jahnke, da wird der Roggen aber noch einige Male reif – bis Sie ihn wieder mähen!“
Er sah mich nochmals an, schüttelte den Kopf und knallte die Tür zu. Es war das einzige Mal, dass ich erlebte, dass Opi Ahrens eine Tür so zuschlug. Zwei Rechtsanwälte hatte man uns als Pflichtverteidiger zugeteilt – keiner von uns kannte sie. Die Anklage lautete auf Kriegs- und Boykotthetze – Strafbar nach dem Artikel Sechs der Verfassung der DDR in Verbindung mit der Kontrollratsdirektive 38 des alliierten Kontrollrates von 1945. Keiner von uns wusste, was in diesen „Gesetzen“ stand! In den Zeitungsfetzen hatten wir zwar täglich von Prozessen in anderen Teilen der DDR gelesen, in denen diese Gesetze angewandt wurden – aber, dass wir Staatsfeinde waren – sicher, besonders gern hatten wir diesen Staat nicht, aber konnte er sich nicht ändern?

Laut Anklage hatten wir den Frieden in der DDR und möglicherweise den Frieden der Welt gefährdet, indem wir das faschistische System wiederherstellen wollten – aber das wollten wir auf keinen Fall! Da wir aber mit der Adenauer-Demokratie liebäugelten, die die DDR für ein faschistisches System hielt, waren wir Anhänger der faschistischen Idee.
Trotz der täglichen Klopferei mit Albert schlichen die drei Tage bis zum Termin dahin.
Der Termin sollte vor dem ersten Strafsenat des Bezirksgericht Rostock, in der Ernst-Barlach-Straße 1, stattfinden.
Wie würde das vor sich gehen? Würden sie einen Schauprozess veranstalten und uns von einem Saal voller überzeugter FDJler als Volksfeinde ausbuhen und angeifern lassen?
Am späten Nachmittag des 29. Januar – es begann schon zu dämmern – ging es los. Zunächst Haare schneiden und Rasieren, dann: „Unterwäsche ausziehen und auf's Bett legen!"
Dann wurden wir einzeln den Weg zurückgeführt, den wir vor genau vier Monaten vom Haupteingang zum B-Haus bei strahlendem Sonnenschein gegangen waren – in dünner, abgewetzter Kleidung bei winterlichen Temperaturen.
In der Schleuse stand ein grauer Kastenwagen. In der Rückwand eine Tür, durch die man in einen schmalen Gang sehen konnte, der auf beiden Seiten Türen hatte.
Neben der hinteren Tür stand August Blöcker, der Hüne, der mich schon von Grevesmühlen nach Schwerin transportiert hatte.
„Auch so'n Lorrbass – einzeln!", kommandierte Blöcker – und zu mir: „Los, da rein!" Damit deutete er auf die Treppe, über die man in den Wagen kam. Wieder saß ich in einem engen Stahlkäfig – aber ich konnte diesmal gerade sitzen.
Es dauerte eine Weile, bis wir alle verladen waren, dann ging es los. Wieder das Geholper über die mecklenburgischen Straßen. In der Außenwand des Fahrzeugs war ein Luftschlitz, durch den es empfindlich zog. Es gelang mir irgendwie die Anklageschrift davorzuklemmen, dadurch wurde es etwas besser.
Irgendwo in Rostock wurden wir ausgeladen. Eine Kirchenuhr schlug acht. Nach einem Gehetze durch einige Gänge und über eine Treppe landete ich in einer Zelle, die auf mich den Eindruck eines Getreidesilos hinterließ. Etwa zwei mal drei Meter und endlos hoch – mindestens drei Meter – nackte Betonwände in der Stirnwand eine nackte, graue Stahltür – kein Tisch, kein Bett, kein Schrank, kein Schemel – nur zwei Strohsäcke an den Längswänden.
Auf einem der Strohsäcke hockte ein einbeiniger Mann. Er hieß

Borg, ich hatte ihn in den ersten Tagen in Bützow einige Male bei der Freistunde gesehen.
„Was willst Du denn hier?", fragte Borg.
„Wir haben morgen Termin!", antwortete ich, „Und Du?"
„Sie wissen immer noch nicht, was sie mit mir machen sollen!", lautete die knappe Antwort.
Sie brachten mir einen mit Schmalz bestrichenen Kanten Brot und den dazugehörenden Becher „Muckefuck", danach flogen zwei Decken auf den Strohsack – Feierabend.
Eine Weile plätscherte eine eintönige Unterhaltung durch den Raum. Was sollte bei dieser Unterhaltung schon herauskommen? Ich wusste nichts Neues – er wusste noch weniger. Denn hier gab es richtiges Klopapier. Nicht mal zerschnittene Zeitungen, aus denen man Bruchstückchen des Weltgeschehens, wenn auch nur aus sozialistischer Sicht, herauslesen konnte.
Ich war – wie immer nach solchen Tagen – müde, rollte mich in meine Decken und hörte noch wie Borg sagte: „Sie wollen hier nachts die Hände auf der Decke sehen!"
„Ich weiß nicht, ob ich das kann!", antwortete ich und schlief – trotz der hellen Lampe, die aus ihrem Drahtkäfig über der Tür den Raum ausleuchtete – sofort ein.
Ich schlief bis zum Wecken um sieben Uhr durch. Dann ging es hoppla-hopp!: Anziehen – Waschen – Frühstück.
Am Frühstück vorbei flog eine Art Anzug in die Zelle: „Ziehen Sie das an, so können Sie nicht vor Gericht erscheinen!"
Es war eine Jacke und eine Hose – Form und Schnitt, wie die Schlosser sie heute noch tragen – anthrazitfarben – eine Nummer zu groß – aus einem harten Stoff – wie aus Holzwolle und Stroh gewebt!
Ich zog die Jacke über meine Sommerkleidung und die Hose über alles, steckte die Jacke in die Hose – so ging es, wenn ich die Hose schräge zuknöpfte. Dann ging's auf den Hof. Dort standen drei EMW-Limousinen.
Hans Brockmann stand neben der geöffneten hinteren Tür des mittleren Wagens. Wir wurden mit Handschellen aneinander gefesselt. Dann kam Frommann. Er sollte auf der anderen Seite an mich gefesselt werden.
„Stecken Sie sofort den Kragen Ihrer Jacke in den Anzug!", herrschte der Polizist Frommann an.
„Aber das kratzt doch so entsetzlich!"
„Die zarte Haut werden wir Ihnen noch anrauen!"
Frommann steckte den schmucken Kragen seiner See-Polizei-Ausgehbluse unter den harten Kragen der Gerichtsvorführjacke,

wurde mit seiner linken Hand an meine Rechte gefesselt und wir konnten es uns zu Dritt auf der Rückbank der mittleren EMW-Limousine bequem machen.
Ab ging es im Konvoi in die Ernst-Barlach-Straße. Wenig Verkehr in der Weltstadt Rostock!
Hart am Straßenrand stoppte der Konvoi abrupt.
Aus dem vorderen und hinteren Wagen sprangen einige Polizisten mit Pistole im Anschlag – unsere Wagentür wurde aufgerissen: „Los, raus!"
Wir wurden – natürlich noch gefesselt – über einen ca. sechs Meter breiten Gehweg auf eine etwa zehn- bis zwölf-stufige Freitreppe getrieben, die in ein zweistöckiges, helles Haus führte.
Einige Passanten blickten sich erschrocken nach uns um.
Wir hetzten aneinandergekettet in diesen schlecht passenden Anzügen die Steinstufen hoch.
Gott sei Dank war die Eingangstür breit genug, dass wir zu Dritt hindurchpassten. Im Inneren des Hauses eine im Halbkreis geschwungene Treppe rauf in den ersten Stock – in einen Saal voller Menschen.
Unser Erscheinen entlockte den Leuten im Saal ein entsetztes Raunen.
„Aber das ist doch der falsche Raum!", krächzte eine heisere Stimme: August Blöcker!
Wieder raus – wir stolperten wie ein wirres Knäuel aus dem Raum – über den Flur – in ein anderes Zimmer.
Ein breites Fenster zur Straße hin – davor ein langer Tisch mit fünf Stühlen – Rückenlehne zum Fenster.
Rechts an der Wand ein Tisch, hinter dem drei Männer in Anwaltstalaren saßen. Gegenüber dem Tisch vor dem Fenster im Abstand von ca. vier Metern zwei Reihen Bänke.
Auf der vorderen Bank saßen Gerhard Stiehr und Ewald Koberg aneinandergefesselt. Wir setzten uns neben die beiden. In weiteren Schüben von zwei bis drei Mann erschien der Rest der reaktionären Gruppe „Stiehr und Andere".
„Wir möchten uns mit den uns zugewiesenen Mandanten unterhalten! Ist es möglich, dass man uns die Leute einzeln – ohne Fesseln – gegenübersetzt?", fragte einer der Anwälte einen der Polizisten.
Ratlosigkeit bei den Bewachern, die am Fenster und an der Tür standen.
August Blöcker wurde geholt – Der Anwalt verlass einen ihn betreffenden Vermerk aus der Anklageschrift: „Hier steht, dass wir vor dem Termin den Mandanten vorgestellt werden, um uns mit ihnen

beraten zu können! – Der Termin soll um zehn Uhr beginnen – es ist jetzt neun Uhr dreißig – und keiner weiß, wer wen vertreten soll!"
Grimmig – wie immer – ließ August Blöcker uns die Handschellen abnehmen.
„Gut, jeder hat fünf Minuten!", krächzte er widerwillig.
Einzeln riefen uns die Anwälte auf.
Mit mir befasste sich Dr. v. Örtzen, ein älterer Herr, mindestens fünfundsechzig Jahre alt.
„Haben Sie wirklich Spionage betrieben?"
„Ich habe meinem Bruder bei Besuchen in West-Berlin erzählt, was bei uns im Grenzgebiet los ist! Sein Schulfreund, der behauptete, für die Franzosen zu arbeiten, war dabei!"
„Hat man Sie unter Druck gesetzt das als Spionage einzugestehen?"
„Ja, man hat mir Essensentzug und Dunkelarrest angedroht!"
„Können Sie das in ruhigem Ton vorbringen und das erzwungene Geständnis widerrufen?"
„Ich hoffe es!"
„Gut, dann tun Sie das – und was ist mit den Waffen? Wollten Sie wirklich mit den Dingern Krieg führen?"
„Nein, aber die lagen nun mal in der Erde. Mein Bruder wollte Förster werden – vielleicht hätte man sie später – wenn es wieder erlaubt ist – anmelden können!"
„Gut, bringen Sie das sachlich vor – ich werde Sie unterstützen – ob es was nützt – glaube ich nicht!" Ein fester Händedruck beendete die Unterredung.
Dr. v. Örtzen vertrat sechs von uns. Sein Kollege Dr. Weinrebe – im gleichen Alter – vertrat die restlichen Sechs.
Nur Hans Brockmann hatte einen Anwalt ganz allein für sich: Dr. Büsing aus Schwerin.
Dr. Büsing hatte schon vor dem Krieg für seinen Sommerurlaub an der Ostsee in Boltenhagen eine Ferienwohnung gemietet, die der Familie Brockmann gehörte. Er hatte erfahren, dass Hans in Schwierigkeiten steckte und hatte sich der Sache angenommen.
Endlich sollte es losgehen.
Aber es geschah noch etwas Unglaubliches: Herr Kröppelin, ein ehemaliger Lehrer unserer Schule, der als Pensionär in Rostock lebte, hatte von unserem Termin erfahren. Jetzt stand er mit einer Riesentüte, in der sich für jeden von uns ein Apfel und ein belegtes Brötchen befand, am Eingang und ließ sich nicht abweisen! Er wollte sehen, dass wir es bekamen!
Und wir bekamen unseren Apfel – zwar zerschnitten – und auch das Brötchen – zwar untersucht – aber!

Dann – fast pünktlich – ging es endlich los.
Die Richterin Schmidt, eine kleine Person, die mit dem Rücken zum Fenster, in der Mitte an dem langen Tisch saß, eröffnete das Verfahren und erteilte dem Herrn Staatsanwalt Sass das Wort, um die Anklage vorzubringen und zu begründen.
Ellenlang ergossen sich seine Lobhudeleien über den antifaschistischen Staat DDR und seine Errungenschaften in den Saal. Wir dagegen wollten das alte System wiederherstellen und hatten uns mit dem Westen verbündet!
Dann begann er, uns über unsere feindliche Einstellung der DDR gegenüber zu befragen.
Gerhard Stiehr legte dar, dass es ihn nicht behage, dass alles nur aus einer – nämlich der sozialistischen – Sicht betrachtet werde – es gebe doch auch andere – liberale und bürgerliche – Ideen.
Ewald Koberg – Sohn eines selbstständigen Molkereibesitzers – hatte etwas dagegen, dass die private Wirtschaft an den Rand gedrängt wurde.
Während meine beiden Freunde ihre Meinung klipp und klar darlegten, überlegte ich fieberhaft: „Und was sagst Du?"
Aber der Herr Sass kam mir entgegen: „Sie als Sohn eines werktätigen Bauern haben von uns alle Möglichkeiten geboten bekommen. Sie durften die Oberschule besuchen –„
„Das konnte ich vor 1945 auch! Damals hatte ich sogar eine Freistelle, während ich nach 45 Schulgeld bezahlen musste!", unterbrach ich ihn. Aber diesen Einwand überhörte er.
„Sie konnten sogar eine Neubauernstelle übernehmen – haben also von den antifaschistischen Errungenschaften immer wieder profitiert!"
„Ich habe gegen die Idee des Sozialismus nichts einzuwenden. Aber wie sie verwirklicht wird, gefällt mir nicht!"
„Wieso mussten Sie nach West-Berlin fahren und dort über die Schutzmaßnahmen an der Grenze berichten? Das war doch eindeutig Spionage!", mischte sich die Richterin ein.
„Was ich an der Grenze gesehen habe, hat jedes kleine Kind gesehen. Das waren keine Geheimnisse, das hätte höchstens als Information für die Presse getaugt!", antwortete ich.
„Jedes kleine Kind hat ein Klassenbewusstsein – sie dagegen sind ein Agent! Sie haben zugegeben, dass Sie Spionage betrieben haben!"
Jetzt bäumte sich etwas in mir auf – ich wurde trotzig, als ich sagte: „Das Geständnis ist unter Androhung von Dunkelhaft und Essensentzug zustande gekommen – das widerrufe ich hiermit!"

„Na, dann hätten Sie eben ein paar Tage im Dunkeln gesessen und hätten etwas weniger gegessen!“
„Die Verpflegung war so schon knapp genug!“
Dr. v. Örtzen fragte dazwischen: „Jahnke schildern Sie bitte, wie es zu dem Geständnis gekommen ist!“
„Es würde zu weit führen, wenn wir die Vernehmungsmethoden unserer Untersuchungsbehörden hier bis ins Einzelne erläutern würden. Sie sehen doch, wie sich der Angeklagte hier benimmt – der musste nun mal etwas härter angefasst werden!“, würgte der Staatsanwalt den Einwand meines Anwalts ab.
„Außerdem war er im Besitz von Waffen, die er im Kriegsfall gegen die friedliebenden Kräfte einsetzen wollte!“
„Das wollte ich nicht!“
„Was wollten sie dann mit den Waffen?“
„Mein Bruder wollte Förster werden – er hätte die Pistolen dann legal anmelden können!“
„Es gibt ein deutsches Gesetz, wonach dies möglich ist!“, warf Dr. v. Örtzen ein.
„Aber das war doch wohl ein Nazigesetz!“ fauchte Sass.
„Nein, es ist ein Gesetz aus der Weimarer Zeit!“
Nach mir wurden Hans Brockmann und Eberhard Stawikowski abgefertigt. Dann war eine Stunde Mittagspause. Wir kriegten einen Schlag Erbsensuppe, sogar mit etwas Fleisch darin.
August Blöcker stand am Fenster und schaute auf die Straße.
„Stiehr, kommen Sie mal her!“
Gerhard ging zu ihm ans Fenster.
Blöcker deutete auf die Straße – von wo die Geräusche eines gewaltigen Aufmarsches – wie zu Adolfs Zeiten – zu uns heraufdrangen – „Nun sehen Sie sich das an – und dann sehen Sie sich selbst an, wie jämmerlich Sie sind!“
Fünf Tage rätselten wir, was dieser Aufmarsch zu bedeuten hatte. Dann, als wir wieder in Bützow waren und als Strafgefangene die ersten Zeitungen lesen durften, erfuhren wir, dass Walter Ulbricht am 30. Januar den Grundstein zur ersten Sozialistischen Straße in Rostock gelegt hatte.
Der Termin zog sich bis in die Abendstunden hin. Gegen acht Uhr beantragte der Staatsanwalt die Strafen.
Für Stiehr und Zierow je zehn Jahre Zuchthaus, für Koberg, Goldbach und mich je acht Jahre, für Groppler und Lau vier und Zander drei Jahre Zuchthaus. Die restlichen fünf sollten für ein beziehungsweise eineinhalb Jahre für Mitwisserschaft von Kapitalverbrechen und Preisgabe von Dienstgeheimnissen ins Gefängnis.

Danach vertagte sich das Gericht auf den nächsten Tag.
Wir wurden sofort wieder aneinander gefesselt. Aber es gab noch eine Überraschung!
Die Mütter von Hans Brockmann und Heinz Zierow waren angereist und Dr. Büsing setzte durch, dass die beiden Frauen ihre Söhne eine halbe Stunde sehen durften.
So saßen wir – aneinander gefesselt – den beiden Frauen gegenüber. Sie fütterten uns mit Schokolade und Süßigkeiten – wenn Ewald einen Keks in den Mund stecken wollte, musste ich die linke Hand anheben und umgekehrt. Genau so sah es mit meiner rechten Hand aus, mit der ich an Hans Brockmann gekettet war.
Wir stellten Fragen nach unseren Angehörigen – aber über meine Familie wussten sie nichts genaues. Frau Brockmann wollte erfahren haben, dass meine Eltern und Geschwister nach West-Berlin geflohen waren, dort eine Weile in einem Flüchtlingslager gelebt hatten, aber schon vor Weihnachten nach Westdeutschland ausgeflogen worden waren.
Irgendwie war ich beruhigt. Besser, es war ihnen geglückt, in den Westen zu entkommen, als aus dem Grenzgebiet ausgewiesen, in den östlichen Landesteilen als politisch Unzuverlässige zu vegetieren.
Zur Nacht verfrachteten sie uns wieder in das Betongefängnis in der Innenstadt. Ich kam mit Gerhard Stiehr und Ewald Koberg in eine Zelle.
Eine Frage beschäftigte uns sehr: Hatten Heisler und Budzin uns der Stasi in die Hände gespielt?
Wir schliefen darüber ein. Ich träumte in dieser Nacht, ich hätte in Hohenschönberg mit den netten Mädchen getanzt. Die Mädchen hübsch gekleidet im modischen „New-Look" – wadenlange Kleider – wie sie damals gerade aufgekommen waren.
Am Morgen schilderte ich meinen Freunden meinen Traum.
„Fang nicht an zu spinnen, Siegfried! Vor uns liegen acht und zehn miese Jahre!", maulte Gerhard.
„Na und? Auch Fritz Reuter hatte dreißig Jahre. Nach sieben kam er raus – und was hat er danach noch geleistet! Mann, sieben Monate sind rum – und wenn wir wirklich acht Jahre drin bleiben – sind wir gerade dreißig – da kann man doch noch was machen!", hielt ich dagegen.
„Der Kulak ist ein unverbesserlicher Optimist!", schloss Ewald das Gespräch ab.
So gingen wir zum zweiten Tag unseres Prozesses.
Die Anwälte durften etwas zu unserer Verteidigung vorbringen.

Wir wurden gefragt, ob wir noch etwas zu sagen hätten – wozu? Die Anwälte hatten alles gesagt – nur Heinz Zander versprach, dass er demnächst aufmerksamer sein werde.
Dann zog sich das hohe Gericht zur Beratung zurück.
Nach einer halben Stunde wurde das Urteil verkündet.
Es blieb bei den beantragten Strafen.
Die Untersuchungshaft wurde angerechnet – das hieß: sieben Monate waren rum!
Nur Stefan Groppler erhielt für seine von ihm hervorgehobene Freundschaft zu Kurt Kietzer – den andererseits Goldbach und Zierow in eine Anstifterrolle gebracht hatten – fünf statt vier Jahre.
Zierow erhielt statt zehn acht Jahre – auf Grund seiner Jugend. Zierows Vergehen bestand hauptsächlich darin, dass er während der Weltfestspiele in Berlin seine ihm anvertraute Gruppe verlassen hatte. Er war mit seinem Freund Kietzer in den Westsektor zum RIAS gegangen. Sie hatten sich vor dem RIAS-Gebäude in FDJ-Uniform fotografieren lassen und einige Vergleiche zwischen Ost- und West-Berlin zu Protokoll gegeben, bei dem die Westsektoren im besseren Licht standen. Dafür hatten sie jeder zehn Westmark und die Fotos erhalten.
Drei Jahre Zuchthaus bekam Heinz Zander dafür, dass er ein Paket Nägel – das meinem Bruder zu schwer war – von Grevesmühlen nach Tankenhagen transportierte und weil er daneben stand, als Ewald Koberg einen Brief an einen Freund übergab, den dieser in West-Berlin an Heisler übergeben sollte – praktisch für nichts!
„Nehmen Sie das Urteil an?“, fragte die Richterin.
Eine kurze Pause entstand – wir sahen uns an – dann hörte ich mich sagen: „Dürfen wir uns kurz mit unseren Anwälten beraten?“
Wir durften.
„Was passiert, wenn wir in die Berufung gehen?“, fragten wir.
„Weitere Untersuchungen!“, lautete die Antwort.
„Wieder zurück nach Schwerin, oder in diesen Betonkasten hier in der Innenstadt? – Weiter keine Verbindung zur Familie! – Nein! Mir reicht es! Ewald, was sagst Du?“, fragte ich meinen ältesten Freund.
„Du hast Recht, Siegie, es ist genug!“, antwortete Ewald.
So nahmen wir das Urteil an.
Jetzt stellten unsere Anwälte den Antrag, die Strafen, der fünf zu Gefängnisstrafen Verurteilten, sofort auf Bewährung auszusetzen.
„Da müssen Sie einen gesonderten Antrag stellen, die Sitzung ist bereits geschlossen!“, konterte die Richterin.
„Dann muss ich das überhört haben!“, sagte Dr. Büsing bestimmt.
Unsere drei Anwälte waren sich einig!

Verwirrung bei Staatsanwalt und Gericht.
Plötzlich wurde offensichtlich, wer hier das Sagen hatte!
Der bisher im Hintergrund sitzende August Blöcker erhob sich, ging zum Staatsanwalt, gab ihm eine kurze Anweisung und verließ den Saal. Der Staatsanwalt räumte ein Missverständnis ein und schlug der Richterin vor, die Haftbefehle gegen Brockmann, Stawikowski, Frommann, Fuchs und Gassner aufzuheben.
Die Haftbefehle wurden aufgehoben. Sofort wurden die Fünf aus dem Saal geführt.
Frau Zierow durfte sich noch einmal mit ihrem Sohn unterhalten und verteile noch einmal Kekse und Schokolade – dann ging es ab in den Betonkasten.
Drei Tage blieben wir in Rostock – Ewald, Gerhard und ich in einer Zelle. Wieder drehten sich unsere Gespräche um Heisler und Budzin.
Mir fiel die Szene ein, die Budzins Mutter ihm gemacht hatte, als ich ihm am 21. Dezember 51 die Briefe Heislers zur Weitergabe ausgehändigt hatte. Die Frau war wie eine Furie auf ihren Sohn losgegangen und hatte geschrien: „Ich habe Dir gesagt, Du sollst die Finger davon lassen!"
Mir waren schon in Berlin Bedenken gekommen, die Briefe bei Budzin abzugeben – mir war der Mann unsympathisch.
Aber Heisler hatte gesagt: „Lass man, Päule ist in Ordnung!"
Jetzt erzählten mir Ewald und Gerhard, dass man ihnen nach ihrer Verhaftung Kopien der Briefe vorgelegt hatte. Also hatte Budzin für die Stasi gearbeitet – und Heisler? Diese Frage blieb das große Fragezeichen!
Am 4. Februar, nach dem Mittagessen wurden wir verladen. In die „Grüne Minna" wie wir heute sagen. Ein Phänomen-Kastenwagen – ähnlich dem alten VW-Bus – nur der VW hatte den Motor hinten und deshalb keine hintere Tür. Wieder saß ich in der hinteren Zelle zusammengefaltet. Aber ich war allein und konnte meine Lage überdenken – eigentlich konnte ich zufrieden sein.
Ich hatte mich an den Rat gehalten, den der Mann in dem NWDR-Interview gegeben hatte: „Geben Sie nur zu, was sie von ihnen wissen können – belasten Sie keine weiteren Personen!"
Ich hatte keinen der Tankenhagener oder Dassower Jungen, von denen ich wusste, dass sie 1945 mit Waffen gespielt hatten, belastet. Außerdem hatte ich meine Verbindung zum NWDR in West-Berlin für mich behalten – das allein hätte mir mindestens zwei Jahre mehr einbringen können, wenn ich bedachte, dass Heinz Zierow für das Foto vor dem RIAS-Gebäude zehn Jahre bekommen sollte!

Oder hatte ich ganz einfach nur Glück gehabt, dass sie mich nach dem ersten Wochenende in Schwerin in Ruhe gelassen hatten und ich neue Kraft sammeln konnte.
Nach einer etwa einstündigen Fahrt wurden wir in Bützow-Dreibergen ausgeladen und in das Chaos des DDR-Strafvollzugs hinein gestoßen!
Das Fahrzeug war rückwärts bis auf zehn Meter an den Eingang herangefahren. Eine handhohe Schneeschicht bedeckte den Platz – nur der Weg war freigeschaufelt. Der Bau hatte die Form eines liegenden Weinglases. Rechts der B-Flügel, links der A-Flügel, hier waren die Zellen – jeweils drei Stockwerke hoch – also I = Erdgeschoss, II = erster Stock, III = zweiter Stock und der jeweils dazu gehörende Keller. Im Ständer des Glases waren im Keller rechts die Duschen und die Friseure, auf der linken Seite waren sieben oder acht schmale, lange Zellen.
Die Verwaltung war im Erdgeschoss untergebracht, der so genannte Strafvollzug mit seinen Akten. Im ersten Stock befand sich links die Effektenkammer, rechts die Kleiderkammer. Im zweiten Stock war ein großer Saal – früher die Kirche – jetzt arbeiteten dort die Netzstricker, die Fischernetze für die Fischereikombinate in Saßnitz und Rostock-Marienehe herstellten. Hin und wieder wurden hier Filme vorgeführt.
Im Fuß war bis Kriegsende im Keller die Hinrichtungsstätte – jetzt Gedenkstätte der VVN (Vereinigung der Verfolgten des Naziregimes).
Im Erdgeschoss, in den ehemaligen Zellen für die Todeskandidaten – in engen Löchern mit viel zu kleinen Fenstern – waren hier bis zu vier Schwerkranke je Zelle untergebracht.
Im Obergeschoss befand sich das Krankenrevier. Hier hatte ein Polizeimeister das Sagen. Unterstützt wurde er von einem Häftlingsarzt, einem Zahnarzt – oder Dentisten – und drei Sanitätern. Zwei Mal die Woche machte ein Sanitäter die Runde und fragte nach irgendwelchen Leiden, verteilte Tabletten, oder erteilte die Erlaubnis zum Arzt gehen zu dürfen.
Ein etwa 30-jähriger Polizeimeister – „Rotschlips“ – öffnete die Tür und ließ uns ein. Wir kamen auf den „Stern“ – eine Art Eingangshalle – 15 x 15 Meter, drei Stockwerke hoch, von dem die einzelnen Gänge – oder wie es hier hieß: Stationen – abgingen.
An der dem Eingang gegenüberliegenden Wand prangte ein Gemälde, das einen Arbeiter mit freiem, muskulösen Oberkörper, der mit einem Presslufthammer im steinigen Erdreich wühlte, darstellte.

Den restlichen Raum der Wand füllte der Spruch:

GEFALLENE ZU HEBEN; ZU HELFEN; ZU BESSERN; NUTZBRINGEND DER GESELLSCHAFT SIE WIEDERGEBEN

„Die Grevesmühlener sind da! – Friseure her!“, brüllte „Rotschlips“ durch den Bau.
Bis heute klingt dieser Ruf in mir nach, wie eine Art Triumphgeheul – wie: „endlich haben wir sie dort, wo sie hingehören!“
Vier lange Monate hatten sie uns im B-Haus wie rohe Eier behandeln müssen – diese reaktionären Elemente, die ein Leben im westlichen Sinn anstrebten!
Beklommen standen wir auf dem Gang, der nach links abging – dem A I-Vorderflügel, in unseren fadenscheinigen Sommersachen.
Ein Trupp Friseure machte sich über uns her und befreite uns von unserer Haarpracht – für uns eine Erniedrigung.
Nach zehn Minuten zogen die Friseure ab – auch „Rotschlips“ hatte sein Interesse an uns verloren und war seiner Wege gegangen.
Allmählich fiel die Spannung von uns ab. Wir bewunderten Schlauch – er hatte einen runden Kopf – wie eine Billardkugel – und meine alten Narben aus der Kinderzeit waren wieder sichtbar – ich hatte also ein deutliches Kennzeichen.
Plötzlich wurde es um uns herum lebendig – es wurde gekübelt!
Die Türen wurden von einem Oberwachtmeister aufgeschlossen und der untere Riegel krachend mit dem Fuß zurückgeschlagen. Den oberen Riegel löste ein „Reiniger“, der in die Zellen rief: „Kübel raus!“
Die Kübel wurden von den Zelleninsassen neben die Türen gestellt. Ein besonderes Kommando – die „Reiniger“ trugen die Kübel in einen besonderen Raum, entleerten sie und stellten sie wieder vor die Türen. Das Gleiche geschah mit dem Wasser – Schmutzwasser raus – sauberes Wasser rein – in dieselbe Schüssel!
Wir standen dazwischen – in unseren fadenscheinigen Sommerklamotten – die Haarschnipsel, die sich im Kragen der seit Monaten nicht richtig gewaschenen Hemden festgesetzt hatten, kratzten bei jeder Bewegung – und sahen in die Zellen hinein, die vor Menschen überzuquellen schienen.
Dann verebbte der Lärm. Die Türen wurden verschlossen. Auf dem Gang wischten einige „Reiniger“ das übergeplanschte Wasser auf. Wir standen wieder wie verloren auf dem etwa 4 Meter breiten A I-Vorderflügel.
Am Ende des A I-Vorderflügels war ein zweistufiger Treppenabsatz.

Auf diesem Absatz stand ein Mann in verwaschener – aber sauberer – Häftlingsuniform. Graublauer Drillich, mit gelben Streifen auf den Jackenärmeln und Hosenbeinen und auf den Rücken. Um den rechten Arm eine weiße Binde, auf die die Buchstaben K A I aufgenäht waren: Kalfaktor A I.
Der Mann war ca. fünfzig Jahre alt, ein Meter achtzig groß, schlank, dunkelblonde zwei Zentimeter Stoppelfrisur mit ersten grauen Fäden, zwei stahlblaue Augen blickten aus einem kantigem Gesicht mit gerader Nase und schmalem – aber nicht verkniffenem – Mund.
Neben ihm stand ein Hauptwachtmeister, etwa im gleichen Alter, aber etwas kleiner.
„Und was machen wir mit denen?“, fragte der Polizist.
„Die kommen erst mal in den Keller, für eine Nacht muss es gehen – morgen sehen wir weiter!“, antwortete der Kalfaktor.
An der Stirnseite des A I-Vorderflügels, ca. zehn Meter vom Treppenabsatz entfernt, ließ ein fünf Meter breites Fenster – drei Stockwerke hoch – einen Blick auf die drei Meter hohe Außenmauer zu.
Wir bekamen jeder eine grau emaillierte Blechschüssel, dazu einen Löffel und trotteten hinter dem Hauptwachtmeister her über die zwei Meter vom Treppenabsatz beginnende – etwa zwei Meter breite – Treppe in den A-Keller.
Zu viert in eine Zelle – zwei x drei Meter. In der Zelle lagen vier Strohsäcke aufgestapelt.
Ich bezog mit Gerhard Stiehr, Ewald Koberg und Heinz Zierow eine Zelle.
„Habt Ihr gesehen, wie viel Leute da oben in einer Zelle zusammengepfercht sind? Doch mindestens sechs bis sieben Mann?“, fragte Ewald.
„Ja, wie die Heringe!“, kommentierte Gerhard.
Wir bekamen Brot, Kaffee und Brotaufstrich – wie wir es schon vier Monate im B-Haus erlebt hatten.
Eine Stunde später wurden pro Mann zwei Decken in die Zellen geworfen – und mit den Decken die Flöhe!
Wir legten uns auf unsere Strohsäcke, rollten uns in die mit Flöhen besetzten Decken, klönten noch eine Weile und schliefen trotz der Flöhe die Nacht durch – Schlauch, der mit Gustav Goldbach, Albert Lau und Stefan Groppler in der Nachbarzelle hauste, war von den Flöhen besonders gepiesackt worden.
Gegen Mittag wurden wir aus dem Keller geholt – mit allen Sachen. Wieder standen wir auf den A I-Vorderflügel – die Decken unter dem linken Arm – Schüssel und Löffel in der rechten Hand.

Der Kalfaktor stand neben der ersten Zellentür vor dem Treppenabsatz.
„Wohin mit denen?“, fragte der junge Oberwachtmeister, der neben dem Kalfaktor stand.
„In die 35!“, antwortete der Kalfaktor.
„Die ganze Bande in eine Zelle?“
„Was heißt hier Bande? Das sind junge, kräftige Leute, die können wir immer gebrauchen. wenn's mal schnell gehen soll!“
Die Zelle 35 auf dem A I-Vorderflügel war etwas größer – etwa 2 x 4 Meter. Dafür wurde sie mit elf statt acht Mann belegt. Drei Mann – ein baumlanger Thüringer, ein um einen Kopf kleinerer etwa 60-jähriger Pommer und ein junger Mann in unserem Alter – ein Förster aus Brandenburg – waren schon drin.
„Was, elf Mann in diesem Loch?“, maulte der Jüngling.
„Naja, frieren werden wir jedenfalls nicht!“, stellte der Pommer fest.
An jeder Längswand waren fünf oder sechs Strohsäcke – oder besser gesagt – Häcksel-Säcke übereinander gelegt.
„Was steht Ihr denn hier alle durch einander herum? Setzt Euch, damit wir uns miteinander bekannt machen können!“, schlug der Thüringer vor. Wir zogen einen Strohsack an der Wand hoch, damit so etwas wie eine Rückenlehne entstand und setzten uns.
Der Thüringer hatte von vier Jahren wegen Schwarzschlachtens – also „Wirtschaftsvergehen“ drei Jahre rum und war von einem Außenkommando ins Haupthaus zurückverlegt.
„Vielleicht schenken sie mir das letzte Jahr?“, hoffte er.
Der Pommer, ein Bauer, kam mit drei Jahren, wegen schlechter Sollerfüllung, frisch aus Wollgast.
Niemand traute dem Förster, der behauptete einen Rehbock zuviel geschossen zu haben, nur weil seine Freundin mal etwas Ordentliches kochen wollte.
„Du musst alles filtern, was man Dir hier erzählt – alle wollen sie wegen Wirtschaft und politisch hier drinnen sein – kriminell ist niemand!“, raunte mir der Pommer zu, neben dem ich zu sitzen kam.
Dann gab es Mittagessen. Einer nach dem anderen traten wir an die Tür und bekamen unseren „Schlag“ – ein Liter Eintopf in die Schüssel –, setzten uns auf unsere „Couch“ und löffelten die Suppe in uns hinein.
Am Nachmittag ging es zum Einkleiden in die Kleiderkammer. Jeder bekam eine Hose – mit nur einer Tasche –, Jacke, Unterhose und Hemd, sowie ein Paar klobige Holzschuhe, Socken – die im Schaft viel zu weit waren, – Fußlappen und eine Art Baskenmütze als Kopfbedeckung.

Unsere „Zivilklamotten" wurden in einen Sack verpackt, mit einem Schild versehen und gingen zu den „Effekten".
Hier hatte ich ein ganz besonderes Erlebnis: Der Hauptwachtmeister hinter dem Kammertresen pöbelte mich an: „Warum sind Sie nicht zu Hause bei Ihrer Arbeit geblieben, Jahnke?"
„Da war ich ja, Ihr habt mich ja hinter dem Pflug weggeholt!", antwortete ich.
„Hoffentlich sehen Sie bald ein, dass es besser ist, mit uns zusammen zu arbeiten!"
Ich sagte nichts, zog meine Häftlingsuniform an, drehte mich um und ging mit extra geradem Rücken aus dem Raum.
„Was war das denn?", fragte Ewald, der alles mitgehört hatte.
Als wir wieder in der Zelle waren, erklärte ich dieses Erlebnis meinen Freunden: In den Jahren 1937 bis 1939 wurde in Dassow, wenn man den Ort in Richtung Grevesmühlen verlässt, auf der rechten Seite der alten Reichsstraße – und heutigen B 105, eine neue Wohnsiedlung für Leute, die „heim ins Reich" wollten: aus dem Raum Danzig, Bessarabien, dem Baltikum gebaut.
Im April 39 – unser Vater war beim Holzhacken und wir Kinder halfen ihm – oder spielten um ihn herum – kam ein Mann mit seinem Sohn per Fahrrad auf den Hof und wollte Eier kaufen.
Dieser Mann war Kaglin – der Hauptwachtmeister hinter dem Kammertresen – mit seinem Sohn Harald.
In dem Gespräch, das sich entspann, stellte unser Vater fest, dass Kaglin aus Danzig kam und überzeugter Nazi war.
Kaglin bekam seine Eier und zog ab.
Im Sommer 1943 erinnerte sich das Fähnlein 13 im Gebiet „Nordwest-Mecklenburg" des Deutschen Jungvolks in Dassow an die neun Jungen der Landjungschaft im Schulbezirk Klein-Voigshagen, die sich nur um die häuslichen Pflichten zu kümmern schienen.
Also erschien eines Tages Ulli Hamann, der Führer des Fähnlein 13, bei der Lehrerin Tamara und bat sie, uns für einen Mittwochnachmittag zusammen zu trommeln.
Tamara kam der Bitte des smarten Ulli Hamann nach und so konnte er uns unseren neuen Jungschaftsführer vorstellen. Einen vor Selbstbewusstsein Strotzenden, nach vorne drängenden 12-Jährigen, den im Fähnlein wegen seiner Zielstrebigkeit niemand besonders mochte.
Dieser Junge war: Harald Kaglin!
Eines musste man Harald Kaglin lassen: Er war Kamerad durch und durch!
Wenn wir zu Sportwettkämpfen nach Dassow beordert wurden,

sorgte er dafür, dass seine Mutter uns zu Mittag eine warme Mahlzeit zubereitete. Natürlich brachten wir die Zutaten dazu mit.
Eines Tages – es war ein Mittwoch, an dem Jungvolkdienst stattfand, hatte mein Bruder Wolfgang auf dem Heimweg zwischen Dassow und Tankenhagen – wir besuchten beide die Oberschule in Grevesmühlen – eine Fahrradpanne. Harald, der uns auf dem Weg traf, brachte es fertig, dass wir trotz der Panne noch pünktlich zum Dienst beim Jungvolk erscheinen konnten.
Nach dem Stauffenberg-Attentat im Juli 1944 fuhr ich eines Tages mit Harald allein in einem Zugabteil von Dassow nach Schönberg, wo er die Realschule besuchte. Ich fragte ihn, was er von der Lage halte – die Alliierten standen tief in Frankreich und an der Ostfront gab es fast nur noch „Frontbegradigungen".
„Mein Vater will, dass ich Offizier werde!", lautete Haralds klare und knappe Antwort.
Im Winter 1944/45 wurde der Schulunterricht unregelmäßig und fiel Ende Januar ganz aus.
Auch die Landjungschaft schlief wieder ein.
Harald nahm an mehreren „Wehrertüchtigungslehrgängen" teil und im März/April an einem speziellen Lehrgang für „Wehrwölfe", den ein Gefreiter der Fallschirmjäger, der in Tankenhagen beheimatet war, leitete.
Den Fallschirmjäger-Gefreiten kassierten die Engländer, als er im Mai 45 in voller Montur durchs Dorf stolzierte.
Alle übrigen „Wehrwölfe" suchten und fanden die Russen im August 45 und „internierten" sie im Lager Fünfeichen bei Neubrandenburg.
Der alte Kaglin wurde Grenzpolizist an der innerdeutschen Grenze. Eines Tages erwischte er unsere Eltern, als sie von einem Verwandtenbesuch aus Hamburg zurückkamen, beim „illegalen" Grenzübertritt am Priwall. Er ließ sie nach Herrenburg in den Keller bringen.
Im Sommer 48 wurde Harald Kaglin, der von Fünfeichen in die Bleibergwerke in der äußeren Mongolei gekommen war, entlassen.
Er besuchte mich und fing ein Gespräch über alte Kameradschaft an. Unser Vater, der das hörte, kam mit zehn Eiern und einem Stück Speck aus dem Haus, gab Harald die Sachen und sagte: „So, nimm das, grüß Deinen ewig auf der richtigen Seite stehenden Vater und lass' uns in Zukunft in Ruhe!"
Einige Tage später traf ich einen gemeinsamen Bekannten in Dassow.
„Was, mit dem Spinner verkehrst Du? Der läuft in Dassow von Haus zu Haus und erzählt, wie schön es in der Sowjetunion war!"

Und dieser verlogene Überläufer Kaglin, der seinen eigenen Sohn immer wieder verbog, forderte mich auf, endlich auf der richtigen Seite zu kämpfen! Der Kalfaktor A I.

Er hieß Walter Lübkemann. Wehrmachtsoffizier - Winter 41/42 Sowjetische Gefangenschaft - über das Nationalkomitee „Freies Deutschland“ Eintritt in die Rote Armee, in der er es bis zum Hauptmann brachte. Ab September 1945 Vorzimmerchef Walter Ulbrichts. Als er bemerkte, dass Ulbricht die Bodenhaftung verlor, sagte er eines Tages zu Ulbricht: „Du solltest mal wieder mit der Straßenbahn fahren!“

Dieser Rat an seinen Vorgesetzten brachte ihm fünf Jahre Zuchthaus ein.

Jetzt war er Kalfaktor A I!!

Wieder lief alles bei ihm zusammen. Hier kamen die Neuzugänge, die der „Grotewohl-Express“ - ein zum Gefangenentransport umgebauter Eisenbahnwagon, der an Züge der Deutschen Reichsbahn angehängt wurde - zwei Mal die Woche in Mecklenburg zusammensuchte, an. Von hier gingen die Arbeitskommandos ab. Hier wurden die Besuche abgewickelt. Von hier gingen die Entlassenen nach Hause. Und für uns federte er den Sturz in den Moloch Bützow-Dreibergen ab, indem er uns gemeinsam in die Zelle 35 sperren ließ. Hier konnten wir uns langsam an das Leben in diesem total überbelegten Stall gewöhnen und unsere Fühler ausstrecken, wie man unter diesen Umständen halbwegs vernünftig lebt.

Der zweite Mann neben dem Kalfaktor war der HA I - der Hausarbeiter. Der kümmerte sich darum, wo und wie die „Reiniger“, die zu sechst in der Reinigerzelle neben der Kalfaktorzelle hausten, eingesetzt wurden.

Fast täglich hieß es, wenn schnell einige Leute für irgendwelche Arbeiten benötigt wurden: „Holt paar Jungs aus der 35!“

So kamen wir zur Küche, wenn Leute zum Essenholen fehlten, wenn der Flur geschrubbt werden musste - hierbei kam mir die Erfahrung, die ich in Schwerin unter Egon Volmers Anleitung gesammelt hatte, zu Gute.

Zum Strohsäcke stopfen - wenn ein Traktorist eine Ladung Stroh lieferte.

Hierbei hatte ich besonderes Glück, als ich eines Tages mit dem alten Pommern zu dieser Arbeit eingeteilt wurde. Er erklärte mir, dass sich für eine ordentliche Strohsackfüllung nur gerades, langes Roggenstroh eignet, das nur gerade - nicht kreuz und quer - in den Sack gestopft wird.

„Und außerdem will ein Strohsack seine Ruhe haben, das heißt, man sollte nur auf ihm liegen – so wie wir mit den Strohsäcken umgehen – den ganzen Tag darauf herumturnen – das hält auch das beste Stroh nicht länger als zwei Wochen aus!"
Zwei Wochen lang wurde ich mit Heinz Zierow täglich in einen Raum gesperrt, der bis unter die Decke mit gebrauchten Polizeiuniformen vollgestopft war, die wir sortierten.
Das heißt, vor allem durchsuchten wir die Taschen nach irgendwelchen Schätzen – wie Kleingeld oder Zigaretten. Das Geld und eventuelle Papiere nahm der uns betreuende Polizist in Verwahrung – die Zigaretten überließ er uns.
So lernten wir, dass die Zigaretten eine Knastwährung darstellten, gegen die man allerhand eintauschen konnte: – Hier einen Kanten Weißbrot, dort eine wärmere Decke, oder einen Pullover. Der Sanitäter ließ sich mit einer „Lulle" dazu bewegen, dass man zum Arzt durfte – und so vielleicht den einen oder anderen Bekannten traf.
Gerhard Stiehr arbeitete einige Wochen in der Effektenkammer. Eines Tages sagte er zu mir: „Siegfried, Deine Sachen von der Hausdurchsuchung sind gekommen. Dabei ist ein dicker Batzen beschriebenes Papier. Willst Du es behalten, oder soll ich's verschwinden lassen?"
Ich überlegte nicht lange. „Lass es verschwinden, dann kann keiner mehr dumme Fragen stellen!"
Nur unser Freund Stefan Groppler machte uns Sorgen. Er hatte einen entzündeten Lymphknoten, der die Größe eines Gänseeies annahm, unter der rechten Achsel und ein stark geschwollenes Handgelenk. So wurde er ins Krankenrevier verlegt.
Wir durften den ersten Brief nach Hause schreiben: Zwanzig Zeilen auf einer Art „Feldpostbrief" mit vorgedruckter Absenderanschrift. Wir durften den Brief zwar falten, aber er musste für die Zensur offen abgegeben werden. In den Brief wurde automatisch ein Paketschein eingelegt, auf dem vermerkt war, was geschickt werden durfte. Alle drei Monate durfte man Besuch beantragen.
Da ich annahm, dass meine Familie nicht mehr in Tankenhagen wohnte, schrieb ich an Onkel Walter.
Die Antwort auf den Brief kam nach vier Wochen. Onkel Walter schrieb, dass meine Eltern und Geschwister jetzt in der Nähe von Cuxhaven lebten, wo sie einen Hof gepachtet hatten. Er schrieb auch, dass er mich gerne besuchen würde. Also beantragte ich im nächsten Brief Besuchserlaubnis für ihn.
Wer Geld hatte, konnte eine Zeitung halten. Gustav ließ sich die „Tägliche Rundschau" – oder wie wir sie nannten: „Tägliche

Schundsau“ – kommen – die Zeitung der Sowjetischen Militäradministration –, die stets die neuesten Parteidoktrinen aus Moskau und Ost-Berlin wortwörtlich wiedergab. Da wir aber am Weltgeschehen interessiert waren, lasen wir diese kommunistische Hetzschrift und diskutierten über den Inhalt. Wenn in Westdeutschland eine Straße neu gebaut, oder auch nur ausgebessert wurde, so geschah dies nur, um die Panzer der Alliierten schneller an die Innerdeutsche Grenze verlegen zu können. Dass mit dem wirtschaftlichen Aufschwung auch das Verkehrsnetz erweitert und instand gehalten werden musste, sahen die Kommunisten nicht ein.
Ewald bestellte die „Berliner Zeitung“, die zwar auch über das Weltgeschehen nur aus kommunistischer Sicht berichtete, aber es war eben eine Zeitung, in der auf Seite drei Paule Panke satirisch Missstände in der Verwaltung aufspießte und auch mal eine Kurzgeschichte oder ganz normale Nachrichten zu finden waren.
Aber auch der Anzeigenteil war aufschlussreich – konnte man doch aus den Annoncen herauslesen, dass sich in der Versorgung mit Gütern des normalen Lebens in den letzten Monaten nichts verändert hatte. So verging der Februar.
Es gab pro Zelle ein Buch aus der Bücherei. Alle vier Wochen war Büchertausch.
So las ich den „Rasenden Reporter“ von Egon-Erwin Kisch und „Krieg und Frieden“ von Leo Tolstoi.
Hatte die Zelle das Pech, einen Parteischmöker zu bekommen, sah es für die Lektüre schlecht aus, denn die Neigung sich ideologisch weiterzubilden, war nicht allzu groß.
Aber für uns gab es hier eine Art Vergünstigung: Gegenüber der Zelle 35 lagen drei schmale Arrestzellen. Diese Räume maßen 1 x 3 Meter, in denen Arrestanten oder Häftlinge, die in Einzelhaft isoliert waren, untergebracht wurden.
In einer dieser Zellen saß Peter Holst. Seine Eltern waren hohe Parteifunktionäre in Rostock. Bruder und Schwester waren Offiziere der Volkspolizei. Peter war das Nesthäkchen der Familie und irgendwie aus der Art geschlagen. So war er – nur, um irgendetwas zu tun und die Familie nicht total zu verärgern, zur Volkspolizei gegangen und hatte sich an die Grenze versetzen lassen. Aber hier war irgendetwas schief gegangen! Peter konnte der Versuchung nicht widerstehen, selbst zu erkunden, wie es im „Goldenen Westen“ wirklich aussah und hatte auf eigene Faust – ohne die nötigen Papiere – eine Tante in Lübeck besucht. Auf dem Rückweg war er natürlich einer Streife in die Arme gelaufen und war letzten Endes – an den Stasimühlen vorbei – in Bützow gelandet. Seine Eltern

versuchten ihn jetzt herauszuholen – aber die Stasi war auch in diesem Fall sehr misstrauisch und die Untersuchung zog sich sehr in die Länge. Peter wurde durch die nervliche Anspannung – noch dazu in Einzelhaft – depressiv. Er machte einen Selbstmordversuch und versuchte sich zu erhängen. Aber der wachhabende Polizist bemerkte es rechtzeitig und so blieb Peter am Leben. Jetzt musste er Gesellschaft haben und da waren wir – die Jungs aus der 35 – gerade die richtigen Leute! Abwechselnd wurde jeder von uns für einen Tag zu Peter Holst in die Zelle gesperrt.
Eines Tages war ich dran. Ich klemmte mir die „Berliner Zeitung" vom Vortag unter den Arm, nahm Essschüssel und Löffel und löste Gerhard Stiehr ab, der die letzten vierundzwanzig Stunden Peter Holst Gesellschaft geleistet hatte.
Peter saß – oder lag – unter dem Fenster, das in ca. 1,50 Meter Höhe die ganze Wand ausfüllte, auf seinem Strohsack. Ich machte es mir ihm gegenüber auf dem zweiten Strohsack, in der Ecke neben der Tür bequem – neben mir, in der Türöffnung, – der Kübel.
Einige Stunden vergingen damit, dass wir uns über unser bisheriges Leben unterhielten. Dann wurde Peter schläfrig und döste ein, während ich den Anzeigenteil der „Berliner Zeitung" durchstöberte.
Es gab Mittagessen, wir diskutierten eine Weile über den Fraß, Peter schien wieder einzudösen – aber irgendwie anders. Ich verbarg mich wieder hinter der Zeitung. Da bemerkte ich, dass Peters Gesicht sich langsam bläulich verfärbte.
Ich sah genauer hin. In der Wandmitte unter dem Fenster war ein kleiner Haken in der Wand, an dem in früheren Zeiten ein Behälter zum Auffangen des sich am Fenster ansammelnden Schwitzwassers angebracht werden konnte. An diesem Haken hing Peters Handtuch. Aber beim genauen Hinsehen bemerkte ich, dass vom Handtuch verdeckt, eine Art Strick um Peters Hals geschlungen war.
Ich wartete noch einen Moment, dann war ich mit einem Satz bei ihm, riss den aus einem Hemdsaum bestehenden Strick vom Haken, löste die Schlinge von Peters Hals und setzte mich wieder in aller Ruhe in meine Ecke.
Peter atmete einige Male tief durch und sagte: „Willst Du nicht die Klappe ziehen?"
„Wozu?"
„Damit der Kalfaktor sich um mich kümmert!"
„Lübkemann hat auch so genug zu tun! Du siehst doch, ich habe mich um Dich gekümmert!" Damit setzte ich mich in meine Ecke

neben der Tür und begann „Peter der Erste“ von Alexej Tolstoi zu lesen.
Peter maulte noch einige Male herum, dass ich mich nicht um ihn kümmere, aber ich blieb hart und unternahm nichts.
Einer, der immer wieder in Einzelhaft oder Arrest landete, war Gotthard Worst – der „Helgolandfahrer“.
Gotthard hatte allerhand Sachen unternommen, womit man auffallen konnte. Das Erste war, dass er 1949 in Pinneberg die Bundesflagge vom Mast holte. Dafür war er verwarnt worden.
Anfang 1950 besetzte eine bürgerliche Jugendgruppe unter einem deutschen Prinzen die Insel Helgoland, um die Beendigung der Bombardierung der Insel zu Übungszwecken durch die britische Royal Air Force zu erreichen.
Nachdem Bundeskanzler Konrad Adenauer in Verhandlungen mit der britischen Regierung erreicht hatte, dass die Bombardierung nach Abschluss der laufenden Serie Übungen eingestellt werde, räumte die Gruppe die Insel. Aber jetzt besetzte eine kommunistische Jugendgruppe die Insel. Die Kommunisten ließen sich auf keine Verhandlungen ein und mussten von der britischen Armee unter Anwendung von Gewalt von der Insel geholt werden.
Zu dieser Gruppe gehörte Gotthard Worst.
Diese Gruppe wurde 1950 zu den Ost-Berliner Weltfestspielen eingeladen. Gotthard reiste natürlich mit. Aber er besuchte auch die Westsektoren und nahm von dort einige Flugblätter der „Freiheitlichen Juristen“ mit in seine Ost-Berliner Unterkunft und ließ diese „Hetzschriften“ dort offen liegen.
So kam Gotthard nach Hohenschönhausen ins „U-Boot“ – der Stasizentrale in der Ost-Berliner Normannenstraße. Da man ihn in Ost-Berlin nicht nach dem Artikel VI der DDR-Verfassung verurteilen konnte, wurde er nach Greifswald verlegt und dort zu zehn Jahren Zuchthaus verurteilt.
So landete er in Bützow-Dreibergen.
Aber auch hier erregte er Aufsehen! Er wettete mit seinen Zellenkameraden, dass er ohne weiteres auf die Außenmauer klettern könne. Kurzerhand verließ er am nächsten Tag während der Freistunde den Hof, lief an der Küche vorbei auf das Verwaltungsgebäude zu, zog seine Holzschuhe aus und kletterte am Abfluss der Dachrinne hoch auf die Außenmauer. Der Posten im Wachturm auf der Ecke der Mauer war so verdattert, dass er ihn nicht aufhielt. Ein Polizist, der außerhalb der Mauer auf das Verwaltungsgebäude zuging, bemerkte ihn, rief ihn an und dirigierte ihn zum Turm. Gotthard musste die Vorstellung, an der Dachrinne hochzuklettern,

vor dem Anstaltsleiter wiederholen. Daraufhin wurde der Abfluss der Dachrinne auf die äußere Mauerseite verlegt.
Der „Böttcher-Zug“ nahm Gotthard jetzt unter seine Fittiche und machte ihn fertig.
Der „Böttcher-Zug“ war ein übler Schlägertrupp unter dem Kommissar Oskar Böttcher, der, nachdem die Volkspolizei im Dezember 1950 die Anstalt von der Justiz übernahm, jeden, der irgendwie auffiel, brutal zusammenschlug und schikanierte.
Ein besonders übles Spiel war die Übung für das Sportabzeichen: Wenn einem der Schläger abends der Päckchenbau auf dem Schemel nicht gefiel, warf er einfach den Schemel mit den Sachen in den Keller und hetzte die Zelleninsassen über die Treppen hinterher, um die Kleider zurückzuholen. Waren die Leute dann unten, schütteten sie von oben ein oder zwei Eimer Wasser auf die Leute. Als dieses Spiel einem Häftling zur Verzweiflung brachte, sprang er über das Geländer im zweiten Stock den Sachen nach in den A-Keller und brach sich dabei beide Beine. Daraufhin wurden zwischen den Geländern auf den einzelnen Gängen Netze gespannt und die Sache mit dem Sportabzeichen hatte ein Ende.

Gotthard Worst hatten die Böttcher-Leute im Keller unter Wasser gesetzt und ihn tagelang in nassen Kleider und Decken auf einem durchnässten Strohsack liegen lassen. Bis der Arzt eine Lungenentzündung feststellte und ihn ins Haftkrankenhaus nach Moisdorf bei Leipzig verlegen ließ. Nach sechs Wochen kam er zurück, aber er sprach kein Deutsch mehr. Er redete in einem, an die russische Sprache angelehnten, Kauderwelsch, das kein Mensch verstand.
Als wir nach Bützow kamen, war der „Böttcher-Zug“ schon aufgelöst. Kommissar Böttcher leitete jetzt das Arbeitskommando beim Fischkombinat in Saßnitz und soll sich dort menschlich benommen haben. Auch die übrigen Mitglieder seines Schlägertrupps trieben es nicht mehr so grob wie zuvor.
Der Anlass für die Auflösung des Böttcherzuges war der Bericht in einer Westdeutschen Illustrierten. Ein aus Bützow Entlassener berichtete über seine Erlebnisse im Westen. Der Bericht erschien unter dem Titel: „Die rote Hölle am weißen See“.
Nicht nur der Böttcher-Zug wurde aufgelöst. Auch in den Stasikellern war die Behandlung nicht mehr so grob. Zwei Kameraden, die 1950 im Grevesmühlener Keller waren, erzählten: „Wenn Du vor dem 1. Mai 1951 da rein kamst, lagst Du schon in Deinem Blut!“
Auf den Artikel über „Die rote Hölle am weißen See“ ließ der

Anstaltsleiter den roten Backsteinbau am 1. Mai 1952 von unten bis oben weiß übertünchen – Aus war es mit der „Roten Hölle"!
Eines Tages saß Gotthard wieder bei uns im A-Keller in einem „Löwenkäfig". Das waren Zellen, drei x drei Meter, in denen ein Raum zwei x zwei Meter so mit daumendicken Eisenstäben abgeteilt war, dass der Insasse nicht an Fenster und Tür gelangen konnte. Einige jüngere Polizisten vom ehemaligen „Böttcher-Zug" hatten Gotthard über Nacht wieder unter Wasser gesetzt.
Als Ewald ihm morgens mit „Krischan" Kaffee bringen wollte, hatte er alles durch die Gitter gestopft. Den Strohsack zerrissen und durch das Gitter, dazu das Stroh, den Kübel zertrümmert und die einzelnen Teile durch das Gitter zwischen das Stroh, dazu die Reste seines Paketes. Er hockte auf einer nassen Decke in einer Ecke der Zelle und zitterte vor Kälte.
Er stand auf und sagte klar und verständlich in deutscher Sprache: „Darf ich um einen trockenen Strohsack und trockene Decken bitten?"
Aber sofort fiel er wieder in sein Kauderwelsch. Gotthard bekam einen trockenen Strohsack und trockene Sachen, die Reste seines Paketes fischten wir aus dem Stroh und gaben sie ihm.
Am nächsten Morgen hatte er wieder den Kübel zertrümmert und in die Ecke gekackt und gepinkelt. Gerhard Stiehr säuberte ihm die Zelle. Als Gerhard mir das erzählte, sagte ich zu ihm: „Was, Du hast dem Spinner die Scheiße weggemacht?"
„Was sollte ich denn machen?"
„Wenn er noch Mal in die Zelle scheißt, sag mir Bescheid!"
Am Abend brachte der „Grotewohl-Express" Neuzugänge. Dieses Mal reichlich! Eine Schlange von fünfundzwanzig bis dreißig Mann stand auf dem A I-Vorderflügel.
Am Vormittag hatte der Reviermeister Abbie Willrich, einen seiner Sanitäter, zu uns in den A-Keller in Arrest gebracht. Der Reviermeister bahnte sich mit dem Revier-Kalfaktor einen Weg durch das Gewühl auf dem A I-Vorderflügel, um nach seinem Arrestanten zu sehen und um ihm mit Brot und Kaffee zu versorgen. Fünf Minuten später rief er aufgeregt aus dem Keller: „Reiniger A I vier Mann!"
Albert Lau und ich waren mit den Neuzugängen beschäftigt. So folgten Gerhard, Ewald, Schlauch und Heinz Zierow dem Ruf des Reviermeisters und stürmten in den Keller. Nach fünf Minuten kamen sie zurück und trugen den in einer Decke liegenden und aus einer Wunde am Bauch stark blutenden Abbie Willrich ins Revier. Das Blut tropfte aus der Decke und hinterließ eine deutliche Spur auf dem Betonfußboden des A I-Vorderflügels.

So bekamen die Neuzugänge gleich den richtigen Vorgeschmack von ihrer neuen Behausung.
Abbie Willrich hatte zwei Semester Medizin studiert, als er feststellte, dass er, wenn er zur Volkspolizei ging, schneller vorwärts kommen konnte. So meldete er sich freiwillig zu den DDR-Grenztruppen. Bei einem Zechgelage wettete er mit seinen Kameraden, dass er sich durch den Bauch schießen könne, ohne dass ihm dabei groß was passiere. Kurzerhand zog er sein Hemd aus, fasste sich in die Haut am Bauch, zog sie etwa sechs bis acht Zentimeter nach vorne und schoss mit seiner Neun-Millimeter-Pistole durch die Haut. So ganz ohne Folgen blieb die Sache nicht, denn die Wunde blutete stark und Abbie landete im Grevesmühlener Kreiskrankenhaus, wo ihm der Bauch wieder zugenäht wurde.
Aus dem Krankenhaus wurde er in den Gerberhof zur Stasi gebracht, wo Polizeirat Schubert den Vorfall untersuchte. Da einige seiner Kameraden ihn belasteten wegen prowestlicher Propaganda, landete Abbie mit Zehn Jahren nach Artikel VI in Bützow.
Hier konnte er – auf Grund seiner medizinischen Kenntnisse – im Revier als Sanitäter arbeiten. Jetzt hatte er sich mit dem Reviermeister, der unter den gegebenen Umständen das Bestmögliche für die im Revier liegenden Kranken tat, angelegt und der hatte ihn in Arrest gesteckt. Irgendwie war er in den Besitz einer Glasscherbe gelangt und hatte sich die alte Narbe aufgeschnitten.
Aber am nächsten Morgen kam nicht Gerhard Stiehr und holte mich, sondern Opi Ahrens.
Gotthard hatte nicht nur in die Zelle gekackt – er war mit den nackten Füßen dazwischen gewesen und hatte alles auseinander getrampelt.
„Jahnke, nehmen Sie Zierow mit und dann geht mit ihm unter die Dusche – schrubbt ihn ordentlich ab – wie es unter Mecklenburgern üblich ist – nicht grob werden – aber so, dass er es merkt!“
So gingen Heinz Zierow und ich mit dem „Helgoländer“ unter Opi Ahrens’ Aufsicht unter die Dusche. Heinz stützte ihn, während ich mit einer Wurzelbürste Gotthards Füße schrubbte.
Nach dem Duschen sagte Opi Ahrens: „So, und jetzt zeigt Ihr ihm genau so, wie er die Zelle sauber kriegt!“
„Dazu brauch’ ich einen Eimer Asche aus der Heizung!“
„Dann gehen Sie hin und holen Asche!“
Opi ließ mich auf den Hof, ich ging zur Heizung und holte einen Eimer Asche. Dann ging ich mit Opi Ahrens in den Keller. Ich verteilte die Asche auf Gotthard’ Exkrementen und gab Gotthard einen Besen in die Hand. „So, und jetzt fegst Du alles schön zusammen!“

Gotthard fegte wirklich alles zusammen und schrubbte hinterher die Zelle. Fortan benutzte er – wie wir alle – den Kübel.
Eines Tages wurde ich mit Heinz Zierow zum Ausfegen der Schleuse und des daneben liegenden Wachzimmers geholt. Als wir mit dem Wischen des Wachraumes fertig waren und unsere Utensilien zusammen suchten, kam „Schwanenhals", Kiesling – oder wie wir ihn auch nannten: „Fiesling" – ein baumlanger Polizeimeister, der Operativ – der zweite Mann neben dem Anstaltsleiter – in den Raum, blickte auf den Schreibtisch und brüllte mich an: „Und was ist mit dem Aschenbecher? Sie Sau, Sie?!"
Ich nahm den überfüllten Aschenbecher, den ich als Nichtraucher nicht beachtet hatte, schüttete den Inhalt in den Abfalleimer und demonstrativ den Kehricht aus der Schleuse darüber.
Die Raucher – oder wie wir Nichtraucher sie nannten: „Nikotingeier" – verwerteten auch den letzten Krümel Tabak, der sich aus einer „Kippe" herausholen ließ.

Am 5. März starb Stalin. Stundenlang diskutierte Lübkemann mit dem Kalfaktor A III, auch ein ehemals hoher Parteifunktionär, darüber, wer jetzt die Führung im Kreml übernehmen würde. Malenkow kam zunächst nach vorne – aber für uns änderte sich erst einmal nichts.
Bei Glowe auf der Insel Rügen sollte ein U-Boothafen gebaut werden. Der Kaiser hatte damit begonnen – war aber nicht fertig geworden – Hitler war gleichfalls nicht zu Rande gekommen mit dem Projekt – aber jetzt sollte es richtig losgehen!
Dort sollte ein Lager für fünftausend Häftlinge aufgebaut werden, die die Erdarbeiten ausführen sollten. Sagenhafte Bedingungen sollten dort herrschen – Unterbringung in geräumigen Baracken, mit Rasen zwischen den Baracken für Fußball und anderen Sport. Rund herum nur ein Drahtzaun – natürlich hatte jeder sein Bett – aber nur Häftlinge mit einer Reststrafe unter fünf Jahren hatten Aussicht dorthin zu kommen!
So ging fast wöchentlich eine Gruppe von fünfzig Mann auf Transport nach Glowe.
Trotzdem quollen weiter die Zellen über, denn die DDR-Justiz fand laufend neue Störenfriede, die den friedlichen Aufbau der DDR sabotieren wollten: Bauern, die ihr Ablieferungssoll nicht erfüllen konnten oder sich weigerten in die LPGs einzutreten.
Von ca. 650 Hoteliers, deren Unternehmen man im Rahmen der „Aktion Rose" beschlagnahmte, um das großsprecherische Versprechen des FDGB von den 150% mehr FDGB-eigenen Ferienplätzen

einhalten zu können, wurden 450 wegen fadenscheiniger Vergehen zu langjährigen Strafen verurteilt.
Müller, Getreidehändler, Handwerker, Schnaps- und Wurstfabrikanten, um auch die Handwerksbetriebe und die Lebensmittelindustrie in die Hand zu bekommen. Dazu kam das neue Gesetz zum Schutz des Volkseigentums, wonach schon kleinste Diebstähle – wenn sie politisch ausgelegt wurden – sehr hart bestraft wurden.
Jedes Loch im A-Keller wurde mit Häftlingen belegt. Die Strohsäcke gingen aus – also lagen die Häftlinge auf losem Stroh. Es waren keine Essschüsseln mehr da – die Häftlinge bekamen ihr Essen in die Waschschüssel geklatscht und löffelten alle gemeinsam daraus. Selbst die Löcher im Heizungskeller – gegenüber der Dusche – sieben Räume 1,5 x 4 Meter waren mit sieben bis zehn Mann belegt. Für uns bedeutete das, dass wir immer wieder zum Helfen rausgeholt wurden und so einen Einblick in dieses Chaos bekamen. Ich ging aber erst mal in Arrest! Für einen Transport nach Glowe hatte die Küche zwei Portionen Marschverpflegung zuviel geliefert. Diese Marschverpflegung bestand aus der doppelten Tagesration an Brot und einer Arbeiterration an Wurst, wie sie alle Zehn Tage ausgegeben wurde. Diese beiden Pakete lagen auf den Tabletts, auf denen sie die Küche geliefert hatte. Diese Tabletts mussten zur Küche zurück. Der Förster und ich kamen von der Küche zurück, wohin wir leere Kaffeekessel brachten, als der Hausarbeiter Hansmann zu uns sagte: „Geht gleich noch ein Mal zur Küche und bringt die Tabletts rüber!“
Aus reiner Neugier, was in so einer Marschverpflegung enthalten war, ließen wir die beiden Pakete verschwinden. Aber der Operativ interessierte sich persönlich dafür, wo die beiden Rationen geblieben waren, die er selbst oben auf den Tabletts gesehen hatte.
Die Leute in der Küche sagten: „Der mit den komischen Narben auf dem Kopf hat die Tabletts zurück gebracht!“
Also wurde ich geholt. Ich gestand ein, die Pakete mit in die Zelle genommen zu haben und wurde mit einundzwanzig Tagen verschärften Arrest bestraft. Das heißt, jeden Tag die volle Brotration und Kaffee, aber nur jeden dritten Tag die volle Verpflegung.
Aber diesen Arrest überstand ich gut, denn meine Freunde saßen an der Quelle und versorgten mich mit allem. Die siebzehn Tage, die ich im Keller saß, bekam ich nur drei Mal kein warmes Essen, und Brot hatte ich immer genug.
Langweilig war es keineswegs. Mittags schien die Sonne über die Außenmauer genau in mein Fenster und in der warmen Aprilsonne machte es sich in der Mittagszeit direkt vor meinem Fenster eine

riesige Ratte bequem und sonnte sich.
In der Nachbarzelle verbüßte Beenesch, der zu einer Gruppe Sozialdemokraten aus Cottbus gehörte, seine einundzwanzig Tage. Mit ihm unterhielt ich mich per Morsealphabet durch die Wand.
„Bist Du Nazi?“, fragte er nach drei Tagen.
„Nein, wieso?“
„Deine Sprache wirkt so auf mich!“
So musste ich erst einmal klarstellen, dass sich Tamara in Klein-Voigshagen und vor Allem „Luna“ in Grevesmühlen große Mühe mit mir gegeben hatten, um mir ordentliches Hochdeutsch beizubringen.
Aber auch die Nachbarn der anderen Nebenzelle sorgten für Unterhaltung. Siebzig Mann hausten dort in einem großen Raum. Sie hatten durchgesetzt, dass ihre Kübel tagsüber außerhalb des Raumes auf dem Gang standen und sie sich auch auf dem Gang bewegen durften. In der Mitte des Ganges verlief ein betonierter Graben, in dem die Heizungsrohre verlegt waren. Dieser Kanal war mit Stahlplatten abgedeckt, an denen einige Ecken fehlten. Neben den Heizungsrohren hatten Ratten ihr Revier, die durch diese Lücken in den Stahlplatten auch auf den Gang kamen. Jetzt begannen die siebzig Mann aus der Nachbarzelle Jagd auf die Ratten zu machen. Sie nahmen eine Waschschüssel aus Grauguss, die ziemlich schwer war, stülpten sie um, streuten Brotreste darunter und stellten sie auf einer Seite mit einem Stückchen Holz hoch. An dem Holzstück befestigten sie eine lange Schnur. Jetzt warteten sie, bis eine Ratte unter die Schüssel schlüpfte, um von dem Brot zu naschen. Dann zogen sie mit der Schnur das Holzstück weg, die Schüssel fiel runter und die Ratte war gefangen. Jetzt wurde die Schüssel so lange hin und her geschoben, bis der Schwanz der Ratte zum Vorschein kam. Dann musste jemand der Ratte auf den Schanz treten. Die Schüssel wurde beiseite genommen und die Ratte wurde erschlagen – natürlich war die Sache für den Mann, der auf dem Rattenschwanz stand, nicht ganz ungefährlich, denn die Ratten setzten sich zur Wehr und versuchten zu beißen – er konnte aber auch einen Schlag auf den Fuß bekommen. Aber es war ein erfolgreiches Unternehmen. An einem Sonntag, an dem auf dem oberen Gang kein Betrieb war, fingen sie sieben Ratten, – obwohl ich die Ruhe störte. Denn ich hatte meinen „Guten Tag“ und meine Freunde hatten mich vergessen.
„Krischan“ ein älterer Oberwachtmeister, der früher bei einem Bauern in der Gegend als Landarbeiter tätig war, hatte Dienst und sah vom oberen Gang der Rattenjagd zu.

Ich wartete, bis die Jäger wieder eine Ratte unter der Schüssel hatten, hörte, dass „Krischan" mit seinem Schlüsselbund spielte und donnerte gegen die Tür.
„Was ist los da unten?", rief „Krischan" runter.
„Ich habe meinen Guten Tag und nichts zu Fressen gekriegt!", rief ich zurück.
„Reiniger A I", polterte „Krischan" los.
Ich hörte, dass Schlauch, der inzwischen mit Albert Lau in die Reinigerzelle umgezogen war, rief: „Ja, was gibt es?"
„Ihr habt Euren Kumpel vergessen, der hat heute seinen „Guten Tag!""
Wenige Minuten später schloss Krischan die Tür auf.
Schlauch stand mit einem halb mit Erbsenpüree gefüllten Eimer vor der Tür.
„Mensch, Siegie, musst Du uns deshalb in der Mittagsruhe stören?", maulte er.
„Heinz, ich hab wirklich Hunger heute!"
„Hat er Brot genug?", fragte „Krischan".
„Das kann er nachher beim Kübeln kriegen!", sagte Schlauch.
„Aber nicht vergessen!", mahnte „Krischan".
Am 30. April kam mein zweites Paket von zu Hause – aus dem Westen.
Es war eigenartig – man sah schon am Äußeren aller Pakete, woher sie kamen – schon am Packpapier – das Östliche war farbloser – trister!
Ich wurde nach oben geholt. In dem Monatsbrief wurde ein Paketschein eingelegt, auf dem die Anweisung stand, welche Waren geschickt werden durften. Drei Kilo waren erlaubt. Butter oder Schmalz, Zucker oder Honig, Zwiebeln oder Knoblauch, Kekse und Dauerwurst. Fisch und andere Konserven waren nicht erlaubt.
So stand ich vor dem Tisch, auf dem die Pakete geöffnet und der Inhalt kontrolliert wurde.
Als Gefäß hatte ich nur meine Essschüssel mit.
„Haben Sie keine größere Schüssel?", fragte der Oberwachtmeister, der die Pakete ausgab und mit vorgebundener Schürze hinter dem Tisch stand.
„Nein!", antwortete ich.
„Dann ziehen Sie die Jacke aus!"
Ich zog meine Jacke aus und legte sie mit der Innenseite nach oben auf den Tisch.
Der Oberwachtmeister zerschnitt die Schnur, die die Verpackung des Pakets zusammenhielt mit einem Fleischermesser und warf sie

hinter sich, wo ein Reiniger sie auffing und in einen großen Sack stopfte. Das Packpapier flog hinterher, die Schnur, die den Karton zusammenhielt, ebenfalls. Der Zucker wurde in die Essschüssel geschüttet, die Kekse landeten lose in der Jacke, dazu kam die zerhackte Wurst, das in vier ungleiche Teile zerschnittene Stück Butter und die Zwiebeln.
„Wo bleib ich damit, ich habe keinen Schrank unten in der Zelle?“, fragte ich.
„Ach so – darf er die Sachen überhaupt mitnehmen, er sitzt ja im Arrest?“, überlegte der Polizist.
„Herr Oberwachtmeister, was soll das? Das blöde Paket Marschverpflegung für das er in den Keller ging – bei uns in der Zelle ist gerade ein Bett frei – Bei Euch regnet es heute Abend Sterne, – können Sie ihn nicht amnestieren?“, fragte einer der Reiniger, der neben dem Tisch stand, auf Plattdeutsch.
Der Oberwachtmeister überlegte kurz, sah uns der Reihe nach an, band die Schürze ab, wickelte das Messer darin ein, klemmte sich das Päckchen unter den Arm, grinste und sagte: „Ach, makt doch wat ji woellt!“
Damit beendete er die Paketausgabe und ging in Richtung Stern davon.
„So, und Du holst Deine Decken aus dem Keller und ziehst in das Bett über mir! Aber tob' nachts nicht so rum!“, sagte Konnie Abraham.
So kam ich in die Reinigerzelle.
Möbliert war diese etwas größere Zelle mit drei doppelstöckigen Betten, einem Tisch, zwei Hockern und einem Wandschrank ca. 1,50 x 0,5 x 0,5 m über dem Tisch, der in der linken Ecke neben der Tür stand. Ich bekam mein Bett rechts neben der Tür und meinen Raum im Schrank zugewiesen.
Die Kekse, die Wurst und einen Teil der Butter spendierte ich – als Einstand.
„Fast wie beim Tanz in den Mai!“, sagte Konnie Abraham, der sich für mich beim Oberwachtmeister eingesetzt hatte.
„Sag mal, kennst Du den Oberwachtmeister!“, fragte ich.
„Ja, wir kommen beide aus Plau!“, antwortete er.
„Was hast Du damit gemeint, dass es heute Abend Sterne regnet?“, wollte ich wissen.
„Morgen ist der Tag der Arbeit – und da gibt es Beförderungen bei der Volkspolizei!“, war die Antwort.

Konnie Abraham arbeitete bei seinem Vater, der in Plau eine Autoreparaturwerkstatt betrieb. Viele Kraftfahrzeuge gab es in der

DDR nicht – neue Fahrzeuge gab es nur für die Stasi, Volkspolizei, volkseigene Betriebe und MTS – Maschinen Traktoren Stationen. Die BMW-Werke hatten eine Niederlassung in Eisenach. Das Eisenacher Werk wurde 1945 enteignet, baute aber den berühmten V8 der Münchener weiter und bot das Fahrzeug international an. Die Schweden kauften achthundert Stück davon – stellten aber fest, dass das Fahrzeug nicht mit dem alten – schon vor dem Krieg in München gebauten Modell – übereinstimmte. Das Fahrzeug war zu schwer für den Motor. So mussten die Eisenacher die Fahrzeuge zurücknehmen. Davon profitierte die Stasi, denn wer konnte sich in der DDR schon solch ein Fahrzeug leisten? Aber die Münchener zogen vor Gericht und fortan durften die Eisenacher nur noch unter dem Nahmen „Eisenacher Motoren Werke“ – also „EMW“ produzieren und das blauweiße Emblem wurde in rotweiß umgewandelt.

In der DDR gab es keine Ersatzteile für die alten Fahrzeuge. Aber in West-Berlin war alles zu haben. So beschaffte die Firma Abraham – wenn die Kunden damit einverstanden waren – die nötigen Teile aus West-Berlin. Das war natürlich ein Verstoß gegen den innerdeutschen Zahlungsverkehr und das stand unter Strafe! So wanderte der alte Abraham für sechs Jahre in den Knast und sein Betrieb wurde enteignet.
Sein Sohn Konrad bekam ebenfalls fünf Jahre – der hatte natürlich seinen Motorradfreunden erzählt, wie es im Westen aussah – außerdem schmeckten ihnen die „Collie“ und „Lucky Strike“ – Zigaretten, die er mitbrachte, besser als die „Ostzonen-Collie“ der Marke „Turf“ – und auch die Mädchen schwärmten für die West-Schokolade. Das war natürlich prowestliche Propaganda, da er aber noch zu den Jugendlichen gehörte und von seinem Vater zu den West-Reisen angestiftet worden war, kam er mit fünf Jahren davon.
Der alte Abraham durfte sich jetzt seit zweieinhalb Jahren mit den Fahrzeugen der Strafvollzugsanstalt Bützow-Dreibergen in der betriebseigenen Werkstatt herumärgern, denn auch für die neuen Fahrzeuge gab es keine Ersatzteile – so etwas war eben nicht eingeplant!

In den ersten Tagen kam ich, nach den siebzehn Tagen ohne viel Bewegung, bei der ungewohnten Arbeit ganz schön ins Schwitzen: Morgens und abends Kübeln – das heißt, die Kübel, die von den Zelleninsassen vor die Türen der 44 Zellen der Station A I, des A-Kellers und des Heizungskellers gestellt wurden, zur Spülzelle, die neben der Reinigerzelle lag, tragen, in ein großes Spülbecken

entleeren, mit etwas Wasser und Chlorkalk versehen und wieder vor den Zellen abstellen. Das Gleiche geschah mit dem Schmutzwasser – wenn es nicht in die Kübel passte. Die Kübel aus den Zellen, in denen die Insassen Knoblauch verzehrten, stanken besonders penetrant! – Aber wir hatten Beschäftigung – und bekamen dafür pro Tag dreißig Pfennige – die in Form von Zigaretten ausgezahlt wurden. Da Ewald, Schlauch und ich nicht rauchten, hatten wir immer etwas zum Tauschen.
Am 2. Mai ging der Kalfaktor A II vom Stockwerk über uns, auf Transport nach Glowe. Auch Konnie Abraham ging auf Transport nach Glowe – für ihn zog Paule Schubert – ein erfahrener Knast-Hase, in das Bett unter mir.
Unser Hausarbeiter wurde Kalfaktor auf A II und Lübkemann machte Albert Lau zum H A I.
Gustav Goldbach rückte für ihn als Reiniger nach.
Aber auch bei uns kam es zu Reibereien. Eines Tages wurde Gustav zu „Black Prince" beordert.
„Black Prince" war der Verbindungsoffizier der Stasi. Der Mann war etwa 1,70 groß, schwarzhaarig, stets penibel mit einer dunkelblauen Uniform bekleidet. Er residierte still und unauffällig in seinem Büro – einer Zelle – rechts neben dem Haupteingang.
Als ich kurz die Zelle verließ und Richtung Stern blickte, sah ich den Grevesmühlener Stasichef Schubert in dem Gittervorsprung stehen, der vom Eingang etwa einen Meter in den Stern hinein ragte, damit man vom Eingang her alle Stationen übersehen konnte.
Was wollte Schubert in Bützow? Nach Gustav wurde auch Gerhard Stiehr geholt.
Gustav hatte einem Entlassenen zwei Briefe an Kietzer mitgegeben. In einem Brief hatte er Apfelsinen mit Kernen angefordert, im anderen Detektor-Steine, um einen Radioempfänger bauen zu können. Gerhard, als Radiobastler, hatte die Idee gehabt. Den Brief mit der Bitte um Apfelsinen hatte die Stasi irgendwie abgefangen und da Schubert unseren Fall bearbeitete, war er deshalb zu uns nach Bützow gekommen, um der Sache auf den Grund zu gehen. Gerhard ließ sich von Schubert ausquetschen und erzählte, dass Gustav bei Kietzer Detektor-Steine bestellt habe.
Schubert reiste wieder ab, es geschah weiter nichts, aber das Verhältnis Goldbach – Stiehr war seit diesem Vorfall nicht mehr das Beste. Gerhard, dem die Arbeit als Reiniger sowieso nicht zusagte, fand Anschluss an die Kulturgruppe und ließ sich in eine normale Zelle verlegen.
Gerhard Stiehr war 1941 mit mir zusammen zur Oberschule nach

Grevesmühlen gekommen. Seine Eltern leiteten die Filiale der „Tams & Garfs"-Handelskette in Grevesmühlen. Sein Vater, der einige Jahre beim 100.000-Mann-Heer der Weimarer Republik gedient hatte, wurde 1939 sofort zur Wehrmacht einberufen und fiel in den ersten Kriegstagen in Polen. Gerhard war sehr begabt und wurde mit nur drei Grundschuljahren ausnahmsweise zur Oberschule zugelassen.
Da 1941 besonders viele Schüler auf die Oberschule drängten, wurde der Jahrgang in zwei Klassen aufgeteilt. Anfangsbuchstabe A bis L kam in die „A"-Klasse, der Rest kam in die „B"-Klasse. Von Anfang an herrschte eine gewisse Rivalität zwischen den beiden Parallelklassen, was beim Sport begann, hier spielte beim wöchentlichen Fußballspiel grundsätzlich A gegen B – setzte sich im Englisch – und anderen Unterrichtsfächern fort.
Gerhard und ich waren keine großen „Sportskanonen" und so gehörten wir auch meistens nicht zur Fußballmannschaft. Für die gegenseitigen Hänseleien in den anderen Fächern hatten wir beide wenig Verständnis.
Auch die Nachmittage mit dem Deutschen Jungvolk hielten wir für vertrödelte Zeit. Gerhard half lieber zusammen mit seinem älteren Bruder seiner Mutter im Geschäft, das sie nach dem Tod des Vaters alleine weiter führte, während ich es vorzog unseren Eltern auf dem Hof und im Garten zu helfen und dem Jungvolk möglichst nur einen Nachmittag in der Woche opferte.
Auch nach meinem Schulabgang 1947 traf ich Gerhard gelegentlich, wenn ich in Grevesmühlen zu tun hatte. Er machte 1951 sein Abitur. Er hätte gern studiert – aber als Sohn einer selbständigen Unternehmerin hatte er schlechte Karten. Nachdem die Handelskette Tams & Garfs enteignet und die Geschäfte vom Konsum betrieben wurden, war seine Mutter Angestellte und man bot Gerhard einen Studienplatz in Dresden an: Gesellschaftswissenschaft!
„Bin ich denn verrückt und studiere etwas wovon ich nicht zu überzeugen bin?", fragte Gerhard mich, als wir uns im Februar 1952 auf einem Schulfest trafen. Er war begeisterter Radiobastler und wollte etwas in dieser Richtung studieren. So bewarb er sich in West-Berlin und wurde angenommen. Einen Tag vor seiner Abreise sorgte Paul Budzien dafür, dass Schubert ihn verhaften konnte. Jetzt saßen wir zusammen in Bützow.

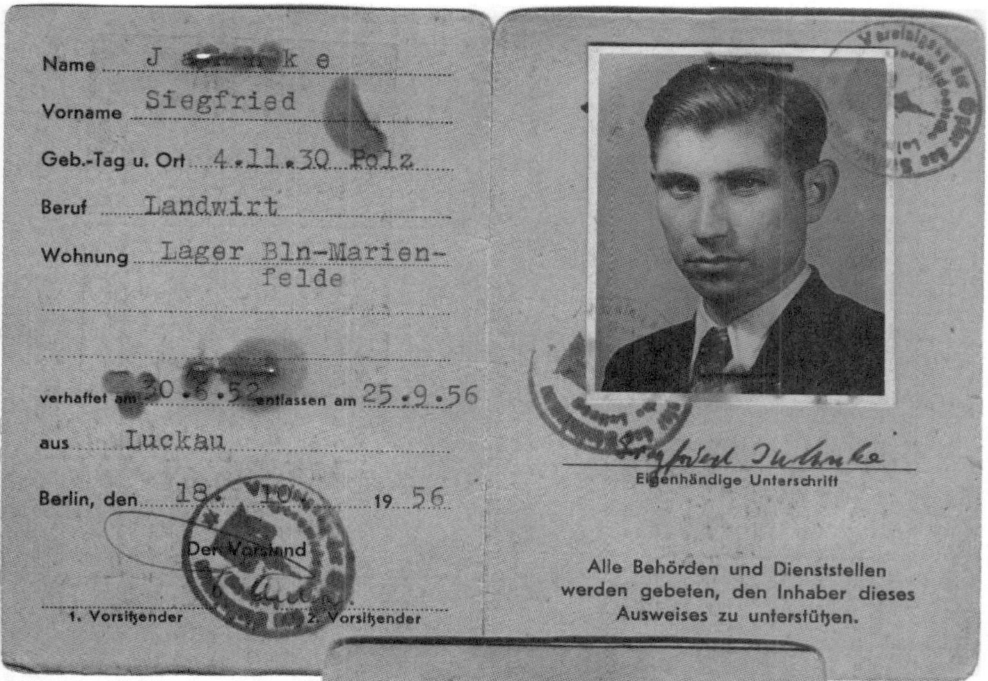

Name J [redacted] k e
Vorname Siegfried
Geb.-Tag u. Ort 4.11.30 Polz
Beruf Landwirt
Wohnung Lager Bln-Marien-felde
verhaftet am 30.6.52 entlassen am 25.9.56
aus Luckau
Berlin, den 18. 10. 1956
Der Vorstand
1. Vorsitzender 2. Vorsitzender

Eigenhändige Unterschrift

Alle Behörden und Dienststellen werden gebeten, den Inhaber dieses Ausweises zu unterstützen.

Vereinigung der Opfer des Stalinismus e. V.
BERLIN-CHARLOTTENBURG 1
~~RICHARD - WAGNER - STRASSE 51~~
TELEFON ~~34 83 22~~ 32 77 32
Postscheck: Berlin-West 59300

Mitglieds-Ausweis

Nr. 19 592

VOS

Eintrittsdatum: 18.10.56

Ausweis von der „Vereinigung der Opfer des Stalinismus e.V.“

Familie Jahnke – hinten v.l. Hanna, Dieter; vorne v.l. Wolfgang, Eltern, Siegfried

Cousine Hilde und Hanna Jahnke vor dem Haus in Tankenhagen, 1951

Stasi-Zentrale in Grevesmühlen, Gerberhof 1

v.l. Heinz Zander, Siegfried und Wolfgang Jahnke, 1950

Siegfried Jahnke in Celle

Siegfried Jahnke 1956

FREIE DEUTSCHE JUGEND
Zentrale Schulgruppe
Grevesmühlen

Grevesmühlen, d. 28. März 1950

An den Jugendfreund Wolfgang J a h n k e

Im Interesse einer weiteren aufbauenden Arbeit in der Schulgruppe ist der Vorstand der Zentralen Schulgruppe gezwungen, Dich wegen Deines fortwährenden organisationsschädigenden Verhaltens und der bewußten Störung der Arbeit der Freien Deutschen Jugend nicht nur in Deiner Grundeinheit, sondern darüberhinaus in der ganzen Mitgliedschaft, mit Organisationsstrafen zu belegen. Der Vorstand weist darauf hin, daß er es nicht an kameradschaftlichen Ermahnungen fehlen ließ und Dich immer wieder auf Dein verfassungswidriges Verhalten aufmerksam gemacht hat. Durch Dein Benehmen hast Du wiederholt in grober Weise gegen die Verfassung der Freien Deutschen Jugend und die Beschlüsse der Jahreshauptversammlung der Zentralen Schulgruppe, vor allem gegen die "Entschließung zur Mitarbeit der Mitgliedschaft" verstoßen, die Du selbst mit angenommen hast. Weiterhin gefährdet Dein Verhalten die Erfüllung der Arbeitspläne, für die auch Du gestimmt hast.

Der Vorstand macht deshalb aus dargelegten Gründen von seinem Recht Gebrauch, Dich auf Grund des Artikels 27 unserer Verfassung gleichzeitig mit dem Verweis und der Rüge zu bestrafen. Der Vorstand behält sich das Recht vor, den übergeordneten Leitungen bei Beibehaltung Deines Verhaltens hiervon Mitteilung zu machen und Deinen Ausschluß aus der Freien Deutschen Jugend in Betracht zu ziehen.

Die Gruppenleitung.

H. Herrmann   I. Karge   H. Willamowski   G. Rechel   E. Likmanis   J. Jager

Verweis des Bruders FDJ

Der Niedersächsische Minister für Vertriebene, Flüchtlinge und Kriegssachgeschädigte
Der Beauftragte für das Verteilungsverfahren im Notaufnahmelager Berlin

Berlin, den 19. Oktober 1956

Einweisung № 2061

Nachstehend bezeichnete Personen, die gemäß § 17 der Durchführungsverordnung zum Notaufnahmegesetz dem Land Niedersachsen zugewiesen worden sind, werden in die

Gemeinde/Stadt Osterbruch Kreis Land Hadeln Bezirk Stade
eingewiesen:

1. J a h n k e, Siegfried, ledig, Landwirt geb. 4.11.1930
2. geb.
3. geb.
4. geb.
5. geb.
6. geb.

(Stempel: Der Niedersächsische Minister für Vertriebene, Flüchtlinge und Kriegssachgeschädigte – Der Beauftragte für das Verteilungsverfahren im Notaufnahmelager Berlin)

Einweisung nach Niedersachsen

JVA Bützow

„Die weiße Wand“

JVA Bützow Seitenflügel

Zuchthaus Luckau, Ein- oder Ausgang

Quelle: Brandenburgisches Landeshauptarchiv, Potsdam

Zellenbau Luckau

Quelle: Brandenburgisches Landeshauptarchiv, Potsdam

Zelle im Zuchthaus Luckau

Quelle: Brandenburgisches Landeshauptarchiv, Potsdam

Kuno-Fischer-Straße in Berlin

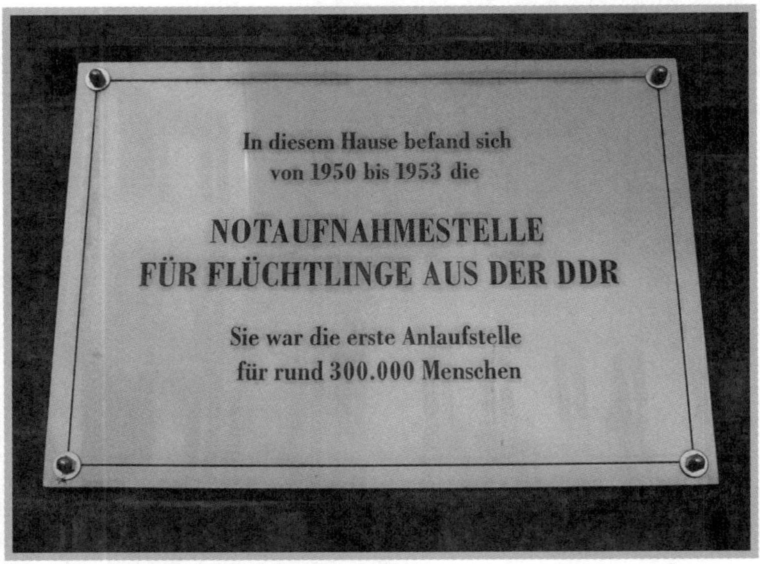

Notaufnahme in der Kuno-Fischer-Straße

Siegfried Jahnke & Gretel Wegener,
Treffen in Bützow 2008

Professor Dr. Gerhard Meinl
(Verfasser Vorwort)

v.l. Norbert Makowski, Siegfried Jahnke, Heinz Zierow und Stefan Groppker am Denkmal in Bützow

Groß-Varchow,
d. 28. X. 09

Lieber Herr Jahnke!

Seit Tagen befasse ich mich mit Ihrem umfassenden Lebensbericht. Er geht mit mir um, weckt böse Träume, und immer wieder finde ich Parallelen. Es ist das gleiche teuflische Machwerk, unter dem Tausende haben leiden müssen und an dem sie zerbrochen sind. Wir waren noch jung und kamen aus stabilen bäuerlichen Verhältnissen. Das hat uns hindurchgetragen. – Aber wie Recht haben Sie, in dem Sie den Spruch an der Wand beanstandeten. Nein, die Erinnerungen machen nicht frei, aber sie gebieten uns, sie zu bewahren. Und das haben Sie einzigartig getan. –

Ich habe jedenfalls noch keinen so ausführlichen Bericht über diese Zeit gelesen. So war es wirklich! Und die kleinen häßlichen Dinge machten ja den Haftalltag aus. Die

Schikanen, denen man jederzeit ausgesetzt war, aber vor allem der Verrat eigener Haftgenossen konnten zermürben. Aber Sie mit Ihrem positiven Menschenbild und jugendlichen Elan haben gewiß manchen aufgerichtet.

Ich bewundere Sie, daß Sie so viele Schicksale zeichnen. Das allein ist eine wichtige Dokumentation. Man möchte es denen vorlesen, die jeden Tag sagen: „In der DDR war alles besser." Man muß zu ihrer Entschuldigung sagen, daß sie ja noch gar nicht diese Zeit erlebt haben, aber auch der Mantel des Schweigens sich über alles gelegt hatte. Nun aber dürfen wir davon reden und sollen es tun, solange wir können. – Ich wünsche Ihnen, daß Ihr Bericht bald gedruckt und verbreitet wird. Er ist außerordentlich wichtig. Ich schicke Ihnen alles zurück, damit andere es lesen können.

Ihnen aber danke ich herzlich und wünsche Ihnen alles Gute bis auf ein Wiedersehen in Bützow.

Ihre Gretel Wegener

Brief von Gretel Wegener an Herrn Jahnke, 2009

Gustav Goldbach war ein Jahr älter als wir. Seine Mutter hatte ihn alleine aufgezogen – seinen Vater kannte er nicht. Er war sehr begabt und machte neben der Schule auch im Deutschen Jungvolk Karriere. Bei Kriegsende war er Jungstammführer. So war es nicht verwunderlich, dass er auch am „Wehrwolf"-Lehrgang teilnahm und nach dem Krieg im Sowjetischen Speziallager Fünfeichen bei Neubrandenburg landete. Nach drei Jahren wurde er entlassen. Er versuchte es im Westen bei den Amerikanern. Aber die Amis wollten ihn als Agenten in der Ostzone einsetzen. Das behagte ihm nicht. Also ging er zurück und begann als Arbeiter- und Bauernstudent in Rostock Medizin zu studieren. Ich verstand mich sehr gut mit ihm. Ich konnte nicht begreifen, dass in der DDR die gleichen Fehler gemacht wurden wie in der Sowjetunion nach der Oktoberrevolution. Wieso musste die Wirtschaft zerschlagen werden?
Unter den Neuzugängen war ein Müller aus Waren an der Müritz, der hatte immer einen kompletten Satz Reservemaschinen in seiner Werkstatt stehen, damit er – wenn eine Maschine ausfiel – sich nicht erst nach einem Ersatz umsehen musste, sondern die defekte Maschine sofort austauschen konnte. Da er einige Maschinen aus dem Westen beschafft hatte – ohne dafür eine Genehmigung der DDR-Behörden eingeholt zu haben – saß er jetzt wegen Vergehen gegen den innerdeutschen Zahlungsverkehr mit zehn Jahren in Bützow. Sein Vermögen wurde eingezogen. Seine neuwertigen und modernen Reservemaschinen wanderten in den Schrott.
„Ich könnte mir die Haare ausraufen!", sagte er als er mir vor der Kammer seine Geschichte erzählte.
„Sei froh, dass sie Dir schon eine Glatze verpasst haben und da nichts mehr zu raufen ist!", sagte einer seiner neuen Kameraden.
Alle lachten.
„Ja ja, Humor ist, wenn man trotzdem lacht!", lachte der Müller mit, „Aber so etwas kann doch nicht gehen, wenn sie die Maschinen wenigstens in ihren Genossenschaftsmühlen eingebaut hätten – aber neue, modernste Maschinen zu verschrotten, das kann doch kein normaler Mensch verstehen!"
Gustav versuchte mir zu erklären, wieso in der DDR alles nach dem Vorbild der KPdSU (B) geschehen musste. Die Bodenreform wurde durchgeführt, damit unter den Landarbeitern ein Proletariat entstand, das es unter normalen Umständen unter der Landbevölkerung sonst nie gegeben hätte.
„Aber bei uns in Deutschland herrschen doch ganz andere Verhältnisse. Die Landarbeiter bei uns leben doch besser, als die russischen!"

„Deshalb muss es den Deutschen erst einmal so schlecht gehen wie den Russen!“
„Und Das nennt die Partei des „Neuen Typus“ dann Fortschritt!?“
Auch der Wurstfabrikant Fritz Schulz und die Brüder Scherping, die Inhaber der Spirituosenfabrik „Güldenstern“ aus Ludwigslust, waren eines Tages unter den Neuzugängen. Die bei ihnen bei den Hausdurchsuchungen aus den Schränken geholten Haushaltsgegenstände - wie feines Porzellan und Damasttischtücher - hatte man öffentlich zur Schau gestellt und die Unternehmer auf daneben aufgestellten Plakaten als Schmarotzer diffamiert.
Für viele war die Enge in den Zellen und die sanitären Verhältnisse eine Erniedrigung ersten Ranges. Auch für uns war es nicht erfreulich - aber wir waren zusammen und heiterten uns immer wieder gegenseitig auf.
Das ganze Ausmaß dieses Elends bemerkte ich erst, wenn ich abends, beim Herausnehmen der Oberbekleidung in die Zellen hineinsah und die sieben oder acht Mann in einer Einmannzelle in Hemd und Unterhose stehen sah. Wenn man selbst dazwischen stand, sah man das nicht.
„Du musst „Die Geschichte der KPdSU(B)“ von Lenin lesen - aber die ältere Einbändige -, dann wirst Du es verstehen!“, versuchte Gustav mir die Sache verständlich zu machen.
Es gab Tage, da ging die Arbeit bis in die Nacht. Wenn der „Grotewohl-Express“ neue Leute brachte, kamen sie abends bei uns an. Dann mussten wir ihre Sachen, die sie nicht in den Zellen haben durften, wie Tabakwaren, Feuerzeuge, Schreibzeug und Brieftasche mit Papieren, in Kartons verpacken und mit Namen versehen. Am nächsten Tag ging dann einer von uns mit ihnen zur Effektenkammer, wo sie die Sachen abgaben.
Hier machten wir dann noch mit Ihnen Geschäfte - die Tabakwaren wurden aus den Kartons geholt und geteilt. Anschließend ging es zur Kleiderkammer.
Hier lernte ich Leute kennen, die mir in den nächsten Jahren immer wieder über den Weg liefen, und die sich bis heute an mich erinnern: „Du warst beim Empfangskomitee!“, heißt es immer wieder, wenn wir uns treffen.
Da war die Feuerwehr aus Neustadt-Glewe. Immer wieder brannte es in der Umgebung dieses Städtchens. Stets war die Freiwillige Feuerwehr Neustadt-Glewe als Erste am Brandherd und wurde des Öfteren prämiert - es sprang immer mindestens eine Kiste Bier dabei heraus!

Dann brannte eines Tages eine Scheune, in der in einem Verschlag die Transparente und Fahnen der SED lagerten. Diese Utensilien verbrannten natürlich mit. Die Stasi war sofort an Ort und Stelle, um zu ermitteln.
Nun hatte sich einer der Feuerwehrleute ein Bein gebrochen und lag auf einer Tragbahre.
Als einer der Wehrführer sich um ihn bemühte sagte er: „Da habt Ihr doch wohl wieder dran gespielt – oder?"
Ein Stasimann hörte das Gespräch mit und so saß wenig später die gesamte Neustadt-Glewer Feuerwehr im Schweriner Stasigefängnis in der Klosterstaße 1.
Dazu kam Andreas Meyer aus Muchow, einem Bauerndorf bei Grabow. Mayer war einfacher Landarbeiter, der als Witwer seine sieben Kinder alleine durchfütterte und versorgte. So ging er hin und wieder mit einem alten Wehrmachtskarabiner 98 K wildern, um etwas „Ordentliches" in den Kochtopf zu holen.
Dabei kam heraus, dass der zuständige Förster ihn einmal dabei erwischte, als er ein erlegtes Wildschwein zerlegte. Der Förster hatte ihn – weil er Mayer sonst als netten, immer hilfsbereiten Bürger kannte – nur verwarnt – und nicht wegen unerlaubtem Waffenbesitz angezeigt.
Auch der Förster landete in der Klosterstraße.
Jetzt stand ich mit dieser „Bande" vor der Kammer und sollte für Ruhe und Ordnung sorgen!
Das war gar nicht so einfach! Auf der linken Seite des Ganges die Effektenkammer. Jeder trat einzeln ein, um seine privaten Dinge, die in den Zellen nicht erlaubt waren, abzugeben und registrieren zu lassen. Danach über den Gang zu Hauptwachtmeister Kaglin in die Kleiderkammer zum Einkleiden. Dazwischen die „Kranken", die auf dem Weg ins Revier oder zurück einen Bekannten getroffen hatten. Wiederholt forderte Kaglin mich auf, für Ruhe zu sorgen.
Aber ich war doch viel zu neugierig, denn mich interessierte eben: Wieso so viele schlichte – eigentlich politisch völlig uninteressierte – Menschen als Staatsfeinde im Zuchthaus landeten.
Von der Neustadt-Glewer Feuerwehr wurden die beiden Hauptverantwortlichen, Paul Warnke und Gerhard Ihde, zu Lebenslänglich und sechs weitere zu acht bis zehn Jahren „Z" = Zuchthaus verurteilt. Andreas Mayer bekam sieben Jahre und der Förster fünf Jahre Zuchthaus.
Das alles nur wegen der verbrannten SED-Fahnen und Transparente, wegen der die Sache politisch ausgelegt und so nach dem Artikel VI der DDR-Verfassung unter Anklage gestellt wurde.

Den Bauern, die ihre Selbstständigkeit bewahren wollten, versuchte man durch hinterhältige Tricks beizukommen: Da war Heinrich Korupp aus Muchow. Er bewirtschaftete seinen 50-Hektar-Betrieb und den 60-Hektar-Betrieb seiner Frau, den sie mit in die Ehe gebracht hatte, vorbildlich. Ihm war wegen schlechter Sollerfüllung nicht beizukommen. So pirschten sich die Agitatoren der SED an seine Arbeiter heran und versuchten sie auszuhorchen. Aber die Arbeiter ließen auf ihren Bauern nichts kommen!
„Auch in den schlechten Zeiten nach dem Krieg hat er für uns gesorgt! Wenn kein Fleisch mehr da war, wurde eben ein Schwein geschlachtet und alle haben ihr Teil abbekommen!“, nahmen sie ihren Chef bei einem Glas Bier in der Dorfkneipe in Schutz.
Schon hatten sie Heinrich Korupp am Kragen! Er hatte wiederholt seinen Viehbestand nicht richtig angegeben – und schwarzgeschlachtet. Das war ein Wirtschaftsvergehen und damit bekam Korupp sechs Jahre, seine Betriebe wurden enteignet und seine Familie konnte froh sein, dass sie in ihrem Haus weiterhin wohnen durften.
Sein Land wurde mit einigen anderen Betrieben, deren Besitzer in den Westen geflohen waren, oder deren Besitzer wirtschaftlich nicht so gut dastanden, zu einer LPG zusammengefasst.
Ein Mal schickte mich Lübkemann zur Schleuse: „Siegfried, geh mal nach vorne, dort ist eine ältere Frau, die soll hier eingekleidet werden. Sie kann alleine nicht so weit laufen. Sieh' zu, wie Du sie herbringst!“
Ein altes, zierliches Mütterchen erwartete mich in der Schleuse. Ich bückte mich, legte einen Arm um ihre Schultern, schob den anderen Arm unter ihre Knie, hob sie an und trug sie über den Hof in den Bau zur Kammer, wo sie unter Aufsicht von „Isolde“, einer jungen Wachtmeisterin, eingekleidet wurde und danach zurück zur Schleuse.
Nach diesem Erlebnis war ich froh, dass meine Mutter im Westen war und dass ihr solche Erlebnisse erspart blieben.
Ein besonderes Problem waren die Flöhe. Wie schon gesagt, litt Heinz Zander besonders unter ihnen. Aber auch wir Alle hatten ständig irgendwo Quaddeln von ihren Bissen. Gerhard Stiehr, der sich nicht für die Arbeit als Reiniger begeistern konnte, saß jetzt in einer Zelle, in der 20 Mann hausten auf dem A I-Hinterflügel und jagte – wenn er nicht bei der Kulturgruppe am Klavier saß – Flöhe. Er fing und knackte an einem Tag über 140 Stück, die er in ein Marmeladenglas warf, damit wir sie nachzählen konnten. Gustav machte sich die Mühe – es stimmte.

Wir hatten die Möglichkeit, uns aus dem Krankenrevier die Flitspritze zu holen und damit unsere und die Kalfaktorzelle hin und wieder zu „Entflöhen".
Ein Mal kam „Krischan" darüber zu, als wir uns gegenseitig einen Ladung Flit unter die Jacken bliesen. Er stellte sich in die Reihe, öffnete seine Jacke und forderte uns auf: „Gebt mir auch eine ordentliche Ladung unter die Jacke! Es ist ja nicht zum Aushalten mit den Biestern! Auch zu Hause, Frau und Kinder alle haben Flöhe!"

Eines Tages schickte Lübkemann Heinz Zierow und mich in den Keller, um in der großen Zelle, die seid zwei Wochen nicht belegt war, aufzuräumen. Sofort sprangen uns die ausgehungerten Flöhe an und fielen über uns her. Wir eilten erst einmal ins Revier, um die Flitspritze zu holen. Aber im Revier hatten sie nur „Mux" anzubieten. Dieses Mittel durfte eigentlich nur gegen Fliegen angewendet werden, wirkte aber auch gegen Flöhe – es durfte nur nicht auf die nackte Haut gelangen! Heinz Zierow und ich waren aber so „verflöht", dass wir alle Vorsicht außer Acht ließen! Als wir merkten, dass das Mittel auf der Haut zu brennen begann, rannten wir sofort zum Bademeister unter die Dusche und seiften uns gründlich ein. Trotzdem liefen Heinz und ich drei Tage lang mit einem Brennen in der Schamgegend herum, als hätten wir uns einen „Wolf" gelaufen.
Am einfachsten konnten wir die Tiere beim Essenausteilen erwischen. Wenn uns von der Anstrengung beim Kesseltragen der Schweiß ausbrach, wurde es ihnen unter der Kleidung zu warm und sie strebten nach oben, um über den Kragen zu entkommen. Wenn wir dann mit einem sicheren, schnellen Griff einen Floh zwischen Finger und Nacken bekamen und den Finger mit entsprechendem Druck einige Zentimeter über die Haut zogen, war der Floh erledigt.
Aber dann trat eine Wendung ein: Am 8. Mai – dem „Tag der Befreiung" – begann morgens um 6 Uhr eine Riesenfilzung! Alle Zellen wurden von einem Sonderkommando durchsucht! Die Strohsäcke wurden aus den Zellen in das Netz zwischen den Geländern geworfen, die Insassen auf dem Gang nackt gründlichst begutachtet, Die Bekleidung abgetastet, besonders die Nähte abgesucht. Die Zellen in jedem Winkel ausgeleuchtet und die Gitter mit einem Spezialhammer abgeklopft, ob sie eventuell angesägt waren. Anschließend kamen die Strohsäcke in eine andere Zelle. Wir Reiniger wurden nach dem Kübeln eingeschlossen.
Die Flöhe nahmen dieses Manöver besonders übel und sprangen die jungen Polizisten – die wir vorher noch nie gesehen hatten – an und klammerten sich in ihrer Kleidung fest.

Um 9 Uhr war Frühstückspause. Nach der Pause erschienen die Polizisten in Overalls mit zugebundenen Ärmeln und Hosenbeinen.
Als „Krischan" uns nach der Aktion aus der Zelle ließ, konnte Ewald sich die Frage: „Na, hat man das Maschinengewehr gefunden?" nicht verkneifen.
„Nee, aber jetzt haben die Bubis von der Bereitschaft die Flöhe auch in ihrer Unterkunft!", antwortete „Krischan" mit einem schelmischen Lächeln.
Sechs Wochen später waren die Flöhe weg! Das Stroh aus den Strohsäcken wurde verbrannt und durch frisches ersetzt. Die Strohsäcke wurden vor dem Befüllen mit frischem Stroh im Revier in einem Desinfektionsofen entlaust, desgleichen die Decken. Zellen und Insassen wurden ausgiebig mit einem wirksamen und ungefährlichem Insektizid entflöht. Wenn irgendwo wieder Flöhe auftauchten, kam sofort ein Sanitäter und sprühte die Zelle mit einem Insektizid aus. Mit den Neuzugängen kam eines Tages ein Landarbeiter, der auf der Insel Rügen auf einem volkseigenem Gut für die Sauen und Ferkel verantwortlich war. Er hatte nach dem Gesetz zum Schutze des Volkseigentums sechs Jahre Zuchthaus bekommen – aber er war sich keiner Schuld bewusst. Er hatte gewissenhaft seine Ferkel versorgt – aber ihm fehlten immer wieder einige von seinen Schutzbefohlenen. In drei Monaten waren ihm so einhundertfünfzig Ferkel abhanden gekommen. Der Mann war total am Boden, als er mir seine Geschichte erzählte, als ich mit ihm und einigen anderen Neuen vor der Kammer wartete.
„Ach erzähl' doch nicht so 'ne Opern – ihr habt die Ferkel verkloppt und Euch aus der HO einige Flaschen von der besten Sorte geholt und abends einen auf „Dolce Vita" gemacht!", versuchte ich ihn auf die Schippe zu nehmen.
„Was denkst Du Dir eigentlich! Ich bin seit zwei Jahren glücklich verheiratet und wir erwarten in vier Wochen ein Kind!", antwortete der Mann fast weinend.

Zwei Tage nach dem großen Flohmanöver hatte Schlauch Besuch. Er durfte seiner Mutter eine halbe Stunde gegenübersitzen und beide freuten sich, dass sie gesund waren. Aber als er zurückkam und mich sah, brüllte er mir aus der Mitte des A I-Vorderflügel entgegen: „Siegie, wir werden alt!"
„Was hast Du?", fragte ich.
„Deine Hildegard ist verheiratet und die Regine ist verlobt!"
Wir gingen in die Reinigerzelle, ich setzte mich an den Tisch, Heinz warf sich auf sein Bett.

„Hast Du Regine irgendetwas versprochen?“, fragte ich.
„Nein, wir haben immer viel miteinander getanzt – und ich konnte mich nett mit ihr unterhalten!
Und außerdem kann man einem Mädchen etwas versprechen? In dieser Zeit, ewig mit dem Gefühl im Nacken, dass einem so etwas passieren kann, wie es eben uns passiert ist?“
„Na, siehst Du, und von „Deiner Hildegard“ zu sprechen ist auch übertrieben!
Sie ist ein wirklich nettes Mädchen, mit ihren blonden Haaren, ihren rehbraunen Augen und in ihren Kleidern im „New Look“. Aber beim letzten Treffen, Pfingsten in Hohenschönberg, sagte sie, sie unterrichtet Geschichte nach einem halben Jahr Ausbildung in Neukloster am Lehrerseminar! Was soll dabei herauskommen?
Mensch, Heinz, wir haben fast ein Jahr rum – in zwei Jahren bist Du draußen – pass bloß auf, dass Dir nichts passiert. Deine Mutter hat nur einen Sohn!“
„Und Du? Deine Mutter hat nur einen solchen Sohn! – Hoffentlich ist in zwei Jahren der Zugang nach West-Berlin noch offen!“
„Eure Gedanken sind schon in Ordnung – aber Ihr müsst vorsichtiger werden – auch hier kann der Feind mithören! Ansonsten, es ist Zeit zum Essen holen!“, sagte Ewald vom oberen Bett herunter.
Auch ich bekam Besuch. Onkel Walter kam, wir standen uns gegenüber, reichten uns die Hand. Seine harte schwielige Hand drückte für einige Sekunden meine Hand, an der inzwischen, vom Arbeiten mit dem Schrubber, die ersten Blasen verheilt waren. Dann saßen wir uns an einem Tisch gegenüber, Er zeigte mir Bilder von meinen Eltern und Geschwistern, die vor einem Niedersächsischen Bauernhaus standen, auf dem ein Storch sein Nest hatte.
„Und wie geht es Dir so – ist Erna noch bei Dir?“, fragte ich ihn.
Erna war eine Bäuerin aus dem Warthegau, die ihn seit dem Tot seiner Frau in Haus und Hof unterstützte.
„Ja, ich muss sie wohl so heiraten!“, antwortete er.
Nach einer halben Stunde reichten wir uns zum Abschied die Hände.
„Ich komm’ wieder, wann immer Du mich rufst!“, sagte er, bevor er ging.

Zur Freistunde ging immer einer von uns Reinigern mit nach draußen, um den Vorturner bei den Gymnastikübungen zu machen. Die Freistunde dauerte dreißig Minuten. Dabei liefen wir auf zwei gepflasterten ca. einen Meter breiten Wegen mit einem Meter Abstand im Kreis hintereinander her. Im größeren äußeren Kreis

gingen die jungen und gesunden, im inneren, kleineren Kreis gingen die Fußkranken, die Älteren und Behinderten.
Wieder einmal saß der Helgoländer in Absonderung – das heißt, er saß in einer Einzelzelle aber mit voller Verpflegung. Die Zelleninsassen, mit denen er den Raum teilte, hatten sich über sein Kauderwelsch beschwert.
Opi Ahrens ließ auch die Arrestanten regelmäßig in einer gesonderten Freistunde auf den A-Hof.
Meistens nahm er mich mit zu dieser Freistunde. Wenn Gotthard Worst dabei war, sagte er: „Bleiben Sie dicht hinter ihm und wenn er einen Satz über die Mauer machen will, kriegen Sie ihn sofort am Kragen!“
Aber Gotthard setzte bei Opi Ahrens' Freistunde nicht zum Sprung über die Mauer an.
Nun gab es seit vier Wochen einen hauptberuflichen Fensterputzer bei uns in Bützow. Dieser Mann war ein „Selbststeller“, dass heißt er war verurteilt, konnte aber selbst bestimmen, wann er seine Strafe antreten wollte. Der Mann war zu vier Monaten verurteilt.
„Wahrscheinlich ein „Blümchenpflücker““, meinte Paule Schubert, der seine letzten drei Monate von seinen ehemals fünf Jahren bei uns in der Reinigerzelle „abschrubbte“.

Paule war Thüringer und Fahrer bei einem Polizeioffizier bei der K5, dem Vorläufer der Stasi, gewesen. Sein Chef wollte sich in den Westen absetzen, hatte sich aber vorher in West-Berlin bei den „Freiheitlichen Juristen“ erkundigt, an welchen Unterlagen man besonderes Interesse habe. Die Rückreise aus West-Berlin endete im „U-Boot“ in Hohenschönhausen. Paule bekam fünf Jahre, sein Chef zehn Jahre „Z“.
Paule war so etwas, was man als „prima Kumpel“ bezeichnet. Das Einzige, was mir an ihm nicht gefiel, waren seine zum Teil sehr obszönen Ansichten über Frauen. Nur auf seine eigene ließ er nichts kommen. Sie versorgte ihre drei gemeinsamen Kinder und machte sich alle drei Monate auf den weiten Weg, um ihn zu besuchen.
Als er eines Tages sah, dass ich mich mit Beenesch unterhielt, sagte er: „Siegie, nimm Dich vor Dem in Acht, der hat im „U-Boot“ für doppelte Portionen seine ganze Familie ans Messer geliefert!“
„Was meinst Du mit „Blümchenpflücker““, wollten wir wissen.
„Na, das ist so Einer, der kleine Mädchen belästigt!“, klärte Paule uns auf.
Der Fensterputzer erschien eines Tages, um seine Strafe anzutreten.

So etwas kam natürlich nicht alle Tage vor. So wurde Ackermann, der seit Dezember 1952 das Kommando hatte, über den seltenen Fall informiert.
„Was ist er von Beruf?“, ließ Ackermann fragen.
„Fensterputzer!“, lautete die Antwort.
„Hat er sein Werkzeug mitgebracht?“
„Nein!“
„Dann soll er morgen mit seinem Geschirr wiederkommen!“
Jetzt sollte der Fensterputzer erst einmal den Kalk, der beim Übertünchen des roten Backsteinbaues auf die Fenster der Netzstrickerei geraten war, entfernen.
Auch „Schorsch“ – wie wir ihn nannten – ein junger Wachtmeister, der immer, sowohl im Gesicht, wie auch in der Uniform irgendwie schmuddelig aussah, sich aber menschlich einwandfrei benahm, ließ die Arrestanten zur Freistunde raus.
Als ich hinter dem „Helgoländer“ die vierstufige Treppe zum A-Hof hinunterging, war der Fensterputzer dabei, eine Leiter so aufzustellen, dass er an die Fenster der Netzstrickerei heran kommen konnte. Plötzlich zog Gotthard einen Holzschuh aus und stürzte sich mit einem Schrei in seinem Kauderwelsch auf den erschrockenen Fensterputzer. Ich sprang vor, kriegte Gotthard am Kragen und riss ihn zurück.
Auch „Schorsch“ sprang hinzu, drehte Gotthard einen Arm auf den Rücken und führte ihn zurück in den Bau über den Stern in seine Zelle auf dem A I-Vorderflügel.
Plötzlich war die Hölle los! Im ersten Stock vor dem Kommandoleiterzimmer stand „Jumbo“, er trat an das Geländer, das den Gang vor den Zimmern zum Stern hin absicherte, und brüllte los: „SS-Methoden, SS-Methoden!“
Der Polizeimeister Wichert, zurzeit Kommandoleiter auf dem B-Flügel, stürzte aus seinem Zimmer und fragte: „Was ist hier los?“
„Es ist ja wie im Nazi-KZ, wie die Leute hier behandelt werden!“, brüllte Jumbo über den Stern in den Bau – überall wurde gegen die Türen getrommelt und gepfiffen.
Ein zweiter Polizist kam hinzu und sie drängten, den immer noch tobenden, „Jumbo“ in ein Zimmer.
„Jumbo“. Sein Name war Wilhelm Otte. Wie Paule Schubert zu berichten wusste, war er mit dem Lautsprecher Viehzählen gegangen. Das heißt: er hatte bewaffnet Vieh gestohlen. Er war aber auf eine besonders fatale Art erwischt worden: Mit einem Komplizen wollte er in einer dunklen Nacht ein Schwein aus einem Stall stehlen. Der Komplize sollte das Schwein aus dem Stall treiben.

In dem Moment, in dem das Schwein den Kopf aus dem Stall herausstreckte, sollte Jumbo, der vor der Stalltür wartete, mit der Axt zuschlagen, um das Schwein zu betäuben. Nun wollte das Schwein aber nicht so, wie es die Räuber planten und der Komplize steckte in gebückter Haltung seinen Kopf aus der niedrigen Stalltür. Jumbo, der annahm, es sei das Schwein, schlug zu und erschlug seien Komplizen. Jetzt saß Jumbo wegen Totschlag für zehn Jahre in Bützow. Aber, seit im Dezember 1952 Oberrat der Volkspolizei Fritz Ackermann in Bützow Kommandant war, hatte Jumbo Privilegien!
Jumbo hatte bei der Internationalen Brigade im Spanischen Bürgerkrieg gekämpft und behauptete, Ackermann sei dort sein Leutnant gewesen. Dies ist eigentlich schlecht möglich. Denn Ackermann ist Jahrgang 1921, ist also 1936, als der Krieg in Spanien begann, 15 Jahre alt gewesen. Das wusste ich damals nicht.
Ich habe später das Buch „Das spanische Kriegstagebuch" von Alfred Kantorowicz gelesen und ich kann mir heute vorstellen, dass ein total demoralisierter Haufen vom Schlage eines Wilhelm Otte sich um einen zielstrebigen und verwegenen Jüngling, wie es Fritz Ackermann war, scharte und hinterher behauptete: „Das war unser Leutnant!"
Für mich ist – oder war – dieser Mann einer der widerwärtigsten Typen, die mir je begegnet sind.
Er war ca. ein Meter siebzig groß, schmächtig, schwarzhaarig, hageres, längliches Gesicht, schwarze, stechende Augen, Nase wie ein Geierschnabel unter der ein üppiger Schnauzbart wucherte, den er an den Seiten hoch zwirbelte.
Die Zellen eins und zwei, direkt neben dem Stern auf dem A I-Vorderflügel waren für die Frauen reserviert, die im Frauengefängnis in der Stadt saßen. Von hier gingen sie zur Kammer. Hier warteten sie auf Besuch und von hier wurden sie entlassen.
Morgens traten die Arbeitskommandos auf dem Stern an und wurden namentlich aufgerufen. Jumbo tanzte aus der Reihe und schaute durch den Spion, ob die Zellen eins und zwei belegt waren. Wenn ja, versuchte er ein Gespräch anzuknüpfen oder obszöne Anträge zu machen.
Wurden die Arbeitskommandos dann nach vorne durch den Haupteingang zur Arbeit geführt, führte Jumbo vor den Zellen einen wüsten Indianertanz auf.
Zuweilen sprang er an den Wachtmeistern vorbei aus der Zelle und warf alles, was ihm in den Weg kam über den Haufen – Kübel voll und leer, Schrubbzeug und Wassereimer. Er schrie dabei nach dem einäugigen Buddha: Ackermann, der ein Glasauge hatte.

War Ackermann dann erreichbar, stellte der sich in den Käfig, der in den Stern hineinragte, wartete bis Jumbo kam, reichte ihm eine brennende Zigarre durch das Gitter und es herrschte wieder Friede. Aber heute hatte Jumbo Pech! Ackermann war nicht da! Wichert ließ Kiesling, den Operativ, kommen. Kiesling ließ sich den Vorfall von „Schorsch" schildern. Dass Jumbo die Volkspolizei mit der SS auf eine Stufe stellte, das war Kiesling zuviel! Als Erstes verlor Jumbo seinen Bart!

Alle Häftlinge waren glatt rasiert – wieso hatte Jumbo einen Bart – also ab damit – jeder, der Jumbo mit Bart kannte, sagte, als er Jumbo ohne Bart sah: „Unter so eine Nase gehört ein Bart!"

Und dann ab mit ihm in den A-Keller in einen Löwenkäfig!

Drei Tage heulte Jumbo wie ein Wolf – ununterbrochen! Da die Löwenkäfige zum Hof hin lagen, störte das Geheul die Leute, die im Verwaltungsgebäude arbeiteten. So wurde Jumbo in den Keller des B-Hauses gebracht, wo er allmählich heiser wurde und sich beruhigte.

Ein weiterer häufiger Gast in den Arrestzellen war Josef Ludke. Aber Ludke fiel nicht durch Randalieren auf – Ludke arbeitete im Untergrund! Er erweckte immer wieder die Aufmerksamkeit von „Black Prince".

Ludke war höchstens ein Meter sechzig groß – fast ein Zwerg, mit einem für den kleinen Körper viel zu großen Kopf. Er war Leutnant der polnischen Anders-Armee, die unter Stalin gegen Deutschland und danach als Partisanenarmee gegen Stalin für ein freies Polen kämpfte.

Einmal war ich dabei, als „Black Prince" ihn und seine Zelle durchsuchte. Als Erstes der Strohsack – aber den genauer zu durchsuchen, war „Black Prince", der stets penibel sauber gekleidet herumlief, wohl zuwider – also bekam Ludke einen anderen Strohsack.

Dann durchsuchte er Ludkes Kleidung – Naht für Naht! Ich musste die Zelle ausfegen – „Black Prince" fand nichts und ging. Als ich den Kehricht auf die Schaufel fegen wollte, bückte sich Ludke und sammelte seine drei Zentimeter lange Bleistiftmine aus dem Müll.

Eines Tages ging ein Raunen durch die Berliner, die über Greifswald nach Bützow gekommen waren: „Sie haben Autenriep erwischt! Er hat eine der inhaftierten Frauen gepimpert! Jetzt sitzt er selber wegen „Gefangenenbegünstigung". Na, wenn der hier her kommt! Der kann was erleben!"

Und Autenriep kam. Er war im Stasiknast in Greifswald ein übler Schläger gewesen.

Lübkemann musste eine Zelle suchen, in der keine Berliner lagen. Zur Freistunde ging er mit den Arrestanten – Aber auch Ludke war wieder einmal im Arrest. Ludke behauptete, dass einer seiner Freunde durch die Misshandlungen Autenrieps gestorben war.
Opi Ahrens ließ Autenriep und Ludke mit allen anderen Arrestanten zur Freistunde raus.
Autenriep ging allein im Innenkreis. Ludke scherte aus dem Außenkreis aus und setzte sich hinter Autenriep, der einen guten Kopf größer und stämmiger war als er. Immer, wenn Ludke soweit an Autenriep heran war, das er zum Sprung ansetzen wollte, kommandierte ich; „Kehrt!" und das Spiel begann von neuem. Ich sah, dass Ludke vor Wut kochte – dann war die Freistunde vorbei.
Drei Tage später das gleiche Spiel! Es war ein schöner Tag, die Sonne schien, die Schwalben jagten nach Futter für ihre Jungen – ich ließ die Arrestanten im Kreis marschieren und sah den Schwalben nach – und hätte „Kehrt!" rufen müssen! Da rief jemand aus einem Fenster auf A III: „Josef jetzt!"
Jetzt war es zu spät! Ludke sprang Autenriep an und versetze ihm einige wohl gezielte Hiebe.
„Minsch, Jahnke, pass doch up!", schimpfte Opi Ahrens, wie immer, wenn er sich mit mir unterhielt, auf Plattdeutsch, rannte auf die Raufenden zu, kriegte Ludke am Kragen zu packen und zerrte ihn von seinem Opfer weg.
Autenriep blutete ziemlich stark aus der Nase und man sah, dass die Augen zu schwollen.
Darauf hin wurde Autenriep nach Brandenburg verlegt – und mit ihm zwei andere Rabauken.
Da war zunächst Zäuner. Zäuner war Mitglied des BDJ = „Bund Deutscher Jugend" – einer rechtsradikalen Organisation im Westen. Nach dem Ende der Berliner Blockade hatte er die rote Fahne vom Brandenburger Tor geholt. Irgendwie war er der Stasi in die Fänge geraten und saß jetzt mit zehn Jahren „Z" in Bützow. Wenn er seinen „Rappel" kriegte, zertrümmerte er die Zelleneinrichtung und warf alles aus dem Fenster.
Dann war da noch Leo – ein undurchsichtiger Pole – er konnte zwar sehr schön singen, aber niemand mochte ihn. Auch er hatte mehrmals die Zelleneinrichtung demoliert und dabei seine Zellenkameraden terrorisiert. Aber wie die beiden in die „Grüne Minna" kriegen – freiwillig würden sie da nie reingehen!
So ließ „Rotschlips" Zäuner kommen: „Was ist, Zäuner, würden Sie es schaffen, Leo in den Schwitzkasten zu nehmen und ihn in die „Grüne Minna" bringen?"

„Aber sicher!“, prahlte Zäuner.
Also dann los! Leo wurde erstmal nach A I verlegt, damit Zäuner es nicht so weit bis zum Ausgang hatte. Zäuner zog wenig später in die gleiche Zelle. Kaum hatte Zäuner seine Sachen abgelegt, da schnappte er sich Leo – und ab ging die Post! Autenriep saß schon in seiner Zelle, kaum war Zäuner mit Leo im Wagen, da wurde die Tür zugeschlagen und verschlossen, der Fahrer startete und ab ging die Reise nach Brandenburg!
Eines Tages, an einem Nachmittag, es war ein ruhiger Tag, ich fegte nach dem Mittagessen den Gang, auf dem A I-Hinterflügel, da wurde in einer Zelle die Klappe gezogen und heftig gegen die Tür gepoltert. Rotschlips, der zufällig am Ende des Hinterflügels am Fenster stand und hinaus schaute, ging zu der Zelle, guckte kurz durch den Spion und öffnete die Tür. Sofort drängten sechs Häftlinge einen Siebenten aus der Tür: „Wir wollen, dass diese Drecksau woanders hinkommt! Mit dem wollen wir nichts zu tun haben!“
„Was ist los?“, fragte Rotschlips.
„Der Kerl hat onaniert, den Kram auf's Brot geschmiert und aufgefressen!“, lautete die Antwort der empörten Häftlinge.
Rotschlips brachte den Häftling in eine Absonderungszelle auf dem Vorderflügel.
Kaum fünf Minuten später wurde in der gleichen Zelle wieder die Klappe gezogen.
„Was gibt es denn schon wieder?“, fragte Rotschlips durch die Tür.
„Was wird mit meiner Decke, die er voll gesaut hat?“
„Zeigen Sie her!“, sagte Rotschlips, nachdem er die Tür geöffnet hatte.
Der Mann zeigte Rotschlips die beschmutzte Decke.
„Raus damit!“, sagte Rotschlips – und zu mir: „holen Sie dem Mann eine saubere Decke und dann bringen Sie die dreckige zum Waschen und Desinfizieren!“
Ende Mai wurde das Haftkrankenhaus in der Stadt aufgelöst. Die dreißig bis vierzig Insassen wurden zu uns in den C-Flügel verlegt. Ich war auf dem Vorderflügel und dem Stern mit dem Wischen des Fußbodens beschäftigt, als dieser Elendszug bei uns ankam.
Uns wurden 1946 die Filme gezeigt, die die sowjetischen PK-Leute am 27. Januar 1945 drehten, als die rote Armee das KZ-Lager Auschwitz befreite und die Filme der britischen Offiziere, die im April 45 das Lager Bergen-Belsen erreichten.
Die Jammergestalten, die jetzt an mir vorbei wankten, unterschieden sich in Nichts von den in diesen Filmen gezeigten Bildern, aber ich konnte sie nicht fotografieren!

Abgemagerte Männer und Jünglinge mit gelblich-fahlen Gesichten, die sich gegenseitig stützten, oder zu zweit einen Dritten mit sich schleppten. Einige mussten auf der Trage getragen werden.
Es waren größtenteils Leute, die aus dem U-Boot in Hohenschönhausen über Greifswald, wo sie abgeurteilt wurden - und sich dort die Motten - wie wir die Tuberkulose nannten - holten, nach Bützow kamen. Hier kamen sie zu viert in viel zu kleine Zellen mit viel zu kleinen Fenstern auf dem C-Flügel.
Mit den Kranken kam auch eine an Syphilis erkrankte Frau zu uns. Sie kam in eine der Absonderungszellen auf dem A I-Vorderflügel. Sie litt an starkem Ausfluss und benötigte viel Zellstoff, den sie - in Zeitungspapier eingewickelt - mit dem Kübel raus gab. Diese Päckchen gingen normaler Weise sofort zur Verbrennung. Eines Tages hatte ein aushilfsweise beim Kübeln helfender Häftling den Zellstoff mit in den Trichter, in den die Kübel entleert wurden, geworfen. Der Trichter verstopfte und war bis zum Überlaufen voll. Der Haken, mit dem wir sonst den Abfluss frei machten, war zu kurz - Was nun?! Wir sahen uns an. Wer hat keine Schrammen oder Flohquaddeln am Arm? - Ausnahmsweise: Siegie!
Ich griff in den Eimer mit Kresol-Seifenlösung, das wir sonst ins Schrubbwasser mischten, rieb Hand und Arm damit ein, ergriff den Haken, tauchte mit dem Arm in die Brühe ein und machte den Abfluss frei.
Lübkemann stand in der Tür: „Du gehst sofort unter die Dusche - Deine Klamotten in einem gesonderten Sack - mit einem Zettel dran zur Wäscherei! Zierow, Du gehst zur Kammer und holst ihm frische Sachen - aber dalli!"

Im Revier lag auch der SS-Unterschaarführer Hans Jansen: 1,80 groß, schlank, rote, struppige Haare, die wie ein Dach nach vorne standen - Glatze kam für ihn wegen einer Kopfverletzung nicht in Frage, blaue Augen, gerade Nase und ein schmaler Mund saßen in einen schmalen Gesicht, das mit einem spitzen Kinn unten abgeschlossen wurde.
Jansen konnte sich erbrechen wie auf Kommando. So hatte er einmal Rotschlips die Uniform versaut, als der ihm seine Mitgliedschaft in der Waffen-SS vorwarf. Rotschlips hatte ihn dafür in Arrest gebracht.
Eines Nachts erwachten wir dadurch, dass Jansen aus seinem Fenster im C-Flügel eine Rede hielt: „Achtung, Achtung! Hier spricht der SS-Unterschaarführer Hans Jansen zur geknechteten Deutschen Jugend!

Hier, in dem im vorigen Jahrhundert als vorbildlich geltenden Zuchthaus, liegt – zu acht oder mehr zusammen gepfercht – die Elite der deutschen Jugend, auf dünnen, total zermürbten Strohsäcken auf dem nackten Beton, von Flöhen zerstochen. Kameraden ich rufe Euch zu! Haltet aus! Bleibt stark! Denn – und er begann zu singen: Einst kommt der Tag der Rache – Einmal da werden wir frei! Schlafendes Deutschland erwache! Brich Deine Ketten entzwei!"
Er rief aus seinem Fenster im C-Flügel. Der Schall seiner nicht unangenehmen Stimme wurde vom gegenüberliegenden A-Flügel und dem A- und C-Flügel verbindenden dreistöckigen Verwaltungs-, Kammer- und Kirchengebäude zurück- und über die Mauer geworfen. Aber, da in den Häusern jenseits der Mauer Angestellte der Anstalt wohnten, konnte Jansen keinen großen Schaden anrichten.
Jansen hatte zum dritten Mal seinen Löffel verschluckt. Jedes Mal hatten sie ihn nach Moisdorf gebracht, wo sie ihn den Löffel raus operierten.
Aber bei der letzten Operation hatten sie ihn von dieser Leidenschaft kuriert, indem sie ihm mit einem Narkosemittel betäubt hatten, wonach er nach dem Aufwachen rülpsen musste und das hatte ihm nicht behagt.

Am Abend vor Pfingsten rief ein „Küchenbulle" durch den Bau: „Alle Stationen Fisch holen!"
Was war los? Wir stürmten zur Küche! Es gab pro Mann eineinhalb geräucherten Rotbarsch – eine echte Delikatesse! Es blieb soviel für uns übrig, dass wir drei Tage lang nur Fisch aßen. Nur Ewald konnte sich an dem Fressgelage nicht beteiligen – er lag mit Mandelentzündung im Bett.
Wieso gab es plötzlich für uns Fisch? Bisher hieß es immer: Eier und Fisch gibt's im Knast nicht!
Auch die Fischkombinate, die sich für die einwandfrei gefertigten Netze erkenntlich zeigen wollten, durften uns nicht beschenken oder beliefern.
Nach und nach sickerte es durch: Die Außenstelle der Fischkombinate in Schwaan, wo die Fische geräuchert wurden, saßen am Tag vor Pfingsten auf anderthalb Tonnen geräucherten Rotbarsch, die HO und Konsum nicht über Pfingsten im Lager haben wollten.
So rief man in Bützow an. Ackermann, der annahm, es handele sich um Fässer mit einem Fassungsvermögen eines 30-Kilo-Heringsfässchens, dachte er könne seiner Wachmannschaft eine Pfingstüberraschung bereiten, ließ die Rotbarsche anliefern, fuhr aber nach dem Telefongespräch zu einer Tagung.

Die Schwaaner lieferten die anderthalb Tonnen, also 1500 Kilogramm, nach Bützow. Der Intendanturleiter wusste von nichts und ließ die Fische in die Anstaltsküche bringen.
Als Ackermann sich am Tag nach Pfingsten bei seiner Frau nach dem Fisch erkundigte, wusste sie nichts davon. Da die „Küchenbullen“ noch eine Reserve für sich in Verwahrung hatten, konnte sich Ackermann noch von der einwandfreien Lieferung des Fischkombinats überzeugen.
Der Knast lachte!
Mitte Mai gingen Schlauch und Albert Lau auf Transport nach Glowe. Ich machte einen Versuch auch dorthin zu kommen, indem ich einfach in das Büro des Strafvollzugs ging und fragte.
„Wie lange haben Sie noch?“, wurde ich gefragt.
„Sieben Jahre und eineinhalb Monate!“, antwortete ich.
„Aber raus!“, wurde ich angebrüllt.
Ich musste letzten Endes froh sein, dass sie nicht nachforschten, wieso ich überhaupt die Möglichkeit hatte, mich frei im Bau zu bewegen und mich noch von meiner Arbeit ablösten.
Ewald zog als Hausarbeiter - H A I zu Lübkemann in die Kalfaktorzelle.
Gerhard Stiehr half Jürgen Haupt, einem Pianisten, ein total verstimmtes Klavier, das in einem Raum im zweiten Stock gegenüber der Netzstrickerei stand, wieder herzurichten. Der Raum, in dem das Klavier stand, war eine Art Rumpelkammer. Jetzt sollte dort ein Kulturraum eingerichtet werden. Die Reiniger A I mussten natürlich den Müll sortieren und alles Überflüssige auf den Hof zur Verbrennung raus transportieren.
An einem Tag im Juni, Krischan gab Pakete aus, ich sammelte Kartons und Packpapier in einen Sack, sah ich Löscher, den Polizisten aus Laupin, der mich einmal im B-Haus anpöbelte, weil ich beim Schrubben die Tischbeine abzuwischen vergessen hatte, am Fenster stehen. Er sah mich an und gab mir unauffällig einen Wink. Ich schleppte meinen Sack in seine Nähe und tat, als müsse ich den Sack zusammenstauchen, um mehr hinein zu bekommen.
„Ich hab Deinem Onkel erzählt, dass ich Dir hier begegnet bin!“, raunte er mir zu.
„Danke, aber setz’ Dir keine Läuse in den Pelz, damit Du nicht bei uns in den Zellen landest!“, antwortete ich genau so leise.
Der Müll, dazu gehörte das Verpackungsmaterial von den Paketen, die Zeitungen - die Tageszeitungen wurden nur gegen Rückgabe der vom Tag vorher ausgegeben - wurde einfach auf dem Hof verbrannt. Hinter dem Freistundenhof, neben der Schneiderei. Die

Schneiderei stand in der rechten Ecke des Hofes und war durch die Mauer vom B-Haus getrennt. So war hinter dem Freistundenhof in der linken Ecke ein freier Platz, wo ein drei Meter breiter und zwei Meter tiefer Graben ausgehoben war, in den der Müll geschüttet – und, wenn der Graben überzuquellen drohte und der Wind in die richtige Richtung blies um den Rauch über die Außenmauer aufs freie Feld zu treiben – angezündet wurde. Wenn der Wind umsprang und der Müll noch schwelte, hatten besonders die Leute im C-Flügel unter dem Qualm zu leiden. War der Graben voll, wurde daneben ein neuer Graben ausgehoben und mit dem Aushub die Müllreste abgedeckt.

So hatte ich immer wieder Gelegenheit, Jürgen Haupt zuzuhören, wenn er sowohl Dixieland und die amerikanischen Melodien der 30er und 40er Jahre von Benny Goodman, George Gershwin und Cole Porter, als auch die Melodien von Michael Jary, Franz Grothe und den Comedian Harmonists spielte, die ich gerne hörte.

Aber wir mussten aufpassen, dass keiner der Wachmannschaft uns überraschte, denn die amerikanische Musik stand in der DDR auf dem Index.

Eines Tages kam Gerhardt Stier zu uns in die Reinigerzelle: „Sag mal, Siegie Jahnke, Du bist wohl nicht mehr zu retten! Gehst da scheinbar gedankenlos über den Stern und pfeifst unüberhörbar den Schlager „Bel Ami“ vor Dich her! Es fehlt nur noch, dass Du den „Dops Boogie“ oder den „Yankee Doodle“ pfeifst! Dann ist der nächste Arrest fällig!“

„Mann, Gerhardt! Wir haben das erste Jahr gesund überstanden! Soll ich anfangen Trübsal zu blasen?“

„Nein, das nicht, aber provozier’ die Blauen nicht all zu sehr!“

So passten wir aufeinander auf, dass wir nicht übermütig wurden.

Auch einige namhafte Künstler teilten unser Schicksal. So der Schauspieler Bodo Luther vom Landestheater Güstrow, der Sänger Karl-Horst Schröder und der Posaunist Willy Salomon. Zu weilen kam auch der urberliner Hobbykomiker Willy Buschow vorbei, pfiff den „Schneewalzer“ oder sang das Lied von der „Krummen Lanke“

Aber zunächst war an eine Aufführung der Kulturgruppe nicht zu denken, denn mehrere der Leute, die an der Vorbereitung der Aufführung mitwirkten, wurden nach Glowe verlegt. Kiesling, der Operativ, war sowieso überzeugt, dass die Kulturgruppe nur eine Agentenzentrale und ein schwuler Verein sei und löste den Rest der Gruppe auf.

Dann trat etwas ein, woran kein Mensch gedacht hatte: In der ehemaligen Frankfurter Allee – der jetzigen Stalinallee – in Berlin, wo

die erste sozialistische Straße der DDR erbaut werden sollte, legten die Arbeiter die Arbeit nieder und gingen auf die Straße, um gegen die kürzlich erhöhten Arbeitsnormen zu demonstrieren.
Zunächst forderten die Arbeiter nur die Zurücknahme der erhöhten Normen. Aber der Streik griff auf andere Städte, wie Halle, Magdeburg, Stralsund und das sächsische Industriegebiet über und die Forderung nach Rücktritt der Regierung und freien demokratischen Wahlen wurde immer lauter, bis die „ruhmreiche" Rote Armee die Demonstrationen mit Panzern im Blut erstickte.
Die Haftanstalten in Halle und Magdeburg wurden von den Demonstranten gestürmt. Einige Häftlinge entkamen in den Westen – andere, die zuerst in ihre Heimat und zu ihrer Familie strebten, wurden wieder eingefangen.

Auch vor dem Tor in Bützow versammelten sich Angehörige, um für die Freilassung ihrer Väter und Brüder aus der Haft zu demonstrieren – aber ein Panzer fuhr vor und die Menge zerstreute sich.
Bei uns in der Anstalt herrschte eine nervöse Spannung. Es wurden keine Zeitungen ausgegeben.
Das war verdächtig!
Das Straßenbaukommando, das aus 250 „Kurzstrafern" bestand, und um 7 Uhr per LKW nach Neukloster zur Arbeit aufgebrochen war, kam um 10 Uhr zurück und wurde gründlich gefilzt!
Kiesling, der Operativ, führte persönlich die Aktion. Alles, was verdächtig erschien, wanderte auf den Müllhaufen: Jeder Fetzen Papier, jeder Löffel mit – zum Schneiden des Brotes – angeschliffenem Stiel, jede Schnur zum Halten der Hose.
Ein älterer, etwas beleibter Häftling bat darum, seine selbst gebastelten Sockenhalter behalten zu dürfen.
„Schaffen Sie sich vernünftige Waden an, dann brauchen Sie so etwas nicht!", pöbelte Kiesling.
Dabei hätte man Waden wie ein Elefant haben müssen, wenn die Socken, die wir alle trugen, halten sollten.
Es gelang mir, die Sockenhalter des Kameraden – den ich gar nicht kannte – unbemerkt aus dem Müll zu fischen und konnte sie ihm bei der Essensausgabe zurückgeben.
Nach und nach sickerten Nachrichten durch. Die vom Arbeitskommando hatten etwas aufgeschnappt und berichteten darüber.
Aber unsere Hauptinformantin war Isolde!
Wie schon erwähnt, versorgte Isolde die Frauen, die kamen und gingen. Isolde – in unserem Alter, ca. 1,75 groß, blond, aus ihrem netten, fröhlichen Gesicht strahlten zwei blaue Augen.

Ihre an sich wohlgeformte Figur steckte stets in einer sauberen blauen VP-Uniform mit knielangem Rock, die dazu gehörende Baskenmütze saß keck auf ihrem blonden Haarschopf. Das Einzige, was ihre nette Erscheinung trübte, waren die entsetzlichen O-Beine, auf denen sie herumlief. Aber Paule Schubert, der Frauenkenner, sagte: „Die legt man sowieso achtlos beiseite!"
Isolde kam fast täglich. Immer wenn sie kam, stellte sich auch Egon Brauns, der Kalfaktor von A III ein. Wenn wir genauer hinsahen, meinten wir, dass zwischen den Beiden die Funken sprühten, wenn sie sich in die Augen sahen.
Isolde, Tochter eines SED-Funktionärs, machte bei der VP ihr FDJ-Jahr – das heißt, sie leistete ein Jahr Dienst bei einer staatlichen Einrichtung, um dann beim Studium besser voranzukommen.
Brauns – 30 Jahre alt, 1,70 groß, breitschulterig, streichholzlanger, brünetter Wuschelkopf, kantiges Gesicht, blaue Augen – ein echtes Kraftpaket. Er hatte fast drei Jahre rum. Warum?
„Ich habe niemanden erschlagen und niemanden beklaut! Und um Gnade winsele ich nicht!", war sein Kommentar, wenn man ihn fragte. Er ging am 30. Juni nach Hause – wohin?
„Das wird sich zeigen!"
Am gleichen Tag trat Isolde ihren Urlaub an. Wir sahen sie nicht wieder.

Zwei Tage nach dem 17. Juni wurde eine Fünf-Mann-Musikkapelle aus Teterow eingeliefert. Sie hatten auf einer Hochzeit zum Tanz aufgespielt und hatten dort gehört, dass in Halle und Magdeburg die Zuchthäuser gestürmt worden waren. So waren sie direkt von der Hochzeit zum Teterower U-Gefängnis gegangen und hatten dort einige Bauern, die wegen schlechter Sollerfüllung auf ihre Verurteilung warteten, befreit. Danach waren sie nach Hause gegangen und hatten sich Schlafen gelegt. Aber die Stasi schlief nicht! Die Musiker wurden aus dem Bett geholt, nach Schwerin gebracht und im Schnellverfahren zu sieben und fünf Jahren Z verurteilt.
Die Ulbricht-Regierung machte Zugeständnisse. Sie verkündete einen „Neuen Kurs"! Die Arbeitsnormen wurden etwas gesenkt. Den Bauern machte man Versprechungen, der Druck in die LPG einzutreten wurde etwas gemildert. Den Hoteliers versprach man bessere Belieferung. Es wurde versprochen die Urteile zu überprüfen. Hoffnung breitete sich aus.
„Getreu nach Lenin!", sagte Gustav: „Zwei Schritte vorwärts, einen Zurück! Und dann bleibt Alles beim Alten!"
Und so kam es auch.

Einige Hoteliers und Bauern wurden entlassen – dazu einige „Volkseigentümer“
Wieder einmal kamen abends Neuzugänge. Einige Rückkehrer vom aufgelösten Lager Glowe – und: Fritze Peters!
Fritze Peters war Bauer aus dem Kreis Demmin. Es war ihm gelungen, sich durch Geschäfte mit Butter und anderen Nahrungsmitteln wieder hoch zu rappeln – das heißt: es gelang ihm, den beim Einmarsch der ruhmbekleckerten Roten Armee leer geräumten Viehstall wieder zu füllen, einen Lanz-Buldog zu kaufen und instand zu setzen. Aber sie hatten ihn mit einer Ladung Butter in der Zwischenwand eines Dreiradautos erwischt und wegen Schieberei zu 5 Jahren verurteilt. So durfte er – unter Aufsicht eines Polizisten – den Buldog der „Fahrbereitschaft“ fahren. Aber das wurde ihm auf die Dauer zu langweilig – der alte Buldog musste häufig in die Werkstatt und bis die Verwaltung die Ersatzteile beschafft hatte, vergingen oft Wochen. So meldete Fritze sich zur Arbeit beim Fischkombinat Saßnitz. Das ging eine Weile gut, bis Kommissar Böttcher ihn eines Tages überraschte als er zwischen den Fischkisten eine von den dort ebenfalls arbeitenden Häftlingsmädchen vernaschte. Jetzt stand Fritze Peters am Ende der Neuzugänge-Schlange auf dem A I-Vorderflügel.
Plötzlich war auch der Polizeimeister „Paule Boom“, der Leiter der „Fahrbereitschaft“ da, der an sich bei uns gar nichts zu suchen hatte und begann mit Fritze zu Pöbeln: „Was ist los mit Dir Fritze Peters? Ging es Dir zu gut? Immer dasselbe mit Euch: Wenn der Pisser steht, ist der Verstand im Arsch!“
Eines Tages hatte der Mann mit den Ferkeln von der Insel Rügen Besuch. Freudestrahlend berichtete er mir: „Stell Dir vor, sie haben die Ferkel gefunden!“
„Wie das denn?“, wollte ich wissen.
Wir gingen in die Spülzelle, er brannte sich einen Zigarette an – in den Zellen durfte nicht geraucht werden! – und berichtete: Hinter dem Schweinestall verlief der Weg, auf dem die Kühe in den Stall zum Melken getrieben wurden. Bei Regenwetter war der Weg sehr schlammig. Die Ferkel, die bei trockenem Wetter auf dem Weg umhertobten und die Kuhfladen durchwühlten, waren bei nassem Wetter im Schlamm versunken und erstickt. Jetzt hatte man den Schlamm als Kompost auf die Weiden gebracht und dabei die Überreste der Ferkel gefunden.
„Und jetzt?“, wollte ich wissen.
„Meine Familie strebt ein Wiederaufnahmeverfahren an. Die Betriebsleitung hat uns ihre Unterstützung zugesagt – sie brauchen

mich, außerdem muss ich mich um meine neugeborenen Zwillinge kümmern!“ Drei Wochen später wurde er tatsächlich entlassen.
Eines Tages, ich war beim Fegen auf dem A I-Vorderflügel, hatte Erich Zander Besuch. Erich Zander war kriegsversehrt, er hatte einen Granatsplitter im Bein, der sich nicht entfernen ließ, Zeuge Jehovas. Er war in Stettin beheimatet und wohnte nach der Vertreibung der Deutschen in Dassow. Hier arbeitete er bei der Landmaschinenfirma, von der auch unser Vater von 1936 bis 1945 seine Maschinen gekauft hatte und sie dort auch reparieren ließ. Jetzt saß er mit zehn Jahren Z als Staatsfeind in Bützow.
„Mensch, Jahnke, bist Du es wirklich? Hier bist Du also gelandet! Kein Mensch wusste, wo Du geblieben bist!“, begrüßte er mich freudig und erstaunt zugleich.
„Und Du? Was machst Du?“
„Ich arbeite hinten auf dem neuen Hof, in der neuen mechanischen Werkstatt als Dreher!“
„Und Rolf Heinemann?“, fragte ich.
„Der arbeitet in der Schneiderei – sitzt an der Nähmaschine – sonst geht es ihm gut!“
„Was gibt es Neues in Dassow?“, wollte ich wissen.
„Nicht viel, – auf Eurem Hof sitzt jetzt eine Familie Hein – kennst Du Die?“
„Ja, sie kommen aus Ostpreußen, der Junior hat eine Lenschow-Tochter geheiratet, – sind ordentliche Leute!“
„Bist nicht böse auf sie?“
„Wie könnte ich? Irgendjemand muss doch in dem schönen Haus wohnen!“
„Du bist doch ein vernünftiger Junge, hast Du Dir schon mal überlegt zu uns zu kommen? Unsere Zeit kommt bestimmt!“, lenkte er das Gespräch in eine andere Richtung.
„Das habt Ihr 1948 auch gesagt, als Ihr mit gepackten Koffern in den Holmer Wald gezogen seid!“, hielt ich dagegen.
„Mensch, sei bloß still von der Geschichte und erzähl hier niemandem davon!“
Ich versprach es ihm und wir trennten uns. Ich fegte weiter den A I-Vorderflügel und Erich Zander wartete auf einen Polizisten, der ihm eine Tür zum Hof öffnete, damit er zur mechanischen Werkstatt an seine Drehbank gelangen konnte. Rolf Heinemann, ein Mann, der in Dassow als gradlinig und zuverlässig bekannt war, betrieb mit seiner Frau und Tochter eine Drogerie. Schon unter Hitler hatte er wegen seines Glaubens Zehn Jahre in einem KZ-Lager zugebracht. Jetzt saß er wieder wegen seines Glaubens im Zuchthaus.

Der Juni verging, der Juli war halb vorüber.
Von der Natur bekam man hier wenig mit. Hatte ich im April im Keller noch beobachten können, wie der spärliche Rasen auf dem ca. fünf Meter breiten Streifen zwischen dem Bau und der Mauer langsam ergrünte und die Ratte beobachtet, die sich vor meinem Fenster sonnte, jetzt sah ich zwar, wenn wir bei der Freistunde an der Küche vorbei einen Blick über die Mauer warfen, dass die Linden im vollen Laub standen – aber Tiere? Nur die verdammten Flöhe – aber nicht doch – da waren die Mauersegler, die mit ihrem schrillem Gezirpe mal hoch oben – mal im Tiefflug über den Boden dahin schossen. Mitte Juni hatte ich an einen Sonntagnachmittag von A III eine viertel Stunde lang über die Mauer weg ins Land geschaut. Dabei sah ich, dass, wenn der Wind sachte die Roggenfelder in wellenartige Bewegung versetzte, leichte Staubwolken aufstiegen. Der Roggen blühte! – In diesem Jahr würde ich nicht dabei sein, wenn er gemäht wurde. Wie oft noch??
In diesem Jahr würde Opi Ahrens wohl Recht behalten.
Eines Tages brachte Rotschlips außer der Reihe einen einzelnen Häftling.
„Der kommt erst Mal in Einzelhaft!“, sagte er zu Lübkemann.
Dieser einsame Mann war Hans Lübbe. Hans hatte sich sieben Jahre wegen Sabotage eingefangen. Er hatte in Güstrow in einem volkseigenen Betrieb gearbeitet. Aus einem ledernen Treibriemen hatte er ein Stück herausgeschnitten, um Schuhe besohlen zu können.
Er hatte zweieinhalb Jahre rum und war als einer der ersten nach Glowe gekommen. Aber es beunruhigte ihn, dass seine Frau sich so merkwürdig verhielt. Die Briefe waren freudlos – fast abweisend –, dass sie keine Pakete schicken konnte, sah er ein. Aber zu Besuch kam sie auch nicht. Dabei hatte er doch den Treibriemen hauptsächlich für ihre Schuhe zerschnitten.
So türmte Hans aus dem Haftarbeitslager Glowe. Er schlich quer über die Insel Rügen, schaffte es unbemerkt über den Rügendamm und bis vor seine Wohnungstür in Güstrow zu kommen. Aber hier öffnete ihm ausgerechnet der Mann, der ihn wegen des zerschnittenen Treibriemens angezeigt hatte, die Tür. So kam er zurück nach Bützow. Paule Schubert wurde entlassen – zwei Wochen schenkte man ihm – plötzlich hieß es: „Schubert, packen Sie ihre Sachen!“

Willi Jensen ging als einer der Letzten auf Kommando nach Glowe. Willi stammte aus Wollgast, ca. fünfzig Jahre alt, 1,80 groß, breitschultrig, rotblond. Willi hatte die Nazis eine „staatlich konzessionierte Bettlerbande“ genannt – ihre ewige Sammelei – einmal monatlich war „Eintopfsonntag“ – die dabei gesparten Groschen wurden eingesammelt, dann gab es das „Winterhilfswerk“. Dafür hatte man ihn ins KZ gebracht. Er meldete sich freiwillig zur Bewährungseinheit 999 und brachte es bis zum Unteroffizier. Unter dem neuen Regime war er wieder wegen seines losen Mundwerks aufgefallen und landete irgendwie bei uns in der Reinigerzelle. Willi konnte Menschen unheimlich schnell und sicher einschätzen.

Er wusste immer Rat – und, was für die Raucher sehr wichtig war, er hatte besonderes Geschick Feuer zu machen.

Hier gab es abenteuerliche Sachen: Am einfachsten war es mit Zelluloid-Spänen und einer Glühbirne. Dazu benötigte man eine Zahnbürste mit Zelluloid-Griff und eine frei an einer Leitung von der Decke hängenden 60-Watt-Glühbirne. So eine Beleuchtung befand sich in der Spülzelle – der letzten Zelle an der Außenwand zur Mauer hin.

Dazu waren zwei Mann nötig. Vom Griff der Zahnbürste wurden feine Späne abgeschabt. Einer hielt mit einer Hand die Glühbirne schräg und legte mit der anderen Hand die auf einem Fetzen Zeitungspapier liegenden Späne auf die schräggehaltene, brennende Glühbirne. Der Glaskolben der Glühbirne erhitzte sich und entzündete bei entsprechender Hitze das Zelluloid mit einer Stichflamme. Diesen Moment musste der zweite Mann abpassen und ein Stück Papier an der Stichflamme in Brand setzen, um mit dem „Fidibus“ eine Zigarette anzünden zu können. Gewöhnlich wurde das Experiment in der Spülzelle veranstaltet. War das Feuer entfacht, trat einer vor die Tür der Spülzelle, sicherte nach allen Seiten, ob kein Polizist auf der Station zu sehen war und rief: „Ist!“

Darauf stürzten die Nikotingeier unter den Reinigern der Stationen A I, II und III in die Spülzelle, um ihre „piependen Lungen“ zu besänftigen. Da die Glühbirnen nach mehrmaligem Feuer machen zersprangen, war der Verbrauch an 60-Watt-Glühbirnen entsprechend hoch. Für Paule kam Liebach – Spitzname: „Knautschke“ zu uns in die Reinigerzelle. Eine sonderbare Type! Einsachtzig groß, breite Schultern, schwarze dichte Haare, sehr starke Brille vor den braunen Augen und mit einem Loch in der Vorhaut.

„Bin mit brennender Zigarette eingeschlafen!“, erklärte er.

„Unmöglich – höchstwahrscheinlich hat der mal Syphilis gehabt!“, zweifelte Gustav.

Mir war der Mann verdächtig, denn ich hatte ihn mehrmals aus dem Büro von „Black Prince“ kommen sehen.

Das sagte ich ihm vor versammelter Mannschaft.
„Ich habe ein Wiederaufnahmeverfahren laufen und das geht nur über die Stasi!“, versuchte Liebach seine Besuche bei „Black Prince“ zu erklären. Liebach war Kölner, arbeitete als Zivilist bei den Britischen Besatzungstruppen und hatte sich bei einem Verwandtenbesuch in der Nähe von Torgelow zu nahe an einer KVP-Kaserne verdächtig verhalten.
Wir vier Grevesmühlener wurden vorsichtig! – War man dahinter gekommen, dass wir immer noch zusammenhielten und hatte uns Liebach auf den Hals geschickt?
Ewald, Gustav, der aus Kameradschaft das Rauchen aufgegeben hatte, und ich nahmen eine Handvoll Zigaretten, gingen zu Hans, dem Bademeister und legten die Zigaretten auf den Tisch.
„Hans, wir brauchen andere Arbeit!“
„Wieso, habt Ihr es satt, Scheiße zu Kübeln?“
Wir erklärten Hans unsere Sorgen.
„Was könnt Ihr? – Oder was habt Ihr für Wünsche?“, fragte Hans.
„Mein Vater hat eine Molkerei. Ich würde gerne an Rohrleitungen oder solchen Sachen arbeiten!“, sagte Ewald.
„Da hast Du Glück, die Rohrleger suchen jemanden, die Heizung muss nach und nach erneuert werden.“
So kam Ewald zu den Rohrlegern und erneuerte für 40 Pfennige den Tag bis zum letzten Tag seiner zweiundfünfzigmonatigen Haft die Heizung der Strafanstalt Bützow-Dreibergen.
Gustav und ich kamen zum Hofkommando.
Vorher ärgerten wir Liebach noch ein Mal gründlich: „Philax“, ein 18-jähriger Schüler aus Neubrandenburg, und ich hatten herausgefunden, dass Liebach sich vor gewissen Dingen ekelte.

Am Sonntag gab es zu Salzkartoffeln Erbsenpüree mit Bockwurst. Die Bockwurst war zwar zerschnitten – aber immerhin. Als wir die leeren Kessel zur Küche zurückbrachten, gab uns einer der Küchenbullen einen Rest Erbsenpüree.
„Damit ihr armen Schweine endlich mal richtig satt werdet!“ Und in dem dreiviertel gefüllten Eimer Erbsenpüree schwamm eine einzelne ganze Bockwurst.
In unserer Zelle angekommen, füllten Philax und ich unsere Schüssel mit Erbsenpüree und begannen zu essen.
„Und die Wurst?“, fragte Liebach.
Philax und ich hatten kein Interesse an der Wurst.
„Na, dann ess' ich sie!“ Damit verschlang Liebach die Bockwurst heißhungrig.

„Ich weiß nicht, in die olle Bockwurst kommt immer Alles rein, was in der Metzgerei zusammengefegt wird!“, begann ich zu lästern.
„Naja, mein Onkel ist Hausschlachter, der erzählt ähnliche Sachen!“, schlug Philax in die gleiche Kerbe. So alberten wir weiter.
Plötzlich sprang Liebach auf, rannte nach nebenan in die Spülzelle und kotzte.
Ewald, Gustav und ich zogen auf den A I-Hinterflügel in eine Arbeiterzelle mit 20 Mann. Wir schliefen wieder auf dem Fußboden – aber wir waren tagsüber an der frischen Luft und im Sonnenschein.
Ewald kam unter Bujacks Fittiche. Bujack war eine Type für sich! Oberschlesier aus Beuthen, im Krieg war er als Bootsmann auf einem Schnellboot der Kriegsmarine gefahren. Im Winter 42/43 erfroren ihm beide großen Zehen.
„Amputieren!“, sagten die Ärzte.
„Kommt nicht in Frage!“, entgegnete Bujack.
Er muss unheimliche Schmerzen erlitten haben, als die Knochen herauseiterten. Aber Bujack stand es durch! Jetzt standen die beiden großen Zehen verwegen schräg nach innen gebogen – er trug Schuhgröße 48 – aber er konnte fast normal gehen – und – er konnte sein Feuerzeug ohne einen zweiten Mann bedienen!
Dieses Feuerzeug war eine Art Jojo-Spiel. In den Außenring eines Kugellagers war ein Stück Holz getrieben. Durch den Holzteil waren zwei Löcher gebohrt. Eines durch die Mitte, das andere am Rand. Durch die Löcher wurde eine Schnur gezogen, die durch Schwingungen gespannt werden konnte. Durch Spannen der Schnur wurde der Stahlring in Gegenrichtung gedreht, ließ man den Stahlring gegen ein Stück Schmirgelstein laufen, entstanden Funken, die mit einer Lunte aufgefangen werden mussten. An der glühenden Lunte konnte man eine Zigarette anzünden.
Bujack hing das eine Ende der Spannschnur auf seinen linken krummen Zeh, brachte mit der rechten Hand die Schnur in die richtige Spannung und konnte den Stein mit der freien linken Hand halten und sich so ohne fremde Hilfe eine Zigarette anzünden.
Ewald war begeistert von Bujacks beruflichen Fähigkeiten: Musste ein Winkel, der nicht vorgefertigt zu haben war, angefertigt werden, zeichnete Bujack dieses Teil auf seiner Schuhspitze auf und fertigte dieses Teil nach der Skizze an – es passte immer!
Gustav und ich kamen auf dem Hof zum Straßenbau. Vom Außentor in der Ecke neben der alten Mauer musste ein fünf Meter breiter Feldweg ca. 150 Meter gepflastert werden. Zunächst musste der gewachsene Boden, der jetzt total zerfahren war – eben ein echter mecklenburgischer Feldweg – 50 cm tief ausgeschachtet werden.

Das besorgte ein extra Kommando, das die Erde auf einen Wagen schippte. War der Wagen voll, wurde er mit einem Lanz-Buldog auf eine Fläche an der zur Stadt hin gelegenen Seite des Hofes gezogen und abgeladen. Dort fiel das Gelände ab und musste aufgeschüttet werden. Da der Lanz-Buldog auch den Kies für den Unterbau des Pflasters und die Kohlen vom Bahnhof zur Anstalt transportieren musste, gab es oft Verzögerungen. Ich hatte dafür zu sorgen, dass die Pflasterer immer genug Steine hatten. Ich hatte es bald heraus, wie ich es einrichten konnte, dass ich die Pflasterer reichlich bevorratete und dann eine halbe Stunde bei anderen Arbeiten zuschauen konnte.
So wurde vor der neu eingerichteten Kfz-Werkstatt eine Betonplatte geschüttet, dazu gehörte natürlich ein Abfluss, der unter der Mauer durch zum See verlegt wurde. Aber ich konnte auch mit Freunden klönen. So schaute ich Erich Zander – wenn er Tagesschicht hatte – zu, was er auf seiner Drehbank in der mechanischen Werkstatt herstellte. Aber auch die Schrotthafen interessierten mich. In der linken, hinteren Ecke lagerte Metallschrott. Alles mögliche! Teile eines abgestürzten MIG-Düsenjägers, alte Landmaschinen, die sich absolut nicht mehr reparieren ließen, die Späne von Erich Zanders Drehbank und, und, und! Hier fand ich ein passendes Stück Stahl, das sich zu einem Messer verarbeiten ließ – 20 cm lang. Zwei Millimeter stark und einen Zentimeter breit. Es wurde von Ewald an einer Seite angeschliffen und passte in die Knopfleiste von Gustavs Hemd. Jetzt konnten wir unser Brot schneiden. Einige Meter weiter lag ein riesiger Haufen alter Bretter und Balken. Diese Wertstoffhaufen lagen natürlich nicht direkt an der Mauer – ein Sicherheitsabstand von ca. 2 Metern musste eingehalten werden, damit die Posten, die in den Türmen auf den Mauer-ecken wachten, freie Sicht hatten. Ein besonderes Kommando unter Ernst Piezko zog die Nägel aus Abbruchbrettern und -Balken heraus und kloppte sie wieder gerade, damit Arthur Prätsch, ein Zimmermeister aus Thüringen, sie wieder verwenden konnte.
Ernst Piezko. Zeuge Jehovas, schlank, 1,80 groß, blond, blauäugig, höchstens 45 Jahre alt – immer freundlich zu jedermann.
Er hatte schon 10 Jahre in Hitlers KZ-Lagern überstanden und war hier so etwas wie das Oberhaupt der Zeugen Jehovas.
Ich erkundigte mich nach Wolfgang Langhoff und Albert Reinke. Wolfgang hatte 7 Jahre und arbeitete in der Schneiderei. Albert vertrödelte seine 4 Jahren in der Zentralwerkstatt und sortierte Eierpappen für den „Konsum“. Sonst interessierten mich die Zeugen nicht und auch sie gingen zu mir auf einen gewissen Abstand.

Ich wandte mich einem Mann zu, der etwas abseits saß und sehr geschickt mit Kuhfuß, Kneifzange und Hammer umging. Dieser Mann war Heinrich Wolter. Vom Alter her hätte er mein Vater sein können. Er gehörte zu den Jungen aus Tarnow, die in den ersten Tagen, als wir im B-Haus lagen, spät abends eingeliefert wurden.
Erich Pinko, ein Junge aus Ostpreußen, hatte seine Eltern auf der Flucht verloren und fand eine neue Heimat bei Heinrich Wolter, einem Bauern, der einen Hof von 40 Hektar bewirtschaftete. Seinen 17. Geburtstag feierte Erich mit einigen befreundeten Jungen aus dem Dorf in seinem Zimmer im Hause Wolter. Im Laufe des Abends gesellte sich Heinrich Wolter eine Weile zu ihnen und trank – wie es in dieser Jahreszeit üblich ist – einen Grog mit den jungen Leuten.
Die Jungen berichteten ihm, dass ein Bürger der Gemeinde abends hinter den Fenstern lauschte, ob die Einwohner Westsender hörten.
„Der müsste doch mal 'n paar auf's Maul kriegen!", sagte Heinrich, trank seinen Grog aus und ging.
Die Jungen saßen noch eine Weile zusammen und gingen. Erich ging mit, um sich die Beine noch mal zu vertreten. Auf der Straße trafen sie auf den Lauscher, stellten ihn kurz zur Rede und Erich versetzte ihm ein paar wohl gezielte Hiebe. Dann trennten sie sich und legten sich schlafen. Wenig später holte ein Rollkommando der Stasi die Jungen und den alten Heinrich Wolter aus ihren Betten und brachte sie zunächst nach Bützow ins B-Haus – Bützow liegt nur wenige Kilometer von Tarnow entfernt. Zwei Tage später wurden sie nach Schwerin in die Klosterstaße verlegt. In den zwei Tagen hatte die Stasi die Häuser durchwühlt. Im Storchennest, das auf dem Dach des Bauern Bur-meister thronte, fanden sie – die dort seit dem Krieg versteckten – Jagdgewehre des alten Burmeister. Bevor sie seiner habhaft wurden, erhängte sich Burmeister. Lange saßen sie nicht in Untersuchungshaft. Die Sache lag für die Partei auf der Hand, hier handelte es sich einwandfrei um die „Großbäuerlichen Störenfriede", von denen Ulbricht in seiner Rede auf der Parteikonferenz am 27. Juli 1952 gesprochen hatte.
In einem Schauprozess wurden Heinrich Wolter und Heinrich Burmeister zu je 15 Jahren Z verurteilt. Zwei weitere Bauernsöhne erhielten 10 Jahre und Erich Pinko, weil er der jüngste und von seinem Arbeitgeber dazu aufgestachelt wurde, 7 Jahren Z.
„Wie ist so was möglich?", fragte Heinrich, „Leute, zu denen ich immer freundlich war, denen ich immer geholfen habe – und die hinterher auch dankbar waren – riefen plötzlich bei dem Spektakel: „Pfui!".
Da die Jungen Leute, die die Hauptarbeit auf den Tarnower

Bauernhöfen geleistet hatten, jetzt fehlten, entstand in Tarnow eine der ersten LPGs im Kreis Güstrow.
„Und wie kommst Du mit Deinen Arbeitskollegen zurecht?“, fragte ich Heinrich.
„Ich bin evangelisch und bleibe das auch! Ich habe ihnen das wiederholt gesagt und sie lassen mich in Ruhe. Aber wehe es kommt so, wie sie es sich vorstellen – dann haben wir beide nichts zu lachen, denn bei ihnen gilt nur das, was sie sagen – ich sträube mich dagegen, zu sagen, dass ihre Idee nicht besser ist, als die von Hitler und Stalin! Weil nur ihr Wort gilt und sie nichts anderes gelten lassen!“
Eines Abends kam Arthur Prätsch wütend in die Zelle. Er konnte sich kaum beruhigen.
Was war passiert?
Er hatte für einen Mauerdurchbruch zum B-Haus ein großes, stabiles Tor zusammennageln lassen. Dafür hatte er extra neue Kanthölzer und Bretter und sogar fabrikneue Nägel bekommen. Seit zwei Wochen lag das Tor neben dem Durchbruch. Jetzt waren die Maurer fertig und das Tor sollte eingesetzt werden – aber das Tor war nicht zu finden! –
Ernst Piezkos Leute hatten das Tor wegen der Nägel auseinander gerissen. Wir lachten alle – Arthur schimpfte noch eine Weile und stimmte dann in unser Lachen ein.
„Wie konnte das Passieren?“, fragte ich Heinrich am nächsten Tag.
„Ich hab ihnen gleich gesagt, sie sollen Prätsch fragen – aber auf mich hört ja niemand!“
Bei den Pflasterern arbeitete Ulli Koll aus Stralsund. Eigentlich war Ulli Seemann der deutschen Handelsmarine.
Aber nach dem Krieg gab es zunächst keine deutsche Marine. So war Ulli Spion geworden und hatte für die Franzosen in der DDR Nachrichten gesammelt. Irgendwie war er aufgefallen und hatte sich 10 Jahre eingefangen. Auch seine Verlobte saß mit sechs Jahren im Bützower Frauengefängnis. Jetzt schaufelte er den Pflasterern Sand zu. Ein besonderes Gespann waren die beiden Pflasterer. Der Ältere war auf dem Dars beheimatet. Ein „Beachcomber“, wie Ulli ihn nannte: Ein Fahrensmann, der nur zur See fuhr, wenn er Geld brauchte – und dann auch nur für „Kleine Fahrt“, dass heißt: Küsten- oder Flussschifffahrt.
Der Jüngere – Andreas, der Lehrling – war erst 17 Jahre alt. Ein Bauernsohn. Sein Vater war gestorben und er bewirtschaftete mit seiner Mutter den 10-Hektar-Hof weiter. Jetzt meinte der Vorsitzende der neu eingerichteten LPG mit dem Jüngelchen leichtes Spiel zu haben.

Stets musste Andreas auf die Maschinen der MTS – „Maschinen- und Traktorenstation" warten – immer kam zuerst die LPG. Aus Wut hatte Andreas eines Nachts dem „LPG-Heini" die Fenster eingeschlagen – aber man hatte ihn bald auf Grund seiner Gummistiefelabdrücke identifiziert und zu 5 Jahren verurteilt.
„Warum hast Du die ollen Dinger nicht sofort verbrannt?", warf der „Beachcomber" ihm vor.
„Woher soll ich einen Bezugschein für neue Stiefel kriegen? Und in den Igelit-Stiefeln qualmen Dir doch sofort die Socken!", maulte Andreas.
Bei den Pflasterern „half" auch eine undurchsichtige Gestalt: Jost! Er hatte eine Einzelzelle neben der Residenz von „Black Prince" auf B-I. Jost war in unserem Alter und brauchte nur etwas Bewegung an der frischen Luft! Denn er war ja geistig tätig!
Wieso?
„Ich schreibe ein Buch!"
„Worüber?", wollte Andreas wissen.
„Über platonische Liebe!"
„Was ist das denn?"
„Ich bin schon zwei Jahre drin und jetzt erwartet meine Freundin ein Kind!"
„Natürlich von einem anderen – oder?"
„Ja, aber sie hat bei der Zeugung an mich gedacht!"
„Und das glaubst Du – wie kann man nur so blöd' sein?"
Die Diskussion wurde unterbrochen. Andreas wurde zur Verwaltung gerufen : „Mit allen Sachen!"
Andreas hatte Glück: Seine Mutter hatte sich mit dem „LPG-Heini" geeinigt – sie war in die LPG eingetreten. Da man in der LPG jede Hand dringend gebrauchte, wurde Andreas entlassen.
Eine merkwürdige Nervosität herrschte in den Wochen nach dem 17. Juni. Auch die jungen, unverheirateten Polizisten hatten ihre Probleme. Die Ordnungspolizei wurde am 1. des Monats entlohnt und machte dann die Kneipen unsicher. Die Truppe, mit der wir es zu tun hatten, bekam am 15. ihr Gehalt. Auch sie feierten gern und ausgiebig. Krischan war am 16. meistens nicht zu gebrauchen. Opi Ahrens und der lange Peters, die schon bei der Justiz gearbeitet hatten, machten hier wieder die rühmliche Ausnahme.
Wieder einmal feierten unsere jungen Polizisten ausgiebig – und das schon am hellen Nachmittag. Sie begannen zu randalieren – der Wirt, der die Blauen nicht unterschied, beschwerte sich bei der Ortspolizei über die Krawallmacher. Ein Trupp rückte an, um für Ruhe zu sorgen. Es kam zu einer Keilerei, bei der unsere Jungen

den Kürzeren zu ziehen drohten. Einer rannte los, um Verstärkung zu holen. Um den Weg abzukürzen, rannte er querfeldein auf den Knast zu, quer durch das Tomatenfeld, das vom Landwirtschaftskommando betreut wurde und bis an die Mauer reichte. Der Posten auf dem Turm sah, dass sich in den Tomaten etwas auf den „Knast" zu bewegte und schoss.
Er traf – und erschoss den Kameraden.
Eines Tages mussten wir einen Wagon Rohbraunkohle, den die Fahrbereitschaft vor der Heizung abgeladen hatte in den Heizungskeller schippen. Nach getaner Arbeit gingen wir unter die Dusche. Hans, der Heizer, besorgte uns frische Wäsche und fütterte uns richtig satt. Dann saßen wir in unserer Zelle noch eine Weile gemütlich zusammen – etwas wie Lagerfeuerstimmung kam auf und jeder erzählte etwas aus seinem Leben. Ulli sang Seemannslieder und plötzlich hatten sie mich am Wickel: „Ach, Siegie, Du kannst doch noch gar nicht mitreden – 22 Jahre alt und keine Erfahrung mit Mädchen – na, gibt's denn so was?"
„Ihr habt ja keine Ahnung, ich bin doch nur wegen eines Mädchens hier drin!", konterte ich.
„Gib doch nicht so an, davon haben wir noch nichts gewusst – wie kommt das denn?"
Ich erzählte, dass ich nach Grevesmühlen auf die Oberschule gegangen war, nur um Lieschen nicht allein dorthin gehen zu lassen. Einige lachten: „So kann's einem gehen!", sagte Ulli Koll „und danach?"
„Naja, dann kam Ulli, mit ihr konnte ich gut reden und ich bin eigentlich nur wegen ihr nach Hohenschönberg zu den Festen gefahren – aber da waren auch andere schöne Mädchen, wie Hildegard und die kleine Hanna. Ich habe Ulli öfter beim Tanz in Hohenschönberg getroffen – tanzen konnte die prima! Und auch sonst hat sie was auf dem Kasten! Na, mal sehen, wenn dieses Abenteuer hier vorbei ist?!", sagte ich versonnen.
Plötzlich blökte Gustav los: „Ausgerechnet in dieses scharfe Flittchen muss der sich verlieben!"
„Gustav, wieso musst Du Alles, was mir etwas bedeutet mit Dreck bewerfen?", entrüstete ich mich.
Es wurde plötzlich still – die Stimmung war dahin!
Ich legte mich auf meinen Strohsack und rollte mich in meine Decken. Ich schlief ein und wurde mitten in der Nacht dadurch munter, dass mich jemand küsste. Ich wusste nicht was mir geschah und bemerkte, dass es Gustav war, der neben mir schlief.
Was Tun?

Mein Vater hatte mich mit kurzen Worten aufgeklärt, als ich ihn fragte, was das sei, als Hitler die Gruppe um den SA-Führer Rhön als Homosexuelle Bande bezeichnete.
„Wenn Dir so etwas passiert, dann hau ihm vor die Fresse!"
Was sollte ich jetzt tun? Ich konnte doch hier nicht mitten in der Nacht eine Schlägerei mit einem meiner besten Freunde anfangen! Willi Jensen hatte es gewusst: Als ich mich einmal über Gustav als guten Kameraden anerkennend äußerte, sagte Willi: „Das mag sein, aber der ist schwul!"
Am nächsten Tag besprach ich die Sache mit Ewald.
„Soll ich neben ihm schlafen?", fragte Ewald.
„Ich muss alleine damit fertig werden!"
Dann sagte ich Gustav meine Meinung: „Hör zu, Gustav, wir können Freunde sein – aber nicht auf dieser Basis! Ich möchte in dieser Beziehung hier so raus gehen, wie ich hier rein gekommen bin! Wenn dies hier zu Ende ist, möchte ich meiner Mutter, meiner Schwester und vielleicht Ulli – oder jedem andern Mädchen – gerade in die Augen sehen können!"
Zwei Wochen später bekamen wir Betten. Das Haftarbeitslager Glowe wurde aufgelöst – davon profitierte die Haftanstalt Bützow-Dreibergen. Es waren einfache doppelstöckige Holzbettstellen.
Statt Matratzen alle zehn Zentimeter ein Brett, auf die ein Strohsack gelegt wurde. Damit dem Untermann nicht zu viel Staub in die Augen fiel, wurde zwischen Bretter und Strohsack – zumindest am Kopfende – eine Lage Zeitungspapier gelegt. Was für eine Menge Geld hatte dieses Projekt Glowe verschlungen! – Für nichts! Ein sogenannter „Dispatcherturm" 45 Meter hoch, mit einer Plattform auf der Spitze, von der aus man das ganze Objekt übersehen konnte, hatte neunzigtausend Mark gekostet. Den hatte man einfach umgestoßen und zu Brennholz verarbeitet! Auf dem Hof bildeten sich Gruppen, die zusammen arbeiteten – oder in den Pausen zusammen saßen und diskutierten. Eine solche Gruppe hatte sich um den Berliner Rechtsanwalt Lehmann gebildet. Sie beluden den Anhänger mit dem Aushub für die Straße – wenn er denn da war. Hierzu gehörte auch Gerhard Stiehr, der auch beim Hofkommando gelandet war. Diese Leute hatten lange Pausen in denen sie tolle Probleme wälzten: „Was wird, wenn der Laden zusammenbricht?"
„Erst mal muss der Laden zusammen brechen und dann können wir überlegen, was zu machen ist!", hielt Fiete Beerbaum, der mir die Steine in die Karre packte, dagegen.
„Aber man muss doch einen Plan haben, sonst entsteht doch ein heilloses Durcheinander!"

Fiete machte eine abwertende Handbewegung und ging zu Heinrich Wolter, um ihm beim Nägel gerade kloppen zuzusehen.
„Und was machst Du wirklich, wenn der Laden zusammenbricht?", fragte ich Fiete, als ich ihn bei Heinrich Wolter fand.
„Mann, Siegie, dann gibt es für uns auf unseren Höfen sooo viel Arbeit!"
„Was soll aus den Strolchen werden, die uns dies Alles eingebrockt haben?"
„Die kommen vor ein ordentliches Gericht!"
Fiete Beerbaum – ein Kulak, 32 Jahre alt, 1,75 groß, untersetzt, dunkelblond, Augen graublau.
Mit 17 hatte er sich 1937 freiwillig zur Wehrmacht gemeldet. Er wollte schnell seine zwei Jahre Wehrpflicht, die es seit 1935 gab, ableisten, damit ihm dann sein Vater den Hof im Kreis Treptow übergeben konnte. Aber aus den zwei Jahren wurden acht, in denen er mit der ersten Panzerdivision vom ersten Kriegstag an durch Europa zog. Schwer verwundet wäre er fast auf einem Lazarettflur verreckt, hätte nicht im letzten Moment ein Sanitäter bemerkt, dass noch ein Funke Leben in ihm steckte und ihn auf einen LKW verladen lassen, mit dem er noch aus dem Kurlandkessel herauskam. Als er wieder mit Krücken laufen konnte, wurde er aus der Wehrmacht entlassen.
Als er dagegen protestieren wollte, dass Rotarmisten ihm die letzte hochträchtige Sau aus dem Stall holen wollten, hielt ihn einer von ihnen die Pistole an die Stirn, während ein anderer die Sau erschoss.
Mühselig hatte er den von der ruhmreichen Roten Armee total ausgeplünderten Hof wieder in Schuss gebracht. Hier war er, weil er ein LPG-Mitglied einen „Kolchosbauern" genannt hatte. Man hatte ihn an einem Sonntagnachmittag vom Sportplatz – wo er einem Fußballspiel zuschaute – weg gefangen. – Wochenlang wusste seine Mutter nicht, wo er geblieben war – sein Fahrrad fand man am Rand des Sportplatzes.
Oft saßen wir zu dritt zusammen und tauschten unsere Erfahrungen der letzten sieben Jahre aus.
Ich erzählte aus dem neuen Sperrgebiet an der Grenze: „Wenn Du in den Fünf-Kilometer Streifen rein willst, musst Du erst einen Antrag stellen – der muss erst geprüft werden, auch wenn man aus dem Fünf-Kilometer-Streifen in den Fünfhundert-Meter-Streifen vor der Grenze will, braucht man eine Extra-Genehmigung – wie viel neue Beamte müssen dafür eingestellt werden? Immerhin ist diese blöde Grenze Tausendvierhundert Kilometer lang!

Und dann fünfzehn neue Bezirksregierungen - statt der fünf Landesregierungen!"
„Fünfzigtausend Mann ist die Grenztruppe stark - und im Westen wollen sie jetzt erst einen Zwanzigtausend Mann starken Grenzschutzverband für die Grenze um das ganze Gebiet der Bundesrepublik aufstellen! Wollen sie erst - und hier war schon alles fertig, als sie am 27. Mai voriges Jahr die Grenze dicht machten - und dann reden sie von Kriegstreiberei im Westen!
„Wir sechzehn Millionen DDR-Bürger müssen das alles aufbringen!", sinnierte Fiete.
„Für ein Fahrrad musst Du in der HO siebenhundert Mark hinblättern - wenn überhaupt eines da ist! Ein guter junger Mann kriegt hundertfünfzig Mark in Monat. Also muss er fast fünf Monate für ein Fahrrad arbeiten - wenn er zur KVP oder nach Aue in den Uran-Bergbau geht, bezahlen sie ihm mindestens das Dreifache! Wenn er aber in den Westen geht, kriegt er hundertfünfzig Mark West und kann sich dafür zwei Fahrräder kaufen! Wer bleibt denn noch beim Bauern?", fragte Heinrich Wolter.
„Die glauben doch selbst nicht, was sie uns vorspinnen. Die Stasibonzen in Schwerin laufen auf „Sambapuschen" rum - die gibt es nicht im HO-Laden, sondern nur im Westen. Wenn Du hier im Osten mit einem karierten Hemd aus dem Westen - mit schicken, frischen Farben zum Tanz gehst, fällst Du doch schon auf! Ein Pfund Bohnenkaffee kostet im Westen fünf Mark - hier achtundzwanzig - wenn es welchen gibt - und schmecken tut er auch nicht! Mit der Schokolade ist es das Gleiche! Im Westen kriegst Du die Tafel für fünfzig Pfennige und in der HO kostet eine Tafel acht Mark!
Wenn ich da an den Spruch denke, den sie seit Jahren überall hängen haben: „Wie wir heute arbeiten, werden wir morgen leben!""
„Nur, wann ist für uns MORGEN?", ergänzte ich Heinrichs Gedanken.
Zu Fiete gehörte Max Hartmann - fünf Jahre jünger, einen Kopf größer, dafür etwas schlanker - Buldog-Spezialist.
Max hatte einen alten Lanz-Buldog aufgetrieben, ihn wieder zum Laufen gebracht und war so nicht auf die MTS angewiesen.
Ersatzteile für seinen Buldog hatte er aus West-Berlin beschafft - „schwarz" - natürlich - ein Vergehen gegen den innerdeutschen Zahlungsverkehr.
Sie stammten aus dem gleichen Dorf und hatten sich gegenseitig geholfen - jetzt hatte jeder fünf Jahre. Die beiden hielten zusammen, wie Pech und Schwefel. Aber Max blieb nicht lange beim Hofkommando. Eines Tages war der Lanz-Buldog stehen geblieben.

Max schaute eine Weile zu, wie der Polizist, der den Buldog fuhr, sich abmühte. Dann schob er den Polizisten beiseite mit den Worten: „Lat mi mal ran!“
Max machte einige Handgriffe – und schon lief der Buldog. Am nächsten Tag war Max bei Otto Morgental in der Kfz-Werkstatt. Otto kam von der Insel Rügen. Eigentlich war er Flugzeugmechaniker und konnte einen Spezialisten wie Max gut gebrauchen.
Immer wieder Bujack! Eines Abends kamen er und Ewald spät in die Zelle. In der Küche war eine Wasserleitung undicht.
„Darf ich in der Spülzelle noch eine Zigarette rauchen?“, fragte Bujack „Silberblick“ einen jungen Schnösel von Polizisten, der an dem Abend Dienst hatte.
„Wo kommen wir denn da hin, wenn hier jeder nach dem Einschluss noch Sonderwünsche hat!“
Damit wurde die Tür krachend geschlossen. Bujack setzte sich auf sein Bett und nestelte sein Feuerzeug aus dem Strohsack hervor, hing das eine Ende der Schur über seinen krummen Zeh und wollte gerade die Funken in die Lunte springen lassen, da stand „Silberblick“ in der Zelle.
„Her damit!“, herrschte er Bujack an und nahm ihm das Feuerzeug ab.
„Kann da nicht einer Pinkeln gehen?“, fragte Bujak. Natürlich konnte einer, stellte sich an den Kübel, der im Türrahmen stand und verdeckte den Spion in der Tür.
Bujack machte sich am Fußende seines Strohsackes zu schaffen und brachte sein Reserve-Feuerzeug zum Vorschein. Wenige Minuten später hatten die „Nikotingeier“ die Luft in der Zelle mit Zigarettenqualm geschwängert.
Fiete packte mir weiter die Steine in die Karre – manchmal reichlich. Er wettete dann mit Max Hartmann, dass ich die Karre nicht zu den Pflasterern schaffen würde.
Bei der Lehmann-Truppe war Dehmel: 1,80 groß, schwarzhaarig, mit einer gewaltigen, ziemlich frischen Narbe quer über die Stirn. Dehmel prahlte herum, was für ein großer DDR-Gegner er sei. Er behauptete, dass man ihn dabei erwischt habe, als er die Umgebung der Kasernen der Kasernierten Volkspolizei bei Torgelow und Egesin ausspähen wollte. Dabei hätte man ihn beinahe erschossen.
Bis Kasprick kam!
Kasprick – ein Kerl so lang wie breit, mit – im Verhältnis zum Oberkörper – viel zu kurzen Beinen – und viel zu langen Armen.
Er war Kommissar bei der Kripo in Magdeburg gewesen und stellte die Sache mit Dehmel klar!: Dehmel war ein Bandit, der im Ostharz

Villen aufbrach und ausräumte. Es hatte lange gedauert, bis sie ihm auf die Schliche gekommen waren. Eines Tages stellte Kasprick ihn in einer Gartenlaube. Er forderte Dehmel auf, herauszukommen. Aber Dehmel schoss. Kasprick ließ sich fallen, schoss im Fallen durch den Türschlitz – und traf! Daher hatte Dehmel seine frische Narbe an der Stirn! Jetzt saß Dehmel mit 15 Jahren Z bei uns in Bützow. Kasprick wurde zum Oberkommissar befördert und man machte ihm das Angebot, er könne sich versetzen lassen, wohin er wolle. – Die Stasi machte sich wohl Hoffnungen, dass er zu ihnen kommen werde. Aber Kasprick ließ sich zur Seepolizei versetzen. So landete er auf der Insel Hiddensee. Das war ihm zu langweilig und er setzte sich nach West-Berlin ab. Durch ein Mädchen hatte er sich in den Ostsektor locken lassen und saß jetzt wegen Fahnenflucht im Knast. Wenn ich mir Vorwürfe gemacht hatte, dass durch mein Verhalten der schöne Hof in Tankenhagen zum Teufel ging – hier in der Gesellschaft von Fiete Beerbaum, Max Hartmann und Heinrich Wolter verflogen diese Bedenken. Hatte man doch auch sie – nur um an ihre Höfe zu kommen – wegen Bagatellen langfristig hierher gebracht. Eines Tages sprach ich mit Gustav über die LPGs. „Ich denke, Du hast Scholochow aufmerksam gelesen! Sie machen es nach dem großen Vorbild der KPdSU(B)! Die Leitung der Betriebe übernehmen Parteibonzen und die Bauern, denen das Land gehört, dürfen nur arbeiten – wenn nichts übrig bleibt, kriegen sie gerade ihre Arbeit bezahlt – aber den Acker und das Vieh, das doch den Bauern gehört, stellen sie umsonst zur Verfügung!"
Eines Tages erschien VP-Oberrat Fritz Ackermann, seit Dezember 52 Leiter von Bützow, bei uns auf dem Hof. Er gab sich leutselig – hatten die Ereignisse des 17. Juni auch ihn nachdenklich gemacht? Hatte er doch behauptet: „Der Knast ist erst voll, wenn die Beine der Häftlinge aus dem Schornstein herausschauen!"
Eine Traube von Häftlingen bildete sich um ihn. Einige trugen Bitten an ihn heran, die von den unteren Beamten abgelehnt worden waren. Heinz Stuckhard, ein älterer, politischer mit zwölf Jahren, der auch hier auf dem Hof die roten Binden der „Gefährlichen" trug, fragte: „Herr Oberrat, meinen Sie, dass Sie mit den hiesigen Verhältnissen den Spruch, der an der Wand der Netzstrickerei – gegenüber dem Haupteingang –

> GEFALLENE ZU HEBEN; ZU HELFEN; ZU BESSERN;
> NUTZBRINGEND DER GESELLSCHAFT SIE WIEDERGEBEN

prangt, umsetzen können?"

„Ich habe den Spruch dort nicht anpinseln lassen – den lasse ich überstreichen!"
Damit beendete Ackermann das Gespräch, er drehte sich um und ging.
Zwei Tage später war der Spruch verschwunden.
Ein heilloses Durcheinander schien auf dem Hof zu herrschen. Aber Hans Griephahn, der Kommandoführer, hatte stets alles im Griff!
Da war das Kommando, das die Isolierung von alten Kupferdrähten abzog, das fünf Meter neben der Grube des „Donnerbalkens" werkelte und bei ungünstigem Wind den Gestank nicht ertragen konnte. – Also in eine andere Ecke des Hofes mit ihnen – aber nicht zu dicht an die Mauer – oder die Grube mit Erde abdecken und den „Donnerbalken" woanders hin? Die Leitungen für Strom und Wasser für die neuen Werkstätten mussten unterirdisch verlegt werden – dafür mussten Gräben ausgehoben werden – dabei mussten natürlich die Wege befahrbar bleiben.

Dazwischen karrte Jumbo, dessen Bart inzwischen nachgewachsen war, mit einem großen Handwagen herum. Den Wagen zogen vier nicht mehr ganz junge Häftlinge, die er in eine Art Pferdegeschirr gezwängt hatte vierspännig im Trab. Sie erledigten kleinere, eilige Transporte.
Jumbo stand auf dem Wagen, schwang eine Peitsche und brüllte: „No passaran!" = (Sie werden nicht durchkommen!) den Schlachtruf der Interbrigaden.
Als ich einen der vier „Zugpferde" beiseite nahm und ihn fragte warum sie sich von diesem Affen als Sklaven behandeln ließen, antwortete er: „Es macht uns Spaß – und außerdem werden wir immer satt!"
Dann passierte eines Nachts etwas wirklich Unerhörtes: Einige Kameraden aus der Zentralwerkstatt hatten einen Ausbruchversuch geplant und wollten ihn in die Tat umsetzen!
Sie hatten alles: Strickleitern mit Haken, die man über die Mauer werfen konnte. Irgendwo wartete ein Auto! Aber wie konnte man die Beleuchtung abschalten?
Ganz einfach! Die Stromleitung führte über die Mauer weg zum Transformator, der neben der Schneiderei stand. Fast darunter stand ein eisenbereifter Ackerwagen, auf dem Müll transportiert wurde. Am Abend des 22. September – es war ein stürmischer, regnerischer Tag – befestigten sie einen Draht an der Deichsel des Wagens. Ans andere Ende des Drahtes banden sie eine Mütze, in die sie einen Stein legten, und warfen so den Draht über die Leitung.

Es gab ein dumpfes, grollendes Geräusch – einen Blitz – und nicht nur der Knast – nein, auch die Stadt Bützow auf der anderen Seite des Sees waren dunkel – ohne Strom!
Nichts geschah! – Nach einer halben Stunde rückten die Arbeitskommandos ein – bei uns Bujack und Ewald, die noch an der Heizung gebastelt hatten. Draußen – zwischen den Gebäuden und der Mauer patrouillierten Streifen mit Hunden. Wir legten uns schlafen – mitten in der Nacht kam der lange Peters mit einer Petroleumlampe in die Zellen und zählte die Leute.
Aber es geschah weiter nichts – Den Kumpels in der Zentralwerkstatt war bei dem Blitz, als die Leitung durchschmorte, das Herz in die Hose gerutscht.
Experten versuchten mir zu erklären, dass der dünne Draht eigentlich hätte durchbrennen müssen – ohne Schaden zu verursachen – aber da das Wetter stürmisch und regnerisch war, hatte sich eine Brücke bilden können, in der es zum Kurzschluss kam.
Es dauerte einen Tag, bis Ackermann bei der Kasernierten Volkspolizei das richtige Notstromaggregat gefunden und locker gemacht hatte, damit wir wieder Strom hatten – und dann musste das Hofkommando einen Graben ausheben, damit die Stromleitung unterirdisch verlegt werden konnte.
Eines Tages, beim Umsetzen eines vollkommen mit Gras überwachsenen Steinhaufens, klimperte es metallisch. Gustav und Rudi Schröder, ein Fremdenlegionär, der nach fünf Jahren in Nordafrika seine Familie besuchen wollte und wegen Spionage zehn Jahre eingefangen hatte, untersuchten den Steinhaufen genauer und förderten einen total verrosteten Schlüssel zu Tage. Sie klopften den gröbsten Rost ab, Paule Warnke, der Feuerwehrhauptmann aus Neustadt-Glewe besorgte eine Stahlbürste aus der „Mechanischen“ und brachte den Schlüssel auf Hochglanz.
„Ich wette, der passt zu den Zellen!“, sagte Gustav „und jetzt?“
„Gib her, den nehm' ich mit rein zu Zierow – Du schleppst ewig das Messer mit Dir rum, ich kann auch mal was tun!“
So kam der Schlüssel nach A I und Zierow, der dort Hausarbeiter war, verwendete ihn zunächst dazu, um die Arrestanten mit zusätzlichem Brot zu versorgen.
„Du hast mal gesagt, die beste Zeit für einen Fluchtversuch ist der Herbst, dann gibt es überall auf den Feldern Steckrüben und Äpfel in den Gärten! Wann sind die Steckrüben soweit?“, fragte Gustav mich eines Tages.
„Naja, die Steckrüben sind so weit, dass man sie essen kann!“, antwortete ich.

„Worauf warten wir dann noch?"
„Und wie stellst Du Dir das vor?"
Gustav unterbreitete mir seinen Plan: Zum 7. Oktober hatte sich ein hoher Bonze angesagt, der alles besichtigen wollte. Also musste bis dahin auf dem Hof alles schön glatt sein – das hieß, es durften auf dem Hof keine offenen Gräben mehr zu sehen sein! Aber die Rohrleger konnten die Leitungen noch nicht verlegen, weil es an Rohren mangelte – und bis dahin auch keine in Aussicht waren.
Also mussten die Erdhügel, die neben den Gräben lagen, erst mal abgefahren werden. Die offenen Gräben wurden mit den Brettern, aus denen Piezkos Leute die Nägel entfernt hatten, abgedeckt.
„Was für eine unnütze Arbeit!", sagte ich zu Ernst Wiechman, einem Schweriner.
„Das war bei den Nazis genau so!", belehrte mich Ernst. „Ich habe 1935 mitgearbeitet, als in Görries der Flugplatz gebaut wurde. Da kam eines Tages Herrmann Göring zur Besichtigung, da musste auch alles glatt sein!"
Die Erde konnte man außerhalb der Mauer verwenden, weil dort etwas eingeebnet werden musste.
Wenn der kleine Phänomen zur Wartung kommt und fertig vor der Werkstatt steht und der mit Erde beladene Wagen aus dem Tor fährt, müsste einer, der den Wagen fahren kann, den Wagen nehmen, einer schnappt sich den Polizisten, der das Tor öffnet und schließt, – den nehmen wir mit und setzen ihn irgendwo aus und ab!
Wen nehmen wir mit? Ulli Koll lehnte ab – er hatte seine Verlobte im Frauengefängnis – der wollte er keinen Ärger machen! Ewald?
„Gerne – aber ich arbeite nicht immer in Eurer Nähe!"
Wer konnte den Wagen fahren? – Paule Warnke, bei der Feuerwehr in Neustadt-Glewe hatte er so ein Auto gefahren. Wir fragten Paule – er war dabei! Auch Rudi, der Legionär – vier Mann – das war genug.
Wer schnappt sich den Polizisten? – Gustav wollte das machen!
Aber Gustav und ich hatten am nächsten Tag Besuch! – „Meine Mutter ist Kummer gewohnt!", sagte Gustav.
„Mein Onkel Walter wird zwar im ersten Moment fluchen – hinterher wird er herzlich lachen – wenn es klappt!", dachte ich.
Am nächsten Tag ging es nicht – der Phänomen war nicht da.
Aber das mit dem Besuch klappte.
Onkel Walter hatte seine Erna geheiratet – sonst gab es draußen nicht viel Neues – Aber! Als wir uns zum Abschied die Hand reichten, hatte ich plötzlich die Hand voller Sahnebonbons! Das konnte nur : MEIN ONKEL WALTER!!
Am nächsten Tag wurde der Phänomen gewaschen. Fritz Schulz,

der Wurstfabrikant aus Ludwigslust war damit fast fertig, als der mit Erde beladene Anhänger aus dem Tor fuhr. Rudi und ich standen etwa zehn Meter von Gustav entfernt, um ihm zu helfen. Ich sah, wie Gustav zum Sprung ansetzte, plötzlich kreidebleich wurde und stehen blieb!
Das Tor ging zu!
Paule, der den schimpfenden Fritz Schulz beiseite gedrängt hatte, startete den Phänomen und ließ den Wagen anrollen – jetzt stellte er den Wagen zurück, stieg aus, klopfte Fritz Schulz auf die Schulter und ging wortlos in die mechanische Werkstatt.
Wir trafen uns hinter der mechanischen Werkstatt.
„Was war los? Ich hätte beinahe den alten Fritz über den Haufen gefahren!"
„Da standen plötzlich zwei Polizisten – sonst war da immer nur einer!", sagte Gustav.
Paule hatte genug. „Das passiert mir nicht noch mal!", sagte er und am nächsten Tag fing er in der mechanischen Werkstatt an – er hatte schließlich Schlosser gelernt.
Die Pflasterarbeiten waren fast abgeschlossen. Griephahn schickte mich jetzt öfter mit Fiete Beerbaum und Alfred Beerenstengel, einem Traktoristen, zu Arbeiten, wo richtig zugepackt werden musste – schließlich bekamen wir 40 Pfennige am Tag – also 10 Pfennig mehr als die übrige Mannschaft des Hofkommandos.
Alfred Beerenstengel, ein echter Ostpreuße, an die 1,90 groß und breitschulterig, hatte einem „Bürohengst", der von praktischer Arbeit keine Ahnung hatte, „mal richtig die Fresse poliert"!
„Der wollte mir vorschreiben, wie ich zu pflügen habe. Als ich den Krähenfuß – das SED-Parteiabzeichen – an seinem Jackett sah, hab ich alle meine Kraft in den Schlag gelegt!"
Dieser Schlag brachte ihm sieben Jahre nach dem Artikel VI ein.
An einer Ecke außen an der Mechanischen war eine Pinkelbude eingerichtet – so eine, wie es sie zu der Zeit in jeder Dorfschmiede oder Dorfkrug in Mecklenburg gab.
Jeder muss mal dahin – ich auch.
Eine Bretterwand, 1,50 hoch, ein Abfluss, der irgendwo versickerte. Ich konnte darüber hinweg sehen. Jumbo kam mit seinem Gespann vorbei gezuckelt, schwang die Peitsche und brüllte seinen spanischen Schlachtruf.
Plötzlich rief jemand schräge hinter mir: „Y que passan, no esta nada!" = (Und wenn sie durchkommen, ist es nicht so schlimm!)
Jumbo schien für einen Moment auf seinem Wagen zu erstarren. Dann sah er suchend in die Richtung, aus welcher der Ruf

gekommen war, erblickte mich, wie ich interessiert über die Wand der Pinkelecke schaute, ließ seine Leine fallen und kam, wie wild mit der Peitsche fuchtelnd, auf mich zu gerannt. Er brüllte mich an: „Du warst es! Du verfluchtes Faschistenschwein!“ Er hob die Peitsche, da packte ich ihn mit der linken Hand an der Jacke vor der Brust und schüttelte ihn – wie eine Strohpuppe – Eine Wolke aus Knoblauchdunst umgab ihn und fachte meine Wut noch an. In meinem Gehirn überschlugen sich die Gedanken: „Scheuer ihm Eine, das er ewig an dich denkt!“
Ich hatte die rechte Faust schon zum Schlag ausgeholt, da sah ich Alfred, der mit ernstem Gesicht diesem Spiel zuschaute. Plötzlich dachte ich an die sieben Jahre, die ihm sein Schlag an die Kinnlade eines Parteibonzen eingebracht hatte – und – „Sei zufrieden mit Deinen acht Jahren –.
Handele dir nicht wegen dieses großmäuligen Schwächlings eine „Neue Kiste“ ein!“. Plötzlich wurde mir bewusst, welche Kraft in mir steckte – ich lies Jumbo los, ohne ihn eine zu scheuern – oder ihn in die Pissrinne zu schleudern und ging an meine Karre, die Fiete – wie immer – reichlich beladen hatte.

Wieder einmal wurde Alles durcheinander gewirbelt. Das Hofkommando, das bisher auf alle Stationen verteilt untergebracht war, wurde geschlossen auf A II untergebracht.
Ich zog mit Gustav in eine Vier-Mann-Zelle. Hier hauste schon Fritz Schwarz, ein Finanzbeamter aus Plau, Mitte 50, untersetzt, graue Schläfen, blaue, klare Augen. Er hatte nebenbei die Kasse des Plauer Sportvereins verwaltet. Dieser Verein wollte selbstständig bleiben und sich nicht in die FDJ eingliedern lassen – man pflegte alte Verbindungen zu Sportverbänden in Niedersachsen, Schleswig-Holstein – und, was des Schlimmste war! In West-Berlin! Bei Besuchen in West-Berlin hatte man sich natürlich auch mit westlichen Zeitungen und Illustrierten versorgt und sie zu Hause ausgetauscht. Dies war ihnen als Verbreitung westlicher, dekadenter „Schund- und Schmutz-Literatur“ – und damit als Kriegs- und Boykotthetze – Strafbar nach Artikel VI der DDR-Verfassung, ausgelegt worden. Jetzt saßen die Rädelsführer dieses reaktionären Vereins mit acht und zehn Jahren Z bei uns im Knast.

Die Stadt Plau musste – aus DDR-Sicht – ein ganz übles, reaktionäres Nest sein, denn immer wieder traf ich Leute aus dieser netten Stadt. Fritz Schwarz sollte dem Vorsitzenden des Plauer Sportvereins Einsicht in Unterlagen des Finanzamtes gewährt haben, die

dieser an die „Kampfgruppe gegen Unmenschlichkeit“ in West-Berlin weitergegeben haben sollte. Beweise hatte die Stasi ihm nicht vorlegen können – aber er war trotzdem für fünf Jahre aus dem Verkehr gezogen worden.
Hier durfte Fritz Schwarz unter Ernst Piezkos Leitung verrostete Nägel aus zerbrochenen Brettern ziehen.
In der Zelle gab es drei Betten, ein uraltes, das noch an der rechten Wand befestigt war, in dem Fritz schlief und ein doppelstöckiges „Glowebett“.
Das obere bewohnte Carl Bollbrügge, Müller und Landhändler aus Grabow. Alles, was ich über diesen Mann von Kunden, Bauern und Geschäftsfreunden, die im freien Leben mit ihm zu tun hatten, erfahren habe, verbietet mir, Carl Bollbrügge einen „Komischen alten Kauz“ zu nennen. Er bestand darauf, trotz seiner 72 Jahre im oberen Bett zu schlafen – er brauche diese „Übungen“, behauptete er. Morgens stand er vor dem Weckruf als erster auf, machte mit freiem Oberkörper unter dem geöffneten Fenster seine dreißig Kniebeugen und andere Übungen, danach wusch er sich dann mit seinem Anteil Wasser vor der Tür, wobei er sehr viel in die Umgebung verspritzte. Gustav und ich, die wir abwechselnd im dritten Bett und auf dem Strohsack auf dem Fußboden schliefen, zogen es vor, ohne Murren, mit Carl aufzustehen, um ihm bei seiner morgendlichen Zeremonie nicht im Wege zu sein. Nur: Carl war schwerhörig! Man musste brüllen, damit er verstand, was man ihm mitteilen wollte.
Beim Hofkommando durfte Carl die Plastik-Isolierung von schadhaften Kupferleitungen entfernen.
Carl Bollbrügge besaß eine Getreidemühle in Grabow. Wenn die Bauern, die ihm ihr Getreide verkauften, das Geld nicht sofort benötigten, ließen sie es bei Bollbrügge stehen: „Der war wie eine Bank!“, sagten die Bauern. War einer in Not: Bollbrügge half. Andreas Meyer, der Wildschütz aus Muchow, hatte bei ihm in der Saison gearbeitet: „Komm’ wenn Du Zeit hast!“, hatte Carl zu ihm gesagt und immer anständig bezahlt!
Wieder lag etwas in der Luft!
Gustav hatte es von Horst Noak und Heinz Oberschelp – zwei Kumpels, die in der Netzstrickerei arbeiteten –, die er im Revier getroffen hatte, erfahren. Etwas ganz Großes, einige Polizisten waren mit von der Partie und die Lastwagen standen bereit!
Fiete, Alfred, Ulli und ich buddelten an der Küche. Wir sollten ein Rohr freilegen. Die Jungen von A III machten Freistunde. Plötzlich polterte einer mit Holzschuhen über das Pflaster – es war Beenesch. „Siegie, wo ist der Schlüssel?“, fragte er.

„Welcher Schlüssel?"
„Stell Dich nicht so dumm – Du weißt ganz genau, worum es geht!"
„Auf A I!", antwortete ich – und dachte: „Alles Scheiße!"
Am nächsten Morgen – es war der zweiundzwanzigste Oktober – stand, als wir vor der Arbeit auf dem Stern aufgerufen wurden, Beenesch im ersten Stock vor dem Kommandoleiterzimmer.
Am Nachmittag schippte ich mit Kädow und Koblin Kohle in den Keller des Verwaltungsgebäudes.
Kädow und Koblin stammten aus Plau. Sie hatten des Öfteren Flugblätter aus West-Berlin geholt und unter die Leute gebracht. Eine neue Sendung Flugblätter musste geholt werden. Damit sie bei der Kontrolle am Bahnhof nicht entdeckt werden konnten, hatten sie verabredet, dass der Kurier das Paket mit den Flugblättern an einer bestimmten Brücke aus dem Zugfenster werfen sollte. Aber der Kurier warf das Paket an der falschen Brücke aus dem Zug. Nun brannte in der Nähe dieser Brücke eine Scheune und Feuerwehr und Polizei waren im Großeinsatz. So liefen sie bei ihrer Suche nach den Flugblättern einer Polizeistreife in die Arme.
Das Endresultat waren zehn Jahre Z wegen Kriegs- und Boykotthetze für Kädow und Koblin.
Es dämmerte bereits, da holte mich Opi Ahrens: „Jahnke, wat is denn nu all wedder los?", fragte er und brachte mich zu den Kommandoleitern. Ich trat in das Zimmer. „Schweinebacke", ein jüngerer Hauptwachtmeister, untersetzt, dunkelhaarig mit starkem Bartwuchs, die glatt rasierten Wangen schimmerten bläulich – der Spitzname „Schweinebacke" passte wie die Faust aufs Auge, denn die Backen erinnerten wirklich an die eines feisten Schweins – und Wichert, ein älterer Hauptwachtmeister saßen hinter ihren Schreibtischen. „Schweinebacke" bot Wichert eine Zigarette an. Das juckte mich natürlich überhaupt nicht.
„Na, Jahnke, was gibt es neues?", fragte Schweinebacke, nachdem er einige Male kräftig an seinem Glimmstängel gezogen hatte.
„Woher soll ich neues wissen? Ich hab den ganzen Tag gearbeitet – und die Zeitung habe ich noch nicht gelesen."
„Woher haben Sie den Schlüssel?", fragte Wichert und schlug mit der Faust auf den Tisch, dass die Bleistiftschale einige Zentimeter hoch sprang.
„Welchen Schlüssel?", fragte ich zurück, mit einem Gefühl in der Kehle, wie am ersten Tag in Grevesmühlen in der Villa am Gerberhof.
Wiechert ging nach draußen und kam mit Heinz Zierow zurück. Heinz stellte sich mit einem Meter Abstand neben mich.

Er sah mich an und zuckte mit den Schultern.
„Na, Jahnke, wissen Sie noch immer nichts?“, fragte „Schweinebacke“ bissig.
„Ich habe den Schlüssel auf dem Hof gefunden.“
Sie brachten Heinz raus. Sie legten mir ein Protokoll vor, in dem stand: „Jahnke belog die Kommandoleiter und gestand dann ein, dass er einen Schlüssel auf dem Werkstatthof gefunden hat, den er nicht ablieferte, sondern an den Strafgefangenen Zierow weiter gab, um ein Mittel zur Massenflucht zu haben.
Dafür wird er mit einundzwanzig Tagen verschärften Arrest bestraft.“
Ich unterschrieb das Protokoll.
„Schweinebacke“ warf mir zwei rote etwa 10 cm breite Binden zu.
„Die tragen Sie jetzt, um den linken Arm und ums linke Bein!“
Ich nahm die Binden, Wichert brachte mich in eine Zelle in der hintersten Ecke des B-Kellers. Kädow und Koblin schaufelten noch Kohlen in den Keller. Das Fenster ließ sich öffnen, ich rief nach ihnen. Sie hörten mich. Koblin kam.
„Mensch, Siegie, was machst Du im Keller?“, fragte er.
Ich berichtete ihm kurz.
„Wir haben Brötchen gekriegt, soll ich dir welche bringen?“
„Gib her, wer weiß, wann ich wieder was zu Essen kriege!“
Er reichte mir drei Brötchen durch das Fenster.
Ich begann zu essen – aber mir war die Kehle so ausgedörrt, dass ich keinen Bissen herunterbrachte. Aus einer undichten Verschraubung des Heizkörpers tropfte Wasser. Ich hielt ein angebrochenes Brötchen unter das Leck der Heizung und ließ das Wasser auf die Brötchen tropfen. Die eingeweichten Brötchen konnte ich essen. Dann legte ich mich auf die Holzpritsche, die in dem Raum stand – aber entgegen meiner sonstigen Gewohnheit, dass ich in jeder Lage sofort schlafen konnte – schlief ich nicht ein. Das Hemd war von der Arbeit durchgeschwitzt und klebte jetzt kalt am Körper.
Die Ablösung kam. Der lange Peters brachte mich in eine andere Zelle des B-Kellers, direkt neben dem Haupteingang – unter dem Büro von „Black Prince“. Nach einer Weile brachte der Kalfaktor B-I meine Decken und übrigen Sachen, dazu die Brotration und Kaffee. In die Decken hatte Gustav die letzte Ausgabe der „Berliner Zeitung“ eingebaut – so hatte ich wenigstens für einen Tag etwas zu Lesen. Das Stroh im dem Strohsack, der an der rechten Wand lag, war noch nicht allzu zerfleddert. An der Wand ein Hängeschrank, der übliche Kübel, eine Waschschüssel, ein Hocker und ein Heizkörper an der Außenwand – das war alles.

„B-I-Einschluss“, brüllte der Kalfaktor. Ich stellte den Schemel in den Türrahmen, legte Hose und Jacke darauf und stellte die Schuhe darunter.
Nach dem Einschluss legte ich mich auf den Strohsack und hüllte mich in die Decken. Aber erst nachdem ich das durchgeschwitzte Hemd ausgezogen hatte, wurde mir allmählich warm und ich schlief ein.
Am nächsten Morgen ließ ich mir vom Kalfaktor Nähzeug bringen, um meine roten Binden an Jacke und Hose befestigen zu können.
Der Polizist blieb in der Tür stehen, bis ich den letzten Faden mit der Schere abgeschnitten hatte.
„Die Binde gehört doch ans rechte Hosenbein!“, wollte er mich belehren.
„Nicht bei mir, der Kommandoleiter hat es so angeordnet!“
„So, sind Sie etwas besonderes?“
„Es scheint so!“, sagte ich und gab ihm die Schere.
Alle drei Tage ließ mich der lange Peters zur Freistunde auf den A-Hof.
Alleine!
Ich trug meine roten Binden mit einem gewissen Stolz, ging mit leicht nach vorne gesenktem Kopf – wie ein Bulle zum Angriff – wie es die Jahnkes so an sich haben – auch Ewalds Rat: „Siegfried, nimm den Kopf hoch, schon dann sieht die Welt anders aus!“ hatte mir diese Gewohnheit nicht ganz austreiben können – obwohl er Recht hatte – und bildete mir ein: Ich marschiere in Konnie Adenauers neuer Europa-Armee! Wenn ich darüber nachdachte, was hätte passieren können, wenn der Ausbruch gelungen wäre, kamen mir Bedenken! Auch echte Ganoven, wie Dehmel wären in die Freiheit gelangt! Und dann – wie weit wären wir gekommen – ich erinnerte mich an die Riesenrazzien der Russen im ersten Sommer nach dem Krieg! Ich nahm mir fest vor, mich auf keine Abenteuer mehr einzulassen – hier saß immer irgendein Beenesch, der die Sache hoch gehen lassen konnte, um sich in ein gutes Licht zu setzen! Diese einundzwanzig Tage – sie waren eine Warnung!
In meinem bisherigen Leben hatte ich immer satt zu Essen gehabt. Auch der miese Fraß in Schwerin hatte mir nicht allzu sehr zugesetzt. Aber in diesen einundzwanzig Tagen habe ich an einigen Tagen wirklich gehungert. Morgens rückten die Arbeitskommandos aus, abends kamen sie zurück. Am zweiten Tag entdeckten mich Ulli Koll und Gustav. Ich hatte an der Wand gestanden, damit ich durch das Fenster die einrückenden Kommandos beobachten konnte, ohne von außen gesehen zu werden.

Als ich das Hofkommando kommen sah, war ich dicht ans Fenster getreten und hatte mich durch Zeichen bemerkbar gemacht.
Jetzt löschte ich beim Aus- und Einrücken der Arbeitskommandos das Licht, indem ich die Glühbirne lockerte.
Aus dem Fenster konnte ich gerade über den Rasen sehen.
Ich dachte zurück. Einiges hatte sich verändert. Als ich vor einem Jahr hierher kam, war der Platz vor dem Eingang mit Schotter bedeckt gewesen. Jetzt hatte man den Schotter mit Erde abgedeckt und Gras eingesät, das jetzt einen schönen grünen Rasen bildete.
Der Rasen begann hinter einer schräge mit Feldsteinen gepflasterten Böschung. Vor dem Fenster verlief ein etwa einem Meter breiter Weg, hinter dem die Böschung den Höhenunterschied ausglich. Ich sah die Linden außerhalb der Mauer, deren Blätter sich langsam verfärbten. Bei Windstößen segelten die ersten braunen Blätter zu Boden. Ich sah den Mauerseglern zu, wie sie mit ihren schrillem Gekreisch mal ganz tief über dem Erdboden, mal steil aufsteigend um und über die Gebäude dahin schwirrten. Sie waren die einzige Tiergattung, die ich sehen konnte – kein Spatz, kein Schmetterling, keine Ratte – nichts.
Nur Spinnen. Sie spannten zwischen den Gitterstäben vor dem Fenster ihre Netze auf, um Fliegen und kleine Insekten zu fangen. Es war interessant ihnen zuzusehen. Hatte sich ein Insekt in einem Netz verfangen, kam die Spinne, rollte den Netzabschnitt zusammen, dass sich das Insekt nicht mehr bewegen und wehren konnte, sog es aus und ließ das Bündel von der Zugluft, die aus der Zelle herauswehte, mitnehmen und entsorgen. Das Netz wurde sofort wieder ausgebessert. So sah ich manche Stunde den kleinen Raubtieren zu. Ich stand an der dem Weg abgewandten Ecke des Fensters, damit ich von draußen nicht gesehen werden konnte.
Abends hörte ich die Wildgänse, wenn sie von den Stoppelfeldern oder der jungen auflaufenden Saat, wo sie Nahrung suchten, auf den See auf der anderen Seite der Anstalt zogen und morgens, wenn sie den umgekehrten Weg nahmen. Wenn meine Stimmung unter null zu sinken drohte, marschierte ich in der Zelle hin und her und sang die alten Lieder – wie schon in Schwerin im ersten Monat – zuerst harte Kampflieder, beruhigte mich mit Liedern des Glaubens, um dann mit „Pack die Badehose ein!“, den „Beinen von Dolores“ oder Melodien von Lehar, Kalman, Benatzky, Raymond und Strauß aus dem Tief heraus zu kommen.
An meinem 23. Geburtstag, beim Ausrücken der Arbeiter, polterte plötzlich jemand die Böschung vor meinem Fenster herunter.

Irgendetwas flog in das Fenster. Ich bückte mich danach – es war ein Stück Speck und eine faustgroße Zwiebel.
Ich as den Speck und die Zwiebel in einem Zug auf – für diesen Tag war der Hunger vergessen. Ich musste an meine Mutter denken, die mich vor dreiundzwanzig Jahren geboren hatte. Ich war ein harter Brocken für sie gewesen und hätte sie fast des Leben gekostet.
Am nächsten Morgen flog ein Stück Mettwurst ins Fenster.
Es war Gustav, der mir die Sachen in die Zelle warf.
„Obwohl Du Demokrat bist, hältst Du Dich immer noch an den Spruch der Pimpfe: „Hart, schweigsam und treu!“ Und versuchst keinen mit rein zu reißen! Dich muss man sich zum Vorbild nehmen!“, sagte er nach dem Arrest zu mir.
Aber ich bekam auch von jemand anderem Unterstützung!: Eines Tages öffnete ein mir unbekannter Polizist die Tür und fragte: „Kommen Sie mit dem Brot aus?“
„Naja, reichlich ist es nicht!“, antwortete ich.
Der Polizist verschwand und kam kurz darauf mit drei Tagesrationen Brot zurück, reichte sie mir in die Zelle und verschwand.
Ich begann zu essen, aber nach fünf Minuten stand er wieder in der Tür und fragte: „Und was sagen Sie, wenn eine Kontrolle kommt und fragt, wieso Sie soviel Brot haben?“
„Ich hatte in den letzten Tagen keinen Appetit und so hat sich das Brot angesammelt!“
„Kriegen Sie das auch fertig?“
„Darauf können Sie sich verlassen!“
So vergingen die einundzwanzig Tage.
Am Nachmittag des zwölften November wurde ich aus dem Arrest entlassen.
„Auf welcher Station waren Sie zuletzt?“, fragte der lange Peters.
„Auf A II!“, antwortete ich.
„Dann gehen Sie da erst mal wieder hin!“
Ich kam gerade aus dem B-Keller, als das Hofkommando von der Arbeit kam.
Kaum war ich in der Zelle und Gustav und Fritz Schwarz hatten sich davon überzeugt, dass ich den Arrest gut überstanden hatte, da donnerte der Kalfaktor gegen die Tür und rief: „Jahnke, Du gehst nach A III!“
So kam ich auf den A III-Hinterflügel in die Zelle dreizehn.
In der drei x drei Meter großen Raum standen in versetzter U-Form drei „Glowe“-Betten. Links, neben der Tür war Platz für den kleinen Tisch, den man zwischen die Betten schieben konnte, ein Schemel – und natürlich der Kübel.

Ich hatte „Schwein"! – ein Bett war noch frei. Über mir hauste Otto Ehrke, dreißig Jahre, 1,70 groß, schlank, dunkelblond – Beruf: Besamungstechniker – „Rucksackbulle". Heimat: Kreis Anklam.
„So ein blödes Weib hat behauptet: Ich hätte sie vergewaltigt!" Drei Jahre – auch er trug rote Binden. – Er hatte im Anklamer U-Gefängnis versucht durch das Toilettenfenster zu entkommen – war aber mit dem Hinterteil im Fenster hängen geblieben.
Mit dem Kopf neben mir hatte Horst Grund sein Domizil. Medizinstudent im ?-ten Semester – wollte das Geld für sein Studium mit nachrichtendienstlicher Tätigkeit verdienen – war dabei aufgeflogen und war dafür mit zwölf Jahren bestraft worden.
Über ihm vertrödelte Ehrhard Klemm, ein 60-jähriger Kaufmann aus Dresden, seine sieben Jahre – wegen innerdeutschem Zahlungsverkehr – hauptsächlich mit dem Lesen der „Täglichen Schundsau". Er hatte etwas gegen zuviel Bewegung – er nahm nur bei gutem Wetter an der täglichen Freistunde teil – er war ein Nikotingeier ersten Ranges.
Im Bett zu meinen Füßen: Unten Müller, ein Berliner von „Kiez".
Im oberen Bett: Werner Sacherow – ehemaliger Panzerfahrer bei der KVP in Stern-Buchholz. Danach hatte er bei einer MTS eine Nati-Raupe – ein „Geschenk" der russischen Kolchosbauern an die jungen LPGs der DDR – gefahren. Bei der Raupe hatte im letzten Winter der strenge Frost das Kühlwasser gefrieren lassen und damit den Motor gesprengt. Das wurde ihm als Sabotage ausgelegt und seine Unachtsamkeit brachte ihm fünf Jahre ein. Dabei hatte er das Kühlwasser am Abend abgelassen – behauptete er.
Es war eigentlich ruhig auf dem A III-Hinterflügel. Niemand sagte etwas, wenn man tagsüber im Bett lag. Zum Zeitunglesen kletterte ich zu Otto auf das obere Bett, denn bei mir unten war es zu dunkel. Wenn wir aus dem Fenster schauten, konnten wir den Weg vom Verwaltungsgebäude zum Haupteingang zwischen den beiden Türmen voll überblicken, ohne dass wir von einem Wachturm auf einer der Mauerecken gesehen werden konnten.
Eines Tages bei der Freistunde stand Kaglin am Rand des Freistundenhofes. Er winkte mich zu sich. „Was ist mit Ihnen, weshalb tragen Sie rote Binden?", fragte er. Ich erklärte es ihm.
„Wann kommen Sie endlich zu uns auf die richtige Seite, Jahnke?"
Allein mein trotziger Gesichtsausdruck schien ihm Antwort genug zu sein, denn er drehte sich um und ging.
Einige Tage später wurde die Zelle aufgefüllt. Ein etwa 60-jähriger Bauer aus dem Kreis Demmin und zwei junge Burschen, die den Sommer über auf einen Außenkommando auf einem VE-Gut

gearbeitet hatten, waren den Winter über in die Anstalt zurückverlegt worden. Der Bauer behauptete wegen Wirtschaft vier Jahre zu haben. Während des Krieges war er bei der Einheit 999 gewesen – natürlich Ausbilder.
Gerhard, einer der Jungen war von Beruf Kesselreiniger, er war zwar erst einundzwanzig Jahre alt, aber schon viel herumgekommen und erzählte viel und gerne aus seinem Leben. Immer war er zu Späßen aufgelegt. Er hatte angetrunken mit einigen Kumpanen eine HO-Gaststätte demoliert – Beschädigung von Volkseigentum – als Rädelsführer hatte er fünf Jahre bekommen.
„Mann, die Kumpels sind verheiratet, da hab ich eben die Schuld auf mich genommen!", begründete er seine fünf Jahre.
Als er sah, wie ich die Waschschüssel mit Ziegelstaub reinigte, nahm er mir die Schüssel ab, nahm einen Fußlappen, wischte damit einmal an der gekalkten Wand herunter und wischte damit die Schüssel aus. Die Schüssel war blitzeblank – ohne den stumpfen Glanz, den der Ziegelstaub hinterließ!
„Siehste, so jeht det doch ville einfacher!", kommentierte er seine Vorführung.
„Erbse", der andere junge Mann, war auf der Rückreise von Berlin mit etwas über einhundert Mark West in eine Kontrolle geraten. Das Geld war weg – dafür hatte er drei Jahre Knast.
Jetzt war abends immer was los. Als Erstes wurde die U-Bootfahrerprüfung abgelegt.
„Das kenn' ich schon!", sagte Otto. Auch der Panzerfahrer Sacherow hatte diese Prüfung schon irgendwo bestanden.
Aber ich wusste nicht, wie es ging.
„Det is janz einfach!", sagte Gerhard – und los ging es. Ich musste mich auf dem Rücken flach auf den Fußboden legen, bekam eine Jacke über das Gesicht gelegt, so dass ich durch den Ärmel nach oben sehen konnte. „Kannste erkennen, wat dit is?" „Ja, das ist eine Zahnbürste." „Un dit?" „Na das ist 'ne Essschüssel!" Platsch – hatte ich eine Schüssel Wasser, die sie durch den Jackenärmel schütteten, im Gesicht. „Fertig, Du bist U-Boot tauglich!" Alle lachten.
Danach machte ich mit Sacherow auf der Schulter zehn Kniebeugen – keiner traute sich. Ich setzte mich auf den Schemel, einer setzte sich auf meine ausgestreckten Füße und ich beugte mit hinter dem Kopf verschränkten Händen den Oberkörper hintenüber, bis der Kopf den Fußboden berührte – fünfundzwanzig Mal. Sacherow schaffte das auch – Gerhard und „Erbse" nicht soviel.
Am nächsten Morgen erzählte ich Witze. Sacherow konnte nicht Lachen – er hatte Muskelkater in den Bauchmuskeln!

„Siegie Jahnke, Du legst mich nicht noch mal so rein!“, maulte er. Aber sonst kamen wir gut miteinander aus.
„Wenn Du übern Alexanderplatz gehst und lässt das Taschentuch raushängen, wissen die Nutten, dass du Anschluss suchst!“, sagte Gerhard eines Abends. Zur Freistunde am nächsten Tag ging ich mit aus der Tasche hängenden Taschentuch auf den Hof. Am Rande des Hofes stand Ackermann. Er winkte mich zu sich. Ich scherte aus und ging zu ihm. Er musterte mich kurz und fragte: „Wie lange haben Sie noch?“
„Sechs Jahre und sieben Monate!“, antwortete ich.
„Schade, gehen sie weiter!“
„Wat sachste nu, hat doch jeklappt mit dem Taschentuch - aber ’n komischer Anschluss war det schon!“, meinte Gerhard nach der Freistunde.
Einige Tage danach traf ich Gustav, der mein Treffen mit Ackermann beobachtet hatte.
„Fritze Peters wird entlassen, er sucht einen neuen Vorarbeiter für das Transportkommando!“, klärte er mich auf.
Wieder einmal wurde gründlich gefilzt! Otto, der seine roten Binden nicht trug, wurde barsch aufgefordert sie anzulegen. - Der Grund?: In der Mechanischen war ein zu Lebenslänglich verurteilter Gewaltverbrecher während der Nachtschicht ausgerastet und hatte den Wachhabenden mit einem Hammer erschlagen.
Der Totschläger kam in den Keller, wo er die Spezialbehandlung eines Rollkommandos nicht überlebte.
„Erbse“ und der Bauer hatten Besuch - gleichzeitig, in einem Raum, Tisch an Tisch.
Eine tolle Neuigkeiten brachte „Erbse“ mit!: Der Bauer war nicht wegen Wirtschaft drin. Er hatte seine minderjährige Stieftochter missbraucht.
Die jetzt 16-Jährige hatte sich in einen gleichaltrigen Jungen verliebt, dadurch war die Sauerei ans Tageslicht gekommen.
Betretenes Schweigen herrschte in der Zelle, als „Erbse“ vom Besuch als erster in die Zelle kam und berichtete. Der Bauer war ins Revier gegangen, um Tabletten für seinen schwachen Magen zu holen.
Ehrhard Klemm setzte sich in seinem Bett auf, ließ die Beine über den Bettrand hängen und hielt eine kurze Rede: „Hört zu Jungens! Das ist passiert. Er hat uns belogen! Ich möchte, dass es weiterhin so friedlich zugeht wie bisher. Keiner macht ihm einen Vorwurf, mit seiner Sache muss er alleine fertig werden!“
Wir hielten uns daran, niemand wurde dem Bauern gegenüber laut.

Der war auffallend still, als er in die Zelle kam und weinte die ganze Nacht still vor sich hin. Wieder einmal dachte ich an den Rat, den mir der Pommer am ersten Tag in der Zelle 35 auf A I gegeben hatte: „Du musst alles filtern, was man Dir erzählt!"
Der Dezember verging und damit Weihnachten, Silvester und Neujahr. Zu Weihnachten gab es wieder das mit Puderzucker bestreute Weißbrot – Weihnachtsstollen genannt. Es war kalt.
„Wenn es so weitergeht, müssen wir die Heizung zudecken, damit sie nicht einfriert!", sagte Sacherow.
„Haste Bange, dat de deshalb 'ne neue Kiste kriejen könntest?", spottete Gerhard.
Otto und ich legten eine Lage Zeitungspapier zwischen unsere Decken, damit die kalte Luft, die durch das undichte Fenster zog, abgehalten wurde.
Mitte Januar fing Ehrhard Klemm bei den Netzstrickern an.
„Wenn ich dort Fuß gefasst habe, lass ich Dich anfordern!", versprach er mir. Er machte sich Hoffnung auf die vier Zigaretten, die ich dort pro Tag verdienen würde.
Ich kam wirklich in die Netzstrickerei. Als ich am ersten Tag von der Arbeit zurückkam, war für Ehrhard Klemm Bauer in die Zelle dreizehn nachgerückt.
„Hast Du nicht voriges Jahr im Dezember im B-Haus auf der Station I gelegen?", fragte ich ihn.
„Ja, wieso?"
„Hat es Dir etwas genützt, dass du die Klappe gezogen hast und mit dem Holzschuh gegen die Tür gedonnert hast, als die beiden sich an deinen Fenster vorbei abseilten?"
„Wovon redest Du?"
„Es waren meine Freunde, die bei der Kälte in den Keller gegangen sind!" weiter kam ich nicht, denn Ihde, der auf A III Kalfaktor war, rief mir durch die Tür zu: „Siegie, los, pack Deine Sachen, Du ziehst nach B III zu den Netzstrickern!"
„Was, so schnell?"
Ich schnürte mein Bündel – das heißt, ich legte eine Decke auf den Boden, warf alles hinein, was sich angesammelt hatte, knotete die vier Ecken zusammen und warf das Bündel über die Schulter. Zum großen Abschied blieb keine Zeit.
„Jetzt habe ich mich an Deine – zuweilen etwas derben – Späße gewöhnt. Aber immer wusstest Du, wieweit man gehen kann – und jetzt gehst Du!", sagte Horst Grund.
„Wir wohnen doch weiter unter einem Dach!", sagte ich und ging.
Draußen auf dem Gang konnte ich mit Gerhard Ihde noch ein

Geschäft auf „Treu und Glauben“ abschließen: „Gerhard, eine meiner Decken ist nur Loch mit Rand. Kannst Du sie mir nicht umtauschen, 'ne Handvoll Lullen kriegst Du in den nächsten Tagen!“
Gerhard tauschte mir die schlechte Decke.
Von der Zelle her machte ich einen sehr schlechten Tausch. Ich kam als vierter Mann in eine mit drei Mann besetzte Zelle auf den B III-Hinterflügel.
Die Zelle schien noch schmaler zu sein als üblich. Das lag aber wohl daran, dass die Betten längs standen. Es waren nur drei Betten vorhanden. Rechts zwei übereinander – links ein Einzelbett. Die beiden rechten Betten waren bezogen – nicht blütenweiß, nein, die Grundfarbe war blau-weiß kariert. Aber das konnte man nur noch an den Rändern erkennen. Weiß und blau gingen grau in grau ineinander über. In der Mitte ein schmaler Gang. Am Kopfende zwischen den Betten ein Tisch. Auf dem Tisch die Waschschüssel in einem widerlich dreckigen Zustand.
Am Fußende der Betten rechts ein Hängeschrank, unter dem Schrank der Kübel. Links vor dem Fußende des Einzelbettes stand ein Hocker. Auf dem Hocker ein Picknapf mit Löffel und ein Karton mit Lebensmitteln.
Alles machte einen verwahrlosten Eindruck. Auf dem Tisch lagen Brotkrümel, unter dem Tisch zusammengeknülltes Zeitungspapier. Überall auf dem Fußboden eine dicke Staubschicht.
Die Insassen? Das linke Einzelbett bewohnte ein Bauer aus der Gegend von Neustrelitz. Er mochte fünfundvierzig bis fünfzig Jahre alt sein – grauhaarig, verhärmt. Der Inhaber des unteren rechten Bettes war ein greiser Geschäftsmann aus Demmin.
Über ihm hauste ein Zigarrenhändler aus Neubrandenburg. Er machte einen intelligenten Eindruck. 40-jährig, ergraute Schläfen, ein etwas breitflächiges Gesicht mit gleichmäßigen Zügen, blaue, aber eiskalte Augen. Bestimmt konnte dieser Mann in der Freiheit sicher – wenn nicht überlegen – auftreten. Hier beherrschte er mit seinem Untermieter, den dritten Mann, den Bauern, der alles erledigte. Er nahm das Essen entgegen, setzte den Kübel vor die Tür und legte abends die Oberbekleidung zum Rausgeben zusammen.
Als ich am zweiten Tag fragte, ob wir nicht den Fußboden mal gründlich säubern könnten, wurde ich angefahren: „Bring' hier gefälligst keine Unruhe in die Zelle! Und auf den Kübel geht hier in der Zelle niemand – das wird bei der Arbeit erledigt!“
Der Zigarrenhändler las die „Berliner Zeitung“: „Eisenhower ist jetzt Präsident der USA!“

„Der Strolch hat solange an der Elbe gewartet, bis der Russe uns total ausgeplündert hatte!“, kommentierte der Demminer die Nachricht.
„Und damit ging alles zum Teufel!“, bestätigte der Zigarrenhändler.
Ich „grüner Junge“ hatte den Einzug der ruhmreichen Roten Armee in den Osten meines Heimatlandes nicht miterlebt und enthielt mich jeder Äußerung zu diesem Thema.
Stillschweigend reinigte ich die Waschschüssel.
„Wozu das? Ein Mal die Woche Duschen genügt vollkommen!“, war der Kommentar des Zigarrenhändlers.
Hatte der Einmarsch der Russen eine solche Nachwirkung, dass man so abrutschen konnte?
Ich bekam einen Strohsack, der viel zu schmal war. Die erste Nacht musste ich balancieren, um nicht auf den Fußboden zu rollen. Ich lag quer vor der Tür – es zog unten durch die Ritze unter der Tür.
Das konnte ich abstellen, indem ich die Ritze mit Zeitungspapier abdichtete.
Dazu ein unfreundlicher Kalfaktor – Kasch, der nach Ulli Kolls Aussagen schon beim „Böttcher-Zug“ beim Sportabzeichen mitgewirkt hatte. – Es war schlichtweg zum Kotzen!
Ich strickte keine neuen Netze – ich knotete alte auf.
Eine Sauarbeit. Nach einer Woche begann bei meinen Daumennägeln ein dicker Wulst aus dem Nagelbett zu wachsen. Aus dem Band, das aus den alten Netzen gewonnen wurde, wurden Stricke geflochten, die zu Säcken verwebt wurden. Diese Säcke wurden mit noch älteren Netzen prall gefüllt und sollten als Fender in den Häfen dienen, damit die Schiffe und Boote nicht an den Kaimauern scheuerten.
Ich gab Ehrhard Klemm – wie versprochen –, einen Teil meiner Zigaretten, die ich jeden Tag bekam.
Den Rest sammelte ich, um meine Decke bei Gerhard Ihde abzustottern.
Ich traf Gerhard Stier wieder, der hier fleißig Netze strickte. In den Pausen saßen wir viel zusammen, tauschten Neuigkeiten aus der Heimat aus und ich sprach mit ihm über meine Zellenkameraden.
„Wie können Leute, die doch auch geistig auf höherem Niveau stehen, so gleichgültig in Bezug auf Reinlichkeit werden?“
„Ich weiß es auch nicht, Siegie, wir müssen nur aufpassen, dass wir nicht auch abstürzen!“, entgegnete Gerhard. Auch Gerhard rauchte nicht und verschacherte seine Zigaretten gegen nützlichere Dinge. Er nahm nur zwei Zigaretten täglich, um sich die „Berliner Zeitung“ leisten zu können.

Die Arbeit war nicht nach meinem Geschmack. Morgens um zehn war die Luft von dem Staub und dem Zigarettenqualm so dick, dass man sie mit dem „Messer schneiden“ konnte.
Von Gerhard Stier erfuhr ich, dass „Lady Hannelore“, Kurt Kietzers Schwester, sich verlobt hatte.
Beim Essenholen traf ich im Vorbeigehen Gustav.
„Da wird ein neues Kommando aufgestellt, das hinten auf dem Hof Holz schälen soll. Ulli und ich haben uns gemeldet – es ist etwas für harte Kerle, wir haben Dich auf die Liste setzen lassen!“
„Na, prima, hoffentlich klappt es, dann komm ich wenigstens aus dieser miesen Luft raus – übrigens, „Lady Hannelore“ hat sich verlobt!“, rief ich ihm zu. Gustav erbleichte.
Einen Tag später kam Anton Will, der Chef der Arbeitsverwaltung in die Netzstrickerei und suchte Leute für schwere Arbeit an der frischen Luft.
„Schweres Buchenholz abschälen – oder so!“
Ich meldete mich sofort.
„Du stehst schon auf der Liste!“, sagte er.
„Wann geht es los?“, fragte ich.
„Morgen früh!“
Zunächst ging ich zum Arzt. Ich hatte mich durch die Zugluft auf meinem Schlafplatz vor der Tür gewaltig erkältet. Auf dem Weg dorthin begegnete ich Jumbo.
„Willst Du nicht bei mir auf dem Hof arbeiten?“, fragte er mich.
„Nein, lass' man, ich geh zu den Holzschälern!“, antwortete ich.
Fluchend trabte Jumbo von dannen.
Im Revier traf ich Gustav, der eine Gürtelrose behandeln ließ und Ewald, der an einer Furunkulose litt.
„Hat Dir die Nachricht von Hannelores Verlobung einen solchen Schlag versetzt?“, fragte ich Gustav – „Diese Krankheit kommt doch, wenn man sich über irgendetwas ärgert und wird dann von alten Kräuterhexen „weg gepustet““
„Fritz Schwarz hat es schon versucht – es klingt auch schon ab!“
Als ich beim Arzt dran war, musste ich an Bujack denken.
„Ihr merkt gar nicht, dass sich der schwule Weidlich an Euch aufgeilt. Er behandelt Euch junge Kerle nur im Stehen. Er packt Euch am Arm und scheuert mit eurer Hand in seiner Schamgegend herum – und Ihr Idioten merkt es gar nicht!“
Bujack hatte Recht mit seiner Beobachtung. Ich knickte meinen Arm am Ellenbogen ein, so dass die Hand schlaff herunterhing.
„Stell Dich nicht so an!“, maulte Weidlich – er gab mir Halstabletten und ich ging zurück zu Ewald und Gustav.

„Jumbo hat jetzt ein Kommando, dass die Kohlen in die Keller schaufelt – seine besten Leute, wie Fiete Beerbaum, Alfred Beerenstengel und Ernst Käferstein haben sich zu den Holzschälern gemeldet. Der ist vielleicht sauer! Jetzt sucht er natürlich neue Leute!", kommentierte Gustav meine Begegnung mit Jumbo.
Für das Holzschälkommando hatte man auf dem A I-Hinterflügel drei Zellen geräumt. Die beiden Großzellen 18 und 19 am Ende des Ganges mit Ausblick zur Schleuse und Haupteingang, sowie die der 19 gegenüber liegende Zelle 20, mit Blick auf die Mauer.
In den großen Zellen hausten je siebzehn Mann, in der 20 fünf Mann – hinzu kam der „Künstler" Johst, der immer noch in seiner Einzelzelle neben „Black Prince" hauste und für seine geistige Tätigkeit als Ausgleich Bewegung an der frischen Luft dringend nötig hatte.
Ich kam in die 19. Sieben x drei Meter. Rechts neben der Tür ein Meter Platz für zwei übereinander hängende Schränke, darunter die Kübel. Rund herum zwölf „Glowe"-Betten – doppelstöckig.
In der Mitte Raum für den viel zu kleinen Tisch, drei Hocker und die Strohsäcke für die fünf Bewohner, die kein Bett hatten.
„So geht das nicht!", sagte Alfred Beerenstengel, den wir stillschweigend als Zellensprecher anerkannten.
„So liegen uns die Fünf mitten in der Zelle dauernd im Weg! Das gibt nur Gequake!"
Also was tun? Ein Doppelbett ließ sich auseinander nehmen und wurden so auf zwei Doppelbetten aufgesetzt, dass zwei dreistöckige Betten entstanden. Und wer schläft im zweiten Stock? „Ich natürlich!", entschied Alfred und führte vor, wie er in sein Bett kletterte.
„Aber tritt mir nicht dauernd auf die Füße dabei!", warnte Harald Schmidt, ein Zeuge Jehovas, in unserem Alter, mit zehn Jahren, der in dem Bett schlief, das Alfred als Treppe benutzte.
In das andere Bett kletterte ich. Ich brauchte nach wie vor einen gewissen Abstand zu Gustav.
Unter mir Ulli Koll, ganz unten Hans Leske, ein Schläger aus Neustrelitz, wir hatten schon beim Hofkommando zusammen gearbeitet, 20 Jahre alt, 1,70 groß, schmales Gesicht, blond, graue Augen, schmale Gestalt mit einer Kraft, die man nicht in diesem Bündel aus Knochen, Muskeln und Sehnen bestehenden Körper vermutete. Drei Jahre wegen Körperverletzung – er versuchte sich nie hinter „Wirtschaft" oder „Politisch" zu verstecken. Wegen eines Mädchens hatte er einen Nebenbuhler krankenhausreif geschlagen.
„Es hat nichts genützt, sie hat mich ein Mal in der U-Haft besucht und dann den anderen geheiratet!"

In dem freien Platz auf dem Fußboden, der so an der linken schmalen Wand entstand, richteten sich Heinrich Korupp, Andreas Meier und Wilhelm Laudon, ein Bauer aus Warlow bei Ludwigslust, sowie die beiden Kaufleute Fritze Dohnt aus Magdeburg und Hans Brandt aus Potsdam gemütlich auf ihren Strohsäcken ein.
Wilhelm Laudon plante, dass das große Treffen: „Wenn dieser Sauladen zusammenbricht – lange kann das doch nicht mehr dauern!" in Warlow in der Dorfschänke stattfinden sollte. Alles war organisiert: Fritz Schulz aus Ludwigslust wollte die Wurst spendieren, die Firmen Güldenstern aus Ludwigslust und Schering aus Grabow lieferten die Getränke – „Na, auf ein Schwein am Spieß soll es nicht ankommen!", versprach Heinrich Korupp.
Fritze Dohnt war bis zum Krieg Handlungsreisender in Baubeschlägen und Tapeten. Während des Krieges hatte er als Versorgungsoffizier hinter der Front nicht schlecht gelebt – und nach dem Krieg erst!!! Wenn man die richtigen Kanäle kannte, war doch alles zu haben – bis sie ihn mit einer Ladung Mecklenburgischer Weihnachtsgänse und dazu einigen Westmärkern in der Brieftasche bei einer Kontrolle in Nauen erwischten und mit zehn Jahren bedachten.
Hans Brandt kannte ihn schon von vor dem Krieg – Fritze hatte ihn regelmäßig auf seinen Geschäftsreisen besucht. Für Fritze war Hans Brandt schlicht das Vorbild eines „Königlichen Kaufmanns" – immer reell, stets ruhig und gelassen. Wenn Fritze anfing Witze zu erzählen – und davon hatte er eine ganze Menge auf Lager – sagte Hans zuweilen: „Fritze, vergiss nicht, es sind noch Jugendliche unter uns!"
Aber, obwohl es eine bunte Gesellschaft war, die sich in der Zelle 19 zusammenfand, man konnte sich auf jeden verlassen. Niemand musste befürchten, dass jemand wegen einer kritischen Äußerung bei „Black Prince" oder sonst wo angeschwärzt wurde.
Bei der Arbeit klappte zuerst überhaupt nichts! Wir mussten erst herausfinden, mit welchem Werkzeug die Rinde am besten von den Buchenkloben entfernt werden konnte. Man brachte uns dreieckige Stechbeitel, die auf einen eineinhalb Meter langen Stiel montiert waren, ich versuchte es mit einem leichten, angeschärften Spaten – es dauerte zwei Tage, bis wir uns entschieden, dass das beste Werkzeug für uns das Zugmesser war und, um in Ecken oder Falten hereinzukommen, hatten wir die Stechbeitel in Reserve.
Dann brauchten wir Böcke, auf die die Kloben gelegt werden konnten, damit wir nicht den lieben langen Tag krumm stehen mussten. Also wurden Alfred und Kurt Platzek in die Zentralwerkstatt

abkommandiert, um dort an den Hobelbänken Böcke zusammen zu nageln. Dazu mussten die erforderlichen Latten und Nägel erst beschafft werden – Alles nicht so einfach in der DDR – wo doch alles im Fünfjahrplan im Voraus geplant werden musste.
Aber irgendwie schien unsere Arbeit wichtig zu sein, denn innerhalb von zwei Wochen war alles da!
Das Holz wurde mit Traktoren einer MTS angeliefert. Meterlange Buchenholzscheite, von denen wir die Rinde entfernten. Das entrindete Holz wurde mit den Traktoren zum Bahnhof gebracht, wo es auf Wagons verladen wurde, um nach Wittenberge in eine Fabrik transportiert zu werden, wo daraus Zellstoff hergestellt wurde. Zum Abtransport des geschälten Holzes wurde auch ein ganz neuer Lastwagen der Horch-Fahrzeugwerke Zwickau mit einem 10-Tonner-Anhänger eingesetzt, der dem Werk in Wittenberge gehörte und das geschälte Holz direkt zum Werk brachte.
„Woher habt ihr denn den modernen LKW?“, fragte Alfred den Fahrer.
„Wenn der große Bruder genug hat, bleiben für uns einige Brosamen übrig!“, antwortete der Fahrer, nachdem er sich vergewissert hatte, das kein Polizist in der Nähe war.
„Mensch, halt bloß das Maul, sonst landest Du noch bei uns!“, warnte ihn Alfred.
Ich erinnerte mich, dass ich so ein Fahrzeug 1949 auf der Leipziger Messe gesehen hatte, bisher aber keinen dieser Wagen auf Straßen der DDR gesehen hatte.
„Du darfst nicht vergessen, dass Du schon seit fast zwei Jahre nicht mehr am öffentlichen Straßenverkehr teilgenommen hast!“, belehrte Gustav mich.
„Ich kann mich aber noch gut daran erinnern, dass 1949 eine Kollone altmodischer russischer Lastwagen mit einem Fahrerhaus, das aussah wie eine Zigarrenkiste, mit Riesentransparenten, auf denen diese Fahrzeuge als großzügiges Geschenk der Sowjetischen Werktätigen an die neugegründeten MAS (Maschinen-Ausleih-Stationen) gepriesen wurden, durch Mecklenburg fuhr!“
„Hör auf, von diesen Schrottdingern zu reden! Die fressen mindestens fünfzig Liter Diesel auf hundert Kilometer – und wenn etwas kaputt geht, muss Monate lang gewartet werden, bis das Ersatzteil aus Moskau ankommt!“, warf Alfred ein.
„Dafür haben die Iwans dann wohl die Horch-Autos als „Gegengeschenk“ bekommen!“, witzelte Fiete Beerbaum.
Wir bekamen Pullover – lappige Dinger, bei denen die grünen Streifen auf Armen und Rücken mit grüner Ölfarbe aufgepinselt waren,

die lose um unsere Glieder schlotterten – ähnlich wie die Socken, die auch neben den Waden hingen – aber der Wind wehte nicht mehr ungehindert durch die Jacke. Dazu ausgediente VP-Mäntel, mit aufgenähten Streifen auf den Ärmeln und auf dem Rücken.
Die Arbeitsnorm betrug fünf Kubikmeter, die jeder am Tag schälen musste, um täglich die vierzig Pfennige gutgeschrieben zu bekommen. Ich nahm die vier Zigaretten täglich und gab sie an unsere beiden Kalfaktoren Fritze Dohnt und Hans Brandt weiter, die immer was zum Tauschen brauchten. Sie gingen zur Küche, holten Kaffee und Mittagessen, gingen in die Zentralwerkstatt, um die Messer schärfen zu lassen, gingen zur Kammer, um Klamotten zu tauschen und was sonst so anfiel. Hinzu kam, dass der „Fraß" in den letzten vier Wochen gewaltig nachlassen hatte. Es gab keine Kartoffeln – die LPGs hatten die Mieten im letzten Herbst nicht richtig abtrocknen lassen und nicht richtig abgedeckt – viele Kartoffeln waren erfroren und jetzt – wenn überhaupt nur noch als Schweinefutter zu verwerten. Jetzt gab es statt Kartoffeln nur Nudeln – und das in allen Variationen: Nudeln süß, Nudeln mit Gulasch, Nudeln mit Sauerkraut und, und, und. Für mich waren das vier ganz miese Wochen, denn ich mochte schon zu Hause keine Nudeln.
Nach den vier Wochen Nudeln kamen vier Wochen mit Sauerkraut – auch in allen Schattierungen. Hierbei kam es mir immer wieder sehr zu Gute, dass ich nicht rauchte. So konnten Fritze und Hans beim Küchenpersonal zusätzliches Brot, Zwiebeln und anderes beschaffen, was die eintönige Verpflegung etwas auflockerte.
Ihr Soll erfüllten wir nebenbei mit. Eigentlich waren die beiden ein ungleiches Paar: Fritze überragte mit seinen 1,90 Metern Hans um Haupteslänge. Auch im Wesen unterschieden sie sich: Fritze stets zu Scherzen aufgelegt – immer optimistisch, Hans zwar nie missmutig – immer ruhig und ausgeglichen – er blieb eben immer auf dem „Teppich"!
„Dass der Kaffeekessel nicht überschwappt und Hans die Finger verbrüht, wundert mich jeden Tag!", sagte Ulli Koll.
Jeder musste das Holz, das er schälte, auch zum Abtransport aufladen. Hier kam es zu Reibereien. Die Traktoristen standen unter Druck, sie wollten viel schaffen und beschwerten sich, dass die älteren mit dem Aufladen zu langsam waren, beim Aufsichtspersonal. Der Polizist teilte den Wunsch der Traktoristen, dass das Aufladen schneller gehen müsse, unserem Brigadier Katschmarek mit.
Katschmarek versuchte zu vermitteln, dass wir jüngeren den älteren helfen sollten.

„Ich mach' Dir einen anderen Vorschlag!“, sagte Alfred Beerenstengel, „Ich such' mir zehn Mann aus und wir übernehmen die Verladearbeit!“
„Na gut, aber Fritze Dohnt und Hans Brandt gehören zu Deinen zehn Mann!“, hielt Katschmarek dagegen.
So einigten sie sich. Aus unserer Zelle gehörten Ulli Koll, Gustav, Ernst Käferstein, Kurt Platzek – genannt „Kuhkopp“, Hans Leske und ich zu den Verladern. Aus der Nachbarzelle kamen Fiete Beerbaum und ein Bauer aus dem Kreis Anklam hinzu. Fritze Dohnt konnte – außer Witze erzählen und Geschäfte machen – auch ganz ordentlich zupacken. Ernst Käferstein leitete eine Konsum-Verkaufsstelle auf der Insel Rügen. Sein Laden lag so, dass man von seinem Dachboden aus den Eingang des Haftarbeitslagers Glowe übersehen konnte. Ein Hobbyfilmer hatte sich dort eingenistet und einen Film von den aus- und einrückenden Arbeitskommandos gedreht und an die Fox-Wochenschau in West-Berlin verkauft. Die Sache war natürlich aufgeflogen und Ernst saß jetzt mit zehn Jahren Z wegen Kriegs- und Boykotthetze in Bützow.
„Kuhkopp“ hatte als Bergmann bei der AG-Wismuth in Aue unter Tage Uran abgebaut. Obwohl er kaum dreißig Jahre alt war, fehlten ihm schon sämtliche Zähne. Für seine Zahnprothese beschaffte er das Material aus dem Westen. Jetzt brauchte sein Zahnarzt Material für weitere Prothesen – „Kuhkopp“ fuhr nach West-Berlin und besorgte es. Bei einer Kontrolle hatte man bei ihm den Einkaufsbeleg gefunden – gezahlt in DM-West – Umrechnungskurs 1 : 6. Das reichte für fünf Jahre nach Vergehen gegen den innerdeutschen Zahlungsverkehr.
„Und wie bist Du an das Westgeld gekommen?“, wollte Harald Schmidt wissen.
„Na, wenn Du im Westen was anzubieten hast, ist das doch keine Schwierigkeit! Meine Oma hat jedes Jahr den Hof voller Gänse – und wenn Du deren Federn gut behandelst, kannst Du auch die in West-Berlin für gutes Geld verkaufen!“
Die Traktoristen waren zufrieden. Wir beluden die Fahrzeuge, so schnell wir konnten und hatten dann natürlich längere Pausen – mussten an einigen Tagen aber länger arbeiten, wenn die Traktoristen am späten Nachmittag Holz brachten und beladen wieder raus wollten.
Immer wieder kam es zu Verzögerungen: Wenn schlechtes Wetter war, waren die Waldwege unpassierbar und die Traktoristen brachten keinen Nachschub. Bei gutem Wetter ging die Feldbestellung vor und die Traktoristen mussten pflügen oder andere dringende

Arbeiten für die LPGs durchführen - auch mit der Deutschen Reichsbahn haperte es zuweilen, weil sie keine Wagons für den Abtransport stellen konnte.

Es war Mitte März – aber es wollte nicht Frühling werden. Wir Verlader saßen hinter einem Holzstapel und ließen den Wind, der durch jedes Knopfloch blies, die Regenschauer über uns hinweg wehen. Es wollte keine rechte Stimmung aufkommen. Fritze fielen bei diesem Wetter keine Witze ein und Ulli hatte absolut keine Lust zum Singen – weder „Don't fence me in" noch „Es gibt in Volkes Munde der Märchen ohne Zahl – ein jedes in der Runde beginnt: es war einmal!"
Es war nachmittags gegen drei Uhr, wir hatten den Horch-LKW und Anhänger beladen, da sagte Alfred: „Heute passiert nichts mehr. Lasst uns reingehen. Wir sind heute dran mit duschen, dann sind wir fertig, wenn die anderen kommen!" Fritze sammelte die Werkzeuge ein, um sie ins Magazin zu bringen und Alfred ging auf die Suche nach einem Polizisten, der uns durch das Tor in der Mauer ließ. Nach zehn Minuten hatte Alfred Bold – einen Oberwachtmeister, der in der Mechanischen die Aufsicht hatte – dazu überredet, dass er uns auf den Innenhof durchließ. Bold brachte uns sogar über den Hof und ließ uns auf den Stern.
„Silberblick", der gerade mit den Reinigern Kaffee holen wollte, ließ uns durch das Gitter.
„Was ist mit Euch los? Schon am halben Nachmittag von der Arbeit zurück? Wo gibt's denn sowas?", pöbelte „Silberblick".
„Wir haben unser Soll geschafft, wenn es geht, möchten wir gleich duschen!", entgegnete Alfred.
„Was bildet Ihr Euch ein? Immer diese Kleckerei!"
„Abends ist es immer so voll unter der Dusche, Herr Oberwachtmeister!"
„Immer diese Extrawünsche! Aber dann los! Ein bisschen Zack-Zack!", brüllte „Silberblick".
Aber er ließ uns in die Zellen, damit wir unsere Mäntel, Mützen und Schüsseln ablegen und die Badesachen holen konnten.
„Wenn ich mit dem Kaffee zurück bin, seid Ihr fertig mit dem duschen, verstanden?" Damit ließ er uns in den Heizungskeller.
Kein Mensch war unter den Brausen. Wir genossen es, jeder eine Brause für uns zu haben und ließen uns abwechselnd heißes und kaltes Wasser über den Balg rieseln. Anschließend gingen wir zu den Frisören und ließen uns rasieren. Fritze Dohnt war wieder in bester Laune, erzählte Witze, ließ sich von den Frisören die neuesten Knastparolen unter die Weste jubeln und sagte nach dem

Rasieren: „Ach was, wenn wir schon Mal hier sind, dann schneidet mir man gleich die Haare!“ Wir schwärmten im Heizungskeller aus. Gustav und ich begannen einen Klönschnack mit Hans, dem Bademeister. Alfred musterte die Zellen durch den Spion: „BRRR – sind das Rattenlöcher!“, war sein Kommentar. Harald konnte es nicht lassen, durch die Tür ein Gespräch mit einem Glaubensgenossen anzuknüpfen, der in einer der Zellen wegen einer Erkältung auf seinem Strohsack lag. Plötzlich sah ich „Silberblick“ die Treppe herunterkommen. Ich trat Gustav auf den Fuß, stieß Hans, der in der Tür stand, in die Rippen – die übrigen zu warnen, war es zu spät.
„Was ist hier los? Wo sind die Holzschäler?“
Alle stürzten zur Treppe und stellten sich in einer Reihe auf.
„Silberblick“ zählte: „Es waren doch zehn – wo ist der zehnte Mann?“
„Beim Frisör!“, sagte Käferstein.
„Aha, großes Palaver halten, was?“
Er verschwand in der Frisörkammer.
Wir standen wortlos und warteten.
„Silberblick“ kam zurück und sah uns hämisch an. Um seine Mundwinkel zuckte es spöttisch, als er sagte: „Na, wie lange haben wir denn noch?“
Käferstein, der als erster in der Reihe stand, antwortete: „Neun Jahre und drei Monate!“
„Und Sie?“. Alfred war an der Reihe.
„Noch fünfeinhalb Jahre!“, sagte er. Dabei versuchte er ein Grinsen zu verbergen, denn er amüsierte sich über den Triumph in „Silberblicks“ Augen.
„Was kommt Ihnen da so lächerlich vor, Beerenstengel? Gehen sie Haareschneiden – los, los, worauf warten Sie noch? Es wird Sommer, da brauchen Sie keinen Pelz, darin verfängt sich nur das Sägemehl!“
Alfred verschwand in der Frisörkammer.
In der Tür drehte er sich noch einmal um und schnitt eine Grimasse.
Ich sah es und biss mir auf die Unterlippe, um nicht aufzulachen.
„Silberblick“ fragte weiter nach den Reststrafen: Gustav und ich: sechs Jahre drei Monate, Harald: acht Jahre neun Monate, Ulli: siebeneinhalb Jahre, Hans Leske: dreizehn Monate.
„Und dann laufen Sie hier mit solchen Tangolocken herum?! Los, Haare schneiden – Glatze! Aber alle Neun! Habt Ihr das verstanden?“
„Ich auch mit dreizehn Monaten?“, fragte Hans.
„In dreizehn Monaten können Sie wieder Zöpfe flechten!“

„Das will ich ja gar nicht, ich bin doch kein Chinese!", parierte Hans. – Alle lachten – aber das verging uns sofort, als wir sahen, wie „Silberblick" reagierte. Alle Farbe wich aus seinem Gesicht, am Hals zeichneten sich rote Flecken ab und er schielte mit beiden Augen, als er brüllte: „Was gibt es da zu lachen? In zwanzig Minuten steht Ihr ohne Tangolocken vor dem Gitter! Ich lass Euch nicht mit diesem Haarschnitt rein! Habt Ihr das verstanden?"
Er drehte sich auf dem Absatz um und ging in merkwürdig gerader Haltung die Treppe hinauf.
Wir standen wie versteinert.
Harald, der neben Hans stand, begann zu maulen: „Sag mal, Hans, musstest Du ihn so auf die Palme bringen?"
„Na hör mal, bei dem piept es wohl, ich lass mir doch keine Glatze mehr scheren!"
„Ich auch nicht, und wenn er mich zu Ackermann schleppt, der hat gesagt: Arbeiter tragen Haare!", warf Ulli ein.
„Alles nur wegen Fritze, weil der mit dem Frisör quatschen muss!", sagte Alfred, der gleich, nachdem „Silberblick" gegangen war, aus der Frisörkammer kam, um mit uns zu beraten, wie wir uns verhalten wollten. Wir waren uns einig, wir wollten uns keine Glatze schneiden lassen. In Reihe blieben wir neben der Treppe stehen und warteten auf Fritze Dohnt. Als er kam, empfing ihn dröhnendes Gelächter!
„Jetzt, wo die Tage länger werden, können wir auf Deinen Mond verzichten!", spöttelte Ulli.
„Fritz, ich versteh Dich nicht, wo Du doch immer gleich verschnupft bist, wenn die Haare runter sind!", schlug Harald in die gleiche Kerbe.
„Wartet nur, Ihr kommt auch noch dran!", wehrte sich Fritze Dohnt.
„Aber doch nicht heute!"
„Was wollt Ihr denn dagegen tun? Und wenn er Euch von der Arbeit ablösen lässt, wegen Ungehorsam?"
„Ach was, dann können wir immer noch gehen!", entschied Alfred.
„Wir gehen jetzt rauf und stellten uns vor das Gitter – wollen mal sehen, was er dann macht!"
So gingen wir die Treppe rauf und stellten uns in drei Gliedern – Alfred am linken Flügel – vor dem Gitter auf.
Außer uns warteten schon eine Gruppe aus der Zentralwerkstatt darauf eingelassen zu werden.
„Silberblick" ließ die Kübel auf dem A I-Vorderflügel raussetzen. Er sah, dass das Kommando eingelassen werden wollte und kam den Vorderflügel entlang auf uns zu. Er öffnete die Gittertür, ließ die

Leute aus der Zentralwerkstatt passieren. Noch bevor Alfred zur Meldung ansetzen konnte, blökte „Silberblick" los: „Was woll'n Sie?" Und als keiner etwas sagte: „So lasse ich Sie nicht auf die Station!" Damit schlug er die Gittertür zu, dass das Gitter aus der Mauer zu brechen drohte und ging hinter dem Werkstatt-Kommando her zum Hinterflügel. Er setzte sich auf den Klappstuhl an der Ecke des Vorderflügels, sah den Reinigern beim Kübeln zu, verschloss die Zellen und setzte sich wieder auf den Klappstuhl, um den Reinigern beim Wischen des Vorderflügels zuzuschauen.
Nacheinander rückten die Kommandos ein – die Tagesschneider und die Arbeitsverwaltung. Die Netzstricker polterten in ihren Holzschuhen aus ihrer Werkstatt die Treppe herunter auf den B-Hof zur Freistunde – die Autoschlosser – Otto Morgenthal wollte mit Gustav und mir ein paar Worte wechseln – aber Alfred zischte ihn an: „Hau ab, oder willst Du auch 'ne kahle Omme riskieren?"
Otto ging vorbei und ließ uns in Ruhe.
Die Reiniger hatten den Vorderflügel gewischt und fegten jetzt den Hinterflügel und die Kellertreppe.
Die Nachtschicht kam und ging in das Kommandoleiterzimmer. „Silberblick" sah auf seine Armbanduhr und kam den Vorderflügel entlang geschlendert. Er öffnete das Gitter und trat beiseite. Wir gingen an ihm vorbei zu unseren Zellen. Vor den Türen warteten wir auf ihn. Er kam auf der anderen Seite des Hinterflügels um das Geländer herum, schlug den Riegel zurück, steckte den Schlüssel ins Schloss und sagte, bevor er den Schlüssel im Schloss drehte: „Na, wartet bis morgen Abend, wenn ich Nachtschicht habe!" Damit ließ er uns in die Zelle gehen und schlug die Tür hinter uns krachend zu.
„Habt Ihr das gesehen? Der hatte richtig Scharlach-Flecken am Hals!", sagte Alfred, „Junge, war der wütend!"
Jetzt wollten Korupp und seine Bauern wissen, was los war. Kolli erzählte es ihnen.
„Habt Ihr Kaffee für uns mitgenommen?", fragte Harald.
„Nein, wir haben auch noch keinen, er hat gesagt, erst wenn alle da sind!"
Die Nachtschicht machte Zählung. Danach ging der Rest des Holzschälkommandos duschen. Dann bekamen wir unseren Kaffee. Wir verzehrten unser Abendessen und bereiteten uns auf den Einschluss vor. Wir hatten uns „Silberblick" gegenüber durchgesetzt und befanden uns in Siegerstimmung! Aber als Bekleidung und Schuhe auf dem Gang vor der Tür standen, wurde es merkwürdig still in der Zelle neunzehn auf dem A I-Hinterflügel.

Fritze Dohnt erzählte keine Witze, Ulli Koll sang keine Lieder, Gustav stritt nicht mit mir und Alfred kletterte in sein Bett, ohne Harald auf die Füße zu treten.
Jeder war mit seinen Gedanken allein – heute hatten wir zusammen gestanden – das nächste Mal erwischte er vielleicht einen allein – aber wen? Hatte er nicht gesagt: „Na, wartet bis ich Nachtschicht habe!“
Aber er kam nicht zur Nachtschicht am nächsten Abend. Wir dachten auch gar nicht an ihn, denn den ganzen Tag hatten wir stramm zu tun: Der Horch holte zwei Touren und drei Traktoren brachten jeder drei Ladungen mit zwei Anhängern. Wir kamen erst zum Einschluss in die Zellen – aber von „Silberblick“ war nichts zu sehen.
Es dauerte zwei Wochen, bis er wieder auf A I Dienst hatte. Wieder waren wir wegen Arbeitsmangel eher eingerückt.
Ihr jungen Kerls arbeitet zu schnell, es ist doch ein Jammer, bei dem schönen Frühlingswetter in der Zelle zu hocken!“, maulte Heinrich Korupp, als er neben seinen Nachbarn auf dem Strohsack lag.
„Ach was Du hast, was meinst Du, wenn wir uns am Holz festhalten und noch weniger schaffen, als der schwule Jost mit seinen linken Händen!“, brummte Hans aus seinem Bett heraus.
Plötzlich krachte der Schlüssel ins Türschloss!
Ulli sprang aus seinem Bett. Ich setzte mich auf, konnte aber erst springen, als Korupp und seine Kameraden sich von ihren Strohsäcken hochgerappelt hatten. Die Tür war schon auf, da sprang ich aus meinem Bett und landete mit einem dumpfen Ton auf dem Fußboden.
„Wer war das?“, fragte „Silberblick“, trat in die Zelle und zeigte auf mein Bett.
Ich meldete mich.
„Strohsack raus!“
Alfred versuchte, ihn zu besänftigen: „Herr Oberwachtmeister, die Leute verladen den ganzen Tag schweres Buchenholz, da können Sie es ihnen doch nicht verdenken, wenn sie sich an einem Tag wie heute mal auf dem Strohsack lang machen!“
„Strohsack raus – habe ich gesagt!“
Er blieb hart, mein Strohsack musste raus ins Netz zwischen dem Geländer!
Zur Nachtschicht kam „Benjamin“ und Alfred musste all seine Überredungskunst aufbieten, damit ich meinen Strohsack reinholen durfte.
„So eine Sauerei, was wirbelst Du für Staub auf, mit Deinem muffigen Strohsack!“, schimpfte Ulli.

Dann kamen die Osterfeiertage. Am Ostermontag hatte „Silberblick" Tagesschicht.
Wie immer an Feiertagen piepte die Lunge der Raucher besonders stark. Deshalb beobachteten sie besonders genau, wann „Silberblick" mit den Reinigern zur Küche ging.
Morgens zum Kaffee holen – eine halbe Lulle.
Wenn er die Kessel wegbrachte – wieder eine halbe Lulle.
Endlich wurde das Mittagessen geholt. – „Fritze, wo hast Du das Feuerzeug? Los, mach schon, sonst ist er zurück, bevor wir einen Zug gemacht haben!"
Das Essen wurde verteilt und gegessen. „Ja, er bringt die Kessel weg!" wieder zündeten die Raucher eine halbe Zigarette an.
Plötzlich krachte der Schlüssel ins Türschloss der Nachbarzelle.
Zigaretten aus – Fenster auf!
„Siegie, Du gehst auf den Kübel!"
Alfred, Fritze Dohnt und Käferstein wirbelten wie wild mit ihren Handtüchern, um den Rauch aus den Fenstern zu treiben.
Ich, der in der Türöffnung auf dem Kübel saß, hörte, wie die Blechplatte des Spions an der Tür scharrte. Die Tür wurde geöffnet und „Silberblick" drängte sich an mir vorbei in die Zelle.
„Was ist denn hier los?"
„Der Mann auf dem Kübel verbreitet einen entsetzlichen Gestank!", sagte Käferstein.
„Silberblick" grinste und verließ die Zelle.
Den ganzen Nachmittag schlich „Silberblick" auf dem Hinterflügel umher. Aber die Raucher waren auf der Hut.
Nach dem Kaffee filzte er die Zelle – aber er fand nichts. Bis zur Zählung hielten sich die Raucher zurück.
Peters löste ab.
„Es wird Zeit für einen ordentlichen Lungenstoß!", sagte Alfred und setzte sich zu Fritze Dohnt auf den Strohsack. In wenigen Minuten war die Zelle voll Blauem Dunst.
Die Insassen der Zelle achtzehn hatte „Silberblick" beim Rauchen erwischt. Aber da der Brigadier Katschmarek dabei war, kam nichts danach.
Am 25. März erklärte die Sowjetunion die DDR für souverän. Nur für die Sicherheit war der „Große Bruder" noch zuständig.
Am 28. März wurde in der Bundesrepublik das Grundgesetz geändert, wodurch der Beitritt zur Nato und der Aufbau der Bundeswehr ermöglicht wurde. Die Zensur hatte zwar die entsprechenden Berichte aus den Zeitungen herausgeschnitten, aber Fritz Dohnt hatte sie beschafft.

Für solche Zwecke war es immer gut, dass er über unsere Zigaretten verfügen konnte.
Als Fritze Dohnt diese Neuigkeit aus der Küche mitbrachte, rief er uns hinter einem Holzstapel zusammen, verlas die Zeitungsausschnitte und hielt eine Art Dankgottesdienst ab.
„Fritze, Du Idiot, mit solchen, wirklich ernsten Sachen, kann man nicht solche Späße machen!", wies ihn Hans Brand zurecht.
Wieder diskutierte ich mit Fiete Beerbaum und Heinrich Korupp hinter einem Holzstapel.
„Es dauert alles viel zu lange. Jetzt haben sie im Westen erst einmal ein Gesetz gemacht, dass sie eine Armee aufstellen wollen! Es dauert doch Jahre, bis sie eine Armee haben, die auch wirklich was taugt – wenn überhaupt! Und die hier haben alles fertig stehen – hör' Dir doch an, was die Jungs erzählen, die in Torgelow und Eggesin, in Prora auf Rügen, in Stern-Buchholz oder sonst wo waren!", sinnierte Fiete.
„Die Amis hätten 45 unsere Panzer auftanken sollen und den Iwan wieder über Oder und Weichsel zurück treiben sollen. Jetzt ist es zu spät. Beide haben die Atombombe – davor haben Alle Angst!", warf Heinrich ein.
„Ich weiß das nicht, aber dieses verfluchte Politische System gibt doch nicht eher Ruhe, bis sie alles ausgeplündert haben – und dann? Ich ärgere mich jeden Tag darüber, dass ich damals an der Grenze nicht abgehauen bin!"
„Dann hätten wir Dich aber nicht kennen gelernt!", sagte Fiete lachend – und wir stimmten in sein Lachen ein.
Die Sonne stieg höher – es wurde richtig warm. Wir arbeiteten zeitweise mit freiem Oberkörper. Die Wege in den Forsten trockneten ab und die Traktoristen kamen bis in die letzten Ecken. Jetzt kam Holz genug. Auch wir Verlader hatten genug zu tun – zwischendurch schälten wir etwas Holz – Katschmarek hatte angedroht, er würde mehr Leute anfordern, wenn wir in unseren Pausen faul herumtrödeln würden.
„Na gut, kratzen wir eben ein paar Kloben ab!", sagte Hans Leske – und wir stimmten zu.
„Du kannst Dich aber auch mal um Jost kümmern, die faule Sau ist ewig unterwegs und wir können seine Norm mit erfüllen, so geht das nicht!", fauchte Ulli Katschmarek an, als er ihn anpöbelte, weil er zwischendurch eine halbe Lulle ansteckte.
„Er sammelt Informationen für sein Buch!", rechtfertigte sich der Brigadier.
„Das ich nicht lache! Informationen sammeln! Vor der Arbeit

drückt er sich! Wir laden Dir das Holz auf und ab, schuften wie die Kulis und Du quakst rum, wenn wir mal 'ne halbe Zigarette anzünden! Was gibt der Jost Dir dafür, dass er auf unsere Kosten in der Gegend rumläuft?"
Katschmarek ließ Kolli in Ruhe, ging zu Jost und redete auf ihn ein. Jost schaute zu uns rüber und begann wie wild an einem Kloben herumzuraspeln.
„Der ist aber wütend, ich geh hin und heize noch ein bisschen nach", sagte ich zu Gustav.
„Du bist verrückt, lass ihn in Ruhe!"
Aber ich schlenderte um den Platz herum, klöhnte mit Andreas Meyer und Wilhelm Laudon. Dann ging ich zum Donnerbalken und tauchte – wie nebenbei – bei Jost auf.
„Na, großer Dichter, wie weit bist Du mit Deinem Buch?"
„Ach, es will einfach nicht vorwärtsgehen!"
„Das hat Fritz Reuter schon geschrieben, dass es mit der Schreiberei im Knast nichts Tolles ist! Und was macht das Kind aus Deiner Platonischen Liebe?"
„Ach die olle Ziege, will nichts mehr von mir wissen!" Jost war wütend – ich ließ ihn stehen und ging an die Arbeit.
Gustav schlief gerne bis zum letzten Augenblick vor dem Ausrücken zur Arbeit. Eines Morgens quengelte Käferstein: „Mensch kann morgens nicht das Fenster geöffnet werden – es ist eine miese Luft hier drin?"
„Von mir aus gerne!", sagte Harald, der neben dem rechten Fenster schlief.
„Das Fenster bleibt zu! Es zieht hier so kalt genug rein! Lieber im warmen Mief ersticken, als im kalten Ozon erfrieren!", beharrte Gustav, der neben dem linken Fenster sein Lager hatte.
„Ich mach' Euch einen Vorschlag, schlagt eine Scheibe ein! Dann ist das Fenster auf und zu!", mischte sich Altenburg, der das Bett unter Gustav bewohnte, in die Debatte ein. Gustav drehte sich im Bett um, warf Altenburg, der sich gerade die Schuhe anzog, seine Decken über den Kopf, beugte sich so weit runter, dass er einen seiner Schuhe erreichen konnte, griff nach dem Schuh, wälzte sich in sein Bett zurück und schlug mit dem Schuh eine Scheibe ein.
Einige lachten.
„Und was hast Du jetzt davon? Jetzt zieht es erst richtig rein! – Es ist Dein Rücken, der kalt wird! Jetzt kann Fritze den Glaser mit Lullen bestechen, damit er so schnell wie möglich eine neue Scheibe einsetzt!", hielt ich Gustav vor.

„Dann soll der Glaser aber gleich beide Fenster neu verkitten. Es zieht wirklich durch alle Ritzen!“, griff Harald in die Debatte um den Glaser ein.
„Na, dann hat der Vorfall doch auch etwas Gutes!“, lenkte ich ein.

Am Abend des 29. April war für die Arbeiter Kino in der Netzstrickerei. Wir gingen geschlossen hin. – Auch wenn der Film nichts taugte, es bestand die Aussicht Bekannte zu treffen.
Neben der Eingangstür stand „Schweinebacke“. Ich ging stur an ihm vorbei – als ob er für mich Luft wäre.
„Wenn Du gesehen hättest, wie D E R Dich ansah, als wenn er Dich auffressen wollte!“, sagte Gustav, als wir einen Platz gefunden hatten.
Es war wieder mal der Dreißigste. Wir rückten wie jeden Tag zur Arbeit aus. Es gab genug zu tun. Zwei Traktoristen warteten schon auf uns. Abladen und wieder beladen.
Jost und Katschmarek stritten sich wegen Zigaretten. Plötzlich warf Jost sein Zugmesser Katschmarek vor die Füße und ging zur Tür in der Mauer.
„Pass auf, da kommt nichts Gutes bei raus. Wenn Jost zu „Schweinebacke“ geht und der sich an gestern Abend erinnert und den Jost ausfragt, bin ich wieder dran!“, sagte ich zu Gustav.
„Was Du immer hast, wir haben Jost doch bis jetzt nichts getan!“
„Du nicht, aber meine ewigen Spitzen wegen dem Kind aus seiner platonischen Liebe gefallen ihm nicht!“
Ich nahm das Foto von meinen Eltern und Geschwistern, das, seit Onkel Walters letztem Besuch, in einer Art Brieftasche – zwei in einem Stück Handtuch, das aus dem Rückenteil eines fadenscheinigen alten Häftlingshemdes heraus geschnitten war, eingewickelten Stücken Kartonpappe – in der selbsteingenähten Innentasche meiner Jacke steckte, heraus, dazu den Kamm und gab alles Gustav zur Aufbewahrung. „Sicher ist sicher – wenn er mich filzt ist alles zum Teufel!“
Dann gingen wir zu Kolli und Fritze Dohnt und stapelten Holz auf.
Gegen zehn Uhr kam Jost zurück.
„Jahnke, Du sollst zum Kommandoleiter. A-Flügel kommen!“, sagte Jost.
Gustav sah mich an.
„Hab ich Dir das nicht gesagt?“
„Mensch Du bist ja leichenblass!“, sagte Ulli Koll.
„Zum Lachen ist mir nicht zu Mute! – Jetzt kann ich mir auf einen Sommer auf A III einrichten!“

„Na, so schlimm wird's ja nicht gleich kommen!"
„Du warst nicht dabei, als er mich im Oktober in den Keller brachte!"
Dann ging ich zum Stern.
Vor „Schweinebackes" Büro standen zehn Mann, die ihn sprechen wollten.
Ich stellte mich an. Neben mir stand ein etwa 20-jähriger Junge mit verängstigtem Blick. Er trat dicht an mich heran und begann irgendetwas zu faseln: „Die haben was auf der Zelle. Das muss ich melden. Denn ich hab nur noch zehn Monate – und wenn raus kommt, dass ich davon gewusst habe, dann wird mein Führungszeugnis schlecht!"
„Mann, hör zu!", schnitt ich ihm das Wort ab. „Du hältst jetzt drei Schritt Abstand, wie es sich gehört! Ich hab meine eigenen Sorgen! Wegen Dir möchte ich mir keine drei Monate Paketsperre einhandeln!" Damit rückte ich drei Schritte nach rechts, um den nötigen Abstand herzustellen.
Verstohlen musterte ich meinen Nachbarn.
Die dunkelblonden etwa zwei Zentimeter langen Haare standen starr nach oben. Seine Gesichtsfarbe hatte einen gelblichen Ton: „Wie bei einem Mongolen", dachte ich. Die Lippen waren aufgeworfen. Die Augen seltsam groß, als wollten sie aus dem Kopf quellen, Ohren und Nase waren ebenmäßig. Der etwa ein Meter fünfundsiebzig große Körper steckte in einer verwaschenen Knasthose und einer umgearbeiteten VP-Jacke. Die Füße steckten barfuß in klobigen Holzpantinen. Die Hände konnte er nicht still halten. Mal kaute er am Daumennagel der rechten Hand, dann pflückte er am Nagelbett des linken Zeigefingers herum, oder er hatte sie auf dem Rücken verschränkt und rieb sie aneinander.
Nach einer Weile tastete er sich wieder zu mir heran und begann wieder zu jammern.
„Hör zu", sagte ich, „ich hab Dir das schon ein Mal gesagt, dass Du mich in Ruhe lassen sollst! Wenn Du Dein Maul nicht hältst, gehe ich rein und melde das!"
Jetzt hatte ich Ruhe vor ihm.
Nach fast einer Stunde kam „Silberblick" mit einem Mann, der das linke Bein nachzog, von A III.
„Silberblick" ging ins Büro und kam nach kurzer Zeit mit „Schweinebacke" heraus.
„Was wollen Sie, Buschhoff, soll ich Ihnen mal was zeigen?" Dabei ging er dicht an den Hinkenden heran, griff an die Knopfleiste seines Hemdes und holte ein etwa 20 cm langes Stück Stahl hervor, das zu einem Messer umgearbeitet war.

„Das reicht für einundzwanzig Tage! Wollen Sie sonst noch was, Buschhoff?"
„Ich möchte vom Arzt auf Arresttauglichkeit untersucht werden!", antwortete der Häftling.
„Das könn' se ham'!" „Silberblick" zog mit Buschhoff in Richtung Revier ab.
„Der Nächste! – Was wollt Ihr denn alle?" Damit wandte „Schweinebacke" sich den Gefangenen zu, die auf ihn warteten.
„Jetzt ist Feierabend, meine Herren! Kommen Sie zur nächsten Sprechstunde wieder!"
Einige versuchten, ihr Anliegen vorzubringen, aber „Schweinebacke" hatte keine Zeit.
Einer nach dem anderen trottete an ihm vorbei in Richtung A-Flügel. Ich trat an ihn heran, nahm Haltung an und machte Meldung: „Strafgefangener Jahnke, ich sollte mich bei Ihnen melden!"
„Ja, richtig! Kommen Sie rein!" Damit ging er in sein Dienstzimmer. Ich folgte ihm, schloss die Tür und stellte mich einen Meter neben die Tür mit Blick auf den Schreibtisch.
„Sagen Sie mal, Jahnke, was machen Sie eigentlich?", fragte „Schweinebacke", nachdem er sich hinter seinen Schreibtisch gesetzt und sich umständlich eine Zigarette angezündet hatte,
„Ich arbeite beim Holzschälkommando!"
„Wie kommen Sie da überhaupt hin?"
„Ich war bei den Netzstrickern, da kam jemand von der Arbeitsverwaltung und suchte Leute für schwere Arbeit. Ich habe mich gemeldet, so bin ich dort hingekommen!"
„Und wann war das?"
„Im Februar!"
„Und weshalb tragen Sie Ihre roten Binden nicht?"
„Die habe ich abgegeben!"
„Wieso?"
„Vor Weihnachten wurde an einem Tag ausgerufen: Beim Mittagsempfang sämtliche roten Binden rauszugeben!"
„So.", sagte er gedehnt. Dann um einige Nuancen schärfer: „Wer ist Ewald?"
„Wenn sie den Strafgefangenen Koberg meinen –"
„Ja, genau den meine ich!" Seine Stimme wurde bei diesen Worten schneidend scharf.
„Den habe ich auf A I kennen gelernt, wir waren dort zusammen Reiniger!", antwortete ich und versuchte meine innere Erregung zu verbergen.
„So, so", grunzte „Schweinebacke" und schien mit dieser Antwort

zufrieden zu sein. Er beschäftigte sich mit einem Schriftstück, das vor ihm auf dem Schreibtisch lag und schien sich für mich überhaupt nicht zu interessieren. Er versäumte jedoch nicht, kräftig an seiner Zigarette zu ziehen, worüber ich mich trotz meiner Erregung amüsierte.

Dann, nachdem er etwas auf ein Blatt Papier gekritzelt hatte, wandte er sich wieder an mich: „Sie gehen jetzt runter zu den Frisören und melden sich dann wieder hier", sagte er ruhig.

Aber dann fuhr er mit scharfer Stimme fort: „Aber mit einem vernünftigen Haarschnitt! Nichts mehr oben!"

Mir war die Zunge trocken und die Halsschlagader schien keinen Platz im Hemdkragen zu haben, obwohl der obere Knopf – wie immer – nicht geschlossen war. Ich ging in den Heizungskeller, holte den Bleistiftstummel aus dem Hosensaum, warf ihn in eine Ecke und ging zu den Frisören. Die Frisöre hatten nichts zu tun.

„Was willst Du hier, während der Arbeitszeit? Habt Ihr kein Holz mehr zu schälen?", fragte der Frisör-Brigadier.

„Holz ist genug da, aber ich soll mir erst mal die Haare schneiden lassen!", antwortete ich.

„Sag mal, was ist mit Dir los, Du warst doch letzte Woche erst hier!"

„Das schon, aber dem Kommandoleiter gefällt mein Haarschnitt nicht!"

„Wieso??"

„Ich soll mich mit einem vernünftigen Haarschnitt – mit nichts mehr oben – bei ihm zurückmelden!", sagte ich.

„Bei wem? Bei Rotschlips?"

„Nein, so'n kleiner mit glatten schwarzen Haaren!"

„Ach, Du meinst „Blutblase?", fragte der Frisör.

„Ich weiß nicht, wie er heißt, nun halt hier kein langes Palaver, schneid' mir die Haare, damit ich wieder rauf komme!"

„Ich soll Dir Glatze schneiden? Kommt nicht in Frage! Ich denke, das ist vorbei!", sagte der Frisör zweifelnd und zu seinen Kollegen sagte er erregt: „Wenn das wieder los geht, na dann: Gute Nacht!"

Die Frisöre begannen zu diskutieren. Ich saß auf dem Stuhl und wurde langsam nervös.

„Was ist denn jetzt? Wenn mir keiner von Euch „Schnauzenschindern" die Haare schneiden will, geh ich rauf und sag ihm, dass Ihr keine Zeit für mich habt!"

„Was ist denn los mit Dir? Hast Du was berissen? Dass er Dir Glatze verpassen lässt?", wollte einer von den Frisören wissen.

„Er hat mich im Herbst von der Arbeit abgelöst. Gestern Abend hat er mich im Kino gesehen.

Da hat er mich heute morgen kommen lassen und sich erkundigt, wie es mir geht. Was weiter wird, werden wir sehen!“, erklärte ich ihm.
„Ach so. Du warst doch im letzten Herbst dabei, als die Beeneschsache hochging. Du warst doch auf Rot gesetzt?“
„Na, siehst Du! Du weißt ja fast mehr als ich!“, versuchte ich zu ulken.
„Da kann ich nur sagen: Viel Vergnügen! Und einen netten Sommer auf A III!“ Damit band er mir ein Handtuch um und begann mir die Haare zu schneiden. Die Frisöre versuchten mich nach den Gründen meines Besuchs bei „Schweinebacke“ auszufragen, aber ich ging nicht auf ihre Fragen ein. Der Frisör ließ sich Zeit.
„Was ist mit Dir? Du geilst Dich wohl richtig an der Sache auf, was? Sieh zu, dass Du die paar Borsten runterkriegst! Ich möchte nicht, dass er noch runter kommt, um nachzusehen, wo ich so lange bleibe!“
„Da hast Du natürlich Recht, wenn er so um Dein Wohlergehen besorgt ist!“
Nach zehn Minuten war alles erledigt. Ich verließ den Heizungskeller, überquerte den Stern und ging die Treppe hinauf in den ersten Stock.
Ich klopfte bei „Schweinebacke“ an und auf sein „Herein“ trat ich ein, nahm Haltung an und machte Meldung: „Strafgefangener Jahnke vom Haare schneiden zurück!“
„Schweinebacke“ sah kurz von seinem Schreibtisch auf und sagte – fast gelangweilt: „So, Jahnke, Sie gehen jetzt auf Ihre Station, packen Ihre Sachen und ziehen nach A III!“
Ich machte kehrt und wollte den Raum verlassen. „Haben Sie das verstanden?“, brüllte er.
Ich drehte den Kopf etwas und sagte über die Schulter in seine Richtung: „Doch!“
„Na, was heißt hier „Doch?“, brüllte „Schweinebacke“ mich an. „Können Sie nicht antworten, wenn ich mit Ihnen rede? Sowas! Dreht sich um, als wenn ihn die Sache überhaupt nichts angeht!“ Er schlug mit der Faust auf den Tisch, die Mütze fiel ihm vom Kopf. Als er sich nach der Mütze bücken wollte, riss er einige Schriftstücke vom Tisch.
Er erwischte die Mütze, warf sie auf den Tisch und starrte mich an, als wolle er über den Tisch hinweg auf mich losspringen. Sein Gesicht war krebsrot angelaufen, die Wangenmuskeln traten hervor und an der Stirn konnte man das Blut in den Adern pochen sehen.
„Ist der wütend!“, dachte ich.

„Haben Sie das verstanden, was ich zu Ihnen gesagt habe?“
„Jawohl, Herr Hauptwachtmeister!“, sagte ich, indem ich wieder umdrehte und Haltung annahm.
„Das heißt nicht „Jawohl! Wir sind nicht bei der Großdeutschen Wehrmacht!“
„Ist gut!“, erwiderte ich. Ich war innerlich belustigt und beunruhigt zugleich. Was hatte ihn so auf die Palme gebracht?
„Verschwinden SIE – SIE!“, „Schweinebacke“ schluckte.
Ich dachte: „Bevor ihm die Galle überläuft, werde ich lieber abhauen!“
Ich verließ den Raum, schloss die Tür, ohne ein lautes Geräusch zu verursachen und ging hinunter nach A I.
Auf dem Hinterflügel wurde gerade Mittag ausgegeben.
Peters sah mich am Gitter stehen.
„Wollen Sie rein?“, rief er von der Kalfaktorzelle aus.
„Ja!“, rief ich zurück.
Peters kam und ließ mich ein. Neugierig betrachtete er meinen kahlen Kopf – aber er sagte nichts. Es war ein ewiger Kleinkrieg, die jungen Polizisten, die in unserem Alter waren und sich der wöchentlichen „Rotlichtbestrahlung“ unterziehen mussten, versuchten sich uns gegenüber, die vom westlichen System überzeugt waren, – manchmal schikanös – durchzusetzen.
Wir auf der anderen Seite, die wir vom westlichen System überzeugt waren, versuchten es – mit erhobenem Haupt – manchmal mit einem spöttischen Lächeln – zu ertragen. Die Zeiten, in denen sie uns verrecken lassen konnten, wie in den ersten Nachkriegsjahren, von denen Gustav und andere, die schon Fünfeichen, Sachsenhausen, Bautzen, Ketschendorf und Buchenwald er- und überlebt hatten, berichteten, waren vorbei. Das politische Umdenken der Westmächte, die eingesehen hatten, dass Stalin sie über den Tisch ziehen wollte, bewirkte, dass die westlichen Medien über Menschenrechtsverletzungen, die durch Entlassene, die nach West-Berlin gingen, bekannt wurden, ausführlich berichteten. Die älteren Schließer, wie Peters und Opi Ahrens, versuchten gerecht zu bleiben und hielten sich von Schikanen fern.
„Haben Sie schon gegessen?“, fragte Peters.
„Nein!“, antwortete ich.
„Kalfaktor! Lassen Sie ein Mal Essen übrig für den Mann hier!“
Lange kam aus seiner Zelle. Er sah mich an – „was ist denn mit Dir passiert?“
„Frag' nicht so viel. Leih mir einen Picknapf – meiner ist noch draußen, Gustav bringt ihn heute Abend mit rein.“

Ich nahm meinen Schlag süße Nudeln in Empfang und ging zur Neunzehn.
Ich quälte die Nudeln in mich hinein und legte mich dann auf Wilhelm Laudons Strohsack, um Zeitung zu lesen. Aber im „Neuen Deutschland“ stand nichts Besonderes und was dort über Parteikonferenzen der SED und vorfristiger Planerfüllung zu lesen war, widerte mich an – so schlief ich ein.
Ich wurde kurz wach, als die Verpflegung ausgegeben wurde. Dann war ich wieder allein. Wieder war es der Dreißigste eines Monats, dachte ich – aber es war dieses Mal ohne Arrest abgegangen. Ich packte meine Sachen zusammen, damit Peters nicht lange warten musste, wenn er mich nach A III bringen wollte. Aber Peters kam nicht. So hing ich meinen Gedanken nach. Mit wem werde ich auf A III zusammen kommen? Werde ich ein Bett kriegen? Oder auf dem Fußboden warten, bis eine Koje frei wird? Na, auf A III war Ihde Kalfaktor. Wenn ich ihm auch nicht traute, getan hatte er mir noch nichts.
Dann rückten die Arbeitskommandos ein. Die Zentralwerkstatt zuerst, dann das Hofkommando und zum Schluss die Holzschäler.
„Vielleicht hätte ich bei den Netzstrickern bleiben sollen!“, dachte ich. „Aber auch dort hätte mich „Schweinebacke“ aufspüren können. Und dann in diesem Mief dort oben nur für die Zigaretten arbeiten, die man doch nicht raucht? Dann schon lieber ein paar Monate auf A III.“
Ich musste an Paule Schubert denken: „Wenn Du zwei Jahre rum hast, kann Dich nichts mehr erschüttern!“, hatte er gesagt – die besagten zwei Jahre hatte ich fast rum.
Dann waren die Kameraden in der Zelle.
Sie verteilten die Verpflegung und verzehrten ihr Abendbrot. Dann gingen wir duschen. Hier traf ich Ewald und Bujack. Ich unterrichtete Ewald, dass „Schweinebacke“ nach ihm gefragt hatte.
Offenbar war Jost aufgefallen, dass wir oft in der Mittagspause zusammen saßen – und da er mich wegen meiner ewigen Sticheleien nicht leiden kann, hat er alles, was mit mir zusammen hängt ausgeplaudert.
Plötzlich rief jemand in den Duschraum: „Ist Jahnke hier? Er soll sofort auf die Station kommen!“
Oben stand Peters: „Mensch, Jahnke, Sie sollten doch längst auf A III sein!“
„Ich werd’ doch wohl noch duschen dürfen!“
„Mach’ mir keinen Ärger!“, sagte Peters, als ich aus dem Keller kam.

Ich holte meine Sachen aus der Neunzehn. Ich gab allen die Hand. Die Stimmung war bedrückt.
„Die besten Kumpels haben sie immer am Arsch!“, sagte Alfred.
Peters brachte mich nach A III. Ihde war schon eingeschlossen. Peters schloss die Kalfaktorzelle auf.
„Ihde, ich bringe Ihnen noch einen Zugang! Haben Sie noch ein Bett frei?“
„Nein, alles besetzt! Wen haben Sie denn da?“ Ihde steckte seinen Kopf aus der Zellentür.
„Mensch, Siegie, was machst Du denn hier? Aber tut mir leid, ein Bett kann ich Dir nicht geben – höchstens nebenan in der Reinigerzelle!“
„Gerhard, lass' das sein! Das wird nicht gut gehen! Hast Du irgendwo einen Strohsack? Alles andere wird sich schon wieder einrenken.“
„Hast Recht, Siegie, geh in die Zweiundzwanzig. Dort sind alles junge Leute, da wirst Du schon zurecht kommen!“
In Unterwäsche kam Ihde aus der Zelle und ging voran auf den Hinterflügel. Peters schloss die Zelle auf. Ihde zog den Riegel auf und steckte den Kopf in die Zelle.
„Hört mal zu: Ihr habt noch einen Strohsack übrig. Hier kommt noch ein Mann dazu!“
Ich zog die Schuhe aus und stellte sie zu denen der anderen. Dann zog ich Hose und Jacke aus und legte sie Streifen auf Streifen zusammen – so wie mir das Paule – die Thüringer Großschnauze – vor einem Jahr gezeigt hatte. „Wieso muss ich heute immer wieder an Paule denken?“, wunderte ich mich.
Inzwischen redete Ihde auf jemand in der Zelle ein: „Nun komm schon, Perschewski, stell den Tisch nach oben und hol' den Strohsack unter dem Bett raus!“
„Wieso müssen wir mit sechs Mann in diesem Loch hausen? Nebenan sind doch nur vier Mann drin?“, beschwerte sich jemand in der Zelle.
„Das nützt nichts, Beyer, morgen kommen Zugänge, dann liegen überall sechs Mann! Na, mach schon, Ulli, ich möchte auch schlafen!“
Ich war mit dem Päckchenbau fertig, legte meine Sachen auf die der Anderen und zwängte mich an den beiden übereinander stehenden Kübeln vorbei in die Zelle. Peters schlug die Tür zu – „Ratsch“ – der Schlüssel wurde aus dem Schloss gerissen, die Riegel krachend vorgeschoben – die Tür der Zweiundzwanzig auf A III war zu und für mich begann ein neuer Abschnitt auf dem Weg durch diese Hölle!

Ich sah mich um. Viel war nicht zu erkennen in der abendlichen Dämmerung. Die Scheinwerfer hatten hier keine störende Wirkung. Es war die dritte Zelle vor dem Giebelende des A III-Hinterflügels. Die Scheinwerfer vom Wachturm auf der Mauerecke waren tiefer als die Zellenfenster und auch die Bogenlampen, die in Abständen an der Mauer standen, waren tiefer als die Fenster. So wurde nur ein kleiner Teil der Decke angestrahlt – und das auch nur schwach, weil die erste Bogenlampe etwa drei Zellen weiter zum Vorderflügel stand und der Scheinwerfer vom Turm nur die rechte Ecke des Fensters erreichte. In der Zelle standen zwei doppelstöckige „Glowe"-Betten. Eines stand quer unter dem Fenster. Das andere längs an der linken Wand. Zwischen dem längsstehenden Bett und der rechten Wand war ein etwa eineinhalb Meter breiter Raum frei. Dort lagen jetzt zwei Strohsäcke auf dem Fußboden. Rechts neben der Tür war in Mannshöhe ein Schiebeschrank angebracht. Der Tisch war hochgestellt. Das heißt, er lag mit der Platte nach unten auf dem Fußende des in Längsrichtung stehenden oberen Bettes und lehnte mit zwei Beinen gegen die Wand neben der Tür. Das nahm ich mit dem ersten Blick wahr – dieses Bild schreckte mich nicht mehr – denn ich hatte es hundertmal gesehen, wenn ich abends beim Einschluss in die Zellen schaute, wenn ich die Oberbekleidung der Häftlinge auf den Gang stellte. Mich erschreckte der Mann, den ich mit dem zweiten Blick, den ich durch die Zelle gleiten ließ, in der Dämmerung erkannte. Der Mann sah mich mit seltsam großen Augen, Augen, die den Eindruck erweckten, als wollten sie vor Angst aus dem Kopf quellen, an. In dem Gesicht, dessen Farbe in der zunehmenden Dämmerung nicht mehr zu erkennen war, fielen die aufgeworfenen Lippen auf. Es war der Bengel, der am Vormittag, vor „Schweinebackes" Büro ein Gespräch mit mir anknüpfen wollte.

„Das fehlt mir noch!", dachte ich „Ausgerechnet neben diesem Denunzianten muss ich mein Lager aufschlagen!" Aber ich wusste von vorn herein, mit wem ich es zu tun hatte – und, mir wurde bewusst, dass ich nicht nur immer Freunde um mich herum haben konnte.

Ich nahm den Strohsack, schob ihn zurecht, legte mein Bündel darauf und begann – so gut es in der Dunkelheit ging – meine Sachen zu sortieren. Das Essgeschirr mit den wenigen Lebensmitteln, die ich noch hatte, stellte ich auf den Schrank. Dazu das Zahnputzzeug. Seife und Handtuch legte ich am Ende des Strohsacks ab. Dann rollte ich mich in meine Decken. Keiner der übrigen Zelleninsassen rührte sich. Anscheinend waren sie von dem sechsten Mann nicht sehr erbaut.

„Wieso kommst Du so spät?", wollte mein Nachbar wissen.
„Das ist doch wohl nicht Deine Sache!", brummte ich.
„Du warst doch heute morgen schon beim Kommandoleiter?"
Ich setzte mich auf meinem Strohsack auf.
„Hör zu, ich möchte jetzt schlafen! Wenn Du mich noch ein Mal störst, stopfe ich Dir eine Hand voll Stroh ins Maul! Und Das sage ich nur ein Mal! Hast Du das verstanden?" Damit rollte ich mich erneut in meine Decken ein.
„Siehst Du, Ulli, das ist endlich mal ein Mann, der Deutsch mit Dir redet!", sagte der Mann im Bett neben dem Fenster in thüringischen Dialekt.
Wie immer, wenn ich mich stark erregt hatte und zur Ruhe kam, schlief ich schnell ein.
Der Morgen des ersten Mai 1954 begann wie jeder andere Morgen auf Bützow-Dreibergen.
Sachen rein – Kübel raus – Wasser rein. Die Strohsäcke, auf denen Perschewski und ich geschlafen hatten, wurden unter die Betten geschoben.
Das Wasser kam in einer widerlich dreckigen Schüssel in die Zelle. Es war eine dünnwandige Aluminiumschüssel. Der Boden war schwarz oxydiert. Die obere Hälfte starrte von wochenaltem Seifenschaum und Schmutz.
Eine zweite Schüssel gab es nicht. Der Tisch wurde an der freien Wand aufgestellt. Die Essensschüsseln wurden darauf gestellt und das Wasser verteilt. Jeder bekam etwa einen Liter Wasser zum Waschen. Dann gab es Kaffee. Beim Essen wurde ich von meinen Zellenkameraden ins Verhör genommen.
„Wie lange bist Du schon hier?", fragte Ühling, der Thüringer.
„Wieso, nur hier in Bützow, oder insgesamt?", fragte ich zurück.
„Na, dann erzähl schon alles!"
Ich gab einen kurzen Überblick über meine Laufbahn.
„Und wie lange hast Du noch?"
„Bis 1960!", war die kurze Antwort.
„Da kannst Du mal sehen, Ulli, was für ein kleiner Fisch Du bist!" sagte Beyer, der im unteren Bett schlief zu Perschewski.
„Als wenn Du viel mehr hast!", konterte Perschewski.
So nach und nach unterrichtete ich mich über meine Mitbewohner. Da war Ühling – Unteroffizier bei der KVP in Torgelow. Er hatte leidenschaftlich gern geschossen. Das Übungsschießen reichte ihm jedoch nicht. So brach er mit einem Kameraden einen Munitionsbunker auf und organisiere für den privaten Bedarf eine Kiste Karabiner-Patronen. Die Sache war herausgekommen, als eine

Gruppe dienstfreier Vopos sie bei ihren privaten Übungen überraschte. Drei Jahre hatte der „Schöne Poldi" sich dafür eingefangen. Er war mit seinen einundzwanzig Jahren ein Meter achtzig groß, breitschultrig mit blauen Augen und fast schwarzen Haaren und hatte ein ebenmäßiges, sympathisches Gesicht.
Poldi und Perschewski waren bei der gleichen Einheit in Torgelow stationiert. Perschewski hatte einen Kiosk auf dem Kasernengelände aufgebrochen, um an die Zigaretten heranzukommen. Da aber die Ausbeute an Zigaretten nicht so groß wie erwartet gewesen war, nahm er auch andere Sachen mit, wie Zigarettenspitzen, Füllfederhalter, Kugelschreiber und Feuerzeuge. Diese Gegenstände versuchte er zu verkaufen. Dabei war er hereingefallen. Von seinen zwei Jahren, die er dafür bekam, hatte er noch zehn Monate zu sitzen. Jetzt hoffte er, dass das Gesuch seiner Eltern auf vorzeitige Haftentlassung Erfolg haben würde.
Hier in Bützow auf A III wanderte er von einer Zelle in die andere. Überall schwärzte er Kameraden an. Nicht wegen politischer Äußerungen – dazu reichte sein Geist nicht aus, um derartiges zu erkennen. Er verriet alles: Kartenspiele, selbstgebaute Brotmesser, Feuerzeuge – auch, wenn er selbst mitgeraucht hatte –, Bleistifte – letzteres vielleicht, nur weil er neidisch war, wenn andere etwas damit anzufangen wussten, wie Kreuzworträtsel lösen – oder, wenn jemand künstlerisch begabt war und auf kleinste Papierfetzen Minizeichnungen zauberte. Auch Buschhoff war ihm gestern zum Opfer gefallen. Dafür hatte ein Freund Buschhoffs ihm unter einem Vorwand eine Tracht Prügel verabreicht. Daraufhin zog Perschewski die Klappe und verlangte zu seinem Freund Ühling in die Zelle zweiundzwanzig verlegt zu werden.
So war Ulli Perschewski zu seinem Freund Poldi Ühling in die Zelle gekommen, ohne dass Poldi wusste, wie er zu der Ehre kam, hier für Ulli das Kindermädchen spielen zu dürfen. Er hatte sich in ihrer gemeinsamen Zeit bei der KVP nur nicht an den Hänseleien gegenüber Perschewski beteiligt und hatte ihn gelegentlich, wenn die Kameraden es – seiner Meinung nach – zu bunt trieben, in Schutz genommen. Unter Ühling hatte Brümmer sein Bett. Er war vierundzwanzig Jahre alt, höchstens 1,60 Meter groß und erweckte mit seinem Jungengesicht den Eindruck eines Konfirmanden. Er hatte kurz vor Weihnachten geheiratet und sollte kurz danach die beste Freundin seiner Frau vergewaltigt haben. Er bestritt das.
„Komisch", dachte ich. „Alle Sittenmollis, die zugeben, dass sie wegen Sitte drin sind, bestreiten, dass sie es gewesen sind!"
In dem unteren Längsbett hauste Beyer. Der Mann hatte etwas

Dämonisches an sich. Dieser Mann war mir vom ersten Augenblick an unsympathisch. Die blauen Augen hatten einen verschlagenen, lauernden Ausdruck. Die ergrauten Haare trug er im Hindenburgschnitt. Die Mundwinkel der schmalen Lippen bogen sich an ihren Enden nach unten. Beyer hatte ein Bein im Krieg verloren und ging an zwei kurzen Krücken, wie sie bei der Wehrmacht üblich waren. Als Beruf – den er nach dem Krieg nicht mehr ausüben konnte – gab er Jockey an und hier war er wegen „Wirtschaft".

Über Beyer lag Kowatsch, ein Sternberger. Neunzehn Jahre alt, schwarze Locken, fast schwarze Zigeuneraugen – immer vergnügt! Oft sang er – er konnte gut singen – das Lied von Anneliese und dem Blumenstrauß, das gerade groß in Mode war oder andere Schlager. Kowatsch gab wegen einer Keilerei ein viermonatiges Gastspiel.

„Sag mal, schämst Du Dich nicht für vier Monate Decken in Empfang zu nehmen?", neckte ich ihn.

„Ich hab ihm auch schon gesagt, die vier Monate könnte er bequem mit einer Arschbacke auf dem Kübel absitzen!", hakte Ühling nach.

„Seid mal still!", sagte Kowatsch, glitt damit vom Bett runter und lauschte an der Tür.

„Was ist da los? Die gehen zellenweise raus! Da stimmt doch was nicht!"

Ich ging ebenfalls zur Tür und lauschte. Nach einer Weile sagte ich: „Die gehen ins Kino – aber vorher werden Haare geschnitten!"

„Woher willst Du das wissen?", fragte Kowatsch.

„Hör zu, die sagen was von Kino – und wenn Du genau hinhörst, kannst Du auf dem Vorderflügel die „Mähdrescher" surren hören!", erklärte ich ihm die Geräusche.

Kowatsch lauschte angestrengt. Beyer und Brümmer begannen sich leise zu unterhalten.

„Nun haltet doch mal ein paar Minuten das Maul!", fauchte Kowatsch die beiden an. Dann sagte er zu mir: „Da werden tatsächlich Haare geschnitten!"

Ich setzte mich zu Ühling auf das obere Bett und schaute aus dem Fenster.

„Du musst weiter zu mir ans Kopfende kommen, sonst kann er uns vom Turm aus sehen. Dann ruft er an und wir haben Ärger. Wenn du hier sitzt, kann er Dich nicht sehen!"

Ich bedankte mich für den Rat und sah ihm in die Augen, lächelte und sagte: „Du bist also der Mann, der den Munitionsbunker knackte! Stollenberg, mit dem ich beim Hofkommando zusammengearbeitet habe, hat mir von Dir erzählt. Wart Ihr denn besoffen?"

„Ach was! Nur so, wir hatten dort Wache und das war auf die Dauer

stinklangweilig. Kannst Dir doch denken, auf was für Gedanken man dann kommt."
„Mensch, Du hattest doch eine Blitzkarriere gemacht! Du warst doch nach einem halben Jahr schon Unteroffizier, wenn ich mich recht erinnere!"
„Da hast Du recht!", sagte Ühling. Er sah aus dem Fenster: Irgendetwas – ganz weit weg schien ihn zu interessieren. Dann machte er eine Handbewegung – als wolle er etwas wegwischen – „Jetzt ist es vorbei! Beim Schießen hab ich sie immer A L L E abgehängt!" Und nach einer Weile: „Du kennst den Manni Stollenberg aus Apolda?"
„Ja, ist ein prima Kerl, wie alle Thüringer, die ich hier kennen gelernt habe!"
Draußen war herrliches Maiwetter. Jenseits der Mauer in der VP-Siedlung, spielten Kinder in Sonntagskleidern im Garten.
Etwas weiter weg, auf einer Weide freuten sich tobend eine Herde Kühe über den ersten Weidetag in diesem Jahr. Einige Kälber tummelten sich unter blühenden Apfelbäumen.
Im Garten eines Siedlungshauses zog eine Glucke mit ihren Küken umher, sie kratzte hier ein bisschen und dort ein bisschen und rief, wenn sie etwas ausgescharrt hatte, ihre Kleinen herbei.
Kowatsch glitt wieder von seinem Bett herunter, lauschte kurz an der Tür und sagte: „Kommt runter, sie sind nebenan!"
Poldi und ich waren eben vom Bett herunter, da ging die Tür auf.
Ein riesiger Hauptwachtmeister, den ich nicht kannte, stand vor der Tür.
„Glatzkopf, kommen Sie raus und gehen Sie ins Kino!", sagte er.
Als ich mich zweifelnd umsah, pöbelte er: „Ja ja, weiter ist doch keiner hier mit Bombe – oder!"
Ich verließ die Zelle. Zögernd ging ich zum Giebel und auf der anderen Seite des Ganges zurück zum Vorderflügel.
„Nu machen Sie schon, dass Sie weiter kommen, bevor ich mir das überlege!", rief der Riese mir über das Geländer hinweg zu. Ich ging etwas schneller. Ich sah, dass der Schließer sich mit meinen Zellenkameraden unterhielt. Als ich an der Ecke bei der Kalfaktorzelle angekommen war, sah ich, dass auch Beyer und Poldi die Zelle verließen. Wo der Vorderflügel vom Stern durch das Gitter getrennt war, hatten die Frisöre sich eingerichtet – das heißt, sie hatten jeder einen Stuhl vor sich stehen, auf dem ein Häftling saß, dem sie die Haare schnitten. Ich passierte ungehindert den „Frisiersalon" und ging über den Stern in die Netzstrickerei. An der Tür stand Rotschlips, Er schaute kurz nach meinem Kopf, als würden ihm die Narben interessieren, sagte aber nichts und ließ mich passieren.

Überall im Saal erstrahlten frisch geschorene Köpfe. Die Leute von der Station A III waren kahl geschoren, wie die Schafe im Frühling. In der Mitte des Raumes war ein zwei Meter breiter Gang frei. Auf der rechten Seite saßen die Arbeitskommandos. Weiter vorn sah ich Gustav und Ulli Koll. Ihnen hatte man die Haare nicht geschoren. Ulli stand kurz auf und wollte mir zuwinken. Aber Gustav zog ihn zurück auf seinen Platz. Neben einem Pfeiler sah ich Heinz Zierow sitzen. Es gelang mir, mich zu ihm durchzudrängeln, ohne, dass „Benjamin“, der die Aufsicht hatte, mich bemerkte. Es dauerte noch eine Weile, bis die Vorführung begann. So konnte ich Heinz von meiner letzten Begegnung mit „Schweinebacke“ ausführlich berichten.

„Dann hat man Dir also auch ein Arbeitsverbot verpasst. Ich komm' auch nicht wieder raus, Anton Will hat mich angefordert als Buchhalter. Aber das haben sie abgelehnt!“

„Ich weiß nicht, ob die mich nur rausgelassen haben, um mich zu beobachten, mit wem ich in Verbindung stehe, oder ob „Schweinebacke“ einen privaten Hass auf mich hat? Sonst hätten sie mich doch gar nicht in die Netzstrickerei gelassen!“

„In die Netzstrickerei lassen sie dich schon eher, weil das im festen Bau ist!“, meinte Heinz.

„Bevor ich wieder in die Netzstrickerei gehe, bleibe ich lieber auf A III – jetzt im Sommer! Wir haben eine herrliche Aussicht! Ich will nicht sagen, dass mir das ewige aus dem Fenster gucken nicht auch zum Hals raushängen könnte – aber, man sieht doch, wie es in der Natur aussieht!“

Heinz hatte Besuch gehabt.

„Es gibt auch draußen keine Kartoffeln. Sie sammeln Pflanzkartoffeln!“

„Das wird denn ja auch in der Ernte auch nichts Vernünftiges geben, wenn sie alle Sorten durcheinander pflanzen!“

Der Film begann. Nach einem Vorfilm über tschechische Puppenspiele lief der Film „Anna Susanna“, ein Spiel aus der christlichen Seefahrt.

Nach dem Film scheuchte Rotschlips zuerst die Leute von A III in ihre Zellen. Es dauerte eine Weile, bis es Mittagessen gab. Aber es gab Kartoffeln und Gulasch!

Danach sogar einen Nachtisch: Grießbrei mit Pflaumenkompott!

„Was ist denn heute los? Das ist ja wie Weihnachten und Ostern zusammen?“, fragte Kowatsch.

„Erstens ist heute der große Tag der Arbeit – und dann sollen wir die Sache mit dem Haarschnitt vergessen!“, stellte Beyer fest.

„Nun, mit dem Haarschnitt können sie mich nicht meinen. Aber wenn sie mich jeden Tag so füttern würden, könnten sie mir jeden Tag die Omme polieren!", sagte Kowatsch.
„Du spuckst große Töne, aber ich glaube, wenn sie an Deinen Haarschopf gehen würden, würdest Du Deine letzten Wochen mit Dörrkohl und Nudeln Vorlieb nehmen!", ulkte Poldi.
„Magst schon Recht haben!", lenkte Kowatsch ein.
Nach dem Essen wusch Ühling die Essschüsseln aus und Ulli fegte mit dem Rest eines Handfegers den Fußboden.
„Die Freistunde werden sie uns heute wohl abziehen!", meinte Beyer, der es sich auf seinem Bett bequem gemacht hatte.
„Du kannst nicht alles haben!", antwortete Ühling, und ich fügte hinzu: „Was Ihr alles wollt: Kino, sauberen Kopf, erstklassiges Essen – und jetzt noch einen Verdauungsspaziergang!"
„Sag mal, bist Du der Mann, der im Herbst den Schlüssel für den großen Ausbruch besorgt hat?", wandte Beyer sich an mich.
„Ja, warum?"
„Ich hab sowas gehört. Ist es wahr, dass Ihde die Sache zum Platzen gebracht hat?"
„Du, das weiß ich nicht! Ich habe zwar gesehen, dass Ihde morgens, als wir zur Arbeit ausrückten, vor dem Zimmer des A-Flügel-Kommandoleiters stand, aber, er als Kalfaktor, hat dort täglich mehrmals zu tun. Mir persönlich hat Ihde bisher nichts getan. Es standen noch mehr Leute vor dem Zimmer des Kommandoleiters am 22 Oktober vorigen Jahres!"
„Wen meinst Du denn?", wollte Beyer wissen.
„Beenesch zum Beispiel!"
„Wer ist das denn?"
„Ach, so'n Rabauke, der angeblich in der SPD ist, aus Cottbus, der für doppelte Portionen in Berlin im U-Boot seine ganze Familie ans Messer geliefert hat. Hier will er nur Wirbel machen! Ob da Leute bei in den Keller gehen, ist ihm völlig egal!!"
„Sowas gibt es doch nicht!"
„Sag mal. Beyer, wie lange bist Du schon hier?"
„Zwei Monate!"
„Wenn Du so lange hier bist, wie ich, dann wirst Du anders denken!" Und nach einer Weile. „Was haltet Ihr davon, wenn wir die Waschschüssel mal gründlich säubern?"
„Wie willst Du das machen? Mit Wasser kriegst Du den Dreck nicht ab!", maulte Poldi.
„Dann müssen wir uns eben einen Ziegelstein besorgen und es damit versuchen?"

„Und wie geht das?“, wollte Perschewski wissen.
„Du wirst es schon erleben!“ Damit war dieses Thema für den Tag erledigt.
Die Reiniger gaben Brot, Verpflegung und Kaffee aus.
Ich riss von meiner Brotration die oberen zwei Zentimeter ab, strich die Margarine darauf und verzehrte es, danach die dünne Scheibe Brot mit der Marmelade und spülte alles mit der Hälfte des Kaffees hinunter. Den Rest Kaffee hielt ich zurück – so hatte ich etwas abgekochtes Wasser zum Zähne putzen.
„Und was willst Du morgen Früh essen?“, fragte Perschewski.
„Wieso, ich hab doch Brot genug. Wenn ich das bisschen Fett bis morgen in den muffigen Schrank lege, schmeckt es mir nicht mehr!“, erklärte ich meine Essgewohnheiten.
Nach dem Essen dösten wir eine Weile vor uns hin.
Dann war Zählung. Der „Giftzwerg“, ein kleiner verknittert aussehender, jüngerer Polizist hatte Nachtschicht.
Nach der Zählung kletterte ich zu Poldi auf das obere Bett und schaute aus dem Fenster über die Mauer weg. Jenseits der Straße holte ein Bauer seine Kühe zum Melken in den Stall. In der rechten Ecke des Fensters begann eine Spinne ihr Netz zu kontrollieren. Wir sahen ihr dabei zu.
Perschewski kam zu uns rauf geklettert und ging mit dem Kopf dicht an das Fenster heran.
„Ulli, komm da weg! Er kann Dich vom Turm aus sehen!“
Poldi hatte seine Warnung kaum ausgesprochen, da ertönte der Ruf vom Turm auf der Ecke her: „In der Zelle zweiundzwanzig! Gehen Sie vom Fenster weg!“
„Hab ich Dir das nicht gesagt?“, fauchte Poldi. „Immer hat man Ärger mit Dir!“
Langsam kletterte Ulli vom Bett herunter.
„A III! Fertig machen zum Einschluss!“, brüllte Ihde über den Flur.
„Gott sei Dank wieder ein Tag rum! Noch vierzig Tage, dann kann ich alle Organe mal richtig mit Bier durchspülen! Und Du, Rudi Beyer musst noch eine ganze Weile warten!“ Damit sprang Kowatsch vom Bett herunter und begann sich auszuziehen.
„Wenn Du gleich wieder anfängst zu saufen, wirst Du wohl nicht lange draußen sein!“, spottete Beyer.
„Ich kann auch saufen, ohne mich zu prügeln!“, antwortete Kowatsch.
Mein Päckchenbau erregte Aufsehen.
„Was mühst Du Dich ab, pack den Mist zusammen – und fertig!“, meinte Beyer.

„Dir hat man den Schemel wohl noch nicht umgestoßen, oder in den Keller geworfen? Seit sie mir den Kram einmal mit einem Fußtritt durcheinander geworfen haben, bin ich vorsichtig!"
Er war wirklich keine Schönheit, der Schemel, der aus der Zelle zweiundzwanzig heraus gegeben wurde an diesem Abend. Beyer hatte Jacke und Hose in einem Paket zusammen geschlagen und zuunterst auf den Schemel gelegt. Darauf lagen Perschewskis Sachen, einfach zusammen gefaltet, die Streifen fast am Rand. Brümmer hatte seine Jacke doppelt so breit wie die Hose gepackt. Darauf lagen meine Sachen und als Abschluss nach oben hatten Ühling und Kowatsch ihre Sachen gestapelt – auch nicht gleichmäßig, aber ordentlich. Deshalb sagte Ihde auch: „Ihr könnt auch mal bisschen sorgfältiger werden, beim Päckchenbau!"
„Nächstes Mal vielleicht!", sagte Beyer.
Plötzlich stand der Giftzwerg in der Tür und brüllte: „Was heißt hier: „Nächstes Mal? – Was? Sofort würde ich sagen!"
Ihde stellte den Schemel wieder in die Tür, Die fiel krachend ins Schloss und die Klamotten der sechs Insassen der Zelle zweiundzwanzig lagen wie Kraut und Rüben durcheinander vor unseren Füßen.
„Das hast Du jetzt davon, kannst Du Dein Schandmaul nicht halten?!", fuhr Kowatsch Beyer an.
„Das kommt davon, wenn so ein Neuer, der Wunder was denkt, was er ist, weil er zwei Mal im Keller war, sich hervortun will!", brauste Beyer auf.
„Das hat damit gar nichts zu tun!", sagte Ühling. „Los, Siegfried, lass uns die Scheiße schnell in Ordnung bringen bevor der „Giftzwerg" zurückkommt!"
„Warum Siegfried, ich kann meinen Kram alleine zusammen packen!", maulte Beyer.
„Hör zu, Rudi Beyer, noch bin ich hier Zellenältester! Und hier geschieht, was ich sage, Los Siegfried, pack die Jacken zusammen – und wie war das mit den Hosen?" Ühling sprach ruhig und sachlich.
Wir legten unsere Bekleidung ordentlich aufeinander auf den Schemel. Kaum waren wir fertig, da waren Ihde und der „Giftzwerg" auch schon zurück. Ihde nahm den Schemel und stellte ihn neben die Tür.
„Wer war das, der vorhin so schlau war?", fragte der „Giftzwerg".
„Komm' schon Beyer!", sagte Ihde.
„Na, kommen Sie mal raus, Beyer!"
Beyer kam der Aufforderung nach und stelzte zur Tür.

Er ging raus, die Tür wurde verriegelt, doch nach kaum drei Minuten war er zurück in der Zelle.
„Er hat mir nur das Päckchen der Nachbarzelle gezeigt. Da kannst Du wirklich ein Lineal anlegen!", sagte er nur und legte sich auf sein Bett.
„Da kannst Du mal sehen, dass andere Leute sich auch Mühe geben, und nicht nur durch dumme Redensarten auffallen! So, das war's für heute!" Damit drehte Kowatsch sich auf die Seite, zog sich die Decke über den Kopf und war nicht mehr ansprechbar.
Perschewski und ich holten die Strohsäcke unter den Betten hervor, falteten unsere Decken auseinander und rollten uns darin ein. Wieder war ein Tag zu Ende – „Wie viele noch?", dachte ich.
Nach einer Weile stieß Perschewski mich an. „Du, hör doch, der Brümmer!", flüsterte er.
Ich lauschte – Brümmer weinte.
„Lass ihn, er muss alleine damit fertig werden!"
Dann wurde es still. Draußen wurde es langsam dunkel. Von der VP-Siedlung war noch eine Weile das Geplärre eines Radioempfängers zu hören, aber dann verstummte auch das – die Leute hatten wohl das Fenster geschlossen.
Plötzlich war ich hellwach! Die Frösche quakten!
Ich sprang auf und war mit einem Satz bei Poldi auf dem Bett!
„Was ist denn mit Dir los?", fragte Ühling verschlafen.
„Die Frösche, hörst Du – die Frösche – ich höre sie in diesem Jahr zum ersten Mal!", sagte ich aufgeregt.
„Wat denn, das sind Frösche? Und ich habe immer gerätselt, was das für Viecher sind, die abends vor dem Einpennen so singen!", wunderte Ühling sich.
„Ach, könnt Ihr nicht endlich Ruhe geben? So ein Theater wegen der blöden Kröten!", meckerte Beyer.
Ich saß noch eine Weile bei Ühling auf dem Bett und hörte den Fröschen zu. Auch die Spinne arbeitete noch an ihrem Netz.
Dann wurde es kühl. Ich ging runter, legte mich auf meinen Strohsack und hüllte mich in meine Decken.
In den nächsten Tagen kam alles durcheinander. Kowatsch und Brümmer gingen auf Kommando.
Dafür kamen zwei ältere Zeugen Jehovas in die Zelle. Der Polizist, der sie zu uns sperrte, sagte: „Das sind ältere Leute! Die bekommen die Betten!"
Arthur Dietsch, ein 60-jähriger Sachse, mit zwölf Jahren, von denen er vier Jahre rum hatte, zog in das Bett, in dem Brümmer gelegen hatte. Anscheinend war er ein ziemlich hoher Funktionär

seiner Glaubensgemeinschaft, denn er begann sofort für seinen Glauben zu werben und ließ keinen Widerspruch zu.
Auf meine Frage, wann denn sein Harmagedon stattfinden werde, erwiderte er: „Bis 1960 ist Es geschehen!"
Ich dachte an die Wanderung seiner Dassower Glaubensbrüder in den Holmer Wald 1948, aber gleichzeitig an das Versprechen, das ich Erich Zander gegeben hatte und schwieg.
Franz Kasten, der andere Zeuge, war einige Jahre jünger, von Beruf selbstständiger Elektriker mit einem Einmannbetrieb. Immer war er zu Scherzen aufgelegt, was ihm einige Rügen des strengen Arthur einbrachte. Auch Franz hatte einen herben Schicksalsschlag hinnehmen müssen, der ihn fast aus der Bahn warf.
Er war in Jarmen beheimatet. Mitte der zwanziger Jahre verliebte er sich in eine Apothekerin aus Berlin, die in seiner Heimatstadt arbeitete. Jetzt wollte die junge Dame ihren Liebsten ihren Eltern vorstellen. Sie fuhr nach Berlin, um ihre Eltern auf das Ereignis vorzubereiten. Franz sollte einige Tage später nachkommen und sie wollte ihn vom Stettiner Bahnhof abholen. Er fuhr einen Zug früher nach Berlin – wegen des Blumenstraußes und so –. Im Restaurant des Bahnhofs traf er einen ihm bekannten Schäfer aus Jarmen, mit dem Franz des Öfteren einen Zug durch die Jarmener Kneipen gemacht hatte. So trank man einige Grogs und dazu jedes Mal einen „Rum apart". Dann sah Franz, wie seine Angebetete suchend durch die Bahnhofshalle ging, plötzlich wurde ihm bewusst, dass er ihr in seinem angetrunkenem Zustand unmöglich begegnen könne und versteckte sich hinter einem Kleiderständer. Dieses Spiel dauerte eine halbe Stunde, bis die junge Dame die Suche aufgab. Franz fuhr mit dem nächsten Zug nach Jarmen zurück und brach die Beziehung ab.
Er arbeitete weiter in seinem Unternehmen und lebte in seiner Freizeit locker vor sich hin. Er ging hin und wieder in seine Kneipe, lief mal dem einen, mal dem anderen Mädchen nach; fuhr auch mal in die Großstädte Stettin und Berlin, um das dortige Nachtleben im bescheidenen Maß zu genießen.
Bis ihm eines Tages der Pastor ins Gewissen reden wollte, dem sein lockeres Leben nicht gefiel.
Franz ließ sich vom Pastor keine Vorschriften machen.
„Ich mache eine ordentliche Arbeit und möchte so leben, wie ich möchte und ein – meiner Meinung nach – ordentliches Leben führen! Jesus hat auch frei gelebt und hat sich von den Priestern nichts vorschreiben lassen!", hielt er dem Pastor entgegen.
„Du redest ja fast wie ein Bibelforscher!", hatte der Pastor ihm

vorgeworfen. So war Franz Kasten zu den Zeugen Jehovas gekommen – „aber immer noch renitent!“, wie Arthur Dietsch meinte.
Es war mir gelungen, bei der Freistunde zwei Stücke Ziegelstein zu finden und ich hatte die Waschschüssel vom Schmutz befreit. Jetzt war Ulli jeden Morgen zehn Minuten damit beschäftigt, die Schüssel zu säubern und wir bekamen sauberes Wasser in die Zelle, so das wir unsere Essschüsseln ordentlich auswaschen konnten.
Ühling ging auf Kommando, morgens nach dem Kaffee musste er überstürzt seine Sachen packen. Ich zog in sein Bett neben dem Fenster. Aber nach drei Stunden war er wieder da!
„Scharfschützen wollten sie bei dem Kommando nicht haben!“, war sein Kommentar.
„Bleib oben“, sagte er als ich das Bett räumen wollte.
„So kannst Du Dich besser mit Franz unterhalten. Ihr redet sowieso nur Plattdeutsch, wenn ich Lust habe, aus dem Fenster zu schauen, wirst Du es mir sicher nicht verbieten! Und schlafen kann ich auch auf dem Strohsack!“
Dann kamen noch zwei Neuzugänge: Ein 17-Jähriger, der zu einer Bande Reichsbahnbeamter gehörte, die Westpakete, die mit der Bahn befördert wurden, geplündert hatten und die Inhalte selbst verzehrt oder verkauft hatten. Er hatte zwar nur Schmiere gestanden und hatte dafür hin und wieder eine Tafel West-Schokolade bekommen, aber das langte für zwei Jahre. So hatte Arthur Dietsch einen neuen Zuhörer für seinen Missionierungsauftrag.
Der zweite Mann war ein Sonderfall. Erich Schrader war während des Krieges als Soldat in Norwegen gewesen. Er freundete sich mit einer Norwegerin an, die in Oslo ein Café betrieb. Beim Kriegsende entfernte er sich von der Truppe und tauchte bei seiner Freundin unter. Sie heirateten und Erich nahm die Norwegische Staatsbürgerschaft an. Mit einigen Freunden verwertete er die Fahrzeuge der deutschen Wehrmacht, die nach der Kapitulation auf Sammelplätzen zusammengeschleppt wurden. Die Fahrzeuge, soweit sie noch fahrtüchtig waren, verkauften sie im Ganzen. Den Rest zerlegten sie und verkauften die brauchbaren Teile als Ersatzteile an Werkstätten. Damit machte er in den Jahren nach dem Krieg glänzende Geschäfte. Für seinen eigenen Bedarf ließ er sich einen Kübelwagen, den die Volkswagenwerke für die Wehrmacht gebaut hatten, zu einem Cabriolet umbauen. Jetzt wollte Erich seine Mutter, die in Schwerin lebte, überraschen und zu ihrem siebzigsten Geburtstag besuchen. Erich reiste mit einer Fähre über Warnemünde in die DDR ein und wollte über die Transitstraßen nach Berlin weiterfahren.

Dabei machte er einen kleinen Abstecher nach Schwerin, um bei seiner Mutter vorbeizuschauen. Es wäre vielleicht gut gegangen, wenn er nicht so ein auffälliges Auto gefahren hätte. Er parkte den Wagen zwar in einer Seitenstraße, aber als er nach dem Geburtstagskaffee zurückkam, wartete die Stasi schon auf ihn. Jetzt saß er bei uns in der Zelle – bisher ohne Urteil! Naja, auch als Norweger durfte man die Transitwege nicht verlassen.

Wie gewöhnlich, wenn jemand neu in eine Zelle kam, versuchte sich auch Erich einen Überblick zu verschaffen, mit wem er in einer Zelle zusammen hauste. Als Rudi Beyer ihm seinen Lebenslauf schilderte und die Sache mit dem Wirtschaftsvergehen vorbrachte, warf Arthur Dietsch ein: „Ich weiß nicht, was das mit Wirtschaft zu tun hat, wenn einer seine 13-jährige Stieftochter missbraucht!"

Zehn Minuten herrschte Stille in der Zelle zweiundzwanzig auf dem A III-Hinterflügel.

Dann fragte Franz Kasten: „Musste das sein?"

„Ich lass mich nicht gerne belügen!", untermauerte Arthur seine Meinung.

Für diesen Tag war die Stimmung nahe am Gefrierpunkt.

Dann machte die Küche ein Experiment mit uns. Es gab Eintopf aus Trockenkohl! Wie gewöhnlich einen Liter pro Mann. Aber die Küchenleute hatten mit dem Dörrgemüse keine Erfahrung – es gab Nachschlag! Wir schafften auch den zweiten Liter. Dann rief Ihde aus: „Wer noch Nachschlag will. Klappe ziehen!"

Wir zogen die Klappe und ließen uns alle Schüsseln noch einmal füllen.

„Aber wehe, wir finden was im Kübel!", mahnte uns Ihde.

Ihde fand keinen Trockenkohleintopf im Kübel. Das aufgeweichte Trockenfutter schmeckte zwar nicht besonders, trotzdem verspeisten Ühling, Perschewski, der junge Eisenbahner und ich bis zum nächsten Mittag noch jeder zwei Liter.

Beyer ging zum Kommandoleiter und schwärzte Dietsch an, er habe Brot in den Kübel geworfen.

Dietsch verteidigte sich, es sei die Scheibe Brot gewesen, auf der die Marmelade aufgebracht war. Die Scheibe sei total durchsuppt gewesen und er habe sie niemanden anbieten mögen.

Die Sache blieb für Arthur ohne Folgen – aber er schlug zurück: „Und was ist, wenn einer schwul ist?"

„Wieso?!"

„Der Beyer hat versucht, Ühling nachts unsittlich zu berühren!"

Poldi Ühling wurde geholt und vernommen. Er bestätigte die Beobachtungen von Arthur.

Bayer wurde in eine andere Zelle verlegt – zu uns kam: Hans Gierhahn, der Brotkönig von Güstrow!
Jetzt wurde es interessant in der Zelle zweiundzwanzig!
Hans Gierhahn, zwei Meter groß, stämmig – er hatte es – wie die Mecklenburger sagen: „In allen Kanten!“
Blaue Augen, schwarzhaarig, rundes Gesicht mit fleischiger Hakennase. Er war in Güstrow geboren. Seine Eltern besaßen eine Bäckerei. Sein Vater starb früh. Seine Mutter führte das Geschäft weiter. Hans besuchte das Gymnasium, machte sein Abitur und ging dann nach Lübeck, wo er eine ganz normale Lehre als Bäcker und Konditor durchlief. Danach arbeitete er einige Jahre als Geselle in verschiedenen Bäckereien und legte danach seine Meisterprüfung ab. Bevor er jedoch, wie seine Mutter es wünschte, das Geschäft übernehmen konnte, leistete er seinen Wehrdienst ab und zog, als am 1. September 39 der Krieg ausbrach, mit der großdeutschen Wehrmacht durch Polen und Frankreich.
Dann wurde er Fahrer bei einem General in Griechenland, der etwas mit der Versorgung der Armee zu tun hatte. Hier lernte Hans, wie es organisiert wird, dass einige tausend Leute ausreichend und pünktlich versorgt werden.
Bei Kriegsende wurde er nach kurzer Gefangenschaft von den Engländern entlassen und er beeilte sich nach Hause zu kommen.
Er heiratete die Tochter des Buchhalters seiner Mutter, mit der er, wenn er Heimaturlaub hatte, umhergezogen war.
„Ich wäre mir schäbig vorgekommen, wenn ich es nicht gemacht hätte!“, sagte Hans.
Dann legte er los! Es gelang ihm die Einrichtung einer Heeresbäckerei als Schrott zu kaufen, auszubauen und bei sich in Güstrow wieder aufzubauen. Die Kasernierte Volkspolizei, die bald darauf in stillgelegte Wehrmachtskasernen einzog, belieferte er mit Backwaren – nicht nur mit Brot – nein auch an den Wochenenden mit Kuchen und Konditorwaren. Für die Volkspolizisten war das Beste gerade gut genug! – Dass Kinder von den Sachen, in denen die „Kasernierten“ schwelgten, nur träumen konnten, ärgerte Hans gewaltig. Was zurückkam, verfütterte er an seine Schweine, die er in einem verlassenen Bauernhof untergebracht hatte. Auf die Idee mit den Schweinen war er gekommen, weil er einen Anteil Kleie in seinem Brot verbacken sollte. Der hohe Kleieanteil vertrug sich wiederum nicht mit seiner Qualitätsvorstellung von gutem Brot. Für die Schweine konnte er Mastverträge abschließen, für die er gutes Getreide bekam, das er, wenn es richtig gemahlen war, im Brot besser verarbeiten konnte.

Bald belieferte er auch den Konsum und die HO-Gaststätten.
Dann begann er Speiseeis herzustellen. Zunächst nur für eine kleine Eisdiele neben seinem Bäckerladen. Dann kam einer seiner Brotfahrer auf die Idee nach Feierabend und an Wochenenden mit einigen transportablen Eisbehältern über die Dörfer zu fahren. Schon bald fehlte das Gierhahnsche Eis bei keiner Sportveranstaltung im Kreis Güstrow.
Die größte Sportveranstaltung im Güstrower Raum ist seit 1930 das Motorradrennen zu Pfingsten am Teterower Bergring. Auch hier mischte Hans Gierhahn mit. Für Getränke hatte – wie konnte es in der DDR anders sein – der Konsum das Monopol!
Zwei Jahre hatte Hans, dessen einziges Hobby der Motorsport war und der das Teterower Bergringrennen regelmäßig besuchte, beobachtet: Der Konsum stellte an zwei Ständen einen LKW mit Getränken und Verkaufsstand auf und verkaufte während des Rennens solange der Vorrat reichte Limonade, Mineralwasser und Bier. An Nachschub war nicht zu denken, weil mit Fahrzeugen während des Rennens kein Durchkommen war.
So ging es nicht!
Hans schickte zwei Fahrer los, die erkunden mussten, wo man zwei Stände aufbauen konnte, die günstig lagen, um Eis zu verkaufen, aber auch während des Rennens mit Nachschub zu erreichen waren. Pfingsten 1952 war es sehr warm. Nach drei Stunden waren die Getränke beim Konsum ausverkauft. Die einzige Erfrischung bot Hans Gierhahn an: Sein Eis!
Der Andrang war so groß, dass Hans sich selbst mit hinter dem Tresen stellte und Eis verkaufte. Nach dem Rennen setzte er sich erschöpft in seinen BMW V8 und wollte nach Hause fahren. Dann beschäftigte ihn doch die Frage: „Wer hat das Rennen gewonnen? Wieder Hans Zierk?“
So hielt er vor einem Restaurant, vor dessen Tür er das Auto eines Bekannten stehen sah und ging hinein. Er betrat die Gaststätte mit der Frage auf den Lippen: „Wer hat gewonnen?“
„Na, Du hast gewonnen, mit Deinem Eis!“, scholl es ihm entgegen.
Für die Buchhaltung war nach wie vor sein Schwiegervater zuständig. Alles musste bei Hans seine Ordnung haben! Sämtliche Vorgänge mussten in den Büchern verzeichnet und klar ersichtlich sein.
Anfang 1953 schickte das Finanzamt einen Buchprüfer zur Firma Gierhahn. Hans stellte dem Prüfer einen Raum zur Verfügung und bat seinen Schwiegervater, dem Mann in allen Sachen behilflich zu sein. Alles war korrekt! – Der Prüfer zog ab.

Aber im April erschien der Prüfer wieder. Er prüfte nur die Vorgänge vom März.
Dabei kam folgendes heraus: Verschiedene Güstrower Bürger hatten noch reichlich Kartoffeln im Keller, denn sie hatten die ihnen auf Lebensmittelkarten zustehenden Kartoffeln gekauft und eingekellert. Dazu hatten sie vor der Stadt noch einen halben Morgen Land – 1250 qm, auf dem sie seit Alters her ihr Getreide für Brot und das Schwein und natürlich ihre eigenen Kartoffeln anbauten. Jetzt war das Schwein geschlachtet, Brot konnte man frei kaufen, aber es lagen noch reichlich Kartoffeln im Keller. So gingen sie zu Hans Gierhahn – der hatte Schweine – und boten ihm ihre Kartoffeln zum Kauf an.
Hans kaufte ihnen die überschüssigen Kartoffeln ab – natürlich gegen Quittung! Alles musste bei der Firma Gierhahn in den Büchern klar ersichtlich sein!
Dagegen hatte auch der Prüfer des Finanzamtes nichts einzuwenden! Aber! Im Frühjahr 1953 waren die Pflanzkartoffeln knapp! Die Kartoffeln der Güstrower Bürger hätte man bei den LPGs dringend als Pflanzkartoffeln benötigt!
Hans hatte aber nur an seinen persönlichen Gewinn gedacht.
So wanderte Hans Gierhahn als Wirtschaftssaboteur für sechs Jahre ins Zuchthaus und sein Vermögen wurde eingezogen.
Aber auch hier sah Hans nur nach vorne! So eine Wirtschaft kann sich doch nicht lange halten! Darin waren wir uns alle einig! Hans steckte voller Ideen. Erich Schraders VW-Kübel interessierte ihn besonders! „So ein Fahrzeug müsste man doch ganz einfach zu einem Eis-Verkaufswagen umbauen können! – Eigentlich schade, dass VW den Kübelwagen nicht mehr baut!"
„Mensch, Hans, VW baut doch jetzt bessere Sachen, habe ich vor zwei Jahren in Berlin auf dem Autosalon am Funkturm schon gesehen!", warf Erich ein.
Aber wie kommt man in der DDR an neue Volkswagen heran – ohne gegen den innerdeutschen Zahlungsverkehr zu verstoßen?
Die IFA-Fahrzeugfabrik in Zwickau baute zwar etwas ähnliches, wie den VW-Transporter, aber auch den bekamen nur die Volkspolizei – als „Grüne Minna" zum Beispiel, oder als Sanitätsfahrzeuge und VE-Betriebe. Aber dass ein Privatunternehmer ein solches Fahrzeug erwerben konnte, daran war nicht zu denken.
Auch Franz Kasten fing Feuer!
„Hans, kannst Du nicht in Jarmen eine Filiale aufmachen?"
„Das könnte man überlegen! Hättest Du denn Lust einzusteigen?"
„Warum nicht?"

„Franz Kasten, Du sollst Dich auf das Reich des Herrn vorbereiten und nicht vom süßen Leben als Eisverkäufer träumen!“, warf Arthur Dietsch mahnend ein.
„Ich kann mir nicht vorstellen, dass es im neuen Reich, wo Milch und Honig fließen, kein Speiseeis geben soll!“, hielt Franz dagegen.
Franz hatte auch noch ganz andere Träume. Um ihn als Junggesellen kümmerten sich zwei Glaubensschwestern aus seinem Heimatort. Sie besuchten ihn abwechselnd und schickten ihm das monatliche Paket. Vielleicht könnte man ja eine von den beiden nach dieser Zeit für ein gemeinsames Leben gewinnen? Jedenfalls hatte der strenge Arthur gegen diesen Traum von Franz, in seinem Alter das Leben eines losen Falters aufzugeben, nichts einzuwenden.
Auch ich hing meinen Gedanken nach, wenn ich aus dem Fenster schaute. In den Gärten der VP-Siedlung und um den Bauernhof, der jenseits der Straße auf einem Hügel lag, blühten die Obstbäume und auch der Raps stand in voller Blüte. In den letzten Jahren hatten wir von den Obstbäumen, die Vater vor dem Krieg gepflanzt hatte, gute Erträge gehabt und wir hatten die Äpfel und Beeren an einen Gemüsehändler, der in Dassow ein Geschäft eröffnet hatte, verkauft und dafür gutes Geld eingenommen. Unsere Cousine aus Amerika schrieb, dass sie Erdbeeren im großen Stil anbauten – könnte man das in Tankenhagen nicht auch versuchen? Und dann die prächtigen Brombeeren, die Vater als undurchdringlichen Zaun rund um den Garten gepflanzt hatte. Vater hatte schon im Krieg auf seinen Kartoffeltouren nach Travemünde Birnen und Äpfel mitgenommen und war sie reißend losgeworden! Aber da war jetzt diese idiotische Grenze! Ich sprach Hans auf die Brombeeren an: „Kannst Du die Brombeeren nicht in Dein Eis mischen?“
„Die Idee ist gut! Das könnte man machen! – Aber ich kann die Beeren nur frisch gebrauchen!“
Wieder wurde alles durcheinander gewirbelt! Die Zeugen Jehovas wurden auf die Seite zum Innenhof auf dem A III-Hinterflügel zusammen gelegt. Arthur und Franz zogen aus. Dafür zogen Helmut Peukert und ein ehemaliger KVP-Soldat in die Zelle zweiundzwanzig. Das war ein Gespann! Peukert hatte im letzten Jahr ein Verhältnis mit Erika – einem Transvestiten. Man trennte die beiden. Peukert wanderte für drei Wochen in den A-Keller. Jeden Abend hatten die beiden sehnsüchtig nacheinander über den Hof „Erika“ und „Helmut“ geblökt. Jetzt saß Peukert mit dem KVP-Mann auf dem Bett unter mir und schwärmte von einem Leben in West-Berlin als Strichjunge: „Stell Dir vor, Du wirst mit Schokolade richtig satt

gefüttert!“
Hans, der auf dem Schemel neben meinem Bett stand, um aus dem Fenster zu schauen, und das Gelaber mit anhörte, verdrehte die Augen und sagte nur: „Sowas lebt – und Schiller musste sterben!“
Ein siebter Mann kam in die Zelle zweiundzwanzig. Er hieß Katschmarek, war aber nicht verwandt mit dem Brigadier der Holzschäler. Vierundzwanzig Jahre alt, 1,70 Meter groß – ein Schlägertyp. Er musste als Letzter, quer vor der Tür schlafen. Dieser Platz, neben dem Kübel, der nachts im Türrahmen stand, war äußerst unbeliebt. Konnte man doch nachts, wenn jemand beim kleinen Geschäft nicht in den Kübel, sondern auf den Rand traf, leicht einen Spritzer abbekommen. Aber Ulli Perschewski, der eine schwache Blase hatte und nachts häufig austreten musste, legte sich freiwillig neben den Kübel.
Eines Tages saß Ulli wieder einmal auf dem Fußende des Bettes vor dem Fenster und ließ alle Vorsicht außer Acht.
„Ulli, komm' da weg, Du weißt doch, dass er Dich vom Turm aus sehen kann! Noch dazu, wo doch in der Zeitung stand, dass heute Affenjagd ist!“, warnte Poldi.
Plötzlich stand Katschmarek neben dem Bett.
„Wenn Du die Pöbeleien nicht unterlässt, hol' ich Dich von da oben runter und zeig Dir, wie es bei so einer Affenjagd zugeht!“, brüllte er Poldi an. Hans, der am Tisch saß und in der Zeitung blätterte, stand auf und sagte: „Jetzt reicht es mir, ich will endlich meine Ruhe haben!“ Damit ging er die drei Schritte zur Tür und zog die Klappe.
Der diensthabende Polizist öffnete sofort die Tür und fragte: „Was gibt es?“
„Ich möchte, dass hier endlich Ruhe herrscht in der Zelle! Verteilen Sie bitte diese Streithähne auf andere Zellen und bringen Sie ruhigere, ältere Leute hier rein!“
Im letzten Moment gelang es mir, mich hinter Hans Gierhahns breitem Rücken zu verstecken. Poldi, Katschmarek, Ulli Perschewski und der KVP-Soldat zogen um. Hans hatte eben auch bei den älteren Polizisten ein gewisses Ansehen – denn auch sie wussten, wer Hans Gierhahn war!
„Können Sie nicht den Strafgefangenen Kaba-Klein zu uns in die Zelle legen?“, äußerte Hans einen lang gehegten Wunsch.
Der Wunsch wurde ihm erfüllt! Adalbert Kaba-Klein – oder wie wir ihn nannten „Bela“ war Besitzer der Kurhäuser von Binz und Sellin auf der Insel Rügen. Sein Vater, ein ungarischer Kaufmann jüdischer Abstammung und seine Mutter, eine waschechte Wienerin, hatten ihn auf den Namen Adalbert taufen lassen.

Seine Kindheit verlebte er wohlbehütet von der Frau Mama mit zwei Schwestern in Budapest.
Dann zog die Familie nach Wien, wo der Vater in der Nähe des Stephansdomes ein Kaffeehaus übernahm.
Hier besuchte Bela das Gymnasium und bestand das Abitur – oder wie er es nannte – die Matura, mit Auszeichnung.
Danach diente er als „Einjährig Freiwilliger" beim I. R. II, dem Infanterie-Regiment II, der alten KuK-Armee.
Nach diesem Zwischenspiel, das zum guten Ton im alten Österreich gehörte, trat er als Volontär in die Firma M. Stein ein.
Mit einundzwanzig Jahren ernannte ihn der Seniorchef zu seinem Privatsekretär.
Die Tatsache, dass er diesen „Job" mit einundzwanzig Jahren innehatte, war das alles überragende Ereignis in seinem bewegten Leben! Alles andere, was er in seinem späteren Leben zuwege brachte, stand im Schatten dieser, seiner ersten mit großer Verantwortung versehenen Stellung. Immer wieder warf er, der wenig an Gesprächen teilnahm, sich mit Aussprüchen wie – „Na, hör mal, Du Patzer! Das war so! Das muss ich doch wissen, denn ich war schließlich mit einundzwanzig Jahren Privatsekretär beim alten M. Stein in Wien! Weißt Du was der war? Das Haus M. Stein war das größte Import-Export-Geschäft des alten Kaiserreiches Österreich-Ungarn!" – in Gespräche, die über die alltäglichen Ereignisse des Sommers 1954 hinausgingen und Gebiete des Welthandels oder die Geschichte vor dem ersten großen Krieg berührten. – Da gab es keine Widersprüche! Die Einwendungen Bela Kaba-Kleins hatten etwas endgültiges – sein Urteil auf diesem Gebiet war umfassend und wurden von uns als gegeben hingenommen. Wer hätte ihm auch widersprechen sollen? Waren doch die meisten von uns zu der Zeit, als diese Dinge geschahen, über die er sprach, noch nicht geboren oder doch nur kleine Knirpse, die noch im Sand mit Murmeln spielten.
Wenn er lange genug auf seiner, der unteren Pritsche unter dem Fenster gelegen hatte, erhob er sich meistens gegen Mittag und rannte die drei Schritte, die zwischen Bett und Tür dafür ausreichen mussten, unablässig hin und her. Alle rückten ehrerbietig zusammen und überließen Bela den Raum, den er benötigte, um in seiner leicht wiegenden Gangart, aber mit festem Schritt seinen Gedanken nachzuhängen.
Er war annähernd ein Meter achtzig groß mit breiten Schultern. Jeder schätzte ihn auf höchstens fünfundfünfzig – dabei musste er, wenn wir nachrechneten, die Sechzig längst überschritten haben. Der mächtige, kahle Schädel, der mit einer leicht braunen Haut, in

die bis zur Größe eines Pfennigs, etwas dunklere Pigmentierungen eingesprenkelt waren, überspannt war, beherrschte die aufrechte Gestalt. Die blaugrauen Augen waren voller Leben und beobachteten alles geradezu durchdringend scharf durch eine dunkel gerahmte Hornbrille mit leicht getönten Gläsern. Die gerade Nase, die an ihrer Spitze leicht gebogen war, wirkte wie ein Adlerschnabel.
Der breite Mund, dessen Winkel je nach der Laune, in der sich Bela gerade befand, entweder nach unten oder nach oben gezogen waren, verriet, so sehr sich Bela auch bemühte, dies zu verbergen, eindeutig die Stimmung, der Bela im Augenblick verfallen sein mochte. Das kantige Kinn und die starken Wangenknochen verliehen ihm etwas unbeugsames.
Selten erzählte er etwas aus seinem Leben von sich aus. Aber mit der Zeit fanden wir heraus, wie ihm beizukommen war – wie wir ihn aus seiner Reserve herauslocken konnten, dass er begann, uns Episoden aus seinem an Abwechslungen reichen Leben zu erzählen.
Es brauchte nur einer von uns, wenn er nach dem kargen Mittagessen auf seiner Pritsche lag, eine Operettenmelodie oder einen Schlager aus den 20er oder 30er Jahren vor sich hin zu summen, dann begann Bela zu erzählen – und so gelang es uns Stück für Stück ein Bild von diesem Mann zusammen zu fügen, dem es in seinem Leben Freude bereitet hatte, anderen Menschen Gelegenheit zu bieten ihre Freizeit oder ihren Urlaub in angenehmer Umgebung zu verleben. In seiner freien Zeit spielte er Fußball bei „Rapid Wien“. Auch das Nachtleben der Donaumetropole genoss er – wie es unter seinesgleichen üblich war.
Beim Ausbruch des ersten großen Krieges trat er wieder in sein I. R. II ein, aus dem er bei Kriegsende als Hauptmann entlassen wurde.
Er ging zurück zu M. Stein. Aber als der Senior sich 1924 aus dem Geschäft zurückzog, suchte er nach einem Unternehmen, das er selbstständig führen konnte. Er reiste einige Monate herum und fand, dass das Kurhotel in Binz auf der Ostseeinsel Rügen genau das Richtige für ihn sei. Er kaufte kurzentschlossen das Hotel und zog aus seinem geliebten Wien in den rauen deutschen Norden.
Die erste Saison überstand er ohne Verluste – die deutsche Wirtschaft erholte sich langsam und mancher kleine Mann aus Berlin oder Magdeburg leistete sich schon wieder einen Urlaub an der See.
Für den Sommer 1925 verhandelte Bela im Namen der Kurverwaltung mit dem bekannten Kapellmeister Otto Kernbach aus Berlin und verpflichtete ihn mit seiner Blaskapelle als Kurkapelle nach Binz. So spielte Otto Kernbach nachmittags im Binzer Kurpark – abends zog Kernbach dann mit seinen Mannen zu seinem Freund

Bela und spielte im Saal des Kurhauses zum Tanz auf! Für Bela wurde der Sommer zu einem Erfolg, aber die Kurverwaltung ließ sich kein zweites Mal eine Kurkapelle von ihm vermitteln – seine Konkurrenten fühlten sich überfahren.
Den Winter verlebte Bela in Berlin. Von dort unternahm er eine Reise an die Riviera, teils, um sich von der Anstrengung des Sommers zu erholen, teils um sich darüber zu informieren, was die Gastronomie ihren Gästen in Nizza bot – und Bela sichtete, was er davon nach Binz auf Rügen importieren könne. So nahm er Kellner, Köche und eine Jazz-Band unter Vertrag. Mit gemischten Gefühlen eilte er über Berlin nach Binz – wie würde sein Publikum sein Unterhaltungsprogramm aufnehmen?
Außerdem hatte er Kellner, Köche und Musiker schon für die Vorsaison engagiert – etwas Neues an der Ostseeküste – aber die Leute konnten sich keine langen Pausen leisten.
Bela ließ sein Hotel von ortsansässigen Handwerkern für die Saison herrichten – seine Nervosität hinter geschäftigem Treiben verbergend. Er m u s s t e sein Hotel auf Hochglanz haben, bevor die Konkurrenz ihm auf die Schliche kam – und er schaffte es!
Während seine Nachbarn noch damit beschäftigt waren Türen und Fenster zu streichen, eröffnete Bela. Und es lief!
Es hatte sich in Berlin herumgesprochen, dass eine international bekannte Jazz-Band in seiner „Kakadu Bar" in Binz spielte und es stellte sich ein Publikum ein, das ruhige, ungestörte Stunden fernab vom Massenbetrieb der großen Städte verleben wollte.
Vier Jahre später kaufte er das Kurhaus in Sellin hinzu und organisierte auch dieses Haus nach seinem Geschmack und nach den Wünschen seines Publikums um.
Umsichtig wie er war, errichtete er so ein Erholungsgebiet, das bisher im Schatten der Modebäder Warnemünde und Ahlbeck dahingeträumt hatte.
Den Machtwechsel im Januar 1933 beobachtete Bela aus sicherer Entfernung von Nizza aus, wo er wieder, wie in jedem Winter, das passende Personal suchte, das im Sommer seine Gäste unterhalten und bewirten sollte. Aber er bemerkte bald, dass auch den starken Männern des 30. Januar daran lag, dass ihre Untertanen neben der harten Arbeit die nötige Erholung fanden.
Die Kristallnacht, im November 38, in der Hitler zur Endlösung des Judenproblems blasen ließ, erlebte Bela still in seiner Berliner Winterwohnung. Kurz entschlossen ließ er seinen langjährigen Geschäftsführer nach Berlin kommen und stattete ihn mit allen Vollmachten zur Weiterführung seiner Hotels aus.

Danach reiste Bela nach Prag, besorgte hier für sich und seine Frau Papiere, die auf einen anderen Namen lauteten. Von Prag reiste er weiter nach Budapest, suchte sich eine ruhige Wohnung und lebte zurückgezogen in seiner Heimatstadt.
Bela überlebte den Krieg. In den letzten Wochen geriet er zwar in die Razzia eines Sonderkommandos, das Arbeitskräfte zur Errichtung von Straßensperren gegen die Panzer der anrückenden roten Armee aushob. Aber Bela überlebte auch diesen Abschnitt seines Lebens.
Bela floh, versteckte sich, ließ sich von der roten Armee überrollen, suchte und fand seine Frau, die alles gesund in Budapest überstanden hatte.
Kaum hatten sich die letzten Pulverschwaden des Krieges verzogen, da begab sich Bela auf die beschwerliche Reise von Budapest nach Binz.
Er verfügte über Ausweise, die ihm als rassisch Verfolgtem Sonderrechte gewährten, aber er machte keinen Gebrauch davon. Er war damit zufrieden, dass er zunächst in seinen Hotel in Binz in zwei Räumen unter dem Dach unterkam.
Das Hotel in Binz beherbergte ein Lazarett und das Unternehmen in Sellin diente als Massenquartier für Flüchtlinge.
Bela und sein Geschäftsführer freuten sich, dass sie gegen Ende des ersten Nachkriegsjahres in Binz wieder einen bescheidenen Anfang machen konnten. Das Lazarett wurde aufgelöst. Bela überließ die Hotelzimmer Flüchtlingen als Wohnung. Er räumte mit einigen Mitarbeitern das Restaurant aus und eröffnete es als Gaststätte, in dem jedermann Heißgetränk und Blümchen-Kaffee – und gegen Abgabe von Lebensmittelmarken eine Erbsensuppe mit und ohne Bockwurst erhalten konnte.
Zum Jahreswechsel ließ er eine Tanzkapelle zum Silvesterball aufspielen.
Es fehlten, neben dem Glanz früherer derartiger Veranstaltungen, hier und dort kleinere oder größere Putzflächen an Wänden und Decken und auch der Kapelle unterliefen einige Misstöne – Sie war von der Qualität eines Otto Kernbach weit entfernt! Aber das Leben begann sich wieder zu normalisieren.
Bela lehnte es ab, sich an Schwarzmarktgeschäften zu beteiligen. Er verhandelte mit großem Geschick mit den neuen Verwaltungsbehörden und so brachte er sich und seine Leute über die ersten schweren Jahre hinweg.
Allmählich fanden die Flüchtlinge Arbeit und Wohnungen und räumten seine Hotels.

Nach der Währungsreform 1948 eröffnete Bela den Ferienbetrieb in Binz wieder. Ein Jahr später auch in Sellin.
Mühsam ging es wieder vorwärts. Die Wände im Saal des Binzer Kurhotels waren ausgebessert, auch Türen und Fenster prangten im frischem Anstrich. Wieder spielten während der Saison bekannte Musiker zur Unterhaltung seiner Gäste in Belas Hotels und in seiner „Kakadu Bar" in Binz.
Durch Verträge mit der staatlichen Handelsorganisation „HO" und dem Konsum stellte Bela die Versorgung seiner Küchen mit Lebensmitteln sicher.
Natürlich fehlte es noch an allen Ecken und Enden – aber Bela bot seinen Gästen nur das, was er auf legalem Wege erreichen konnte – und das zu erschwinglichen Preisen. Er beschaffte nichts auf dem schwarzen Markt!
Er hatte es auch gar nicht nötig! Sparsam, wie er war, hatte er schon bald damit begonnen, die Küchenabfälle von seinem Hausmeister an ein paar Schweine verfüttern zu lassen, die er in einem Schuppen unterbrachte. Wenn es nach dem Krieg auch keine oder nur wenige Abfälle gab, die für die Fütterung von Schweinen geeignet waren, so reichte es doch für zwei bis drei Tiere. Da Bela mit keinem Ablieferungssoll belastet war, konnte er über die schlachtreifen Schweine verfügen.
Schon bald nach der Währungsreform begannen Pieck und Ulbricht eine Armee aufzubauen. Die örtliche Polizei war überall überdimensional stark. Hinzu kam bald die Kasernierte Volkspolizei – die KVP. Diese verfügte auch über schwere Waffen und benötigte für die Ausbildung der Soldaten entsprechende Übungsplätze. Ein solcher Übungsplatz wurde auf der schmalen Heide, einer Landzunge, die den Hauptteil der Insel Rügen mit der Halbinsel Jasmund verbindet, eingerichtet. Die Standortverwaltung befand sich in Prora. Binz, direkt am Zugang zur schmalen Heide gelegen, war der nächste Ort, an dem die jungen Soldaten, die zur Ausbildung auf den Übungsplatz kamen, in ihrer Freizeit Abwechslung fanden. Die Offiziere und Verwaltungsangestellten ließen ihre Frauen zum Kurzurlaub nach Binz kommen – Übernachtungsmöglichkeiten gab es bei Bela. Seine Wohnung in Berlin war ein Trümmerhaufen – an einen Winterurlaub im Süden dachte Bela nicht – wozu? Leute, die er dort früher angeworben hatte, brauchte er nicht, – es würde auch niemand nach Binz in die DDR kommen! So hielt Bela mit einer Handvoll Stammpersonal sein Haus in Binz ab 1949 ganzjährig geöffnet. Geld hatten die Soldaten genug. Schon ein Rekrut verdiente mehr als ein Bauarbeiter – es musste ausgegeben werden.

Zu den Feiertagen, wenn die Soldaten der KVP in Urlaub fuhren, kamen andere Gäste, die in seinen Hotelzimmern, seinem Restaurant und in seiner „Kakadu Bar“ Erholung suchten.
Während die Arbeiter, die nach den Worten Ulbrichts die Macht in Händen hielten, darbten, lebten die Soldaten in Saus und Braus!
Während die Kinder in den Städten froren, kaum das Notwendigste zu Essen hatten, in schlechten Schuhen zur Schule gingen und sich die Nasen an den Schaufensterscheiben der HO-Läden, in denen vieles, wovon sie träumten, zu maßlos überhöhten Preisen angeboten wurde, platt drückten, liefen in den Küchen in Prora und anderen Übungsplätzen die Abfallkübel über!
So konnte Bela von den Küchenabfällen aus Prora ständig fünfzig Schweine mästen. Um Futterlücken überbrücken zu können, schloss er für einen Teil der Schweine mit den staatlichen Erfassungs- und Aufkaufbetrieben, der VEAB, Mastverträge ab. Über die Schweine, die nicht an Mastverträge gebunden waren, konnte Bela frei verfügen. Er konnte sie als sogenannte „Freie Spitzen“ verkaufen, wie die Bauern auch, wenn sie ihr Ablieferungssoll erfüllt hatten, oder er konnte sie schlachten und in seinen Hotelküchen verarbeiten.

Im Winter 1951 fand die Molkerei in Binz keine Abnehmer für ihre Buttermilch. So verfütterte Bela über einhunderttausend Liter Buttermilch an seine Schweine.
Für die Saison 1951 konnte Bela weder beim Konsum noch bei der HO Würfelzucker für seine Kaffeeportionen bekommen. So nahm er losen Zucker, den er in kleinen Glasschälchen seinen Kaffee trinkenden Gästen zur freien Bedienung anbot.
Während der Saison bemerkten Bela und sein Geschäftsführer, dass sie wesentlich weniger Zucker verbrauchten. Das war erklärlich: Ein Stück Würfelzucker, angeboten zu einer Tasse Kaffee, nahm jeder mit, auch wenn er ungesüßten Kaffee trank, wer aber steckte sich losen Zucker in die Tasche?

Am Ende der Saison hatte Bela einen Zuckerüberschuss von Zehn Zentnern. Wie es sich in einen ordentlich geführten Betrieb gehört, wurde der Überschuss in den Geschäftsbüchern aufgezeichnet. Aber was tun mit dem Zucker? Denn weder Konsum noch HO nahmen den Zucker zurück. Dort wurde nach dem Kameralistischen System Buch geführt: Was reinkommt, geht raus. Der Plan war erfüllt, Überschüsse gab es nicht – und das jemand etwas zurückgab, war noch nie vorgekommen. So blieb Bela auf seinem Zucker sitzen.

Das gleiche wiederholte sich in der folgenden Saison. Die HO lieferte ihm zu einer bestimmten Menge Kaffee die dazu gehörende Menge Zucker! Eine Lieferung von Kaffee ohne Zucker, war der HO nicht möglich.
So lagerten nach der guten Sommersaison 1952 zwanzig Zentner Zucker in Belas Vorratsräumen und niemand wusste wohin damit. Der Zucker unterlag der Bewirtschaftung – an einen freien Verkauf war nicht zu denken – wie hätte man den Vorgang verbuchen sollen?
Bela beschloss sein Winterquartier nach Sellin zu verlegen. Die Nähe des Truppenübungsplatzes Prora brachte zwar gute Geschäfte mit sich, aber Bela sehnte sich nach einem Ort, an den er sich nach dem sommerlichen Trubel zurückziehen konnte. Dazu schien ihm das fünfzehn Kilometer entfernte Sellin der richtige Platz zu sein. Außerdem lag Sellin verkehrsmäßig zu Binz so ungünstig, dass der Trubel, den der Übungsplatz mit sich brachte, nicht bis dort hin brandete. So konnte man Sellin etwas exklusiver ausbauen und so – im bescheidenen Rahmen – an alte Traditionen des Hauses Bela Kaba-Klein anknüpfen.
Mitten in die Vorbereitungen zu diesem Umbruch platzte ein Prüfer der Finanzverwaltung hinein, der die Bücher von Belas Unternehmungen zu überprüfen beauftragt war.
Bela stellte dem Mann einen beheizten Arbeitsraum zur Verfügung, ließ die Geschäftspapiere in den Raum bringen und erklärte seine Bereitschaft jederzeit zur Beantwortung irgendwelcher Fragen bereit zu stehen.
Bela, ständig darum bemüht, dass die Geschäftspapiere präzise geführt wurden, hatte ein reines Gewissen und bemühte sich, seinen Plan nach Sellin zu ziehen, so schnell wie nur irgend möglich in die Tat umzusetzen. Der Steuerprüfer fand an Belas Geschäftsunterlagen nichts auszusetzen und räumte nach einer Woche das Feld.
Nach zwei Wochen erschienen Beamte des Staatssicherheitsdienstes bei Bela und verhafteten ihn wegen Wirtschaftsvergehens. Sie brachten ihn in das Amtsgericht nach Bergen und von dort in das Untersuchungsgefängnis des Bezirksgerichts Rostock in der Schwaanschen Straße.
Bela war wie vom Blitz getroffen, als er erfuhr, was man ihm vorwarf.
Den Zucker hätte er gehortet, um damit dunkle Geschäfte zu machen. Mit der Buttermilch hätte man hunderttausend notleidenden Kindern helfen können – aber er hatte sie bedenkenlos an seine Schweine verfüttert, nur um sich zu bereichern! Was? Er hatte die

Buttermilch ordnungsgemäß bezahlt und durch die Bücher gehen lassen – genau wie auch den Erlös der verkauften oder verarbeiteten Schweine! Sie beschimpften ihn als üblen Kapitalisten, der auf dem Rücken des arbeitenden Volkes nur an seinen Vorteil dachte!
Wie ein Löwe im Käfig lief Bela in seiner Zelle umher.
Die Leiter der HO- und Konsum-Filialen bestätigten seinem Geschäftsführer schriftlich, das Bela ihnen den Zucker zum Rückkauf angeboten hatte. Sie flohen aber danach, unter dem Vorwand, durch diese Erklärung selbst in die Gefahr verhaftet zu werden geraten zu sein, in den Westen. So nützten Bela die Erklärungen gar nichts.
An einem Januartag des Jahres 1953 wurde Bela vom Bezirksgericht Rostock wegen Verbrechen gegen die Wirtschaftsordnung der DDR zu zehn Jahren Zuchthaus und Einziehung des Vermögens durch den Staat verurteilt.
Man warf ihm vor, Zucker gehortet zu haben, um damit zu einem günstigen Zeitpunkt – man deutete an, Bela habe den Einmarsch der Westmächte herbeigesehnt – Geschäfte machen zu können. Außerdem habe er der Versorgung der Bevölkerung hochwertige Lebensmittel entzogen, um damit Schweine zu mästen – dies wiederum zu seinem persönlichen Vorteil.
Bela versuchte in seinem Schlusswort das erste Mal in seinem Leben aus seiner Verfolgung durch die Nazis für sich einen Nutzen zu ziehen.
Aber auch das brachte ihm nur Hohn ein: Wenn er, wie er behaupte, sich von den Nazis verfolgt gefühlt habe, so hätte sein Platz in den Reihen der Kämpfer gegen die Unterdrücker der Arbeiterklasse sein müssen. Er aber habe sich sofort nach dem Zusammenbruch daran gemacht, sein durch die Nazis unterbrochenes Treiben wieder aufzunehmen und nur daran gedacht seine eigenen Taschen zu füllen!
Bela verstand die Welt nicht mehr! Da hatte er sich bemüht, auf völlig legale Art durchs Leben zu kommen und jetzt musste er sich dafür auf übelste Art und Weise beschimpfen lassen und sollte womöglich die letzten Jahre seines Lebens hinter Kerkermauern verbringen!

Die Obstbäume hatten abgeblüht, aber die Rapsfelder prangten noch in ihrer gelben Blütenpracht.
Das Pfingstfest stand vor der Tür, der Brief von zu Hause und das Paket waren überfällig und wir sollten unseren Monatsbrief schreiben. Ich schrieb, dass ich auf Nachricht warte und dass es mir

eigentlich gut gehe – und dann: Wollt Ihr Euren Sohn noch retten, schickt ihm Schnaps und Zigaretten, verkauft die Ziege und den Hund, schickt mir das Geld und bleibt gesund! Aber da ich immer noch nicht rauche und für den Schnaps bin ich nach wie vor nicht so sehr zu haben – also es wird schon werden! So kritzelte ich die erlaubten zwanzig Zeilen voll und gab den Brief ab. Kaum war der Brief weg, da polterte Ihde gegen die Tür: „Siegie, Paket!"
Ich sprang vom Bett und zog die Klappe.
„Was ist los?", fragte Ihde.
„Gerhard ist der Brief schon weg?"
„Nein, warum?"
„Kannst Du hinten rauf schreiben: Paket erhalten?"
„Mach ich!", antwortete Ihde – und ich machte mir Vorwürfe wegen des blöden Briefes, den ich geschrieben hatte.
Das verschlimmerte sich noch, als ich das Paket in der Schüssel hatte, denn es war mehr drin, als die erlaubten drei Kilogramm – fast das Doppelte. Die Erklärung kam zwei Stunden später, als ich den erwarteten Brief bekam: Zwanzig Zeilen auf einem DIN A4-Blatt – aber quer! Von meiner Schwester. Alle waren gesund – auch das Vieh – sie hatten rotbunte Kühe – in Tankenhagen hatten wir Schwarzbunte – und als Letztes: „Viele Grüße von Onkel Willie, er ist in Lübeck und hat uns besucht!"
Ich lag auf dem Bett, starrte die Zellendecke an und konnte die Tränen nicht zurückhalten.
Hans stellte sich auf den Schemel und fragte: „Siegie, Du alter Kulak, was ist mit Dir?" Ich gab ihm den Brief: „Da, lies!"
Hans setzte sich zu mir auf das Bett und las. Dann nach einer Weile: „Was ist das mit diesem Onkel Willie?"
„Das muss Willie Wriege sein, den haben die Russen 1949 abgeholt und 25 Jahre aufgebrummt. Er war in Bautzen! Seine Frau, die beiden jüngsten Töchter – 12 und 14 Jahre alt – und die 80-jährige Mutter haben sie 1952 als politisch unzuverlässig aus dem Grenzgebiet an die Oder umgesiedelt. – Wenn sie D e n entlassen haben, haben wir vielleicht auch Aussicht, das wir die Jahre nicht voll machen!"
„Mensch, Siegie! Nach dieser Zeit kommt bestimmt eine andere! Lass' nur den Kopf nicht hängen!"

Nicht alle Mecklenburgischen Dörfer haben im Krieg solche Verluste erlitten wie das kleine Tankenhagen. Vor dem Krieg bewohnten 78 Einwohner das Dorf. Von diesen 78 Menschen wurden 8 junge Männer auf den europäischen Schlachtfeldern verscharrt. Aber auch nach dem Krieg landeten von den ehemals 78 Einwohnern

drei in Stalins Lagern. Zuerst Ernst Hey, ein Schwiegersohn der Lenschow-Familie, er hatte während einer Gemeindeversammlung im Sommer 1948 unbedachte Äußerungen gegen die Besatzungsmächte gemacht. Er behauptete, die Besatzer seien ungeladene Gäste, die demnächst hinausgeworfen würden. Ein Flüchtling, der im Hause Lenschow untergebracht war, hatte die Äußerung mitgeschrieben und sie an die K5 – dem Vorläufer der Stasi – weitergeleitet. Zwei Tage später verschwand Ernst Hey. Zwei Leute von der K5 kamen ins Dorf und verhörten die Leute, die die Versammlung besucht hatten. Unser Vater, als Vorsitzender des Gemeinderates, und Johann Duwe, der Bürgermeister hatten versucht, die Denunziation als Racheakt des Flüchtlings hinzustellen. Aber bei den unliebsamen Gästen hatte Ernst Hey die ruhmreiche Rote Armee, die uns doch vom Nazijoch befreit hatte, nicht ausgenommen. Dafür wurde er von einem Sowjetischen Militärtribunal zu 25 Jahren verurteilt und landete in Bautzen.
Als Nächster verschwand Willie Wriege. Von Beruf war er Gärtner. Er hatte unseren Vater, als er vor dem Krieg neue Obstbäume anpflanzte, bei der Sortenwahl beraten. Daneben betrieb seine Familie die Poststelle für die vier Dörfer des Schulbezirks Klein-Voigshagen und auch als Fleischbeschauer kam er viel herum – er musste das Fleisch bei den Hausschlachtungen begutachten. Während des Krieges arbeitete er bei der Standortverwaltung im Travemünder Hafen und fuhr stolz in einer blauen Marineuniform auf seinem Motorrad herum. Seine Uniform war aber nicht – wie bei den Offizieren der Kriegsmarine – silbern paspeliert, sondern mit goldenen Litzen versehen. Sollte er etwa nach dem Krieg seine alten Verbindungen über die neue innerdeutsche Grenze hinweg genutzt haben, um den „Klassenfeind" mit Stimmungsberichten zu versorgen?
Ich war der Dritte auf dieser Liste. Jetzt gab Willie Wriege meiner Familie Ratschläge, wie sie mich von draußen besser unterstützen konnten.
Heinz Zierow saß in einer Zelle auf den A III-Vorderflügel. Gelegentlich kamen wir zusammen zur Freistunde raus. Sie hatten ihm drei Monate Paketsperre verpasst. Ich dachte daran, dass seine Mutter uns beim Termin in Rostock mit belegten Broten und Süßigkeiten versorgt hatte.
Zu den Kirchlichen Feiertagen hielt ein evangelischer Pfarrer einen Gottesdienst ab. Viel Trost spendete er nicht, im Gegenteil, er ermahnte uns eher direkt der DDR-Obrigkeit zu gehorchen – was uns gar nicht gefiel. Viele gingen deshalb zum katholischen

Gottesdienst, weil der katholische Priester mehr auf die Häftlinge zuging – vor allem aber, weil er sich auch persönlich sehr für die Häftlinge einsetzte, wenn sie in der Sprechstunde, die er in unregelmäßigen Abständen abhielt, zu ihm kamen und um Unterstützung in kritischen Familienangelegenheiten baten.

Ich ging trotzdem hin, denn wir Grevesmühlener hatten verabredet, uns bei so einer Gelegenheit zu treffen. So nahm ich ein halbes Pfund Butter und ein Stück Wurst und ging am ersten Pfingsttag zum Gottesdienst. Es gelang mir, neben Zierow zu sitzen und ihm die Sachen zuzustecken. Ewald und Guschi waren auch beim Gottesdienst, der in dem als Kulturraum vorgesehenen Raum abgehalten wurde, aber ich kam nicht an sie heran, weil „Rotschlips“, der die Aufsicht hatte, darauf achtete, das wir nach Stationen getrennt saßen.

An Gesprächen über Kraftfahrzeuge, die Hans Gierhahn immer wieder anfing, nahm Bela nicht teil. Gleich am ersten Tag sagte er: „In technischen Dingen fehlt mir ein Rad!“ Er hatte sich in seinem alten Opel P4 von einem Chauffeur fahren lassen.

Wenn wir mit allerhand Tricks Bela zum Erzählen brachten, Bela verstand es auch, sich ein Bild über seine Mitbewohner zu machen!

Da war Helmut Peukert: Gerade neunzehn Jahre alt. Er kam aus Magdeburg. Die acht Schuljahre hatte er gerade so geschafft. Aber gelernt hatte er nichts – dies und das hatte er versucht – aber nichts hatte ihm Spaß gemacht. Mit sechzehn lernte er ein Freudenmädchen kennen, das ihn „anlernte“. Von der war er nicht los gekommen. Das Mädchen zog nach Hamburg und Helmut wollte ihr trampend folgen. Dass das Überqueren der innerdeutschen Grenze seit Mai 1952 ohne besondere Papiere unmöglich geworden war, war ihm völlig fremd. So lief er im Sperrgebiet bei Lauenburg einer Streife in die Arme und fing sich wegen versuchter Republikflucht drei Jahre Z ein.

„Und jetzt willst Du Dich als Pupenjunge durch's Leben mogeln? Ist Dir klar, dass Du dann alle paar Jahre im Knast sitzt? Du wirst auch älter – und was dann?“, fragte ihn Bela.

„Was soll ich denn anderes anfangen?“, fragte Peukert zurück.

„Dann versuch es doch mit Schach spielen. Es gab, oder gibt bestimmt noch in Wien Kaffeestuben, da spielen sie den ganzen lieben langen Tag Schach. Da haben solche Burschen wie Du sich über Wasser gehalten!“

So begann Bela Helmut Peukert im Schachspiel zu unterrichten. Ein Brett war auf dem Tisch eingeritzt – nicht allzu deutlich – aber man konnte es erkennen.

Die Figuren waren auf Pappstückchen in 1 cm² Größe mit Bleistift aufgezeichnet.
Aber gegen Bela im Schachspiel zu gewinnen, war aussichtslos! Hans schaffte es nicht und ich, der ich nur wusste, welche Züge man mit den einzelnen Figuren machen konnte, hatte schon gar keine Chance.
Aber Bela gab nicht auf, Helmut das Schachspiel beizubringen. Bela spielte zuerst ohne Dame und ließ auch eine Hälfte der anderen Figuren weg, damit Helmut nicht den Mut verlor.
Eine feste Aufgabenteilung hatte sich unter Hans Gierhahns Anleitung in der Zelle zweiundzwanzig entwickelt. Hans hatte es fertig gebracht, von Ihde einen extra langen Strohsack zu bekommen. Er passte, wegen seiner Körpergröße, nicht ins Bett. So schlief er auf seinem Strohsack auf dem Fußboden. Seit seiner Lehrzeit als Bäckerlehrling an's frühe Aufstehen gewöhnt, stand er, wenn die Küchenleute zur Arbeit gingen – um fünf Uhr morgens – auf. Er verteilte das Wasser, damit jeder sich waschen konnte und das schmutzige Wasser beim morgendlichen Kübeln mit raus ging.
Ich reinigte die Wasserschüssel – nach bewährter Art: Fußlappen an der gekalkten Wand herunterziehen und damit den Seifenschaum samt Schmutz aus der Schüssel wischen. So bekamen wir in einer sauberen Schüssel sauberes Wasser in die Zelle und konnten unsere Essschüsseln mit sauberem Wasser auswaschen. Wollte sich einer während des Tages die Hände waschen, so geschah das über dem Kübel, indem ihm ein zweiter Mann mit einer Essschüssel Wasser über die Hände goss. Dass durch meine Schüsselreinigungsmethode der Kalkanstrich in der rechten Ecke neben der Tür allmählich in ein schmutziges Grau überging, störte niemanden.
Helmut Peukert fegte mit dem Rest eines Handfegers die Zelle aus, Hans nahm die Verpflegung entgegen und verteilte sie. Für Bela, als Ältesten, und Erich Schrader blieben keine Arbeiten übrig.
Einige Tage nach Pfingsten schlug Ihde wieder gegen die Tür: „Siegie, Paket!"
„Ist doch nicht möglich, hab doch vor Pfingsten erst eines gekriegt!"
„Doch, und was für'n Koffer!"
Ich ging runter nach A I zum Paketempfang. Als ich dran war, sagte der Polizist, der die Pakete ausgab: „Das Paket ist beschlagnahmt! Gehen Sie zum Operativ!"
Der Operativ Kiesling war in Urlaub. Sein Vertreter, Polizeimeister Bayer, hatte erst am nächsten Tag wieder Sprechstunde.
Der Besuch beim Polizeimeister Bayer war fast ein Verhör: „Weshalb inhaftiert, wie lange, wie lange noch, Eltern im Westen?

Wieso?"
„Höchstwahrscheinlich wurden sie ausgewiesen aus dem Sperrgebiet an der Grenze!"
„Wieso das?"
„Ich als politisch inhaftierter Sohn."
„Was heißt hier: Politisch inhaftiert?! Sie sind nach Artikel VI der Verfassung der DDR abgeurteilt – also Kriegshetzer! Und wenn ihre Angehörigen im Westen glauben, sie können uns auf der Nase herumtanzen und Ihnen doppelte Pakete schicken, dann haben sie sich geirrt! Sie bekommen einen Sonderbrief, in dem Sie Ihren Angehörigen mitteilen, dass es so nicht geht!"
„Und was wird mit dem Paket?"
„Das entscheidet der Anstaltsleiter!"
„Wann kann ich den Herrn Oberrat sprechen?"
„Der hat in der ersten Woche des Monats Sprechstunde! So, das wär's!"
Das war am Mittwoch. Am Sonnabend durften wir duschen. Es war sehr warm und trocken im Sommer 1954 und das Wasser war knapp auf dem Berg Bützow-Dreibergen, so dass wir nur alle vier Wochen mit duschen dran waren. Auch die Wäsche, die sonst alle zwei Wochen getauscht wurde, musste sechs Wochen getragen werden. Als wir aus dem Heizungskeller die Treppe rauf gingen, sah ich Ackermann die Treppe vom Stern herunter kommen. Ich stellte mich neben die Treppe und sprach Ackermann an, als er auf der letzten Stufe stand: „Strafgefangener Jahnke. Herr Oberrat, darf ich Sie kurz sprechen?"
„Worum geht es?"
Ich schilderte ihm kurz mein Anliegen. Ackerman, der an sich etwas kleiner war als ich, sah auf mich herab: „So, Sie sind das also! Gehen Sie zum Kommandoleiter und lassen sich das Paket aushändigen!"
Bevor ich mich bedanken konnte, drehte er sich um und ging die Treppe wieder hoch. Ich ging zu Ihde und unterrichtete ihn über mein Gespräch mit Ackermann.
„Gut, wenn der Kommandoleiter heute noch mal vorbei kommt, sag ich ihm das!"
Ich hatte Glück. Der Kommandoleiter kam am späten Nachmittag. Ich nahm die Wasserschüssel und ging runter nach A I.
Bevor der Kommandoleiter kam, hatte ich auf A I noch ein besonderes Erlebnis: Beim Hofkommando hatten wir mit zwei jungen Zeugen Jehovas zusammengearbeitet.

Einer lang und schlank, der andere mindestens einen Kopf kleiner und kompakt – fast wie Pat & Patachon. Immer fröhlich und allem Neuen aufgeschlossen. Sie gehörten zu einer Splittergruppe ihrer Glaubensgemeinschaft, die die Ansicht vertrat, dass das neue Reich schon mit Hitler gekommen sei.
Jetzt stand Alfred, der Größere der beiden, neben mir und wartete auf ein Paket. Aber aus dem fröhlichem jungen Mann war ein fahriges Nervenbündel geworden.
„Was ist mit Dir? Du warst doch sonst immer zu einem Spaß aufgelegt?“, fragte ich.
„Ja, aber wir müssen uns umorientieren, unser Weg führt in die Irre!“ Weiter kam er nicht. Ich bekam mein Paket! Kein Paketschein! Obwohl eine Nummer, die im vorigen Monat ausgegeben wurde, auf der Verpackung stand! Der Inhalt: Nur Obst! Apfelsinen, Bananen, Walnüsse – Alles in Backobst eingebettet! Nichts war verdorben, nur eine Bananenschale war an einem Ende etwas angefault.
„Das ist ja ein Obstpaket! Wenn das draußen auf der Verpackung vermerkt gewesen wäre, hätten wir den ganzen Ärger nicht gehabt!“, sagte der Kommandoleiter.
„Ist das denn erlaubt?“, fragte ich.
„Nein, erlaubt ist das auch nicht!“
Er versuchte mit dem Zellenschlüssel eine Walnuss aufzuschlagen.
„Wozu das?“, fragte ich.
„Da könnte doch was Verbotenes drin sein, Tabak zum Beispiel!“
„Der raucht doch gar nicht!“, sagte Ihde.
„Darf ich ausnahmsweise den Karton behalten?“, fragte ich.
Der Kommandoleiter nahm den Karton in die Hand, besah ihn von allen Seiten und warf ihn auf den Tisch.
„Hauen Sie ab!“, sagte der Polizist.
Den Trockenkohleintopf, den es am nächsten Tag zu Mittag gab, konnte ich meinen Zellenkameraden mit dem Backobst aus meinem Paket etwas schmackhafter machen. Alles wurde verwertet, auch die Schale der Apfelsinen. Die wurden in kleine Würfel zerschnitten, mit Zucker gemischt und einige Tage stehen lassen. Dann konnte man das Gemisch wie Kompott essen.

Am Montag ging ich zum Polizeimeister Bayer und bat um den mir zugesagten Sonderbrief.
„Wozu das?“
„Um meine Angehörigen aufzufordern, dass sich die Sache mit dem zweiten Paket nicht wiederholt!“

„Schreiben Sie es im nächsten Monatsbrief! Und sonst müssen Sie es sich gefallen lassen, dass jemand ein Paket kriegt, der sonst keines kriegt – verstanden? Und jetzt raus!“
Liebach war jetzt Reiniger auf A III. Eines Tages ging die Tür auf, Liebach stand in der Tür und sagte: „Siegie, pack Deine Sachen und komm mit!“
Ich legte eine Decke auf den Fußboden und warf alles, was sich in den letzten Monaten als mir gehörig angesammelt hatte – wie Zahnbürste, Zahnseife, Zuckernapf, Essschüssel und Löffel, das dünne, aus dem Rückenteil eines abgetragenen Häftlingshemdes herausgeschnittene Handtuch, den Rest des Stückchens Kernseife, das wir alle drei Monate bekamen, die Fußlappen, die zweite Decke – obendrauf den Karton mit dem Rest des Paketes hinein, nahm die Decke an den vier Ecken zusammen, warf mir das Bündel über die Schulter.
„Wenn Du noch ein paar Mal umziehst, brauchst Du einen Möbelwagen!“, lästerte Hans.
„Die wissen schon, weshalb sie uns hin und wieder gründlich filzen!“, entgegnete ich. Damit verabschiedete mich von meinen Kameraden und verließ die Zelle.
„Geh in die Reinigerzelle!“, sagte Liebach.
„So eine Scheiße!“, dachte ich.
Kaum hatte ich mich in der Reinigerzelle eingerichtet, da wurde Essen ausgegeben, anschließend gekübelt und der Gang gefegt.
Dann kam die Nachtschicht und machte Zählung. Zu uns auf A III kam ein Kleiderschrank von einem Oberwachtmeister. Als er mich in der Reinigerzelle sah, fragte er: „Was wollen Sie hier?“
„Ich bin seit heute hier Reiniger!“
„Aber marsch zurück in Ihre alte Zelle!“
Ich warf wieder alles in eine Decke – und war wirklich glücklich, als ich wieder in meinem Bett neben dem Fenster in der Zelle zweiundzwanzig lag und einer von Belas Geschichten zuhörte: Im Winter 1934/35 hatte er bei seinem Besuch in Nizza eine Negerjazzband verpflichtet, um in Binz in seiner „Kakadu Bar“ zu spielen. Zunächst nur für die Vorsaison – mit der Bedingung, dass, wenn er den Vertrag für die Hauptsaison verlängern wolle, er sich bis zum 31, Mai entscheiden müsse.
Bela beriet sich mit seinem Geschäftsführer: Die Nazis mit ihrem Rassenwahn. An sich lief die Sache sehr gut! Bela zögerte einen Tag zu lange und verlor die Negerkombo. So musste er eine Ersatzkapelle suchen. Er fand Hans Schwarz mit seinen Tangogeigern. Keine Berühmtheit, aber Bela kam über den Sommer.

Ich sah den sechzehn Spinnen zu, wie sie ihre Netze im Fenster kontrollierten, als Bela fragte: „Was war das für ein Gastspiel, das Du bei den Reinigern gegeben hast?“
„Der Oberwachtmeister scheint sich daran zu erinnern, dass ich der Mann mit dem Schlüssel bin!“
„Na, das musst Du uns jetzt aber erst mal ganz genau erzählen!“ Es war das erste Mal, dass Bela sich zu mir auf's Bett setzte.
So unterhielt ich mich mit Bela über meine bisherige Knastlaufbahn. Ich hegte den Verdacht, dass Liebach, der keine Pakete kriegte, glaubte bei mir schmarotzen zu können und mich deshalb in die Reinigerzelle geholt hatte.
Sicher war es abwechslungsreich, wenn man hin und wieder zur Küche kam. Aber im Gegensatz zu A I war auf A III wenig los – keine Neuzugänge, keine Begegnung mit Leuten, die gerade Besuch hatten. So war ich zufrieden, dass ich wieder in der Zelle zweiundzwanzig auf meinem Bett lag und aus dem Fenster schauen konnte. Außerdem konnte ich an den Gesprächen, die Hans, Erich und Bela führten, teilnehmen – und das war wesentlich interessanter als Scheiße kübeln und Essen ausgeben.
Eines nachts polterte jemand auf der gegenüber liegenden Seite des A III-Hinterflügels gegen die Tür und brüllte : „Ich will hier raus! Die machen mich fertig!“
Die Schreie wiederholten sich einige Male, dann war alles still.
Ich dachte an Alfred, den jungen Zeugen Jehovas, mit dem ich beim Hofkommando zusammen gearbeitet hatte und an Franz Kasten, der seinen Glauben auch lockerer sah wie sein Glaubensbruder Arthur Dietsch. Mir wurde bewusst, wie schmal der Grad war, auf dem ich bisher gewandert war. Wenn meine Eltern mich nicht vor der Nazi-Ideologie beschützt hätten, wäre ich vielleicht als „Wehrwolf“ in Fünfeichen oder sonstwo verreckt.
Wie viele von den Jungen, die so alt wie ich – oder einige Jahre älter – waren, hatten die Zeltlager und Wanderfahrten der HJ als schön empfunden, waren aus dem tristen Einerlei der Arbeitersiedlungen in die schöne Welt hinausgeradelt, waren wie im Traum in die Wehrmacht hineingeschliddert, waren – wie nebenbei – dem Hitlerschen Rassenwahn ausgesetzt worden und in Stalingrad oder Sibirien aufgewacht. Und was kam danach? Die FDJ mit ihren Weltfestspielen und Deutschlandtreffen in Berlin?
Was würden die FDJler erleben, wenn das kommunistische Regime zusammenbrach?
Diese Gedanken kamen mir, als ich das Geschrei auf der anderen Seite des A III-Hinterflügels hörte. Hitler hatte seine

abweichlerischen Genossen, wie den SA-Führer Rhön beseitigt. Stalin und Lenin hatten von Anfang an ihre Kritiker liquidiert – aber schon lange bevor Hitler an der Macht war. Oder hatte Hitler von ihnen gelernt? Würden die Zeugen Jehovas mit anders denkenden genau so verfahren, wenn ihr „Reich" kam?
Als ich Hans und Bela am nächsten Morgen meine Gedanken mitteilte, sagte Bela: „Was der Kulak sich für Gedanken macht! Mensch, Junge, genieß' Dein Leben!"
„Sie müssen mich aber das Leben genießen lassen! Wenn Du hier in diesem Land einen Westdeutschen Schlager singst und versuchst, danach zu tanzen, wirst Du doch schon schief angesehen!"
Ich erzählte ein Erlebnis, das ich vor drei Jahren auf einem Erntefest in einem Dorf bei Klütz hatte: Schlauch, Norbert und ich waren dort hin gefahren, weil unser Vater in dem Dorf seit einigen Jahren einige Dreschkunden betreute. Einer der Bauern hatte zwei – wie er sagte – nette Töchter. Schlauch und Norbert waren skeptisch: „Dein Vater Richard beurteilt die Sache doch hauptsächlich nach dem, was aus seiner Dreschmaschine in die Säcke läuft!", meinte Schlauch.
„Wenn wir nicht hinfahren, ist der Alte beleidigt!", entschied Norbert. Also fuhren wir hin.
Das Dorf lag auf einem Hügel an einer Straße, die aus einem total zerfahrenen Kopfsteinpflaster für die Fuhrwerke bestand. Daneben schlängelte sich ein Fußweg, der gegen das Befahren mit Fuhrwerken im Abstand von zehn Metern mit großen Feldsteinen gesichert war. Aber die Höfe waren sauber und gepflegt.
„Im Winter, wenn die Wege aufgeweicht sind, ist das Dorf eine uneinnehmbare Festung, nicht einmal mit dem Fahrrad zu erreichen!", maulte Schlauch. Trotzdem blieben wir, denn Fiete Leeds spielte mit seiner Fünf-Mann-Kapelle.
„Und die Mädchen?", forschte Bela.
„Naja, in Hohenschönberg waren Nettere!", fand ich.
Außerdem, als die Kapelle das Tanzlied: „Maria aus Bahia" spielte und wir versuchten danach Samba zu tanzen – einer Tanzart, wie sie aus dem Westen zu uns über West-Berlin „eingesickert" war, pöbelte uns prompt ein KVP-Soldat an, ob wir nicht vernünftig tanzen könnten. Daraufhin räumten wir das Feld. Auf der Heimfahrt zerriss ich mir noch die neue Hose, als ich zu dicht an einem Feldstein vorbei fuhr – also ein totaler Misserfolg.
Hans und Bela lachten!
„Was willst Du überhaupt machen, wenn Du hier raus kommst?"
„Ich werde sicher noch einige Schulen besuchen!", antwortete ich,

„wäre diese blöde Grenze nicht, wäre ich nach dem Willen meines Vaters, längst auf der Reit- und Fahrschule in Eutin gewesen! Er begleitete mich oft zu Reiterfesten und gab mir Tipps, wie ich mich zu verhalten hatte."
„Könntest Du hier nicht zur Schule gehen?", fragte Bela.
„So was wie die Schule in Eutin gibt es in der DDR sicher nicht. Das sind doch in den Augen der SED nur Schulen für die „Krautjunker" und andere reaktionäre Elemente – und wenn doch, so doch nur für die berittene Polizei. Gibt es in der DDR überhaupt Schulen, an denen frei gelehrt wird, ohne, dass man sozialistisch indoktriniert wird?", fragte ich zurück. „Hier geht doch nichts, ohne, dass auf irgendein politisches Ereignis hingewiesen wird – das denn auch noch ins Gegenteil verdreht wird. Als wir im Mai 51 auf einer Versammlung aufgefordert wurden, unser Ablieferungssoll vorfristig zu erfüllen, hing ein Riesenplakat über dem Podium mit der Losung:

> Kampf den imperialistischen Kriegstreibern!
> Heute in Korea – morgen bei uns!

Dabei weiß doch jeder, das die kommunistischen Nordkoreaner in Südkorea eingefallen sind – und nicht umgekehrt!"
„Wer weiß das schon?", fragte Hans dazwischen.
„Das muss doch jeder wissen, der Radio hören kann!", entgegnete ich, „Beim Verlassen der Veranstaltung mussten wir an einem Stand vorbei, wo Listen auslagen, in die man sich eintragen musste, dass man gegen den Krieg in Korea ist. Wer ist schon für einen Krieg?"
„Es haben aber noch nicht alle Menschen ein Radio – und sind nicht so nach Westen ausgerichtet wie Du!", beendete Bela die Diskussion und begann mit Peukert Schach zu spielen. Hans hatte neben seinem Beruf, den er zwangsläufig mit seinem Hobby für schnelle, nützliche Fahrzeuge verband, noch ein zweites Hobby: Flotte Musik! Kein Konzert des Sächsischen Orchesters von Kurt Henkels hatte er ausgelassen, wenn Henkels in Mecklenburg gastierte.
„Warum hast Du den noch nie engagiert?", fragte er Bela.
„Kann ich nicht bezahlen! An die Räumlichkeiten des Friedrichstadtpalastes und die Waldbühne in Berlin reiche ich nicht heran! Und nur für ein Konzert reisen solche Leute in der heutigen Zeit nicht auf die Insel Rügen!"
Aber ein ganz besonderes Ereignis schlug uns alle im Sommer 54 in seinen Bann: Die Fußballweltmeisterschaft in der Schweiz!

Die Anstaltsleitung hatte eine Lautsprecheranlage installieren lassen. Natürlich nicht wegen der Rundfunkübertragungen der Fußballspiele! Über diese Anlage konnte man uns zum „Raustreten zur Freistunde“ auffordern, oder uns mitteilen, wer wann mit duschen an der Reihe war. Aber hin und wieder ließ man am Wochenende auch mal etwas Musik erschallen – nicht immer ein absoluter Ohrenschmaus. Auch Reden führender SED-Politiker wurden uns so direkt zu Gehör gebracht! Aber immerhin, einige Fußballspiele, bei denen die Mannschaften der „sozialistischen Bruderländer“ spielten, durften wir hören. So auch am Sonntag, den 4. Juli, nachmittags das Spiel Ungarn gegen Deutschland in Bern.
Bela, einst Aktiver der Mannschaft „Rapid Wien“, die 1941 mit 4 : 3 gegen „Schalke 04“ Deutscher Meister geworden war, hatte den Kübel neben die Tür gestellt und saß auf dem Schemel, mit dem Rücken an die Tür gelehnt und lauschte.
Hans Gierhahn und Erich Schrader saßen still auf Schraders Bett und versuchten dem Spiel zu folgen, Peukert lag auf seinem Bett und las den „Rasenden Reporter“ von Egon-Erwin Kisch, den Bela als zur Weltliteratur gehörig einstufte und irgendwie beim monatlichen Büchertausch für unsere Zelle besorgt hatte.
Ich lag auf dem Bett und schaute aus dem Fenster. Vom Fußball verstand ich wenig. Zwar hatte unser Lehrer Hinrich Ströh – ein Anhänger der Mannschaft „Holstein Kiel“, die 1912 Deutscher Meister gewesen war und die es 1930 bis zum Endspiel gegen „Hertha BSC“ geschafft hatte – mir die Grundbegriffe dieses Sports beigebracht, aber wenn ich mal mit einigen Freunden auf dem Sportplatz, den er 1936 neben der neuen Schule in Klein-Voigshagen einrichten ließ, hinter dem Ball hergerannt war, war es doch wohl nur eine Bolzerei gewesen.
Auf einer Wiese stelzte ein Storch Fröschen hinterher. Im Garten des Bauernhofes auf dem Hügel jenseits der Straße lehnte eine Leiter in einem Kirschbaum und Kinder naschten von den reifen, süßen Früchten. Ich sah auf die Roggenfelder, die leicht im Wind wogten. Ihr sattes Grün hatte beim Ährenschieben vor vier Wochen einem grauen Schimmer bekommen und jetzt begannen sich die Felder golden zu verfärben. Mit einem halben Ohr nahm ich die Reportage des Fußballspiels wahr. Immerhin – dort spielte die Deutsche Nationalmannschaft – und ich war Deutscher! Da – buchstäblich in der letzten Minute – schoss Rahn zum 2 : 3 ein!
„Tor – Tor – Tor!!“, schrie der Reporter Zimmermann ins Mikrofon und so kam es krächzend aus dem Lautsprecher zu uns in die Zellen. Es knackte im Lautsprecher – dann war es sehr still.

Bela, geboren in Budapest, einst Spieler bei „Rapid Wien“ und Hauptmann des KuK Infanterie-Regiments II, stand auf, ging die paar Schritte, die er in der Zelle dazu zur Verfügung hatte, hin und her. Nach einer Weile stellte er sich in den Türrahmen und sagte: „Jungens, ich freue mich, dass ich in dieser miesen Zeit so nette Kumpels wie Euch habe!“

Am nächsten Tag war der Bericht über das Endspiel der Fußballweltmeisterschaft im Sportteil der Berliner Zeitung herausgeschnitten. Nach der Freistunde sagte Bela: „Ich bin versucht zu sagen: Die, die an den Westen glauben, sind sehr stolz!“

Während ich auf meinem Bett lag und auf die Roggenfelder schaute, wanderten meine Gedanken nach Tankenhagen. Wie mochte es dort jetzt aussehen? Die ersten Kirschen waren sicher schon abgeerntet – und die Erdbeeren!?

„Hans, kannst Du auch Kirschen in Deinem Eis verarbeiten?“, fragte ich.

„Eigentlich nur Sauerkirschen.“, antwortete Hans.

Wie Zierow von seiner Mutter beim Besuch erfahren hatte, war das Ehepaar Hein, das den Hof nach der Flucht meiner Eltern bewirtschaftete, tödlich verunglückt. Sie rasten mit einem Motorrad gegen den „Klützer Kaffeebrenner“ und waren auf der Stelle tot.

Der Zug, der zwei Mal täglich zwischen dem Städtchen Klütz und der Kreisstadt Grevesmühlen hin und her pendelte und Personen und Güter beförderte, hieß im Volksmund: der „Klützer Kaffeebrenner“. Zwischen Schmachthagen und Grevesmühlen kreuzte die Bahnstrecke die Reichsstraße 105. An diesem unbeschrankten Bahnübergang war es passiert.

Im letzten Jahr hatte ich auf A I unter den Neuzugängen den Bauern Richard Schulz aus Borkenhagen getroffen. Borkenhagen ist ein kleines Dorf zwischen Rankendorf und Kalkhorst.

Unser Vater hatte einige Jahre mit seiner Dreschmaschine sein Getreide gedroschen. Schulz hatte Pech. Ihm starb ein Pferd und so hatte er Schwierigkeiten seine Rüben zu ernten. So hatte er nicht genug Futter für seine Kühe und konnte sein Ablieferungssoll in Milch nicht erfüllen. So kam er für drei Jahre nach Bützow.

„Das Erste, was die MTS Kalkhorst von Eurem Hof geholt hat, war die Dreschmaschine!“, erzählte Schulz. „Aber schon nach der Rapsernte hatten sie der Maschine den Hals abgedreht!“

Das war mir vollkommen klar, denn alle unsere Maschinen hatte Vater 1937/38 gekauft und mussten dringend durch Neue ersetzt werden.

Überhaupt – Richard Jahnke und seine Dreschmaschine! Als er sie 1937 kaufte, hatte er erst einmal das Scheunentor ausgemessen, ob sie auch auf der Scheunendiele aufgestellt werden konnte. Gerade so, wenn man die Schutzvorrichtungen an den herausragenden Antriebswellen abmontierte. Was verdankte er ihr alles! Durch sie hatte er seinen Viehbestand aufgebaut und wegen ihr brauchte er nicht zur Wehrmacht und in den Krieg! Aber wegen ihr war er auch zehn Jahre lang vom 15. Juli bis nach Neujahr morgens in aller Herrgottsfrühe mit dem Fahrrad aus dem Haus gefahren, damit sie, wenn um sieben oder acht Uhr auf den Höfen die Arbeit begann, einsatzbereit war. Er stand neben ihr und nahm mit seinem äußerst empfindsamen Gehör jeden Misston wahr und reagierte sofort, wenn irgendetwas das gleichmäßige Brummen störte.
Er hatte sie nach sechs Jahren gegen eine Größere tauschen wollen – aber neue Maschinen wurden in den Ostgebieten dringender gebraucht. So war sie Jahr für Jahr in der Dassower Werkstatt der Lieferfirma Krafft & Co überholt worden und hatte ihm bis zum Schluss treu gedient. Es war ja nicht nur, dass wir nur unsere Felder mit den Maschinen bestellten, auch einige Neusiedler hatten die Maschinen ausgeliehen, um ihre Felder zu bestellen und abzuernten. Ersatzteile zu beschaffen, war äußerst schwierig, weil die Werke, die die Maschinen hergestellt hatten, größtenteils in Westdeutschland lagen.
Ein anderer Bekannter aus Dassow, der mir auf A I eines morgens fast in die Arme fiel, war Klaus Rotherberg. Ich ging mit Paule Schubert mit dem Kaffeekessel auf dem A I-Vorderflügel von Zelle zu Zelle, um Kaffee auszuteilen, da stand er plötzlich vor mir.
Rotherbergs Vater führte die Dassower Filiale der Getreidehandelsfirma Callies, die in Grevesmühlen ihren Hauptsitz hatte. Klaus Rotherberg begann nach Schule, Wehrmacht und zwei Jahren Kriegsgefangenschaft bei der Firma Callies zu arbeiten. Die Eigentümer der Firma wurden enteignet und der Getreidehandel fiel an die VVEAB – die „Vereinigung der Volkseigenen Erfassungs- und Aufkaufbetriebe“. Eine Zeitlang leitete der Juniorchef noch den Holzhandel und die Sägerei, die einer anderen Wirtschaftssektion zugeordnet wurde. Dann folgte er seinen Eltern in den Westen.
Klaus Rotherberg traf sich bei Verwandtschaftsbesuchen in Lübeck gelegentlich mit dem jungen Callies und berichtete ihm über die Zustände in Grevesmühlen und Umgebung. Dies war nach den 27. Mai 1952 nicht mehr möglich und so schrieb Klaus Briefe, in denen er andeutungsweise über die Schwierigkeiten berichtete, die bei der Getreideerfassung auftraten.

Der Getreidespeicher der Firma Callies in Dassow lag direkt an der Stepenitz. Hier hatte man immer einen großen Teil des angelieferten Getreides in Schiffe verladen und über den Dassower See in den Lübecker Hafen oder auf dem Wasserweg weiter transportiert. Da der Dassower See zu Lübeck gehörte und der Grenzverlauf in der Stepenitzmündung unklar war, verlief jetzt der Zehn-Meter Grenzstreifen mitten durch den Getreidespeicher und die Arbeit dort war äußerst beschwerlich. Auch das Straßenpflaster an der Hafenmauer, auf anderen Seite der Reichsstraße 105, wo die Dassower Fischer anlegten und ihre Fische anlandeten war aufgerissen. Der Brief wurde von der Stasi abgefangen und jetzt saß Klaus Rotherberg mit fünf Jahren wegen Spionage in Bützow.
Seit Alters her war es üblich, dass in der Ernte nur soviel Getreide gedroschen wurde, wie dringend gebraucht wurde. Das heißt – zum Brot backen und als Viehfutter – wobei es für die Pferde besser war, wenn sie so lange wie möglich mit altem Hafer gefüttert wurden.
Vor Allem aber wurde das Saatgetreide für die Herbstaussaat benötigt. Der größte Teil wurde in die Scheunen gefahren, damit das Getreide in der Ähre nachreifen konnte und so besser lagerfähig war. Außerdem brauchte man alle Kräfte für die Hackfruchternte und der Boden musste beackert und für die neue Aussaat vorbereitet werden.
Jetzt war alles anders.
Die Bauern wurden mit einem Ablieferungssoll belegt, das zwar je Hektar und nach der Bodenqualität veranlagt wurde, aber auch noch nach der Betriebsgröße gestaffelt wurde. So mussten Betriebe über 50 Hektar wesentlich mehr je Hektar abliefern als ein Betrieb mit 5 – 10 Hektar.
Außerdem verlangte die Regierung, dass das Getreide sofort nach der Ernte abgeliefert wurde. Sie traute den Bauern nicht. Aber eigentlich schnitt sie sich hierbei ins eigene Fleisch, denn die Lagermöglichkeiten reichten nicht und die VVEAB musste erhebliche Kräfte aufwenden, damit die angelieferten Getreidemengen nicht verdarben. So konnte ich im Jahr 1950 beobachten, dass im ehemaligen Luftzeugamt in Dassow, wo man das Getreide in Hallen auf Beton-Fußboden über zwei Meter hoch lose aufgeschüttet hatte, Arbeiter dabei waren das Getreide umzuschaufeln. Die Körner rieselten nicht mehr, sie klebten zusammen – es sah aus, wie im Winter die Schneewehen.
So trieb man die Bauern in die Enge. Es kam vor, dass die Volkspolizei die Höfe nach verstecktem Getreide durchsuchte – alles nach dem Vorbild der KPdSU (B) – wie es Scholochow in seinem Buch

„Neuland unter dem Pflug", in den er die Kollektivierung der Landwirtschaft in den 30er Jahren bei den Donkosaken beschrieb.
Eines Abends ging ich nach Dassow ins Kino. Den Film habe ich vergessen, nicht aber den Vorfilm. Dort versuchte man dem Deutschen Kinobesucher die Überlegenheit der berühmten sowjetischen Landtechnik zu erklären.
Zunächst zeigte man, wie in den USA das Getreide geerntet wurde: Ein Mähdrescher wurde von vierundzwanzig Pferden, die von Cowboys mit riesigen Sombreros mit endlos langen Peitschen angetrieben und gelenkt wurden, über hängiges Gelände gezogen. Das Getreide wurde in Säcke gefüllt und von einem Trupp Arbeiter von Hand auf Wagen geladen und abtransportiert.
Dagegen hatten Sowjetische Ingenieure hervorragende selbstfahrende Maschinen entwickelt, die das Getreide mähten, droschen, die Körner in einem Tank sammelten und im Fahren auf Lastwagen umladen konnten.
Aber auch für Standorte, wo die modernen Mähdrescher nicht eingesetzt werden können, hatten die berühmten Sowjet-Ingenieure beste Maschinen entwickelt, die auch dort die verlustlose Einbringung der Ernte möglich machten. Eine Dreschmaschine wurde gezeigt – ein Wagen mit Stroh gab den Blick auf die Dreschmaschine frei – an der Maschine stand:

STANDARDWERK HANNOVER

Viele Bauern verließen ihre Höfe und flohen in den Westen. Es gab für den freien Bauern keine Zukunft in der DDR. Das Ablieferungssoll wurde von Jahr zu Jahr höher geschraubt. Die Zuteilung an Mineraldüngern, mit denen man die Erträge hätte steigern können, waren spärlich.
Hinzu kam, dass die Maschinen dringend erneuert werden mussten. Die Instandhaltung der Maschinen und Geräte nahm immer mehr Zeit in Anspruch. Immer wieder musste improvisiert werden, weil es keine Original-Ersatzteile gab. Auch die Neuen Geräte, mit denen die neu errichteten Maschinen- und Traktoren-Ausleihstationen ausgerüstet waren, fielen oft aus. Diese Maschinen kamen zum Teil aus der Sowjetunion und wenn etwas zerbrach oder verschlissen war, dauerte es endlos lange bis die erforderlichen Teile aus Moskau oder Dnjepropetrowsk geliefert werden konnten. Das gleiche galt für die neu in der DDR entwickelten Geräte aus Zella-Mehlis, weil Ersatzteile im Plan einfach nicht berücksichtigt waren.

Auch wir hatten beschlossen, die Ernte einzubringen, das Soll zu erfüllen und den Rest des Getreides an Schweine zu verfüttern. Dazu hatten wir im letzten Winter einen Teil der Weide, die direkt an den Hof grenzte, mit einem – auch für Schweine undurchdringlichen – Zaun aus Dornengestrüpp, abgetrennt. Auf dieser ca. zwei Morgen großen Fläche läuferten wir fünfzig Jungschweine. Das heißt, die Tiere mussten sich hauptsächlich von dem Gras ernähren, das auf dieser Fläche wuchs. Mit dem Getreide aus der Ernte sollten diese Schweine ausgemästet werden. Das dafür eingenommene Geld sollte uns als Startkapital für die erste Zeit im Westen dienen. Große Verkäufe aus dem Rindviehbestand konnten wir nicht vornehmen, denn das hätte Aufsehen erregt.
Als Nebeneffekt dieser Schweineweide regelte sich ein ewiger „Grenzkonflikt“ mit einem unserer Nachbarn. Von Anfang an scharrten die Hühner des Nachbarn auf unserer – an dieser Stelle nicht sehr ertragreichen – Weide nach Würmern. Alle Bitten oder Aufforderungen unseres Vaters an den Nachbarn, sein Federvieh von unserer Weide fern zu halten, blieben erfolglos. Jetzt – nachdem unsere hungrigen Jungschweine die ersten beiden Hühner gejagt und verzehrt hatten – herrschte Ruhe.
Den letzten Anstoß für unseren Entschluss in den Westen zu gehen, gab die Evakuierung der Familie Wriege in den Osten der DDR am 27. Juni. Was wäre, wenn sie uns gleichfalls in die östlichen Kreise an die Oder verbannen würden, oder, wenn sie Vater oder mich auf einer Reise nach West-Berlin kontrollieren und aus dem Zug heraus verhaften würden – also beschlossen wir durchzuhalten bis nach der Ernte und dann ab in den Westen.
Alle Erträge hatten wir seit dem Krieg in den Unterhalt der Gebäude und die Aufstockung des Viehbestandes investiert. Im Stall hatten wir die morsche Decke erneuert, den aus gestampftem Lehm bestehenden Fußboden herausgerissen und durch Beton ersetzt. Die Nordseite des Scheunendaches war mit neuem Reet eingedeckt. Türen und Fenster des Wohnhauses waren frisch gestrichen und alle Zimmer neu tapeziert.
Jetzt war alles zum Teufel!
Meine Eltern und Geschwister waren in Berlin nur mit dem, was sie auf dem Leib trugen, angekommen und hatten im Westen mit Nichts neu angefangen – und ich machte mit Hans Gierhahn Pläne, was zu tun war, wenn diese Zeit vorüber war – mit meinen Brombeeren und Kirschen in Hans Gierhahns Eis.
„Vielleicht könntest Du mich doch auch mit Ferkeln beliefern!“, sagte Hans eines Tages.

Plötzlich rastete Peukert aus, er sprang von seinem Bett, zog die Klappe und donnerte mit einem Holzschuh gegen die Tür und brüllte: „Ich halt' das nicht mehr aus! Ewig dieses Pläne schmieden, was wird, wenn dies hier zu Ende ist! Auch der Siegie fängt an zu spinnen und will seine Früchte in Güstrow zu Eis verpanschen lassen und jetzt auch noch Hans mit Ferkeln beliefern! Was soll der Blödsinn?"
Peukert wollte in eine andere Zelle.
Seine Erika war entlassen. Ich hatte bemerkt, dass er mit einem halbseidenem Himbeerbürschchen, einem ehemaligen Lustknaben von Jumbo schäkerte. Er schrieb auf Zeitungsrändern Nachrichten, die er, wenn wir zur Freistunde raus gingen, durch den Türschlitz in die Zelle auf dem A III-Vorderflügel schob, in der dieser Bursche saß. Eines Tages, der Sanni hatte mich wegen Fußpilz ins Revier gehen lassen und ich stand in der Warteschlange vor dem Gitter zum Stern. Peukert stand ebenfalls in der Schlange am Geländer, das den Gang vor den Zellen gegen den Schacht in der Mitte abgrenzte. Aus der gegenüber liegenden Zelle versuchte jemand von innen mit einem Strohhalm die Blechklappe vor dem Spion beiseite zu schieben. Peukert gebärdete sich wie ein Köter, der eine läufige Hündin durch ein Zaungitter anhechelte – bis ein Häftling, dem die Sache anwiderte, der Sache ein Ende bereitete, indem er mit der Faust in Höhe des Spions gegen die Tür donnerte und den Strohhalm aus dem Spion riss. Ich hatte Peukert darauf zur Rede gestellt: „Hör zu, Helmut! Bisher hat hier Ruhe geherrscht in der Zelle. Wenn Du uns jetzt Scherereien wegen Deiner Geilheit bereitest, dass sie uns wegen Deiner Zettelschreiberei die Zelle auf der Suche nach Deinem Bleistift auf den Kopf stellen, steck' ich dich mit dem Kopf in den vollen Scheißkübel!"
Hans brachte es fertig, dass für Peukert Arthur Rau zu uns in die Zelle kam. Arthur war Maschinenbauingenieur und arbeitete bei den Horch-Werken in Zwickau – bis man bei ihm, auf der Rückreise von einer Besprechung in Berlin, bei einer Bahnkontrolle westliche Zeitschriften fand und somit einen Grund hatte, ihn für fünf Jahre wegen Verbreitung von Feindpropaganda hinter Gitter zu bringen.
Jetzt drehten sich die Gespräche hauptsächlich um neue Kraftfahrzeuge. Hans wollte neue, leichtere und schnellere Wagen für seine Brotlieferungen und Eisverkäufe bauen lassen. Ich ließ mich langsam davon überzeugen, dass in der Landwirtschaft Traktoren die Pferde als Zugtiere verdrängen würden. Aber auch Bela profitierte vom neuen Zellenkameraden, denn er konnte mit Arthur Rau Schach spielen.

Ich verfolgte mit dem Blick durch das Fenster, wie die Zeit langsam verrann. Die Hühnerküken im Garten der Polizeisiedlung waren ausgewachsen. Die Glucke legte wieder Eier und die ersten Hähnchen waren in den Kochtopf gewandert.
Im Nachbargarten hatte es an einem Sonntagnachmittag eine Riesenaufregung gegeben. Eine Glucke stolzierte mit ihren vier Entenküken, die sie ausgebrütet hatte, in ihrem Reservat umher, als plötzlich ein Habicht herunterstieß und eines ihrer Küken mit seinen Fängen ergriff und aufsteigen wollte. Die Glucke stürzte sich auf den Habicht und der Habicht ließ seine Beute zurück. Darauf wurde das Gehege der Entenpflegemutter nach oben mit einem alten Fischernetz abgesichert.
Der Roggen war gemäht - aber es war nicht leicht mit der Ernte 1954, denn es regnete sehr viel,
Die Getreidestiegen mussten auseinandergerissen werden und auf der Erde zum Trocknen ausgebreitet werden, damit die Körner in den Ähren nicht anfingen zu wachsen.
Überhaupt war es ein tolles Durcheinander auf den Feldern. Ein Roggenschlag wurde mit einem Mähbinder ohne Bindegarn gemäht. Dann kam eine Gruppe Frauen und band nach alter Sitte die Garben mit der Hand. Nach einigen Tagen fuhr ein neuer Mähdrescher auf das Feld und die Getreidegarben wurden mit dem Mähdrescher ausgedroschen - hätte man das Getreide nicht gleich mit dem Mähdrescher mähen können?
Zwischendurch schien die Sonne von einem strahlend blauem Himmel.
„Wie kann über einem Land, in dem soviel Unrecht geschieht, die Sonne von einem so schönen blauen Himmel scheinen?“, fragte ich Bela.
„Daran kannst Du nichts ändern, denn der Herrgott lässt die Sonne über Gerechte und Ungerechte gleichermaßen scheinen!“, antwortete Bela.
Auf unserem Hof saß jetzt der ehemalige Ausbilder der „Wehrwölfe“. Das konnte ich nur schwer begreifen. Das konnte ich nicht begreifen. Der Mann war sieben Jahre älter als ich und war der Sohn eines Bauern aus Tankenhagen. Er hatte die Grevesmühlener Oberschule besucht, aber nicht bis zum Ende. Er war abgegangen und hatte dann die Kadettenanstalt in Plön besucht - aber auch nicht bis zum Schluss. Als Freiwilliger ging er zu den Fallschirmjägern.
Bei dieser Truppe brachte er es bis zum Gefreiten und leitete in den letzten Monaten des Krieges im Kreis Schönberg/Grevesmühlen einen Lehrgang zur Ausbildung der „Wehrwölfe“.

Zum Einsatz kamen diese Jungen aber nicht mehr. Das Naziregime brach zusammen, obwohl die Familie bis zum letzten Tag an den „Endsieg“ glaubte.
Am 4. Mai besetzten die Amerikaner die Stadt Dassow und Umgebung. Zwei Wochen später wurden die Amerikaner von englischen Truppen abgelöst. Um die „Wehrwölfe“ kümmerte sich niemand.
Als der Fallschirmjäger eines Tages in voller Montur durchs Dorf stolzierte, nahm ihn eine englische Patrouille, die zufällig durchs Dorf fuhr fest, und brachte ihn in ein Kriegsgefangenenlager nach Schleswig-Holstein.
Er ließ sich für die französische Fremdenlegion anwerben und kämpfte in Indochina gegen Ho Chi Minh. Danach arbeitete er in Westdeutschland für eine Jugendorganisation.
Im März 1952 musste ich an einer Versammlung in der Schule in Klein-Voigshagen teilnehmen. Eine Parteifunktionärin der SED hielt einen Vortrag über die Notwendigkeit der Vorbereitung der Parteikonferenz am 27. Juli 1952. Ich war kein Mitglied dieser Partei und mir war der Sinn dieser Versammlung zumindest schleierhaft. Aber drei Reihen hinter mir saß jemand, der sich mit für mich noch dümmeren Vorschlägen an der Diskussion beteiligte. Ich drehte mich um, um zu sehen, wer da so superschlaue Reden hielt und erkannte den ehemaligen Fallschirmjäger.
Jetzt saß dieser Mann auf unserem Hof. Ich konnte es nicht fassen! Menschen, die nur im Verdacht standen, politisch unzuverlässig zu sein, wie die Frau Wriege mit ihren beiden unmündigen Töchtern und ihrer 80-jährigen Schwiegermutter, waren aus dem Sperrgebiet an der Grenze ausgesiedelt worden. Dieser ehemals bis zuletzt überzeugte Nazi, der Jugendliche, die dafür mindestens drei Jahre in den Sowjetischen Schreckenslagern Fünfeichen und Ketschendorf interniert waren, für den Kampf gegen die Rote Armee getrimmt hatte, saß in demselben Sperrgebiet auf einem Bauernhof, der ihm nicht gehörte!
Wie oft hatte dieser Kerl sich um seine eigene Achse gedreht!?

Ich besprach diese Sache mit Hans und Bela. Die beiden hatten, wie meine Eltern auch, nach den Krieg mit dem, was ihnen gehörte und was ihnen nach dem Krieg geblieben war, angefangen mit dem Wiederaufbau – ohne um Unterstützung vom Staat zu betteln. Dafür standen sie jetzt ohne alles da. Der Staat hatte ihnen alles genommen, weil eine Partei – die Partei des „Neuen Typus“ getreu nach dem großen Vorbild der KPdSU (B) alles dem „Großen Bruder“ recht machen musste. Hatte nicht auch Lenin nach der

Oktoberrevolution den kleinen Leuten Gelegenheit gegeben, ihr Leben nach ihren Wünschen aufzubauen und so versucht dem Staat ein Fundament zu geben, auf dem aufgebaut werden konnte? Aber dann war Stalin mit der Kollektivierung gekommen, hatte die Kulaken und kleinen Unternehmer enteignet und nach Sibirien verfrachtet und damit in der Ukraine – der Kornkammer Russlands – eine Hungersnot ausgelöst, der einige Millionen unschuldiger Menschen zum Opfer fielen.
So war es weiter gegangen. Immer wieder hatte man Menschen, die weiter nichts wollten, als in Ruhe und Frieden leben, gefunden, denen man nachsagen konnte, dass sie der großen Idee im Wege standen und sie liquidieren musste, um das Volk in Angst und Schrecken zu versetzen.
Sie schafften ein Beziehungsklima unter den Menschen, dass keiner dem anderen traute.
So war es weiter gegangen. Überall, wo sie die Macht ergriffen, schalteten sie zunächst die Intelligenz aus. In Ostpolen verscharrten sie die Leichen von fünfzehntausend Angehörigen der Führungsschicht, wie Offiziere und Lehrer, die vor Hitler zu ihren slawischen Brüdern geflohen waren, in den Wäldern von Katyn.
Jetzt beherrschten sie Europa bis an die Elbe, hatten Ho Chi Minh im Kampf gegen die Franzosen und die Vietnamesische Königsfamilie unterstützt.
Mao Tse-Tung hatte mit Unterstützung Stalins in China die Macht ergriffen und überall, wo eine Rebellion im Gange war, hatte Moskau die Hand im Spiel. Sie hatten die Nordkoreaner in Südkorea einfallen lassen. Sie ständen vielleicht schon am Atlantik, wenn nicht Truman, Burns, Marshall, Acheson und die Gebrüder Dulles im letzten Moment erkannt hätten, dass Stalin die ganze Welt unter seine Knute bringen wollte.
„Wir können Pläne machen, soviel wir wollen, so lange die Russen und Amerikaner sich an der Elbe gegenüber stehen, werden wir sie in unserer Heimat nicht verwirklichen können!“, sagte ich zu Hans.
Trotzdem setzten wir unsere in die Zukunft gerichteten Gespräche fort. Immer wieder forschte Hans Bela nach seinen Erfahrungen aus. Hans hatte wiederholt in Binz auf der Insel Rügen für ein Wochenende ausgespannt. Er kannte Bela damals nur vom Ansehen.
„Wenn er durch sein Hotel ging –! Eine Vornehmheit ging von dem Mann aus – ich kann Dir das nicht beschreiben – und jetzt sitzt er ganz schlicht und einfach unter uns!“, sagte Hans eines Tages zu mir, als es uns gelungen war, gemeinsam zur Kammer gehen dürfen.

„Du darfst nicht vergessen, dass er schon bei den Nazis untergetaucht war und in dieser harten Zeit Erfahrungen gesammelt hat!", entgegnete ich.
Mit wem ich im Sommer 1954 im Zuchthaus Dreibergen auf der Station A III in der Zelle 22 zusammen war, ist mir erst bewusst geworden, als ich vierzig Jahre später das Kurhaus von Binz im Fernsehen sah!
Eines Tages wurde Erich Schrader - mit allen Sachen - aus der Zelle geholt. Wurde er entlassen?
Oder als Ausländer nach Brandenburg verlegt?
Darüber nachzudenken blieb uns keine Zeit. Dafür kam Fritz Müller in die Zelle – und damit Ärger!
Müller hatte bei den Heizungsmonteuren gearbeitet – auch im Frauenhaus - aber dort musste etwas die Knast-Karriere des schlauen Berliners negativ beeinflusst haben.
Seine erste Äußerung, nachdem er seine Sachen untergebracht und die Zelle in Augenschein genommen hatte, war: „Wie sieht die Zellenwand in dieser Ecke aus!? Dabei wurden die Zellen hier oben doch im letzten Sommer erst neu gestrichen!"
„Aha", dachte ich. „So einer ist das!" Und mir war sofort klar, dass ich die Waschschüssel wieder mit Ziegelstaub putzen musste.
Bela, der das registrierte, sagte am nächsten Tag zu Hans, als wir nebeneinander zur Freistunde gingen: „Was ist mit dem Kulaken los, er putzt die Schüssel neuerdings mit Ziegelstaub?"
Ich klärte meine Freunde auf.
„Und ich dachte, Du schaust den ganzen Tag nur in den schönen blauen Himmel! Dabei hörst Du auch, was hinter Dir los ist!", stellte Bela fest.
„Na, wenn Ihr mich schon auf dem besten Platz liegen lasst, muss ich doch auch für Euch die Ohren offen halten!"
Als Nächstes wollte Müller die Zellenordnung neu regeln. Es störte ihn, dass Hans morgens vor dem Wecken aufstand und das Wasser verteilte. Aber dabei biss er bei Hans, Arthur und mir auf „Granit". Daran wurde nichts geändert.
„Du kannst ja in Deinem Urin liegen bleiben!", schlug ich Müller vor. Nach dieser Äußerung wurde mir plötzlich bewusst, dass ich eigentlich nicht abrutschen wollte – was ich mir vorgenommen hatte, als eines Tages nach so einem Ausrutscher der „Königliche Kaufmann" Hans Brand zu mir gesagt hatte: „Und was würde Deine Mutter sagen, wenn sie das eben gehört hätte?"
Aber, wo war ich hier? Mir war auch klar, dass die Leute, auf die es mir ankam, wie Hans und Bela, verstanden, wie ich es meinte.

Inzwischen war es September. Die Kartoffeln waren geerntet und die Bauern begannen die Rüben zusammen zu fahren. Die Nächte wurden kühl, es zog durch die Ritzen im Fenster.
Ich bat Ihde den Glaser anzufordern, um die Scheiben neu zu verkitten. Zunächst legte ich Zeitungspapier zwischen meine Decken, damit die Kälte, die nachts durch die Ritzen des Fensters eindrang, etwas abgehalten wurde. Bela folgte meinen Beispiel.
An einem der ersten Oktobertage war ich mit Müller allein in der Zelle, da sagte er zu mir: „Hör zu, Siegfried, Du bist am längsten hier in der Zelle. Mir passt es nicht, dass Hans Gierhahn das Brot und die Verpflegung verteilt! Ich werde immer benachteiligt, immer teilt er mir das kleinste Stück Brot zu, bei Wurst und Zucker ist es das Gleiche. Wenn Du nicht dafür sorgst, dass das geändert wird, gehe ich zum Kommandoleiter und beschwere mich - und dann werden wir ja sehen, was passiert!"
Ich war erst mal sprachlos. Für mich war das Brot immer in gleich große Stücke geschnitten.
Und wenn schon mal ein Kanten etwas kleiner war, hatte ich mich nie darüber aufgeregt!
Was sollte ich tun?
Zunächst legte ich mich auf's Bett und sah in den schönen Tag hinaus.
Hans, Bela und Arthur kamen in die Zelle, das Mittagessen wurde ausgeteilt. Nach dem Essen setzte ich mich auf mein Bett und sagte. „Hört mal zu, Freunde! Müller hat sich beschwert, dass er von Dir immer das kleinste Stück Brot kriegt, Hans! Ich meine, die Brotstücken sind immer gleich groß. Um weiteren Quakereien aus dem Weg zu gehen, mache ich folgenden Vorschlag: Ich mache nach wie vor morgens die Zelle sauber. Bela, als der Älteste ist von allem befreit und die Verpflegung nehmen Haus, Arthur und Müller täglich abwechselnd an und verteilen sie!"
Ich hatte kaum das letzte Wort gesprochen, da hörte ich, dass auf dem Gang etwas los war.
Ihde klopfte an verschiedene Türen, rief Namen auf und: „Sachen packen"
„Riedel! Sachen packen!" Ein paar Schritte weiter: „Zierow! Sachen packen!" Und dann bei uns: „Siegie! Sachen packen!"
Ich rief durch die Tür: „Was ist los, Gerhard?"
„Genau weiß ich das nicht, aber Du kommst zur Arbeit!", antwortete Ihde.
Ich riss eine Decke vom Bett, breitete die auf dem Fußboden aus und warf alles hinein, was mir gehörte.

Ich gab Hans die Hand, sah ihn an und sagte: „Ob es irgendwann und irgendwo etwas wird mit uns beiden mit Deinem Eis und den Brombeeren?“
„Wir können nur hoffen!“, antwortete Hans und drückte meine Hand fest.
Dann war Bela dran: „Woher nehme ich die acht Stunden am Tag für eine geregelte Arbeit?“, fragte ich ihn mit einem Klos im Hals.
„Daran wirst Du Dich schnell wieder gewöhnen!“, antwortete er und drückte mir die Hand zum Abschied. Dann wurde die Tür geöffnet.
„Jahnke, raustreten und zum Vorderflügel gehen!“, sagte der Polizist.
Ich schulterte mein Bündel und verlies die Zelle zweiundzwanzig.
Auf dem A III-Vorderflügel sammelten sich zehn Mann – alle, wie Zierow und ich – irgendwie renitent aufgefallene Leute.
„Ihr kommt erst mal in den A-Keller!“, sagte Ihde.
„Was sollen wir denn da?“, fragten wir.
„Ruhe! Da werdet Ihr erst mal gesammelt, die brauchen vierundzwanzig Mann!“, klärte uns der Polizist auf.
„Wohin – und wozu?“, wollten wir wissen.
„Das erfahrt Ihr früh genug!“, war die knappe Antwort.
Zunächst wurden wir auf dem A I-Vorderflügel gründlich gefilzt – fast wie am ersten Nachmittag in Grevesmühlen. Alles, bis auf die Lebensmittel, wurde in einen Karton verpackt – wie wir es als Reiniger auf A I mit den Neuzugängen gemacht hatten – dieses Mal war es umgekehrt.
Danach landeten wir in einer Doppelzelle im A-Keller – Bützow, wie wir es im Februar 1953 kennen gelernt hatten: Strohsäcke auf dem Fußboden, kein Bett, kein Tisch, kein Stuhl, Wasser in dreckigen Schüsseln – der Kübel ewig voll!

In den nächsten Tagen kamen wir in kleinen Trupps zur Kammer und wurden vernünftig eingekleidet: ungeflickte, fast neue, saubere Oberbekleidung, Hemd und Unterhose: heil und nicht allzu fadenscheinig, Socken: sauber und nicht gestopft, Holzschuhe: mit nicht all zu schiefen Absätzen, Fußlappen, Pullover: fast neu, nicht all zu labbrig. Wenn etwas nicht passte, wurde so lange gesucht, bis es passte! Wohin ging es? Zwickau-Oelsnitz, in die Steinkohle? Rüdersdorf, ins Zementwerk? Aue, ins Uran? Oder nach Luckau an die Nähmaschinen? Oder nur um Platz zu machen nach Bautzen oder Brandenburg?
Nein – in Zwickau, Rüdersdorf und Aue nehmen sie nur Leute unter fünf Jahre – und die meisten von uns hatten noch über fünf Jahre.

Alle waren mal aufgefallen: Dr. Rudi Riedel hatte in einer Diskussion mit Rotschlips auf die Menschenrechte hingewiesen und war dafür acht Wochen in Absonderung gegangen.
Selzer, ein Sachse, für Teilnahme an einer Demonstration am 17. Juni 1953, mit sieben Jahren bedacht, hatte immer wieder verlangt, zur Arbeit zu kommen, um seine Freundin, mit der er ein Kind hatte, unterstützen zu können.
Schiller, ein kleines Kerlchen, der für einen Transport von Flugblättern der „Kampfgruppe gegen Unmenschlichkeit" zehn Jahre eingefangen hatte, hatte versucht, in Neubrandenburg bei einem Arztbesuch zu türmen.
Es dauerte zehn Tage, bis wir transportfähig waren. Dann standen wir eines Abends, mit frischer Glatze, rasiert und geduscht, mit dem üblichen Paket Marschverpflegung unter dem Arm, vor der Schleuse. Der Oberwachtmeister Bold, der einige Leute von der mechanischen Werkstatt ins Haus brachte, baute sich vor uns auf und sprach Rudi Riedel an: „Wo wollen Sie denn hin, Strafgefangener Riedel, wollen Sie etwa verreisen?"
„Das weiß ich nicht Herr Oberwachtmeister!", antwortete Rudi.
„Lügen Sie doch nicht so entsetzlich, Riedel, Sie wissen doch ganz genau, dass Sie zu den Schneidern kommen!" Damit drehte Bold sich um und ging.
Wir kamen also zu den Schneidern – und die Schneider waren in Luckau! Aber zunächst wurden wir zu zweit aneinander gefesselt, Zierow und ich zusammen, mit einem LKW zum Bahnhof transportiert und dort in den „Grotewohl-Express" verladen. Über Güstrow, Rostock, Greifswald, Stralsund, Neubrandenburg zwischendurch immer wieder stundenlang auf irgendwelchen Abstellgleisen wartend, beim Rangieren hin und her gestoßen, landeten wir nach drei Tagen nachts in Berlin auf dem Ostbahnhof. Der Waggon, den ich nach der Wende auf dem Gelände des „U-Bootes", der Gedenkstätte Hohenschönhausen, besichtigen konnte, ist eine Luxusausführung. In den Zellen dieses Waggons kann man mit vier Mann bequem sitzen. In Greifswald standen wir an einem Bahnsteig. Durch einen schmalen, durchlöcherten Blechstreifen, der als Luftschlitz diente, konnten wir die Leute, die ausgestiegen waren, beobachten. Plötzlich blökte Selzer, der in der Zelle nebenan saß, wie ein Schaf. Eine Frau, die an unserem Waggon vorbeiging, erschrak heftig und lief hastig davon. Aber sonst waren es fürchterliche drei Tage. Zu zweit in einer engen Zelle, in der wir kaum sitzen konnten, mit dem Kanten Brot auf den Knien – das Stück Wurst verzehrten wir auf den ersten Kilometern – wo sollten wir sonst damit hin?

Es gab kein Regal zum Ablegen. Über der Zellentür brannte eine schwache Funzel von Glühbirne – wie üblich mit einer Glaskuppel und einem Drahtkäfig gesichert. Wozu brauchten wir auch helles Licht? Zu Lesen hatten wir sowieso nichts – auch der letzte Brief von zu Hause lag bei den Effekten. Ein Ausstrecken der Glieder war unmöglich. Heinz, der einige Zentimeter größer war als ich, versuchte, weil er mit den Knien gegen die Wand stieß, etwas schräge zu sitzen, aber das brachte nicht viel, weil ich dann total in die Ecke gedrückt wurde.

Wir versuchten zu schlafen: Einer lag auf der Sitzbank, mit den Beinen nach oben, und der andere hockte vor der Sitzbank. Aber das war auch unmöglich, denn nach kurzer Zeit schliefen die Beine von den Knien abwärts ein – eine echte Katastrophe.

Ich untersuchte – auf der Bank stehend –, ob man das Dach aufbrechen könnte – aber das Dach war stabil – ein Entkommen war unmöglich. Auf den Bahnhöfen wurden Häftlinge zu- und ausgeladen. Die beiden mitreisenden Polizisten ließen uns zwei Mal täglich zur Toilette gehen, immer darauf bedacht, dass nur ein Mann, oder eine von den vier oder fünf Frauen, dir mit im Zug reisten, auf dem Gang war.

Zwei Mal täglich gab es Kaffee – nicht immer heiß – denn wenn wir auf einem Abstellgleis standen, war das Transportieren des Thermokessels schwierig. Ein Mal täglich warmes Essen – meistens auch schon abgekühlt.

Dann der Bahnhof in Berlin. Wieder wurden Heinz und ich aneinander gefesselt. Das Aussteigen ohne Bahnsteig war mit den vom langen, beengten sitzen steifen Gelenken halsbrecherisch, denn der Waggon stand auf freiem Gelände ohne Perron. Eine starke, mit Maschinenpistolen bewaffnete, mit Wachhunden verstärkte Wachmannschaft umstand den Waggon und die „Grüne Minna“, in die wir eingeladen wurden. Beim Einsteigen in das Fahrzeug nahm man uns die Fesseln ab. Dann die halsbrecherische Fahrt durch die Stadt – wie immer, bis kurz vor einer Barriere, der Fahrer quatschte mit jemand, zehn Meter weiter, das Quietschen eines schweren Tores – stop – zehn oder fünfzehn Meter weiter – stop – das Tor wurde krachend geschlossen – zehn Minuten gar nichts. Dann einzeln aussteigen, ein Polizist blättert – mehr oder weniger sachkundig – in einer Handvoll loser DIN A 4-Blätter, verliest einen Namen, begutachtet den nervösen oder müden Häftling, der sich angesprochen fühlt und sich mit „hier“ meldet, stellt die Personalien fest – und – „Der Nächste!“. Wir standen hungrig, müde, zerschunden und frierend auf einem Gefängnishof, der von allen Seiten von vier- bis

sechsstöckigen Gebäuden mit vergitterten Fenstern umgeben war. Nachdem alle fünfzehn Mann, die aus der „Grünen Minna" nacheinander rausstolperten, aufgerufen waren, führte man uns in das Gebäude. Es ging zwei Treppen hoch, quer über eine Art Innenhof, Fußboden und Decke aus lichtdurchlässigen Glasbausteinen, in eine riesige Zelle.
„Sucht Euch ein Bett! Der Rest schläft auf Strohsäcken – die kommen gleich – Jeder nimmt sich zwei Decken und ein Handtuch vom Stapel – Brot und Kaffee gibt es auch noch!", sagte ein Kalfaktor in blitzsauberer Häftlingsuniform.
„Und wo sind wir hier?", fragte Rudi Riedel.
„In Berlin!", antwortete der Polizist, der die Sache beaufsichtigte, patzig.
„Darauf wär' ich nie gekommen!", maulte Rudi halblaut, als wir in die Zelle gingen.
„Weshalb fragen Sie denn so blöd?", polterte der Polizist und schlug die Tür hinter uns zu.
Es war ein Riesenraum. An den Längsseiten je Zehn doppelstöckige Betten.
In der Mitte ein langer Tisch mit zwei eben so langen Bänken.
An einer Seite Fenster, gegenüber ein Verschlag mit Toilette und Waschgelegenheit – wirklich, zwei Klobecken und einige Waschbecken – und darüber Wasserhähne mit fließendem Wasser!
Ich war unsagbar müde. Trotzdem musste ich an Fritz Reuter denken, der vor zirka einhundert Jahren auch auf einem Transport von einer Festung in die andere in Berlin in der Hausvogtei Station gemacht hatte und Berlin in keiner guten Erinnerung behalten hatte.
Deshalb fragte ich den Häftling, der sich im Bett aufrichtete, um zu sehen, wer die Nachtruhe störte: „Wo sind wir hier? Etwa in der Hausvogtei?"
„Wie kommste denn uf det schmale Brett? Hier biste in 'de Keibelstraße! Un nu lass' mich weiter penn'!", lautete die Antwort im unverkennbaren Berliner Dialekt.
Ich wartete, bis auf der Toilette ein Platz frei war, dann nahm ich mir zwei Decken und ein Handtuch – wirklich ein Handtuch – und nicht das fadenscheinige Rückenteil eines zerschlissenen Häftlingshemdes – vom Stapel, suchte mir einen Platz, wo niemand über mich stolpern konnte, faltete eine der Decken in der Mitte der Länge nach zusammen, breitete sie auf dem Fußboden aus, zog die Holzschuhe aus, legte sie so hin, dass sie mit Hilfe der Fußlappen und des darübergelegten Handtuches als Kopfkissen dienen konnten,

legte mich flach auf die Decke, deckte mich mit der zweiten Decke zu und schloss die Augen.
„Mensch, Siegie, was ist mit Dir los, da wär doch noch ein Bett frei – und ohne Strohsack!“, fragte Heinz.
Irgendwo ertönten vier Glockenschläge, danach zwei in einer anderen Tonlage.
„Lass mich endlich in Ruhe! Es ist zwei Uhr nachts!“
„Und Brot und Kaffee?“
„Schmeckt morgen früh auch noch!“ Und schon war ich im Reich der Träume. Ich wurde wach, weil um mir herum alles durcheinander wirbelte. Männer, einige hatte ich noch nie gesehen, zogen ihre Klamotten an, machten Kniebeugen oder andere Freiübungen – irgendwo lief Wasser aus einer Leitung – und die Geräusche einer Toilettenspülung. Es dauerte eine Weile, bis ich begriff, wo ich war.
„Mensch, Siegie, ich dachte schon, Du wirst überhaupt nicht munter heute – Du schläfst doch sonst nicht so lange!“, sagte Heinz, der mir Brot und Kaffee reichte, „Hab ich heut’ Nacht für Dich an Land gezogen!“
Ich stand auf, reckte mich, machte einige Kniebeugen, lachte und sagte: „Mensch, Heinz, ich glaube ich war noch nie so kaputt – auch nicht, wenn ich den ganzen Tag Zuckerrüben vom Ackerwagen in einen Bahnwaggon geschaufelt habe!“
Ich aß ein Stück Brot und trank den kalten Kaffee. Danach zog ich Jacke, Pullover und Hemd aus, nahm mein Handtuch und stellte mich an zum Waschen. Als ich dran war, sparte ich nicht mit dem Wasser!
„Wer hat hier heute Nacht nach der Hausvogtei gefragt?“, erkundigte sich ein älterer Häftling, nachdem wir unseren Morgenkaffee mit der dazugehörenden Kaltverpflegung verzehrt hatten.
Ich meldete mich.
„Und wie kommst Du darauf?“
„Ich habe Fritz Reuter gelesen und der beschrieb seine Erlebnisse in dem Bau!“, antwortete ich. Der Mann war Richter, hatte „Volkseigentümler“ zu milde bestraft, war durch einen „Volksrichter“ ersetzt worden und durfte jetzt die Leute, die er verurteilt hatte, in den nächsten fünf Jahren persönlich näher kennen lernen. Der Richter konnte aus seinen Erlebnissen interessante Sachen berichten. So hatte er in den ersten Nachkriegsjahren die „Gladowbande“ abgeurteilt. Das war eine Bande Jugendlicher, die in Berlin nach dem Vorbild des Amerikaners Al Capone Chicagoer Verhältnisse einführen wollte. Auch Einzelheiten über den Prozess gegen den DDR-Außenminister Dertinger konnte er berichten.

„So, aus Bützow kommt Ihr, das ist er mieseste Stall in der DDR!“, sagte der Richter. Er konnte auch erklären wieso: 1945 hatte die Rote Armee alle Häftlinge freigelassen. Da es sich dabei zum Teil um Schwerstverbrecher handelte, hatten die unter der Bevölkerung genau so gehaust und geplündert wie die Russen. Dann hatte die Rote Armee dort die russischen und ukrainischen Arbeiter, die in ihre Heimat zurück wollten und Teile der Wlassow-Armee, die ihr in die Fänge geraten waren, gesammelt und auf dem Gelände des Zuchthauses zusammen getrieben. Diese Menschen hatten im Zuchthaus alles, was nicht niet- und nagelfest war verbrannt, um sich Essen zu kochen. Dann war das Zuchthaus wieder zu seiner ursprünglichen Bestimmung verwendet worden – aber vollkommen demontiert.
„Aber der Knast ist doch total überbelegt!“, warf Rudi Riedel ein.
„Seit alters her sind die Knäste in Deutschland überbelegt!“, antwortete der Richter.
„Und was ist in Luckau los?“, wollten wir wissen.
„An sich ist es dort menschlicher – vor allem sauberer – dort sind nur achthundert Häftlinge, aber die haben sie richtig unter Kontrolle. Die Stasi hat dort unter den Häftlingen ein engmaschiges Spitzelnetz. Dort sitzen noch einige, die aus den NKWD-Lagern übrig sind, die also schon neun Jahre hinter sich haben!“
„Dann wissen wir ja jetzt, woran wir sind. Wir müssen uns unsere neuen Kameraden sehr genau ansehen!“, sagte Rudi Riedel.
So vergingen zwei Tage – ohne Freistunde an der frischen Luft. Dann wurde es langweilig. Es war ein ewiges Kommen und Gehen. Einige Häftlinge gingen, dafür kamen andere hinzu. Nach zehn Tagen wurden wir sechs-Mann-weise in einer „Grünen Minna“ abtransportiert. Wie konnte es anders sein? – Ich saß wieder in der hinteren Ecke zusammengekauert. Unterwegs eine Reifenpanne. Bis der Fahrer Wagenheber und Radmutternschlüssel gefunden hatte, dauerte zehn Minuten.
Dann die zweite Überraschung – auch das Ersatzrad war platt.
Es dauerte drei Stunden, bis die Begleitmannschaft mit dem reparierten Rad zurück war. Nach den Gesprächen der Wachmannschaft musste noch ein zweites Fahrzeug mit uns unterwegs sein.
„Seht zu, dass Ihr nach Luckau kommt! Wir müssen den Rest auch bis morgen aus Berlin holen, sonst läuft der Bau dort über!“
„Und Ihr hier?“
„Lasst uns zwei Mann und einen Hund hier! Aber beeilt Euch, damit wir noch vor dem Dunkelwerden hier weg kommen.

„Wird das nicht zu heiß in der Kiste? Und was macht Ihr, wenn die mal müssen?"
„Dann pissen sie eben in die Hose! Nun macht schon, dass Ihr weg kommt!"
Es wurde wirklich heiß in der Kiste – denn es war ein schöner, warmer Tag, wie sie in einem „Goldenen Oktober" vorkommen.
An diesem Tag kamen wir bis Cottbus. Dort hauste ich mit Zierow, Selzer und Schiller zwei Tage in einer großen Zelle.
Dann waren wir endlich in Luckau.
Die „Grüne Minna" hielt auf dem Giebelende eines dreistöckigen roten Backsteinbaues mit einem mit roten Ziegeln gedeckten Dach. Das nahm ich wahr, als ich ausstieg und meine Glieder reckte – ohne dass ich angepöbelt und zum Beeilen aufgefordert wurde.
„Jehn Se da rin, die Treppe rauf und warten Se dort! Halten Se Abstand – gequatscht wird nich!", sagte ein älterer Oberwachtmeister, der neben dem Wagen stand, indem er mit dem Kopf auf eine offene Tür deutete, ohne die Hände, die auf dem Rücken mit einem Schlüsselbund spielten, zur Hilfe zu nehmen. Ich ging in den Bau, die Treppe, zirka zehn Stufen, rauf und stellte mich mit einem Meter Abstand neben Heinz Zierow. Ein kleiner Kommissar in einer wirklich sauberen blauen Uniform verlas unsere Nahmen und verteilte uns auf die Zellen. Zierow musste auf Station drei, also in den zweiten Stock. Ich zog mit Selzer und Schiller in eine Zelle im ersten Stock.
„Jahnke, Sie werden bei uns unter 1403/54 geführt. Können Sie sich das merken? Und wenn nicht, hier ist eine Karte, ist am Bett zu befestigen!" Damit gab er mir eine rosa Karte etwa 7 x 11 cm groß.
Drei Betten – ein Doppelbett mit Strohsäcken, ein Klappbett, das an der Wand befestigt war und am Tag hochgeklappt wurde, der dazugehörige Strohsack lag unter dem Doppelbett. Ein Tisch und ein Hocker – beide an der Wand befestigt und hochgeklappt – ein dreibeiniger Hocker bildeten das Mobiliar – aber natürlich der Kübel, der verschämt hinter einer Art spanischer Wand, rechts neben der Tür stand, links neben der Tür eine emaillierte weiße Waschschüssel auf einem Waschschüsselständer, wie ich ihn noch von meiner Großmutter her kannte. Daneben ein Brett an der Wand, mit drei Nägeln an denen die Handtücher hingen.
Der Fußboden bestand aus gebohnerten Kiefernbohlen, auf dem unsere mit Gummistücken besohlten Holzschuhe hässliche schwarze Streifen hinterließen. Aber da wusste unser Kamerad Schiller Abhilfe. Er zog die Schuhe aus und band sich die Fußlappen wie Hausschuhe um die Füße. Selzer und ich folgten seinem Beispiel.

„Wozu sind die ollen Fußlappen sonst gut?“, dachten wir. Aber nicht so der kleine Kommissar, „Napoleon“ der uns am zweiten Tag zusammenstauchte, dass man so nicht mit wertvollem Volkseigentum umgehen darf!

Ansonsten verliefen die ersten drei Tage in Luckau ruhig. Durch das Fenster sahen wir auf den Hof. Auch das rechts zur Straße liegende Gebäude das gleichzeitig die Außenmauer zur Stadt bildete, mit der Schleuse in der Mitte, war ein dreistöckiger, roter Backsteinbau. Davor ein etwa zehn Meter breiter Streifen, der mit Feldsteinen gepflastert war. Das gegenüber liegende vierstöckige Gebäude, in dem die Arbeiter untergebracht waren, überragte alle übrigen Gebäude und das links liegende, dreistöckige Gebäude, in dem sich anscheinend eine Tischlerei befand, denn dort standen Möbel vor und neben der Tür, die am zweiten Tag auf einen LKW verladen wurden, waren grau verputzt.
Hinter dem gegenüber liegenden Gebäude und der Tischlerei verlief die ca. drei Meter hohe Außenmauer – ebenfalls grau verputzt.
Auf dem Hof wurde den ganzen Tag über die Freistunde abgehalten. Die unterschied sich nicht von der Freistunde in Bützow. Der Hof war ca. sechzig mal siebzig Meter groß, grüner Rasen. Etwa zwei Meter von der Rasenkante ein Weg aus Betonplatten, auf dem die Jungen und Gesunden ihre Runden drehten und in der Mitte ein kreisrunder Weg für die Älteren und Gebrechlichen.
Ich erkannte unter den Teilnehmern an der Freistunde den Drogisten Rolf Heinemann aus Dassow und Fritz Ott, der zu den Bauernjungen aus Tarnow gehörte. Brot bekamen wir soviel wir mochten – es schmeckte besser als in Bützow – oder lag es nur daran, dass es in ein Zentimeter dicke Scheiben geschnitten war?
Am vierten Tag, es war mein vierundzwanzigster Geburtstag, wurden wir zur Arbeit geführt. In die Schneiderei, die in dem Backsteinbau, der zur Straße hin lag, über der KFZ-Werkstatt, die sich neben der Schleuse befand, untergebracht war. Der Mann, der uns zur Arbeit einteilte, kannte mich. Er hieß: Franz Günter.
„Du warst doch in Bützow Reiniger auf A I und “, er drehte sich um, ob auch niemand gerade zuhörte, „der Mann mit dem Schlüssel oder nicht?“
„Ja, wieso?“
„Als ich dort in Absonderung saß, hast Du mir mal ’n Stück Brot extra gegeben – und ’ne Nachricht an einen Kumpel hast Du auch weitergegeben!“
„Das hab ich längst vergessen!“

„Aber ich nicht!“
Alle kamen an die Nähmaschinen – ich wurde Bügler.
„Hast Du schon mal ’n Bügeleisen in der Hand gehabt?“, wurde ich gefragt.
„Naja, ich durfte bei meiner Mutter immer die Taschentücher glatt bügeln, wenn sie mit der großen Wäsche fertig war und das Eisen schon fast kalt war!“
„Noch mit ’nem Kohleeisen – oder?“
„Ja!“
„Na siehste das wird schon gehen!“
Ich kam in die erste Schicht. Die hatte gerade Frühschicht und Wolfgang Engel, ein Spion aus Magdeburg mit Zehn Jahren Z, brachte mir den Umgang mit einem schweren, elektrischen Bügeleisen bei, das doppelt so schwer war wie Mutters altes Kohleeisen.
In den Zellenbau kam ich nicht zurück – wozu auch? Ich hatte dort nichts zurückgelassen. Ich zog in den vierstöckigen Bau, in dem die Arbeiter wohnten, auf Gang II im ersten Stock, in die Zelle 1, in das freie Bett über Fritz Schering, einem Likörfabrikanten aus Grabow.
In der ersten Nacht fing Fritz eine Wanze.
„Das kann ja heiter werden, meinen Großvater, der im ersten Krieg bei den Wandsbeker Husaren diente, haben sie aus der Ukraine in die Heimat versetzt, weil er sich mit diesen Biestern absolut nicht vertragen konnte!“, kommentierte ich Fritzes Fang. Aber es blieb, solange ich in der Zelle 1 wohnte, das einzige Exemplar dieser sonst in Luckau stark verbreiteten Tierart.
Sechs Doppelbetten standen in der Zelle. Links neben der Tür vier Doppelbetten, mit Gängen dazwischen, so dass jeder bequem an sein Bett gelangen konnte.
Neben dem letzten Bett vor der Außenwand eine Wand aus Schränken – für jeden Bewohner ein kleines Gelass für Essschüssel, Lebensmittel und persönliche Dinge, die sich immer wieder ansammelten. Neben der Schrankwand ein Fenster etwa eineinhalb mal eineinhalb Meter. Vor dem Fenster das übliche Gitter und schräggestellte Sichtblenden aus Milchglas. Vor dem Fenster ein kleiner Tisch für vier Personen. Daneben ein schmaler Gang, dann ein Doppelbett, das am Kopfende gegen das sechste Doppelbett stieß, dass quer zu den übrigen Betten stand. Über dem Bett ein Schrank, ca. ein Meter mal fünfzig mal fünfzig Zentimeter. Am Fußende des Bettes der Ofen, ein gusseiserner Kanonenofen, der mit Rohbraunkohle beheizt wurde. In der letzten Ecke neben der Tür, der Kübel – auch hier mit einer kleinen verstellbaren Sichtblende – und das Wasserfass mit den Waschschüsseln.

In der Mitte ein freier Raum, in dem ein größerer Tisch und zwei Bänke Platz hatten. Der Tisch war groß genug, um darauf Tischtennis spielen zu können. Fritz Schering hätte, vom Alter her, mein Vater sein können.
Er kannte mich aus Bützow – ich war auf A I-Reiniger, als er eines Abends als Neuzugang kam. Ich hatte seine persönlichen Sachen in einen Karton verpackt und die Zigaretten, die dabei waren, am nächsten Tag vor der Effektenkammer mit ihm geteilt.
„Was wolltest Du eigentlich mit den Zigaretten, wenn Du gar nicht rauchst?", maulte er, als er dahinter kam, dass ich nicht rauchte. Aber sein Zorn verrauchte in den nächsten Tagen sehr schnell, als wir uns besser kennen lernten. Wir freundeten uns an, waren immer einer Meinung und sprachen nur Plattdeutsch miteinander. Das führte manchmal zu Unmut unter den Kameraden, denn wir waren jetzt in der Lausitz und hier sprachen die Einheimischen eher sorbisch. Ich schlief also in dem querstehenden Bett, über Fritz, unter dem Schrank, mit den Füßen zum Ofen. In dem Bett, das mit dem Kopfende an mein Bett stieß, schlief Wolfgang Engel – so das wir auch hier unsere Köpfe zusammen stecken konnten, denn bei der Arbeit klappte es prima mit uns beiden. Ein alter Bekannter aus Bützow begrüßte mich beim Einzug in die Zelle: Hans Lübbe, der aus dem Lager Glowe geflohen war. Das mit dem Ofen war eine wunderbare Einrichtung. Wir konnten Bratkartoffeln machen und die Schneidewurst braten. Dies war eine Art Blutwurst, sie war sehr billig – sie kostete das Kilo fünf Mark – die wir beim Einkauf alle zwei Wochen kaufen konnten. Als Fritz und Hans mir davon zu kosten gaben – ich verfügte im ersten Monat über kein Geld – und die Bestellung war schon weg, als ich kam, sagte ich: „Na, der Hauptbestandteil außer etwas Blut und Speckwürfeln besteht doch wohl aus Sägespänen!"
Fritz, Hans und auch die übrigen Kameraden waren beleidigt! Aber ich änderte meine Meinung, nachdem ich die Schneidewurst gebraten probiert hatte. Gebraten schmeckte diese Wurst wunderbar!
Die Frühschicht begann um sechs Uhr morgens. Also: fünf Uhr Aufstehen, Waschen, Anziehen, vier Mann zur Küche Kaffee holen, Frühstücken und: „Frühschicht – Raustreten zur Arbeit!"
Vor dem Haus Antreten in Dreierreihen, Abzählen und Abmarsch.
Vor der Schneiderei noch Mal zählen – denn hier führte ein anderer Polizist die Aufsicht!
Dann „Einrücken zur Arbeit"!
Am Arbeitsplatz einige Worte mit dem Kollegen der Nachtschicht – „Ist das Gerät in Ordnung?"

„Ja, nichts Besonderes!"
„Also, dann bis morgen früh!"
Dann begann die Arbeit. Die Schneiderei war in zwei übereinander liegenden Räumen untergebracht. Im unteren Raum arbeiteten die Bänder 1 und 2 sowie die Ausfertigung, die Endkontrolle und der Versand. Darüber arbeiteten die Bänder 3 bis 6 und der Zuschnitt.
Als ich in die Schneiderei kam, stellten wir Arbeitsanzüge aus blauem Köperstoff her. Drei Bänder nähten Jacken und drei Bänder die dazu gehörenden Hosen zusammen.
Alle zwei Stunden fünf Minuten Pause. Die meisten meiner neuen Kameraden rauchten eine halbe Zigarette. Um zehn Uhr Frühstück – zehn Minuten. Kaffee holten die zwei Kalfaktoren, die auch fürs Kübeln zuständig waren und Müll und Stoffreste beseitigten.
Eine Schicht bestand aus achtzig Mann, die an sechs Bändern arbeiteten. An einem Band saßen zehn Mann, von denen jeder nur einen bestimmten Arbeitsgang erledigte. Wurde eine Arbeitsjacke genäht, so wurden alle Teile, wie sie vom Zuschnitt kamen, in eine kleine Kiste gelegt. Der erste Näher nahm die Rückenteile heraus und nähte sie zusammen. Das fertige Rückenteil legte er wieder in die Kiste und schob sie weiter. Der zweite Näher nahm einen Ärmel und nähte den zusammen. So ging es weiter, bis die fertige Jacke das Band verließ. Dann ging das Kleidungsstück durch die Ausfertigung – das heißt: Knopflöcher einschlagen und umsäumen, Knöpfe annähen und zuletzt landete alles bei uns auf dem Bügeltisch und wurde „Glatt gekloppt". Von uns kamen die Sachen dann zur Endkontrolle und anschließend zum Versand.
Alles ging nach einer bestimmten Norm. Die Näher hatten einen tariflichen Stundenlohn von achtundachtzig Pfennigen. Ich war Spezialist und bekam eine Mark und acht Pfennige. Diesen Betrag bezahlten die Cottbusser Kleiderwerke, für die wir arbeiteten, an die Anstalt. Die Anstalt zog ihren Anteil für Unterbringung und Bewachung ab, ein Teil ging als Rücklage auf ein Konto, damit man bei der Entlassung die Fahrkarte bezahlen konnte und ein Teil wurde als Familienunterstützung an die Angehörigen geschickt. So das einem Näher, wenn er 100 % schaffte, acht Mark im Monat blieben – die gerade für die Zigaretten und eine Zeitung langten.
Wenn es Aufträge gab, die lange liefen und das Band gut eingearbeitet war, so kamen die Jungs auf 250 % und verdienten entsprechend mehr. Auch konnten sie, wenn sie es schafften, ein Teil zwischendurch alleine nähen und so mehr Prozente für sich herausholen.
Ich kam im ersten Monat auf fünfundzwanzig Mark Eigenverbrauch, für die ich einkaufen konnte.

Die dreißig Mark Familienunterstützung schickte ich an meine Cousine Agnes, die damals einen Monat alt war. Ich hatte gerade einen Brief von meiner Schwester erhalten, in dem sie schrieb, dass Onkel Walter seine Erna geheiratet hatte und dass ihre Tochter Agnes Ende Oktober geboren war, als der Betriebsleiter der Cottbusser Kleiderwerke - ein Zivilist - mich fragte, ob ich Familienangehörige hätte, die ich unterstützen müsste. Ich war völlig überrascht und aus einen Impuls heraus gab ich den Namen meiner neugeborenen Cousine an.

Am zweiten Tag gab es Einkauf. Fast alle Kameraden hatten Harzer Käse gekauft. Aber dieser Käse musste erst noch nachreifen - er war innen noch weiß. Also wurde der Käse in die feucht gemachten Fußlappen gewickelt und in die Nähe des Ofens gelegt - bei mir auf dem Fußende auf den Schrank! Ich mochte den Harzer Käse schon vorher nicht - aber seit dieser Zeit habe ich ihn nicht mehr angerührt.

Den Ofen betreute Helmut Kümmeritz, einer von den „Oderbruchpiraten“. Helmut war in den letzten Kriegstagen im Kampfgebiet bei Halbe beim letzten Aufgebot gewesen und wurde dafür von der Roten Armee zum Minen räumen eingesetzt. Dabei trat er auf eine Mine. Dadurch war sein rechtes Bein total verkrüppelt und wir verschonten ihn mit allen schweren Arbeiten wie Kübeln und Essenskübel schleppen.

Die „Oderbruchpiraten“, eine Gruppe von sieben oder acht Dorfjungen, hatten Kaffee, Zigaretten und Schokolade aus dem nahen West-Berlin geholt und „verschoben“. Dabei waren auch West-Berliner Zeitungen und Illustrierte in den Oderbruch gelangt, was natürlich als Verbreitung von „Schund- und Schmutzliteratur“ besonders verwerflich und nach dem Artikel VI der DDR-Verfassung strafbar war. Helmut hatte dafür fünf Jahre eingefangen. Er war ein schlichter, einfacher, immer hilfsbereiter und zu Späßen aufgelegter Junge, dem man nicht böse sein konnte. Die Sache mit dem Ofen hatte er wirklich voll im Griff. Wir bekamen täglich eine Kiste Rohbraunkohle und einige Stücke Anmachholz zum Anzünden.

Wenn es in Luckau auch in allem sauberer und menschlicher war als in Bützow, das Kübeln im Arbeiterbau war eine vorsintflutliche Sauerei. Wir mussten die Kübel die Treppen runter tragen. Draußen auf dem Hof stand ein Jauchewagen. Daran stand eine Art Treppe mit einem Podest. Auf dieses Podest mussten die Kübel getragen und in das Jauchefass entleert werden. Das Kübeln ging reihum, jede Doppelbettbesatzung war einmal dran.

Wasser zum Waschen war immer reichlich vorhanden. Das Wasserfass konnte an einem Wasserhahn auf dem Gang bei Bedarf nachgefüllt werden. Das Schmutzwasser wurde in einem zweiten Fass gesammelt und über das Becken unter dem Wasserhahn entsorgt. Die Waschschüsseln reinigte Kümmeritz mit Asche aus seinem Ofen.
Während der Arbeit saß ich in den Pausen meistens mit Fritz Schering zusammen auf meinem Bügeltisch. Hier konnten wir uns ungestört unterhalten.
Ihm hatten sie sieben Jahre wegen Verstoß gegen den innerdeutschen Zahlungsverkehr verpasst – und das auf eine ganz miese Tour. Es gab in der DDR keine Korken aus Kork für seine Likörflaschen. Es gab nur Holzkorken. Aber eine seiner Likörsorten vertrug die Holzkorken nicht. Von einem Lieferanten, den er noch von vor dem Krieg kannte, der in Ost-Berlin wohnte, konnte er noch zwei Kartons echte Korken bekommen. Fritz ließ die Korken durch einen Spediteur befördern. Er bekam die Rechnung mit der Post zugeschickt und wollte sie bei einem Besuch in Berlin in bar bezahlen. Nun war der Lieferant aber in der Zwischenzeit nach West-Berlin geflohen. Fritz besorgte sich die West-Berliner Adresse, suchte seinen Lieferanten in West-Berlin auf und bezahlte seine Rechnung gegen Quittung.
Diese Quittung heftete Fritz ordnungsgemäß mit der Rechnung ab. Aber auf dieser Quittung stand neben dem Datum: Berlin-Neukölln – und Neukölln gehörte zu West-Berlin! Also hatte Fritz Mark der DDR nach West-Berlin ausgeführt – und das war verboten! Über diese Korkenlieferung stolperte ein Prüfer des Finanzamtes im April 1953. Fritz bekam sieben Jahre und seine Firma wurde enteignet. Mit viel Lauferei gelang es seiner Frau, dass sie mit den vier Kindern im Haus wohnen bleiben konnte.
Bei der Arbeit saß Fritz neben Harry Schlicht. Fritz zeichnete mit Hilfe einer Schablone die Stellen an, wo die Knöpfe angenäht werden mussten, Harry nähte mit einer Spezialmaschine die Knöpfe an und Fritz schnitt anschließend die Fäden ab, das heißt, Harry zog beim Annähen der Knöpfe an eine Jacke oder Hose die Fäden von einem Knopf zum nächsten mit ohne den Faden abzuschneiden. Das Abschneiden der Fäden erledigte Fritz.
Harry hatte im Krieg bei der SS-Einheit des Generals Dirlewanger gedient – eigentlich, ähnlich wie die Einheit 999, eine Bewährungseinheit. Aber Dirlewanger hatte hauptsächlich Partisanen bekämpft. Deshalb stand die Einheit komplett auf der Kriegsverbrecherliste. Harry gehörte zu denen, die schon Buchenwald und

Waldheim hinter sich hatten. Er war ein absoluter Einzelgänger, der niemanden an sich heranließ. Wenn an seiner Maschine ein Fehler auftrat blieb er sitzen und schickte Fritz los, um den Mechaniker zu holen. Er verlies seinen Arbeitsplatz nicht.
Ich war kaum drei Wochen in Luckau, da fiel unseren Bewachern ein, dass wir während der Freistunde auch gymnastische Übungen machen könnten.
Wir hatten Frühschicht, hatten auf dem Weg von der Schneiderei zur Unterkunft, der an der Küche vorbei führte, den Kessel mit dem Mittagessen abgeholt. Helmut Kümmeritz verteilte das Essen – und als wir es uns nach dem Essen zu einem Nickerchen auf den Betten bequem gemacht hatten, knackte es im Lautsprecher auf dem Flur und der „Schiefe Willie", wie wir den diensthabenden Polizisten nannten, scheuchte uns mit der Durchsage: „Gang zwei, Tischler und Schneider raustreten zur Freistunde!" aus den Betten.
„Pironje", wie wir den auf den Gängen arbeitenden Schließer nannten, schloss die Zellen auf und wir gingen, nachdem wir unsere Schuhe angezogen hatten, hinunter auf den Hof. Ich hatte den Hof halb umrundet und befand mich vor dem Zellenbau, da kommandierte der „Schiefe Willie": „Das Ganze halt! Ab heute werden bei der Freistunde Gymnastikübungen gemacht! Wer macht den Vorturner?"
Ich hörte, wie mein Freund Fritz Schering, der sich gerade in den Kreis einordnen wollte, sagte: „Der Jahnke hat es in Bützow immer sehr gut gemacht!"
„Wo ist der Strafgefangene Jahnke?", rief der „Schiefe Willie" quer über den Platz.
„Hier!", rief ich zurück.
„Beginnen Sie mit den Freiübungen!", tönte es zurück.
Ich stellte mich mit dem Rücken zum Zellenbau und – na, ich möchte sagen – brüllte mit allem, was meine Stimme hergab, über den Platz, um meine Kameraden dazu zu ermuntern, dass sie die von mir vorgeführten Übungen nachahmten. Meine Rufe prallten gegen die Wand des Arbeiterbaus, der Schneiderei und der Tischlerei und wurden vom Echo über die Mauer weg in die Stadt getragen.
Nach ca. zehn Minuten beendete der „Schiefe Willie" die Freiübungen und nachdem wir noch einige Runden gedreht hatten, gingen wir wieder in unsere Zellen.
Als ich die Wendeltreppe, die zu den oberen Gängen führte, betreten wollte, rief mich der „Schiefe Willie" zu sich in den Wachraum und gab mir einige bedruckte Blätter: Eine Art Anleitung zu den gewünschten Freiübungen.

Auf der Treppe, neben einem Fenster, blätterte ich kurz die Anleitungen durch. Das erste Blatt beschrieb die Übung: „Der Hampelmann". Plötzlich bäumte sich etwas in mir auf! So nicht!!
„Fritz, was besseres fiel Dir nicht ein, als mich zum Vorturner zu empfehlen!", fiel ich über Fritz her, als ich in die Zelle kam.
„Ich hab es doch nur gut gemeint – und ich war mit Dir immer zufrieden – und alle anderen auch!", verteidigte sich Fritz.
„Du magst ja Recht haben! Aber guck Dir das an!" Damit warf ich ihm die Anleitung, die ich eben im Wachraum erhalten hatte, auf sein Bett, bedeutete ihm aber hier den Mund zu halten.
Am nächsten Tag, als wir in der Pause nebeneinander auf dem Bügeltisch saßen, sagte ich zu ihm: „Ich lasse mir nicht von denen befehlen, dass ich mich – und mit mir Euch alle – vor denen zum Hampelmann mache!"
Die Übung „Der Hampelmann" bestand aus zwei Sprüngen. Beim ersten Sprung sprang man aus dem Stand hoch und landete mit gegrätschten Füßen wieder auf dem Boden, Gleichzeitig riss man die Arme hoch und klatschte die Hände über dem Kopf zusammen. Beim zweiten Sprung ging man zurück in die Grundstellung mit den Händen an der Hosennaht.
„Und was willst Du dagegen tun?", fragte Fritz.
„Die Übung lass' ich einfach weg und dann sehe ich, was passiert".
Aber es kam ganz anders!
Als ich am Nachmittag wieder mit dem Rücken zum Zellenbau stand und meine Kommandos brüllte und die hundert Häftlinge der ersten Schneiderschicht und der Frühschicht der Tischler willig meinen Anleitungen folgten, kam „Pironje", der die Aufsicht hatte, und sagte zu mir: „Hörren Sie Jannke, Sie machen das serr gutt – aber viel zu laut!"
„Leiser kann ich das nicht, Herr Oberwachtmeister!"
„Pironje" drehte sich wortlos um und ging.
Beim Einrücken nach der Freistunde winkte der „Schiefe Willie" mich zu sich und sagte: „Jahnke, so geht das nicht! Sie wecken ja die ganze Stadt aus dem Mittagsschlaf!"
Ich zuckte mit den Schultern, grinste ihn an und ging.
Am nächsten Tag machte Kostuckowski den Vorturner. Aber der brachte keinen Schwung in die Sache und immer mehr Häftlinge gingen in den Innenkreis, der eigentlich für die Älteren und Fußkranken gedacht war, um an den Freiübungen nicht teilnehmen zu müssen.
So schlief die Sache mit den gymnastischen Übungen langsam ein.
Kostuckowski war ein undurchsichtiger Typ. Er war zwar nach

dem Artikel VI verurteilt, aber Albert Lau, der in Bützow im B-Haus in der U-Haft mit ihm in einer Zelle saß, hatte uns schon vor ihm gewarnt – und jetzt saß ich mit diesem Kerl in einer Zelle.
In der Schicht arbeitete er als Springer. Das heißt, er, als gelernter Schneider, beherrschte alle Positionen eines Arbeitsganges und wurde zur Hilfe geholt, wenn einer der Näher Probleme hatte. Als Springer konnte er, um ausgelastet zu sein und um sein Soll erfüllen zu können, ganze Teile in eigener Regie zusammennähen. Aber immer wieder kamen von der Endkontrolle Beanstandungen, dass er unsauber arbeitete – er pfuschte, wie Wolfgang Engel sagte.
Bela hatte Recht behalten, an die acht Stunden regelmäßige Arbeit hatte ich mich schnell gewöhnt. Auch an den ungewohnten Schichtbetrieb gewöhnte ich mich allmählich.
Die Spätschicht begann um 14 Uhr und endete um 22 Uhr, von 22 Uhr bis 6 Uhr früh ging die Nachtschicht. Die Nachtschicht hatte es in sich! Nicht, dass die Arbeit anstrengender war, nein, man kam einfach nicht richtig zur Ruhe! War man gerade eingeschlafen, gingen die Tagesschneider, die auf dem gleichen Gang wohnten, deren Arbeit um 8 Uhr begann, zur Arbeit und kamen zum Mittagessen wieder in ihre Zelle zurück. Wenn die Leute, die auf den oberen Gängen wohnten, zur Freistunde gingen, ging das nicht geräuschlos ab, weil sich die Treppe nur fünf Meter vor unserer Tür befand. Wenn so eine Woche Nachtschicht am Sonntag Morgen um sechs Uhr vorbei war, waren wir richtig froh, weil wir erst am Montag wieder zur Spätschicht mussten.
Der November verging und auch der Dezember neigte sich seinem Ende zu, da hieß es wieder ein Mal : Strohsäcke stopfen! Jeder durfte sich seinen Strohsack selber füllen. Ich stopfte erst meinen richtig prall voll und half dann Fritz, dem diese Arbeit nicht so von der Hand ging. Als wir in der Zelle zurück waren und Fritz seinen Strohsack im Bett verstaut hatte, sagte Helmut: „Mensch Fritze, Du passt doch mit Deinem Spitzkühler gar nicht mehr unter Siegies Bett.“
Nun ja, Fritz hatte mit seinen ein Meter neunzig wirklich einen „Spitzkühler“, wie Kümmeritz seinen Bauch zu nennen pflegte. Aber Fritz passte in sein Bett – wenn zuerst auch knapp – aber nachdem er einige Nächte auf seiner neuen Unterlage geschlafen hatte, war er sehr zufrieden und Kümmeritz meinte: „Siegie, das nächste Mal musst Du mir meinen Strohsack auch stopfen!“
Kostuckowski maulte: „Wie kann man so mit dem Volkseigenem Stroh umgehen!“
Ich parierte: „Wenn ich für einem volkseigenem Betrieb ordentliche

Arbeit leiste, darf ich dafür doch auch wohl in einem ordentlichen volkseigenem Bett schlafen!"
Kurz vor Weihnachten besuchte mich Onkel Walter. Er war um zwei Uhr nachts mit dem Fahrrad zu Hause aufgebrochen, um um vier Uhr in Ludwigslust den Zug zu erreichen. Über Lübben und Lübbenau kam er nach Luckau, um sich eine halbe Stunde mit mir zu unterhalten. Am nächsten Morgen um vier war er wieder zu Hause.
Wie wir es gewohnt waren, unterhielten wir uns in unserer plattdeutschen Heimatsprache – das missfiel dem den Besuch überwachenden Oberwachtmeister, der diese Sprache nicht verstand. Wiederholt ermahnte der Polizist uns, uns doch auf Hochdeutsch zu unterhalten. Wir versuchten es, aber nach drei Sätzen rutschten wir immer wieder ins Plattdeutsche.
In der Schicht, am Band eins, zusammen mit Helmut Kümmeritz, Hans Lübbe und Kostuckowski als Springer, arbeiteten auch zwei Freunde, Herbert Krüger und Horst Lemke, ehemalige Traktoristen einer MTS bei Frankfurt/Oder.
Sie hatten gemeinsam in einer Kneipe mit ihrer Brigade, insgesamt sieben Mann, und einigen Freunden, zu denen auch der „Dorfsheriff" gehörte, den Geburtstag ihres Brigadiers gefeiert. Sie hatten bemerkt – oder unter dem Einfluss von einigen Bieren festgestellt – dass das Bildnis des DDR-Staatspräsidenten Wilhelm Pieck irgendwie schief an der Wand hing. Herberts Versuch das Bild gerade zu rücken, misslang. Sie wollten der Sache auf den Grund gehen. Der Fehler war, dass die Öse, mit der das Bild am Nagel hing, nicht mittig angebracht war – das konnte man doch ändern – also Kneifzange her und die Öse entfernen. Mit einem Zollstock die genaue Mitte festlegen und die Öse genau mittig neu befestigen. Dabei ging ein Schlag mit dem Hammer vorbei und das Glas zerbrach.
Was nun?!
Horst fegte die Scherben zusammen und brachte sie auf den Müllhaufen. Der Brigadier steckte Bild und Rahmen kurzerhand in den Ofen und die Feier ging weiter!
Am nächsten Tag landete die Traktoristenbrigade in der Stasizentrale des Bezirks Frankfurt/Oder.
Vom Bezirksgericht Frankfurt/Oder bekam Herbert fünf, Horst vier, der Brigadier drei und die restlichen vier je zwei Jahre Z. nach Artikel VI der DDR-Verfassung. Das war im Herbst 1953 gewesen. Da man auf die Traktoristen bei der Arbeit auf den Feldern schlecht verzichten konnte, hatte man die vier zu je zwei Jahren verurteilten nach zwei Monaten auf Bewährung entlassen. Horst Lemke und der Brigadier gingen zu Weihnachten 1954 nach Hause.

Herbert Krüger blieb allein zurück. Er war vierundzwanzig Jahre alt und seit drei Jahren verheiratet. Aber plötzlich reichte seine Frau die Scheidung ein. Wieso?! Das erfuhr Herbert, als sein Vater ihn besuchte. Seine Frau hatte schon vor seiner Verhaftung ein Verhältnis mit dem „Dorfscheriff" angefangen. Jetzt fiel es Herbert wie Schuppen von den Augen!: Der „Dorfscheriff" – nicht viel älter als er – hatte nur nach einem Vorwand gesucht, um ihn hinter Gitter zu bringen.
In seiner Wut stürzte er sich in die Arbeit und nähte in jeder Schicht drei bis vier Arbeitsjacken zusätzlich alleine zusammen. Dabei tat er sich mit Kümmeritz zusammen, der im Band vor ihm saß. Beide ergänzten sich, weil sie ihre „Positionen" bestens beherrschten. Das ärgerte nun wiederum Kostuckowski, weil der sich verstärkt um den langsamsten Näher im Band kümmern musste, was ihm weniger Prozente einbrachte.
Nach Weihnachten orderte die rote Armee dreißigtausend weiße Kragenbinden bei den Cottbusser Kleiderwerken. Nur ein Band wurde für diese Arbeit umgestellt – natürlich das Band eins, in dem Herbert und Helmut an der Nähmaschine saßen. Zunächst schimpften sie. Aber nach einigen Tagen hatten sie sich eingearbeitet: Herbert nähte die Binden zusammen und drehte sie um und Helmut nähte zum Schluss haarscharf an der Kante entlang und gab den Binden den richtigen Schliff. Das ging noch besser, wenn ich die Binden vor Helmuts Naht glatt bügelte. So schafften wir in einem Monat 300 %. Das brachte für jeden von uns sechzig Mark Eigenverbrauch.
So wie es bei der Wachmannschaft am 1. Mai und am 7. Oktober, dem Tag der Republik, Sterne regnete, so zahlten auch die Cottbusser Kleiderwerke einen Betrag an ihre Arbeiter, der als Prämie für besondere Leistung ausgezahlt wurde. Am 7. Oktober 1955 konnte Werner Steike, unser Schichtführer, auf diesem Weg 150 Mark an seine Mitarbeiter verteilen. Fünfzehn von den Nähern, die immer saubere Arbeit machten, bekamen jeder 10 Mark. Zu den Premierten gehörten Helmut Kümmeritz und Herbert Krüger.
Wir hatten Nachtschicht. Ich bügelte Nähte aus, da regte sich Fröbe, einer der Watteleger – die Watteleger legten die Wattierung zwischen Ober- und Futterstoff und hefteten die Teile zusammen, bevor sie zu den Nähern zum Steppen kamen – darüber auf, der Schichtführer hätte wieder Mal seine Lieblinge bedient.
Ich hörte das und legte mein Veto ein: „Hör mal zu, Fröbe, dieses Mal haben wirklich Leute eine Anerkennung bekommen, die sie wirklich verdienen.

Diese Jungens geben sich wirklich Mühe und arbeiten sauber!"
„So, Du gehörst wohl auch dazu – oder?"
„Nein, ich verdiene auch so genug!"
„Aber, es ist so, wie ich es sage – ich werde mir das merken, Du wirst mir schon noch mal über den Weg laufen!", giftete Fröbe mich an.
Fröbe hatte beim „Wachbataillon Wilhelm Pieck", also einer Staeinheit der „KVP" gedient. Die Meisten von uns mieden ihn: „Der ist nicht echt! Der arbeitet immer noch für seine alte Firma!"
Keine zehn Minuten später stand Siegfried Götze, der Bandleiter einer der oberen Bänder, neben mir und fragte: „Was hast Du eben mit Fröbe gehabt?"
„Eigentlich gar nichts, ich hab ihm nur meine Meinung gesagt!", sagte ich und schilderte ihm meinen Wortwechsel mit Fröbe. Götze ging, ich arbeitete weiter.
Nach zehn weiteren Minuten kam der Schichtführer: „Siegie, geh Mal nach oben zu „Petrus"!"
Der Hauptwachtmeister Fechtner, wir nannten ihn: „Petrus". Der Mann war über siebzig Jahre alt, ein Meter achtzig groß, breitschulterig, überzeugter, alter Kommunist, tat immer noch seinen Dienst – er war so etwas wie ein Altenteiler. Er beaufsichtigte uns vorwiegend in der Nachtschicht – eine Arbeit, die bei den jüngeren Beamten nicht allzu beliebt war. Er machte zwei- bis dreimal nachts, in etwas gebeugter Haltung, seine Runde, sah den Nähern über die Schulter, auch mir schaute er zuweilen bei der Arbeit zu – wobei er bestrebt war, niemanden zu stören. Die übrige Zeit saß er im Wachzimmer im oberen Stock, rauchte Zigarren und lass das „Neue Deutschland", oder wie wir diese Zeitung nannten: „Novoja Njemetzima".
Als ich in das Wachzimmer trat, saß „Petrus" in einer Art Lehnstuhl, er legte die Zeitung sauber zusammen auf den Tisch, der neben seinem Stuhl stand und sagte: „Setzen Sie sich!", dabei deutete er mit der Hand einladend auf einen Stuhl, der auf der anderen Seite des Tisches stand. Ich setzte mich, „Petrus" sah mich an.
„Weshalb sind Sie in Haft?", fragte er. Ich dachte: Was will er von mir? und sagte: „Der Offizier der Staatssicherheit in Schwerin warf mir vor ein Kulak zu sein!"
„Petrus" zog ein paar Mal kräftig an seiner Zigarre, sah mich schmunzelnd, schräg von der Seite an und sagte: „So wie Sie arbeiten, können Sie doch wohl kein Kulak sein – oder haben Sie sich in der Haft schon so gewandelt? Aber nun mal ehrlich, weshalb sind Sie wirklich drin? Aber kurz und knapp, die Arbeit darf nicht warten!"

In wenigen Sätzen schilderte ich ihm mein Leben. „Petrus“ hörte zu und dann unvermittelt: „Und was hatten Sie mit Fröbe?“
Auch das berichtete ich mit wenigen Sätzen.
„So, so, hat er Sie bedroht?“
„Er sagte, er würde sich das merken, bis ich ihm mal wieder über den Weg laufen würde!“
„Das reicht, Jahnke, den lass' ich ablösen!“
Am nächsten Tag war Fröbe im Zellenhaus. Im unteren Bett neben der Schrankwand hatte Otto Weichert sein Lager. Otto stammte aus Guben. Die Neiße trennt diese Stadt in einen deutschen und einen polnischen Teil. Ottos Elternhaus lag jetzt im polnischen Teil. Während des Krieges hatte Otto mit der großdeutschen Wehrmacht „Europa bereist“. Überall, wo was los war, war er dabei. Am Ende des großen Schlamassels erwischten ihn die Amerikaner in Süditalien und ließen ihn zwei Jahre in Texas Baumwolle pflücken und Bäume fällen. Über die Amerikaner beklagte sich Otto nicht. Sie hatten die deutschen Gefangenen weder hungern noch frieren lassen. Nur Eines nahm er ihnen Übel: Sie hatten ihm bei ihren Umschulungslehrgängen eine Landkarte gezeigt, auf denen die Besatzungszonen abgebildet waren, wie Deutschland aufgeteilt werden sollte, wie es im Februar 44 in Jalta beschlossen wurde. Otto hatte diese Karte genau studiert und war beruhigt nach Hause gefahren. Auf der Karte in Texas war die Glazer Neiße als Grenze eingezeichnet – aber als Otto zu Hause ankam, war die Görlitzer Neiße die Grenze und Ottos Heimat lag jetzt in Polen. So zog Otto in das Haus seiner Schwiegereltern auf der deutschen Seite der Görlitzer Neiße, wo seine Familie auf ihn wartete. Aber auf einer Kundgebung, auf der Wilhelm Pieck, der auch aus Guben stammte, als Hauptredner auftrat und diese Grenze als „Friedensgrenze“ verherrlichte, kam der ganze Groll in Otto wieder hoch und er sagte auf dem Heimweg zu einem Bekannten: „Wenn das mal anders kommt, werd' ich ihm schon zeigen, was ich von dieser „Friedensgrenze“ halte, da braucht mir keiner bei zu helfen!“
Diese Äußerung brachte Otto fünfzehn Jahre ein. Fünf Jahre hatte er rum. Bei der Arbeit zeichnete Otto die Stellen an, wo sein Maschinist „Jumbo“, ein Spion, der ein Bein im Krieg verlor, aus Neubrandenburg, die Knopflöcher einschlug und umsäumte und schnitt die Fäden ab, wie Fritz es bei den Knöpfen machte. Nichts konnte ihn aus der Ruhe bringen. Seine Frau besuchte ihn alle drei Monate, die Pakete kamen von seinem Sohn, der in den Westen geflohen war und im Kohlenpott an der Ruhr Arbeit gefunden hatte.
„Du kannst Dir nicht vorstellen, was das für ein Gefühl ist!“, sagte

Otto, „Wenn Du an der Neiße stehst, auf dem jenseitigen Ufer Dein Elternhaus siehst, das Dir eigentlich gehört und Du kannst da nicht hin!“
„Doch“; entgegnete ich, „wenn ich vom Tanz in Hohenschönberg morgens auf der Küstenstraße nach Hause fuhr und auf der Holsteinischen Seite die Lichter von Grömitz und Timmendorf sah, habe ich oft an das Fontanesche Gedicht gedacht: „Sah unserer Fenster lichten Schein und zählte und konnte nicht drüben sein!““
Nach der Arbeit saß er zuweilen stundenlang am Fenster, verschob einen Streifen der Milchglas-Sichtblende um einige Zentimeter und schaute, über die Außenmauer hinweg, in den Hof des Nachbargrundstücks. Dort war eine Einheit der „Freunde“ von der roten Armee untergebracht. Meistens exerzierten dort die Rekruten unter dem Kommando eines Unteroffiziers, oder versuchten sich im Bockspringen. Eines Tages rief Otto: „Das müsst Ihr Euch ansehen, seht Euch diese steifen Böcke an!“
Herbert und ich räumten den Tisch beiseite, hockten uns vor das Fenster und sahen auf den Nachbarhof.
Die Russen hatten ein Langpferd aufgestellt und versuchten darüber hinweg zu grätschen.
Aber nur dem Unteroffizier gelang diese Übung auch gerade so, ohne dass er mit dem Hinterteil auf dem letzten Ende des Turngerätes hängen blieb. Die meisten schafften es nur bis auf die Mitte, einige liefen mit Bauch oder Brust dagegen.
Ein junger Offizier stand daneben und schaute sich die Sache eine Weile an. Dass ihn die sportliche Leistung der jungen Soldaten verdross, sah man daran, dass er seine Schirmmütze mehrmals nervös in den Nacken schob und wieder nach vorn in die Stirn rückte. Dann ließ er die Rekruten neben dem Turngerät antreten, trat einige Meter zurück, nahm Anlauf und grätschte in voller Uniform, in Stiefeln, mit Mantel und Mütze über das Gerät hinweg. Er drehte sich um, bückte sich nach seiner Mütze, die ihm vom Kopf geweht war, klopfte kurz den Sand von der Mütze, setzte sie auf – indem er sie weit in den Nacken schob und verschwand wortlos aus unserem Blickfeld.
Wie die begossenen Pudel standen die Rekruten da und versuchten weiter über das Pferd zu springen.
„Mit sowas wollen die nun die Welt erobern!“, sagte Otto und legte sich auf sein Bett.
„Bis an die Elbe sind sie immerhin schon gekommen!“, sinnierte Herbert.
Am Oster-Sonnabend war mit der Spätschicht Feierabend.

Am Sonntag morgen um vier Uhr heulten die Sirenen.
Feueralarm!
Was war passiert? Alles blieb still.
Die Kaffeeholer, die erst um zehn Uhr zur Küche gelassen wurden, brachten die Neuigkeit mit: In der Schneiderei hatte es gebrannt.
Gegen elf Uhr holten sie Wolfgang Engel. Nach einer Stunde kam er zurück. Das Feuer war an seinem Arbeitstisch ausgebrochen. Das war uns völlig unerklärlich. Wir hatten die Bügeleisen auf den dafür vorgesehenen Ständern abgestellt und den elektrischen Strom ausgeschaltet.
Kurz nach dem Mittagessen holten sie mich in die Verwaltung. Der Oberkommissar Nawrott befragte mich in Anwesenheit des „Schleichers", eines jungen Kommissars, der innerhalb der Anstalt für die Staatssicherheit zuständig war, über das Ende der Spätschicht am Sonnabend. Soviel ich wusste, war der Schichtführer der Letzte, der die Schneiderei verließ, nachdem er am Hauptschalter die Stromzufuhr unterbrochen hatte.
Der entstandene Schaden war nicht allzu groß. Eine Streife hatte den Brand frühzeitig bemerkt und der Feuerlöscher, den sie im Eingang zur Schneiderei von der Wand nahmen, funktionierte.
Nur unser Bügeltisch war zur Hälfte verbrannt und die Wand und ein Teil der Decke waren von Qualm schwarz gemustert.
Die Tischler reparierten unseren Arbeitstisch, wir bezogen ihn neu und die Arbeit konnte weiter gehen. Aber nach einer Woche verlegten sie Wolfgang in eine andere Anstalt.
Da in dieser Zeit die Produktion von Watte-Schutzanzügen anlief, bei denen nur die Nähte auf der Innenseite der einzelnen Teile glatt gebügelt wurden, eine Arbeit, die ich alleine schaffte, blieb ich der einzige Bügler in der Schicht. Es gab aber auch Zeiten für mich, in denen ich wenig zu tun hatte. Die Teile der wattierten Anzüge mussten von den Nähern erst gesteppt werden, bevor sie zusammen genäht wurden.
„Was soll ich in den Pausen tun?", fragte ich den Schichtführer.
„Näh' Knöpfe an!"
Die Maschine, mit der sonst die Knöpfe angenäht wurden, schluckte die wattierten Kleidungsstücke nicht. Jetzt mussten die Knöpfe mit der Hand angenäht werden.
Das war für mich eine echte Katastrophe!
Während die Knopfannäher spielend ihre sieben- bis achthundert Knöpfe annähten, kam ich mit meinen „Pranken" höchstens auf siebzig bis achtzig Knöpfe. Nach fünfzig Knöpfen konnte ich kaum die Nadel fassen.

Da erbarmte sich Richard Göritz, der Versandleiter, meiner. Richard stellte die einzelnen Lieferungen zusammen und verpackte sie in Kisten. Ich brachte die fertigen Sachen, die nicht sofort zum Versand gingen, in das Lager. Das Lager befand sich hinter dem Zellenbau an der Außenmauer. Hier lagerten auch die Kisten, in denen die Sachen verschickt wurden. Einige Tage wurde ich dort eingeschlossen und reparierte die Kisten, die zu Bruch gegangen waren. So konnte ich unsere Zelle mit zusätzlichem Brennholz versorgen und Kümmeritz briet Schneidewurst und Kartoffeln.
Wieder einmal waren die Cottbusser Kleiderwerke mit unserer Arbeit zufrieden und wollten uns etwas Besonderes zukommen lassen. So schenkten sie uns eine kleine Bibliothek – dreißig bis vierzig Bücher. Eine Liste ging von Mann zu Mann, in die jeder eintrug, welche Bücher er lesen möchte. Ich kreuzte vom „Stillen Don" Band drei und vier an.
Zwei Tage später kam Peter Heilmann, der die Bücher verwaltete zu mir und fragte: „Wieso hast Du nur den dritten und vierten Band vom „Stillen Don" bestellt?"
„Weil ich Band eins und zwei schon gelesen habe!"
„Und wieso liest ausgerechnet Du Scholochow?"
„Weil man den lesen kann! Scholochow beschreibt doch sachlich und realistisch wie es gewesen ist – und man kann sich doch ausrechnen wie es auch bei uns kommt!"
„Aber das Buch beschreibt doch nur das Leben der Donkosaken bis zum Ende der Revolution!"
„Das schon, aber in „Neuland unter'm Pflug" beschreibt er wie es weiterging!"
„Das hab ich noch nicht gelesen!"
„So verschieden sind eben die Interessen der Menschen. Der eine liest das „Kapital" von Marx, der andere informiert sich über die praktische Durchführung dieser Idee, wie sie Scholochow beschreibt!", entgegnete ich.
Peter Heilmanns Eltern waren als überzeugte Kommunisten in einem Hitler – KZ umgekommen.
Peter war hoher FDJ-Funktionär, aber irgendwie in Ungnade gefallen und hatte von zehn Jahren die Hälfte rum.
Otto beobachtete mein Gespräch mit Heilmann und warnte mich: „Sie Dich vor mit Dem. Das ist eine Drecksau ersten Ranges!"
Aber mein Wortwechsel mit Peter Heilmann blieb für mich ohne Folgen.
Im ersten oberen Bett neben der Tür schlief Dieter Wagner, ein Bauernsohn vierundzwanzig Jahre alt, aus der Gegend von Nauen bei

Berlin. Ihm gehörte eigentlich der Hof, zu dem etwa dreißig Hektar Land gehörten, denn sein Vater war im Krieg gefallen. Er war als einziger Sohn langsam in die Rechte und Pflichten eines selbstständigen Bauern hineingewachsen. Jetzt hatte seine Mutter einen aus den Ostgebieten vertriebenen Bauern kennen gelernt und geheiratet. Zu Reibereien zwischen Dieter und seinem Stiefvater kam es, weil Dieter selbstständig bleiben wollte, aber sein Stiefvater mit Ulbrichts neuen LPGs liebäugelte. Der machte sich Hoffnung auf einen Platz im Vorstand einer solchen Genossenschaft.
Dieter beschaffte Sisal-Bindegarn und andere Sachen, die für die Wirtschaft dringend nötig waren und die im nahen West-Berlin – zwar teuer, aber doch jederzeit – schnell zu beschaffen waren. Eines Tages geriet er in eine Kontrolle und landete wegen Vergehens gegen den innerdeutschen Zahlungsverkehr mit drei Jahren Z in Luckau.
„Ich kann mir nicht helfen, aber ich werde den Verdacht nicht los, dass mein Stiefvater irgendwie an meiner Sache gedreht hat!", sagte er eines Tages, als er sich mit Herbert und mir über seine Verhaftung unterhielt.
Dieter arbeitete mit Herbert und Helmut an einem Band. Von seinen drei Jahren hatte er zwei Drittel verbüßt und hatte von sich aus einen Antrag auf vorzeitige Entlassung gestellt. Dabei hatte er seine Mitarbeit in der sozialistischen Landwirtschaft angeboten.
Bei der Ausarbeitung seines Gesuches hatte ihm „Petrus" geholfen.
„Und was machst Du wirklich, wenn Du raus kommst?", fragte ich ihn.
„Na. Hör mal, wenn ich nach Hause will, muss ich über Berlin – mehr sag ich dazu nicht!"
Ich gab ihm die Adresse meiner Eltern. Bei meinen Eltern fragte ich an, wie es „Paule" ginge.
„Paule" war der Spitzname Dieters.
Dieter wurde entlassen und im zweiten Brief nach seiner Entlassung, schrieb meine Schwester: „„Paule" hat uns besucht, es geht ihm gut, ich soll Dich grüßen!"
So erhielt meine Familie einen Originalbericht über mein Befinden.
Eine weitere erfreuliche Nachricht entnahm ich dem Brief meiner Schwester. Schlauch war nach zwei Jahren entlassen. Er studierte jetzt in Tübingen Rechtswissenschaften.
Im Bett unter Dieter hauste Emil, etwa sechzig Jahre alt, knapp ein Meter sechzig groß, blond, blauäugig mit starker Brille, immer vergnügt. Emil war einer der beiden Mechaniker unserer Schicht. Er hatte dafür zu sorgen, dass die Maschinen schnellstens repariert

wurden, wenn einmal Probleme auftraten. Emil besaß in Potsdam ein Nähmaschinengeschäft mit Geschäftsbeziehungen zur Firma Pfaff, die in die Vorkriegszeit zurückreichten und über West-Berlin noch immer funktionierten. Bei einer Überprüfung seiner Buchhaltung hatte das Finanzamt ihm aus diesen Beziehungen einen Strick gedreht, ihm zu fünf Jahren Z verholfen und die Firma enteignet.
„Dich haben sie doch bloß geholt, damit einer die Pfaff-Spezialmaschinen, ohne die wir keine Knöpfe annähen und keine Knopflöcher machen können, reparieren kann!", sagte Otto Weichert in seiner trockenen Art.
Wenige Tage nach Dieters Entlassung ging Herbert Krüger auf Kommando nach Zwickau in die Steinkohle.
Auch Ernst Pätow ging nach Hause. Ernst war Förster aus der Neubrandenburger Gegend. Im Krieg hatte er für die Absperrung zu sorgen gehabt, als man einen wegen „Rassenschande" zum Tode verurteilten polnischen Arbeiter öffentlich erhängte. Dafür und deshalb, weil die Hinrichtung in dem Wald, für den er zuständig war, durchgeführt wurde, hatte er fünfzehn Jahre bekommen. Zehn Jahre hatte er rum, dem Rest erließ man ihm auf Bewährung. Auch bei seinem Gesuch hatte „Petrus" mitgewirkt.
Aber es kamen auch Neue. Zu uns kamen Peter Uhling und Ernst Dietrich. Beide kamen mit einem Transport aus Waldheim.
Ernst, etwa fünfundvierzig Jahre alt, im Krieg flotter Major bei der Luftwaffe, nach dem Krieg Büroleiter eines Staatssekretärs bei der Landeregierung in Halle. Um das heitere Leben eines Playboys finanzieren zu können, er schwärmte für die Ballettmädchen des Halleschen Landestheaters, war er des Öfteren mit kopierten Unterlagen seiner Behörde nach West-Berlin gereist. Jetzt arbeitete er mit zwölf Jahren Z, von denen er vier rum hatte, in denen seine Frau ihn bisher regelmäßig besuchte und für die drei gemeinsamen Kinder sorgte, bei uns in der Endkontrolle. Ernst war immer noch überzeugter Nazi.

Peter Uhling war – weltanschaulich gesehen – das dazu passende Gegenstück. Peter war in meinem Alter, ehemals Zeuge Jehovas, jetzt mimte er den überzeugten Kommunisten. Seine Eltern hatten – ebenfalls wegen ihres Glaubens zehn Jahre Hitler-KZ überlebt – jetzt waren sie wieder wegen desselben „Deliktes" in Haft. Peter hatte acht Jahre.
In Waldheim hielt ein Staatsanwalt hin und wieder „Sprechstunde" ab. Peter war eines Tages zu dieser Sprechstunde gegangen und

hatte erklärt, er wolle seinen Glauben ablegen und sich freiwillig für den Dienst in der KVP melden.
Wie er sich das vorstelle, wurde er gefragt.
„Wer sich im Krieg freiwillig zur Wehrmacht meldete, wurde aus der Haft entlassen!“, lautete Peters an sich sachliche Antwort.
Der Staatsanwalt war zunächst sprachlos. Dann brüllte er Peter an: „Wie können Sie es wagen, uns mit dem faschistischen System zu vergleichen?“
Mit einundzwanzig Tagen verschärften Arrest endete dieser Versuch Peters, am „sozialistischem Aufbau“ teilnehmen zu dürfen, zunächst.
Peter schlief in dem Bett, aus den Dieter Wagner ausgezogen war und Ernst Dietrich lag in dem Bett neben mir, im dem Wolfgang Engel schlief, bevor er auf Kommando ging. Eines Tages priesen sie quer durch die Zelle ihre Ideale an. Ich stand im Türrahmen, hörte mir die Diskussion eine Weile an und warf dazwischen: „Wenn man Euch so zuhört, liegt ihr mit Euren Heil versprechenden Ideen sehr dicht zusammen. Wie kommt es nur, dass Ihr Hass predigen müsst, um mit den Ideen bei den Menschen Gehör zu finden. Gott sei Dank hat unser Herrgott die Menschen so erschaffen, dass sie sich nach Frieden sehnen, nicht alle gleich sind und im freien Wettbewerb jeder nach seinem eigenen Glück suchen möchte!“
Fritz, der auf seinem Bett lag und Zeitung las, ließ die Zeitung sinken und stimmte mir zu. Nach einer Spätschicht – eigentlich war alles ruhig verlaufen bei der Arbeit – trotzdem, wir waren „geschafft“. Emil und Kostuckowski setzten einen Streit, der bei der Arbeit angefangen hatte, in der Zelle fort. Emil behauptete Kostuckowski hätte die Maschine überdreht: „Weil Du den Hals nicht voll kriegen kannst!“
„Wenn Du das noch ein Mal sagst, tret’ ich Dich vor’n Sack, dass Du die Engel im Himmel singen hörst!“, fauchte Kostuckowski.
„Weiter was kannst Du wohl nichts, den alten Mann mit seinem Leistenbruch vor den Sack treten – aber wenn Du das tust, nummerier’ vorher Deine Knochen!“ Mit diesen Worten stellte ich mich vor Emil.
„Du sei man schön still, sonst geh ich nach vorne und erzähl, wer Du in Bützow warst!“, ging Kostuckowski mich an.
„Versuch das, eben, weil sie wissen, wer ich bin, haben sie mich hier her gebracht!“, antwortete ich.
„Siegfried, komm, Helmut braucht Wasser und wir sind dran!“ Damit beendete Fritz den Krawall.

„Siegie, was regst Du Dich auf? Das mit den Knallkopp Kostuckowski regeln wir ganz anders!“, sagte Emil am nächsten Tag zu mir.
Tatsächlich – wenige Tage später saß Kostuckowski im Zellenbau.
Wie?
Nach und nach kitzelte ich es aus Emil heraus: Kostuckowski hatte herumposaunt: Er gehe bald nach Hause und hätte auch schon eine Arbeitsstelle, er würde als Uniformschneider bei der Luckauer Polizei anfangen!
Emil ging mit dieser Neuigkeit zu „Petrus“. Der hatte ihm geraten, sich in dieser Angelegenheit an den Kommissar „Napoleon“ zu wenden. „Napoleon“ war der „ZbV“= Zur besonderen Verwendung – oder besser, wenn irgendwo jemand fehlte, wurde er eingesetzt. Im Moment hatte „Napoleon“ die Kammer zu beaufsichtigen. Dort war ein Schaden an einer Nähmaschine aufgetreten – also holte man einen Spezialisten – Emil hatte gerade Schicht.
Wie nebenbei hatte Emil davon angefangen, ob man wirklich so dringend einen Uniformschneider benötige, dass man deshalb extra einen Mann wie Kostuckowski entlassen müsse.
So erledigte sich der Streit mit Kostuckowski.
„Ich hatte mir eigentlich in Bützow nach der Sache mit dem Schlüssel vorgenommen, mich in nichts mehr hineinziehen zu lassen!“, sagte ich zu Fritz, als wir wieder mal auf dem Bügeltisch saßen und uns unterhielten.
„Das wird so einem Kerl wie Dir kaum gelingen!“, antwortete Fritz nach einer Weile.
„Soll ich mich verbiegen und mich gegen meine Überzeugung bei den Kommunisten anbiedern?
Dann wärst Du doch der Erste, der mir die Freundschaft aufkündigen würde, oder nicht?“
„Mit Sicherheit!“
„Na, siehst Du!“
In Luckau konnten wir etwas Sport treiben. Auch in unserer Zelle konnte man auf dem Tisch, der ca. ein Meter dreißig breit und drei Meter lang war, ein Netz aufspannen und Tischtennis spielen. Trotz seiner Behinderung, spielte Helmut Kümmeritz alle an die Wand. Er schaffte es auch immer wieder Fritz zu ärgern, wenn der auf dem Bett lag und Zeitung las, indem er den Ball so schlug, dass er ihm die Zeitung durcheinander wirbelte. Ich brachte es in dieser Sportart zu keiner Meisterschaft. Beim Volleyball, das wir ab Sommer 1955 spielen durften, ging es besser.
An den Sonntag Nachmittagen ging ich zuweilen zwischen zwei Raucherpausen, in denen die Raucher auf den Gang gehen durften,

nach nebenan in den Saal, in dem fünfzig Mann hausten, und setzte mich mit Siegfried Götze in eine stille Ecke und unterhielt mich mit ihm. Siegfried war vor 45 Fähnleinführer bei den Pimpfen und deshalb nach dem Krieg von den Russen drei Jahre in den Speziallagern Ketschendorf und Sachsenhausen interniert worden. Sein Vater gab in West-Berlin Unterricht in Stenographie und Schreibmaschine. Nebenbei pflegte er auch Beziehungen zur „KgU", der Kampfgruppe gegen Unmenschlichkeit.
Siegfried zog nach seiner Lagerhaft zu seiner Mutter nach Königswusterhausen und begann bei der Sozialversicherung zu arbeiten. Er pendelte zwischen seinen Eltern hin und her. Er konnte die drei Jahre Internierung nicht vergessen und beschloss etwas gegen das System zu tun. So sammelte er Informationen für die „KgU". Da die Staatssicherheit sich weiter für ihn interessierte, blieben seine Besuche in West-Berlin nicht unentdeckt und Siegfried landete mit zehn Jahren in Luckau.
Mehrmals nahm der Oberkommissar Lau, „Fliegerpaule", wie Emil ihn nannte, der für die Arbeitseinteilung zuständig war, beim Einrücken in das Wohngebäude eine Art Musterung vor. Er ließ uns in drei Reihen antreten, dann jede Reihe drei Schritte vorrücken und dann: „Alle, die noch unter fünf Jahre haben einen Schritt vortreten!"
Nun, ich hatte drei Jahre rum, hatte also unter fünf Jahre und trat vor. Lau musterte jeden einzelnen genau. Zuweilen waren – uns unbekannte – Offiziere dabei.
Nach der zweiten Musterung sagte Emil: „Siegie, so wie Du dastehst bei der Musterung, wirst Du nie auf ein Außenkommando kommen! Du guckst stur gerade aus, zeig Dich doch von Deiner freundlichen Seite. Lächle die Jungs doch mal an! Dann sehen die Dich auch netter an!"
„Ich soll die Heinis in der blauen Uniform anlächeln? Soweit kommt das noch! Und wer sagt denn, dass ich überhaupt auf ein Außenkommando will? Soll ich mir in Zwickau unter Tage in der Steinkohle oder in Rüdersdorf im Zement eine Staublunge holen, oder sollen mir in Aue im Uran die Zähne ausfallen? Und was in der „Schwarzen Pumpe", ihrem neuesten Schlager, los ist, weiß doch auch noch keiner! Mensch, Emil, ich sitz' hier im Trockenen. Ich mach meine Arbeit und lass mich auf nichts ein!"
„Aber Siegie, in der blauen Uniform stecken doch auch Menschen, wie Du und ich!"
„Ja, aber sie vertreten dieses System. Dabei sehen wir doch immer wieder, dass es im Westen aufwärts geht und hier herrscht

Stillstand – wenn es nicht zurück geht – nur weil es nach dem „Großen Vorbild“ im Osten gehen muss!“
Bei Hoyerswerda sollte ein neuer Braunkohlentagebau größten Ausmaßes entstehen. Einige tausend Häftlinge, die in einem Lager – ähnlich wie damals bei Glowe auf Rügen – untergebracht wurden, sollten die Vorarbeit leisten.
„Wenn Du zwei Jahre rum hast, kann Dich nichts mehr jucken!“, hatte schon Paule Schubert gesagt. Und so war es auch, Hauptsache man hatte anständige „Kumpels“! und die fand man immer wieder.
Rudie Riedel arbeitete in der zweiten Schicht, als Watteleger und Knopfannäher.
Für die Maschine fehlt mir das Gefühl, die ist beim ersten Versuch durchgegangen!“, sagte er.
„Ach erzähl doch nicht sowas! Du hast nur zu sehr aufs Pedal getreten!“, warf Heinrich Nölkenhöhner ein, der mit ihm zusammen arbeitete.
„Siegie, wie lange noch, Du ewiger Optimist?“, war gewöhnlich Rudies Frage, wenn sich beim Schichtwechsel etwas verzögerte und wir Zeit für einen Plausch hatten.
„Naja, warten wir bis zur nächsten Außenministerkonferenz, dabei muss doch endlich etwas rauskommen!“, antwortete ich immer wieder.
„Das sagst du jedes Mal – ich glaub’ Dir bald nicht mehr!“
Heinrich Nölkenhöhner war Bauer aus Boddin, einem Dorf zwischen Wittenburg und Hagenow.
Er stammte aus Westfalen und hatte Anfang der 30er Jahre in Boddin eine Siedlung übernommen.
Heinrich hatte mit einen Freund auf einem Bauernball einen Parteibonzen „vermöbelt“.
„Mensch Heinrich, Du in Deinem Alter – und dann sowas!“
„Wenn der so viel Mist erzählt und dann auch bei einigen Körnern keine Vernunft annimmt, hilft kein anderes Mittel!“
„Und jetzt?“
„Hab ich zehn Jahre und der Hof ist in einer LPG!“
Plötzlich erinnerte ich mich an einen Vorfall vor fünf Jahren. Ich war an einem Sonntag Nachmittag mit meinem Bruder Dieter und einigen Dorfjungen nach Bahrendorf an den Ostseestrand gegangen. Unser Hund war uns nachgelaufen und tobte mit uns herum. Eine Gruppe Jungen aus Bahrendorf fing an, unseren „Mobby“ mit Steinen zu bewerfen. Ich forderte sie auf, das zu unterlassen. Meine Aufforderung blieb erfolglos. So ging ich auf den Wortführer der Jungen zu. Ich sah das Parteiemblem der SED am Hemd des

Jungen, der nicht älter war als ich und schlug zu, mit der flachen rechten Hand von unten gegen die Kinnlade. Ein Schlag genügte – der Mann ging in den Sand.
Heinz Zierow saß immer noch im Zellenbau in Einzelhaft. Wenn der Evangelische Pfarrer alle drei Monate seinen Gottesdienst abhielt, trafen wir uns. Gewöhnlich steckte ich ihm dabei ein halbes Pfund Butter oder ein Stück Wurst zu, denn meistens hatte er auch Paketsperre.
Wir hatten den Eindruck, dass die Verpflegung sich langsam verschlechterte. Als wir nach Luckau kamen, war der Drahtverhau – Trockenkohl – hier ein Fremdwort gewesen. Jetzt fütterte man uns auch hier mit dieser Spezialität.
Im Versand, als rechte Hand von Richard Göritz arbeitete Jupp Kallausch, Sudetendeutscher, ca. fünfunddreißig Jahre alt. 1939 meldete er sich nach bestandenem Abitur freiwillig zur Kriegsmarine. Bei der Besetzung Norwegens durch die deutsche Wehrmacht war er dabei und blieb bis zum Ende des Krieges in norwegischen Häfen und Gewässern. Nach dem Krieg begann er als Journalist für eine westdeutsche Zeitung zu arbeiten. Über den Suchdienst des Roten Kreuzes fand er 1946 seine Mutter und jüngeren Geschwister, die in der sowjetischen Besatzungszone hängen geblieben waren. Beim einem Versuch die innerdeutsche Grenze illegal zu überschreiten, um seine Familie zu besuchen, nahmen ihn die Russen fest. Die stempelten ihn zum Agenten und warfen ihm vor, während des Krieges als deutscher Besatzungssoldat an Gräueltaten an der russischen Bevölkerung teilgenommen zu haben. Die Russen glaubten ihm nicht, dass er nie in Russland war. Sie verurteilten Jupp als Kriegsverbrecher zu fünfundzwanzig Jahren und übergaben ihn 1950 an den DDR-Strafvollzug. So landete er in Luckau.
Am Band zwei saß Bernie Rudel an der Nähmaschine. Er war der Sohn eines hohen sächsischen Parteifunktionärs und fing sich bei einem Schülerstreich sieben Jahre ein. Bernie war nicht „Der Hellste auf der Platte“ und schaffte kaum die Norm, obwohl er an einer sehr einfachen Position nähte. Eines Tages kriegte er seinen „Rappel“, er sprang auf das Band und warf alle Kisten mit den darin befindlichen Stoffteilen wahllos durch die Gegend, mehrere Fensterscheiben gingen zu Bruch – die Näher gingen vor den umherfliegenden Kisten in Deckung, bis es Siegie Götze und dem Schichtwachtmeister gelang, Rudel vom Band zu holen. Jupp Kallausch, der den Vorfall beobachtete, sagte in seiner ruhigen Art zu dem Polizisten: „Herr Oberwachtmeister, mit dem sollten Sie ins Revier gehen, damit ihm einige Liter Blut abgenommen werden!“

Jupp meinte, dass Rudels Temperament dadurch gedämpft werden könnte. Aber Rudel schrie: „Nein, nein, Herr Oberwachtmeister, im Blut finden sie nichts, das steht in den Akten, dass ich verrückt bin!“
Die beiden Kalfaktoren die für Ordnung und Sauberkeit sorgten, kamen aus Berlin. Beide Mitte Zwanzig. Siegfried Nilius antwortete auf die Frage : Warum bist Du hier, nur: „Ich hab niemanden beklaut, niemanden erschlagen und den Mädchen habe ich auch nichts getan!“ Er sang oft das Lied: „Wenn ich wieder auf die Welt komm’, möcht’ ich Hund sein bei Dir!“
Atze, sein Arbeitskollege, war ein Schlägertyp. Auch er sang gerne und oft: „Ein Mann muss nicht immer schön sein!“
„Ihr könnt einem aber wirklich auf den Geist gehn! Könnt ihr keine anderen Lieder?“, pflegte Fritz seinen Ärger über die, zwar nicht unmelodischen, aber ewig gleichen, Gesangseinlagen zu äußern.
Von Luckau aus wurde auch das „Lager X“ versorgt. Dieses Lager lag in Berlin-Hohenschönhausen neben dem U-Boot, der Stasi-Zentrale. Dort lebten, innerhalb einer hohen Mauer, die das erste Kommando eigenhändig errichten musste, hauptsächlich Handwerker und Spezialisten, die für die Stasibonzen und Regierungsbeamten Autos reparierten, Häuser bauten und einrichteten. Es gab eine Werkstatt, in der Kunstwerke und Antiquitäten restauriert und – wie einige behaupteten – auch gefälscht wurden. Die Leute, die dort arbeiteten wurden besser verpflegt – es fehlte ihnen an nichts – außer der Freiheit. Aber wenn sie Besuch hatten, mussten sie ihre Angehörigen nach Luckau kommen lassen, wohin auch sie für diese halbe Stunde gebracht wurden.

Am 29. April 1955 wurde plötzlich die Herstellung von Watteanzügen unterbrochen. Wir mussten Overalls aus blauem Köper herstellen. Viele kleine Partien in unterschiedlichen Größen. Alle rätselten: Wozu? Und dann auch noch in dieser Hektik!
Ich hatte an diesen Dingern nur Knopf- und Knopflochleiste, Kragen, sowie Ärmel- und Hosensaum glatt zu bügeln.
Eigentlich nichts Besonderes!
Das Besondere an diesem 30. April war, dass der Besuchswachtmeister zu mir kam mit einem Sonderbrief. Ich schrieb immer zwei Monate an meine Schwester, die die Briefe beantwortete und das monatliche Paket schickte und einen Monat an Onkel Walter. In den Brief an Onkel Walter legte die Zensur automatisch die Besuchserlaubnis ein. Jetzt war bei der Poststelle wohl irgendetwas durcheinander geraten und sie hatte eine Besuchserlaubnis für meine

Schwester eingelegt. Hanna hatte jetzt bei der Anstaltsleitung eine Einreiseerlaubnis in die DDR beantragt.
„Das geht nicht! Schreiben Sie ihrer Schwester, dass sie die Besucherlaubnis an einen Angehörigen in der DDR schicken soll, der Sie dann besucht!“
„Darf mich denn dieses Mal der andere Bruder meines Vaters besuchen?“
„Heißt er auch Jahnke?“
„Ja!“
„Dann geht es!“
So schrieb ich denn an meine Schwester, sie könne die Kosten für ein neues Reisekostüm und einen neuen Koffer sparen und bat sie, die Besuchserlaubnis an Onkel Herrmann zu schicken.
Ein Riesenwirbel mit diesen komischen Overalls! Die Lieferwagen, die die Klamotten bei uns abholen wollten, standen auf dem Hof vor der Schneiderei Schlange. Wieso? Das stand am 2. Mai in den Zeitungen! Die SED hatte die Betriebskampfgruppen zum Schutz der Volkseigenen Betriebe damit ausstaffiert – und die stellten sich jetzt in den von uns in Windeseile zusammen genähten Overalls und quer vor der Brust präsentierten Kalaschnikow-Gewehren vor den Toren der VE-Betriebe stolz in Positur.
Vier Wochen später besuchte mich mein Onkel Herrmann. Nichts gegen meinen Onkel Herrmann! Er war bestimmt ein ganzer Kerl, mit dem man Pferde stehlen konnte und ich habe einige Gänsetouren nach West-Berlin gut mit ihm überstanden – aber dieser Besuch – nein Danke!
Er hielt sich an die Anweisung Hochdeutsch zu sprechen, was uns mehr oder weniger gut gelang, aber er unterhielt sich mehr mit dem Wachtmeister als mit mir. Hinzu kam, dass mein Kamerad Helmut Fuchs, der gleichzeitig Besuch hatte, mit seiner Frau Streit anfing. Bisher durften wir unseren Angehörigen bei der Begrüßung und beim Abschied die Hand reichen. Das war jetzt untersagt worden.
„Ich habe Dir ausdrücklich geschrieben, das ich auf die Besuche verzichte, solange ich Deine liebe Hand nicht drücken darf!“, herrschte Helmut seine Frau an. Die Frau brach in Tränen aus und der Wachtmeister brach den Besuch ab.
Helmut Fuchs war – wie alle Thüringer, die ich in dieser Zeit kennen gelernt habe, nur Paule Schubert fiel etwas aus der Reihe, – ein Mann wie eine deutsche Eiche, an die zwei Meter groß, schlank, breitschulterig, knorrig, eine gewaltige Hakennase beherrschte das längliche, kantige Gesicht aus dem zwei klare, blaue Augen die Welt um sich herum haarscharf beobachteten.

In Luckau arbeitete er in der Tischlerei. Er schaffte es, einen Zettel unter einen Stuhl zu kleben, auf dem darauf hingewiesen wurde, dass dieses Möbelstück im DDR-Zuchthaus Luckau von politischen Häftlingen hergestellt wurde. Dieser Aufkleber wurde in Schweden entdeckt und die Lieferung kam zurück.
Helmut Fuchs arbeitete sich in den zwanziger Jahren vom schlichten Dorfpolizisten zum erfolgreichen Kriminalkommissar hoch. In den Kriegsjahren hatte er in Straßburg und Paris das deutsche Fahndungssystem nach dem französischen umgearbeitet, weil das französische effektiver war. Nach dem Krieg internierten ihn die Russen als deutschen Polizisten im Lager Buchenwald. Von dort kam er 1950 nach Waldheim, wo er in den berüchtigten Prozessen als Kriegsverbrecher zu fünfzehn Jahren Zuchthaus verurteilt wurde. Bei einem Gang zurück vom Lager zur Schneiderei rannte ich fast den Kommissar Lange um.
Kommissar Lange, schlank, hielt sich stets gerade, als habe er einen Ladestock verschluckt, höchstens fünfundzwanzig Jahre alt, fast zwei Meter groß, immer in sauberer dunkelblauer Uniform mit Breecheshosen und Schaftstiefeln – nur die Runen am Kragenspiegel der Elitetruppe der vergangenen Ära fehlten – sonst zum Verwechseln ähnlich.
Ich kam vom Lager und hatte es eilig. An der Ecke des Zellenbaus passierte es. Ich bog dicht am Gebäude scharf um die Ecke – Lange kam von der anderen Seite. Ich sah ihn im letzten Moment und konnte gerade noch ausweichen.
„He! Sie, was fällt Ihnen ein, läuft mich fast um – und dann: wo bleibt die Meldung?"
Ich blieb stehen, machte eine halbe Wendung und: „Ach so, ja, Strafgefangener Jahnke auf dem Weg vom Lager in die Schneiderei!"
„Na, sowas, läuft hier durch's Gelände, wie so 'n Hauklotz! Hau'n Sie bloß ab, Mann!"
Das war mein erstes besonderes Erlebnis mit dem Kommissar Lange. Die nächste Episode geschah einige Wochen später: Die Hausordnung war geändert worden.
Auf dem Weg zur Arbeit wurde jetzt marschiert – nicht mehr wie eine Hammelherde dahin getrottet. Begegnete das Kommando jemanden von der Wachmannschaft, so machte der die Gruppe führende Meldung, die Gruppe marschierte weiter, ohne sich um den Polizisten zu kümmern.
Eines Tages sollte uns ein Film gezeigt werden. Wir hatten Nachtschicht und wurden aus dem besten Vormittagsschlaf heraus gerissen. Der Schichtführer führte uns zum Kino, in den Saal, der sich

in der hintersten, rechten Ecke des Hofes, neben der Küche befand. Am Eingang des Saales stand Kommissar Lange. Der Schichtführer machte Meldung und wir gingen im Gänsemarsch in den Saal an dem Herrn Kommissar vorbei. Ich ging an ihm vorbei, als ob er für mich Luft wäre.

„He, Sie, was fällt ihnen ein – ohne Blickwendung an mir vorbei zu gehen?"

„Ich befinde mich in einem geschlossenem Verband, der den Verband führende hat Meldung gemacht – alle anderen gehen geradeaus weiter."

„So, denken Sie?"

„Ja!"

„Und ich denke nicht daran Sie ins Kino zu lassen! Hau'n Sie ab!"

Ich ging zurück und legte mich schlafen.

An einem schönen Sommernachmittag 1955, wir hatten Frühschicht, wurde ich von einem Hauptwachtmeister auf den Gang gerufen.

„Ich habe Ihnen mitzuteilen, dass das von Ihrem Vater an den Präsidenten der DDR gerichtete Gnadengesuch abgelehnt wurde. Sie bekommen einen Sonderbrief, in dem Sie dies Ihren Eltern mitteilen. Ihre Eltern werden von uns nicht über die Ablehnung des Gesuches benachrichtigt. Halten Sie Ihre Eltern dazu an, dieses Ereignis nicht im Briefwechsel mit Ihnen zu erwähnen. Auch dass wir es nicht möchten, erwähnen Sie nicht! Hier haben Sie Ihren Briefbogen und den Stift zum Schreiben. 20 Zeilen dürfen Sie schreiben! Geben Sie den fertigen Brief dann unten im Wachraum ab!"

Im ersten Moment war ich sprachlos – und wütend! Wie kann der „Alte" sich so erniedrigen und bei diesen Strolchen um Gnade bitten, war mein erster Gedanke. Doch dann fragte ich: „Darf ich das Schreiben des Präsidenten sehen?"

„Wozu? Ich habe es Ihnen doch erklärt, um was es geht! Und jetzt schreiben Sie, bevor ich es mir anders überlege!", war die patzige Antwort.

Am Ende des Ganges, am Fenster standen ein Tisch und ein Hocker, also setzte ich mich an den Tisch und begann meinen Sonderbrief zu schreiben. Wir alle – oder doch die Meisten von uns – waren überzeugt davon, dass wir nur durch einen Zusammenbruch des Systems vorzeitig aus den Zuchthäusern Ulbrichts heraus kommen würden. Auch meine Eltern hatten sich bis zuletzt an diese Hoffnung geklammert. Aber wie lange konnte das noch dauern.

Täglich flohen bis dreitausend Menschen, die diese Hoffnung verloren hatten, nach West-Berlin – wie wir den Nachrichten entnahmen, die tröpfchenweise über die Besucher zu uns gelangten. Ich durfte deshalb meiner Familie keine Vorwürfe machen, wenn sie Versuche unternahmen, mich aus meiner miesen Lage zu befreien. Ich versuchte locker über meine Wut hinweg zu gehen und schrieb einfach, ich möchte nichts mehr von diesem Vorfall hören, sie sollten mir lieber schreiben, wieviel Junge der Storch auf dem Dach in diesem Jahr aufzieht und wieviel Milch die Kühe geben.

„Hast Du das Schreiben, in dem die Ablehnung des Gesuches irgendwie begründet wird, gelesen?", fragte Fritz, als wir uns in der Arbeitspause unterhielten.

„Nein, der hat nur gesagt, dass das Gesuch abgelehnt wurde und ich soll meine Familie davon in Kenntnis setzen. Für sie ist die Sache damit erledigt!"

„Damit nur nichts an die Öffentlichkeit kommt!", kommentierte Fritz. Es wurde Weihnachten, Fritz hatte Besuch. Dieser Besuch wurde für ihn zu einem besonderen Erlebnis! Seine jüngere Tochter hatte ein ausgezeichnetes Schulzeugnis nach Hause gebracht und hatte ihre Mutter auf dieser Reise begleitet. Es gelang seiner Frau den Besuchswachtmeister zu „belatschern", dass er bei der Anstaltsleitung die Erlaubnis einholte, damit Elisabeth ihrem Vater das Zeugnis zeigen durfte. – Aber nur ausnahmsweise! Fritz war glücklich!

Das Jahr 1956 begann – es wurde kalt! Das machte uns nichts aus, die Heizung in der Schneiderei funktionierte – und solange ich bei Richard Göritz aushalf und hin und wieder eine Kiste zu Bruch ging, konnte Helmut Kümmeritz unseren Ofen ausreichend beschicken. Nur bei der Freistunde wurde es manchmal ungemütlich, ohne Handschuhe und ohne Ohrenwärmer. Der „schiefe Willie" und „Peronje" lösten sich alle zehn Minuten ab, wenn sie uns beaufsichtigten. Dann kam der 25. Februar, der Tag, an dem Nikita Chrustschow auf dem XX. Pateitag der „Großen KPdSU(B)" mit Stalin abrechnete! Wenige Tage später stand die Rede des „Warzenschweins Nikita" im „Neuen Deutschland".

Wir konnten es nicht glauben! Viele der Verurteilten sollten rehabilitiert werden! Und was war mit denen, die im Namen des „Großen Lehrmeisters" hingerichtet und verreckt waren? Nun ja, das war in Russland! Bei uns ging die Arbeit weiter.

Eines Tages, wir hatten Frühschicht, kam Siegfried Götze mit dem zivilen Betriebsleiter, Herrn Ludwig, zu mir und fragte: „Der Werner Schening geht nach Hause. Der Platz an der Zuschneidemaschine

muss neu besetzt werden, traust Du dir Das zu?"
„Warum nicht? Aber ich komm' hier gut zurecht – und was ist mit dem Verdienst?"
„Sie verdienen mindestens so viel wie hier als Bügler – außerdem haben Sie nur Tagesschicht!"
„Huh! Da muss ich ja umziehen, in die 4/5, in die Wanzenzelle!", rutschte es mir heraus.
Herr Ludwig sah mich entgeistert an.
„Hätt' ich das nicht sagen dürfen?" Herr Ludwig machte eine Handbewegung, als wische er etwas vom Tisch.
„Was ist, wäre das der einzige Grund unser Angebot abzulehnen?"
Ich sah von einem zum anderen: Gut, ich versuch's, aber wenn's nicht hinhaut, komm ich hierher zurück?"
„Ja!"
So kam ich in den Zuschnitt. Da die Produktion gerade von Watteanzügen auf normale Arbeitsanzüge umgestellt wurde, passte es gut in den Arbeitsablauf, dass ich zwei Tage angelernt werden konnte. Werner Schening war beim Anlernen zwar etwas missmutig, denn seine Freunde vom Zuschnitt hatten sich wohl jemand anders an die Maschine gewünscht.
Die Stoffballen wurden ausgerollt und die abgerollten Stoffbahnen glatt übereinander auf einen ca. eineinhalb Meter breiten und ca. sieben Meter langen Tisch ausgelegt. Dann wurde die Sache schabloniert, das heißt, eine aus einem Riesenstück Packpapier bestehende Schablone wurde auf den Stapel Stoffbahnen gelegt. In dieser Schablone waren Löcher eingestanzt, durch die mit einem dicken Handschuh Farbpulver auf die oberste Lage Stoff gerieben wurde. Dann trennte man die Stoffbahnen mit einer Art Stichsäge in transportable Stücke, damit sie auf den Tisch der Rausschneidemaschine gebracht werden konnten. Hierbei musste besonders darauf geachtet werden, dass die Stücke sich nicht verschoben. Nach den gepunkteten Linien, deren Ecken mit Schneiderkreide scharf nachgezeichnet wurden, musste ich mit einer Art Bandsäge die einzelnen Teile aus den Stoffbahnen schneiden, die dann die Näher an den Bändern zusammennähten. Wenn ich hier die Maschinen mit Tischlereimaschinen vergleiche, so unterschieden sich die Textilschneidemaschinen von den Tischlermaschinen dadurch, dass die Sägeblätter der Stichsäge und das Band der großen Rausschneidemaschinen zahnlos waren.
Werner Schening gehörte zu der Gruppe des Plauer Sportvereins, die wegen ihrer Beziehungen zu Westdeutschen Sportvereinen eingesperrt worden war.

Fritz war traurig, als ich meine Sachen packte und in die Zelle 4/5 umzog.
„Mann, Fritz, ich wohn' doch auf dem gleichen Gang, ich komm' Dich Sonntags besuchen!"
In der 4/5 war das zweite obere Bett rechts neben der Tür frei. Als ich meine Sachen darauf legte, bemerkte ich, dass die Wand am Kopfende des Bettes über und über mit pfenniggroßen, roten Punkten übersät war.
„Wie habt Ihr die Wand so schön tapezieren können?", fragte ich.
„Warte ab, morgen früh zeigen wir Dir, wie das gemacht wird!", lautete die Antwort.
Am nächsten Morgen konnte ich die Lösung dieses Rätsels bewundern. Kaum ertönte der Weckruf und das Licht war angeschaltet, da sprangen meine Bettnachbarn auf und suchten die Wand nach Wanzen ab. Überall, wo eine Wanze unter einen Daumennagel geriet, entstand ein schöner roter Fleck!
Mich mochten die Wanzen nicht! In der ganzen Zeit, in denen meine Kameraden von diesen Quälgeistern gepiesackt wurden, hat mich nicht eine Wanze gebissen.
In dem Bett schräg unter mir, in der Ecke neben der Tür, schlief ein ehemaliger Major der Deutschen Wehrmacht, der sehr unter den Wanzen litt. Als es morgens früher hell wurde, legte er sich unter dem Fenster auf den Fußboden, um wenigstens einige Stunden ruhig schlafen zu können, weil die Wanzen das Tageslicht scheuen. Er besorgte sich Diesel aus der KFZ-Werkstatt und pinselte die Ecken seines Bettes damit aus – aber auch das wirkte nur einige Tage.
Unter mir schlief Hans Gebbert, ein Berliner, mit dem konnte ich mich über Bert Brecht und andere moderne Literaten und Musik unterhalten. Im Bett über dem Major schlief Klaus Fuchs.
Auch mit ihm war auszukommen. Er kam aus Babelsberg, hatte in Berlin im Wirtschaftministerium gearbeitet und war während der Arbeitszeit mit Unterlagen, für die sich die „Freiheitlichen Juristen" interessierten, nach West-Berlin zum Kopieren gefahren – bis er aufflog! Jetzt hatte er wegen Spionage zwölf Jahre.
Wir hatten nichts gegen den Major, aber seine Wanzenbekämpfung gefiel uns nicht. Da der Dieselgeruch die Luft in der Zelle unerträglich machte, setzten wir durch, das unsere Zelle begast wurde. So zogen wir drei Wochen in eine Zelle auf den Gang 1, zwei Zellen neben dem Wachzimmer. Das hatte wiederum den Nachteil, dass der „schiefe Willie" uns des Öfteren zum Kaffee holen mitnahm.
In der Mitte des Freistundenhofes, neben dem Mittelweg wurde ein Podest errichtet, ca. ein m² groß, zwei Stufen hoch.

Was sollte das nun wieder? Als die Frühschicht zur Freistunde ausrückte, sahen wir es: Ein Mann stand auf dem Podest und kommandierte: „Links, zwo, drei, vier, links..."
Alle anderen marschierten im Gleichschritt.
Als wir nach der Arbeit zum Schlafhaus abmarschierten, stellte ich mich so auf, dass ich beim Einrücken ins Haus in der hinteren Reihe stand, damit der „schiefe Willie" mich nicht gleich im Blickfeld hatte. Aber es nützte mir nichts, er sah mich sofort und rief mich zu sich.
„Strafgefangener Jahnke! Ab heute geht die Freistunde im Gleichschritt! Sie stellen sich auf das Podest und führen die Freistunde durch, wir haben nur die Aufsicht!"
„Das kann ich nicht! Ich war nicht bei der Armee!"
„Aber Sie waren doch wohl bei den Pimpfen – oder nicht?"
„Das schon, aber ich habe nie kommandiert!"
„Sie können das schon! Los lassen Sie die Leute zur Freistunde auf den Hof marschieren!"
„Was tun?", fragte ich mich. „Auf den Thron stellst Du dich nicht!"
„Pironje" stand in der Mitte des Hofes neben dem Podest und schien auf mich zu warten. Etwa zehn Meter davon standen Kommissar Lange und Oberkommissar Nawrott auf dem Rasen und beobachteten die Freistunde. Ich trat aus dem Glied und sagte: „Tagesschneider, alles kehrt, Zur Freistunde – im Gleichschritt marsch!"
Ich ließ meine Kameraden an mir vorbei gehen, ging als Letzter hinterher und rief alle zwanzig Schritte dazu: „Links, links links zwo, drei, vier!".
Als ich in „Pironjes" Nähe kam, rief er mich zu sich.
„Hörren Sie Jannke, Sie fiehren die Freistunde durch, wirr haben nurr die Aufsicht! Sie stellen sich auf den Podest und Kommandieren!"
„Ich soll mich auf dieses Ding stellen und meine Kameraden kommandieren? Das kann ich nicht! Das kann ich nur, wenn ich im Glied mitmarschiere!"
Wir redeten noch etwas hin und her, da hörte ich, wie Nawrott sagte: „Lassen Sie den Mann wegtreten!"
Ich ging zurück ins Glied, sie fischten sich Kasprick aus der Reihe heraus und redeten auf ihn ein.
„Was, Sie waren Offizier in der Volkspolizei und können die Leute nicht im Gleichschritt marschieren lassen?"
„Ich war bei der Marine, da wurde nicht marschiert!"
Darauf holten sie den „Mackenteddy" aus dem Glied, der war blöd genug sich auf das Podest zu stellen und uns im Gleichschritt laufen

zu lassen. Der „Mackenteddy" war ein verkrachter Vermessungsingenieur, der die Erlaubnis hatte, in seiner Freizeit den Plan für eine sozialistische Stadt zu entwerfen.
Ich hatte einmal die Gelegenheit einen Blick auf sein Machwerk zu werfen. Um einem fünfzackigen Mittelpunkt lief alles sternförmig auf dieses Zentrum zu. Keiner von uns nahm ihn ernst!
Bei meiner Arbeit hatte ich immer wieder Zeit, mich mit Freunden, die in den Schichten arbeiteten, zu unterhalten. Ich sagte Karl, meinem Vorgesetzten, wo ich zu finden war. In der Schicht Drei saßen Rolf Heinemann aus Dassow und Fritz Ott, der zu den Tarnowern gehörte, hintereinander an einem Band. Beide freuten sich, wenn ich zu ihnen kam und wir ein Gespräch führen konnten.
Auch Heinz Zierow hatten sie an eine Nähmaschine gesetzt und wir konnten uns sehen, wenn es mit den Schichten passte.
Auch Fritz Schering freute sich, wenn ich bei ihm und Otto Weichert vorbeischaute.
Eines Tages im Juli sagte Fritz: „Meine Tage sind gezählt, ich gehe nächste Woche!"
„Fährst Du nach Laupin zu meinem Onkel Herrmann und berichtest ihm, wie es mir geht?"
„Selbstverständlich!"
Nur sehr zögernd folgte Ulbricht Chrustschows Anweisungen über die Abrechnung mit dem Stalinismus. Er hielt eine SED-Parteikonferenz ab, auf der er eingestand, dass man nach dem 17. Juni 1953 versprochen hatte, die harten Urteile gegen Kritiker zu überprüfen, dass aber bisher wenig in dieser Richtung geschehen war. Das stand sogar im „Neuen Deutschland" und es wurde nicht herausgeschnitten – wir durften es lesen.
Eines Tages, wir kamen von der Arbeit zurück, da standen viele Westdeutsche und diejenigen, die Angehörige im Westen hatten und mit ihnen in Verbindung standen, vor dem Raum neben dem Wachzimmer in einer Schlange.
Wir legten unsere Sachen in der Zelle ab und gingen zur Freistunde. Als wir einrückten, sagte der „Schiefe Willie" zu mir: „Jahnke, bleiben Sie gleich draußen und reihen Sie sich in die Schlange ein, Sie werden dann aufgerufen!"
Ich stand vielleicht eine halbe Stunde in der Schlange, dann wurde ich aufgerufen.
Hinter einem Schreibtisch und einem normalen Tisch saßen drei Männer in Maßanzügen, mit schicken Hemden und Krawatten. Ich will nichts gegen den „Schiefen Willie" oder „Pironje" sagen. Auch gegen die Polizeioffiziere war nichts einzuwenden. Aber gegen diese

drei Herren wirkten sie schlicht, wenn nicht schäbig in ihren Uniformen. Oder hatte ich mich in den letzten vier Jahren so an das triste Einerlei gewöhnt, dass mir diese drei Herren als etwas Besonderes erschienen?
Nach den üblichen Fragen nach Person, weshalb und wie lange noch, traf mich die Frage: „Jahnke, was würden Sie tun, wenn Sie plötzlich entlassen würden?“, wie ein Blitz aus heiterem Himmel.
„Arbeiten!“, antwortete ich.
„So, das haben Sie erkannt, dass Sie Arbeiten müssen!“
„Ich habe doch vorher auch gearbeitet. Man hat mich doch hinterm Pflug weg geholt!“
Die Antwort überhörten sie.
„Was würden Sie denn Arbeiten?“
„Da wird sich doch was finden, irgendwo bei einer MTS oder LPG!“
Das war natürlich sehr schön!
„Was machen Sie mit Ihrer Familienunterstützung?“
„Die schicke ich an meine Cousine!“
„Wo wohnt Die?“
„Bei ihren Vater in Belsch bei Redefin!“
„Wieso das?“
„Mein Onkel besucht mich alle drei Monate. Er fährt morgens um vier zu Hause los, ist gegen Mittag hier. Redet eine halbe Stunde mit mir und ist am nächsten Morgen um fünf Uhr wieder zu Hause. Er muss die Bahnfahrt bezahlen und den Mann, der zu Hause seine Arbeit macht, muss er auch entlohnen. Dafür kann ich doch wohl seiner kleinen Tochter meine dreißig Mark Familienunterstützung schicken!“
„Nun, ja, – oder nimmt ihr Onkel das Geld, fährt nach Berlin, tauscht es gegen Westgeld um und schickt das Geld an ihre Eltern?“
Im ersten Moment war ich sprachlos! Dann fragte ich: „Was soll dabei herauskommen? Erst mal muss er nach Berlin fahren und dann? Über den augenblicklichen Wechselkurs wissen Sie doch wohl besser Bescheid als ich!“
Nach einigen weiteren nichtssagenden Fragen, konnte ich gehen. Der „Schiefe Willie“ ließ mich auf den Freistundenhof, wo meine Kameraden gegen eine Gruppe Tischler Volleyball spielten. Ich setzte mich zu Fritze Topel, einem Berliner Sozialdemokraten, der in der Tischlerei arbeitete und im Gras neben dem Spielfeld lag.
„Ich hab eben drei Männer gesehen, die wirklich glauben, was im „Neuen Deutschland“ steht!“, begann ich das Gespräch.
„Ach, warst Du auch bei Denen?“
„Ja, und was wird jetzt?“

„Wieviel hast Du rum?"
„Vier Jahre, die Hälfte!"
„Dann bist Du Weihnachten zu Hause!"
„Fritz, mach' mir keine falschen Hoffnungen!"
„Du wirst es sehen! Chrustschow hat den Russen was versprochen und Ulbricht muss nachziehen!"
Erst einmal ging unser Kampf gegen die Wanzen weiter. Wir zogen wieder in unsere Zelle 4/5, aber nach zwei Wochen waren die Wanzen wieder da.
„Gibt es denn kein schärferes Mittel?", fragten wir den „Schiefen Willie".
Also zogen wir wieder um. Aber dieses Mal auf den fünften Gang unters Dach. Hier war es besonders schlimm mit den Wanzen, denn das Dach bestand aus einer Schicht zölliger Bretter, auf die die Dachpappe ohne besondere Isolierung aufgenagelt war. In den Ritzen zwischen den Brettern saßen die total ausgehungerten Wanzen und ließen sich nachts auf uns herunterfallen. Aber auch hier mieden die Biester mich. Von den drei kleinen Fenstern aus hatten wir einen herrlichen Ausblick über die Stadt. In den Gärten reiften die ersten Kirschen.
Ich saß stundenlang mit Hans Gebbert oder Klaus Fuchs am Fenster und sah den Dohlen zu, die in den Schornsteinen der Luckauer Häuser ihre Nester bauten und immer wieder mit Zweigen und anderem Baumaterial in die Schlote tauchten. Der „Mackenteddy" beobachtete uns scharf. Verdächtigte er uns etwa, dass wir über die Dächer hinweg mit konspirativen Freunden in Verbindung standen? Man konnte diesen Mann nur bemitleiden. Hatte er doch, als ihm bei der Arbeit ein Fehler unterlief, behauptet, seine Mitarbeiter hätten ihn suggeriert diesen Fehler zu begehen.
Nach drei Wochen wurde unsere Zelle 4/5 wieder geöffnet, aber wir konnten nicht einziehen, denn der Putz war von der Decke gefallen. Inzwischen wurden wirklich einige Leute, die schon zu Stalins Zeiten von der Sowjetischen Militäradministration verurteilt worden waren, entlassen. Dies betraf hauptsächlich Leute, die im Lager X saßen. Da aber die Handwerker für die Bauten der Parteibonzen dringend benötigt wurden, wurde das Lager X immer wieder aufgefüllt. So waren keine Maurer in Luckau, die unsere Decke neu verputzen konnten. Was tun? Richard Göritz, Jupp Kallausch und ich steckten die Köpfe zusammen und gingen zum „Schiefen Willie"
„Herr Oberwachtmeister, wir sind zwar keine gelernten Maurer, aber wir trauen uns das zu, die Decke zu verputzen und zu streichen! Besorgt die Anstalt das Material und das Werkzeug?"

Zwei Tage später begannen wir unsere Zelle auszuräumen und die Decke zu verputzen. Die erste Ecke wurde nicht besonders, aber es wurde immer besser. Nach zwei Wochen konnten wir zurück in unsere Zelle. Die Wanzen waren erst mal verschwunden!
Der Juli ging vorüber und auch der August. Im September war eigentlich Onkel Walters Besuch fällig. Alle Freunde, mit denen ich sonst um die gleiche Zeit Besuch hatte, hatten dieses Erlebnis schon hinter sich.
Es war an einem Freitag. Freitags gingen wir gleich nach der Arbeit duschen. Die Duschen waren in den Kellerräumen des Zellenbaus. Morgens, beim Raustreten zur Arbeit, ich war schon den Flur halb zur Treppe entlang, da fiel mir ein, ich hatte meine Badelatschen vergessen. Ich bat den Schließer, einem jungen Hauptwachtmeister, der vom FDJ-Jahr in Luckau hängen geblieben war: „Herr Hauptwachtmeister, würden Sie die Zelle noch mal öffnen, ich habe etwas vergessen?"
„Immer die selben Leute, die ihre Sinne nicht beisammen haben!"
Aber dann, als ich in der Zelle war und mich nach meinen Latschen bückte: „Na, Jahnke, wann gehen wir denn nach Hause?"
Ich richtete mich auf, trat an das Fußende meines Bettes und deutete auf die Karte, die dort befestigt war: „Hier steht es! Am 29. Juni 1960!"
„Na, na, Jahnke, ick könnte Ihnen ja wat sajen, aber ick saje lieber nischt!"
„Herr Hauptwachtmeister, machen Sie mir nur keine falschen Hoffnungen!"
Die Tür fiel ins Schloss – ich ging zur Arbeit.
Nach der Arbeit und dem duschen sagte ich zu Klaus Fuchs: „Ich werde mal fragen, wann ich Besuch habe." Ich ging auf Gang 1 und stellte mich vor dem Wachzimmer auf. Nach einer Weile kam der „Schiefe Willie" mit den Kaffeeholern zurück.
„Was wollen Sie denn?".
„Ich möchte fragen, wann ich Besuch habe!"
„Was, Sie wollen noch Besuch haben? Ob Sie noch soviel Zeit haben, bei uns?"
„Wieso, werd' ich verlegt in eine andere Anstalt?"
„Warten Sie, ich lass' nur den Kaffee austeilen!"
Dann öffnete er den Wachraum und: „Komm' Se rinn, mach'n Se die Tür dicht!"
Ich betrat den Wachraum und schloss die Tür. Er setzte sich an seinen Schreibtisch, nahm ein Bündel Akten, blätterte darin und: „Sie sind Jahnke, Siegfried, 1403/54?"

„Ja!“
„Hören Sie, Jahnke, Sie werden entlassen am 25. !“
Ich hätte ihn umarmen können, blieb aber neben der Tür stehen und hörte ihn sagen: „Aber ich hab nuscht jesagt!“
„Ich hab auch nichts gehört!“
„Aber, Jahnke, wenn ich höre, Sie haben gequatscht, am letzten Tag, hau' ich Ihnen das Schlüsselbund in die Fresse!“
Wie im Traum ging ich nach oben auf Gang zwei in die Zelle 4/5 und legte mich still auf's Bett.
„Siegie, alter Kulak, was ist mit Dir?“, fragte Hans Gebbert, als er nach einer Weile neben meinem Bett stand.
„Mensch, Hans, ich geh nach Hause!“, sagte ich leise und legte den Zeigefinger über den Mund. Hans nahm meine Hand, drückte sie fest und legte sich ebenfalls auf sein Bett.
Dann stand Klaus Fuchs dort und erkundigte sich nach meinem ungewöhnlichen Benehmen.
„Fährst Du bei meiner Mutter in Babelsberg vorbei?“
Ich versprach es ihm und prägte mir die Adresse ein. In den nächsten Tagen kamen weitere Adressen hinzu: Siegie Götzes in Königswusterhausen und West-Berlin.
Heinrich Nölkenhöhner: „Meine Tochter arbeitet in Schleswig-Holstein, bei Bad Bramstedt bei einem Bauern im Haushalt, fährst Du da mal vorbei?“ „Aber sicher, Heinrich!“
Bei Rolf Heinemann: „Rolf, nach Dassow kann ich nicht fahren, das liegt im Sperrgebiet!“
„Das brauchst Du auch nicht, meine Familie ist über alles informiert!“
Heinz Zierow: „Haust Du gleich ab, oder fährst Du erst nach Mecklenburg?“
„Erst mal besuche ich alle alten Freunde!“
„Dann fahr in Klütz vorbei und grüß meine Eltern!“
Bei Fritz Ott: „Fritz, Tarnow liegt nicht auf meinem Weg, soll ich Deinen Eltern eine Karte schreiben?“ „Lass das Siegie! Die lesen doch alles! Wieso sollen wir Die auf uns aufmerksam machen!“
Bei Bruno Duhmann in der Endkontrolle: „Siegie, es gibt in West-Berlin eine Organisation, die schickt Pakete an Angehörige einsitzender Politischer Häftlinge. Kannst Du beim Roten Kreutz in West-Berlin vorbei schauen und die Adresse meiner Mutter dort abgeben?“, auch das merkte ich mir. Dann war es soweit! Niemand hatte etwas gesagt, so ging ich am 25. Mit zur Arbeit. Kaum stand ich an der Maschine, da ging es los: „Wo ist Jahnke, der sollte doch gar nicht mit ausrücken! Los zurück ins Schlafhaus!“

Als ich beim Versand vorbeikam rief Richard Göritz mir nach: „Pass bloß auf, Siegie, dass Du nirgends schräge über'n Damm läufst, sonst bist Du bald wieder hier!“
„Ich werd' schon aufpassen, Richard!“
„Sie sollten doch gar nicht mit raus gehen, heute!“, sagte der „Schiefe Willie“, als ich vor der Tür des Schlafhauses stand.
„Woher sollte ich das wissen, mir hat niemand was gesagt!“
„Kommen Sie, holen Sie Ihre Sachen, warten Sie an der Treppe, ich muss noch jemanden holen!“
Damit ging er eine Treppe höher und kam bald darauf mit Heinz Zierow zurück. Decken, Essschüssel und Löffel blieben im Haus. Dann brachte er uns zur Kammer, wo wir neu eingekleidet wurden. In den Klamotten können Sie unmöglich in die Öffentlichkeit!“, befand Kommissar „Napoleon“.
So bekam ich eine umgearbeitete VP-Uniform, die passte. „Die Stiefel? Unmöglich!“ Ich musste meine Füße in ein Paar Konsum-Halbschuhe, Baujahr 48, zwängen. Stiefel und Klamotten landeten in einem Karton, zugeschnürt, mit Handgriff. Dann zum Strafvollzug. Wir bekamen verlesen, dass unsere Reststrafe von drei Jahren neun Monaten für drei Jahre auf Bewährung ausgesetzt worden sei, bekamen eine kleinen Entlassungsschein und eine ebenso-große Bescheinigung, dass die DDR in den letzten vier Jahren und drei Monaten Sozialbeiträge für uns eingezahlt hatte. Wir wurden mündlich vergattert, nichts nachteiliges über den DDR-Strafvollzug in Umlauf zu bringen! Wir bekamen unsere Effekten ausgehändigt – ich mein altes Taschenmesser und den Hosenträger – und ich bekam die Rücklage ausbezahlt, die sich während meiner Arbeit für die „Cottbusser Kleiderwerke“ angesammelt hatte: 180,- Mark! 150,- in Banknoten und 30 neue „Alu-Chips“, wie sie gerade erst ausgegeben worden waren! Gott sei Dank hatte mein „Jackett“ Taschen, in denen ich die Münzen unterbringen konnte.

Zu Mittag gab es wirklich guten Erbseneintopf. „Die Küche hat sich heute noch Mal richtig Mühe gegeben!“, kommentierte Heinz.
Nach stundenlangem Warten, in denen sich noch einige Kameraden aus dem Lager X zu uns gesellten, öffnete sich nachmittags gegen vier Uhr das Tor für uns. Wir gingen zum Bahnhof.
Der Fahrkartenschalter öffnete erst zehn Minuten vor Abfahrt des Zuges – „Mir liegt die Erbsensuppe noch ziemlich schwer im Magen, ich glaube ich kippe einen Schnaps hinterher!“
„Aber nur Einen!“, sagte Heinz und so gingen wir in den Wartesaal an die Theke. Ich zahlte mit den neuen „Alu-Chips“ die von

der Bedienung bestaunt und dem Wirt zur Begutachtung vorgelegt wurden. Der sah uns nur an und sagte: „Wenn Die damit bezahlen, wird es schon seine Richtigkeit haben!"
Durch die 18 Mark für die Fahrkarte nach Ludwigslust wurde die Ausbeulung meiner Jackentasche wiederum beträchtlich kleiner.
Dann saßen wir im Zug.
Beim Schaffner erkundigte ich mich, ob ich in Berlin die Reise unterbrechen könne, um nach Königswusterhausen zu fahren, Ich konnte und der Beamte erklärte mir wie ich dort hin kam.
So besuchten wir Siegie Götzes Mutter und bestellten die Grüße von ihrem Sohn.
Als wir wieder auf dem Bahnhof waren, wechselte ich erst Mal die Schuhe. Ich holte meine Stiefel, an denen in Schwerin die Fußtritte des Stasihauptmanns Günter abgerutscht waren, aus dem Paket und zog sie an – ein Schuh war genau so schwer, wie beide Stiefel zusammen!
„Willst Du die Dinger nicht gleich wegwerfen?", fragte Heinz.
„Nein, die kommen zu Hause ins Archiv, damit ich nichts vergesse!"
Es war fast Mitternacht, als wir in Berlin unter den Linden ausstiegen.
Wir hatten Hunger und fanden ein Restaurant, das noch geöffnet war. Die meisten Stühle standen zwar schon auf den Tischen und die Mädchen waren dabei auszufegen, aber als wir es uns an der Theke auf zwei Barhockern gemütlich gemacht hatten und fragten, ob wir noch etwas zu Essen haben könnten: „Ja, etwas Gulasch haben wir noch, aber keine Nudeln!"
„Die mögen wir sowieso nicht! Ein Stück normales Schwarzbrot langt auch für uns!"
Sie legten uns fein säuberlich Messer und Gabel hin.
„Was sollen wir damit? Wir brauchen nur einen Löffel!"
„Jungs, Wo kommt Ihr denn her, aus Rummelsburg?"
„Nein, aus Luckau – und vorher Bützow!"
„Und wie lange?"
„Vier Jahre!"
„Seid still! Mein Vater war in Buchenwald und Waldheim – wollt Ihr was zu Trinken?"
„Ja, irgendein Rülpswasser – nur nichts Scharfes!"
Wir aßen jeder einen Teller wirklich guten Gulasch, tranken unsere Limonade, zahlten und gingen bis an das erste Schild: Der Demokratische Sektor endet in einhundertfünfzig Metern.
„In den Westsektor gehen wir heute noch nicht!", sagte ich zu Heinz, „Oder?"

„Nein, erst Mal nach Hause! Dann sehen wir weiter!"
So fuhren wir mit der S-Bahn nach Nauen, um den Zug nach Norden zu erreichen.

Am 26. September 1956 gegen 9 Uhr verabschiedeten wir uns auf dem Ludwigsluster Bahnhof.
Heinz fuhr weiter nach Klütz und ich ging zunächst zur Post und schickte ein Telegramm an meine Eltern: „Bin bei Onkel Walter."
Dann nahm ich ein Taxi und ließ mich nach Redefin bringen.
Die letzten zweieinhalb Kilometer ging ich zu Fuß.
Als ich in Belsch auf Onkel Walters Hof ging, saßen Schwärme von Staren in den Eichen und begrüßten mich mit einem Riesenspektakel.
„Und jetzt ist Walter nicht da!", begrüßte mich seine Erna.
„Wo ist er?"
„Er bringt Kartoffeln nach Lübtheen. Weit kann er noch nicht sein!"
Mein Vetter Friedrich-Walter gab mir sein Fahrrad und ich machte mich auf den Weg nach Lübtheen. Ich trat so kräftig in die Pedalen, dass der Tachometer 35 Kilometer anzeigte. Aber das hielt nicht lange durch, denn mir drohte bei dieser Anstrengung die Luft wegzubleiben. Auf der Hälfte des Weges holte ich ihn ein. Nachdem wir uns begrüßt hatten, legten wir das Fahrrad auf den Wagen setzten uns auf die Kartoffeln und fuhren gemütlich weiter.
„Haben Sie Dich doch laufen lassen? Vor vier Wochen hat dieser Schnösel von Staatsanwalt noch geschrieben, dass sie Dich auf keinen Fall vorzeitig entlassen können!"
„Wieso, der saß etwa?"
„Nein, bei dem war ich vor zwei Jahren schon Mal. Der sagte damals, es sei noch zu früh, frühestens nach der Hälfte! „Aber seien Sie doch beruhigt, ich hab ihn nach Luckau bringen lassen, dort ist es besser!" Nein es war so ein junger Schnösel, der sagte, so wie Du Dich beim Termin aufgeführt hättest! Da wäre überhaupt nicht dran zu denken!
Das hat er mir sogar geschrieben, trotz Deiner Jugend, sei Deine Tat so gesellschaftsgefährdend, dass an eine vorzeitige Haftentlassung nicht zu denken sei! Und jetzt bist Du da!"
„Der hat Gott sei Dank nicht viel zu melden, dieser Befehl kam von ganz Oben!" Und so erklärte ich meinem Onkel die Zusammenhänge.
Am nächsten Tag fuhr ich nach Hagenow zur Polizei und meldete mich an. Man stellte mir einen „Personalausweis für Deutsche Staatsangehörige" aus mit einem Stempel: „Urkundenmäßig nicht nachgewiesen", dafür behielten sie meinen Entlassungsschein ein.

Dann ging ich in ein HO-Geschäft und kleidete mich neu ein – mit Geld hatte Onkel Walter mich versorgt.
Ich besuchte Onkel Herrmann und seine Familie in Laupin. Von dort fuhr ich nach Grabow, um Fritz Schering zu besuchen – aber Fritz war zur Kur, irgendwo in Sachsen.
Am Sonntag ging in nach Redefin zur Hengstparade. Zu meiner Überraschung traf ich Ewald Koberg. Wir setzten uns in den Schatten einer Eiche – von den Hengsten sahen wir nicht viel!
Wie Ewald erzählte, war er mit Gustav zusammen entlassen worden. Ich half Onkel Walter einige Tage in der Rübenernte, nahm mir übers Wochenende ein Fahrrad, um im Kreis Grevesmühlen alte Freunde zu besuchen. Ich übernachtete bei Heinz Zanders Mutter und Großeltern.

Am Sonntag fuhr ich nach Klein-Voigshagen bis an den Schlagbaum zum Fünf-Kilometer-Grenzsperrgebiet, sah wehmütig zu unserem Hof, der knapp einen halben Kilometer entfernt auf einem kleinen Hügel lag, machte kehrt und fuhr mit tränenden Augen über Rankendorf und Kalkhorst nach Warnkenhagen, wo ich Norbert Makowski besuchte. Danach stöberte ich in Klütz Heinz Zierow auf, wir besuchten Gustav, der seiner Mutter bei den Bienen half.
„Was hast Du vor?“, fragten mich meine Freunde.
„Etwas Dümmeres könnt ihr wohl nicht fragen? Mich hält hier nichts mehr!“
Heinz und Gustav wollten Weihnachten noch in Klütz feiern.
Ich übernachtete noch eine Nacht bei Zanders. Am Abend kam Ullies Mutter.
„Ullie besucht in der Nähe von Hannover ein Seminar für evangelische Gemeindeschwestern!“, beantwortete sie meine Fragen.
Plötzlich hatte ich es sehr eilig! Als ich am Montag in Belsch ankam, hatte sich dort eine Frau nach mir erkundigt, die vorgab mir bei der Wiedereingliederung ins Berufsleben behilflich sein zu wollen.
Am Dienstag Morgen verabschiedete ich mich von Onkel Walter und seiner Familie.
„Mach drüben keinen allzu großen Wirbel! Nicht, dass wir hier unnötigen Ärger kriegen. Die haben drüben auch ihre Lauscher!
Ich nahm ein Fahrrad und fuhr nach Ludwigslust. Das Fahrrad gab ich bei der Gepäckaufbewahrung auf. Den Aufbewahrungsbeleg schickte ich per Post an Onkel Walter. Dann kaufte eine Fahrkarte nach Genthin bei Magdeburg. Dort besuchte ich meine Cousine Maria. Am nächsten Tag kaufte ich mir eine Bahnfahrkarte nach Ludwigslust über Berlin. Kaum war ich in den Zug eingestiegen, da ging

die Reise los. Kurz nach der Abfahrt wurde ich von der Volkspolizei kontrolliert.
„Was führen Sie an Gepäck mit?", wurde ich gefragt.
Ich zeigte mein in Packpapier gewickeltes Bündel.
„Was ist da drin?"
„Ein schmutziges Hemd!"
Sie gingen weiter.
In Berlin stieg ich aus und fuhr mit der S-Bahn nach Babelsberg. Dort besuchte ich, wie ich es versprochen hatte, die Mutter von Klaus Fuchs. Dann suchte ich in Berlin Siegfried Götzes Vater auf, um auch dort Grüße zu bestellen. Siegies Vater erklärte mir, wie es mit dem Notaufnahme-Verfahren vor sich ging, das ich durchlaufen musste, um nach West-Deutschland zu kommen.
So kam ich in das Notaufnahmelager Marienfelde. Dort übernachtete ich eine Nacht in der Quarantäne–Baracke. Nach einer gründlichen medizinischen Untersuchung auf Läuse, andere Parasiten und natürlich ansteckende Krankheiten, bekam ich einen Laufzettel, auf dem alle Dienststellen verzeichnet waren, bei denen ich vorsprechen musste.
„Wie lange dauert das?", fragte ich.
„Na, ja, mit drei Wochen müssen Sie rechnen!"
Ich schaffte es in dreizehn Tagen.
Ich telefonierte mit meinen Eltern und hatte wenige Tage später die Zuzugsgenehmigung für Niedersachsen.
Am vorletzten Tag traf ich Ralph Schenk, der in Luckau eine Zeit lang als Zahnarzt gearbeitet hatte, den ich im Zuschnitt kennen gelernt hatte.
„Jetzt gehen wir zu Dr. Hildebrandt in die Kuno-Fischer-Straße!", sagte er.
Dort wurde ich Mitglied der VOS – der Vereinigung der Opfer des Stalinismus.

Am letzten Tag musste ich vor einem Ausschuss erscheinen, der über die Notaufnahme entschied.
Nach einem fast belanglosen Gespräch, traf mich die Frage: „Sind Sie Kommunist?", wie ein Schlag mit dem Hammer.
„Wollen Sie mich veralbern? Nach vier Jahren Haft – und dann so einen Frage zu stellen!", entrüstete ich mich.
„Wir müssen diese Frage stellen!" Damit war ich entlassen. Ich durfte draußen auf meinen Bescheid warten.
Als ich den Raum verließ, stand Hans Gierhahn mit Frau und Tochter vor mir.

„Geh erst mal rein, ich warte auf Dich!"
Während ich wartete, kam der Berliner Anwalt Lehmann, mit dem ich in Bützow beim Hofkommando zusammen gearbeitet hatte – und: Franz Kasten! Franz war am Boden zerstört. Seine beiden Glaubensschwestern wollten ihn nicht weiter betreuen! Schon gar nicht in einer Ehe!
„Ich bin nur noch ein menschliches Wrack!", jammerte er. Es gelang mir nicht, ihn aufzuheitern – dazu reichte auch die Zeit nicht. Hans wollte mit seiner Familie nach Lübeck. Er hatte Bela schon besucht, der inzwischen auch entlassen war und in Berlin lebte. Es war Freitag Mittag, als ich meine Papiere zusammen hatte.
„Sie könnten am Mittwoch fliegen – oder Sie gehen zum Flughafen Tempelhof, dort gibt es einen Wartesaal für „Last Minute"-Leute."
„Was ist das?"
„Wenn in einem Flugzeug ein Platz frei ist, können Sie eher fliegen – Sie müssten dann notfalls eine oder zwei Nächte auf einer Matratze auf dem Fußboden schlafen!"
So zog ich in den Wartesaal zum Flughafen Tempelhof. Ich schlief eine Nacht auf einer Matratze auf dem Fußboden. Um acht Uhr am Samstag: „Ein Platz in einem Flugzeug der British Airways ist frei. Wer will nach Hamburg?"
Ich meldete mich. Eine Stunde später saß ich im Flugzeug. Wir flogen über den Wolken. Es sah aus, als ob man über eine Schneelandschaft fährt, hin und wieder eine Ausbuchtung nach oben, die aussah, wie eine eingeschneite Fichte. Dann saß ich im Zug nach Cuxhaven. Irrtümlich war ich in ein I. Klasse-Abteil eingestiegen. Ich hatte noch zehn DM in der Tasche, die ich dabei für den Zuschlag los wurde. In Otterndorf stieg ich aus, erkundigte mich nach dem Weg und ging die letzten vier Kilometer zu Fuß nach Osterbruch.
Ich fand den Hof, den Vater gepachtet hatte, aber niemand war zu finden.
Nach einer Weile kam mein Bruder Dieter mit einem Ackerschlepper, an den eine Fuhre Zuckerrüben angehängt war, auf den Hof gefahren.
„Wo kommst Du denn her?", begrüßte er mich.
Wir hängten den Wagen ab, stiegen auf den Schlepper und fuhren auf das Rübenfeld, um unsere Eltern zu überraschen.
„Jetzt bleibst Du aber zu Hause und gehst nirgends mehr hin!", sagte meine Mutter, als sie mich in ihren Armen hielt.
„Das geht nicht, ich möchte noch zur Schule gehen!"
„Wo willst Du denn hin?", fragte unser Vater.

„1947 hast Du gesagt: Dann gehst Du eben nach Dargun! Aber das geht ja wohl nicht!"
„Dann gehst Du mit Peter Kusel nach Celle!"
Zunächst besuchte ich mit Dieter vormittags die Landwirtschaftsschule in Otterndorf. Ich durfte als Gastschüler die Vorlesungen der oberen Klasse hören.
Nachmittags erlebte ich, dass die Technik endgültig Einzug in der Landwirtschaft gehalten hatte: Es regnete, das Pflügen mit dem Schlepper war unmöglich. Aber mit den Pferden konnte man pflügen. Im Stall standen drei Pferde und einen Pflug fand ich auch. So suchte ich die passenden Geschirre zusammen, spannte die drei Pferde vor den Pflug und zog nachmittags einige Furchen auf den eineinhalb Kilometer langen Marschäckern, die an den Hof angrenzten.
Am Wochenende wechselte das Wetter, das Land trocknete ab und der Schlepper konnte wieder eingesetzt werden.
Dieter pflügte an einem Nachmittag mehr, als ich in einer Woche mit den drei Pferden geschafft hatte.
So endete für mich die bespannte Landwirtschaft.

Ich lernte die Familie Kusel kennen, die meine Eltern schon aus ihrer Jugendzeit kannten. Die Kusels waren in einem Nachbarort von Polz, meinem Geburtsort, beheimatet. Sie hatten ihren Betrieb in der Lenzner Wische stehen lassen und 20 Kilometer von Osterbruch entfernt einen Hof gefunden, den sie pachteten.
Sonst hatte ich keine Schwierigkeiten mich einzuleben, im Kreis „Land Hadeln" sprach man Plattdeutsch – zwar etwas anders als in Mecklenburg – aber man verstand sich!
Die Vorarbeit aber hatten unsere Eltern geleistet, Sie hatten es verstanden, die Familie zusammen zu halten, oder wieder zusammen zu führen.
Unsere Eltern hatten zunächst eine Stelle als Melker bei einem Bauern im Kreis Uelzen angenommen. Hanna war als schulpflichtiges Mädchen bei ihnen geblieben, aber Dieter hatte man vom Lager Marienfelde an den Bodensee zu einem Bauern geschickt. Für ihn war das ein Fall ins eiskalte Wasser gewesen und er war glücklich, dass er zu Weihnachten nach Osterbruch zu unseren Eltern ziehen konnte, wo unser Vater den Hof fand und pachtete. Zwar war die Wohnung weit unter dem Niveau unseres Hauses in Tankenhagen, aber wir lebten in Freiheit und konnten uns entfalten.
Zwei Wochen nach meiner Ankunft in Osterbruch, erhielt ich ein Einladung nach Hannover.

Die VOS gründete ein Bezirksgruppe in Niedersachsen. Ich traf dort ca. 25 ehemalige Politische Häftlinge, von denen ich nur einen kannte: Helmut Fuchs, den wir zum Vorsitzenden wählten – auch ihn kannte sonst niemand, aber ich setzte mich für ihn ein und so wurde er gewählt.
Anschließend traf ich mich mit Ulli. Aber unser Treffen stand unter keinem guten Stern. Sie hatte eine Freundin mit und mich begleitete meine Schwester – so redeten wir aneinander vorbei.
Erst als wir uns dreißig Jahre später wieder trafen, wurde mir klar, dass ich es nicht hätte „an den Knöpfen abzählen" müssen, ob ich bei ihr Chancen gehabt hätte.
Die Stadt Celle ist davon überzeugt, dass sie mit der Höheren Landbauschule die Eliteschule der Niedersächsischen Landwirtschaft in ihren Mauern beherbergt.
Diese Schule trägt den Namen „Thaer-Schule". Albrecht-Daniel Thaer gründete auf einem Gut bei Celle 1806 die erste Deutsche landwirtschaftliche Akademie.
Entsprechend hoch waren die Aufnahmebedingungen für diese Schule: Mindestalter einundzwanzig Jahre, mittlere Reife, Abschluss einer Landwirtschaftsschule mit „gut", Gehilfenprüfung, mindestens ein Jahr Praxis nach der Gehilfenprüfung, sowie die Teilnahme an landtechnischen Lehrgängen.
Ich erfüllte nur zwei dieser Bedingungen: Ich war nur einundzwanzig Jahre alt und hatte inzwischen die Prüfung zum Landwirtschaftsgehilfen abgelegt, als ich am 1. April 1957 mit meinem Vater nach Celle fuhr, um mich dort für den Besuch der Schule anzumelden.
Für die mittlere Reife konnte ich an einem „Auslese-Lehrgang" teilnehmen und auch den Abschluss der Landwirtschaftsschule konnte ich durch Teilnahme an einer Prüfung ausgleichen.
Wir fuhren nach Liethe, wo es eine DEULA-Schule gab, an der ich an den landtechnischen Lehrgängen teilnehmen konnte, um uns zu erkundigen.
„Sie haben Glück, heute beginnt gerade ein Schlepperlehrgang! Sie können gleich hier bleiben!"
So kauften wir in Wunstorf einen Overall, eine Zahnbürste und einen Pyjama und ich meldete mich zu dem Lehrgang an. Als mein Vater mich vor der Schule absetzte, saßen in den Bäumen, die das Gelände umsäumten, die von ihrer Winterreise zurück gekehrten Stare und begrüßten mich mit einem Riesenspektakel – wenn ich so etwas wie Wehmut empfunden hatte, weil ich wieder vier Wochen von meiner Familie

getrennt war, so war es beim Geschrei der Stare wie weggeblasen. Mein Vater suchte auf der Heimfahrt in Lüneburg den Regierungspräsidenten auf, dem er die Sache mit dem mindestens einem Jahr Praxis nach der Gehilfenprüfung vortrug.
Daraufhin bekam ich auf Grund meiner DDR-Vergangenheit eine Sondergenehmigung, dass ich auch mit weniger Praxis die Schule in Celle besuchen konnte.
So verging der Sommer des Jahres 1957. An einem schönen Sommertag fuhr ich an den Ostseestrand bei Timmendorf und schaute auf die mecklenburgische Seite. Am Priwall bei Travemünde ragten Spanische Reiter weit in das Wasser. Bis dahin auf westlicher Seite reges Strandleben und dann – wie abgeschnitten – bis zur Brooker Steilküste kein Mensch zu sehen! Dreißig Kilometer allerbester Sandstrand öd und leer!
Dabei hatten vor dem Krieg an Wochenenden mit Badewetter bei Barendorf auf dem Weg zum Strand eineinhalb Kilometer ein Auto hinter dem anderen geparkt

Mitte Oktober wurde ich zusammen mit Peter Kusel und zwanzig weiteren Bewerbern, die auch keinen Realschulabschluss vorweisen konnten, zum „Auslese-Lehrgang" nach Celle eingeladen.
Meine Deutschkenntnisse, die Tamara und „Luna" mir eingebläut hatten, reichten aus. Auch die mathematischen Kenntnisse, die aus dem Unterricht bei Tamara, Hinrich Ströh und an der Grevesmühlener Schule hängen geblieben waren, stellten die Prüfer zufrieden. In Physik und Chemie mogelte ich mich durch und da ich wusste, was in der Welt geschah, weil ich mich immer für das tägliche Zeitgeschehen interessierte, nahm man mich auf.
Fast wäre ich bei der fachlichen Prüfung aus diesem Rennen ausgeschieden. Man fragte mich nach Kartoffelsorten. Ich dachte: „Du kannst doch hier im Westen nicht die Sorten nennen, die wir vor fünf Jahren in Mecklenburg angebaut haben!" und sagte: „Es tut mir leid, aber ich komme aus der Marsch und dort werden keine Kartoffeln angebaut!"
„Aber Sie sollten sich vorbereiten!"
Mein Mitprüfling, dem die gleiche Frage gestellt wurde, nannte genau die Sorten, mit deren Nennung ich mich nicht blamieren wollte!
In diesem Moment nahm ich mir vor: „Du wirst nie wieder sagen: Ich habe keine Ahnung!"
Man nahm mich mit Bedenken auf.

Am 7. Januar begann der Unterricht in Celle. Wieder lernte ich neue Freunde kennen. Viele von ihnen sagten immer wieder, wenn ich über meine DDR-Erlebnisse berichtete: „Siegfried, Das musst Du aufschreiben! Das darf nicht in Vergessenheit geraten!“
Aber die Freundschaft zu meinem ältesten Freund bekam einen Riss! Ewald Koberg schickte mir in einem Brief zwei „Wachtürme“, eine Zeitschrift der Zeugen Jehovas. Ich schrieb zurück, er möge das Porto für solche Sachen sparen. Ewald lebte im Siegerland und wir hörten darauf hin fast dreißig Jahre nichts von einander.
Am 8. Dezember 1958 bekam ich mein Abschlusszeugnis der Höheren Landbauschule Celle ausgehändigt. Ich durfte mich jetzt „Staatlich geprüfter Landwirt“ nennen. Ich hätte mit diesem Zeugnis in Berlin studieren können, aber meine Geschwister wollten auch weiterführende berufliche Schulen besuchen und so ging ich zurück nach Osterbruch und half meinen Eltern.
In Celle lernte ich ein nettes Mädchen kennen, das dort die Landfrauenschule besuchte.
Seit 1959 sind wir miteinander verheiratet und freuen uns, dass unsere drei Kinder gut geraten sind.
Ich war zunächst selbstständig und arbeitete ab 1974 neunzehn Jahre als Agraringenieur für die Universität Kiel.
Dann riefen mich im Sommer 1990 einige Grevesmühlener an:
„Jahnke, Du hast doch mal was mit Budzin gehabt?“
„Ja, wieso?“
„Der will jetzt Rechtsanwalt werden und tönt groß rum: All die Westdeutschen, die jetzt zurückkommen und ihre Sachen zurück haben wollen! Da kann man ein Schweinegeld verdienen!“
Ich ließ mir die Adresse von Budzin geben. An einem trüben Nachmittag im November 1990, in dem der Braunkohlenrauch aus den Heizungen die Luft verpestete und man kaum tief durchzuatmen wagte, stand ich vor einem Fabrikgebäude in Schwerin. Ich fragte nach Herrn Dr. Paul Budzin, der als Sicherheitsbeauftragter in diesem Betrieb arbeitete.
Der Herr Dr. empfing mich, lässig in der Tür zu einem Büroraum stehend, mit den rechten Arm, am Ellenbogen abgewinkelt, gegen den Türrahmen abgestützt, auf dem rechten Bein stehend, der linke Fuß stand mit der Zehenspitze hinter dem rechten Absatz:
„Was wollen Sie?“
„Sie sind Paul Budzin? Und Ihre Mutter bewirtschaftete früher das „Hotel Zur Börse“ in Grevesmühlen?“
„Ja, und?“ Der Herr Dr. stellte sich erst Mal auf beide Füße.
„Ich bin Siegfried Jahnke! Ich habe Dir am 21. Dezember 1951 drei

Briefe von Heisler aus West-Berlin übergeben!"
„Kommen Sie rein – machen Sie die Tür zu!"
Er setzte sich hinter seinen Schreibtisch und deutete mit einer einladenden Handbewegung an, ihm gegenüber Platz zu nehmen.
„Ich weiß nichts von diesen Briefen!"
„Aber Stiehr und Koberg erinnern sich daran, diese Briefe von Dir bekommen zu haben!"
„Ich weiß nichts davon!"
„Bei ihrer Verhaftung im Juni/Juli 1952 legte ihnen die Staatssicherheit Kopien dieser Briefe vor! Ich habe sie nicht kopieren lassen!"
„Ich kann mich nicht daran erinnern!"
„Hör zu! Alexander Solschenizyn schreibt:

> Vergeben heißt: Ein Auge verlieren!
> Vergessen heißt: Beide Augen verlieren!

W I R werden D A S nicht vergessen!", sagte ich und ging!
Ich rief Ewald an und berichtete ihm von meinem Erlebnis und fragte: „Machst Du mit, wenn wir ihm an den Kragen gehen?"
„Eigentlich verbietet mir mein Glaube nach den Motto: Auge um Auge und Zahn um Zahn! vorzugehen, aber wenn Du mich brauchst, bin ich dabei!"
Ein Jahr später fuhr ich wieder nach Schwerin. Als einer der ersten durfte ich in meinen Stasiakten lesen. Dort stand eindeutig, dass sich am 14. Februar 1952 Paul Budzin unter dem Decknamen „Lux" schriftlich verpflichtet hatte, mich auszuspähen. Ich nahm Verbindung mit Stephan Groppler auf, der Staatsanwalt in Lüneburg war. Drei Monate später rief mich Stephan an: „Budzin hatte zwar vor einem Untersuchungsausschuss gesagt, er könne sich nicht vorstellen, dass auf Grund seiner Aussagen Leute eingesperrt wurden, hatte aber seine Anwaltslizenz freiwillig zurückgegeben!"
Ich rief Schlauch an, der an einer Anwaltskanzlei in Stuttgart beteiligt war: „Ich habe große Lust Dich zu besuchen!"
„Mensch Siegie, worauf wartest Du denn?"
„Alleine ist mir der Weg zu weit, darf ich Ewald mitbringen?"
„Siegie, das schaffst Du nie!"
Ich rief Ewald an und fragte ihn.
„Warte, ich muss auf meinen Kalender schauen – Ja, wann?"
Wir vereinbarten einen Termin.
Als wir dann in Stuttgart abends vor dem Kaminfeuer saßen und Erinnerungen austauschten, sagte Schlauchs Frau Gisela: „Wenn

man Euch so zuhört, könnte man meinen: Ihr habt Lebenslänglich!"
In den 70er Jahren begann ich in den Wintermonaten meine Erlebnisse zu Papier zu bringen. Jetzt, als Rentner, begann ich das damals Geschriebene in einen Computer einzutippen. Eines Tages schaute mir meine jüngste Tochter über die Schulter. Sie schob mich vom Stuhl und las alles, was ich bisher geschrieben hatte und treibt mich seither, dass ich damit fertig werde.

Ich bin jetzt achtundsiebzig Jahre alt und in wenigen Wochen blüht wieder der Jasmin!
In Tankenhagen auf unserem Hof steht kein Stein mehr auf dem anderen. Als mein Vater Anfang der 70er Jahre auf dem Mecklenburger Treffen in Ratzeburg alte Bekannte traf, sagten sie zu ihm: „Richard, Dein Haus ist zusammengefallen!"
Wir wollten es nicht glauben und baten unsere Nachbarstochter Ruth, die mir das Lesen beigebracht hatte, sich in Tankenhagen umzusehen. Sie konnte die trübe Nachricht bestätigen. Das Dach war undicht geworden. Dadurch weichten die aus Lehm bestehenden Zimmerdecken auf und fielen herunter. Niemand wollte mehr in dem Haus wohnen. Aber um das Fachwerkgerüst auseinander zu reißen musste man drei MTS-Traktoren voreinander spannen.
Nach den Brandtschen Ostverträgen hatte ich stets einen gültigen Tagesschein für den kleinen Grenzverkehr. Ich durfte drei an der Grenze liegende mecklenburgische Kreise besuchen. Wenn ich bei Selmsdorf in den Kreis Grevesmühlen einreiste, durfte ich, um in die Kreise Ludwigslust und Hagenow zu kommen, in denen meine Verwandten leben, über Schwerin und Wismar fahren. Ich konnte also den Aufbau des Sozialismus im westlichen Mecklenburg beobachten. Da ich im Raum Dassow jeden Weg und Steg kannte, besuchte ich des Öfteren Ruth, die bei Dassow im Sperrgebiet wohnte, bis sie eines Tages sagte: „Siegie bleib weg, sie haben nach Dir gefragt!"

Durch Tankenhagen fuhr ich trotzdem – morgens in aller Frühe. Eines Tages gab es auch den Stall nicht mehr, er war abgebrannt.
Als ich beim nächsten Mal Onkel Walter abholte – er war Rentner und durfte uns besuchen – sagte ich: „Heute ist es mir egal! Ich fahre mit Dir am hellen Tag durch Tankenhagen!"
Da hatte man alles mit einer Planierraupe glatt geschoben. Alle Obstbäume aus dem Garten hatte man quer über den Hof in die Mistkuhle geschoben.

„Hier brauchen wir nicht mehr her zu fahren!", kommentierte Onkel Walter.

Als ich nach der Wende wieder nach Tankenhagen kam, war auch die Scheune weg und große Teile der Steinmauer fehlten. Nur drei Kastanienbäume stehen noch an der Straße und die Eiche mitten auf dem Hof. Die Rotbuche breitet nach wie vor ihre breite Krone aus – aber Maikäfer, die sie alle vier Jahre kahl fressen, gibt es nicht mehr. Die alte Linde am Brunnen neben dem Tor ist arg zerzaust, weil man neben ihr den Rest des gewaltigen Strohdachs angezündet und verbrannt hat. Von den ursprünglich elf Eiben stehen noch drei, die Brombeeren überwuchern den Hof und Flieder und Jasmin blühen nach wie vor.

Nach meiner Entlassung besuchten meine Eltern mit mir unseren früheren Feldnachbarn, der bei Ratzeburg einen kleinen Hof gepachtet hatte. Ihre Tochter Lieschen besuchte sie gleichzeitig. Ihr Lachen war noch genau so glockenrein wie in Kindertagen – aber sie erkrankte an Krebs und starb sehr früh.

Ulli wurde über siebzig. Gemeinsame Bekannte behaupteten, sie habe in ihrem letzten Jahr im Kreis geredet. Nun, sie stand die längste Zeit ihres Lebens im Schatten einer sehr starken Schwiegermutter.
Fiete Beerbaum fand ich vor zehn Jahren, nachdem wir zwanzig Jahre lang keine zwanzig Kilometer von einander entfernt gelebt hatten, zufällig. Wir trafen uns einige Male auch mit Max Hartmann. Vor zwei Jahren machten wir beide eine Tour durch Mecklenburg und besuchten alte Gefährten. Zu einer Wiederholung kam es nicht mehr, er wurde plötzlich krank und aus war es.

Am 2. April 2008 gelang es Frau Heike Müller von der mecklenburgischen Landeszentrale für Politische Bildung alle alten „Grevesmühlener" nach Grevesmühlen zu locken, um über die Geschehnisse vom Juni/Juli 1952 vor Schülern des Gymnasiums zu berichten. Es war eine gelungene Veranstaltung. Einige Jahre zuvor hatte Dr. Hartwig Bernitt vom „VERS" – Verband ehemaliger Rostocker Studenten – sich noch eine Abfuhr von der Schulleitung geholt, als er das Buch: „Sie wollten sich nicht verbiegen lassen" in dem die Stasimaßnahmen an mecklenburgischen Schulen beschrieben werden, vorstellen wollte: „Mit der Schule haben wir nichts zu tun!" Aber inzwischen hat bei der Leitung der Schule ein

Wechsel stattgefunden und man ist für die Vergangenheitsbewältigung zugänglicher.
Es fehlte bei diesem Treffen Gerhard Stiehr. Er war mit dem Leben in der Bundesrepublik nicht zurecht gekommen. Er hatte begonnen Medizin zu studieren und danach Maschinenbau. Als ihn seine Frau verlies, schied er aus dem Leben.
Ebenso fehlte Guschie Goldbach. Er blieb in der DDR, setzte sein Medizinstudium fort und beendete es. Aber er arbeitete für dir Stasi. Er wurde ein Opfer seiner homosexuellen Neigung. Auch er schied freiwillig aus dem Leben.

Auch Albert Lau konnte nicht an dem Treffen teilnehmen, weil er seine kranke Frau nicht alleine lassen konnte. Albert Lau kam von Glowe nach Magdeburg und durfte dort, bis er zwei Jahre voll hatte, Kohlen in die Keller schippen. Nach der Entlassung kriegte er eine Rechnung für einige Monate Kost und Logis zugeschickt.
Er ging in den Westen und wurde Spezialist für Zementfabriken, die er für eine Deutsche Firma in den Entwicklungsländern aufbaute und betreute.
Heinz Zierow lebt an der holsteinischen Ostseeküste, wir sehen uns öfter und wenn wir an gewissen Tagen nicht miteinander telefonieren, fragt mein Sohn: „Was ist mit Zierow, ist er krank?"

Ewald war sichtlich erholt. Er hatte fünfzehn Jahre seine krebskranke Frau gepflegt und ich konnte einen Ewald Koberg erleben, wie ich ihn 1942 in der Parkstraße 1 in Grevesmühlen kennen lernte: stillvergnügt schmunzelnd, immer mit treffenden, sicheren Antworten.
Heinz Zander - genannt „Schlauch", kam nach einigen Monaten Glowe ins Zuchthaus Brandenburg. Bei seiner Entlassung bekam er eine Fahrkarte nach Klütz, aber er stieg in Berlin aus und schaffte es mit der S-Bahn in die Westsektoren. Wo jetzt hin? Er setze sich auf einen Straßenbordstein und überlegte. So fand ihn die West-Berliner Polizei und brachte ihn in das Notaufnahmelager Marienfelde. Er betrat das Gebiet der DDR nicht wieder. Die Verbindung zu seiner Mutter und Großeltern hielt seine Frau Gisela aufrecht. Als sie nach dem Tod seiner Mutter den Nachlass regelte, befanden sich auf einem Sparbuch Zwanzigtausend Mark der DDR.
Was tun damit?
Ausfuhr in die Bundesrepublik war nicht erlaubt und auch bei einem Besuch in der DDR durfte sie nur einen wirklich lächerlichen Teil abheben.

„Geh zur Schule und sage dem Direktor, dass ich in jedem Jahr dem besten Lateiner fünfzig Mark stifte!", sagte Heinz.
„Wer ist dieser Zander?", fragte der Herr Direktor und bat sie, beim nächsten Besuch nachzufragen.
Beim nächsten Besuch erhielt sie den Bescheid: „Von DEM Zander nehmen wir kein Geld!"
So konnte unser Freund „Schlauch" nach der Wende seine Zwanzigtausend Ostmark in D-Mark 1:1 umtauschen.
Unser Freund Stefan Groppler hat seine Tbc-Erkrankung auskuriert und wurde Staatsanwalt in Lüneburg. Er fragte mich beim letzten Gespräch: „Was ist los in Deutschland? Im ersten Deutschen Bundestag hatte Konnie Adenauer achtzehn Kommunisten, die dort unter ihrem Führer Max Reimann herumquakten. Adenauer hat sie zwar verbieten lassen. Aber sie kamen, als sie unter dem Namen DKP wieder zugelassen wurden, bei keiner Wahl über 1,5 %. Zu der Zeit saßen im Französischen und Italienischen und später auch im Spanischen Parlament 18 bis 20% Kommunisten. Dort redet heute kein Mensch mehr von den Kommunisten – und wir haben wieder 10 %. Wo die Deutschen am eigenen Leibe gespürt haben, wohin das führen kann!"
Wenn ich hier über den Verbleib aller meiner Weggefährten berichte, darf ich meinen Freund Norbert Makowski nicht übergehen! Ich möchte sagen, sie übersahen ihn 1952. Als ich ihn 1956 nach meiner Entlassung besuchte, sagte er: „Wenn man Euch so sieht, müsste man ein schlechtes Gewissen haben?"
„Wieso?", fragte ich.
„Na, hör mal, ich bin mit dem Studium fertig und beginne mit meiner Doktorarbeit und Ihr steht praktisch vor dem Nichts – oder am Anfang!"
Nun, ich ging in den Westen, aber über die Post blieben wir in Verbindung. Norbert wurde Professor und der Rapsexperte der DDR. Aber er fand auch eine Nische, wie er seinen Lebensstandard noch verbessern konnte: Er bestellte Ackerflächen, die für die großen Maschinen der LPG nicht zugänglich waren, mit Gerste, die er an Schweine verfütterte. Diese Schweine verkaufte er im freien Verkauf an die VEAB für gutes Geld. Für dieses Geld konnte er sich einen „Polski Fiat" kaufen.
Als ich 1974 als Agraringenieur bei der Uni Kiel anfing hatte ich die Idee, man könnte doch so nebenbei die Verbindung zu Norbert intensivieren, auch wir machten Versuche mit neuen Rapssorten. Aber wie?
Bei einem Treffen mit Guschie Goldbach schnitt ich dieses Thema an: „Wie komme ich an Norbert ran?"

„Ganz einfach! Ich organisiere das! Seine Mutter ist Gemeindeschwester in Warnkenhagen, mit der bespreche ich das!"
So kam es zu einem Treffen. Aber bevor ich zu Wort kam, hielt Norbert mir einen Vortrag über die Vorzüge des sozialistischen Systems. Ich kochte vor Wut! Dieser Kerl, kann sich nur mit Mitteln der freien Wirtschaft ein Auto kaufen und preist den Kommunismus!
Ich ging ohne Gruß!
Nach der Wende bekam ich über drei Ecken einen Brief von Norbert, in den er sich für das misslungene Treffen entschuldigte. Die Stasi hatte ihn in die Mangel genommen, er sollte mich provozieren, damit man mich wieder nach Bützow bringen könne. Aber weder er noch ich fanden hierüber etwas in den Stasiakten. Dann blätterte ich meine Gerichtsakten noch einmal durch und fand den Vermerk, dass Goldbach seit den 60er Jahren für die Stasi gearbeitet hatte. Also nach Görslow und einen Antrag stellen: Was hat Goldbach über mich berichtet?
Da stand es schwarz auf weiß! : Jedes Gespräch, das ich mit Gustav geführt hatte, war aufgezeichnet!
Dazu Kopien aller Briefe, die ich mit meinen Verwandten über die Post ausgetauscht hatte.
Und jetzt? Wir besuchen uns, wenn sich die Gelegenheit bietet und telefonieren mindestens einmal im Monat!
Auf der monatlichen Rechnung der Telekom gehören die Gespräche mit Norbert immer den längsten.

Nachwort.

„Jahnke, wie können Sie so locker darüber hinweg gehen?“, fragt mich Gabi Banner, Lehrerin für Geschichte am Pampower Gymnasium und Koordinatorin für Demokratieerziehung vom Staatlichen Schulamt in Schwerin, immer wieder, wenn ich vor Schülern über meine Erlebnisse berichte.

Über diese Frage habe ich oftmals nachgedacht. Dabei ist mir Martin Luthers Erklärung zum christlichen Glaubensbekenntnis eingefallen: „Ich glaube, dass mich Gott geschaffen hat, samt allen Kreaturen, mir Augen, Nase Mund und alle Sinne gegeben hat und E R H Ä L T!“

Ich muss Gott danken dafür, dass er meine Eltern zusammen geführt hat, dass ich gesund zur Welt kam, mit einen gesunden Körper, in dem ein gesunder Geist steckt, dass es mir im Alter von fast achtzig Jahren möglich ist, die Erlebnisse nach dem Gedächtnis aufzuschreiben.

Ich danke aber auch allen Freunden - auch den Bayrischen - die immer wieder gesagt haben: „Siegfried, schreib' das endlich auf!“

Und ich danke meiner Familie für ihre Geduld, die sie aufbrachte, wenn ich nicht vom Computer weg kam und die Mahlzeiten versäumte.